2019中国年度作品

中篇小说

王春林——主编

中国出版集团 现代出版社

图书在版编目（CIP）数据

2019中国年度作品．中篇小说 / 王春林主编．—北京：现代出版社，2020.3

ISBN 978-7-5143-8308-9

Ⅰ．①2… Ⅱ．①王… Ⅲ．①中国文学－当代文学－作品综合集 ②中篇小说－小说集－中国－当代 Ⅳ．①I217.1

中国版本图书馆CIP数据核字（2020）第025293号

2019中国年度作品．中篇小说

主　　编：王春林
组稿编辑：庞俭克
责任编辑：申　晶
出版发行：现代出版社
通信地址：北京市安定门外安华里504号
邮政编码：100011
电　　话：010-64267325　010-64245264（兼传真）
网　　址：www.1980xd.com
电子邮箱：xiandai@vip.sina.com
印　　刷：三河市宏盛印务有限公司

开　　本：710mm×1000mm　1/16　　印　　张：23.75
版　　次：2020年3月第1版　　印　　次：2020年3月第1次印刷
字　　数：394千字
书　　号：ISBN 978-7-5143-8308-9
定　　价：49.80元

目　录

橡皮擦

范　稳[①]

1

正午之后，阳光弥漫着慵懒的倦意，湖之梦高档别墅小区便也渐渐陷入饭饱神虚般的昏昏欲睡。花园里的鸟儿不叫了，树上那几只调皮的松鼠，贼亮的眼睛也迷蒙起来，各自蜷缩在绿茵深处打盹儿。A 区 18 幢有只二货哈士奇，是它们的玩伴儿。它们在树枝上跳跃嬉戏时，那二货便会在树下狂吠，松鼠像是在逗一个两岁的孩子，常常溜到树干离地面两三米处，让哈士奇觉得只要轻轻一跃，就可够得着它。这条被主人叫作二哈的家伙常常被逗得从这棵树转到那棵树，捕获猎物的梦想让它垂涎三尺、乐此不疲。此刻，哈士奇也躺在自己的窝里做着口叼松鼠的美梦。明晃晃的阳光下，世界宁静而混沌。

哈士奇的老主人洪玉林打开了院子铁门，在车道上步履蹒跚地走了几步，茫然地看着阳光下空荡荡的小区，大约是在想：我这是要去哪里呢？我要做什

① **范　稳**　男，1962 年生，现为云南省作家协会主席。国家一级作家，云南省有突出贡献的优秀专家，中宣部全国文艺名家暨“四个一批人才”，第十三届全国政协委员，第十二届云南省政协委员，中国作家协会全委会委员，中国作家协会小说创作委员会委员，云南九三学社社员。曾获第七、第八、第九届茅盾文学奖提名奖，第八、第十一届“十月文学奖，”第四届《人民文学》长篇小说双年奖等诸多国内重要文学奖项。部分代表作品翻译成英、法、德、意等多个外国语种。

么呢？他是一个身材高大的老人，尽管筋骨已经萎缩，肌肉也已然松弛，可背不驼、眼不花、腰也不弯。谈不上仙风道骨，但也不是风一吹就要倒。老人踌躇片刻，回头喊，二哈，出来撒尿。那货在窝里头都不抬，只翻了翻眼皮，仿佛在告诉老主人，一个小时前你才遛过我了嘛。老人这时看见了放在铁门边的一个黑色垃圾袋，刚才为了开铁门，顺手就把垃圾袋放地上了。哦，我是出来丢垃圾的。他提起了垃圾袋，感觉到沉，便想找自己的手杖，但手杖又不知躲哪里去了。这个世界上看不到的事物，还有那些过往的人和事，都是成功越狱的逃犯，永远消失在一个老人的记忆之外。真是可恨。

垃圾桶离这幢独栋别墅约 30 来米，洪玉林走到一半时，有两步台阶，老人没有看见，一步迈出去就摔倒了。

当天晚上，湖之梦小区物业公司安保部门的人调出了这天中午 A 区七号段的监控录像，人们看到老人跌坐在地上，半天都没爬起来，看上去孤独而又无助。接下来发生的故事就让人们回味再三，连最聪明的警察也没法判断，最公正的法官也举锤不定。这个高档小区本来入住率还不到三分之一，每栋别墅之间又疏朗开阔，花园、草坪、树林、亭阁、水面等，营造出一片静谧宽阔的世界。所谓高档住宅区，就是让您能够拥有更多的私人空间。这是当初开发商的宣传主题词。但是他们和住户大约都忽略了，一个老人的私人空间越大，就越孤独，也常常充满危险。

2

城市的装扮者白金华最近遇到一个社会性的难题：如何让一个民工三代考入七彩中学——这个连城里的孩子也趋之若鹜的私立名校，进去了就好比一只脚跨进了大学校门，也意味着一个民工的孩子将来会找到一份体面的工作，并最终成为一个城里人。这半年来他比自己当年高考落榜还更为焦虑，作为一名外来务工者，他比许多城里人都更熟悉这座城市，他爱它繁华的商场超市，爱它整洁宽阔的大街，爱它地铁的喧嚣与便捷，爱它风光一片般的公园。他在一家装修公司工作，是一名技术娴熟的刮灰工。无数个家庭的墙面屋顶，内墙外墙，经他的手之后，平整了，光洁了，像宫殿一样有了档次。有时他也会悬在半空中，为城市的高楼大厦装饰打扮，白色、黄色、红色、灰色以及种种与天地间相融洽的颜色，都在他的铲铲刮刮、磨磨刷刷中描绘出来了。你是一个真正的行为艺术家，一个画家曾经这样赞美过他；另一个诗人说，你是生活的装扮者。他认为这些他服务过的城里人其实都是些站着说话不腰疼的家伙。我们不过是生活的敲门者，来城市里讨生活的人。进哪扇门都要看你的身份证、暂住证、施工证、准入证等各种能证明你身份的东西，还要忍受别人审贼一样的目光。“形迹可疑”是白金华在小学时学会的一个成语，他现在总感到自己在城市里就是“形迹可疑”的那一类人。而人家城里人有一张身份证、一张卡甚至一部手机就可以走遍世界了。诗人和画家，以及种种的家，上小学时哪个不想？一个农村孩子的理想是不断被现实修正并一步步往下拉的。行为艺术家是干什么的白金华不明白，但这座城市是如何一天天在他这样的人手中长高长壮的，他大体清楚；当他在某幢高楼上施工时，远眺天地之间，城市高低起伏、丰富多彩的天际线，都可以默数出哪幢楼他曾做过外墙，哪个楼盘曾搞过装修，哪个小区几栋几单元几号的女主人漂亮非凡但很傲慢，哪个高档小区又大都住的是有钱有权的高端人士。这座在外貌上壮观无比的城市，既火热又冷漠的栖身之地，就像它每一户家庭都有的那道防盗门，隔开了多少伪善和真诚、苛刻和包容、轻蔑和尊重、虚情假意和坦诚相待。一个城市的打工者，是在用体力和汗水敲它厚重的城门。比如，请让我们的孩子到你们的学校读书吧。

城市的回答直截了当：交钱来。

过去在外省打工时，白金华的女儿白布舒的学籍转来转去的非常麻烦。现在城里的公立学校对外来务工者子女的大门是敞开的，你只要有暂住证，有合法稳定的收入，从小学到初中，政府规定的九年义务教育让每一个学龄孩子都有学上。但到了高中以后，白布舒就必须回原籍上学，这样才有考大学的资格。白金华怎能不知道家乡高中的教育质量？老子就是毁在那所山沟沟里的高中的。白金华从不认为自己不如人，更不相信自己的宝贝女儿会输在起跑线上。女儿一出生他就给孩子取名“不输”，他对媳妇小琴说我们虽然输给了出身，但不能输给生活。城里人的孩子宝贝的不行，乡下人的孩子就不是心头肉了吗？只是女儿大了后，觉得这个名字太不雅，自己改名为“布舒”，看上去蛮有城里人的感觉。白金华最为欣慰的是，在校门口接女儿时，看着身穿校服的白布舒和她的同学一涌而出，谁能看得出来她是个民工的孩子？无论是学习成绩还是外貌扮相，我的女儿一点儿也不比城里人的孩子差。当然了，不能比的只是你的起点在金沙江大峡谷的深山里，从那里跑进大学学堂，得要两代人的功夫。

女儿布舒中考预考成绩非常好，老师说只要正常发挥，上七彩中学应该没有多大问题。只是因为白金华是持暂住证的“准城里人”，想进七彩中学这样的私立名校就要比别人多交一笔“择校费”，当然还不算住校费、补课费、每月的生活费、学习资料辅导费等杂费了。作为技术娴熟的刮灰工，白金华每天能挣到三四百元钱，除去周六周日休息和没有工可做的日子，一月收入总在六七千上下，加上媳妇打工三四千的收入，夫妻俩月入一万元左右，日子还是过得紧巴巴的。媳妇小琴说，一万块钱在老家可是大钱了，但在这城里，房租水电吃喝拉撒，扣七扣八的，钱就是抓在手里的沙子啊。夫妻俩刚贷款在城里买了一套三居室的二手房，每月六千多块钱的还贷压力相当大。但这并不能抵消白金华要让自己的女儿上名校的梦想。再穷不能穷教育不是？白金华经常说，等我们家布舒考上大学，毕业后再考个公务员啥的，当上国家干部，我们从此就是正经八百的城里人了。小琴对老公的梦想总是信心不足，她会嘀咕说，再多的牛粪也堆不成高山。白金华的回答是，那些体体面面的城里人，三代以前还不都是农民。他们能做到的，我们又不笨也不懒，为什么就不能呢？你再看看我们村的王多贵，人家两代就换身份了，还当了区人大代表哩。城里人都在为他打工，围着他转。

城市就是个滋生梦想的温床，你哪怕生活在城市的边缘，身份低微而暧昧，你的梦也是五光十色的，是那越升越高的五彩气球。与大山深处宁静的村庄相比，城市的呼吸是急促的，城里的楼房比地里的庄稼长得还要快，它催促着你挣钱的脚步，让你连过年都不想回自己日益冷清的村庄。

与白金华想法迥异的是他的弟弟白银华，这是个与城市有些格格不入的家伙。他从十八岁就跟着哥哥满世界讨生活，到过广东，闯过海南，最远还去过新疆，现在落脚在故乡的省会城市，多少有在家门口干活的感觉，至少，离他梦中的媳妇更近了一点。

白银华已经28岁了，去年春节回家相上了邻村里的一个姑娘，互相留了电话、加了微信。半年多交流下来，那姑娘说，明年过年你来提亲吧，你得让我爹相信你的实力。白银华明白那话里的意思，过去峡谷里提亲，男方家提一串茶叶饼、两块红糖就可以了。女方家如果认可这门亲事，便会留下礼物，再回赠两块用芭蕉叶包上的新春糯米粑粑。但这是白金华、白银华爷爷一辈的习俗，去年白银华的一个哥们儿也是去这个村庄提亲，带了两万元扎得整整齐齐的人民币，还是被赶了出来。白银华不像他哥是个基本上守规矩过日子的人。他好打麻将，每次回到家乡，一年辛劳积攒下来的那几万块钱，差不多有一半要输在牌桌上，剩下的钱就随心所欲地吃了、喝了、花了。父亲早几年不在了，母亲也管不了他，只有他哥哥的话他还偶尔听一下。两兄弟一起在外打工，他是帮手，也是徒弟。哥哥的手艺他从不上心学，他帮人刮灰，棱角线经常刮不直，墙面要么起泡要么开裂，还得他哥帮他补。他总是嫌这活儿脏，成天蓬头垢面，衣服上满是灰浆，且没有多少技术含量。但离了这点技艺，他想在城里讨到生活也难。挣再多的钱，你以为就能成为城里人了吗？这是他反问他哥哥的话。他还经常数落白金华，你一收工就换上干净衣服，每天洗澡，去美容店洗头，皮鞋锃亮，衣领洁白，把自己当成下班的机关干部，星期天还去图书馆听公益讲座，他们告诉你这座城市的历史，告诉你怎么炒股票，告诉你什么是安居工程、扶贫攻坚而房价却总是涨，最搞笑的是还告诉你城市有哪些文化名流、成功人士，告诉你怎样欣赏音乐、如何读一本书……可这些能改变你乡下人的骨头吗？你看起来像个城里人，骨子里还是个农村人；老家人认为你进了城，城里人看你眼皮都懒得抬一下。城里人生活在天上，我们生活在地上，一个是天一个是地，你是提着自己的头发想升天。

白银华是打工阶层中的愤青，二愣子，在街上开车也要骂骂咧咧，骂交警、骂那些不断超越他们的豪车。欺负老子的车破吗？你撞上来噻！老子奉陪你一条命。有次和雇主吵架，操起刮灰刀就要朝人砍去，要不是白金华及时按住他，那祸就闯大了。这个兄弟几天不在他眼皮子底下，他都不知道该不该去派出所寻人。白金华也不明白他为什么会有那样多的怨气，也许从他一出生就与社会结怨了吧。白银华是家中老三，那时算超生，家里实在交不出罚款了，乡政府和计生办的人就来拉走了猪圈里的一头肥猪。白银华长大后经常在嘴角挂着冷冷的笑意说："我的命值一头肥猪，谁有本事把老子拉去杀了？"

现在这个愣头青给他哥哥又出了个难题。他上周六和几个老乡打麻将，一个晚上输了一万六千元。白金华听完兄弟的诉苦，当即就给了他一巴掌。你是吃着屎了？脑袋被门板夹住了？人家出老千坑你，你难道不晓得吗？今年不是还要回去提亲吗？打甩手就能把媳妇娶回家吗？白银华不当多大个事似的说，血战到底嘛，出不了老千的。这点钱反正提亲也不够。我们这样的人，不搏一把，永远出不了头。

白金华差点没气背过去。真是民工的后代还是民工，赌徒的儿子一定是赌徒。白金华的父亲是二十世纪八十年代第一批走出山村的打工者，每逢过年的时候用一个蛇皮袋藏着一捆捆十元的钞票回乡，风光得不得了。但他也好打麻将，除了年夜饭那天在家，其余时间都在镇上的茶馆里打麻将。白银华小时候最熟悉的声音，恐怕就是洗麻将牌的哗啦声。这样的家庭环境怎么能教育得好下一代？多年以后白金华常常反思父辈的荒唐。他高中毕业参加高考，自认为成绩还可以，考个警校应该没问题，白金华从小喜欢看侦探小说，一直想当警察。但白金华没有继承到父亲的那点好运，民工二代的名分倒是顺理成章地继承下来了。虽然他现在比父亲那一辈人混得好，可谁会认为这是好运？

白银华说，别气啦。还有更让人气不过的。我听工程队刘队长说，咱们公司今年有几笔工程款结不了账，公司要裁人了。到处都差钱啊，我只是差点运气。

白金华恨得咬了咬牙，人走背运，差的是命。发不出工资算多大个事。前年白金华经不住身边的老乡怂恿，把十万块钱交给了同村的王多贵，30% 的年利率。第一年下来王多贵认账，十万元变成十三万元。双方重新签协议，继续将钱放王多贵那里鸡生蛋蛋生鸡，都是一条大峡谷里出来讨生活的老乡，还有什么不信任的呢。这笔老本钱是为白布舒上大学时用的。但就在上个月，白金华找王多贵说女儿要上高中了，需要一笔钱，能不能把去年的利息先付给他。王多贵请白金华去高档餐厅吃饭、喝茶，然后两手一摊说，兄弟，别人也欠我的钱啊，眼下真的没有钱给你。我正在找人追杀那个欠我钱的王八蛋，不还老子钱，就先砍他一条胳膊。白金华不敢砍人胳膊，更不敢把这个消息告诉家人，怕影响女儿中考。女儿曾经跟他说起过，随便上个公立学校算了，花钱也少。为什么非要去跟那些城里人比呢？我们跟他们不一样。白金华记得自己的回答是：我和你妈辛苦一辈子，不图别的，就是要你和他们一样。

那天晚上，两兄弟在白金华家喝下两斤多家乡带来的苞谷酒，喝得白银华热血偾张，喝得白金华眼冒泪花。白银华临走前撂下一句话：哥，富贵险中求，血战要到底。

3

白金华兄弟俩一个月前在湖之梦 A 区 18 幢对面的 32 幢别墅干过一段时间的装修。有一天下午，一个打扮得珠光宝气的女人开着一辆保时捷越野车，停在 18 幢的外面。刚好白金华兄弟俩买材料回来，那女人对他们说，小兄弟，麻烦帮个忙好吗？她让白金华兄弟俩从保时捷后备厢里抬下一箱茅台、一箱水果。然后她按 18 幢的门铃，一个保姆来开的门。女人指挥白金华兄弟俩扛着箱子穿过客厅，来到紧邻客厅的一间藏酒间，那里面有很多白银华叫不出名字的好酒；女人对扛着茅台箱子的白银华说，请先放在这里。然后她又带着白金华穿过一条走道，再经过一间保姆房，又走过一间摆放了各种古董的房间，来到餐厅说，你先放在这里吧。本来白金华兄弟俩放下东西就该走了，但不知从哪个房间钻出一个走路颤颤巍巍的老人来，女人一见他就说老领导，来看看您。老人很高兴的样子，先是把白金华兄弟俩当成跟女人一起来的，非要大家坐下来喝茶，不让他们走，热情得不得了。直到那女人反复解释说，他们是她请来搬箱子的，老人才释怀，顺手从茶几上抓起两包新版大重九塞给他们。白银华出来后问，哥，你知道这烟多少钱一包吗？这家人好阔气。

自从白银华在醉眼迷离中喊出“富贵险中求，血战要到底”后，这些天他们凭一张过期的施工准入证多次混进湖之梦小区，随时关注 18 幢的情况。他们在 32 幢搞装修的这些天，已大体知道一些对面 18 幢的情况。白银华还和 18 幢的保姆以姐弟相称，在姐长弟短中，白银华还得到了一个重要的信息：18 幢平常就他这个新认的姐和那个老人，老人有些糊涂了，生活基本不能自理，只有周六或周日其他家人才会回来。

湖之梦小区树上的松鼠也在打盹儿时，白金华和白银华正蜷缩在自己的微型面包车里吃方便面，他们目睹了 18 幢的老人跌倒。白银华把方便面碗一扔说，哥，机会来了。

这几天里，他们脑海中对这幢别墅里将要发生的事情，反反复复地推演到睡不着觉的地步。这家的保姆每天上午会去外面的小超市买菜，有时也会带上老人，费时一小时左右。而下午三点前后，保姆会带着午休过后的老人出来小区里散步遛弯，和难得遇见的几个邻居聊天，五点左右才会慢慢摇回家。18 幢有院子门和防盗门，院子带刺围栏有两米高。客厅窗户是大落地窗，侧面一间屋子（保姆房）有一扇带纱窗的气窗，保姆经常会把窗户打开透气，只有纱窗是合上的。如果有人要从那里翻进去，只需轻轻一跃——当然，还得考虑那些贴着每一扇窗户安装的红外线报警探测器。没有谁知道在白天或者主人出门时，这些探测器是否在工作状态。

好运的大门不攻自开。他们从车里跑出来，自然而然地扮演起见义勇为的好人。他们搀扶着老人进屋，先关上别墅的院子门，再关上厚重的屋门，白银华还悄悄把门背面的保险锁锁死。

大爹，你没有摔着哪里吧？白金华问。

面对两个进到家里的陌生人，洪玉林显得有些张皇失措，他张了张嘴，不知道该说什么。这时二哈开始狂吠。二哈，不要叫。老人开口说。坐嘛，坐下来喝茶。

白金华判定，老人认不出他们来了，但他装着好像认识他们的样子，表现出友善，这是好运打开了它的第二扇门。大爹，你不认识我们了吗？白金华笑眯眯地问。

刚才他们将老人扶起来后，老人突兀地说，你们回来了？白金华顺口应道，回来了，回来了。他推测老人把他们当成家里的某个成员了。白金华在老家的奶奶也活成了个老糊涂，在小小的村子里也找不到回家的路，积攒了一辈子的零花钱也不知藏到哪里去了，连她从小带到大的白金华、白银华兄弟俩也认不出来了。白金华现在需要弄清楚的是：面前这个老人糊涂到哪种地步了。

认得的嘛。认得的嘛。老人脸上现出困难的笑容。很像你在某个场合被人热情地打招呼，你绞尽脑汁、搜肠刮肚也想不起对方是谁，但你还得虚情假意地来掩饰自己的尴尬和难堪。洪玉林眼下的困难还在于：他不知道该把两个年轻人往哪里带。过去家里来了客人，都有人招呼；很多情况下，他从不用起身迎送前来拜访的客人，能抽出时间见客人一面都是给人莫大的面子。家里人都说他老了，不想多见任何人了，喜欢一个人活在自己漫长的回忆里。他们这样说得越轻率，老人就越如大河中的一根枯草，和外面的世界漂得越远。只有洪玉林自己知道，他活在一个多么孤独无助的世界，就像现在面对他想不起的客人，既有些手足无措，又仿佛守候了一万年，终于等到了乘着阳光的翅膀回家的晚辈。

回来了好。好。坐嘛，坐。坐。老人拉着白金华的胳膊，脸上现出解决了难题的笑意，深刻的皱纹乱成一团麻。

那只二货哈士奇，又叫了几声，但看到主人对客人那么热情，便回到自己窝里打盹儿去了。

白金华嘘了一口气，问：大爹，你家的保姆呢？

郝妈啊？交医保……老人茫然四顾，好像在找他的保姆。

难怪守了半天不见保姆出来。好运的第三扇门也打开了。白金华兄弟俩曾经认真讨论了如何对付这家保姆的问题。她很壮实、手脚利落。这种农村妇人，力气大得可以摔倒一个小伙子。每年白金华、白银华都要回老家交医保，还要按手印画押，不然就无效。今天好像是农村人站在了农村人一边。

白金华继续问，大爹，家里没有其他人呀？

有个鬼！老人的语气忽然严厉起来，让白金华心跳了跳。这么大的房子，有个鬼。来喝茶嘛。工作忙哦，脱不开身哦。喝茶嘛。在美国远哦。来嘛，喝茶嘛。老人好像总算想起来了，客人进屋，应该喝茶。

白银华本来揣了一把小刀在身上，但刚才在车上时，他哥让他把刀交给自己来保管。白金华说，做这样的事情，最好不要伤到人，那样警察会把你往死里追。在这种大户人家里，能神不知鬼不觉地顺走几样东西就足够救我们的急了。但眼下的情形，让白银华觉得是个千载难逢的机会。不就是个糊涂的老人吗，你当他面搬空这个家他都不会有反应。他用眼神告诉白金华，该动手了。

我讲个笑话给我听。老人忽然说。

白金华一愣，问：大爹，你……

我讲个笑话给我听。云根，云根，我讲个笑话给我听……老人喃喃地说，后面的话听不清楚了。

你自己讲笑话给自己听？白银华笑了。

白金华盯了他兄弟一眼，笑容可掬地对老人说，大爹，你先坐好。我来泡茶，我们再慢慢听你老人家讲笑话。茶在哪里呢大爹？

后花园喝。茶室里喝。老人边说边往里走。白金华记得这幢别墅有前后花园，后院还有个加盖的茶室，面对一个鱼池。老人在前面走得摇摇晃晃的，他们紧随着老人来到餐厅，餐厅对面的门通向后花园，但是走到餐厅时，老人忽然说，吃饭嘛。

餐桌上凌乱不堪，有半碗吃剩下的面条，半盘香肠，一小碗花生米，一碟泡菜，东一堆西一片的骨头、嚼不烂的菜茎，还有一瓶茅台，白银华的目光黏在了茅台上。那天帮人家搬了那箱茅台进这个家门后，白银华问了他好几次，哥，你喝过茅台吗？

喝酒。来，喝酒嘛。老人忽然声音洪亮地说，眼睛也亮了起来。这让白金华心里一惊，老人好尖的眼睛，难道他还能看透人的心思？而白银华则像被人逮住了伸出去的手，慌忙说，不喝不喝。我们就喝茶，喝茶就是了。

老人却麻利地拧开了茅台酒瓶盖。再好的酒，一个人喝，也叫寡酒。杯子呢？他四处张望，没有人伺候的饭桌让他有些手足无措。餐桌上并没有酒杯，白金华不明白摆一瓶茅台是什么意思。

去找酒杯。白金华对白银华一努嘴。白银华转身往藏酒室走，白金华拉了一下他，手悄悄往楼上指了一下。他早已观察到了餐厅里的食品柜，那里有一排排的玻璃杯子，而老人的注意力在那瓶茅台上，他把酒瓶凑近鼻子，脸上现出一个如馋嘴孩子般的陶醉。

好酒。洪局长我敬您一杯好酒。老干处的人怎么还不来，这个小刘越来越不像话，就要过年了。他们是汉国部队里的人吗？老洪你再不能喝酒了，血压高得很哦，老洪老洪我在那边冷得很。汉中要回家了，汉中去楼上了，再见吧妈妈，再见吧爸爸。老洪你还我的汉中来，你心肠好硬，汉中在那边更冷。再见吧妈妈，你不要悄悄地流泪。酒杯酒杯，眼泪眼泪。妈妈的眼泪。汉美汉美去劝劝你妈，汉中是为国家，我没有什么对不起你妈的。我讲个笑话，云根的笑话，云根云根。来嘛喝嘛，喝一杯好酒哦。

酒杯摆上来了，桌上只有老人的残羹剩饭。洪玉林笑呵呵地和对面的年轻人喝下了第一杯酒，脑子虽然更加凌乱，但看上去他是真心高兴，这栋大房子里要有人晃动，有人说话，才叫家嘛！平常除了天天陪着他的保姆，以及二儿子汉国时不时回家看看，老人觉着再也不会有人踏进这个家门了。从前单位上的人还经常过来看望他，先是那些受他提拔的下属，以及渴望得到他美言的后生，再后来就只有中秋过年前老干处的人来了，他们不过是完成节前慰问的工作任务，还没有等他过问清楚单位上的事，人家的后脚已经在门外。气人的是这帮小狗日的今年中秋都没有来！他感到自己已经没有了组织，一个干了一辈子革命工作的人，忽然失去了组织，生命的意义就没有了，只是等死，等得每一天都比一百年还长。更不要说等到个节日见到组织的人！外面的世界正无情地将他抛弃，像一辆越驶越远的乡村公共汽车，把他孤零零地扔在荒野里。他既找不到组织，也找不到回家的路，或者说，回家的路有很多条，错乱无序地在他的眼前铺展，而他明明感觉得到家就在眼前，一抬腿就可推门而入。他看得见老家的那间土坯房，看得见在火塘前忙碌的母亲，还看得见火塘上方悬挂的腊肉，被烟火熏得红亮红亮的，七八岁时的洪玉林偷偷地伸着脖子去舔腊肉上渗出的油珠。香啊，真香。这香味如此真实，好像味道还藏在舌头下面。但洪玉林却推不开时间源头那扇遥远的家门。

白银华神色诡异地从楼上下来，悄悄地向他哥低语道：楼上有个保险柜。那时白金华已经和老人喝到第三杯了，他开始想象那个保险柜，它肯定有密码，如何才能让这个老人说出密码呢？

你还认得回家的路啊？来来来，喝酒……老人忽然高声喊，他的眼睛明亮异常，猛地站起来向白银华迎去，刚跨出一步腿就绊在凳子脚上，他倒了，手徒劳地在空中抓了一把，把两个碗一个酒杯带到了地上。几声脆响后，老人已经跌坐在地上了。

白金华首先看到了一股血从老人额角处流淌下来，黑红黑红的，大约是在椅子角上刮破的。他上前搀扶起洪玉林，让他重新坐在椅子上。大爹，今天你都摔了两跤了。你头上出血了，我帮你擦一下。不要动啊。白金华从餐桌上抓过几张餐巾纸，又对白银华说，去找找看有没有创可贴。大爹，你的药柜在哪里？老人这时高声叫唤起来，哎哟，我痛。白金华用餐巾纸压住伤口，说一会儿就好了大爹。老人说，我手痛。白金华拉着老人的手甩了几下，说手没有摔着啊大爹。老人又说，我脚痛。白金华说那你起来走两步。他扶着老人走了几步，没发现有什么不对劲。

白金华现在感到了害怕，今天要是整出人命来，他们兄弟俩就惨了。老年人的事，说倒就倒了，说走就走了。白银华原来说他一个人来就可以把事情办了，他说哥你有家有口的，我一人做事一人当。但白金华怕他毛手毛脚的，将事情闹到不可收拾的地步。他珍惜自己的家庭，但他也只有这一个兄弟。

白银华开始无所顾忌地游走在各个房间，老人并没有什么反应，只是默默地看着餐桌上那几团浸染了斑斑血迹的餐巾纸，忽然反常地哼起歌来——

如果是这样，你不要悲哀，共和国的旗帜上……

白金华有些莫名其妙，他不知道这是什么歌，更不知道是唱给谁的歌。这个神神道道的老人，大约只有外星人才可以跟他对话。你碰到一个外星人，可能会得到世界上最珍贵的宝贝，也可能被外星人掠走，一去不回。白金华眼里的外星人，既有那些从不正眼看他的人，也有那些钱多得不可思议的富豪。虽说都生活在同一座城市，但每个人的天空是不一样的。

好在老人的伤口也不是很大，况且老年人的血凝固得快。白金华松了一口气，继续和老人瞎扯，企图能得到更多有用的信息。白金华让白银华陪着老人喝酒，自己借口说要去找点纱布，帮老人包扎一下，也闪身上了楼。楼上有三间卧室，一间书房。显然只有一间卧室常有人住，那是一个带有卫生间的大房间，除了一排大立柜、一张日本进口的高档电动按摩椅、两个床头柜外，没有多少摆设。落地窗帘拉得很严，卧室虽然收拾得还算整洁，但白金华还是闻到一股陈腐的气息。这种气息跟他奶奶家的那间黑暗狭小的屋子里的气息差不多。老年人的睡房，不过是还剩最后几口气的人的“活棺材”，乡下、城里都一样。孤独、阴暗、晦气，阎王派来的小鬼在窗台上探头露耳，死亡的阴影在空中飘浮。当然，卧室也是很多人最喜欢存放财物的地方，卧室里要是还有一个带密码的老式保险柜，你用脚指头都想得出来它会收藏多少财物。这个保险柜是绿色的，有一个衣柜那么高。可这个连人都认不出来的老人家还记得密码吗？白金华有些灰心地想。

真正引起白金华注意的是二楼的书房，它三十多平方米，两面墙是书架，靠阳台那一面是落地玻璃窗，还有一面墙上挂满了大大小小的照片，有彩色的，也有黑白的，还有很多的奖状和勋章，都用精致的相框装帧着。这是这个家庭的荣誉墙。白金华在这座城市做装修十多年了，还没有见过哪家的墙上挂有如此“重量级”的照片——周恩来总理和蔼可亲地握着一个激动得露出满嘴牙齿的军人的黑白老照片。应该是楼下那个老人家年轻时的照片，还有一张彩色军人照，武警少将军衔，从五官长相上看，或许是老人的儿子。他目光犀利，威风凛凛，仿佛身后有千军万马，随时都可以掩杀而来，让白金华无处遁逃。

天老爷，这家人可惹不起。

家里来了贼。

白金华回到餐桌边时，老人语气平和地说。就像说家里来了朋友一样随意。白金华的心咚咚狂跳，白银华端酒杯的手抖了抖，去年白银华跟人斗殴被人用一根钢管抵在墙角，都没有此刻这样紧张。但老人那副淡定从容的样子，让他们一时又无所适从。

大爹，你说谁？白金华的声音发颤。

电视上都放了，贼进屋了，要出人命了。老人用手在脖子处比画了一下。

白金华用了十二分的力气才让自己镇定下来，说那是电视。贼只是想拿点值钱的东西，不会杀人。

光天化日之下，他们也太猖狂了！老人忽然一拍桌子，目光凌厉起来。那种凛然不可侵犯的威严是白金华兄弟俩从来没有见识过的，他们几乎要崩溃了。

人啊，不能起贪心！不拿群众一针一线。老人嗓门洪亮地又加了一句。

大爹，你是说……电视上的坏人？白金华沙哑着嗓子问。

电视上放的，都是我叫他们拍出来的。老人转眼又平和下来，还打着手势，像在作报告：“4·19”入室抢劫杀人案，刑侦处的人勘查了现场后，我让宣传处的人去录像。我对他们说，为了保卫我们国家改革开放的成果，要告诉人民群众增强防范意识，要震慑犯罪分子，敦促他们尽快投案自首。4·19案告破后，两个犯罪分子王超贵和赵七能供认，他们就是在老乡屋子里看到了我们拍的电视，晓得了人民警察的强大威力，从躲藏的地方跑出来。一跑不就落进我们的手里了？到处都是卡子，到处都有我们的眼睛。他们能往哪里跑？

这个老家伙哪里糊涂了嘛？白银华有些绝望地看了看他哥。而白金华迎着老人咄咄逼人的目光，只能心虚地回答道：是，他们……不该跑。

你找到要找的东西了？老人依旧语气平和地问。

白金华吓得尿急，冷汗直冒。大爹，你头上出血了，我……想找纱布给你包扎一下。我只找到几块创可贴，大爹，我们先给你贴上止血哈。

白金华抓了张餐巾纸将老人脸上的血迹擦干净，这时他闻到从老人身上散发出来的臭味，原来城里的老人也是臭的啊。白金华奶奶的身上也经常有这样的味道，老人大小便失禁，可不像一个婴儿尿床那么简单，白金华又重新找回了点信心。但白银华将创可贴给老人贴上时，洪玉林一把抓住了他的手，忽然大声说，你这下跑不了啦。

白银华使劲挣扎，都把老人从椅子上带了起来，但也没能挣脱。老人的手竟然像鹰爪一样有力。

白金华忙上前去，抓住洪玉林的胳膊，急切地说，大爹，大爹，我们……我们来过你家的，帮你家送东西，你忘记了吗？我们不是……你想不起我们来就算了。大爹，我们还有事，我们走了。他不断给白银华使眼色，赶快脱身走人。

但老人断然说，只许你老老实实，不许你乱说乱动。

白银华有些恼怒地说：你放开我！他用另一只手抓住了老人的手，准备来硬的了。白金华脸上也现出事情就要办砸了的恐慌。

汉中，你好不容易回来一次，我讲个笑话给我听。

老人的语气忽然温和起来，像一个父亲对归家的儿子说出来的殷殷话语。我把汉国叫回来，汉美叫回来。汉国都当爷爷了，我们家四代同堂了哦，过年时我们一直在等你回来啊。每年的年三十晚上，我会悄悄给你留菜哦。不能让你妈知道，不能让她知道。他的脸上这时荡开一层哀戚之色，可怜巴巴的样子，像一个被人遗弃在大街上的老人。

白金华反应过来，老人又犯糊涂了。汉中是谁，是他的儿子吗？他怎么会对着白银华说这样的话？他究竟要跟哪个讲笑话、又想讲个啥子笑话？真是急死人！白金华长吁一口气，这个老人家得哄一哄，不然他不依不饶地纠缠到门外，那还了得？

三个人重新坐下来，老人兴致又高涨起来。人齐了，就欢欢喜喜地过年了。都不要走，汉国平常在部队工作也忙，喝酒嘛喝酒。白金华问，大爹你有个儿子是将军啊？老人一撇嘴说，将军算个啥？呵呵。这小子小时候调皮，差点儿没被我一枪崩了！他现在嘛，工作是刻苦的，组织上是信任他的。白金华又问：大爹年轻时见过周总理？老人的眼睛亮了，嗓门又高起来，一脸的自得之色。1953年去北京开公安英模会，周恩来总理问我多大参加革命工作，我说十五岁。周总理说，还是个小鬼嘛，打仗害怕吗？我说报告总理，我跟共产党走，干革命，就不晓得“怕”字。周总理笑了，跟我握手。我激动得差点要哭。

白金华心里想：这就是人们说的老干部了吧？还是老公安。我们若动他一根汗毛，惹的麻烦就大了。

4

在旧金山大湾区圣何西县皇后镇的一幢公寓楼里，地产律师洪汉美借助Remote monitoringsystem（远程监控系统）将万里之外家中的情况看得既一清二楚又一头雾水，她手中的电话拿起又放下。本来此刻已是美国西部时间的凌晨一点，她早该去就寝，明天九点还要出庭。但她惦记着家中的老父亲，因为她知道今天保姆回农村老家办医保，要到北京时间的晚上七八点才会回来。家里几个房间都装了监控摄像头，这是她去年回家力主安装的，借助网络他们这些在外奔前程的子女们可以随时看到家中的情况。两个月前的一天中午，保姆郝妈在午睡，洪汉美在监控画面中看见厨房里飘出阵阵浓烟，便急忙打越洋电话到小区物管那里报警。原来是老爸想烧开水，却把郝妈炖在煤气灶上的一锅红烧肉烧煳了。满屋浓烟滚滚，洪汉美在旧金山仿佛都闻到了浓烈的焦煳味，而亲爱的老爸却呆坐在客厅里浑然不知地看着电视。

从前一年回国探亲时开始，洪汉美就发现孤独的父亲越来越糊涂了。五年前母亲去世后，父亲就像一个落单的老小孩，越发沉默、迟缓、笨拙、木讷。从前那个叱咤风云的传奇英雄，那个让子女们既自豪又惧怕的父亲，那个让犯罪分子闻风丧胆的前公安局局长，现在成了一个吃饭时都要戴一个口水兜的老小孩　他光荣的过去，正在被一块无情的橡皮，慢慢擦去。

阿尔茨海默病（Alzheimer disease），中国人略带不恭地叫作老年痴呆、老糊涂，医学上也称之为AD患者，也许是所有做儿女的肩头上卸不下来的重担。洪汉美最早察觉到父亲正不幸滑入AD患者的深渊，两年前她就提醒她的哥哥洪汉国要引起重视。但洪汉国身为边防武警部队的少将，长期忙于公务，对父亲的状况并不以为然。说老年人嘛，都有不清醒的时候。咱老爸活了八十多岁了，能吃能睡，啥病没有，血压也不高，一年都不感两次冒，够省心了。洪汉美却不这样看，父亲面对回国探亲的女儿，再也不会一遍又一遍地询问美帝国主义的社会治安状况，再也不见他天天读《人民日报》和《参考消息》，甚至连新闻联播也不准时收看了。她就父亲的状况咨询了美国的医生。医生说，你父亲现在的病症属于AD症初期，它是不可逆转的，只会越来越严重。从失认，到失忆，再到彻底失去生活自理能力。她记得去年回家那天的家庭团聚宴，老父亲端起红酒杯对她说，妈妈，你辛苦了。餐桌上的晚辈们笑翻了天，老人一时手足无措，不知道自己到底做错了什么。洪汉美当时眼泪忍不住流了出来。

如果母亲不先走，父亲不会老得那样快。家人都这样认为。一个亲人在衰老，并不仅仅体现在他脸上的皱纹、满头的白发以及越发蹒跚的步履，他是一盏逐渐暗淡下去的灯，是流进岁月的沙漠里越来越细小的溪流，是一棵慢慢凋零枯萎的老树。这是谁也无法阻挡的事情。这些道理洪汉美都明白，她想不明白的是：不可抵御的衰老，为什么会摧毁一个人的智力，抹去他的记忆，让他变成一个白痴？不管他曾经当过总统首相，还是贩夫走卒。仿佛是上帝拣选出一些人，向世界展示人生尽头的残酷与玄妙；或者说，在生界与冥界之间，还有一个只有他们深陷于此的黑洞，幽暗、缥缈、迷蒙、混沌、混乱，没有人可以拯救，也没有人能够理喻。

洪汉美不无悲哀地发现，家中的人已经不屑与这个曾经威风八面的一家之主多说一句话。哥哥汉国总是忙，嫂子对父亲的厌恶在空气中都嗅得出来（母亲去世后这股气味益甚），侄儿洪疆刚得了一个宝贝女儿，一心只过自己的小日子，是那种精致自负的小中产，他们一周回爷爷家一次，不过是为了履行当孙子的义务，那种漠然、敷衍，甚至不比对二哈更亲热。哥哥一家人放着一栋大别墅不住，宁愿挤在部队分的福利房里。哥哥的解释是他还在部队当着领导，住在别墅里影响不好。洪汉美明白，自己没有资格责怪哥哥一家不管老父亲，当她看到保姆郝妈搀扶着父亲在空荡荡的小区踟蹰散步时，只有一种深深的无奈。自己身在美国，离异，和女儿刘涯难得回国一次，刘涯和外公也几乎没有多少亲情可言。这个在美国长大的孩子总是会问同一个问题：为什么不送外公去养老院？我们不想被人指着背脊骂。这不是洪汉美说的，是哥哥汉国的话。一个受人敬重的将军怎么会把自己的父亲送进养老院？洪汉美只能给女儿这样解释：我们这一代中国人，将“忠”和“孝”视为美德，信奉的是“老吾老，以及人之老”。儿孙一大群，老人却在养老院，是不肖子孙的做法。那你们中国人就宁愿看到一个老人关在家里孤独寂寞而死，slovenly and senile（邋遢并衰老），也不愿给他一个有尊严的晚年。面对女儿的指责，洪汉美总是底气不足地说，不，你外公晚年很幸福。

洪汉美当然知道自己这话里的虚伪，二十七岁的女儿也知道。甚至家里任何一个人都明白，别墅里的这个老人，如果真的幸福的话，就是他能够穿越眼下的混沌世界，进入天国的那一天。侄儿洪疆有一句话是这样说的：一个经常尿裤子的老男人，活着还有什么意义啊？

父亲还不到大小便失禁的地步，但他已经不能“正确”地大小便，除非有人帮他。经常出现的情况是，他要么人站在便槽前，却将小便哩哩啦啦地全尿在裤子上、鞋子上；要么他将大便拉在便坑外（父亲一直拒绝用马桶），然后又像小孩玩泥巴一样搞得卫生间里一片狼藉。有一次，他把大便糊在了盥洗台上、镜子上、墙上（也许他想将之清理干净，但却越搞越糟）。去年洪汉美回家过春节，给父亲买了一箱纸尿裤，可父亲却拒绝穿，说女儿把他当什么了，小屁屎娃儿吗（这种时候他为什么又那么清醒）？洪汉美只得一次性买来十条棉裤、二十条秋裤、四十条单裤。她告诉郝妈说，只要他拉在裤子上，你就给他换。洪汉美不能容忍父亲身上散发出来的一丝恶臭，但家里还是经常恶臭盈室。她不明白的是：一个暮年男人的屎尿，为什么会那么臭？那么大的房子，只要父亲一“闯祸”了，几间屋子都臭不可闻，而且那臭气中还夹带着死亡的气息，令人无法忍受。她专门托人从西藏买来藏香，让郝妈到处薰。再好、再浓郁的空气清新剂或香水都已经没有多少效果了。

给父亲换裤子的事情，家里人都不愿染指，全交给郝妈做，没有哪个家人能够忍受那种臭味。一个人活成老小孩，可能会变得很可亲可爱，但也可能会令人无可奈何甚至心生厌烦。父亲情绪不好时，便会骂人，甚至动粗，乱打乱踢，仿佛不是他尿裤子了，而是别人。哥哥汉国有次帮他换袜子，结果遭父亲狠狠踹了一脚。所幸任劳任怨的郝妈还能招呼得住个性一向刚硬古怪的父亲，她说什么父亲都乖乖地听，老老实实地按她的话去做。即便是母亲在世时，父亲都不会这样听话。

他们是谁？父亲好像跟他们认识。但在洪汉美印象中，家中没有过这样的朋友或亲戚。父母的亲戚中，母亲那边的人洪汉美全知道，母亲出身于城里的读书人家，亲戚本来就不多，来找洪家帮忙的少。父亲那边的穷亲戚就太多了，七大姑八大姨的，过去不是来借钱就是来请求安排工作。父亲参加工作早，对故乡似乎没有多少感情，又是一个极讲原则的人，为此得罪过不少老家那边的亲戚。后来父亲索性不回老家了，他说人家是衣锦还乡，我穿一辈子制服，不能用公家的衣服去还我欠的债。

莫非他们是父亲老家来找工作的后生？不然父亲怎么会请他们喝酒。那两个年轻人看上去不像是有多大教养的人，但也好像不是贼眉鼠眼的坏小子。家里的卧室、书房、客厅、餐厅还有阳台这几个父亲常去的地方都装有摄像头。起初洪汉美看见一个年轻人在父亲的卧室床头柜翻找什么时，吓得汗毛都立起来了。但她随后又看见这人把一块创可贴贴在父亲额角上。卧室的床头柜就是他的药柜，应该有创可贴之类的常备药。

家里的监控设备装好后，洪汉美觉得自己逐步沦为"窥视癖"，一发现有什么不对劲就打电话。有一次，郝妈去超市买菜，她看见父亲长久歪坐在客厅沙发上一动不动，家里的座机打了无数遍，他也没有反应，父亲也不用手机，说看不清上面的数字按键。洪汉美认为父亲不是心脏病犯了就是突发脑梗，便哭喊着打电话到物管公司。那边倒是反应迅速，立即派人去敲门，门又敲不开。然后社区民警、"120"急救车都出动了，最后还来了一辆消防车，消防队员搭上云梯从楼顶开着的气窗爬了进去，父亲方才大梦初醒，笑呵呵地面对一屋子的陌生人，把那些警察、医生、消防队员当成单位上来慰问他的人，要人家都坐下来跟他汇报工作。物管公司的经理在电话里抱怨说：洪姐，拜托你不要经常这样吓我们了。

她也曾想打家里的座机，问一下那两个年轻人是干什么的。但她怕如果他们真是坏人，岂不是打草惊蛇？万一他们狗急跳墙做出什么对老父亲不利的举动……她不敢多想。

洪汉美犹豫再三后，决定先给二哥汉国打个电话，但那边一直是忙音。天知道他此刻在哪个连手机信号都没有的地方忙。洪汉美深深叹了一口气，继续观看家里正在上演的那出"戏"。

5

你是谁？

你从哪里来？

你犯了什么罪？

这是什么地方？

每个进了监狱里的犯人，一进去就要回答清楚这四个问题。洪玉林就像满肚子的故事刚刚打开了话匣子。我马上就要回去工作了。他打着手势说，他们不让我工作是错误的，组织上的平反通知已经下来了。我知道的。恢复工作是组织对我的信任，职务啥的暂时不考虑。老干处的人乱七八糟瞎毬整。当初就不该提拔小刘这样的人。我受党教育多年，党叫干啥就干啥。老人豪情满怀，一拳砸在桌子上，震得酒杯都翻倒了两个。

这是醉了还是继续在装糊涂？白金华心里叫苦不迭。装糊涂的人好对付，真糊涂的人你还真拿他没办法，你得有时间慢慢和他周旋，在一个混沌的世界里和他一起跌跌撞撞地摸索。就像白金华的奶奶，她一生的积蓄陷在记忆的沼泽里，只有世界上最聪明绝顶的人才可以将之打捞出来。白金华一度认为自己是家里最聪明的人，因为他读的书最多。他读侦探小说，犯罪小说，推理小说，常常把自己也读进情景之中。白金华回老家时把这点才华用在“寻宝”上，最后他就像一条嗅着钱味儿的猎狗，愣是在一条破被褥里把那区区几千块钱搜出来了。而眼前这个老糊涂的财物，绝对是可怜的奶奶的百倍以上。

可是，白金华今天脑子转得再快，也转不过这个比奶奶还糊涂的老警察。老天爷啊，还是快放我们走吧。

老人仍然兴致勃勃、口若悬河，颠三倒四地给两个图谋不轨的年轻人讲起了自己的革命工作履历。1953年梁王山土匪叛乱，杀人放火，一个村寨一个村寨地烧光抢光。工作队员吊起来打，砍手砍脚。人装在美孚汽油桶里，架在柴火上活活烤死。我们公安队配合解放军剿匪。雷四眼，过去坐八人抬轿子，当马帮走夷方，驮鸦片去缅甸越南，赚大钱。都是有武装的哦。县公安队伙食好，我从来没有吃到过那样好的伙食。雷四眼出门，前面四挺机枪开路，后面两挺机枪压阵。我们跟雷四眼打了三仗，都让他跑脱了。白面馒头盛在一个大簸箕里，随便吃。我一只手抓四个，两只手抓八个。教导员说，饱饱地吃，吃饱了去追雷四眼。汉中，你要多多地吃，吃饱了好抓雷四眼。来嘛，陪你老爸再喝一杯嘛。报纸上说，雷四眼被我剿匪部队生擒。我那时不懂，就去问教导员，什么叫生擒。教导员说，就是被你活捉了的意思。呵呵！汉中，你晓得了吧，杀人不眨眼的雷四眼，是被你老爹活捉的。生擒，嘿嘿，像抓一只小鸡。

我可不是你的汉中。白银华突兀地冒出一句，把他哥哥都吓了一大跳。这家伙喝高了吗？白银华却不管不顾，语带嘲讽地说：大爹，我要是有你这样的老爸就好了。我老爹只是个金沙江峡谷里的农民。

金沙江峡谷？洪玉林老人顿时眼神亮了，是鱼坝村的吗？我家就住那儿。你们一进屋，我就听出是我老家那个地方来的人。什么人张口一说话，我就晓得他从哪里来的。过去干侦察员，三句话就可问出人家是干哪样的。在人民公社时有个偷牛贼，说话咣当咣当，嘿嘿，打铁的嘛。老人现在思路基本清晰，表述也大体准确连贯，跟刚才说话颠三倒四的模样判若两人。

白金华被老人的话搞得心里一会儿热一会儿凉，有点猫爪下的老鼠的感觉。别的不敢想了，能赶快溜走就是大本事。他努力揣摩老人的思路，企图在混沌中找到一条求生之路。他顺口敷衍道，鱼坝村在我们村子的下面，我们在半山上，核桃箐村。大爹，我们是老乡哦。

嘿嘿，老乡，老乡。许多年都没有见到个老乡了。故乡的话题再次引发了老人的兴致。平常他多想跟人讲讲自己的故乡啊，连保姆郝妈都知道他的老家房前有几棵树，屋后的水井有多深，他们家的那头老牛叫什么名字。他开始准确无误地回忆起那些远逝的地名和乡土风俗。鱼坝村邻近的村子是砂石滩和放牛坪，我们在砂石滩上枪毙雷四眼，人山人海。过年时人们在砂石滩上和往来的马帮做买卖，置办年货。四乡八邻的小伙子和姑娘唱情歌打跳。放牛坪的牛羊好，核桃箐的小伙子能干，入赘到江边来的小伙子个顶个的强。有句话是这样说的嘛：买腿长的骏马，招山上的女婿；吃头刀的羊肉，娶鱼坝的姑娘。你们认得鱼坝村的张梨花吗？白金华摇摇头。老人有些失望，说你们怎么会不认得呢？她是我的老母亲啊，是峡谷里最能干的女人。我好多年没有看到我的妈妈了。我要回家。可是他们不让我去。老人的目光暗淡下来，脸上又现出哀戚之色。

白金华问，你家老母亲还活着？

活着的嘛，还可以上山打柴呢。老人肯定地说。有天打柴的时候，就生下了我，小时候他们叫我柴娃。唉，活着活着，就没有用了。

白银华冷冷地说，大爹，你不愁吃不缺喝的，手里有花不完的钱，还住这么大的房子，活得多风光啊。

风光？年轻人才会风光。老人轻松下来，脸上的皱纹也舒展开来了，老顽童般晃起了脑袋。山这边的姑娘唱山歌，还没有唱完，山对面的小伙子就跑到跟前来了，这才叫风光。

白金华应了一句，是啰是啰。我们那边都是这样的。

老人的目光温热又空蒙，望着窗外绿茵茵的树林，仿佛看见了故乡的火塘。他说，峡谷里的梨树，一场春风吹过后，就高高低低的都白了，好看得不得了。江水起春汛，那些鱼喔，要去小龙溪上游摆籽。拿个撮箕，站在小龙溪的水头上，一撮就是满满一撮箕啊。呵呵呵。天底下最好的地方，就是我们的金沙江峡谷啊。洪玉林笑得口水都淌下来了。

屁哟。穷山恶水的山沟沟。白银华嘀咕了一句。

老人“啪”的一声拍起了桌子。瞎说！我不准你诬蔑我的家乡穷！我们那里要啥就有啥的，鱼米之乡嘛！

白银华顶了一句，穷就是穷，我没有诬蔑。那个鬼地方就是穷得鸟都不拉屎。

老三，莫多话。白金华低声喝了一句。

穷？穷……穷……洪玉林嘴唇哆嗦起来。再陡的坡上都要长棵草。你咋个长大的？

爹妈养的！白银华根本不听他哥哥的。爹妈都是盘田种地的农民，我们能好到哪里去？

你……不爱妈妈的小杂种，老子要毙了你！

老人下意识地去摸腰间。这个动作娴熟、自然，一看就知道是个一辈子佩枪的人。白金华心头一惊，他相信老人腰间如果真有把枪的话，白银华也许还不明白怎么回事，枪口就顶在脑门上了。

白银华冷笑道，你枪毙了我，家乡还不是穷？来嘛，反正我们这种人的命不值钱。猪。我们是猪！你晓得吗？白银华声音大了起来。

你放屁！老人喝道。旧社会劳动人民才牛马不如。你这个反动分子！老子的枪呢？他两手固执地在空荡荡的腰间乱抓一气，最后有些难堪地将手捏成了拳头。白金华注意到那是一只枯瘦的拳头，骨节粗大，皮肤松弛，蜡黄的手背上布满灰褐色的老年斑。

这只握了一辈子枪的手终于颓然地放下了，老人的头也低下了，呼呼喘气。白金华赶快给他倒满一杯酒，说，大爹，你消消气，我们喝酒吧。别跟他计较。他不懂事。

老人一口把酒喝了，说，再来一杯。

老人连喝了四杯，屋子里的气氛缓和下来了。白金华想，干脆把他灌醉了算了。没想到老人忽然说，家乡那么好，你们跑到城里来做啥吗？

白金华说，大爹，你怕是好久都没有回过老家了。我们那边真的很穷。

老人不计较这“穷”字了，沉默了好一会儿，才问：真的？

白金华平常最怕别人问老家的事。他总是为自己的故乡感到羞愧，他情愿自己是个没有故乡的人。不是因为故乡穷，而是故乡带给他乡下人的身份，让他在城市里再漂泊几十年也擦洗不掉。就像白银华说的那样，爹妈是盘田种地的农民，你好不到哪里去。他只有指望自己的女儿，她出生在城里，她的故乡就是这座城市，将来她还要在这城里工作，把自己民工后代的身份像擦去作业本上的铅笔字一样擦掉。这世上有这样一块“橡皮擦”吗？他不知道。

他没有正面回答老人的问题，显得有些沮丧和忧伤地说：我们这种农村人，吃得饱饭，又有什么出路呢？我爸出来打工十多年，只是把我们养大，我们是民工二代。现在满大街都是“富二代”“官二代”，我们不敢去比，我们当年没有条件上大学，这辈子就当个农民工，也认命了。我只是不想我女儿再当个民工，在这个城市里没有身份、没有地位，将来再嫁个民工，以后子子孙孙都是民工！真那样的话，我们的生活还有什么意思？没有钱，还不是生活中最大的难事。活得没希望，那才难。

白金华不知不觉动了真情，好像搞错了说话的对象。连白银华都听不下去了，呛了他哥一句：啰唆。

老人却郑重其事地说，让她好好读书。

白金华还陷在自己的情绪中。要有条件啊，大爹。农民工的孩子要上个城里的好学校，可不容易。当年我还想考警校，像你一样当个人民警察哩。可是我们的学校，小学时就一个老师，中学时教语文的老师还教数学和地理。你说说我们怎么跟城里的学校相比？

农村娃娃，好好读书，才有出路。洪玉林抓住白金华的手，不停地摇晃，像是在托付一件重要的事情，把白金华搞得有些感动，以至于他都搞不清自己的角色了。

白银华却一撇嘴，你说得轻巧喔，大爹。我们又不是那些有钱人，想上哪样学校就上哪样学校，国内再好的学校也嫌不好，还出国留洋哩。

老人正色道，瞎说！留洋有啥好？我女儿就在美国读的书，遭罪得很。日子过得那么苦，还受美帝国主义的罪，真是气死我了。

白银华嘲讽道，看看吧，你们这样的人家，都去美国读书了还喊遭罪，我们想受这种罪还没有资格呢。妈的有钱就任性，想过啥日子就过啥日子。

放屁！老人喝道。年轻人，你的资产阶级思想很严重。

嘿嘿。白银华用戏谑的口气说，老大爹，我还想有地主阶级的思想呢。我他妈的有得起吗？

剥削思想。我要枪毙你！老人厉声地说，又从座椅上站起来，身子晃了一晃，险些再次跌倒。

哈哈哈哈，大爹，你都枪毙我两次了。可是你的枪呢？

白金华觉得他兄弟今天不把事情闹到不可收拾就不肯收手，这让他感到害怕。他喊了一句，老三，你太烦了！

孩子要读书。要读书才好……老人嘴唇翕动着，又坐了下去大口喘气，不知是气的，还是累的。他又抓住了白金华的手，与其说这次是想嘱托什么，倒不如说他想找个支撑，以便让自己不瘫倒下去。这个老人已经被他们打败了，像风中的枯树，一阵微风就可让他轰然倒地。餐厅里此时斜射进来一束阳光，在洪玉林的头上镶上一层耀眼的光芒，让那满头的银发更白，白得近乎透明，白得令人心生怜悯和敬畏。

两兄弟的目光碰在了一起，都从对方眼里看出了无奈，也明白现在是最好开溜的时候。白金华抽出了自己的手，说，大爹，我们要走了。白银华也接了一句，我们走。拜拜了老大爹。

不要走……老人伸出一只手，仿佛想挽留他们。但他忽然张了张嘴，“啊、啊”两声，艰难地站起来，一行尿液从裤裆处稀稀拉拉地淌下来了。

白银华皱起了眉头，鼻子收紧成一团，白金华也闻到了一股新鲜的尿臊味。

郝妈，郝妈呢？老人手足无措，张着嘴四处看。

地板上已是一摊尿液，浓烈的臊臭在餐厅里弥漫开来。白银华面带鄙夷地说，喂，你尿裤子了。

老子没有！老人硬硬地回敬道，但是他又不得不低头看脚下的尿渍。他想移动脚步，但却一脚踩在那滩尿上。他提起脚来，放下去，还是踩在尿液里。“啪嗒”“啪嗒”，老人左脚挪右脚，右脚换左脚，仿佛在踩着尿玩耍，让两兄弟不得不再次皱起了眉头。

嘿嘿，你慢慢和你的尿玩吧。白银华幸灾乐祸地拍拍老人的肩膀，准备走人。

麻烦你们……麻烦你们，找条裤子……老人费力地说。终于明白他现在的窘境。

想得美哦！你又不是我老爹。白银华说。

老三！白金华喝了一声，起身往楼上跑去。

麻烦你……老人目光哀怜地追着白金华的背影。

一会儿白金华就拿了一条裤子下来。过来，帮个手。他对白银华说。

白银华一把抢过他哥手里的裤子，抖了抖，对老人说，告诉我楼上保险柜的密码，我们就帮你换裤子。明白了吗，老大爹？

老人呆呆地看着两兄弟，嘴唇张了张，无话。

你浑蛋！白金华没有料到他兄弟会来这么损的一招，张口骂了一句。

大爹，你好臭哦！你好好笑哦，“我讲个笑话给我听”。哈哈，这就是你讲给自己的笑话？讲干净是要花钱的。白银华并不理他哥，冷酷地说。我们他妈的从来就不干净卫生，天天一头灰一身泥，才能挣一点点钱。钱还被人骗走，孩子也没钱上学。社会险恶啊大爹。

白银华将手中的裤子往前递了递，老人伸手来接，白银华又收回去了。说出密码来，我们就给你换上。快点想哦，裤子上有尿可不好受。他笑吟吟地说，像在逗一个小孩。

白金华常常不明白他这个老弟的心肠为什么会那么硬。兄弟俩在社会上闯荡多年，在需要跟人争勇斗狠时，往往是当弟弟的冲在前面。没有白银华这个狠劲儿，他们怎么会走到这一步？他们本来是来抢劫的，但未泯的良知告诉他，他应该去帮助眼前这个老人。那他到底是好人还是坏人呢？在社会上你想做个好人时，没有多少人正眼看你，而当你黑下心来做坏人时，又有一双无形的手推着你去学雷锋。这让他对眼下的困局心生厌恶。他觉得现在是他们哥俩儿掉进粪坑里了，比站在一摊尿里的这个老人家还狼狈。

老人睁大了眼睛望着白银华，目光里既有屈辱又有愤怒。他又转头求助似的望着白金华，白金华连说一句话的勇气也没有了，不敢直视老人的眼睛。他想，我们是在做要挨雷劈的事。但事到如今，不管你做还是不做，上天惩罚的雷已经在积蓄力量了。

这是一段困难的时间，像沙滩上被烈日炙烤的鱼，人有时熬不过去，一颗鲜活的心便瞬间成炭。老人开始莫名地淌眼泪。先是一两滴，缓慢地在苍老的脸上流淌，然后他张了张嘴，像一头老狼一样干号了两声，又止住了。

我想不起来你们是谁了。想不起来了。你们弄死我吧，弄死我吧。我这个样子……唉，唉。我不想活了，我听到我妈妈在喊我了。

白金华声音小得连他自己都听不见。大爹，我们是……我们其实不是……只是孩子要交大笔的学费……他语无伦次、结结巴巴，世界上大约很少有这样狼狈不堪的打劫者。他想去拉着老人的手，或者帮他拭去脸上的老泪，但是他不敢。奶奶说过，老年人流泪，佛菩萨也会不高兴。你们年轻，看到姑娘红扑扑的脸是福气，可看到老人的眼泪，就要遭报应了。

白银华继续他的冷酷。生不带来死不带走的东西，你捂着藏着干什么呢？这世道有人抢钱明火执仗，有人抢钱喝杯酒之间。大爹，就算你先做个好事，我们再学雷锋。

洪玉林终于缓缓蠕动了下嘴唇：要根针就给你针，要根线就给你线。走嘛。

白银华的眼睛开始放光，白金华却感到害臊。老人已经颤颤巍巍地走在前面了，看上去既漫不经心，又无所畏惧。

等一下，大爹。换双鞋吧，楼上是地毯。白金华说。

白银华瞥了他哥一眼，多事！杀猪还怕手上沾血？

老人这时停下脚步，回头不急不慢地对白银华道，我们老家有句话说，隔着大山娶媳妇，等于在温泉里放屁。

白银华不明白这句话的意思，他发现老人的眼神有些不对了，但他仍然读不懂这将意味着什么。白金华跑到前厅鞋架上找来一双布鞋给老人换上。他们那时并不知道，他们在这里做的每一件事情，不是无可挽回的堕落，就是难以名状的救赎。

老人带兄弟俩走进卧室。白银华差点忍不住想跟他哥说，世上有些天大的难事，其实撒泡尿的工夫就能解决了。这种如衣柜般大的保险柜，两兄弟给一些公司粉墙时见过。把它放在家里，天知道要存放多少贵重的东西。电视里播放的那些贪官，不都是把一摞摞的钱放在这种地方吗？

老人径直走到保险柜前，默默地站了一会儿，然后握着门上的把柄往右一抬，保险柜的门便訇然中开。白金华恍然大悟，一个脑子糊涂了的老人怎么会记得住密码？他们原先看到保险柜时首先感到犯难的就是如何得到那一连串的密码。他们甚至连试着摸一下保险柜门把柄的想法都没有过！侦探小说把人看糊涂了。人的眼睛有时真的会被一片树叶挡住世界上所有的风景。

兄弟俩站在老人的身后，面对梦想中的财富之门，都能互相听到对方的心跳。白银华伸长了脖子，白金华却反常地紧盯着他的兄弟，仿佛随时要按下他脑袋里伸出来的欲望。人有时并不明白自己在最紧要的关头该做什么，无论是以命相搏，还是对一个姑娘说一句暖心的话。生活中的剧情常常在人们的想象力以外，白银华如果在此时要动粗，白金华不敢保证自己会不会踹他一脚。人放下自己的欲望，就跟放下一袋金币一样难。慈眉善目的老天爷有时会化作人间一个宽厚的长者，让你忘记金币。他现在慢慢转过身来，手里捧着一套折叠整齐的解放军65制式军装。

白银华说，大爹，你的裤子在这里。他想老家伙还真糊涂到了把换洗衣服收进保险柜了不成？他的眼睛瞄进了保险柜内，但他很快就被一道光照亮了——这在他的生命中是从来没有过的事情。

你，穿上它。洪玉林老人郑重地对白银华说。

我？白银华吓得后退了一步。不是被老人吓到，而是被那身军装吓到。

此刻，没有什么能比军装更令人肃然起敬并忘掉邪念的了。红色的领章鲜艳夺目，草绿色的纯棉府绸布像春天深处的思念。白金华、白银华分别是二十世纪八十年代和九十年代生人，不会知道这身军装所代表的时代意义。他们只是从电影、电视剧或画报中见到过这款老式军服。和现在解放军的军装相比，他们只会认为它土气。

多年以前，白银华曾报名参军，体检都过了。接兵的一个连长说他文化基础不错，体格也健壮，到部队锤炼锤炼，会是一个好兵。他的梦已经飞进了遥远的军营，农村人嘛，除了考大学，就是当兵。不然他们怎么走出大山？但后来他被告知，他的名额被乡里有权势的人家“顶替”了。白银华没有找人讨说法，也没有唉声叹气，更不会掉眼泪。他只是冷笑几声，就收拾行装找他哥打工去了。

面对递到面前的军装，白银华身上的邪念在消退。是你要换裤子，不是我。大爹……他底气不足地说。

来吧，穿上让我看看。老人轻柔地说，小心地将军装抖开，一股英气扑面而来，令人心动，无法拒绝。

并不仅仅是因为“人是衣裳马是鞍”这样老套的说辞，而是无论何种款式的军装，总是有魔力的。它会和男儿身上的血性相碰撞，激发出此生从未有过的情感。一个再卑微的人，也会被一身军服赋予勇气、荣誉和责任。

把军帽也戴上。洪玉林又从保险柜里取出一顶镶有红五星的绿军帽。哦，对了，还有皮带。老人现在思路清晰，已经完全掌控了局面。军人怎能不扎腰带呢？他说。收腹，挺起胸来，再挺。腰要紧，背要平。好，好，就是这样。就是这样，就是这样，就是这样……

老人围着白银华转，把他拉到卧室里的穿衣镜前，帮他正正帽子，紧紧皮带，抻抻衣角。此时，所有的事情都在向相反的方向发展，或者冲出人们的想象力边境，飞进银河系里，用光年的速度抵达从不敢想象的彼岸。时间发生了扭曲，宇宙也充满了庄严。就像白银华看见镜子里的那个军人，妈哟，老子原来可以是这个样子。卧室里打劫者和被打劫者都忘记了对方是谁，忘记了自己在干吗，忘记了危险仍未解除，并且即将来临……

像啊！像。太像我的汉中了。汉中，你总算回来了。汉中，我就你这么一个有出息的儿子……汉中，妈妈，妈……妈妈要是能看到你这个样子……

老人双手扶着白银华的双肩，再次抽泣，老泪纵横。

6

简直太离谱了！洪汉美在地球那一端忍不住叫了起来，眼泪簌簌而下。她有抓起什么东西想砸向哪里的感觉。而往昔的伤痛，是你想喊想砸也挣脱不了的渊薮。

1979年的春天，是个多雨多雾又压抑伤感的季节，那一年南国边城的樱花不开，桃李不结，戍边的男儿不归。多年以后洪汉美在给自己的女儿讲起这段岁月的感受，她习惯用“稀里糊涂”这个词。这一年她即将考大学，学习是稀里糊涂的，对班上某个男生朦朦胧胧的爱是稀里糊涂的，成绩当然也是稀里糊涂的，忽好忽坏；能否考上大学或今后要从事什么职业更是稀里糊涂。甚至，当某个春雨下得像人的眼泪的晚上，父亲一脸严肃地来到她的小房间，说你妈要出一趟长差，我最近接了一项很重要的任务，忙不过来。你明天就搬到你小姨家去住，等高考完了再回家。洪汉美的家在城北，走路去学校也就十来分钟路程。小姨家在城南，她都没有想一想家里为什么要如此“舍近求远”，让她每天坐八站地的公共汽车去上学。其实父亲那张严肃认真了一辈子的“干部脸”和母亲事无巨细的照料、念叨早就让她厌烦，到小姨家反倒更自由了，还可偷偷看点闲书，写些永远只给自己看的情诗啥的，于是也就稀里糊涂地答应了。二哥洪汉国那时还在乡下当知青，洪汉美不是十分相信大人们的话，她想最坏的情况可能是又要搞运动了，父亲又要挨整了吧？母亲又要每天愁容满面了吧？对一个少女童年的记忆来说，没有比看着父亲戴着高帽游街更大的打击了。

可的确有，甚至还更大，更令人无法相信、无法承受、无法忍痛含悲。高考结束，洪汉美在一个炎热的夏日回到家里时，面对的是一夜白了头发的父亲、哀伤绵绵的母亲以及大哥洪汉中“革命烈士”的遗像。大哥洪汉中在这年春天的边境战争中牺牲了。即便到现在自己也已经两鬓斑白了，洪汉美还在为当年的稀里糊涂痛悔。为什么不能去送大哥最后一程？为什么不在那个时候陪在父母身边？哪怕不考大学也罢。当了三年知青的大哥也报考过大学，只可惜连考两年都没有考上。父亲说，男儿不当兵，怎么能长成一条汉子？父亲说话的方式从来都是豪迈革命的、不与家人商量的。他亲自为大哥拎着背包，满面荣光地把儿子送上了接新兵的军车。《再见吧，妈妈》，这支歌在那个年代曾经风靡全国，无数年轻英武的士兵在南国的丛林中豪迈地唱着它，挥手告别了他们的家乡，告别了他们的母亲。再见吧，妈妈，军号已吹响，钢枪已擦亮，行装已背好，部队要出发。你不要悄悄地流泪，你不要把儿牵挂……

这是这个家庭最不愿听到的歌。

真是鬼来拍门了。洪汉美一边抹眼泪，一边盯着屏幕看，生怕看漏任何一个细节。父亲怎么能把大哥的军服给一个来路不明的小子穿上？大哥牺牲后，部队送回来大哥的遗物——一身崭新的军装，一双黑色的新皮鞋，一些衣物，一个搪瓷缸，两个脸盆，还有两本日记本，一本相册，十几本书，等等。母亲睹物思子，天天以泪洗面，在床上躺了一个多月。母亲真是不容易，一颗柔软善良的心，破碎在一个铁石心肠的男人身上。谁跟这样的男人过日子谁认倒霉。父亲后来把大哥的遗物都带到自己单位收存，只留下这身军装，锁进保险柜。这个保险柜是单位配发的，平常父亲的佩枪、弹夹、保密文件什么的都放在里面，家里任何人都不知道密码。二哥洪汉国小时候特别调皮，有次他趁父亲疏漏，忘记关保险柜，悄悄把父亲的枪偷出来，拿到公安局大院的小伙伴们中去显摆，事发后差点被父亲一枪崩了。母亲去世后，父亲的心变得比母亲还柔软。洪汉美有一次回国探亲，撞见父亲一个人在卧室里，把大哥的军装平平整整地铺在自己的床上，军帽也端端正正地放在枕头上，独自垂泪。洪汉美那天拥着父亲，父女俩守着那身军装大哭一场。大哥洪汉中仿佛就在身边，可是他倒下了，再也不能站起来。就像那个年代另一支很流行的歌里唱的那样，他已经“化作了山脉”。洪汉美情愿父亲把全部的过去都遗忘，哪怕他不再认识所有的亲人。她曾经跟父亲建议：我们把这军装烧在大哥的坟前吧。父亲的回答是：这军装在，我儿子就还活着。

洪汉美再也看不下去了。父亲这是在干什么？那两个小子究竟是什么人？大哥的牺牲，是这个家庭永远的痛。家里可以挂母亲的遗像，但从没有挂过大哥任何一张照片，哪怕是过去的全家福。只要有大哥在场的照片，都被小心收藏起来了。一个儿子在父母的目光里慢慢长大，他在不同的年龄留下不同的风采，最后永远定格在英姿勃发的二十一岁。哪个当父母的受得了？有些伤口永远不会愈合，尽管它会被流逝的时间一分一秒、千针万线、点点滴滴地慢慢缝合，但在时间的缝隙里，那伤口总会在不经意间被撕裂开来，思念之情、哀伤之痛，依然让人的心滴血。几十年过去了，哥哥牺牲的事，家里虽然绝不会忘记，却再也不会轻易提起。这是洪家一条不言而喻的铁律。先是母亲受不了，后来是父亲。这个在家里让孩子们敬而远之的严父，在洪汉美的记忆里他的生命中只有工作，绝少有家庭、亲情、父爱，以及儿女情长一类的情感。即便是过年吃年夜饭，父亲的脸上也难得有轻松的笑脸。有次母亲在饭桌上抱怨说，大过年的，你就放下你那张“干部脸”吧，让孩子们轻松一点。父亲把酒杯一顿说，轻松什么？我的干警还在一线值班。不吃了，我去看看他们。大哥汉中战死后，父亲同样不跟任何人商量，就将二哥汉国送进了军营。报纸、电视台的记者天天采访，他可光荣上了天，但回到家里母亲与他寻死觅活，说你害死了汉中，还要毁了汉国吗？你的心是铁打的，也就算了，难道我的心就不是血肉做的？老两口那年差点离婚。洪汉美每每回忆起这些痛彻骨髓的往事，哪怕只是在生活中因为触景生情的一闪念——一支老歌、一本旧书、一个童年时期的伙伴、听人说起这段共同的记忆，都像有一把锥子扎在心尖尖上。家里有谁知道她当年选择出国是为了逃避这些挥之不去的伤感记忆？有一年她回国探亲，在街上看到一个青年骑辆已不常见的永久牌28寸钢圈的旧自行车，要命的是车后还搭坐着一个扎着两条羊角辫的小姑娘。往昔情景扑面而来，那不正是大哥载着自己去上学吗？洪汉美当时就把持不住，在大街上不管不顾地泪流满面。

二哥汉国的电话还是打不通。她便打给侄儿洪疆，说老爷子一个人在家，两个陌生人摸进去了。老爷子不知为何把保险柜打开了。洪疆在电话那头大叫：这还了得！我马上报警。洪汉美说，先别惊乍乍的，吓着老爷子。你最好先过去看看再说，我感觉那两个人……但洪疆那边的电话已经挂了。

洪汉美想：这下半个城市的警力都要惊动了。

不到半个小时，警方已经悄悄把A区18幢围得连只野猫也逃不出去了，大批警察封锁了整个小区。市公安局的孙副局长亲自指挥了这次行动，他的指挥车就隐藏在离18幢不到300米的一个拐角处，指挥车上的微波传输平台已和小区物管安保部的监控画面接通，18幢室内的情况看得一清二楚，家用监控系统让孙副局长省了好多事。封控组、火力组、观察组、侦察组、电磁干扰组以及精锐的反恐突击分队均已就位。侦察小组已经潜伏到18幢东西两侧的窗户下，一种叫作“隔墙听”的侦听器像一副“耳朵”一样地贴在了墙上，孙副局长可以清晰地听到室内人的说话声。反恐突击分队的攀登突击车悄无声息地开到了别墅的北面，一组突击队员借助攀登架顺利地攀上了屋顶，按计划他们将配合地面攻击从天而降。孙副局长布置了三套攻击方案，将突击分队分成三个战斗小组，每组五个人，分别从正门、窗户和屋顶同时展开攻击。他一再交代突击队员：人质是我们的老局长，千万不能有任何闪失。老局长要是伤到一根毫毛，我拿你们是问。

孙副局长刚当警察时，洪玉林就是他的师傅。他有些自责这些年来对老局长的关心太少了，连两个小蟊贼也敢到老局长家来打劫，这不是羞辱我们这些当警察的吗？因此接到报警后他调集了市里最精锐的反恐突击分队。处置突发情况、解救人质的活儿他干得多了，但没有哪一次像今天这样令他权衡又权衡、小心再小心。

可是偏偏还是出了点纰漏。火力小组的狙击手和观察员选择了18幢西面最高的一棵大叶榕树作为火力支援点和观察点。但没想到他们爬上去时，惊动了榕树上的两只松鼠，两个小家伙从树上窜下来，在周边几株稍矮的一些树上窜来窜去，洪玉林屋里的那条二哈狗这下激动了，冲窗外一阵狂吠。孙副局长从画面上看到两个犯罪嫌疑人行为异常起来，他还通过“隔墙听”听到其中一个家伙问，有人来了吗？孙副局长当即命令：行动暴露，按第二套方案行动。

第二套方案由孙副局长亲自上阵。他戴上耳麦，套一件装有纽扣摄像头的工装外套，化装成一个送水工，先按响了门铃，然后在外面高叫“送水！”他身边的助手敏捷地把一根针式软管窥视镜从门缝里塞了进去，只有六毫米大小的柔性探头将门后面的情况拍得一清二楚。孙副局长的耳麦中不断传来指挥车上报来的信息。情况正常。两个人走过客厅东端通道。是老局长和另一个嫌疑人。没有使用暴力。没有看到凶器。他们正走向大门。还有五米，四米，三米，两米。准备行动。

门打开了，是那个穿解放军老式军装的家伙来开的门，孙副局长瞥见老局长就在他身后右侧三米处，看上去没有任何要劫持人质的意图。但他还是一步抢进门去，将自己卡在老局长和犯罪嫌疑人中间。跟在他身后的反恐突击队员蜂拥而入，利落地将这个家伙按翻在地。这时从屋顶展开攻击的队员也从楼上冲下来，他们很快从餐厅里把另一个犯罪嫌疑人制服了。

孙副局长扶着洪玉林说，老局长，是我们。

洪玉林眨了眨眼睛，好一阵才仿佛认出从前的老下属。但他接下来的反应让所有的人大吃一惊。

要过节了，你们才想得起来看我呀。嘿嘿。

孙副局长说，老局长，你没有事吧？

坐嘛坐嘛，谢谢组织的关心。来那么多人干啥，你们工作也忙。来了就喝酒嘛。老人拉着孙副局长的手往沙发那边带。

老局长，我们接到报警了。孙副局长说。

洪玉林已经拉着孙副局长坐下来了。小孙，来来来，我讲个笑话给我听。他笑呵呵地说。

孙副局长被搞得有些一头雾水了，他问：老局长，我们是来抓人的。他指指被突击队员们架着的白金华兄弟说，这两个小子……

洪玉林往屋子里望了望，好像一屋子荷枪实弹的警察和被押着的那两个人才让他回到现实，他忽然大喝起来：乱毬整！你们乱毬整嘛。

孙副局长诧异地问：老局长……

把人给我放了。快！孩子要读书。

洪汉国这段时间一直在边境线督阵抓捕一个贩毒团伙，任务完成后才打开留在家里的手机，待他心急火燎地赶回家时已经是晚上十点。洪疆还在爷爷家，保姆郝妈也回来了，父亲也没有睡，守在客厅里的电视机前，对洪汉国的问候爱理不理。洪疆把他拉到楼上书房悄悄跟他说，警察进屋时爷爷毫发无伤，家里的东西一样也没有少。本来警察当时就要铐人，但爷爷非要给那两个小子担保，说是他老家的亲戚，不准警察动他们，还把他们送上了车。警察也查了，他们没有案底，还真他妈的跟爷爷是一个地方的。当然他们一出小区，孙局的人就把他们带走了。

你去把人给我要回来。现在就去！洪汉国父子俩一回头，发现老爷子拄着拐杖站在门口，一双豹子眼在灯光下炯炯有神。

爸。洪汉国踌躇片刻，才说，孙局有他们的办案程序，我……我不好干预的。

办什么案？老人凶凶地反问。

爷爷，你等他们问清楚再说嘛。你连我都经常认不出来，咋分得清好人坏人？那两个烂民工看上去就不是好人。现在孙子辈的人对祖辈说话，都没轻没重惯了。

洪玉林愣了愣，拐杖往地板上一杵，喝道，你个小屁屎娃儿，你爷爷是干什么吃的，还要你来教？什么烂民工？我们是一家人！

洪汉国凶了儿子一句：放肆！跟爷爷怎么说话的？

洪汉国把老人哄到卧室，说爸你先睡，剩下的事情我去处理。老人说，不睡，我要看到孩子上学。洪汉国问，这么晚了，谁的孩子要去上学啊？老人只是反复念叨，孩子要上学，我不睡。洪汉国最后只得说，好吧，明天我们就送孩子去上学。

好不容易把老父亲哄上床，洪汉国还是摸不着头绪。怎么闯进家里来的两个陌生人，倒成了他家的亲戚了？他决定先问一下妹妹的想法。他跟洪汉美用微信视频，洪汉美说她一夜没睡，把家里的监控录像调出来反反复复地看了两遍，她也问了小区的物管公司，那两个小子曾经在我们家对面那幢别墅搞过装修，凭过期的施工证进入的小区。他们物管公司安保部调出的录像证实，老爷子中午去扔垃圾时摔倒在外面了，是那两个年轻人将他扶起来送回家的。如果是做好事学雷锋，送老人回到家里就离开嘛。干吗赖着不走？还在家里到处翻动。当然他们也貌似做了些好事，如把摔倒的老人扶起来，为他换裤子，陪老人喝酒聊天，等等。可看到他们在家里鬼鬼祟祟的样子，打死我也不相信他们是好人。主意打到我们家来了，也是吃了豹子胆。

洪汉国说，也许老爸在家是太寂寞了，来者都是客，都要热情接待，请人喝茅台。咱爸从来都是疾恶如仇的人，不至于放跑两个敢到家里来行窃的坏人吧？

洪汉美问最近一段时间父亲的情况怎么样。洪汉国沉吟片刻，回答不出来。手上经办的这个跨国贩毒案，让他有两个多月没有来看望过父亲了。他回头问在一边玩手机的洪疆，你每周都过来吗？儿子头也不抬地说，我还不是忙得很，上个月来过的。洪汉国叹口气，对妹妹说，我先去孙局那里问问情况吧。有了口供，什么都清楚了。

洪汉国赶到市局时，孙副局长还在班上。两人年龄相仿，过去孙副局长也是洪家的常客，私下里两人都称兄道弟，因此见了面也不多客气了，直接谈案子。孙副局长说，老局长家出这么大的事，是我们的防范工作疏漏了。下午我把辖区派出所的人狠狠训了一顿。

洪汉国说，发生这样的事情，也难免。孙局，你进门时，你认为我父亲……当时是清醒的？

孙副局长有些不解地说，清醒的啊，我不认为他喝多了，虽然我闻到了他嘴里的酒气。汉国兄，你知道的，我参加工作时，连酒量都是老局长培养出来的呢。

洪汉国把到嘴边的话咽下去了。父亲已经糊涂了这件事，家人都没有告诉外人。英雄老去，诚可尊敬，英雄老糊涂了，爱戴他的人又情何以堪？他换了个话题问：现场勘查的结果怎么样？

有些地方被人翻动过了，抽屉、床头柜、食品柜、酒柜、衣柜等地方，都发现了指纹。孙副局长低头翻阅自己的工作笔记，然后他抬起头说，奇怪的是保险柜的把柄上没有发现他们的指纹。家里值钱的东西都在开着的保险柜里，一台尼康相机，两对手镯，十二件首饰，一套北京2008年奥运会的纪念金币，两万三千二百四十元现金，都没有动过的痕迹。我们也没有找到任何作案工具，技侦处的人连花园都翻查了两遍。现在是刑拘，老局长不肯做证，还说是你家亲戚，我们又没有找到证据，按《刑法》第80条规定，至迟明天这个时候我们就得放人。

洪汉国似心有不甘。假定他们是入室抢劫，不至于一样家伙都不带吧？

孙副局长挠挠头说，有这样的案例。对没有抵抗能力的老人、妇女、孩童来说，犯罪分子顺手从厨房里抓一把菜刀就足够了。不过，将军，我可不能做有罪推定的事情。

他称呼洪汉国为“将军”，洪汉国自然心知肚明。大家都身居高位，重权在握，又干的是同一行当，都有一条明确的底线。洪汉国为自己刚才的话感到有些害臊，他为自己打了个圆场。

如果他们真是我们家的亲戚呢？你认为？

孙副局长一愣，我怎么知道你们家的情况？难道你老兄……也不清楚？他小心地问道。

洪汉国回避了这个不好回答的问题。他问：你们有口供了吗？

还没有。孙副局长说，刚才来报告说，这两个小子嘴还硬着呢。你要不要来看看？

孙副局长打电话让审讯科把审讯室的画面同步传过来，他拉把椅子让洪汉国坐他身边，洪汉国看到被分别审讯的白金华和白银华。他们面无血色，一个显得很惊恐，另一个则有些故作镇静。这小子叫白金华，我感觉他有些反侦察经验，孙副局长说。

根据传过来的文字记录，两人辩称他们是来回访从前的客户，看看有无质量问题，遇到老人跌倒在路上，才扶起老人送他回家，在聊天中发现原来是老乡，还是沾亲带故的亲戚关系。他们只是在屋子里陪老人喝酒而已。除此以外，就什么也问不出来了。不过，两人的口供稍有出入。白银华说洪玉林是他的舅姥爷，白金华则绕了半天，说洪玉林是他家二大爷的亲家翁家的一个堂伯的远房大表叔。

这时有人来报告说，两个犯罪嫌疑人的亲属接到我们的通知后，立马就赶来了，是个妇女和一个孩子，就在外面的接待室。孙副局长问洪汉国，你要不要去看看？

他们来到接待室，孙副局长拿着询问记录本问那个泪流满面、不知所措的女人：你叫胡小琴？女人惶恐地点点头。孙副局长又问：你和白金华、白银华是什么关系？女人哭着说，白金华是我男人，白银华是我小叔子。他们咋个嘛？你们要抓他……呜呜呜呜。倒是那个看上去约莫十几岁的女孩不断地为她妈妈擦眼泪，说妈妈别哭，别哭，爸爸会回来的。这孩子的镇静倒让洪汉国有些吃惊。洪汉国脑子里一下闪过父亲的那句话：孩子要上学。难道……

孙副局长跟胡小琴解释道，白金华、白银华涉嫌私闯民宅，现在正在接受调查，问题查清了我们会再通知你们。你们放心，我们不会冤枉一个好人，也不会放走一个坏人。现在你们可以走了。但胡小琴说，我们不走，我们家白金华不会干坏事的，我们要等他出来。

孙副局长转身出来，对跟出来的洪汉国说，这种情况多了，让他们去对付。我也该下班了，要不要去食堂吃个夜宵？洪汉国说行，我也等等审讯的情况。

快到晚上12点时，儿子洪疆打来电话，说已经在公安局外面了，爷爷就在他车上。今晚不见到那两个人，他就不睡觉。

洪汉国心里一阵叫苦，不是已经哄上床了吗？他老人家现在怎么就那么精神呢？刚才看审讯记录，已让他找出一些疑点，他相信只要让市局的人审一晚上，什么问题都能搞清楚。但老爷子牛脾气上来了，牛都得给他让道。

洪玉林一见他们就冷冷地问：我的人呢？洪汉国回说，正在审。瞎毬整！老爷子又吼将起来。孙副局长忙说，老局长别生气。我们进屋里喝杯茶。洪玉林用手杖点着他问：你是哪个？孙副局长赔着笑脸说，老局长，我是孙志峰。小孙啊。

放人。洪玉林将手杖往地上一顿。

老局长，我们正在调查……

放人。洪玉林再顿手杖。

洪汉国有些看不下去了，说，爸，人家有人家的办案程序，我们先回去吧。

洪玉林扬起手杖就要打，在一边搀扶他的洪疆忙拉住了他，说爷爷，爷爷，你疯了吗？

孙副局长把洪汉国拉到一边，说这样吧，先给那俩小子办个取保候审，跑不了兔崽子的，别把老爷子心脏病惹发了。

凌晨一点多，白金华兄弟俩办完取保手续出来了。白布舒迎了上去，扑到她爸爸的怀里。白金华跪下了，眼泪无声地淌。白银华则像被霜打过了一样，整个人都蔫掉了。市局里值夜班的人都知道了下午的案子，现在听说他们的老局长来了，那些手上无事的处长、科长、支队长、大队长都纷纷跑出来问候。一群高级警官簇拥着洪玉林、孙副局长和洪汉国，恨恨地盯着刚放出来的那两个家伙，仿佛想随时扑上去再将他们捉拿归案。让人感到奇怪的倒是洪玉林，他既不上前去跟他的“外甥”打招呼，也不走，只是站在公安局门厅的台阶上，苍老的目光望着那一家人相互搀扶着狼狈离开。那女人只回头张望了一下，便感到警察们凌厉的目光像一阵阵刚硬的风，吹得她双腿直哆嗦，结结巴巴地说天爷爷，快走快走。只有那孩子不断回头，眼里全是疑惑。也许她在想：这是一场噩梦吗？

7

一周以后，洪汉国一家搬来与老父亲同住。他用下命令的口吻对妻子和儿子说，老人还在世一天，我们就陪他一天。

陌生人入户事件的余波渐渐平息。生活一如既往，如河中之水，再大的意外，也不过是一块石头扔下来，砸出一些响动、波浪和涟漪，转瞬之间，响声消失，飞溅的浪花跌落，涟漪也平息了。一切恢复如初，一切都将被时间之河载走。洪家有个微信群，除了洪玉林不用手机不在群里外，其余人经常在群里聊。因此，一段时间以来，大家有空就在微信上讨论。哪来那么“巧”的亲戚？从未说起过，也不事先联系，更不经人介绍，空着两手就登门认亲戚了？远在美国的洪汉美作为一个律师，竟然对发生在自己家中的一桩“疑似刑事案件”束手无策，这让她感到真是对自己职业生涯的羞辱。她在微信里和大家讨论“犯罪未遂”和“犯罪中止”这两个法律概念。她时而扮演起诉人的角色——

假定这两个人是打算到家里来行窃，家人及时报案，警察及时出现，阻止了他们犯罪。无论是美国的法律还是中国的法律，“犯罪未遂”都要依法追究刑事责任，至少也得判他们三五年的。

有时她又不自觉地当上了辩护律师——在警察没有来到之前，他们客观上有充裕的犯罪时间，包括家中的保险柜已经打开，老人毫无反抗能力，他们看上去又有点像刑法条款中“在犯罪过程中，自动放弃犯罪或者自动有效地防止犯罪结果发生”。如果是这样，则可以轻判或免予刑事责任。

但更多时候她还是作为一个家庭成员在发言——父亲即便再糊涂，也不至于敌我不分吧？当年他参加剿匪，跟随一个小分队追捕雷四眼，三天三夜连续战斗，小分队的战友牺牲的牺牲，负伤的负伤，父亲只身一人一路追踪到藏区的雪山上，最终让杀人如麻的大匪首也不得不俯首就缚。现在那股疾恶如仇、不屈不挠的劲儿怎么就没有了呢？

当然，态度更直截了当的是家庭里的第三代人洪疆，这个年轻人在群里指天发誓地说，不把那两个烂民工送进去，他就不配姓洪。咱们抓了一辈子坏人的爷爷竟然被两个小蟊贼欺负，是可忍孰不可忍！

洪汉国有时也会在群里说几句。也许过去咱爸公务在身，不便多讲乡情，现在退休多年了，人也老了，难免就乡里乡亲、儿女情长起来了。中国的乡村你们不熟悉。一个村庄里都是亲戚，方圆几十里的人家还沾亲带故，八竿子打不着的人说不定还有血缘关系。父亲老家那个地方，峡谷纵深，闭塞落后，但民风古朴，重情讲义。

他现在尽量让自己保持公正和理性，不能把一家人的情绪再推向仇恨的高点，尽管他也是意难平。但他一要考虑到自己职务在身，二要应对老父亲说不清道不明、又不依不饶的糊涂或苛刻。这期间，只要他一回到家，老人一会儿说窗户玻璃上爬满了拳头大的小人儿，要他用枪把那些想闯进家里的家伙都打下来；一会儿又念叨着要去看白金华兄弟俩，说他的两个“外甥”都长那么高了，他高兴。当然，老人催问得最多的就是那孩子上学的问题解决没有。有一次更荒唐到拿出一沓钱来，要郝妈带给白金华兄弟俩，给孩子交学费。洪汉国起初以为敷衍几日，老人便会慢慢忘记这事——他一生多少重要的人和事都忘记了，连母亲的名字都想不起来了，可“孩子要上学”却像一颗种子一样在他混沌的脑子里生了根、发了芽，似乎满世界都只有这个问题最为紧要。有一天，洪汉国刚下班回家坐下来，正想要给老父亲问个安，老人又问孩子上学没有？洪汉国稍稍反应迟了点，老人就一杯茶水泼到了洪汉国身上。

多年的职业训练让洪汉国习惯于从不同角度去思考同一个问题，作为法律的捍卫者，他从不怀疑自己的执行能力、决断能力，他当然也知道有些“灰色地带”，是最详尽的法律条文也难以全部照亮的，何况制定法律的是人，依法办事的也是人。人有时也会陷在“灰色地带”里左右徘徊、举棋不定。他已经从其他渠道摸清了白金华家的大体情况，这个打工家庭竟然不自量力地想让自家孩子上七彩中学。多少城里的中产家庭都对它望而生畏呢。

有个晚上洪汉国从梦中醒来，梦里的情景像刚放过的电影一样。在边境线一侧，有个大山深处的村庄，被人们叫作“背毒村”。因为穷，村里有不少男人偷越国境去帮贩毒集团背毒品。他们挣得并不多，却是用生命和全家的幸福去冒险。在一次缉毒行动中，一个只有十来岁的女孩追着他们的警车跑，嘴里不断喊："爸爸，回来！爸爸不要走！"让车上的洪汉国心酸不已。

其实这不完全是洪汉国的梦，工作中他经历过太多太多类似的事情。只是在梦中那个追着警车跑的女孩，不知怎么的幻化成了白金华的女儿。那天晚上她扑进她爸爸怀里，为白金华揩拭眼泪的小手让洪汉国难以忘怀。还有她不断回头张望的目光，除困惑不解外，洪汉国甚至感觉到了那眼睛里的敌意和仇恨。唉，孩子，我们不是你的敌人。可是你怎么能跟一个孩子解释得清楚这些道理?

第二天上班路上，洪汉国给一个前下属小陈打了个电话，他现在是市教育局的一个科长。洪汉国本来是想咨询一下七彩中学的情况，但下午小陈就回话了，说报告老首长，您交代的事情已经办好了，学校那边非但不多收一分钱，按城市户口待遇办，还给免了将近一万元学杂费。洪汉国随口说了声谢谢。小陈便道老首长您千万别这样说，我不敢当的，本来就是小事一桩。明天带孩子去见一下校长，办个手续，秋季就可以入学了。老首长要是没有时间，就我带孩子家长去。洪汉国本想说自己去办，但他实在不想再看到白金华猥琐的样子——他是猥琐的吗？洪汉国有些判断不清，他或许是不忍心看到那个女孩。于是洪汉国对小陈说，那你就帮我跑一趟吧，我把那人……我家亲戚……联系方式给你。洪汉国在心里骂了句，妈的，还真整成亲戚了！

晚上临睡前，洪汉国把帮助白金华孩子入学的事在家庭微信群里说了，还说当老爷子听到这个消息时，竟然也只说了个"好"字。真不知道他老人家脑子里究竟在想什么。唉，就当我助一次学吧。我也不会再挨他老人家打骂了。

儿子洪疆在微信群里语带讥讽地说：一群清醒的人，被一个老糊涂带进了坑里，偏偏他还是咱家的国王。

洪汉国训斥儿子道：瞎说些什么？再糊涂也是你的爷爷！你给老子记住：你爷爷活着一天，他就是一个传奇。

洪疆说，现在是一个笑话了。然后用了一个偷笑的表情。

洪汉国正想再训他几句，这小子现在说话越来越没大没小了，却见到洪汉美在美国那边也搭上了话：助学是应该的，但一个电话就能解决的事情，犯得着铤而走险吗?

洪汉国说：你忘了他们跟我们不一样。

洪疆接嘴道，就是嘛，他们闯进家里作奸犯科，我们还得给他们兜着，帮他们的女儿上好学校。这就是我们和他们的不一样。

Innocent until proved guilty。这是洪汉美的女儿刘涯发上来的一句英语，平常她一般不参加家庭群里的讨论，一是她对国内的事情不太了解，二是她工作也忙，对洪家的家长里短似乎不感兴趣。

洪汉国@了刘涯，小涯，什么意思啊？

洪汉美代女儿回答：一个人在被证明有罪之前都是清白的。

洪汉国回说：当然，我们国家也早就废除了有罪推定。

洪疆又跟了一句：他们本来就有罪嘛。板上钉钉的事，不需要推定。要不是看在爷爷分儿上，我早一脚给他们踢进牢里去了。

刘涯这次用中文打上来一句：你们不觉得自己很强势吗？

这下大家都沉默了。许久洪疆才回了一句：我爷爷连冷热都分不清楚了，还不是弱势吗？

刘涯追问了一句：你们一个电话都能解决的事，别人却要用身家性命去搏，谁强谁弱？

洪汉国其实一段时间以来也在内心里反问：这桩事情要是放在一个普通家庭，孙副局长会调动精锐的反恐突击队吗？派出所的特警中队就足够应付了。如果不是老父亲从中阻拦，白金华兄弟俩能从轻发落？他还想起放走白金华兄弟俩的那个晚上，面对一大群威风八面的高级警官，白金华一家看上去那样猥琐、孱弱、卑微，像风中飘走的几片树叶。没有比这更具震慑力的场面了。要说强势，这才是只有洪家才会有的强势。干了一辈子警察工作的父亲当然太知道手握公权力的人的强势。父亲也是从普通老百姓一步步走出来的。洪家的人都多次听洪玉林讲过他参加革命工作的经历。洪玉林小时候常饿得眼睛发绿。有一次他实在饿得受不了啦，就把家里供奉在神龛上的两个荞麦粑粑偷吃了。他父亲是个敬奉山神、水神、树神以及一切鬼魂的人，偷吃敬神敬鬼的东西，山林中蛰伏的各路鬼神就会打上门来。洪玉林被他惊恐而愤怒的父亲一巴掌打得从屋门口滚到门外的一堆猪屎里。那时他才十五岁，穷人的孩子更叛逆。他离家出走了，刚好那年解放军进到峡谷，洪玉林就这样被一个巴掌打进了革命队伍。谁家三代以前没有穷过？人穷了，这个社会上的许多资源就都不属于你。

洪汉国还想起有一天老父亲在饭桌上莫名其妙地说了句，有人来找你讨口饭吃，你不要问人家出来要饭的原因，给他一袋米就是了。

刘涯又在那边发话了，说我给你们看看国外一个AD患者在刚开始痴呆时，在一个医疗团队的帮助下写下的自白，或许有助于我们理解外公。然后她把一段文字发过来了。

——请给我们说话的时间，等待我们在乱麻成堆的脑底里搜寻到自己想要使用的词汇。如果我们不知道自己说到哪里，请不要让我们觉得难堪，因为我们的思考和说话，已经不是司机和他开的车的关系。

——请不要在意我们的判断，因为我们慢慢地在丧失判断。我们既没有办法确定自己的判断正确与否，也没有办法说服你们。当然你们也很难说服我们，除非你们使用暴力。我们的判断通常是失控的车，在黑暗中靠惯性往前走。

——如果我们忘了最近发生的某件特别的事情，请不要以为我们没心没肺。只要给我们一点提示就好了，我们可能只是想不起来。您也许能帮助我们回想起刚发生的事儿，也许不能。请别为难您自己。如果我们脑子里彻底没有这件事儿了，那它就是被一块橡皮擦擦干净了。

——也许有一天，我们开始经常忘记锁门，忘记关煤气，经常喊错儿女的名字，一遍又一遍地重复同一个话题；终于，我们又变回“孩子”了。我们会忘记一些事，又固执于另一些事。我们开始无理取闹，我们找不到回家的路，那块橡皮擦把我们所有的过去擦得一干二净。到最后，我们再也离不开24小时的看护。我们是想努力保持尊严，但尊严的意义本身，我们也想不起了。很抱歉，这就是生命最后的样子。

一个周末，洪汉国和几个老战友在家里聚会。做晚饭时他去厨房帮郝妈择菜。在给一把芥蓝去皮时，他顺手去灶台上的双立人刀架上取去皮刀。在把刀从刀架上取出来的一瞬间，他的血一下涌到了脑部，就像面对一个指向自己的枪口。

洪汉国记得很清楚，这套德国双立人牌的厨房刀具是两年前买的。刀架上配备了适合各种用途的五把刀——两把菜刀，一把去皮刀，一把剔骨刀，一把带齿的多用途刀，还有一根磨刀棒。那把去皮刀刀尖锋利、小巧玲珑，平常去个菜皮、削个水果啥的，非常好用。但在一个月前，郝妈在择菜时将它遗忘在择下的菜皮篮子里，当垃圾扔掉了。事后洪汉国还安慰过自责的郝妈说，一把小刀嘛，再买一把就是。

现在这把小刀就在洪汉国手上，也是黑色的刀柄，不锈钢刀身，刀柄上甚至也有铆钉。只是它不是双立人牌的，洪汉国一摸到刀柄就感到了异样。再仔细一端详，双立人的刀柄上有三颗规规整整的铆钉，这刀只有两颗，还摇摇晃晃的，再看刀身与刀柄的结合处以及刀背、刀刃，无不带有冒牌货粗糙、拼凑、简陋的特点。妻子和洪疆是绝不会买这种地摊货的。

他问在一边忙碌的郝妈，这把小刀你认得吗？

郝妈瞥了一眼他手上的刀，脱口而出：哎呀，你把它找回来了？

你看仔细点，是你原来丢的那把吗？

郝妈把刀接过去，顺手拿起一根芥蓝削了一下，嘴一撇说，没有我们原来的那把好用。

是你买回来的？

不是。郝妈说，你不是说这种刀人家商店要卖就是一套嘛，单把的不卖。

洪汉国把刀放回刀架，也就那么巧，它刚好放得进去，新旧成色也差不离，只有认真点观察才会发现它稍长一些，刀柄还没有抵到刀架口。

这把刀在刀架上放了多久，你还记得吗？

郝妈被洪汉国满脸的严肃吓着了，张了张嘴，回答不出来。

洪汉国记得监控录像中有一段，当二哈开始狂吠时，白金华进了一趟厨房。从厨房的窗户可以看到花园及花园外面的情况。洪汉国当时将之理解为他在观察，他发现什么了吗？他进厨房的时间也就十来秒。也许他顺手就将这把准备作案的刀插进刀架上了，这个家伙够机敏的。那天现场勘查的警官还是嫩了点。

洪汉国看着有些张皇的郝妈，掏出一支烟来点上，说没事了，你忙吧。

晚饭时，战友们都给洪玉林敬酒。这三个战友和洪汉国在部队摸爬滚打几十年，他们一起当兵，一起上军校，过去经常来洪汉国家蹭饭吃，老爷子也把他们当成自己的儿子。饭桌上洪疆故意问他，爷爷你还认得这几个叔叔吗？老人笑眯眯地说，认得嘛，认得嘛。那么他是谁呢？洪疆指着一个叔叔问。老人仍然笑呵呵地说，是我们家的人嘛，老朋友嘛。他叫什么呢？叫什么不重要嘛，是一家人就是了。高高兴兴在一起喝酒，一家人嘛。老人目光躲闪起来。洪疆却不依不饶，说爷爷，在一起喝酒就是一家人了啊？当年国共谈判，毛主席和蒋介石还在一起举杯呢。你能说他们是一家人？现在人们天天都在饭桌上谈生意，尔虞我诈，相互欺骗，这也算一家人？洪汉国实在看不下去了，喝道：洪疆，别多嘴了！

那个晚上，家人都睡了后，洪汉国进到厨房，面对灶台上的刀架发了很久的呆。他抽出几张餐巾纸，将那把冒牌去皮刀从刀架上取出来，仔细包好，放在手掌里掂量了又掂量，仿佛要知道它有多重，仿佛也想追问它曾经试图嗜血的罪恶。然后，他转身将它扔进了垃圾桶。

2017年11月26日—2018年2月16日一稿于昆明滇池畔
2018年4月5日二稿修改于四川自贡
2018年8月9日三稿再改于北京西郊
2018年11月16日四稿于昆明滇池畔

鲛在水中央

孙 频[①]

1

昨夜山间淅淅沥沥一场微雨，我在半睡半醒之间听到雨滴正拍打着这漫山遍野的落叶松、栎树和云杉。

树下开着野玫瑰、老虎花、茭蒿。层层叠叠、时远时近的雨声在无边的森林里游荡，雨滴从树叶间滑落的回声又冷又远，流年在梦中暗换。

大概昨晚喝得又多了些，蜡烛都没吹灭就睡着了。醒来才发现那支蜡烛在半夜已经自行燃尽，只在桌子上结下一堆皱巴巴的蜡泪，里面还裹着一只小飞蛾的尸体，琥珀一般。

我朝地上一看，那只肥大的塑料酒壶静静卧在我的鞋边，里边还有半壶酒。我每晚都要从这酒壶里倒出一碗酒来，点着蜡烛一边喝酒一边看书，跳动的烛光把我的影子扣在了墙上，比我自己大出好几倍来，像座狰狞的建筑耸立在那堵墙上。

大多数的夜晚，我都是这样打发过去的，点支蜡烛看本书，看上几页了抿上一口酒，再看几页再抿一口。下酒的多是些山里的花鸟鱼虫，或是把山里采来的木耳用开水焯一下，用蒜泥和野葱拌了；或是把土豆埋进炉灰里埋一个

① **孙 频** 1983年生，现为江苏作协专业作家，已发表小说三百余万字，出版有小说集《松林夜宴图》《鲛在水中央》《疼》《盐》等。

下午，到了晚上把烧焦的土豆壳敲开，再往冒热气的沙瓤里撒点盐。

柳木桌上胡乱堆着一摞书和杂志，有《老残游记》《红楼梦》《唐诗百话》《三言二拍》《诗经译注》，杂志多是些《读者》和《书屋》，还有几本破破烂烂的《今古传奇》。除了这张柳木桌，屋子里还有橡木柜、核桃木椅子，都是在我小的时候，我父亲用这山里的木材亲手做的。

当年铅矿倒闭后这些家具都留在了职工宿舍里，多年以后我回来打开这间宿舍一看，那些家具居然还是我当初离开时的样子。如同寒潮一夜忽至，不及躲避，冰雪下到处锁着栩栩如生的鱼虾尸体。因为地处深山，铅矿倒闭之后连电也被停掉了，现在这整座废弃的铅矿里就住着我一个人。

我朝挂在墙上的那本巨大的日历看了一眼，2008年4月17日，这是我住进这废弃铅矿里的第四年了。每年过年买年货的时候我都要下山买这样一本巨大的日历回来挂在墙上，上面庞大鲜红的数字隔着老远就能跳到人的眼睛里。因为一个人在深山里待久了，会感觉像掉进了时间的黑洞，无论宇宙间又孵出多少个新鲜的日日夜夜，都会立刻被这无底的黑洞吸收进去，被消化殆尽。

人被裹挟在这黑洞当中时会有一种类似于要永生下去的恐惧感，无边无涯，有时候过着过着居然连自己的年龄都会突然忘记，一时疑心自己是不是已经活了几百岁。想想一个失去年龄的人就这么无限地奔走在时间里，没有个歇脚处，甚至不知道自己什么时候才能死去，便觉得又是可怜，又是好笑。

我穿好衣裤出门打水。铅矿大门外的树丛里藏着条清澈见底的小溪，山里的溪流都这样，只能满山听见环佩叮咚，似在脚边又似在身后，却终是无迹可寻，在这山中久居才能掌握其秉性。我提了一桶水回屋洗脸刷牙，又在门口的泥炉上熬了点小米粥做早饭。

吃过早饭之后我对着墙上残留下来的半面镜子细细把下巴刮干净，把头发三七分梳整齐，再喷了点摩丝定型。然后穿上一件卡其色衬衣，打好那条蓝底白点的领带，外面再穿上一件深蓝色西服。我一共有三件衬衣、三套西服、两条领带，三套西服的颜色款式都一模一样，是多年前请同一个裁缝做出来的。所以以前老有人以为我一年到头就一身衣服，从来不换，其实是我来来回回已经换了多少次了别人并不知道。

把自己穿戴整齐是我每天早晨起床之后的一个重要仪式。就算是这一整天都不过对着山林和鸽子，我也不敢在仪表上有丝毫懈怠。真的是不敢。这是一种站在断崖边上的感觉，稍不留神就会掉下去。一个人住在深山里，整天除了植物和动物，没有任何观众，自然是身上随便披挂个麻袋都能出入，可是我不允许自己这样随心所欲地塌下去，或者，掉下去。

穿戴整齐后我照例在荒凉的铅矿院子里巡视了一圈。铅矿四面环山，如在井底，破败的采矿车间门窗洞开，里面住着年深日久的黑暗。当年卖剩下的几台锈迹斑斑的破碎机和球磨机，如年老的象群挤在黑暗里等待死亡。干涸的浮选槽里长满荒草，槽边是当年开采的矿石，有铁矿石、金矿石、铅矿石。我太熟悉这些矿石了，铅矿石里有紫色的晶体，黄铁矿石里有一种金黄色的光泽，金矿石看起来反倒没有黄铁矿石那么耀眼。废弃的高炉默立着，水塔顶上住着一大群野鸽子，只要往水塔上随便扔块石头，那群鸽子就会呼啦啦从水塔顶上炸起来，仓皇地四散而去，到黄昏时分，又会在一轮血红的残阳里飞回来栖于塔顶。

我站在水塔下仰着头看了会鸽子，继续往前逡巡。山里的寂静所产生的压强挤压着我，有时候竟会把我一路挤压向童年，我养了一黑一灰两只兔子做伴。我记得我小时候就养过这么两只兔子，每天放学后头一件事就是兴冲冲地跑过去喂它们。这中间的四十多年忽然被挤成了薄薄的一扇门，我推开一看，那一黑一灰两只兔子居然还在门后，好像从来没有长大过，也从未离开过。

我独自走过矿区的幼儿园、医疗室、图书馆，这些阒寂无人的废墟散发着类似于坟墓的气息。但我走在这废墟里还是不由得觉得亲切，像走在曾经的自己里面，从前的那个少年包裹着如今已到中年的我，像小时候玩过的俄罗斯套娃。

我八岁那年随着父母从山东的一个海岛来到这深山里的铅矿，父亲从海岛上的一名军人转业成铅矿上的小干部，母亲则在矿上的图书馆做了管理员。我二十九岁那年离开了倒闭的铅矿，四十岁那年又一个人回来了，回来时铅矿已经是一座无人的废墟。

我重返铅矿的那个晚上，整个矿区没有电，我也没有准备蜡烛，到处是最原始的黑暗。荒草早已过人头，矿区的骨骼和周围毛茸茸的密林如血肉长在了一起。荒山密林之上是一轮巨大的明月，我感觉自己像忽然退回到了最远古的洪荒时代，满目只剩下了山林和月光。月光像大雪一样隆重地覆盖着这片废墟，我乘着月光重新游荡在阔别已久的故地。

我记得我推开少年时代最熟悉的图书馆的门进去，所谓图书馆其实就是两间简陋的平房，门口那把管理员的椅子是空的，布满灰尘和蛛网，母亲曾经就坐在那里。几排书架空旷荒芜，我曾借过的那些书都已经不见了，只有地上还零散地扔着一些书，月光从门里涌进来，那些书被淹没了，闪着银色的磷光。

被月光淹没的一瞬间，我又有了那种置身于水底的感觉，好像是在童年那个海岛的海水里，我一直向海底游去，直到水压即将把我挤爆。周围海水的颜色在慢慢变深，有大鱼和灯笼般的彩色水母从我身边游过，那时，我看到那些大鱼时往往会觉得敬畏和尊重，我会给它们让路，因为它们看上去古老而庄严，像人类的祖先。

我又好像正潜在那个藏在这深山里的无名湖底，那个湖的周围全是密不透风的参天古木，树林阴森森地看不到头，林间飘荡着鸟儿们各种古怪的叫声。有风吹过时，成片的树林在嘶吼，而湖面却静极了，像面大镜子，在阳光下有一种璀璨的感觉。而那湖底却是幽深恐怖的，水极清澈，能看到大片大片墨绿色的水草，像女人的长发一样在水中鬼魅地招摇着。鱼儿们在其中嬉戏，柔软的蛇鱼和水草交缠在一起，湖底到处是长满水藻的毛茸茸的石头、贝壳。

在这湖底还有一具人的尸体。那具尸体这么多年里一直就沉在这水底，却是因为，它身上压着一块巨大的石头，是石头把它锁在了这湖底。

我第一次见到它的时候，它还是完整的、新鲜的，还是一个人的形状，呈现出石灰一样僵硬的滞白。等我第二次再潜入湖底找到它的时候，它已经开始变得残缺不全，鱼儿们把它身上、脸上咬得坑坑洼洼的，它的一只眼睛被鱼吃掉了，变成了一个模糊的大洞。右手上的肉已经被鱼啃噬干净了，露出了雪白的骨头，那只露出白骨的手就那么在水中安静地张开着，还有几只一寸长的小鱼正叮在那手骨的缝隙里觅食。

我仔细辨认，不是水，只有满地的月光。我从地上捡起一本满是灰尘的书，就着月光看到是一本破旧的《矿产资源勘查学》。我又捡起几本书走出了图书馆，我像小时候来借书一样抱紧它们，仿佛它们可以给我御寒。那个夜晚，我坐在外面的石阶上一根接一根地抽烟，我的背后是黑暗如古堡的图书馆。

半夜了，我听到周围丛林里有沙沙的声音，那可能是一只野兽。巨大的月亮就悬在我的头顶，在这无人的深山里，月亮看上去极大极亮，如同一个上帝坐在那里。因为有月亮在，我心里静了些，到了后半夜，居然就靠在墙上睡着了。

第二天，我把我少年时代和父母一起住过的那间宿舍收拾了一下住了进去，屋里的家具都还是我当年离开时的样子，只是落满了厚厚的灰尘。

安顿下来之后，又经过一番踌躇，我决定去看看它。

于是我朝着那片藏在这深山里的无名湖走去。我一直相信除了我，世上没有谁还会知晓这个湖的存在。我还是个少年时就找到了这个秘密存在的湖，那时候因为刚从海岛迁徙到这山林里，我浑身干燥难忍，于是漫山遍野地找水想游泳。山里只有腿肚那么深的小河流，没法游泳。铅矿的工人们告诉我，这山上是不可能有湖水的。但我相信我在山间已经嗅到了湖的气息。

就这样，我跟着弯曲的山间河流一路寻找，河流忽隐忽现，多数时候河流都是藏在柳树林里的，因为柳树逐水而生，有水的地方就有柳树。遇到石头多的地方，河流就会变急促、变大声，喧哗着从柳树林里钻出来。在阳光下明亮地流一会儿，忽然又不见了，再见到它时，却是清泉石上，有一尾野生的金鳟鱼在水中倏忽掠过。

我就这样跟着河流走进了一片阴森的原始密林，在那不见阳光的密林里穿行了很久。周围的树木越来越高大古老，越来越茂密蓊郁，但那条河流从不曾断开，一直向前流动着，行走着。我相信，只要河流没有断开，我就不会迷路，所以，我一边恐惧着，一边却还是紧紧跟着这河流前行。忽然，树木一下消失了，前方静静地、耀眼地跳出了一片湖。

湖就在这密林的中央。

后来的很多年里我都不舍得告诉任何人关于这个湖的存在，仿佛这是一个只属于我和这个湖之间的秘密。我一直记得我第一次跳进那湖水里游来游去的感觉，像从干燥陌生的生活里挤进了一道潮湿的裂缝。

后来我一直相信这面湖就是世间留给我的一道缝隙。

我走出铅矿的大门，再次跟着河流往深山里走去，走进那片阴森的密林，走着走着，忽然有一片湖水如梦幻一般出现在了我眼前。无名湖看起来和五年前一模一样，碧绿的湖面静得可怕，一丝皱纹都没有，似乎在这几年时间里它不曾被任何东西打扰过。我先是在湖边静坐了一会儿，然后站起身来佯装着散步，仔细观察了一番周围，不见人影，只有无边的密林和倏忽掠过的鸟影。我脱了衣服慢慢潜入水中，以免惊起太大的波纹。

平静的湖面下存在着另外一个丛林，有植物，有动物，也许在这样的湖底还有一位维护秩序的统治者，类似于龙王或者水妖。我在鬼魅般的水草间游来游去，寻找着记忆中的那块大石头。终于，我在幽暗的湖底看到了那块大石头，它依然在那里，轮廓没变，只是身上已长满青苔，这使它看起来变臃肿、变柔软了。

然后，我看到了压在石头下面的那具尸体。墨绿色的湖底上一点刺目的白。它还在原地，只是已经变成了一副干净的白骨，上面居然连一点皮肉都没有了，那白骨像瓷器一样洁净，安宁肃穆，竟让人不再觉得恐惧。有一条小蛇鱼从它头骨的左眼眶钻进去，又从右眼眶里钻了出来，摆摆尾巴游走了，看上去在这湖底玩耍得天真无邪。

在我身边游来游去的鱼儿们看起来似乎都格外肥大，这使得它们身上有一种妖气。我开始使劲划动双手双脚，向泛着微光的湖面升去。

转眼间我已经独自在这深山里住了四年了。四年里我开垦了十几亩山地，种上土豆和莜麦，因为这山上早晚温差很大，特别适合土豆和莜麦的生长。秋天收成了以后拿到山下去卖，平时在山上采的木耳蘑菇晒干了也拿到山下去卖。我太了解这片山林了，每个季节有每个季节的蘑菇，我还知道在这山林里只有橡树可以长出木耳，而且只有冬天砍倒的橡树长出的木耳最多，有时候一根倒在地上的橡树密密麻麻地长满了木耳，像长出了无数只耳朵。所以在每年冬天的时候我会砍倒十来棵橡树，好等到来年采木耳。

我还在下面半山腰的三条路岔口处开了个小饭店，挂了个木牌，白底上四个红字“岔口饭店”。那是公路还能通到的地方，路边有间废弃的护林人住过的小屋子，灶台是现成的，还有炕，屋里只够摆一张饭桌。

我的饭店里平时只做四个菜，过油肉、酱梅肉、野鸡炖山蘑、烩土豆。只在春天和夏天的时候偶尔用香椿、苜蓿和蒲公英拌点凉菜。我从不用鸟铳打野鸡，响声太大，我的办法是把粮食拌上酒，撒在山林的空地上，野鸡吃了粮食之后就会醉倒，躺在那里就睡着了，如果是冬天，睡着之后就被冻死了。第二天捡到的野鸡已经硬邦邦的，一碰还叮当作响，像用玻璃做的。而且醉倒的野鸡都是一对一对的，因为它们喜欢夫妻结伴而来。偶尔，如果捉到一条蛇，我也会把蛇炖了吃。当我一剪刀下去把还在扭动的蛇剪成两截时，我心里还是会暗暗一惊，为自己身上那些已经暗中发生的变化而吃惊。我曾经可是连只虫子都不忍心踩的人。

去我饭店吃饭的人不算多，多是些进山拉木料的大车司机和进山采木耳的人，偶尔还有些专门赶过来找我的故人。因为我没有电话，这里便成了我和昔日故人们唯一一个隐秘的联络处。

在矿区里巡视完一圈之后，我从大门出去，沿着山路往林子里走了几步路，准备给兔子割些苜蓿。进铅矿的这条僻静的山路没有通公路，早已被世人遗忘在深山里，又经过山洪的冲刷和野草的侵略，已变得越来越窄，有些地方几近于要消失了。在这条山路上我从来没有碰到过任何人，如果真的碰到一个人，他看到一个穿着西装打着领带戴着眼镜的男人正在那里割兔草，估计也会吓一跳。

我回去把兔子喂了，又在水塔的周围撒了些玉米粒喂鸽子，然后便准备下山一趟。我大概半个月会下一次山，所谓下山就是到山下附近一些村庄的小卖部里买些日用品，那些村庄，即使最近的也要三十里路。我有时候用钱买，没钱时就用我在山上采的木耳来换。木耳的价格很高，山下的村民都认木耳，所以木耳在这一带就像货币一样好使。

我背上包，骑着一辆旧摩托车往山下驶去。刚开始的时候我下山都是靠走路，一走就是半天时间，往回赶的时候还得走夜路。据说在山上走夜路的时候，会碰到有人在背后拍肩膀，这时候千万不要回头，因为那多半是狼在用它的爪子敲你的肩膀。狼在当地被叫作麻虎。我倒不怕遇到狼，因为我知道所有的动物其实都是怕人的，它们不会主动攻击人。而且动物能看出人身上的火焰，遇到火焰高的人，它们就会远远避开。所以我走夜路的时候从没碰到过任何野兽。

走完那段崎岖的山路就上公路了，在这山路与公路连接的地方，常年有一处浅浅的水洼，这水洼附近便成了蝴蝶的家园。夏天每次走到这里都有成千上万只蝴蝶在我身边飞来飞去，有的还会落在我头上、身上。回来的时候又是一身蝴蝶。

这次下山我要去的村庄离铅矿有三十多里路。这个村庄有一个雅致到奇怪的名字，落雪堂。不知道是不是和村口的那棵大杏树有关。这村口有一棵巨大的千年杏树，因为年老，树根盘结突出，竟可以供十几个人同时坐在树根上乘凉。树冠则庞大得有些遮天蔽日，好像整个村庄都不过是这老树孕育出来的子嗣。每年到了清明前后，一树杏花如雪，有风吹过的时候，落花几乎要把整个村庄都埋起来了，一直要到五月，这个村庄才能渐渐从花醉中苏醒过来。

我先是骑着摩托车去了一趟村里的小卖部，买了一支牙膏、一块肥皂、两包蜡烛。然后再骑到村西的范听寒家门口。

2

村西有处十间瓦房的大院子就是范听寒家的。这座院子在整个村子里都显得鹤立鸡群。范听寒在院子的周围种了很多垂柳。

正是四月，门口的一排垂柳绿得如烟似雾，在层层鹅黄烟障的最后面，是一扇带着小飞檐的街门，门口左右各一个鼓形石墩，门的后面是一个几米深的狭长门洞，一个瘦小的老人正独自坐在门洞里饮酒。这个老人就是范听寒。我放下摩托车，站在门口恭敬地打了个招呼，范老师，这是已经吃午饭呢？

范听寒闻声连忙站了起来，走到门口迎接我。他有七十五六岁，但看起来比实际年龄更老些，奇瘦，而且在我看来他似乎一年比一年瘦，好像正试图慢慢地从这个世界上隐遁而去。驼背，背上扣着一只巨大的驼峰，走路的时候整个人简直就是一把折尺，从腰那里向前弯成了九十度，所以总是身体还没走过来的时候，头已经先到了。

又因为驼背，他走路的时候总是把两只手高高搭在背后，不然一垂下来，两只手都快碰到地面了，估计他是怕给人一种感觉好像他是在用四肢走路。他背着双手，驮着一座大驼峰，像只年迈的骆驼一般慢慢踱到我跟前，努力朝上翻起两只眼睛看着我，用大同口音说，你过来啦？来，进来喝两杯吧。

我也不推辞，跟着他走进门洞，在小木桌旁的竹椅上坐下。木桌上有一碗手擀面，有半玻璃杯白酒。认识也有四年了，我大概知道他的一些生活习惯。他一日三餐只吃手擀面，绝不吃一口稀的，一大把年纪了还是顿顿自己擀面。

他每天早晨天不亮就早早起来，光是穿衣服对他来说就是一项难度不小的工程，得穿很久。因为驼背，他穿上衣的时候必须拼命把衣服向空中甩起来，就像中世纪的骑士甩斗篷一样，甩得越高越好，这样衣服才能比较准确地降落在驼背上。他穿好衣服后背着手出门散步，趁着天还没亮，在田间地头溜达一圈，采两把野菜或几朵蘑菇。走出汗了就回家开始洗漱，他很爱干净，每日洗漱的程序非常隆重，要把好不容易才穿上的衣服全部都脱掉，脱光之后把自己浑身上下擦洗一遍，然后再把衣服甩一次，披挂上去。每天如此。

洗漱完之后他开始动手给自己做早饭，他孙女范云冈在镇上的小学教书，周末才回来一次。五年前他的老伴去世了，据他说，他老伴活着的时候，两个人经常吵架，但从不会因为吃饭吵架，因为他们吃饭的口味出奇一致，那就是，手擀面。他说他儿子和孙女也是只认得手擀面，好像在他们一家人眼里，世上只有手擀面才能算得上是饭，别的都是假的，都是吓唬人的。

早饭就是一碗手擀面，一定要和那种硬得像铁一样的面团，然后用九牛二虎之力把面团擀开。因为面团实在太硬了，擀的时候一定要整个人不时跳起来，把全身的重量都压到擀面杖上才能擀得动。擀好后再切成钢丝一样硬的面条，下锅煮熟，拌点茄子、白菜、豆腐之类。然后就着一二两酒把面条吃下去。他是一日三顿都要喝点酒的，顿顿不落，且每天都要准时到村里的豆腐摊上割一块豆腐吃，风雨无阻。每天上午割了豆腐往回走的时候，村里人照例要问一句，范老师又出来割豆腐？他一边点头一边微笑，豆腐好，既能当粮也能当菜。

他和我说过，他那老伴过世前终日病病歪歪却酒瘾极大，烟瘾也不小。她每天早晨起来的第一件事就是，二话不说先抱住酒瓶灌自己两大口，再歪到炕上抽根烟，一根烟抽完才算正式起床了。一天当中只要趁老头不注意就抱起酒瓶子咕咚咕咚偷喝两口，而且不管把酒瓶藏到哪里，她都能闻着酒味找出来。吃饭的时候还要和老头对饮几杯，两个人有时候就着面条下酒，有时候就着一根黄瓜、一根葱、一只梨、一把花生，统统可以下酒。

有时候她呻吟自己腰疼、腿疼、肚子疼，老头把酒瓶递过去，她只要喝上两口就停止呻吟了，老头得到了暂时的安宁，却又得防备她一会儿之后重新开始呻吟，哎哟，哎哟，就不如早点死了好。

有时候喝多了，她会哭着上街，见个人就拽住问，你看见我家范柳亭去哪里了？他怎么走了就不回来了？有时候喝得更多，她干脆就歪在自家门口的石墩上睡着了，夕阳打在她脸上，透亮的涎水从嘴角流下去，一直挂到胸脯上，蛛丝一般。

后来她重病，临死之前已经昏迷了好几天，昏迷中她一直在说胡话，一会儿说，我在几千人的大会上都讲过话，我不怕你们斗我。一会儿又是，同学们，马上就是期末考试了，要抓紧时间学习，把时间都用在刀刃上。一会儿又是，范秋纹，范柳亭，站住，你们要往哪里去。

昏迷了几天，忽然醒过来了，眼睛一睁开倒像是开过刃的钢刀，亮得吓人。她向唯一守在她身边的老头招招手，老头子你过来。范听寒便驼着背，两只手背在身后，赶紧走到床前。老伴说，给我口酒喝。老头犹豫了一下，把酒瓶子抱过来递给她，她两只手抓过酒瓶子咕咚一声就咽下去两大口，这才说，老头子，我要先走了，以后就不能陪你喝酒了，你自己喝吧。老头子，我年轻时候能和父母绝交都要嫁给你，又跟着你发配到这穷乡僻壤，多少年里连碗小米稀饭都喝不上，儿女都没了，你说我恨不恨你……我又丢东西了，肯定是来串门的老太太们偷走的，农村老太太都不识字，人没文化就是不行哪……你这么多年都哪儿去了？你怎么瘦成这样？快坐下，我给你擀面去。擀完面我还要去开会，又快期末考试了……要恢复高考了。说完抱着酒瓶子又闭上眼睛睡了过去，此后再没有醒来。

范听寒不是本地人，是大同人，那是晋蒙交界之处，北魏遗留下来的痕迹浓重，他孙女的名字大约就出自大同的云冈石窟。

大约是第三次来他家借书的时候，我就问过他，范老师你是怎么来的这落雪堂？他说，他祖上世代都是读书人，他原来是大同师专中文系的老师。1958年的时候，学校也在轰轰烈烈地打右派抓典型，有一个做临时工的老师向教育局检举揭发范听寒用的是一支进口的派克水笔，还成天向别人夸赞外国造的水笔就是好用。那临时工看来也不是观察他一天两天了，“蓄谋”已久的样子，把他说过的话都记在笔记本上，还注明年月日。大约是想顶替了他的工作岗位。教育局很重视，专门成立了调查小组去学校查这件事情，结果一调查证实不少老师们确实都听到他说过这样的话。

于是，他的右派身份很快就被确定了，站在全校师生面前被批斗了几次，之后又被发配到地处晋西的偏远的落雪堂进行改造。他老伴当时是个中学的校长，辞职跟着他一起流落到落雪堂。后来虽然平反了，但年龄已经大了，城里的房子早被没收充公了，除了落雪堂竟也没有别的地方可去，便留下来在此终老。

我又问他，范老师，你这么大年龄了，怎么顿顿都吃手擀面，还擀这么硬，不怕消化不了？他不好意思地说，早些年饿着了，几年吃不上一口干的，顿顿喝汤。后来我们全家都是一看见稀饭就害怕，每顿饭都要看见面心里才觉得这是吃过饭了，如果是吃了菜啊、粥啊之类的，总疑心自己刚才其实并没有吃过饭。末了他又补充道，我儿子范柳亭小时候老是吃不饱，只能喝米汤，所以个头才长了这么点。

他用手比画到我胸前，范柳亭才长这么高。手比画完放下去了，脸上却抱歉地笑着。

这是第一次听他说起他的儿子，我脑子里轰隆一声巨响，久久没有说出话来。呆了片刻，我又有些疑心自己是不是听错了，便用一种惊讶得有些过头的语气说，你还有个儿子？怎么从来没有见过他？他叫范什么？

他又说了一遍，范柳亭。

我的心脏几乎要蹦出胸腔了，我怀疑我此刻看起来是不是脸色煞白，因为他忽然就问了一句，你怎么了？

我勉强按捺住自己擂鼓般的心跳声，想抽支烟，摸了半天却连烟盒都没有摸到。我一只手揣在口袋里，虚弱地笑着说，哪两个字？是柳树的柳，亭子的亭？

是的。

哦，柳树的柳，亭子的亭，范柳亭，好听，读书人家起的名字就是好听。

也是因为我一向喜欢柳树。

好听，这名字真是好听。范老师，你儿子他……是做什么的？能盖起这么大的院子。

他呀，成天就折腾着办厂子了，什么铁厂、油厂、铸造厂都办过，就是瞎折腾。

我终于费力地把烟盒掏出来了，准备点烟的时候看到自己的那只手正在发抖，便又把烟放下了，只是在嘴里很惊讶地反复说，是吗？你儿子原来还是企业家啊？还办过厂子哪？

我忽然发现他好像正看着我那只拿烟的手，那只手还在轻微地发抖，我一紧张就这样。我把那只手重新塞进口袋里，一边假装掏东西，一边找话说，那范老师你就这么一个儿子吗？怎么不见他在家里啊？

说到这里，他说话的语气反而平静下去，像在说别人家的事情，他说他本来还有一个女儿的，叫范秋纹，比儿子大好几岁，当初因为要求进步，没跟着他们来落雪堂，后来才二十多岁就自杀了。范柳亭是他唯一的儿子，几年前外出做生意就再没回来。又过了几年，他母亲都去世了，他还是没有回来，至今生死不明。

我听了又做出非常惊讶和惋惜的表情，嘴里连连说，啧啧，这样啊，唉，真是的。

后来我断定范听寒顿顿都要吃手擀面的另外一个原因就是，吃得下手擀面证明他身体还硬朗，还可以坚持到他儿子范柳亭回来的那天。

那天我敬了他好几杯酒，自己也喝了一杯又一杯，他说，你这么远跑过来借书，不赖，爱看书，真不赖。我说不出别的话来，只是一遍一遍地重复道，有缘分，范老师，我和你有缘分，这就是缘分。

喝完酒之后，他背着驼峰走到院子里一辆改装过的三轮小推车旁边，推车里是一只垃圾桶。他抱歉地对我说，你先坐着，等我先把垃圾倒出去，放久了招苍蝇。说着便弓着腰低着头使劲推那辆三轮，我先是呆呆看着他，然后像忽然清醒过来一样，猛地起身，几步走到三轮前，拎起那只垃圾桶就往出走。

我把垃圾倒到垃圾池里，又在垃圾池旁边蹲下来，抖着手抽了一支烟才走回去。他弓腰站在门口，像是一直在等我，见了我却只说了一句，谢谢你了。我拎着空桶茫然地立在院子里，不知道接下来该做什么，手里明明还拎着那只空垃圾桶，却忽然扭头对他说，范老师，我这就帮你把垃圾倒掉。

他没有接话，只是驼着背站在门洞的阴影里静静地看着我。

此刻，又是在他家的院子里，我坐在小木桌的一旁，看着驼背的老人又拿出一只杯子，杯子里有半杯白酒。他把酒递给我，说，锅里还有手擀面，你自己吃多少就盛多少吧。我说，我是吃过饭才来的。他说，你老是这样。

然后他坐下来继续喝酒吃面，背着大驼峰，上身折叠在膝盖上，下巴几乎就要搁在桌子上了，从某一个角度看过去，我忽然惊悚地发现，他已经老得不大像人类了。尽管没有下酒的东西，我还是默默陪着他喝完半杯酒，是当地打的五十三度的散酒，叫梨花春。这酒入口烈，但余味爽净，喉间有清香。

杯里的酒都喝完了，他才问我，书又看完了？我恭敬地说，都看完了。说完就从身上背的包里取出几本书和杂志双手还给他。他接过书，连连摇头，像你这么爱看书的人却开个小饭店也真是可惜了，你就没想过再做些别的？我忙说，人各有命，看书也不能当饭吃。他又摇头，可惜，真是可惜了。

他背着手踱回屋又取出两本书和杂志给我，他有每年订阅新杂志的习惯。两本书是《古诗十九首集释》和《雪堂集》。我每次来他家的时候都要先把上次借的书还掉，然后再借几本新的带回铅矿去看。我把新借到的书装进包里，顺便掏出一包晒干的木耳放在了桌上说，范老师，你要多吃点木耳，对身体好，吃完了我再给你带过来。

他点头，又递给我一张叠好的冷金宣纸，说，我又给你抄了首诗，读唐诗就是要多体会那种水中之月的意境。唐诗看起来写的都是些山水，其实那是自然之道，就是天地间本来的样子，所以唐诗里写的其实是一些最恒久、最牢固的东西。相比之下，你看我们人的一生反而短暂多变，倒是最不牢靠的。所以读诗能让人心安。

我打开那张纸，是一首用毛笔小楷抄写的《春江花月夜》。我重新叠好，很小心地装进包里。然后开始满院子地找活干。这几年里我已经习惯了，每次来了都要帮他把院子收拾一遍，把垃圾倒掉，把厨房的水瓮蓄满水，把菜园子里的杂草除净，给蔬菜和花卉浇浇水。干完活我又低头巡视一遍院子，发现甬道上的一块红砖翘起来了，容易绊倒人，便把这块砖挖出来又仔细铺平了。

好像已经差不多该走了，但我还是想和他多待一会儿，见桌子有点不稳，我就地做了个楔子插进了榫卯里就稳当了。有穿堂风从门洞里经过，风里带着杏花的香味。我看到他在院子里种的两棵海棠树也开花了，海棠花香很淡，不到跟前是闻不到的，走近了却能感觉到一缕阴柔的冷香。

树下有一口大水缸，缸里养着两条鲤鱼。我朝那水缸里微微瞟了一眼，两条鲤鱼正在缸里游来游去。我只看了一眼便像是感到很嫌恶一样，目光飞快地移向别处。窗台上卧着几只去年收的大南瓜，还有一只洁白如玉的西葫芦。估计都是村民们送给他的，村民们都恭敬地叫他范老师。

这时候我像想起了什么，猛一回头，发现他还坐在门洞里，似在静静地观察我，他脸上半明半暗，看不出是什么表情。我不由得愣了一下，暗暗悔恨自己在这里又待久了。

每次都这样，总是怕自己在这里待得太久。

3

我记得四年前我第一次出现在他的院门口也是在这样一个春天的午后。

柳枝新染，杏花满天，我也是穿着这身西装，打着领带，他当时也是这样坐在门洞里驼着背正喝着小酒。恍惚间我真的有了一种错觉，觉得中间这厚厚的几年时间原来不过只是薄薄几页纸，风一吹就轻轻翻过去了。

当时我站在门口，有些紧张。为了能在与世隔绝的铅矿里待下去，我能想出的最好的办法就是看书。我想问他借书，又怕被拒绝。在门口踌躇半天，终于还是主动上前对他招呼道，你就是范老师吧？我听说你家的书特别多，就找了过来，不知道我能不能借几本看看，我保证一看完就给你还回来。

他用略有些混浊的眼睛打量了我一会儿，慢慢说，以前从没有见过你，听你的口音不是这村里人吧。

我避开他的眼睛说，我小时候是在山东长大的，后来父母调动工作我跟着来到这里，我就是在这附近长大的，也算当地人，只不过不会说当地话。

我说的是实话，这些经历没必要说假话，况且，我确实是异乡口音。

他一直没有放下手里的空酒杯，把目光从我身上移开，似在对着酒杯说话，你父母是从外地调过来的？是不是县里的晋华纺织厂？那里的外地人多。

我第一次听说县城里还有个晋华纺织厂，我甚至不知道这个厂是不是真实存在的，但我还是回答了一句，是。我不想让人打听关于我太多的事情。

这时又听他说，你是山东长大的，山东什么地方？

我稍微犹豫了一下，说，日照。

他说，哦，海边长大的。

我心里乱跳，不知道他为什么要强调海边。我只好不语，表示默认。

他又问，那你现在做什么工作？我记得晋华厂在1998年就倒闭了吧。

我说，没工作了，我就自己开了个小饭店。

他问，在哪儿？

我又犹豫了一下，说，在凤城镇。

他说，镇上啊，我孙女就在镇上的小学教书。那学校你知道吧？离你的饭店远吗？

我有些口干舌燥，但还是听见自己尽量平静地说，不算远，不过我没进去过那学校。

他又说，在镇上开饭店，那你也住在镇上吧？十几里地，你怎么会找到我这里？

我说，听有个去我饭店里吃饭的人说起过，说你书特别多，大概是你们村的人去镇上赶集吧。

我确实是在镇上听别人说起范听寒家里有很多书的，但不是在我的饭店里，是在我摆摊卖木耳的时候。

他还是没有放下那只杯子，哦，这么说，你喜欢看书？

我忙说，从小就喜欢，我十几岁的时候只要能“逮住”一本书连夜就看完了。

他说，你上过几年级？

我说，我当年高考落榜了，没上过大学。

他说，你来我这里就是专门为了借书？

我说，是的。

他翻起眼睛看了我一眼，我忍不住又一阵紧张，只听他说，你今天是为了借书专门打的领带吗？

我忙说，不是，我平时就这样，习惯了。

他说，讲究点是好习惯。你想看什么书？

我说，什么书都可以。

他说，什么书都可以？喜欢看书的人可不是这样的。

我说，我是来借书的，哪还能挑三拣四。

他说，诗词能看懂吗？

我说，懂得不多，但心里喜欢。

他说，那你等一下，我进屋给你找几本。

他终于放下那只杯子，起身回屋。我坐在那里悄悄看着他那只杯子，却仍然发现它真的只是一只再普通不过的杯子。他拿着几本书出来，驼着背慢慢走到我面前，又把我上下打量一番这才把书递给我，说，你看看能不能看进去。我连忙把书接住，有些惶恐地说，范老师，我保证一看完就还回来。他缓缓调转了伸在最前面的脑袋，跟在后面的是大驼背，只给我留下了半截背影。他边往里走边说，你这么喜欢看书，要是不想还回来就当送给你了。

我出了门，走过那排柳树，向自己的摩托车走去。他的最后一句话让我眼睛一阵湿润。

4

这时候又是一阵微风吹过，海棠花如胭脂粉团一般簌簌落了一地，有几片花瓣飘进水缸里，那两尾鲤鱼便游上来争相啜食花瓣。

我曾在他借给我的一本书的扉页上看到他用钢笔写下的几行字："遵四时以叹逝，瞻万物而思纷，悲落叶于劲秋，喜柔条于芳春。心懔懔以怀霜，志眇眇而临云。"

那一刻我忽然有些明白我为什么在后来还要一次次地去找范听寒了。这几年里，其实我已经不止一次地下过决心不再去那院子里了，可事实上，只要过一段时间，我还是会再一次出现在他家门口。

告别范听寒之后，我骑着摩托车出了村，一直向西一路爬山路来到那个三条路的岔口，这个地方在半山腰，经常有一些拉木料的运输车会经过这里，我的小饭店就开在这岔口处。因为顾客来得不固定，我开张的时间便也不固定，另外就是，这样别人也不容易找到我。

停好摩托车开饭店门锁的时候，我一低头忽然发现一只西服袖口已经磨破了。这才想起这件西服已经穿了好多年了，我已经有多年没有为自己添置过一件新衣了，这让我有一种突如其来的悲凉和恐慌，但我还是脱下西服小心翼翼地挂在门后，正了正领带，挽起袖子开始准备做晚饭的食材。

两天前我在饭店的门缝里收到杨晓武塞进来的一封短信，说他来过一次我不在，两天后的晚上他还会来岔口饭店找我。我一边做饭一边等着他来。

我把昨天捉到的一只野鸡砍掉头，无头鸡又蹒跚着走了几步才倒下，没有了头的脖子像龙头一样喷着血。我等着它彻底不动了才开始拔毛，收拾干净，剁成块，和发好的山蘑一起炖在锅里，放的野茴香和月桂叶都是我在山里采的，快熟的时候再撒上一种叫栀莫花的香草，香味奇异，虽然它容易招来回头客，但我又暗自担心这奇异的香味会吸引来更多人。炖上鸡肉之后我在灶洞的炉灰里埋了几个土豆。土豆是去年秋天收成的，我专门挖了个土豆窖存放土豆，这样就可以一直吃到来年秋收。

暮色在一层层加重，渐渐地，外面的山林又一次堕入了巨大的黑暗之中，从这小屋的窗户望出去，幽暗的山林正张着血盆大口欲吞噬一切。远处的山路上亮起两束灯光，灯光蹒跚着渐渐逼近，是进山拉木料的大卡车。大卡车没停，从饭店门口呼啸着过去了，刚才从窗户里打进来的灯光支离破碎地涂在墙上，飞快地繁殖出各种形状，在一个瞬间里长满了这间小屋，又转瞬之间便凋落下去。

野鸡的香味近于蛮横，溢满整个房间，我没有点蜡烛，只身坐在黑暗中抽烟。

杨晓武是我当年在监狱里认识的。那是1983年，那年我十九岁。前一年刚刚高考落榜，又没有合适的单位可去，便整天窝在家里写小说，为了熬夜写小说还学会了抽烟，烟瘾竟越来越大。写好的小说再工整地抄一遍，然后去邮局投给杂志社，那时候我成天梦想着能成为一个作家。

我记得那是一个黄昏，矿上已经下班了，人声寂静，我写了一天小说也累了，便走到矿区的院子里散步。这时候迎面走来一个姑娘，我不认识，估计是矿上的新职工。那姑娘可能刚去澡堂洗完澡，头发湿漉漉的，穿着一条碎花长裙，抱着脸盆正往这边走。平时在矿上看到的基本都是清一色的工作服，在那个黄昏忽然看到一条这样的碎花裙，我忍不住盯着那裙子多看了几眼，等姑娘走过去了，我又回过头看着她穿长裙的背影。第二天，我正趴在窗前写小说的时候，矿上保卫科的人忽然来我家找我。原来是昨天穿碎花裙子的姑娘告到保卫科了，说我耍流氓。

我并不知道当时正在“严打”，矿上的保卫科正愁名额不满的问题，就这样我被关进了监狱。鉴于我确实没有具体的肢体触摸，但毕竟已经用目光对女性进行了一番猥亵，流氓罪已经坐实，只是刑期不算太长，判了我三年有期徒刑。能和杨晓武在狱中成为朋友，是因为他和我一样，也是高考落榜生，比我还早了一年。1983年他正在第二年复读，准备再考一年。那天他正在家里复习功课，他表哥忽然在窗外大声喊他，表哥在和人打架又打不过，叫他出来帮忙，他拎着擀面杖出来打算帮表哥，结果只是站在边上观望了一会儿，还没来得及上手就被赶来的公安局民警逮捕了。

我坐在黑暗中又点上一支烟，炉灰里的土豆已经烤熟了，散发出一种植物肉身的芳香。我想起那几年狱中的生活，干活、打架、刷尿桶都不算什么，我最怕的就是看不到字。监狱里只允许看《人民日报》和《山西日报》，就这两份报纸，被我反反复复看了一遍又一遍，我看的时候不是一句一句地看，是一个字一个字地看，很小心地把每一个字含在嘴里，不舍得咽下去，生怕看完就没有了。像在冰天雪地里赶路，必须储备好足够的粮食。

几支烟抽完，估计时间差不多了，我点上一支蜡烛，把炖好的野鸡扣在一只粗瓷大碗里，把烤熟的土豆从灶洞里掏出来，拍了拍上面的灰，堆在盘子里。它们看上去像一堆丑陋的卵石，但是恬静简朴，让人觉得心安。这种心安在我问范听寒借的一本书中也曾读到过，“村舍外，古城旁，杖藜徐步转斜阳。殷勤昨夜三更雨，又得浮生一日凉”。

我拿出一壶散装高粱白倒进一把白瓷酒壶里，摆在桌上，又洗了两只酒盅。这套酒具是我父亲当年在矿上评上先进工作者时发的奖品，他到死都没舍得用过一次。多年以后被我从床底下翻了出来，居然还完好无损。

就在这时，门外传来了一阵很轻的敲门声，敲得小心翼翼的，不仔细听还以为是风声吹过。我问，谁？门外的声音说，海涛，是我。他不知道我现在的名字已经改成了郭世杰。

我拉开门，裹着一团黑暗钻进来的果然是杨晓武。他来回搓着手，埋怨自己道，都怪我，其实我已经到了好一会儿了，远远看着你这饭店里一直黑着灯，以为你不在，就在附近的林子里等着你来。这林子到晚上还真是瘆人，看到屋里忽然有亮光了这才敢过来敲门。我有些不客气地说，你一个大活人长着两只囫囵手就不知道先过来敲敲门？你说好要来我能不等你吗？

我们在桌子两边坐下，我给他倒了一盅酒，又扔给他一个烤土豆，说，饿了吧，先垫垫。他把土豆掰成两半，轻轻吹着热气，也不蘸盐，很小心很斯文地咬了一小口，慢慢咽了，然后才说，还行。我不想再多看他，我看着他他就不敢放开吃。我说，来，先喝上一盅，又有一年没见了吧？他连忙举起酒盅，我们连着干了三盅酒，他还是不敢放开吃，一个土豆吃了有一个世纪那么长。他开始是慢慢把土豆瓤掏出来吃，吃到最后就剩下了两只薄薄的土豆壳，贝壳似的。他犹豫了一下，把土豆壳也撕开放进了嘴里。大碗里的菜他只敢挑着吃蘑菇，鸡肉却半天没动一筷子。我说，吃肉啊，别光吃蘑菇。他嘴里嗯嗯着，筷子还是绕过鸡肉挑着蘑菇。

一支蜡烛快要燃尽的时候，他才勉强说了一句，海涛，你这饭店现在生意怎么样？我使劲抽了一口烟，就着猛然跳动起来的烛光打量着他，他穿着一件灰扑扑的旧夹克，里面是一件看不出颜色的圆领秋衣，眼睛下面挂着两个大黑眼圈，嘴角还沾着些土豆泥。

在跳动的烛光里，他看上去浑身好像只剩下这一张脸，这张巨大的脸发着光，而其他的部位都已经被黑暗消化掉了。我不忍心告诉他去擦一下嘴角，只说，吃饱了吗？土豆还有。他低着声音，不太确定地说，饱了。我说，再吃一个。他犹豫了一下才说，算了，饱了。我又抽了口烟，说，这么小的饭店你说能怎么样？有口饭吃就算不错了，我们这样的人还想怎么样。

他坐在那里半天没言语，我也不说话，等着他开口。其实我知道他此行来的目的，无非就是借钱。他比我在监狱里多待了一年，自打出来之后，每次找我基本上就一件事，借钱。说是借钱，其实根本也不会有还的那天，所以和乞讨也没多大区别。正是因为和乞讨差不多，我才没法拒绝他。出狱之后不知道他靠什么为生，他也不说，大约多半是些非法的事情，却又常常连饭都吃不起，四处借钱，然后被要债的人追得东躲西藏。但我知道，他变成如今这个样子并不是什么奇怪的事情，因为，从监狱里出来的人绝大部分都会变坏而不是变好，或者只会变得比从前更坏。我当年在监狱里的时候，正是已经嗅到了这样的危险，才拼命想找到一切有文字的东西来保护自己，拼命写稿子给狱里办的报纸投稿。

猛烈的跳动之后蜡烛彻底燃尽了，蜡尸里冒出的呛人青烟弥漫在重新黑暗下来的屋子里。我没有再起身点蜡，还坐在原处不动，桌子另一边的人也坐着没动。突然而至的黑暗紧紧包裹着我们，让我们都感到了某种奇妙的轻松和熟悉，好像我们昨天还一起在狱中的大通铺上挨着睡过。

那时他一次次对着我的耳朵讲，他第一次高考就差了1.5分，后来又变成只差了1分，就1分啊，他反复说，就1分啊。似乎只要说得足够多，那1分就会像壁虎的断尾一样自行再长出来，长成一副完整的肢体。现在，他和我之间就隔着一张木桌，隔着这木桌，我都能感觉到他紧张的心跳声，好像他的神经已经像榕树的气根一样长满了这张桌子。

外面又过去一辆大卡车，车灯的余光扫进屋子里，飞快地掠过他的脸，他的那张脸便在黑暗中短暂地浮现了一下，很快又沉下去了。紧接着照到了我的脸上，我被晃得闭上了眼睛。就在这时候他忽然开口了，他语速很快地说，海涛，有点急用，能不能再借给我一千块钱。

我终于还是等到了他这句话，果然没有任何意外。我反倒放心了些，明明已经放心了却扭过脸，对着他那团黑乎乎的影子说，你不能一直就靠着借钱活吧，你也得自个儿想办法挣钱啊。

他坐在黑暗中忽然低低地短暂地笑了一声，这笑声让我打了个寒战，只听见他说，说是容易说，你说像我这样的人去哪里挣钱呢？

我的声音忽然高了几度，那你也得自己想办法啊。

说完这句话之后，两个人都咔嚓静了下去，半天没一点声音。我有些后悔刚才自己虚张声势的高嗓门，其实，在他来之前我已经把要借给他的钱准备好了。我曾听说当年我们的另一个狱友在出狱后四处流浪，不知怎么跟着人吸上了毒，后来为了问人讨要五十块钱，便随时可以跪下来喊人家一声爸爸。

杨晓武坐在桌子那头像块生铁似的，冰凉，一动不动，我忽然很害怕他会跪在我面前，我连忙从口袋里取出准备好的一千块钱递给他。我说，这是一千块，拿去用吧。他不作声，默默地把钱接住，装进了自己口袋里。然后我又说，你赶紧下山吧，你看我这里根本住不下两个人，我就不留你住了。哪天再来提前告诉我。

我不想让任何人知道我住在哪里。

他仍是沉默着，站了起来。我不打算再点蜡，免得看到彼此的表情。他在黑暗中朝我坐着的方向看了几秒钟，又对着窗外黢黑的山林愣怔了几秒钟，却没有再说话。然后嘎吱一声打开屋门，很快便消失在了阴森森的山路上。

我独自骑着摩托车回到深山里的铅矿，整个铅矿没有一点亮光，万顷碧空中斜挂着半轮焦黄的月亮。我回到宿舍点起一截蜡烛，倒了一碗酒喝了两口，身上有了暖意，才慢慢在桌子前坐下，抖着手打开今天白天范听寒送我的那首诗，“春江潮水连海平，海上明月共潮生。滟滟随波千万里，何处春江无月明”。

那一晚，我一直不敢脱掉身上的西服和领带，就这身衣服似乎还能给我一点点做人的体面。我就那么穿得端端正正地坐在烛光里，高声把这首诗读了一遍又一遍。“不知江月待何人，但见长江送流水。白云一片去悠悠，青枫浦上不胜愁。”我不敢停下，似乎只要一停下，就会发生化学变化，我就会在瞬间变成杨晓武，或者变成那个给人跪下四处讨钱的狱友。一直读到半夜，终是累了，夜空澄澈，烛光阑珊，最后竟趴在桌子上睡着了。

5

几年前，那是我第四次出现在范听寒家门口。

我停好摩托车，从那排柳树下走过。微风过处，无骨的柳梢从我脸上拂过，柔软的不像是这人世间的东西。我闭上眼睛仰着脸任由它抚摸。从我上次知道他是范柳亭的父亲之后，我就知道我不该再来这里了。可是，一个月后，我还是又一次来到了他的家门口。

他正戴着一副老花镜坐在门洞里看书，看书的时候，他的上半身往前趴着，整张脸几乎都要埋进书里去了。我站在门口无声地看着他，我想，就这么站一会儿也是好的。可他像是已经嗅到了我的到来，他把脸抬起来向门口看过来。

我走进来把上次借的书还给他，又给他带了一包干木耳和一包羊肚菌。我说，范老师，看书呢？我还书来了。

他摘下老花镜，说，是你啊，可有段时间没来了。

我忙说，最近事情多，老抽不开身，这是上次问你借的书都看完了，还想问你再借几本不知道行不行。

他说，你都什么时间看书呢？

我说，晚上。

他说，晚上就不看电视？

我说，我不爱看电视。

他说，也不用给孩子做饭什么的？

我略略迟疑了一下，说，有我父母和老婆给孩子做，用不上我。

他说，怪不得有时间看书，家里都不用你管。这些天你也读了一些诗了，和我说说有什么感受。

我听到自己的声音里忽然跳动着一种喜悦，我知道这样也许并不好，却也不想太掩饰，我说，在晚上读诗，读完后心里觉得既安静又亮堂，连心里的害怕都少了。

对面的老人手里拿着花镜，忽然抬起头盯着我又仔细端详了几分钟。我背上一下绷了起来，意识到刚才还是有些忘形了，我一阵后悔，不知道该坐还是该站。这时只听他慢慢说，也不知怎么，我总觉得你不大像是开饭店的，但我也说不好你到底像干什么的。

我好像被什么笨重而巨大的东西狠狠地往前推了一把，我猛地站了起来，像是急于要离开，却终究没有迈出步子，只是口干舌燥地辩解道，我真是开饭店的，别的我都干不了，又没文凭，正经单位进不去，我也想去坐办公室，人家哪会要我。我就做饭还可以，所以只能干这个。我看书真的是为了打发时间，真的，没事干的时候看看书就是个消遣，和别人打牌、看电视是一样的，就是个消遣。

他盯着我看了半天，忽然就笑了那么一下，只是极短促，他说，看来你那饭店也忙不到哪里去啊。

我有些疲惫地坐下说，小饭店。

他扛着自己的大驼背慢慢站起来，顺势把两只手背在身后，说，你倒真是个喜欢看书的人，不少喜欢看书的人都想过要自己也写一本书出来，你想过没？

我飞快地摇摇头，没，我不是那块料。

我感觉他的眼睛还一直盯在我身上，只听他说，确实，大部分人都写不好的，我那儿子年轻时候也想过写书当作家呢，后来也发现自己不是那块料。其实看书不光是为了打发时间，养心最重要。你等一下，我进屋给你找书去。

听到他再次提起他儿子，我打了个激灵，像是忽然感到了一股寒意，整个人却又变得异常兴奋，没话找话道，那他后来怎么就不写了呢？要是一直写着说不定也成作家了。

他没搭话，慢慢走过去掀开竹帘进了屋。我独自站在寂寂的阳光里，阳光煦暖，我却感觉自己仿佛又沉入一片湖水中，而范柳亭坐在一只小船上正飘过湖面，他恰好就位于我的头顶，我能窥视到他的身影，他却看不到湖中的我。我没想到，他年轻时居然也想过写书当作家。我独自冷笑了一声，抬起脸来看太阳，阳光蠕动在我脸上，我忽然就一阵难以抑制的心酸，不知究竟是为他还是为我，又差点掉下泪来。

这时范听寒抱着两本书出来了，把书递给我，书里夹了一张冷金宣纸，他说，看你还挺喜欢诗词，读多了你就知道了，好诗都是有蕴光的，有一种山水之外的东西，读完以后会觉得心性宁静疏朗。

两本书是《纳兰全词》和《二十四诗品》。我放好，道谢。他忽然指着放在桌上的木耳和蘑菇说，每次都带木耳来，你都哪里来的？

我镇静地说，山上采的。

他费力地抬起头看了我一眼，说，这么说你经常上西山？

我没有看他，其实我很讨厌自己不看着对方的眼睛说话，但我更讨厌自己盯着对方。我听见自己说，只是偶尔去一趟，采点木耳、蘑菇什么的回来，我饭店里做菜也要用嘛。

他的声音忽然之间有些异样，或者我怀疑只是我听错了，只听他紧接着问道，那山上都有什么？

我感觉自己插在口袋里的手又在发抖，我悄悄吞吐了一口气才故作轻松地说，山上嘛都一样，到处都是树，有的树下有蘑菇，有的树上长着木耳，对了，山上还有野鸡。

他说，到处是树，那你进山里采木耳不会迷路吗？

我说，我会看树叶，树叶长得稠的是东面，长得稀的是西面。这也是我听别人说的。

他说，听人说那山上还有狼？你也不怕？

他说的是狼，不是麻虎，这让我再次感觉到我们两个其实都不过是异乡人，是某种同类，这让我感到一种虚弱的安全。我攥紧的拳头在口袋里略略放松了些，说，好像确实有吧，不过我没见到过，狼也得晚上才出来吧。

我没有说野兽其实都是怕人的。在他面前，我生怕哪一句话就忽然说错了。

他说，唉，这么多年我一直想着要上那山上看看究竟有什么，因为腰不好，一直没去成，现在老了，就更去不了了。

我从自己的声音里听出一种虚假的客套，我说，不怕，哪天你想上去了我带你去。

他笑笑，只说，这两本书你先拿去看吧，看完再来。

我装好书并不急着走，先帮他把垃圾倒掉，又在院子里转了一圈。我发现菜园子里的两架豆角已经枯死了，便和他商量，拔掉豆角种些别的菜吧。他拿出一把芹菜籽。我拔掉豆角，在菜园子里种了两排芹菜，又进厨房把水瓮接满水。这时看见他驼着背要往出走，说要出去打点散酒回来。我忙说我帮你去买，我去小卖部买了一桶五斤装的梨花春，买了一斤五香豆腐皮和一包卤花生米拎了回来。我说，范老师，你晚上自己慢慢喝点，这是些下酒的，今晚就不要擀面了，省点事。要不要我留下来陪你喝点？

嘴里这么说着我却不肯再坐下。他转身去看海棠树，驼背上落了两片叶子，因为驼背几乎是水平的，如果不帮他摘掉，估计这叶子他会这么驮一整天。再加上他走路的姿势，倒像是刚刚加入人类的一只天真的老龟。

他没有回头看我，只说，天黑了路上就不好走了，你先回吧。

我对着他的背影说，范老师，那我走了。

他像是没有听见，还是不回头，只是翘首默默看着海棠树。

他的背影看起来分外瘦小，驼峰却奇大。

我注意到他坐的那把椅子已经很老了，一坐上去就嘎吱作响。

6

晚上我给自己倒了碗酒，先喝了一口，然后在烛光里展开范听寒夹在书里的那首词，“十年生死两茫茫，不思量，自难忘”。一句读罢，脑子里轰的一声，他难道是故意让我读这首词？难道他已经觉察到了什么？我没有心思再读下去了，披上衣服，走到外面去抽烟。

山里的温度要比山下低出好几度，入夜之后凉意更重，我一边抽烟一边在草丛里徘徊，荒草上的露珠打湿了我的鞋袜也不觉得。大约已到半夜，山中虫鸣越发幽咽，风入废墟，草木萧瑟，我甚至能在夜风中闻到藏在深山里的无名湖上传来的潮湿气息，这缕潮湿的气息像只从黑暗中伸出来的柔软的手，只把细细的指尖从我脸上轻轻划过。我出了一身冷汗。抬头一看，一轮金色的大月亮正压在头顶，月光澄净，好像要逼着这山间所有的鬼魅都现出原形。

我回到宿舍，又喝了两大口酒，然后就着烛光，壮着胆子把那首《江城子》读了一遍，“十年生死两茫茫，不思量，自难忘。千里孤坟，无处话凄凉。纵使相逢应不识，尘满面，鬓如霜。夜来幽梦忽还乡，小轩窗，正梳妆。相顾无言，惟有泪千行。料得年年肠断处，明月夜，短松冈”。

一遍读罢，算是读懂了，我的眼泪忽地就下来了。少年时代母亲总对我说，一个男孩子家不能老是爱哭，没出息。没想到二十多年过去了依旧禀性难改。我披衣出门，在青铜器一般古老的月光下又高声吟诵了一遍，这次仿佛是专门为了那早已葬身湖底的人读的。如果可能，我倒真的希望他能听到这首词。

在这个深夜里我觉得自己像个神秘的信使，正往返于明冥两界传递着什么。

7

又到了凤城镇赶集的日子，我一大早起来把兔子喂了，把鸽子也喂了，自己吃了一口昨晚的剩饭，然后把这几个月攒下的干山蘑、干木耳装了半口袋，准备拿到集上去卖。

临出门的时候我站在半面镜子前犹豫了一下，我知道这样穿着西装打着领带蹲在集市上卖木耳会让我显得过于扎眼，而且看起来多少会有些怪异。但也就犹豫了那么一下，我终究还是不能允许自己脱下这身西服。我打了那条暗红碎格的领带，头发上喷上摩丝，梳成一丝不乱的三七分，戴上眼镜，这样的装束虽散发着危险的气息，却也给了我某种与世绝缘的安全感，好像在这样的外表下我就可以自行繁殖，在最内里处生生不息下去。穿戴好之后我把蘑菇、木耳和折叠马扎绑在摩托车上便出发了。

凤城镇离铅矿大概要四十里路，逢每月的农历十五都是赶集日。我赶到集市上的时候，大大小小的摊位都已经摆出来了，把街道的两边塞得密不透风。摊主大多是附近的村民，也有远道而来的游贩，他们以赶场子为生，像猎狗一样只要嗅到哪个村子里正赶集就会赶过来，他们开着改装过的三轮车或四不像（一种又像摩托又像拖拉机又像汽车的乡间交通工具），晚上就猫在车厢里睡觉。

集市上有卖袜子的、内裤的、秋衣秋裤的、纱巾的、小孩衣服的，还有老人们死前要穿戴的装裹。这些衣物都用竹竿子高高挑起来好引人注意，因为要竞争，竟是一家挑得比一家高，使整个集市看起来像座摇摇欲坠的巴别塔。一有风吹过的时候，挂着的衣物便你追我赶，迎风招展成一大片，有种富丽堂皇的感觉，硬是把下面赶集的人都淹没了。

也有卖蔬菜的、卖水果的、卖干货的、卖零食的，就不像卖衣服的那么招摇凶悍，很自觉地聚集在另一片，画地为牢一般在各自面前摆块儿小摊，人就在后面招揽生意。我放好摩托车便也同人们挤了一小块地盘加入进去。

果然，我在一群小贩中间很是扎眼，来来往往赶集的女人们都会朝我多看两眼。有的走过去了还要回头看一眼，有的边看我边窃窃私语，有的在捂嘴偷笑。还有的本来正聚精会神地挑干货，一不小心眼睛在我身上瞟了一下，就像看见空气一样，继续低头挑木耳，低下头去却像忽然感觉到了哪里不对，连忙又抬起头补看了我一眼。这一眼，才真正看到了我，对方直直地盯住我看了有一分钟，然后先感到不好意思了，又慌忙低下头去。买了木耳后匆匆离去，又忙把走在前面的一个女人叫住，回头把我指给她看。

我一点都不觉得奇怪。前些年里，我即使在公园里看湖水的时候，也会有年轻的女孩子故意把我拍进照片里做背景的。早年在广州还遇到过两个有钱的中年女人提出要包养我。因为我不仅对着装有要求，对自己的体重和身材也一直控制得比较严格。我知道这么多年里我一直保持这个样子其实对我并不利，最好的办法是我能让自己在十年八年之内变得面目全非，完全变成另外一副模样，直到没有人能认出我。可是我终究不忍心那样去放逐自己，那是一种被赶入时间黑洞的感觉，我将彻底失去最后一点尊严。

我一低头又瞥见了那已经磨破的西装袖口，它像一道盔甲上的破绽，又像一种从我身体内部蔓延出的疾病。我居然迟迟不肯再为自己添置一件新西服。这不是什么好兆头。我心里一颤。

正午时分，赶集的人们纷纷回家做饭，集市上冷清了不少。小贩们也开始吃午饭，大都是随身带的干粮，馒头、火烧之类，就着凉水吞咽下去。我也不例外，随身带了两个馒头，一瓶蘑菇酱。只是，蒸馒头的时候我在面里掺了些山上摘来的槐花，所以馒头里有一种槐花的清香。蘑菇酱也是我用山上采来的蘑菇自己做的。

在山上隐居的几年时光里，我悟到一点，人只要随四季而动，便能获得一点心安。我会在春天的时候去采摘那些山中的榆钱、槐花、野韭。夏天的时候采摘山蘑、木耳、各种野菜。秋天的时候漫山遍野的野果，我会把沙棘熬成果汁，把山桃做成罐头，把松子剥下来在炉子上炒熟了。冬天的时候我会在雪地里捉野鸡，捕獾炼油，会把藏了一年的好酒拿出来在冬夜围着炉子喝掉。

在我慢慢嚼馒头的时候，周围的几个小贩都好奇地瞅着我。可能一个穿西装、打领带、戴眼镜的人蹲在这里嚼着凉馒头确实滑稽了点。这时我旁边一个摆摊卖粉条的老头凑过来搭讪，伙计，你不是这里人吧？看着你是个高级人，怎么也来赶集挣这两个小钱？

我眯起眼睛看了看正午的阳光，金色的会繁衍和滋生一切的阳光，和二十二年前的阳光并没有任何不同。

1986年，我从狱中被无罪释放，陆陆续续还有些当初被错抓进去的人也被放了出来。出狱后的第一件事自然是找工作，没有工作就意味着没有收入，但工作还是很难找，又是从监狱里出来的，虽说是无罪释放，但各种单位还是避之不及。当时社会上正流行下海从商，很多有公职的人都辞职下海做生意了。经过再三考虑，我也决定下海经商，便和一个也是刚刚放出来的狱友赵胜利结伴南下广州贩卖小商品。

第一次去广州的时候，我俩坐了三十二个小时的绿皮火车一路蜿蜒到岭南，下了火车，手脚都是肿的。广州的植物叶子阔大，藤萝交缠，看起来都杀气腾腾，到处是榕树、木棉、棕榈这些宽嘴大眼、长相奇怪的植物。我们靠路边小摊上的肠粉和鱼蛋充饥，用麻袋把当时北方还没有的那些小商品贩回去。两块钱一个的电子表，回去后卖四十块钱，零售则八十块钱。十五块钱一副的麻将回去后卖一百五十元，零售价三百元。《金瓶梅》一套三十元，回去后卖一百五十元，零售价三百元。一块五一身的童装，回去后卖十五元。三十块钱一盘的录像带回去后可以卖到一百五十元。回去之后，一下火车就已经有小贩们在车站秘密等着接货，我们偷偷把带回来的货物批发给他们，他们贩到手后再到解放大楼前、五一大楼前、海子边这几个据点高价零售掉。

此后一年多的时间里，我和赵胜利就这样，坐着水泄不通的绿皮火车一趟一趟往返于山西和广州之间做着二道贩子，在当时也被称为倒爷。

有一次，我和赵胜利正走在广州的街头，有一个乞丐过来向我们讨钱，让我们吃惊的是，他讨钱时说的竟是山西方言。一问才知道，他也是早几年南下广州做生意，结果钱被骗光，自己身无分文，又没有亲戚朋友在广州，无处投靠，想回家连张车票都买不起，最后只好流落街头靠乞讨为生。乞丐在听到赵胜利说出乡音的那一瞬间，眼泪哗哗地流了一脸，把一张脏脸冲得沟壑纵横。

那次我们回山西的时候就把那乞丐也一起带了回去。后来偶尔也会联系一下，前几年他告诉我他当上会里乡的乡长了，让我尽管过去玩，他包吃包住包玩，还说要让我甩开腮帮子好好吃几顿会里乡的柏籽羊肉。

这样来回跑了一年多之后，我们手里渐渐有了些钱。那次在广州过夜的时候，赵胜利说要带我去找小姐。那时正赶上岭南的回南天，广州的雨下得无日无夜，到处都是雨滴的滴答声，滴答滴答，滴答滴答，水珠像泪痕一样顺着潮湿的墙壁缓缓往下爬。

那是一栋破败的广式小楼，小姐住在楼上，斑驳的墙壁长出了滑腻的青苔，腐朽的木楼梯上生出了蕈子，阳台上养的一棵三角梅像蛇一样爬满了整个阳台，有一枝水红色的花枝还爬进了房间，像蛇信子一样。窗外是一株巨大的木瓜树，挂满了大大小小乳房一般的木瓜，熟透的木瓜在雨中跌落到红土里，发出沉闷笨拙的回响。

那个小姐是个广东土著，矮个子，高颧骨，大嘴巴，褐色皮肤，假睫毛，血红嘴唇。我不敢问她的年龄，因为她不会说自己的真实年龄。也许在半夜，我会看到她忽然现出原形，银灰的头发，嘴角的皱纹，竟然像我慈祥的母亲盘腿坐在这雨中的阁楼里。

我说，就和我聊聊天吧，这样下雨的夜晚最适合聊天。她说，大佬，倾计都要畀钱嘅。我说，我会付你钱的，你要多少？她说，二百文。我说，我给你，你陪我聊天就行，你要是不愿说话就听我说。她说，好嘅，多谢喇。

窗外的雨一晚上都在滴答，滴答，滴在塑料棚盖上，滴在木瓜上，滴在三角梅上，榕树的气根在雨中吐出舌头，欲缠住一切。我整个晚上都坐在那阁楼的木床上不停地说话，我的声音像雨滴一样滴在腐朽的木地板上。

“我讨厌这样的雨，都快发霉了。”

“哦。”

“我喜欢小时候待过的海岛，不过后来我更喜欢大山里，你不知道，在山林里有多好，就是挣不到钱也不会饿死。我可以一个人在山林里一躺一天，什么都不想。”

“哦。”

“我讨厌广州，讨厌粤语，像到了外国。”

“哦。”

“我要说我坐过监狱，你会不会怕我？”

“系咩。”

“干这个真的不适合我。”

“哦。”

“我觉得世上最好的工作是当个图书管理员，像我妈那样，清静自在，还有书看，你觉得做什么最好？”

“哦。”

“我也讨厌我自己。”

她忽然就说了一句：“边个唔憎自己？”（哪个不讨厌自己）

“……”

这是我最后一次跟着赵胜利到广州，此后就再没去过。在家赋闲半年之后，我顶替父亲成了铅矿上的一名正式工。2004年我独自隐居到废墟般的铅矿上时，赵胜利已经摇身变成了资产数亿的开发商。

二十二年后的阳光不多不少地落在这个小镇的这条街道上，落在我和一群小贩的身上、脸上。身边卖粉条的老头见我不想说话，便转头与别人聊去，一边聊一边喝着装在大罐头瓶里的凉开水。

我挺直腰板坐在一堆蘑菇和木耳的后面。努力遮掩着那只磨破的西装袖口，怕被人看到。

我忽然想起很久以前在哪本书上看到的一句话：“一旦我想要向另一个人诉说它，它就立刻变成乌有。”

8

我再次来到范听寒家门口。那晚读完那首《江城子》的时候，我又一次以为我再也不会来了。

天气已经热起来了，我还是穿着那件卡其色的衬衣，打了那条蓝底白点的领带。我把前几天刚做好的一张核桃木椅子从摩托上卸下来，走过柳树下，柳叶已经长如小鱼。我正了正领带，门大开着，门洞里没有人，我提着椅子穿过阴凉的门洞走进了院子里。

菜园子里，黄瓜已经蹿了很高，其中一棵已经挂了一只顶着黄花的小黄瓜。他穿着一件改制过的斗篷一样的白汗衫罩住驼背，一条铁灰色大短裤，露着两条爬满青筋的秸秆腿，脚上却规规矩矩地穿着袜子和皮凉鞋，正站在院子里的水缸边低头看鱼。

我恭敬地立在那里，说，范老师，我来还书了。

他艰难地把白花花的头颅连带着整个上身都向我转了过来，像在调转一辆重型卡车的车头。他说，过来啦？又有阵子没来啦，快坐。

我把新做的椅子摆在地上，说，我看你的椅子太老了，就抽空给你做了一把新椅子，核桃木的，能用得住。

他弯腰盯着新椅子看了好几分钟，说，原来你还会木工？手真是巧。这木料是从哪来的？

我被夸了一句，略有些忘形，张口说，木头是从山里找的。说完这句话我一阵后悔，慌忙打岔，范老师你坐下试试，本来早该过来还书了，就是最近又比较忙，老是抽不出空来。

他摘下那条顶花的小黄瓜递给我，说，忙着打理你的饭店？说明生意还不赖。

我惶恐地连连摆手道，黄瓜还这么小，你留着下酒吧。生意就那样，我也就是混口饭吃，现在干什么都不好干了，不比八十年代，钱越来越难挣了。

他那只干枯的手还在空中伸着，我只得把那黄瓜接住了，咬了一小口，忽然感觉到他坐在对面的椅子上正看着我的一举一动，我额头上出了一层细细的汗珠，便索性几口下去把那黄瓜吃掉了。只听他坐在椅子上说，八十年代你也就二十多岁吧，那时候你在做什么呢？

我把那根黄瓜嚼完，缓了口气才说，当年我不是没考上大学嘛，就在家里闲了两年，每天在家里跟着我妈学做饭，后来就顶替了我父亲的班去厂里当工人了。1998 年的时候工厂不是都倒闭了嘛，我下岗之后就出来自谋职业开了个小饭店。

他点点头，那时候能顶班算是好出路了。

额头上的汗珠悄悄凉了下去，我唯恐他话里再有埋伏，便主动问道，范老师你最近身体还好吧？

他的目光不再看我，只看着院子的某个角落说，身体还行，就是怕躺着，晚上睡下之后要想翻个身，那实在太困难了。这驼背太大，像个龟壳一样都翻不过去，必须得坐起来，再换个方向躺下去。我看见你们这些能躺着翻来翻去的人就羡慕。现在年纪越来越大，腰越来越弯，连坐起来都开始费事了，得用两只手慢慢拄着自己，半天才能起来。

我说，范老师你这背怎么驼成这样？

他说，当右派被批斗的时候脊梁骨被打伤了，后来又得了骨质增生，也没治，脊柱都变形了，就彻底直不起来了。

我说，可不是，那时候还有人都被打死了的。

他说，其实我也差点要被打死了，不过当时我钻了个空子。我刚被下放到落雪堂的时候，村里人知道我原来是个读书人，到了晚上没事做就凑过来让我给他们讲《红楼梦》，讲《三国演义》。那时候又没电视，村里人识字的也少，晚上没什么娱乐，我就讲书给他们听，从《红楼梦》讲到《水浒传》，他们把我当成了说书人，把我家原来住的那间破房子围了一圈又一圈。后来我挨的批斗越来越厉害，晚上关在牛棚，每天挨打呀，就快要撑不住了。一天晚上，忽然有个村民进来悄悄把我带了出去，但他不让我回家，而是把我带到他家藏了起来。他家是老房子，有个以前挖的地道，他就把我藏在里面。每天白天的时候给我送两顿饭，到了晚上他就去地道里找我。你猜他要干什么？他让我讲书给他听，他不识字。我就凭着记忆，把看过的书一本一本地讲给他听。在他家地道里藏了几个月出来后才知道，当时和我一起挨批斗的那几个右派，已经有好几个都死了。我能活到今天，你说这不是钻了个空子是什么？

我手指间已经只剩下一个烟屁股了，就快烧到指头了，我还是就着烟屁股狠狠又抽了两口才踩灭。然后我说，真不容易啊。

他忽然紧盯着我那两根熏黄的手指说，你抽烟一直这么省？

我略微点了一下头，淡淡说，就是个习惯，要不一年下来烟钱也要花不少。

这个习惯是我在监狱里养成的，在监狱里没有烟抽，等母亲从外面送进烟来又迟迟等不到，烟瘾犯了就在地上捡别人扔掉的烟头抽，有的烟头已经小得可怜，可我还是有办法让自己从最小的烟屁股上再抽上一口。

他还是盯着我的指头说，我以前也抽烟，后来我老伴抽得比我还厉害，我就戒了，省下给她抽。她抽烟喝酒都比我厉害，我都由着她，人家年轻时候跟着我私奔出来，没享过什么福，还落了一身病，成天七病八痛的，要不抽点烟、喝点酒，活着还有什么乐趣。

我说，你们老两口每天在一起抽烟喝酒，也挺有意思的，像哥们儿一样。

这时候毫无预兆地忽然就听见他问了我一句，你觉得我儿子还会不会回来了？

我并没有看他，只是很专心地又点上了一支烟，想了想才说出一句，这个不好说吧，主要是谁都不知道他到底去哪了。

他好像正盯着我的脸说话，有时候我觉得他肯定还会回来的。你看我不就活下来了吗？你知道为什么我能活下来？有时候，只要能找到一道缝隙，人就活下来了。

我只是专心抽烟，并不言语。

他又说，可有时候我又觉得他可能再也回不来了，他回不来也有他的道理。其实他并不是块做生意的料，却总以为自己什么都比别人强。大概是活在一个小村庄里，没见过世面却偏偏比别人多看了几本书，也是被我害的，还不如踏实地做个农民。

我抬起头眯着眼睛装作在看天上的云。我漫不经心地说，都是为挣钱养家嘛，做生意也没有错的，只要不坑蒙拐骗就好。

他一动不动地看着我，你说谁？

我从天空里收回目光，笑着说，这年头骗子还少吗？有些人为了赚钱什么事都能做出来。我看现在有些骗子还专门跑到村里来骗老人，范老师你可要当心啊。

他还是坐着一动不动，嘴里说，我都这把年纪了，没钱没家产，还怕被骗？倒是我那儿子，我就怕他是在外面被人骗了。

我忽然就无法克制地冷笑了一声，说，怎么会呢？他那么聪明的人怎么会被人骗，估计只有他骗别人的分儿。

他的头猛地从驼背上昂了起来，他急切地问了一句，怎么，你认识我儿子？

我意识到自己刚才太愚蠢了，便抽了两大口烟来平复表情，我听见自己终于平静地说，不认识。但像你读过这么多书的人，以前又是大学老师，你的儿子怎么能不聪明。

他复又叹气道，他呀，初中上完就没再上过学，成分不好，老被人欺负。

闲在家里倒是看了不少的书，后来我平反后托关系给他安排了个中学英语老师的工作，可他根本教不了。在学校混了两年，实在混不下去了，后来就辞掉工作跟着别人下海去了。

我嘴角还挂着一丝冷冷的笑容，我说，还有人离家十几年了又回来的，说不定哪天他忽然就站在家门口了。

想到范柳亭可能已经在我之前把范听寒的这些书都看过了，不禁生出了几分奇怪的恍惚和悲伤，还有一种愤怒，好像我身上的某些部分和他已经交缠到了一起，我连甩都甩不掉。正胡乱想着，忽见正屋的竹帘一挑，从里面走出一个人来。

我吓了一跳，因为每次来都是范听寒一个人守着个空荡荡的大院子，没有想到屋里竟还藏着个人。这人站在屋檐下，肩膀倚着墙，手搭凉棚朝我们坐的方向张望了一会儿才走过来。走近了才看清楚，是个二十多岁的女孩。薄嘴唇抿着，眼睛看人直愣愣的，长着和范听寒还有范柳亭如出一辙的瘦长脸，上身一件半袖T恤衫，下身一条低腰牛仔裤，中间露着一截白晃晃的腰。光脚穿着拖鞋，露出的脚指头用指甲花染成了红色。

只见她一走过来就冲范听寒说，爷爷，我和你说过多少次了，不要见人就说我爸的事，你又不知道他到底在哪儿，谁也不知道他是不是还活着。我又不是没出过门，出门在外的人怎么可能几年不想和家里联系？

她讲的既不是落雪堂的方言，也不是范听寒的大同口音，她讲的居然是一口异常标准的普通话，字正腔圆，显得略有些滑稽。在这样一个小村庄里，忽然听到有人用这么字正腔圆的普通话说话，倒好像这普通话是偷来的，听的人只觉得比说的人更不好意思。

听她说完这几句话，我心里明白了，大约这就是范听寒说起过的他那个叫范云冈的孙女，她平时在镇上小学教书，只有周末才回来。原来今天是周末，在山中待久了，早没有了周末的概念。以前虽没见过，但老听范听寒说起，我倒也大致了解一些她的情况。范云冈八九岁的时候，范柳亭做生意赔了，还欠了不少债，范云冈的母亲便和他离了婚，远嫁他乡。范柳亭又经常在外做生意，所以范云冈基本就是由爷爷奶奶带大的。1995年的时候，范云冈16岁，因为范柳亭的生意再次亏本，家里用钱紧张，范云冈为给家里减轻负担，便考取了一所师范学校。

事实上她是这个国家的最后一批中师生中的一个。因为在她刚刚读完三年中师的时候，师范学校就或被取缔或经过合并被改成了大专。她毕业那年，政策刚刚由国家包分配改成双向选择，她说，凭什么只能你选我不能我选你，便一个人跑到省城去找工作。在省城跑了两个月之后，又灰头土脸地回到了落雪堂，只要有人问她工作找得怎么样，她便暴躁地吼道，当初是谁让我去上中师的？是我自己愿意去的吗？后来村里人明知道她会怎么回答，还是故意要一遍一遍地问她，免费看马戏一样。

吼多了以后她渐渐疲软下来，不再像个母金刚，索性连门也不怎么出，成天赋闲在家，不是陪着爷爷奶奶喝酒就是翻范听寒的书解闷，倒也练出了一身酒量。有一年过年前和奶奶一起出门买年货，却在村里碰到了几个放寒假回家的大学生正聚在雪地里一起聊天。她连奶奶都不要了，不顾她在雪地里走不动，只顾自己像个石头雕成的英雄一样，大义凛然、面无表情地从他们身边经过，又面无表情地走到了自己家的院子里，直着腿进了屋，关好门窗，方才扑到床上嚎啕大哭起来。她上中学时有个要好的女同学，后来因为这女同学考上了大学，她便自此和那女生绝交了，连面都不见，只要远远看见疑似对方的影子就赶紧撒腿往回跑，一进院子就关门关窗。

除夕夜，爸爸仍是没有回来，她和爷爷奶奶三个人包好饺子，煮熟了，端上炕桌。然后三个人便盘腿坐在炕桌边上吃着饺子喝着酒。窗外有鞭炮声稀稀拉拉地响着，海棠的枯枝上挂了一盏红灯笼，映着漫天的大雪。三个人喝了一番，渐渐都有些醉了，她奶奶不吃饺子，喝几杯酒，抽一根烟，然后再喝几杯酒，再抽烟，烟就是下酒的。她抢了奶奶的一根烟，点着，叼在嘴角，吐了个烟圈，对爷爷奶奶说，看我像不像个女流氓。爷爷奶奶都看着她笑，奶奶说，你还真是横了心地要做个女流氓。她又道，爷爷，你好歹也是读书人家出来的，以前还是个大学老师，半辈子就窝在这落雪堂，甘心不甘心？

她爷爷抿了一口酒，咂咂嘴唇道，前半辈子是不甘心，后半辈子倒觉得在落雪堂也挺好，每天种花、读书、喝酒，哪有比这更好的日子。她又问奶奶，奶奶，你从前也是有脸面人家的小姐，你甘心吗？她奶奶扑哧扑哧吸了两口烟，眯着眼睛看着她，笑而不语。她抽完一支烟，拿起酒杯，里面有半指深的白酒，她一口都喝下去了，大概喝多了，倒在炕上又是流泪又是撒娇，你们俩也有一天会像我爹妈一样丢下我不管的，肯定会的，等你们都不在了，我就一个人天南海北地去流浪，死在哪里算哪里，好不好？

她奶奶叼着烟拍着她的脑袋说，我陪你一起去，我们去那遥远的地方，半个月亮爬上来。一根烟还没抽完就醉倒在范听寒的驼背上。范云冈在炕上打着滚叫道，爷爷快给我读《红楼梦》，就读黛玉和湘云在凹晶馆赏月那段，我最喜欢那段。二人遂在两个竹墩上坐下，只见天上一轮皓月，池中一个月影，上下争辉，如置身于晶宫鲛室之内。

范听寒弓腰坐着，只是慈祥地看着炕上老少两个醉鬼笑。过了午夜十二点，窗外鞭炮骤响，大雪初歇，灯笼如血，形状各异的烟花争相蹿到夜空中把午夜照得亮如白昼。炕上一老一少已经睡得东倒西歪，范听寒披上衣服，驼着背，踏雪走到院子里放了一串鞭炮。然后又走到门口，借着飞起来的烟花看着院门口的那条路，路上盖着一层厚厚的原封不动的大雪。上面没有一个曾走到家门口的脚印。

范云冈在家赋闲了近一年之后，还是范听寒舍下脸皮去求了些熟人，最终把她安排到凤城镇小学当了个语文老师。

上班以后有人劝她参加个成人高考，好歹混个文凭，毕竟中师文凭是个正在被淘汰的文凭，估计很快就要沦为古董。她嗤之以鼻，好像对自己即将沦为古董这件事毫不惊怯。她上课并不认真，总是有些失魂落魄，有一次一只脚上穿着一只黑色皮鞋，另一只脚上穿一只白色坡跟鞋就去了教室上课。上课中间觉得有些纳闷，怎么有几个小孩不看黑板只顾偷偷地往她脚上看，她自己低头一看，看到一黑一白两只鞋正像兔子一样蛰伏在她脚上咧嘴笑着。然而，她假装什么都没看到，硬是淡定地把一堂课讲完了又等学生走光了，她才踢着黑白两只兔子走出教室溜回了宿舍。

还有一次是上课中间，老觉得最后排的几个高个子男生盯着她的胸在看，她心里嘀咕，莫不是这些高个子的男生发育得快，已经萌生春情了？她反倒不好意思起来，想把两只胸尽量藏起来，不料偷偷往自己胸前一看，才发现是早晨出门时没照镜子，胸前的纽扣都扣错了。

范云冈在镇上小学教了一年多的时候，范听寒在落雪堂都听到了关于孙女的谣言，说她和镇上的一个黑社会老大好上并同居了。范听寒一大早给自己擦了澡，穿戴整齐，拎着一只二十多年前的人造革黑皮包，坐着一路上哇哇唱儿歌的公交车去了镇上找孙女。他像只老龟一样，背着大龟壳，慢慢地从公交车站挪到了镇上小学，又和门卫解释了半天他是来看孙女的。门卫一听找的是范云冈，嘴角轻轻一抿，似笑非笑，让他进去了。

他找到单身宿舍的时候，范云冈正拿着手机在屋里和人骂架，大约电话里的也是个女人，因为他听到范云冈骂了几句忽然就把怒气刹住了，另外换了一副娇媚的嗲嗲的腔调，软软地像蛇一样瘆人地对着电话里说，不用急，你还没见过我和他在床上的样子呢。

范听寒扭头就走。又像只老龟一样慢慢挪回到公交车站，一口饭没吃，一滴水没喝，又坐着唱儿歌的公交车颠颠回到了落雪堂。连着好几个星期范云冈都没有回家，而他直到死前也再没有去过一趟镇上。大约又过了半年时间，范云冈忽然回家来了，脸色灰黄，头发都不梳，只随便在脑后挽了一只大丸子。她变得越发不喜欢说话，只喜欢在那些人少的角落里随便把自己发酵成一团，没有形状，可是旁人还是远远就能嗅到她身上散发出来的牙齿般的气息，酸凉坚硬，让人不得安宁。

又过了几天，范听寒才听村里有人告诉他，那镇上的黑社会老大前几天忽然暴尸街头，是驱赶几个外地来的毒贩时被对方拿刀砍死了。对方拿着劈柴的砍刀，一刀砍在他胸前，划了个大口子，血喷出几尺远。又一刀砍在他脸上，脑袋顿时飞出去半个，连着头发落在路边一个老头的南瓜摊上。

我正想着她说话的口气听起来既骄傲又天真，一副见过世面又未老先衰的样子。却接着又听见她说，我看我爸只有两种可能，要么他自己犯了什么罪，怕被抓起来，不敢回家，只能隐姓埋名躲起来不让人知道他在哪儿。要么就是他已经死了，被别人害死的可能性更大。

听见她最后那句话，我的手一抖，一截烟灰齐齐掉到了裤子上。这时只听范听寒说，小孩子家不要乱说话。我掸掉烟灰忙接话道，这就是范云冈吧，听范老师说起过。只听范听寒叹气道，不是她是谁。

这时范云冈抬起眼睛直直看了我一眼。一双眼睛黑白分明，目光倨傲冰凉，里面还飘荡着一缕水草般模糊的东西。我忽然觉得一阵熟悉，再一想，当年在范柳亭脸上也见过这种眼神。我不知道她为什么会喜欢上那个比她大十几岁的黑社会老大，只是隐约觉得应该与她无父无母有关。我心里一阵感慨，一时竟说不出一句话来。这时只听见她对我说道，你就是那个老来我家借书的人吧，老听我爷爷说起你。我爷爷说你每次来借书都打着领带，还真是。

我心里对她有些怜悯，却也只是对她点点头，说，习惯了，对别人也是一种尊重。

她像凶猛的鸟类一样一眼又一眼地上下打量着我，忽然问，你真喜欢看书？

我说，打发时间而已，我不喜欢看电视，电视剧我都看不进去，看半天也不知道什么意思。

她慢慢晃到了我面前，目光有些挑衅，我不再看她，低下头去点烟，只听她又问，喜欢看书你为什么不去书店里买书，倒总喜欢跑到我家来借书看呢？

我吐了个烟圈笑道，为省钱呗，借书看一年也能省下不少钱。书店里的书卖得死贵，我哪有那么多闲钱买书。

她并没有撤退的意思，还在我眼角的余光里顽固地晃动着，听我爷爷说你开了个饭店，生意好吗？

我淡淡说，小本生意，勉强糊口，挣不了几个钱的。当老师多好，旱涝保丰收，还有寒暑两个假期，我羡慕你都来不及。

她的目光还像刺一样钉在我脸上，她又问了一句，你是不是还经常上西山？我吃过你带来的木耳，都是山里的吧？

我说，偶尔上山采点蘑菇、木耳，饭店里做菜要用嘛，顺便捎给范老师一点儿，总不能白看人家的书。

说完我看了看天色，做出想走的样子。她却像只小狗一样，紧咬着裤腿追着跑，西山上好玩吗？我从来没去过，哪天你能不能带我上去看看？

我笑着说，好啊，随时都可以。

说罢我再次看看天色，然后站起来说，范老师，我还有点事情要办，得先走了。我能再问你借几本书吗，下次来了还你。

那次从范家出来之后，我没有直接回铅矿，而是顺着河水穿过山林又到了那片无名湖边。我在湖边呆坐了好一会儿之后，起身脱掉了衣服。西边开始下沉的夕阳在湖面上铺下了一层碎金，扔进去一块小石子都能看到金色的湖面被犁开了一圈又一圈。仔细看看周围确实不见别的人影，我便缓缓潜入湖中。

我像上次一样游到湖底，找到那块大石头，因为黄昏的缘故，湖底看起来更加昏暗阴森，长长的水草几乎要缠住我的手脚把我永远留在湖底，那些游在湖底的鱼看起来似乎更加肥大狰狞了。我还是就着夕阳最后的光线看到了压在石头下面的那具白骨。它还在那里。还是那个姿势，好像已经在这里一千年了，看起来一点儿没被动过。看起来这世界上根本没有第二个人会找到它。

我游上岸时，铁青的暮色已经笼罩四野，周围的密林黑压压地朝着这湖围拢过来，我感觉自己正在一口井底，抬头看到遥远的夜空里亮着那么几点稀薄的星光，没有月亮。

我回到铅矿的宿舍，点起一支蜡烛，喝了两口酒，一边随手翻着一本刚问范听寒借到的《南北朝诗文》，一边在脑子里反复想着今天范云冈说的那些话。难道她已经觉察到了什么？她为什么提出要跟着我上山？抑或，她真的只是觉得山上好玩?

为保险起见，以后真的不能再去范家了。

我合上书本，盯着跳动的烛光发呆。烛光昏暗，把我和几件家具的影子都拉长拉虚，看上去满屋子都是影影绰绰的人，都在暗处悄无声息地看着我。夜已深，窗外山风呼啸，万木齐喑，我走过去把窗户关上，把灯花挑了挑，让烛光更明亮了些。我又想起了今天范听寒说过的那句话，有时候只要有道缝隙，人就活下来了。不错，总有些人是在这样的缝隙里求生下来的，范听寒能活下来，或许我也能。他希望范柳亭也如此吧。

我呆坐了一会儿，又喝了几口酒，身上热起来，心里却仍不宁静。忽然那本《南北朝诗文》里掉出一张纸来，我捡起来一看，上面用钢笔抄了一首诗，诗的开头写着“父亲”二字，“明月何皎皎，照我罗床帏。忧愁不能寐，揽衣起徘徊。客行虽云乐，不如早旋归。出户独彷徨，愁思当告谁。引领还入房，泪下沾裳衣”。然后在诗的结尾处，我看到，“以诗一慰思念之情，先此驰禀，敬叩福安。儿范柳亭叩禀，二〇〇二年八月十五日夜”。

我悚然一惊，差点儿把手中的书扔掉。因为，早在1999年，范柳亭就已经离开人世间了。

烛光再次昏暗下去，屋子里明明灭灭地多出了很多影子，都在墙上、在角落里无声地站着，看着我。

9

我拎着一瓶酒、一碗饺子和一篮果子独自在寂静的山林里穿行，我要去看我的父亲。

大约在山路上走了半个小时我停下了，前方林间稍微稀疏的地方出现了两座坟墓，一座是我父亲的，旁边那座是我母亲的。今天是我父亲的忌日。当年他在得病之后为了能让我尽快顶班，连病都不肯治，也不肯去医院，只求速死。只是，他已经无法知道，现在的铅矿已经是一片废墟，这废墟里如今只住着我一个人。我把饺子和四色果子摆在他坟前，又在坟前倒了三盅酒，点了一支烟给他插在坟头。

我在坟前的草丛中躺了下来，阳光从树枝的缝隙里筛落下来，雨点一般洒在草丛上和我的身上、脸上。在这山里，我知道在每一棵香椿树的旁边都陪伴着一棵臭椿树，知道有一种叫沙和尚的鸟会吐人言，知道各种草药的名字，知道榛蘑和猴头菇长在哪里。我想起父亲去世前的那个白天，忽然有了些精神，把我叫到床前对我说，人在这山里就算没有一分钱也饿不死的，你哪天要是走投无路了，就回到这山里来。

当天夜里他就在昏睡中走了，再没有和我说过一句话。

现在想想，难道他当时就有某种预感？或者，他只是明白了这山林的牢靠与人世的无常？我静静地躺在他身边，还有一旁的母亲。我们一家三口相对无言，像极了多年前那个夏日的午后，在铅矿的宿舍里，父亲躺在凉席上闭着眼睛摇着蒲扇，母亲在缝纫机前赶制一件我的衬衫，我坐在桌前正翻着一本从图书馆借来的《包法利夫人》。宿舍前紫藤的花香从青色的竹帘里钻进来，洇得满屋里都是，如苔侵石井。那个寂寥的午后我们彼此之间没有说一句话，现在我却忽然明白，那其实便是世上最坚固恒久的时光了。

此刻的父亲再不会和我说一句话，而我果真如他多年前的预言，终是有一天回到了这寂静的山林。

那是 1987 年，父亲去世后，我顶替他成了铅矿上的一名正式工。我第一次穿上铅矿的工作服站在镜子前看自己的时候，觉得镜子里的人完全是从父亲身上复制下来的，甚至，因为父亲尸骨未寒，我从这镜子里的人身上似乎还能闻到血腥味。而除了复制，我别无他路。在铅矿我一开始做的是采矿工，每天下井采矿石，要在井下齐膝深的水里推矿车，每天十六七趟。

干了半年之后因为受寒腿疼，改做了风钻工，做了风钻工之后才知道为什么没有人愿意做风钻工。因为每天拿着大功率电钻钻矿石的时候，整个人都会跟着电钻一起震动，然后在工作的时候不知不觉就会射精出来，一天好几次，自己根本无法控制。反复如此，没过一段时间人的身体就垮了，浑身无力，形如肺痨。我只好又改做了炉前工，终日在高炉前守着高温炼硅。

当时铅矿的领导可能已经开始意识到矿产资源会枯竭的问题，所以也试图做了一些防备工作，但到了 1992 年的时候，终于还是因为矿产资源彻底枯竭，铅矿宣布倒闭。这铅矿上的一切，车间、学校、医疗室、图书馆全部跟着结束了自己的使命。我的母亲就是在这一年去世的。

我把她葬在了父亲身边。

母亲下葬那一日，山林极其静美肃穆，滤掉了人世间所有的悲喜，恍如另一个遥远星球的表面，在那里，一个脚印可以保留上百万年，而每粒微尘皆可尽享永年。那一日，我坐在父母坟前久久看着他们，就像看着两个婴儿，我想着他们在地下如植物种子般的幽暗生长，或许他们会长出这地面长成两棵树，也或许会永远如种子尘封在地下的世界里。我忽然觉得这一切都不重要，因为我们的团聚是必然的。到时候我的新坟就陪伴在他们身边，看上去就像是一个大人领着两个满脸皱纹的老小孩在山林里玩耍。

铅矿倒闭后领导要卖机器设备，便把我留下做一些善后工作。那个白天，因为机器价格和那群来买机器的人争执了一番，晚上，我正一个人在宿舍里睡觉，门忽然被踢开，涌进一群黑影，拿着铁棒就使劲敲我的腿，把我右腿敲骨折方才离去。在医院接右腿的时候，医生说这右腿肯定是要残疾的，就是恢复得好，也会比左腿稍短一截，变成个跛子。

石膏拆掉后，右腿果然比左腿短了两厘米。在练习走路的那段时间，每天起床后我都要有一个漫长的梳洗穿衣的仪式，穿上衬衣打上领带，再套上西服，头发三七分开，打上摩丝，穿上黑色的三接头皮鞋。越是困顿，我便越是隆重。我扶着墙练习走路，昂首挺胸地迈出一步，再迈出一步，白天晚上我都在一遍一遍地告诉自己，我不会就这样垮掉的，我绝不可能成为一个跛子。

半年之后，我走路时已经没有人能看出我一条腿长一条腿短，连我自己也不再相信我的右腿比左腿短了两厘米。这使我在以后的很长一段时间里都相信，也许就连人的相貌也是跟着人的心在生长的。

10

范听寒家门口的柳树已是浓荫匝地，被包裹在一片柳荫里的院子看起来也不再那么真实，像是用水墨幻化出来的一幅卷轴。

我忽然有些明白他为什么要种这片柳树了。

门是半掩着的，推门进去，门洞里空荡荡的，我亲手做的那把椅子也是伶仃的，好像久没有人坐过的样子。穿过门洞，一院寂寂的花树，却并不见人影。我正站在那里疑惑，忽听见屋里有人在咳嗽，便走到竹帘下，隔着竹帘问了一句，范老师在家吗？里面有人回应道，在，进来吧。我挑起竹帘进了屋，这是我第一次走进他的屋里。

屋里有一种墨汁的寒香和老年人身上的荤腥混合在一起后的奇怪味道，滞重、遥远，像黄昏里开始生锈的金属，又像月光下缓缓朽坏的竹帘。屋里有几件简单的木质家具，书架上密密麻麻的全是书，墙上挂着几幅他写的书法，白纸黑字，有一种镌刻在古老石碑上的肃穆。然后我在炕上看到了范听寒，他披着件夹衣歪在那里，看起来出奇枯瘦，便显得那个驼背越发巨大而坚不可摧，好像他整个人都不过是寄生在这驼背上的一株植物。我走过去，弯下腰说，范老师，你这是怎么了，怎么大夏天就穿上夹衣了？

他指指地上的椅子让我坐，嘴里说，病了有段时间了，还没全好，身上老是觉得冷。你可有阵子没来啦，我以为你不会再来了。

我坐下，从包里掏出那几本上次借的书放在桌上，又掏出一包党参。我说，最近的事情多，有点忙。怎么会呢，我还借着你的书怎么能不还回来？这包党参你留着泡酒喝吧，人参喝了会上火，但党参不会。

他盯着那包党参微微动了一下，看得出他整个人都被背上那只龟壳扣押着，动弹不得。他说，这党参也是你从山里挖的吧？

我只点点头，不想多说什么。看来这座山在我身上留的痕迹太重了，躲避都不及。

他说，你给我倒杯水吧，范云冈今天早晨回去上课了，明天才能回来。

我连忙起身找到暖壶，里面是空的，于是我又捅开炉子烧了一壶水，倒了一杯水递到他手中。我看到他的手指甲已经很长了，开始向里卷曲，也像是某一种兽类的指甲。我忽然明白，他其实离人的世界正渐行渐远。我心里一阵难受，呆坐了一会儿，终于开口道，范老师，我给你剪一下手指甲吧，指甲长了不方便。他沉默了一会儿，终于还是点点头，说，剪刀在中间那个抽屉里，我用不惯指甲刀，就用剪刀吧。

我用了很大的力气才捞起那只苍老的手，上面布满褐色的老年斑，青色的血管散发着植物根茎腐败的气息，年老的指甲则变成了一种坚固的贝类，我剪下去，手却一滑，差点剪到他的指头。一定是因为我们中间的一个人太紧张了，我以为那个人是我，后来才发现那个人其实是他。因为在后来剪指甲的过程里，他的那只手一直在微微发抖，而我的手也越发笨拙，只勉强剪了两个指甲便停了下来。

我装作不在意地放回剪刀，心里却沉沉的，我一时不明白他为什么会忽然如此紧张，而这种紧张显然压迫着我。上次来过之后我已经决定再不来看他，可后来我发现不行，我还是必须再来看看他。

这时候我才发现身上已出了一层汗，和衬衣黏在了一起。我松了松领口，并没有试图要解开领带。他在炕上看着我说，你一年四季都穿衬衣打领带啊？

我说，习惯了。

他说，在这乡下，别人看你这么穿都觉得有点别扭吧？

我又说了一句，习惯了就好。

从竹帘里透进来的阳光已经开始西斜，桌上的一只老式三五座钟的秒针咔嚓咔嚓地贴着我们身边走过去，脚步幽深古老，自有一种庄严感。我坐在那里听着这时间的脚步，忽然就有了一种很深的没有指向的无力感，在这些年里，这种无力感时不时就会发作出来。我下意识地摸出一支烟来，想了想又放回去了。

这时只听歪在炕上的范听寒咳嗽了几声，又说，其实我早想对你说的，要是就为了来借书，你不用穿得这么隆重的。

我也有些急了，忙说，不是为借书，平时我一个人的时候也是这么穿的，就连在山上给兔子割草我都这样穿。

炕上的人忽然就不说话了，屋里的空气骤然黏稠紧张起来，连呼吸都有些不畅。我说，范老师，我先出去抽根烟，没办法，烟瘾犯了。

说罢我走到院子里点了一支烟，狠狠抽了两口。落日熔金，西边的群山上猎猎燃烧着一大片金红色的晚霞，浸泡在晚霞里的村庄祥和而诡异。院子里的门大开着，我盯着那扇门出神地看了几分钟，却坐下来继续抽烟。

我悄悄打量自己身上的衬衣和领带，其实我早有预感，我身上的这些衣服迟早会出卖我的。可是就算如此，就算到了现在，我仍然不愿脱下它们，脱下它们我怕自己只会加速质变、消失，到最后连自己都不能再辨认出自己。

院子里添了些野气的波斯菊，菜园子里的黄瓜像青蛇一样吊了很多，茄子闪着紫色的光，南瓜藤上盘了一只金黄的大南瓜。俯仰四季而动，也许还能获得一点心安。我的眼睛湿润了一下，我明白，他想要的，其实也不过就是这一点心安。

我走到那口水缸边，往里看了一眼，里面的两尾鲤鱼又大了一圈，正笨拙地在缸底嬉戏玩耍。我看着那两尾鱼，身体里面一阵不舒服，想要呕吐，连忙往后退了几步。这时候屋子里又传出几声咳嗽声。

我回到屋里对床上的范听寒说，范老师，范云冈不在，今天我给你做晚饭吧，你想吃什么？

他缩在自己的龟壳里说，不用，不用，你忙你的去吧。

我说，今天我不忙，你想吃稀的吗？要不我给你煮点小米粥，烧个茄子？

半晌他才说，你要是真不忙就给我做点手擀面吧。

我来到厨房烧水擀面，我故意把面擀得很硬，因为听他说过，必须得吃到这钢丝一样的面条才算是吃过饭了。擀面的时候，我想到他顿顿必吃手擀面，连生病时都不例外，恐怕是不敢例外，不由得一阵心酸。我盯着那烧红的炉子出了会儿神，水烧开了，把面下锅，出锅，浇上茄子、西红柿卤头，拌上黄瓜丝，给他端进屋里。

果然，他只吃了两口就实在难以下咽了，却还是挣扎着又添了一口下去。我给他舀了一碗面汤，说，不想吃就不要吃了，吃了反倒难受。他捧着汤碗对我说，谢谢你。我坐在对面看着他像个婴孩一样小口小口地喝汤，心里忽然有什么东西汹涌而过，我脱口就说出一句，范老师，范柳亭要是一直不回来，我会一直照顾你。

他突然就沉默下去，连汤也不喝了。我自知又失言了，暗暗悔恨。相对沉默半天，他终于说了一句，老是麻烦你，你也快去吃一碗面吧。我说，我中午吃多了，还不饿。他的声音似有些不满，你从来不在我家吃饭，是怕什么？

我看不清他的脸，只能感觉到他的目光正游动在我的脸上。我坐在一团透明的黑暗中，想起了当年范柳亭的目光落在我脸上的感觉，反而心平气和地说，我不太喜欢给别人添麻烦。

过了好一会儿，他才慢慢说，如果你只是来借书，是不需要为我做这么多的，我喜欢爱看书的人。

我努力驱赶那些翻涌上来的陈年的委屈，笑道，不能白看人家的书。

他若有所思，你和当地人确实不太一样。

我说，我记得以前就和你说过的，我小时候是在海边长大的，大概十岁以前吧，后来我父母调动工作，我就跟着过来了。

他的声音忽隐忽现，我没见过海……给我讲讲海边吧。

我看着窗外的夜色说，小时候我常在海边捡贝壳、捡螃蟹什么的，海边每天有渔船出海打鱼，你在海边的小饭店里能吃到很新鲜的牡蛎、蛏子、海瓜子。吃鱼的话就架一口大铁锅，把刚捞上来的鱼虾剁成块，鱼嘴还在动呢就扔进锅里焯一下，鲜得很。如果炖鱼的话把玉米面饼子贴在铁锅上，焖一会儿，鱼好了，饼也熟了。

他的声音更加隐幽，海边长大的，那你游泳一定好吧？

我盯着窗外的夜色微微一愣，我说，马马虎虎吧。

他的声音好像一只手一样在黑暗中神秘地寻找着什么，他说，不知怎么，我最近老在想那西山，那山上到底有什么？我们这一带雨水稀缺，但那山上能有那么密的原始森林真是有点奇怪，会不会是因为山上根本不缺水呢？你说，那深山里会不会藏着一条大河或大湖什么的，只是没上去过的人根本不知道那山上到底有什么。

我在黑暗中听到自己的心脏嗵嗵一阵剧烈地狂跳，我疑心是不是连范听寒也听到了这可怕的心跳声，然而我的嘴角只是微微笑了一下，我用过于轻松的声音说，那谁知道呢，反正我上去采木耳是从来没见过，要是有人看见了大河大湖那还不都上山捞鱼去了？只听过有人上山打猎没听过有人上山捞鱼的，是不是？

我干笑了一声，笑完觉得不妥，于是又补充道，山里怎么可能有大河大湖呢？山里是长树的地方，只有森林，对了，还有野兽。

他的声音还倔强顽固地立在我面前，你上山采木耳的时候，除了野鸡，就真的没有见过别的？比如，会吃人的野兽？

我说，还见过钻山鼠，山里的老鼠个头真大，比猫还大，我觉得它们能把猫都吃下去。可能野兽们都是晚上才出来吧，晚上谁还敢上山？那不是把自己往麻虎嘴里送吗？

最后一句话，我故意把狼叫成了麻虎，似乎这样多少能证明我并不是一个完全的外地人。

他的声音终于肯委顿下去一点了，他说，是从没听人说起过。

这时候我故意开了一个玩笑，我说，范老师你到处找湖做什么？是不是想吃鱼了？改天我给你带一条大鱼过来。说完眼前却又出现了那些无名湖底的大鱼，不禁胃里一阵翻滚。

他像是立刻嗅到了什么，问了一句，你怎么了？

我说，胃疼，可能是饿的。

他嗔怪道，让你吃饭你死活就不吃，现成的饭吃一碗怕什么呢？

我想了想，说，锅里还剩点面条，那我就吃了，要不放到明天也不好吃了。天黑了，屋里的灯要给你打开吗？

他说，不用开灯，招蚊子，你快去吃吧。

我起身立在黑暗中忽然说了一句，范老师，我觉得你住在落雪堂也挺好，没有什么甘心不甘心的。

他没有吭声。

我便挑起竹帘出了屋子，来到厨房端了一碗面，就蹲在厨房前面的台阶上哧溜哧溜几口倒进了肚子里。我蹲的这个位置正好就在正屋对面，中间隔了几道影影绰绰的花影，我知道躺在炕上的范听寒隔着竹帘便可能看清我的一举一动。我大口吃完面，喝了面汤，又进厨房刷碗，动作幅度都略有些夸张，似乎我正站在旷野中灯火昏暗的古戏台上演一出不为人知的戏文，而下面坐在阴影中的范听寒是我唯一的观众。

我刷了锅擦干了灶台，走出厨房，在院子里点了一支烟，边抽烟边在花影中徘徊，作出一副赏花状。我发现，只要离开铅矿的夜晚，我就会变得紧张烦躁，甚至连灯光都无法适应。

我开始想念深山里的那盏烛光，烛光之外是废墟，废墟之外是群山，群山之外是人世间，那盏烛光似乎就是这个世界的心脏。

院门仍然洞开着，我随时可以离开。可是一支烟抽完之后，我做出了决定，我在范听寒的目光注视下挑起竹帘进了屋，说，范老师，你一个人连口水都喝不上，范云冈不是明天回来吗？今晚我留下来陪你吧。

炕上的那团影子一动不动，我都疑心他是不是已经睡着了，忽又听他在黑暗中低声说，你还是回家吧，省得你老婆不放心。

我走到他平时看书的一把竹躺椅旁躺了上去，说，没事，我出来前就和他们说过，要是天太晚了我就不回去了。

他却说，里屋就有电话，还是给你家里打一个吧。

我后悔刚才要留下的决定，有时候我像个透明的魂魄一样明明看到了自己正在做什么，正要做什么，却无力阻止那个自己。有时候我又觉得我身上所有的苦行都不过是为了让那个魂魄安宁。

如果此时站起来要走又实在唐突，我只好说，没事的，你放心吧，我又不是头一次晚上不回家。

他不再坚持。

我们两个在夜色中平行躺着，如风平浪静的海面上远远漂来两只小船，月亮从云层后面爬出来，海面上铺满碎金碎银，海天一色。我在半睡半醒之间又想起范听寒抄给我的那首诗，“不知江月待何人，但见长江送流水”。这诗竟像是从波光粼粼的海面上一路漂过来才漂到了我面前。我闭上了眼睛。

我以为这个夜晚就要这样过去了，忽听见炕上的人又开口道，我总感觉你不像是有家人的人。

我一惊，睡意全无。半晌，我听见自己干巴巴笑了一声，范老师你这话就奇怪了，我有老婆有孩子还有爹妈，一家人都生活在一起，我老婆和我妈还成天闹矛盾，这婆媳关系啊，怕是哪家都是个难题，可是你说还能怎样？难不成一辈子不娶老婆就打了光棍？无儿无女的，成天独来独往的又有什么意思？

他没有言语，咳嗽了几声，我连忙起来给他倒水。他喝了两口，隐入了黑暗中。沉默了片刻，他又道，我早就想问你一句话了，你是不是和范柳亭认识？起码见过他？

我越发知道了这个晚上留下来的错误，与此同时，却又感觉到一种被惩罚之后的奇异快感。这惩罚迟早都是要来的。窗外一阵晚风拂过，树影和花影匍匐在窗户上，窥视着屋里的两个人。我没有再犹豫，很干脆地回答了一句，不认识。两个人又沉默了一会儿，我主动打破沉默，范老师，给我讲讲你儿子吧，老听你说起，但从来没有见过他这个人。

他叹息道，唉，他这个人啊，没什么好说的。我原来就和你说过的，他因为教不了书就去做生意了，我也拦不住，就随他折腾去。开始的时候还赚了些钱，这院子就是他当年刚有钱的时候盖的，一定要盖个村里最大的院子，说这是对我和他妈早年在村里窜房檐的补偿。后来的生意大约就越来越不好做了，时好时坏，他也从不和我说真话，我都不知道他每天在外面到底忙些什么，赔了钱也不会告诉我，从哪里弄钱我也不知道。后来那次，他只说要出去谈生意，可出去了就再没有回来，活不见人，死不见尸。要是能找到他的尸体我倒也死心了。我已经老了，可是你看他那闺女，谁也管不了。别看她咋咋呼呼，从小就没了妈的孩子，根本没有安全感。

我也叹了一口气，他要是真在外面被人害了，估计那凶手也逃不了的。可是你说好端端的，人家为什么要害他呢？

他没有言语，半天才说，谁知道他在外面干了什么事。

我听到自己的声音里忽然略带嘲讽，我说，范柳亭不是很爱看书的吗？我记得你说过他是很爱看书的。

他道，年轻时候是爱看书，可是看那么多书有什么用呢？

我忽然就失态起来，噌地从躺椅上坐起，声音徒然变高变粗，怎么没用呢？爱看书的人起码变不成坏人，起码不会为了钱去坑蒙拐骗。

我们之间哗的一下就安静了下去。

大概已是半夜时分了，沁凉的夜色像水一样淹没了整间屋子，我恍惚又来到了幽暗的湖底，到处是女人头发一般的水草和毛茸茸的青苔，我和范听寒在这幽暗的湖底对视着。终于，我小心翼翼却又万分疲惫地问了一句，范老师，如果范柳亭真的不会回来了，你会怎么样？

他沉默了很久很久，我才听到他用一个真正的老人的声音对我，或者是对黑暗中的另一个影子说了一句，那也是他的命。

我几乎泪下。我在黑暗中闭上眼睛，假装睡着了。

11

几天来我每天都在山里转悠，终于捕到了两只野鸡，还用夹子夹到了一只獾，顺便采到些榛蘑。我把去年收成的莜麦磨成莜面，做成莜面鱼，准备和土豆片放在一起蒸一大锅。又把那只獾剥了毛皮，把肉切成块，先用獾油炸一遍，再放上茴香、大料、肉桂、草果、芫荽籽，最后倒进去一瓶红腐乳，在泥炉上用小火炖整整半天做成酱梅肉。次日又把两只野鸡杀了和榛蘑炖了一大锅。

准备就绪之后已经是农历七月十四这天。林中短暂的黄昏之后，天色渐渐暗了下来，岔口饭店很快被黑黢黢的密林吞没。我坐在小饭店里，一边抽烟一边等着客人们的到来。

今晚要来三个客人，孙口心，文刚，刘国栋。平日里我们彼此之间没有任何联系，互相杳无音讯，但几年前我们就曾约好的，每年的农历七月十四见一面。近三年来我们四个人的见面地点就定在了入夜之后的岔口饭店。

这三个人是我当年在太钢工作时关系最好的几个工友，1998 年我们四人是同一拨下岗的。

1992 年年底，我的腿伤痊愈不久，铅矿就把我们这些失业的矿工统一调到了太钢，因为当时还没有下岗这个说法。从我八岁来到铅矿，到二十九岁离开，在这深山里已经待了二十一年，我的父亲母亲都葬在了这大山里。太钢则地处平原，周边是一片荒芜的旷野，只在厂区院子里种了几排大白杨。厂里到处是巨大的机器，轰鸣的钢炉，摇摆的天车，喷着白气出出进进的小火车。

冬天，一场大雪之后，那些黑色的车间在白雪中愈加刺目苍凉，大白杨的顶端基本都筑着一个或两个鸟窝。树叶早已落尽，在冬日阴郁的天幕下，铁画银钩的枯枝小心翼翼地托着一只白雪覆盖的鸟窝，好像是大树把自己的心脏掏出来了。偶见一只大喜鹊离开树枝，张着黑色的翅膀露出白色的肚腹，一个俯冲飞到了雪地里觅食。

在太钢时，我一直想念着那座大山，想念那些无边无际的森林，想念铅矿里的工友们因为在深山里外出不便，倒比外面世界的人安静很多，闲暇时间不是在看书就是在下棋。心烦了就去山林里游走一遭，采蘑菇、采野花，听一会儿虫鸣鸟叫。

1993 年，能在太钢做工人还是一份被很多人羡慕的工作。刚进厂的时候，我做的工作是铸板工，半年之后我做了班长，然后是副锻长，锻长。我为太钢拟出了一套新的交接班制度，一直到1998年破产之前全厂用的都是我这套制度。

进太钢的第二年，就是我三十岁那年，我和本厂的一个女工认识三个月便匆匆结了婚，两年之后我们离了婚，没有生育子女。后来又短暂地谈过两个，都吹了，此后就一直独身一人过。

1998年5月2日，太钢宣布了第一批下岗名单。那时候我还叫梁海涛，我、孙口心、文刚、刘国栋都在名单里。太钢让我们买断工龄，一人两万块钱便卷铺盖回家，从此和太钢再无关系。

下岗之后我折腾过很多事情，在太钢门口开过录像厅，不料后来下岗的工人越来越多，来看录像的人越来越少。后来我又开了个刀削面馆，却因为利润太薄，也没挣到几个钱。冬天的时候我雇大卡车贩卖白菜，一斤白菜五分钱，晚上还得睡在冰窖一样的车厢里，第二天继续卖。后来身边的下岗工人越来越多，随便什么小生意，都有人一拥而上抢着去做，彼此之间还恶性竞争，为了抢生意，昔日的工友们彼此在背后谩骂使绊子，看对方的摊子上多了一个顾客，便恨得咬牙切齿，一定要卖得比对方更便宜来拉客。对方见他卖便宜了，只好又卖得比他更便宜，以至于卖一样东西只有几分钱的利润。

和我一起下岗的孙口心、文刚、刘国栋三人隔阵子便过来找我喝顿酒，互诉衷肠。我们四人经常坐在麻叶寺巷口狭窄的五元火锅店里，一位五元，酒钱另算。正值三九天，大雪已经下了几天几夜，把门都封了，早晨开门的时候还得用力往外推。窗外飘着漫天大雪，火锅店里我们四人围坐在一张油腻的桌子旁，桌上的火锅沸腾着，雪白的蒸汽吞掉了我们四人的面孔，撞到玻璃上之后，顷刻便化作水珠一道一道流下去。

我们吃着火锅里的白菜和豆腐，几乎看不到肉，喝着廉价的散装白酒，红着眼睛一遍一遍商量着该去哪里挣钱。那段时间，我们唯一的话题就是怎么挣钱。几乎每次吃完都会有人喝醉，醉了便滑到椅子底下，抱着椅子腿哭。有一次我也喝醉了，吐得衣服上到处都是，我倒不记得自己哭过，但是他们后来告诉我，我那天哭得站都站不起来。我打破头都想不起来，看来是根本不想让自己想起来。

就这样折腾了一年，到1999年夏天的时候，忽然有一个一起下岗的太钢工友要拉我们几个入伙做生意，说他认识一个企业家，从八十年代就开始做生意，先后开过油厂、铁厂、铸造厂，赚了不少钱。人家父母都是知识分子，人肯定可靠，现在这人要扩大铸造厂的规模，需要融资，他要找人入股，入股后一年分一次红。又说他这铸造厂已经开了好几年了，销售渠道多得是，稳赚不赔的生意，急等着扩大规模呢。我们几个又跟着那工友去他说的那个铸造厂考察了一番，果然是个规模中等的厂子，有几十个工人正在车间里忙乎着。我们又和这个企业家见了一面，瘦长脸，个头不高，但很会说话，确实像个文化人，印象很好。这次见面之后我们四个人就约好一起入股，同进同出。随后便各自把从太钢出来时买断工龄的两万块钱都投了进去。

两个月之后这个企业家忽然就联系不上了，他的铸造厂也忽然像聊斋里现出原形的鬼宅，厂房还在，里面却空无一人。

这个企业家叫范柳亭。

窗外夜色已至。

正当七月，玉衡指孟冬，正是促织和鸣蝉的时节。我静坐在小饭店里聆听着入夜之后大山里的各种虫鸣。虫鸣里还掺杂着几声鸟叫，我能从中分辨出猫头鹰、乌鸦、布谷和喜鹊的叫声。我还曾在最幽深的山路上赶过夜路，夜空中没有月亮也没有星星，路两边的森林已经变成了没有任何缝隙与光亮的黑森林。

可是我却连害怕都感觉不到了。自从在湖底见过那具尸体之后，就是在世上最幽暗的地方走路我都感觉不到害怕了。

我记得，就是在那最幽深、最黑暗的山路上赶路，我还是看到了几点微弱的光亮，很细很小，在我周围飞来飞去。那是几只萤火虫。

有人在敲门，我点起一支蜡烛，开了门，是文刚先到了。他进来坐下，我们先抽了一会儿烟，一支烟快抽完了，我才开口问他，这次是从哪儿过来的？他说，二连浩特。

我想了想，那边地广人稀，倒也是一个好去处。我说，那你老婆孩子怎么办？他说，都接过去了，小孩就在那边上学。

正说话的当儿，孙口心和刘国栋也陆续赶到了。我趴在窗前仔细看着饭店外面还有没有别的跟过来的身影，观察了一会儿不见别的人影，便放下窗帘，把门从里面闩住了。

我把煨在泥炉上的酱梅肉盛在大盆里上了桌，把炖好的野鸡榛蘑也上了桌，然后摆上一大笼屉热气腾腾的莜面鱼燕土豆，配上一碗炖好的西红柿酱，好蘸着酱吃莜面。最后把焖在炉灰里的几个烤土豆掏出来，像敲蛋壳一样敲出裂纹，也上了桌。我拿出两坛三十年的青花瓷汾酒，也是早早为今天的聚会准备下的。

桌子的中间立了一支蜡烛，烛光忽明忽暗，四个人的脸都若隐若现。我们围桌坐定，一时都不知道该说什么。饭店之外的世界像一场大寐，我们几人遗世独立在这里。不知为何，坐在这世外的烛光里，我忽然想到的并不是别的，却是晏几道那首《临江仙》里的最末两句“当时明月在，曾照彩云归”。

如今我们四个人都分散在不同的地方，也都不再是原来在太钢上班时的名字。1999年电脑还没有普及，不像现在什么都上了网，那时候改个名字还是比较容易的，在派出所找个人，偷偷塞给两百块钱就把名字改了。每年到了农历七月十四这天，不管各自正在哪里谋生，四个人都会赶到这深山老林里来喝上一顿酒。

文刚去了二连浩特，孙口心后来去了榆林，在小煤矿里做矿工，刘国栋则躲到方山和临县的交界处种红枣去了。

我挑了一下灯花，烛光照亮了我们四个人的脸，每张脸上都看不出太多表情，灰白的墙壁上坐着我们几个人巨大的影子，像神庙里画像上的祖先一样正从另一个世界里神秘地看着我们。烛光常年到不了的那些小角落则住满了黑暗，不知道那些角落里究竟住着多少秘密。

我们闲扯了一番红枣和土豆的收成，又聊到现在的小煤矿马上都要不行了，估计很快就会被吞并到那些大煤矿里，煤老板们一铲煤出来就收入百十块钱的日子估计也不多了。几圈酒喝完，红枣土豆煤矿这些话题也被说了一圈，四个人围着一盏烛光再次安静下来。这时候在这安静中忽然听见文刚怪异地笑了一声，说，现在我很快活。

刘国栋接了一句，你快活个屁。

文刚笑嘻嘻地举起酒杯看着周围说，我们几个还能在一起吃肉喝酒，这不是快活是什么？

刘国栋说，你老娘的三七过了吧？

文刚拿手里那杯酒敬了一下屋里某个黑暗的角落，好像那里还静静坐着一个人，他仍是笑嘻嘻地举着杯子说，我老娘死在我前面是好事呢，我高兴，我最怕的就是我死在她前头了。说完仍是笑，只是越笑眼睛便越脆越亮。我把一个烤土豆扔给他，说，趁热吃。

这时忽听见孙口心压低声音说，海涛你这做派怎么多少年都改不了呢？非得穿西装打领带抹头油不可，你说你这身打扮，走在人堆里还怕没人注意你？

我低头不语。

刘国栋接话说，海涛你这年龄了还没个一儿半女，这事也过去七八年了，我看不是很要紧了，要是有合适的人你还是找个女人生个一儿半女吧，女人不可靠，但儿女总是自己的，不然你以后老了连个依靠都没有。

我冷笑一声，我们这样的人还要什么依靠。

四个人一时又没了言语，像是集体沉到水底下去了。蜡烛已经燃成了一个矮矮的烛头，垂死的火苗却忽然肥大起来，扑啦啦地上下跳动着，感觉空气里有很多隐形的飞蛾正在横冲直撞。这时候我忽然听到一个声音，小心翼翼地，陌生地，像蛇一样正探头探脑。

海涛，你可……把它藏好了……你也不告诉我们到底藏到了哪里。

我独自饮下一杯酒，说了一句，你们放心就是。

但那个声音还继续在我们四个人中间缓缓爬行着，可千万不能被人找到了，一旦找到了，我们就都完了，你也知道的。

我手里仍捏着那只酒杯，朝那三个人的脸上轮流扫了一圈，才慢慢说，它藏在哪里，还是我一个人知道的好，这样，我死了就能直接带进棺材里。

这时候忽然有另一个声音不知从哪里斜着刺了进来，听人说你去过他家。

我去他家借过书。

借书比命还重要？

这时候最后一点烛光倏地熄灭下去了，整个屋子咣当一声掉入了黑暗中。我的眼睛在适应了最初那种轰隆隆的黑暗之后，开始能分辨出在我面前立着的三尊黑影了。他们一动不动。我忽然打了个寒战，我想起自己宰野鸡宰蛇的手也是不曾哆嗦过的。毕竟我也是坐过三年牢的人。那点血无论对他们还是对我都真的不算什么了。

一种奇异而巨大的悲伤忽然袭击着我，我却在黑暗中连着笑了几声，然后说，我有点喝多了，我想给你们读首诗，你们不要笑我。

我当真在黑暗中昂首读道："梦后楼台高锁，酒醒帘幕低垂。去年春恨却来时，落花人独立，微雨燕双飞。记得小苹初见，两重心字罗衣。琵琶弦上说相思，当时明月在，曾照彩云归。"

窗外一辆大卡车的车灯像闪电一样劈过去了。

吱嘎一声推开饭店的门走出去，我们都被头顶的大月亮骇了一跳。马上就十五了，大雪一样的月光落满了无边无际的山林，脚下银色的山路看起来纤尘不染，没有一片树叶，也没有一只飞鸟。整个世界洁净得像是回到了远古，在那里，大地正静静等待着必将到来的一切。

12

这天我刚刚骑着摩托车来到岔口饭店前，就见门上贴着一张白纸，纸上还有字。我心里一怔，从未有人以这种方式联系过我。我连忙放好摩托车，一把扯下这张纸，四顾无人，便迅速开门进去又关上门，这才站到窗前看了起来。纸上只有十几个字，每个字有两厘米大：我爷爷病危，想见你最后一面。范云冈。

看到上面的话我简直大吃一惊，她居然能找到这里？她怎么会知道我在这里？她居然敢一个人进这样的深山老林？

我立在窗前一根接一根地抽烟，把那张纸上的每个字都翻过来倒过去地看了几十遍，竟好像一个字都不认识。抽完的烟头就往砖墙的缝隙里一插，过了一会儿一抬头竟吓了一跳，前面的墙上长出一大片烟头，毒蘑菇似的。我又使劲盯着那片烟头发了一会儿呆，纸上说的话可能是真的，但也可能是她在骗我。他们也许已经报了警，很多人正埋伏在那院子的各个角落里等着我。我可以假装没看到这张纸，甚至，我可以认为自己连日来都没有来过岔口饭店。我本来就不是固定营业的。

我透过窗户看着外面苍莽的山林。

没有人比我更熟悉这片山林。不可能有人找到我。

我把饭店重又关了，骑着摩托车在山路上盘旋着往上爬。车速开到了最高挡，山路两边的树贴着我的耳朵嗖嗖往后疾飞，它们一边后撤一边死命把我往前推，我觉得我的加速度越来越快、越来越快，好像马上就要弹起来飞到另一个阒寂无人的星球上去了。飞出公路飞进蝴蝶谷，然后是那条崎岖的土路。就这样一路狂奔到铅矿门口方才停住。

我扔下滚烫的摩托车，回到宿舍坐在了床上喘气。外面的世界终于又被我甩在了身后。这时候一低头忽然又看到了西装的袖口，那只已经被磨破的袖口。前日立秋了，山中早晚凉意顿生，我又穿上了这件西装。遥遥想起似乎早在春天的时候就盘算过，应该换掉这件衣服了。没想到，等到秋后还是把这件衣服穿上了。这个秋天和那个春天没有任何缝隙地对接上了，也就是说，对我而言，时间正在失效。我低头愣愣地看着那只袖口，像看着一道可怕的伤口，我能从里面闻出一种腐败的气味。我打了个寒战。

然后我一抬头，正好看到几本书摆在桌上，是我上次去范听寒家时问他借的。我随手打开一本，假装专心致志地看了半天，却是一页没翻。我眼前出现的一直是他那弯到九十度的驼背，看上去非人非兽。到了下午，我不再挣扎，终于把书合上了，又坐在那里抽了支烟，最后把几本书都装进了包里。

我骑着摩托车往落雪堂赶去。他家门口那排柳树依旧，我却有一种久别经年之感，恍惚觉得已物是人非。穿过阴凉的门洞，又是那片熟悉的院子，只见有几个陌生人在院子里忙乎着什么。一见有陌生人，我本能地想退避出去，忽见海棠树下横着一个庞然大物，色彩艳丽又鬼气森森，再仔细一看，居然是一具棺材正横在树下。黑漆上描画着亭台楼阁，桃红柳绿，仕女稚童。我一惊，心想，莫不是人已经入棺了？

正在这时又看见范云冈站在屋檐下使劲向我招手，便急急走过去。虽然已立秋了，竹帘还没有来得及卸下，我挑起竹帘进去，范云冈并没有跟进来。屋里光线幽暗，弥漫着一种秋后才有的萧索和灰败。炕上静静躺着一个人，一动不动。我心里一阵害怕，朝外面张望一番，见并没有人注意我进来，便慢慢走过去，走到炕头。我看到他侧身躺在那里闭着眼睛。

他越发奇瘦，四肢缩小如婴孩，只有背上的那只驼峰却如龟壳一般更大、更坚固了，看起来他整个人很快就要缩进那只龟壳里去了。

我轻轻唤了一声，范老师。

他慢慢睁开了眼睛，全身上下就只有这双眼睛还能动，在他身上这唯一的活物看上去多少有些瘆人。我不由得后退一步，说，范老师，我来还书了。

他目光模糊呆滞，像是眼睛里有一层障子挡住了他。他忽然声音发抖，是范柳亭回来了吗？

我呆呆站着，半天才说了一句，范老师，是我，我来还书了。

他的眼睛慢慢眨了几下，好像终于看清我是谁了，这才说了一句，你来了？不用还了，留个纪念吧。

这句话忽然让我很伤感，我把几本书整整齐齐摆在他面前，说，借了就得还，要不你下次就不借给我了，等你身体好了，我再来借书。

他躺在那里，用混浊的眼睛又看了我好一会儿才慢慢说，你来了就好，我是想告诉你，其实人这一辈子都说过假话，都骗过人的。我本不叫范听寒，我本名叫范福星，我上面有四个姐姐，我父母老来得子，所以叫我福星。范听寒是我上师专之后自己改的名字。我也没有家学，我的父母都是不识字的农民。就是当年在师专当老师的时候我也只是一个最普通的老师。

我只觉得被他两束微弱的目光箍着，动弹不得，又是烦躁又是紧张，我口干舌燥地说，范老师，不要乱想。

他忽然笑了一下，眼睛还想紧紧盯着我，目光却已经聚不到一个点上了，这使他看起来就像正拼命看着我身后一个遥远的地方。只听他又说，我说过假话，范柳亭说过假话，你也说过假话。万物刍狗，所以，谁也不要怪谁。

我脑子里轰的一声，张开嘴又闭上，又张开又闭上，只觉得有千言万语要说，却是一个字都没有说出口。

这时只见他又闭上了眼睛，嘴里开始发出一些奇怪的破碎的谵语，我轻轻抓着他的手，不停叫他范老师，范老师。我忽然想把很多话都告诉他，这些话已经藏了太久。然而连他的谵语也渐渐熄灭下去了，我更用力地握着他的手，那只手正在我手心里迅速变凉变硬。

我连忙挑起竹帘叫人，院子里帮忙的村民们一拥而入，却见床上的老人已经过去了，便七手八脚地开始给他换老衣，又有人和范云冈商量，说范老师这驼背太大，老衣穿不进去，过会儿进了棺材也躺不平，要不要把弯曲的脊椎骨压断了？

我躲出去了。艳丽的棺材躺在海棠树下，一阵秋风吹过，几只血滴一样的海棠果儿叮叮当当落在了棺材上。西山上的天空被夕阳染得鲜红。

旁边的花圃里不知什么时候已经换了一片翠菊。

13

1999 年 9 月，梁海涛从这个世界上消失了，取而代之的是郭世杰。

变成郭世杰之后，我先是坐火车躲到福建，在一个叫永定的县城开了家刀削面馆。一年之后面馆生意渐渐冷清，我又从福建辗转来到广州做小生意，那时候的小生意已经远没有八十年代好做，做了两次小生意把身上仅有的一点钱全部赔光了，只好应聘到一家歌厅做服务生。当时是歌厅生意最红火的时候，在我做服务生期间，有两个中年富婆每次去歌厅都提出要包养我。为了躲开这两个女人，在广州只待了半年我便又辞职去了珠海，在那里找了个偏僻的小渔村做了一年渔民。之后又向西辗转到了贵州、云南。我在每一个地方都不会待太久，所以我的行李总是少得可怜，不管走到哪里，行李箱里只有固定的三套西装、三件衬衣、两条领带，还有几本书。

一直到 2004 年，我终于做出决定，一个人回到铅矿。

14

我一个人在大山里走着。

秋天的山林斑斓而安静，似乎全世界的寂静都聚集在这山林里了。我走到一棵榆树下的时候，一阵风吹过，满树金黄的榆叶像场雨一样落了我一身。我抬头看着这棵树的时候，便也看到高天上的云正变幻着无数种面孔。

我向那山顶爬去，黑龙峰，是方圆几百里之内的最高峰，我从未上去过，也不知道在那上面究竟能看到什么。从早晨一直爬到黄昏时分才终于上到山顶。一上山顶我就先被那轮巨大的夕阳击晕了，它看起来那么大，那么近，血淋淋的，似乎只要我一伸手就能够着它。从这山顶上看下去，整片山林都被染得血红，有风吹过时便状如波涛。就在这一片汹涌的波涛中，我却看到了一块凹进去的癞疤，我很快明白了，那是铅矿的位置，也就是我的藏身之处。然后，换了一个角度，我看到血红的波涛里居然亮着一面闪光的镜子。我盯着那镜子看了很久，终于明白，那镜子其实就是密林中的无名湖。原来，只要有人能登上这山顶，无名湖便不再是这世上的一个秘密。

我本能地抬头看了看天空，玫瑰色的晚霞正在迅速消散，取而代之的是一大团雄壮的云堡正在我头顶聚集。云堡中间开了一处小洞，夕阳最后的光线从里面射下来，照着我和这片森林。宛如一只巨大的无所不知的眼睛。

又在顷刻之间，狂风骤起，云堡坍塌，一场大雨将至，森林里有怒涛滚滚而来，那林间的癞疤和镜子似乎转瞬之间便会被吹得支离破碎，无迹可寻。

这一日，我骑着摩托车下山，又来到落雪堂，来到范家门口。穿过那排柳树，见门正开着。幽深的门洞里空无一人，那张小木桌和我做的那把椅子却还在原处，好像上面还坐着一个隐形的老人。我对着那桌子和椅子默默站了一会儿，然后走进院子里。

我吓了一大跳，院子里一片狼藉。一只箱子在阳光下敞着盖子，里面是一堆五颜六色的衣服，房檐下的台阶上横七竖八地铺了一地书，都晒着太阳。有几张写着毛笔字的条幅也被扔到院子里，好像正在院子里闲庭信步。各类生活用具零散扔了一地。仿佛这院子刚刚被洗劫过。我站在院子里问，有人吗？

竹帘晃了一下，闪出一个人影来。我一看，不是别人，正是范云冈。如今这整个院子里就剩她一个人了，她远远站在那里，看起来分外瘦小，竟把这院子衬得空旷了好几倍。我心里一阵难过，口气倒更蛮横了，你家这是怎么了？被强盗打劫了？

她向我走过来，脑后还是梳着一只蓬乱的大丸子，眯着眼打量了我好几眼，好像这才勉强想起我是谁，说，是你啊，打领带那个。你又是来借书的吗？你还真敢来。

这最后一句话让我对她又有了几分警惕，但我还是不动声色地问了一遍，你家到底怎么了？

这些书都是我爷爷的，你喜欢哪些随便拿去，反正我都是要送人的。

我惊诧道，你爷爷的书你怎么能送了人？他自己保存了那么多年，还给好多书包上了书皮。

她耸了耸肩，两手一摊，说，我算看透了，他再爱书，死了还不是一本都带不走。留这么多东西做什么，都是累赘，不如早些送了人，还算做了好事。

我的口气忽然就有点气急败坏起来，我像个长辈一样大声训斥她，你爷爷允许你把他的书都送了人吗？

她挑起一只嘴角嘲笑我，你是我家什么人？

我自觉失言，便坐下点了支烟猛抽起来。她立在我旁边说，喂，给我一根。我瞪着她，小姑娘家抽什么烟，抽烟抽多了连肺都能被熏黑。她叫道，那你怎么还抽啊。我又抽了两口才说，我烟瘾大，年龄也大了，戒了就没什么乐趣了。说着递过去一支烟，她点着了，装腔作势地抽了一大口。我估计她的很多动作都是从电视上学的。

她一边抽烟一边说，我要出门了，说不定一走就是几年，我把工作都辞掉了。一个人守着个十间房的大院子，晚上都觉得瘆人。

我猛抽了几口烟，把自己呛得直咳嗽，我痛心疾首地说，你爷爷费多大的劲儿才给你找的这份工作。

只见她叼着烟在满地狼藉里游弋着，说，我八岁就没有妈了，跑了，以后再没看过我。二十岁的时候我爸失踪了，生死不明。二十四岁的时候我奶奶病死了，然后，就剩了我和我爷爷，我知道他也会走的。我在心里早就做好准备了，我知道他们一个一个都会离开我的，最后只会剩下我一个人。所以我早就想好了，如果只剩下我一个人的时候，我该怎么办。我总不能一辈子就在一个馒头大的小镇上待着吧。大城市我也不去，累得慌，我可能去西藏、新疆，还可能去内蒙古。你看人家那些少数民族，成天骑着马在草原上跑来跑去地放羊，喝着酒唱着歌儿，不用找工作，不用巴结人。死了就拉倒，活人也不用为死人哭，因为人人都要死。每当我想为我爷爷大哭一场的时候，我就想，我也会死的，反正大家都一样。

她说得并不伤感，我的眼泪却差点掉下来了，默默抽完一支烟，把眼泪硬憋回去之后才说，人家是游牧民族，和我们不一样，那种生活在电视上看看就行了。人最后都是需要安稳的，我年龄比你大好多，你听我一句，其实在一个小镇上当个小学老师真的就挺好的。

她叼着烟看天，不吭声。

我以为刚才的话起了作用，忙又继续，不要以为自己比别人多看了几本书就和别人不一样了。你爷爷还是希望你有份稳定工作，找个好人结婚，再过几年你就知道了，其实安心比什么都好。

她忽然冷笑一声，既然结婚这么好，你怎么不去结？

我心里一惊，嘴上却硬撑，谁说我没有结婚，我儿子都十几岁了，个头比你还高。

她并不说话，只是嘎嘎大笑。我这才想到，虽然我还是愿意把她当成一个孩子，但事实上，她已经二十九岁了。我忽然想到，范听寒在去世前会不会把他所知晓的秘密已经告诉了他的孙女。

我心里一动，却不再有以前那种动辄一身冷汗的激灵感。我想到了那天站在黑龙峰上看到的无名湖，它像面小小的镜子一样裸露在大地上，反射着血红色的夕阳。也许，这世界上根本不止我一个人知道它的存在。想到这里，我反而有了一种莫名的轻松。

秋天的阳光烤着我，我微微闭了会儿眼睛，阳光里飘着翠菊最后的花香。再睁开眼睛时，忽见她抱着两只酒瓶子站在我面前，她把酒瓶朝我晃晃，你看我爷爷存下的老白汾也带不走，我不说嘛，人活一世就是个过客。怎么样，中午一起喝点吧？

她把菜园子里最后一个茄子和最后两根黄瓜摘了，把茄子蒸了，拌上蒜泥，又把黄瓜拍了，淋上香油。又说她爷爷在缸里还养着两条鲤鱼，要不要也炖了下酒。我连忙说，我从不吃鱼。她便只把茄子和黄瓜端上来，两只酒杯里都倒满酒，然后我们就在门洞里的小木桌前坐下来对饮。

秋风带着剑气从门洞里钻过，已经明显有了凉意，她举起杯子，我也举起，我们碰了一下。她说，以后要是去了新疆、西藏，怕是就喝不到这么好的酒了。我说，去了哪里都有好酒喝的，就是过了阳关、玉门关，照样有好酒。不管去哪里，我还是希望你能找个好人结婚，一个人真的太孤单了。

她挑起一只嘴角看着我，一个人太孤单了？

我不再接话。

我们默默地喝了三个来回，我放下杯子，忽然正色问道，你爷爷去世前，你是怎么找到岔口饭店的？

她用一根修长的手指轻轻敲打着桌面，意味深长地看着我说，因为镇上去山里采木耳的人曾经在你那饭店里吃过饭，你那饭店根本不在镇上。而且你那饭店里只做四样菜，过油肉、酱梅肉、野鸡炖山蘑、烩土豆，我没说错吧？

我不语，咬了一大口黄瓜，满嘴咔嚓咔嚓脆响。她补充了一句，我早和你说过，一个馒头大的小镇能瞒住什么，镇东吃肉，镇西就能闻到。

我仍不说话，又咬了一口黄瓜，正使劲地嚼着，忽听她淡淡说了一句，我男人也去你饭店里吃过饭。

我的咀嚼猝然止住，我抬头看她，我们正好四目相对。我脑子里努力拼凑着那个男人的样子，却是怎么也聚拢不成一个人形。她说的应该就是那个凤城镇上暴尸街头的黑社会老大，他居然去过岔口饭店？而我却根本不知道坐在那里吃饭的人可能是谁。

我不寒而栗，忽然却咧嘴笑了一下，牙缝里露出绿色的黄瓜。

她给我倒上酒，我又和她喝了一杯，才假装漫不经心地问道，他去我那里吃饭也是进山采木耳吗？

她那根指头似乎闲得发慌，还在不停地敲打桌面，她说，他倒不采什么木耳，他只是对你好奇，觉得你是有些来路的人。一个人为什么要把饭店开到山里去呢？

我听到自己的心脏在胸腔里很响地跳了几下，但我的声音反倒越发轻快，我说，进山里拉木料的大车司机也要吃饭吧，总不能所有的人都把饭店开到城里去。

那根指头还在敲，发出单调可怖的声音，她并不接我的话，只说，你不是经常去镇上卖木耳吗？他早就注意到你了，因为你的穿着就和别人不一样。

我想到直到那个男人被砍死在街头，我都没有见过他一次，甚至至今都不知道他长什么样。而当我在镇上卖木耳的时候，他可能就坐在我对面正仔细打量着我。

看来今天我根本不该来，范听寒已经不在了，我却又放心不下他这个孙女，毕竟，她没有了父亲，又没有了爷爷。听她的口气，她像是已经知道什么了。

我下意识地朝着门的方向看了一眼。离我并不远，我断定我可以随时从这扇门里离开，她毕竟只是一个年轻姑娘。做好打算后，我不动声色地给她倒了一杯酒，又给自己倒了一杯，然后笑着问她，注意到我？就因为我喜欢穿西装打领带？

她也笑了一下，他说他还没有想明白你到底是什么来路，如果是一个犯过事的人，大概也不敢穿成这样。他觉得你很奇怪。

看来她并不确定。我又想到那个男人既然能找到岔口饭店，会不会也已经知道了我住在哪里。我便试探道，他在我饭店里吃完饭都不和我打个招呼？既然都认识，怎么能不去我家里坐会儿呢。

她微微一笑，把杯里的酒一饮而尽，说，你家？你家在哪儿？

我不说话，看着她的眼睛。

她回看着我的眼睛，说，我男人那次下山后曾对我说，他猜你很可能就住在山里。

我纹丝不动，他还说了什么？

他还说他觉得你没老婆没孩子，应该是一个人过。

我竭力用平静掩饰着内心的狂风巨浪，我看到自己端起酒杯的手又在发抖，但我还是勉强和她手里的酒杯碰了一下，一口喝干，这才说，其实他要是早说的话，我一定请他去我家里坐坐，让我老婆给他炒两个菜，我和他好好喝顿酒。

说完这话，我又点了一支烟，一边递给她一支。

她把烟点着了，叼在嘴角，锋利的眼神忽然就钝下去了。她极安静地说，没机会了，后来他死了。

我没有说话，只是埋头抽烟。

她抽了几口，不再看我，只看着门外说，他这个人吧，你可能没见过，长得特别像个坏人，打架斗殴，还蹲过监狱……他只是长得像个坏人。你不知道他其实还像个小孩，喜欢捡树根做根雕，会用麦秸编篮子，会把南瓜刻成灯笼。

她没有声音地流着泪，嘴角还叼着那支烟。

我感觉自己身体里滚烫，手脚却冰凉。我便走到水龙头前把头伸下去灌了几口凉水，一抬头，正看到那只大水缸里盘着的那两条大鲤鱼，它们不知吃了些什么，越发肥硕。我胃里一阵抽搐，又伸头灌了两口凉水。

我重又回到桌前坐下，她脸上的泪迹已经收起，那根手指重新在桌上可恶地敲了起来，她边敲边忽然想起了什么，对了，你还有个奇怪的地方，你和我爷爷说过，你小时候是在海边长大的，对吧？但是你却不吃鱼。

我盯着她那根手指看了一会儿才说，不是这世上所有的事都能解释清楚的，有人讨厌吃鸡肉，就会有人讨厌吃鱼肉。

她诡异地笑了一下，说，是吗？那你觉得我爸爸还有可能回来吗？他已经消失八年了。

我说，我记得以前你自己不是说过吗，觉得他只有两种可能，要么是他犯了什么罪躲起来了，要么就是已经被人害了。

她目不转睛地盯着我，那是我说的，不是你说的，你觉得哪个可能性大？

我摊开自己的手心比画着，说，我不会算命，这个我不知道，真不知道。

她又独自饮下一杯酒，然后，那根可恶的手指头继续在桌上有节奏地敲着，笃笃，笃笃，笃笃笃。她慢慢说，你想知道我男人是怎么看待这个事的吗？他给我讲过，一个人几年不回家的可能性有很多，如他以前的一个狱友，判刑之后被发配到新疆戈壁滩改造，刑满之后也不能回内地，就只能在那戈壁滩里待着，和家里人也多年没有了联系，家里人都当他已经死在新疆了。又说他知道有一个年轻女的离开家里去呼和浩特的一个饭店打工，她在工作的第二天就被奸杀了，公安通知了她父亲，她父亲不敢把真相告诉她母亲，就骗老伴说女儿跟着一个有钱男人跑了，过上了好日子，吃穿不愁，就是不记得往家里打个电话。一骗就骗了三十年，一直到他老伴去世前还在等着他们的女儿回家，而杀人犯是在那女的死了十多年后才被抓住。他还给我讲过有个生意人被人抢钱害命，却几年里就是找不到尸首，家里人和公安局在方圆十里地找，怎么都找不到，就成了无头案。结果你猜后来是怎么找到的？邻村有个人喜欢钓鱼，有段时间老去一个很远的废水塘钓鱼，他发现钓起来的鱼都比别的地方的鱼肥大，他就感觉有点不对劲，那人胆子大，决定到水下看看究竟有什么，结果看到水底有一具被大石头绑着的尸体，尸体上的肉已经被鱼吃光了。

我刚端到嘴边的酒杯忽然停住了，她也忽然住了口，整个世界像被一把利刃齐齐剁了开来，没有一点多余的声息。我端着那杯酒，再次迅速朝那扇门的方向看了一眼。

片刻的死寂之后，我说，你那男人，死了真是可惜了。

在幽暗的门洞里，她目光灼灼地看着我，忽然间她骄傲地微笑起来，说，我一直都这么觉得。

我还是举着那杯酒，说，我想敬他一杯。然后，我一饮而尽。

夕阳西下，我们两个人都喝得有些醉了，我心中想着还是快些离开，便摇摇晃晃地站起来，说，天快黑了，我该走了，把你爷爷的书送我一本吧，用他的话说，留个纪念。

她重复了一遍，我爷爷说过，是要让你留个纪念。

我拿起一本《花间集》，打开，里面居然也夹着一张写字的纸，看起来又是一首范柳亭致父亲的家书，“谁道闲情抛弃久，每到春来，惆怅还依旧。日日花前常病酒，不辞镜里朱颜瘦。河畔青芜堤上柳，为问新愁，何事年年有？独立小桥风满袖，平林新月人归后”。落款时间是二〇〇六年三月十八日。我想我真的是喝多了，我竟对范云冈晃着这张纸说，看，你爸爸的信，你看他一直在给你爷爷写信呢。

她神秘地笑了，我爷爷经常给自己写信。

我把那本书小心翼翼地揣在怀里，然后终于向那扇门走去。她跟在后面，一直把我送到门口，门口不见人影，只有我的摩托车停在那排柳树下。我又是怕她，又是感激她，我知道这一定是我最后一次来这里了，我觉得我应该说点什么，把那些本想和范听寒说的话都说给她听，我甚至想和她聊聊她的父亲，我毕竟认识他。最后我却只客套地说了一句，你走的时候，我来送行。

她又习惯性地挑起一只嘴角，看着我的眼睛说，不用卖我人情，你走了就走了，反正我也是要走了。

我一只脚已经跨在了摩托车上，另一只脚踮着地。这时候我发现她是真的在让我走，是真的。我反倒犹豫了片刻，最后还是使劲一踩油门，摩托车突突突地发动了起来，就在那一瞬间，我心里仿佛有山洪涌过，我忽然扭头对她喊道，你上不上车，我现在带你去一个地方，就在这山里，我带你去看一个你从来没有见过的湖。

她愣了一下，眼睛里忽然波光闪闪，却依然站在柔媚的柳枝下，没有动。然后，她假装什么都没有听到，只用更大的声音喊回来，你说什么，我听不见，我一点都听不见。在摩托车飞出去的同时，我看到她转过身去，消失在了幽深的门洞里。

15

我潜入水中，再次向着无名湖幽暗的湖底游去。

青霉素

尹学芸[1]

1

老街有两座四合院，其中一座住了四户人家，如我们和老石家就住东西厢房，夏天他们热，冬天我们冷。所谓“冬不暖、夏不凉，有钱不住东西厢房”，就是指这种居住模式。正房和倒房住了另外姓氏的两户人家，因为与本文无关，暂且不论。但正坤哥家住了一栋独门独院。正房高大，东西厢房也够格局，若没有正房比照，一点儿也不像配房。门楼是木头做得斗拱，曾经艳丽的图案都斑驳了。但青石板的台阶光可鉴人，门口一边坐一只石狮子，是与门槛下边的石头台阶连在一起的，比猫大，比狗小。尾部是一团云朵的写意，线条勾勒的地方落满了浮沉。门槛足有一尺高，因为太过年深日久，木纹一根一根都松落了。撕一下就能成一根牙签。没人觉得他家与众不同，那年月，人活得都糙。

当然，他们家人口多。赵兰香和四老歪生了七个儿子，号称七郎八虎，

① **尹学芸**　天津市蓟州人。中国作家协会会员，天津市作家协会签约作家。已出版散文集《慢慢消失的乡村词语》，长篇小说《菜根谣》《岁月风尘》，中篇小说集《我的叔叔李海》《士别十年》《天堂向左》《分驴计》及《李海叔叔》等。曾荣获首届梁斌文学奖，孙犁散文奖，林语堂文学奖，北京文学优秀作品奖，当代文学奖和小说月报百花奖。2018 年 8 月，获第七届鲁迅文学奖。

老八是一只黄鼬，经常到他家院子里行走。黄鼬是四老歪的母亲发现的，冬天的月光清白，黄鼬在鸡食盆子里舔一块冰。四老歪的母亲回屋倒了一缸子开水融那冰，从此跟黄鼬结下了情谊。黄鼬经常来串门，却从不偷他家的鸡。黄鼬甚至从瓦垄上给他家溜钢镚，让他家从不少油盐钱。当然这是传言，但这传言知道的人甚广，许多年后，甚至被写进了民间传说，只是时代被往前提了大概 100 年，钢镚变成了铜板。那年赵兰香四十三岁，生了老七正辉。婆婆哭着说，你比母鸡下蛋还生得勤，这是要吃人啊……打住打住，老八叫正风，就是那只黄鼬，不许你再生了！赵兰香果然再没开怀，老八黄鼬却从此有了名声。四老歪其实只有哥儿一个，他上面原本有两哥一姐，但都得天花和伤寒死了。"伤"字四老歪读四音，这不是罕村的口音，也有人说是黄鼬的口音。黄鼬跟他什么关系，哪里能讲得清。四老歪什么时候提起伤寒，脸上总是一副寒凛模样，像劫后余生一样，让人误以为得伤寒的是他。四老歪生下来时，脑袋长在右肩膀上，接生婆啪啪给了两巴掌，让他往左歪，果然往左歪了一些。后来他长大了娶媳妇，接生婆还说自己当年手软，若是再给两巴掌，就能把歪脖治彻底了。

我们家住的四合院是土改分的浮财。四老歪家的四合院却是祖产。四老歪的祖上曾经跟官去过湖南，也有人说是做太监。告老还乡时，从外面带来了一个儿子。这也都是传言，究竟是哪一辈的事，没有人能说清楚。

四老歪能娶赵兰香肯定是这座大宅的功劳。只是，谁都想不到四老歪会生七个儿子。他本人是个小个子，黄面皮，尖鼻子，尖下巴上长几根狗油胡，多少有些驼背。他倒背着手跟头趔趄地走路，总是急惶惶的样子。其实他不当家，啥事都是赵兰香说了算。

正坤是四老歪的五儿子，我们都叫他五哥。

正坤跟我姐凤丫一般大，那年初中毕业，凤丫当了小社员。正坤被大队送到了县里的卫生站，学做赤脚医生。

这都是赵兰香的功劳。老大正合，去了公社农技站。老二正清，去了水利站。老三正气去当兵了，老四正义生下来是个残疾，活到六岁死了。赵兰香总能跟外面的人打上交道。比如，村里来工作组，派饭一准派到她家。都知道兰香婶子的杏核油烙饼好吃，里面的层薄如纸，而且层多得数不过来。鸡蛋炒得又香又嫩，跟烙饼卷到一起，顶风能香出三里地。赵兰香是个大个子，人也长得漂亮，一张嘴见啥人说啥话，脸上总是浮着虚饰的笑，大多数的时候不怎么由衷。她对四老歪不满意，动不动就皱着眉头说："要你干啥使！"

当然，村里也有别的闲言。有人给书记贴大字报，就把赵兰香捎上了。书记趴在桌子上扒拉算盘珠子，赵兰香在旁边扇扇子，脚下趿拉着破鞋子，衣衫不整。旁边有一行字：一丘之貉。这个成语那个时候很少有人知道，村里百分之九十几的人认不完全，所以，很难说有多少影响。顺带说一下，赵兰香家人口多，但谁都休想趿拉着鞋子走路。所以她的儿子们各个器宇轩昂，衣服一个纽扣都不短。

正坤哥学成回来正是秋天，街上到处都是玉米皮子、玉米叶子，风走它们就跟着走，唰唰唰，唰唰唰地，像风拖着尾巴。他每天背着药箱在村里走，药箱上的红十字很抢眼。背襻挂在左肩上，左手在腰间卡握着，右手插在裤子口袋里，一摆一摆地走路，能迷倒很多姑娘。正坤哥是几个兄弟里长得最好的，连身板都像赵兰香。他从我家门前过，凤丫经常追出去问："有没有人请你看病？"

"还没有。"正坤哥回答得很郑重。他人中很长，重眉重眼，后来我们说起他，都觉得他像戏里的人，不用搽粉和抹胭脂，也有红似白。那时村里有剧团，专门唱样板戏。现在我们说起来也记忆犹新，郭建光、李玉和、杨子荣，都演得有模有样。但有一样，妆化得再好，也没有正坤哥好看。

我们管赵兰香叫表大妈。我小时候就有刨根问底的毛病，特别想弄清楚这个"表"是怎么来的，可父母都说不清楚，不知是几代以前的事了。"一表三千里"，赵兰香也说不清楚。她进我们家就夸凤丫长得水灵。"两家要不是亲戚，结个亲家多好。"

当然没人把这话当回事，表大妈说话时脸上一点表情也没有，你不知她哪句是真的，哪句是假的。只有我记下了，并在心底有了一丝小波澜。

2

大喇叭一喊赵兰香拿手戳，我们就知道正气又寄钱了。正气一年寄来两次，八月十五寄五块，过年寄十块。我们私下议论说，咋不攒一块儿寄啊。或者，咋不寄给表大爷四老歪啊？在乡下，男的是一家之主，这种抛头露面的事，理应属于男人。

四老歪也有大号，叫刘庚。可这大号没人喜欢叫，大家张口四老歪，闭口四老歪，大人孩子都叫习惯了。

老街要穿过两条街才到大队。所以赵兰香去取汇款单时简直是一景。她走长条坑，那里是主路，两只白薯脚迈外八字。她走路的时候又习惯一墩一墩地往后坐，似乎能把地碾出坑来。所以她看上去四平八稳，脚步永远不乱。微微皱着眉，嘴小幅咧开着，似乎正在做不情愿的事。淡绿色的汇款单她用两根手指夹着，遇到谁就举给谁看，像是在展示麻烦。庄户人很少见到这东西，所以总有人问，这样一张纸就能当钱用？

赵兰香认真地解释，这张纸不能当钱用，但往镇上的邮局一放，就有人给钱。

这天晚饭的桌子上，十家有八家会说正气的汇款单。村里也有在外当兵的，但往家里寄钱的只有正气一个人。赵兰香的儿子就是不一样，每个都有出息。

“你也去当兵吧。”我爸王大方坐在小坐柜上，卷烟的时候总是一龇牙，用牙垢去黏合卷烟纸。我哥王永利刚高中毕业，是个娘娘脾气。腊月我爸杀羊，让他帮忙拽羊腿。羊还没杀死，他小脸蜡黄，差一点儿就吓休克了。

王永利说：“你给我去找工作组。”

我爸“噌”地跳下小坐柜，就往外走。他是个雷厉风行的人，脾气火爆得像窜天猴和二踢脚。工作组一听王永利是高中毕业，打心眼儿里高兴。填了表，体了检，结果政审没过关，说我姥姥家是地主。

我姥姥打年轻时就守寡，受尽族人欺负，没过过一天好日子。定成分时，需要族里出个地主，就把帽子给我姥姥戴上了，没想到还能连累王永利。

我爸一点儿也不嫌弃我姥姥。说拉倒，这兵咱不当了。

王凤丫尖刻地说，他当也不见得能往家里寄钱。

王永利问，你咋知道？

王凤丫嘟囔说，我算出来了。

我跟王凤丫住一个被窝。家里就少我一床被。所以，她管我叫“侵略犯”，我稍微往她那边一拱，她就说侵略犯又来了。她比我大七岁，已经是大姑娘了。高兴的时候怀里搂着我，估计会想入非非。每晚躺下我都用脚心摩挲她的脚后跟。“有新鲜事儿吗？”我喜欢听新鲜事儿，什么样的新鲜事儿我都喜欢。她翻过身来说：“你认识高燕红吗？”我说认识。她爸在九队当会计，是个老实巴交的人。但高燕红圆脸大眼，是个厉害角色。我听过她跟人骂仗花样翻新，一点儿不怵头，我顶佩服这样的人。“她上吊死了。”王凤丫捏了下我的脖子，一用力，差一点儿把我的脖筋捏断。我顾不上呕，赶忙问为什么。王凤丫说:“还能为什么，原本是她去县里学赤脚医生，临了却让刘正坤顶了。现在刘正坤每天背着药箱满村串，她咽不下这口气。”我手心都凉了，没想到生活中还有这么惊心动魄的事。想若真是把脖筋吊断，得是非常难受的事。“都怪表大妈。”想都不用想，原因一准在她身上，她肯定使了法术，把名额给自己的儿子争取了。可村里若是有个女赤脚，也是很好玩的事情啊。

“赵兰香说，那丫头想不开。如果你想当赤脚，明说啊。我们家老五去不去都行，他还可以学别的手艺。这也犯得着上吊？”

“是犯不上。”我若有所思地表示同意。

“你知道什么！”王凤丫气得舌头打结。

我谦虚地说:“我是不知道什么。”

王凤丫说:“表大妈才是得便宜卖乖，为了让刘正坤当赤脚，她吃奶的劲儿都使出来了。”

“吃奶的劲儿怎么使？”我瞪大了眼睛，我当真不知道。

王凤丫蹬了我一脚，懒得再回答。

夜里，我把王凤丫冰醒了，王凤丫一声怪叫，逃到了被窝外面。我说，哪这么大的水，你尿炕了？王凤丫说，是你尿炕了，把我冲出来了。我说，这水冰凉凉的，不像尿。王凤丫往我身上摸了一把，说你可能要死了，身子都凉了。

我说:“我是要死了，地上都是小白人，在向我招手。”

王凤丫摸到堂屋地，用瓢往缸里一捅，冰碴发出了咔啦啦的碎裂声。她咕嘟咕嘟喝了半瓢水，这才喊我妈。“王云丫要死了，身子都凉了。”

我妈过来摸了我一把，说我热着了，把被子往起翻了翻，说透透汗。可早上我的身子火炭一样烫，烧得眉眼不睁。我妈说，不好。这丫头忽冷忽热，八成是得羊毛翻了。

也顾不得烧火做饭了。我妈衣衫不整端着小面瓢东一家西一家去借荞麦面。借到第五家，才借到那么一捧，我妈答应以后用白面还给人家。端着面瓢匆匆回来了。治羊毛翻只有荞麦面好使，这是祖上留下来的偏方。用鸡蛋清和面，把荞麦面搓成一个长条卷，然后在我后背上滚。只滚了那么几下，王凤丫就喊:“出翻了，出翻了。长毛了，长毛了！”

我妈把荞麦面卷拿给我看，那上面似乎是有毛茸茸的东西。“你身上长羊毛了，以后就可以变成小羊羔。”

那敢情好。我有气无力地想，那样就等着别人给我割草了。

我身上一丝力气也没有，胳膊腿像是安上去的，想动一下都觉得艰难。

外面下小雪了，爸、妈、哥、姐都去队里出工了。他们喜欢这样的天气去上工，在那里钉一会儿鞋底，聊一会儿天，工分白给一样。中午他们吃饭我没吃。下午他们又去上工了。我实在烧得难受，起来喝了三次凉水。后来就迷糊了，想，有凉水也喝不上了。我以为我睡着了，可凤丫收工回来喊不醒我，爸妈一下就慌了。

爸背着我往公社卫生院走。走到村口正好碰见赵兰香表大妈。听说我们去医院瞧大夫，表大妈张开两只手臂往回轰我们。“回去，回去。家里有大夫，还跑那么远干啥？”我爸不是信不过赤脚刘正坤，是慌乱时刻把他忘了。表大妈这一提起，我爸也想起来了。他和表大妈一起往回走，到路口分岔时，表大妈说，你跟孩子在家等着，我这就让正坤过去瞧。

于是，我一天打四针青霉素的日子就这么开始了。正坤哥说我高烧必有炎症。有炎症必要消炎。消炎必要用青霉素，连国家领导人现在都用这个。说真的，正坤哥下手有点重。尤其是打第一针，他手有些抖，额上有重重的汗气。往下扎针时，像掘井一样剜了剜，突然惊慌了一下，迅速把针抽了抽，又重新往下刺去。我家里人都在旁边围着，针头没落进皮肉里，他们都舒了一口气。可正坤哥惊慌一瞬给我留下了太深的印象。因为针扎在我的皮肉里，这与扎别人不一样。第一次扎针结束了。正坤哥收拾好东西往外走，我觉得，他像是踩了棉花垛，脚被门槛子绊了一下，险些摔倒。第二次来，他已经从容了。他举着针管朝天观察时的神态相当迷人。他眼睛很大，睫毛很长，嘴唇抿紧时嘴角能旋出豆粒大的酒窝。我不由得想起了凤丫，想如果他们能扯上关系该有多么好。他使用针剂也越来越娴熟。用医用剪刀“啪”地打断药管的颈项，用针头把药液吸进针管，然后对我说:“翻过来，打左边还是打右边？”

才几天的时间，我的两边屁股就像鞋底子一样硬邦邦，捏一把都不知道疼。我的凉汗越出越少。眼珠像是掉进了眼眶里，但有神了。身上也逐渐有了力气，我妈给我吃煮鸡蛋，我吃了蛋黄，把蛋清扔在了后院的枣树下，用一块硬土压着。我总觉得没煮熟的蛋清像鼻涕一样让人恶心。

许多年后，我只吃这样的蛋清了。煮鸡蛋时守着锅，从来不敢超过六分钟。人在时间的流程中总是在变来变去。这一点，我体会得太深了。

上级来做流行病调查，问了我的情况，归纳了几个特点，虚寒、发热、无力、厌食，等等。基本可以判定是伤寒，一般潜伏期是两周到五周。听说我每天打四针青霉素，上级来的人说，方向是对的，就是药量有点儿大。

问打几天了。我抢着说，打 19 天了。好了还多打了两天。正坤哥说，我的病凶险，需要巩固。

3

我那一个月没洗头，头发里长了很多虱子。凤丫扒着头发给我捉虱子，那些肥大的，都被她装进小药瓶里，然后再灌上水，那些虱子浮游浮游地都会游泳。她还爱撸虮子。它们成串地长在头发上，把人长成了白毛女。活的虮子能挤出一股水，能听见“吧唧”一声响，凤丫挤得特过瘾。捉是捉不干净的，凤丫便给我涂敌敌畏、六六粉，我走到哪里，空气里都是一股呛鼻子的味道，头皮被涂得雪白。我的头发越长越长，发根还带一些自来卷，特别适合隐藏，而且透气。虱子在我这里是个顽固问题，很久都没有彻底清除。后来我经常想，怎么就没一剪刀齐根剪去呢？得减少多少麻烦啊。

但那时我未必同意。后来我女儿长大了，一个小女孩如何护头发，我是深深领教了。

我差不多是村里第一个接受正坤哥治疗的人。当然，过去也有人找他，但不过是拿点药，或给伤口擦点碘酒之类的。正坤哥边看说明书边给人拿药，现学现卖。像这样正儿八经地打这么多针的人我肯定是第一个。关键是，正坤哥把我的病彻底根除了，这简直是……妙手回春啊。

从那儿以后，正坤哥就变了。这当然不是我发现的，我上学放学很少看见他。而是听姐姐凤丫说的，正坤哥跟过去的体态和眼神都不一样，越来越像名副其实的大夫。比如，街上看见小孩长眵目糊，他也要让人家伸出舌苔，转转眼球，把听诊器放到人家的胸脯上，或者给人家把把脉——小孩子有脉吗？村里人真就这么认为，你若说腰疼，他会说八十八长腰渣——你有腰吗？所以，村里很是有人看不习惯，说闲话。但那是少数人，在背后。当面越来越多的人叫他刘大夫。有一次，他回家吃饭时碰见了凤丫，让凤丫喊他刘大夫。凤丫红着脸告诉我说，真不要脸。我眨巴着眼睛看凤丫，不明白一句“刘大夫”跟“不要脸”有啥关联。换了我，我就叫。

那天是周六，风刮得紧。傍晚的时候压了些风，我刚走到门外，就见有人三五成群地往西走。我问她们干啥去，她们说，看热闹去，正坤的媳妇来了。我心里“咯噔”一下，想着，没听说过呀。我慌忙回屋围上紫花头巾，撒腿就往外面跑。紫花头巾是我爸新给我买的，花了四块五毛钱。又大又方又有毛性，看着就暖和。因为身上的衣服都是凤丫的衣服改小的，这个头巾简直是我的昂贵财产，除了吃饭睡觉，我干啥都围着。正坤家的大门外围着许多人，但大家都不往前走。门槛子上有个女的揣袖坐着，微微叉开腿，鼻子都冻红了。但这真是个好看的姑娘。皮肤白净，眉眼清秀，细瘦的脖子从紫花棉袄里长出来，是一副不屈不挠的样儿。她微微垂着头，发帘斜斜地遮在额头上，眼睛盯着台阶下面的某个地方，似乎是下决心要长在门槛子上。我说过，那副门槛子有一尺高，姑娘坐上去有一种无法言说的气势。她看着孱弱，却分明有一种力量存在着，让人不敢小觑。她不时咬一下下嘴唇，芝麻牙白晃晃的。

赵兰香正在院子里骂。“瞧你长的就像死小鸡子，哪一点配得上我们正坤。正坤现在是赤脚医生，全村人的病都会看……”

女孩说：“我也是赤脚医生。”

赵兰香说：“你是哪个娘肚子里的赤脚？也敢到我赵兰香家的门口撒野。也不撒泡尿照照自己，跟我打嘴仗，你配吗？”

女孩说：“你也没啥了不起。”

赵兰香忽然举着扫把冲过来。扫把举得高高的，人像风车一样踉跄。有人拽那个女孩说快避一避，女孩却像钉住了一样不动，连眼睛都不眨。赵兰香一下拍到了门板上。赵兰香哭着说：“有人养、没人教的烂货，居然敢上门骂我，再骂我撕烂你的嘴！我家正坤就是打一辈子光棍，也不会娶你个狐狸精，你就死了心吧！”但赵兰香一滴眼泪也没有。她使劲挤眼睛，还是没一滴眼泪。

女孩喊：“刘正坤，刘正坤！你当初是咋跟我说的？海枯石烂心不变！你咋这么快就变心了？”

没人应声。但刘正坤肯定在家里。赵兰香把扫把使劲一扔，扫把滚到了院子里。谁都没提防她如猛熊一样扑上去，用一只胳膊套住女孩的脖子，一下就把她掀翻了。女孩仰面摔到了门槛子里，赵兰香跳着脚踹了好几下，女孩滚到了院子里。

女孩冲着灰蒙蒙的天空嚷：“刘正坤，你死了吗？你就不能出来见我一面吗？”

我冲到了台阶上，一仰头，一下捂住了嘴。我看见有个人坐在东厢房的屋脊上，面目模糊，正是正坤哥无疑。

我的心“咚咚咚”地跳，像是发现了重大的秘密，不知该把这个信息告诉谁好。表大妈说那个女孩是狐狸精，这都是很严重的事。我突然冷得浑身发抖，觉得应该把这个信息告诉凤丫，我觉得，这个信息应该和凤丫有关联。我撒腿就往家里跑，在炕上暖和了好一阵，凤丫还没回来。我趿拉着鞋子到外面张望，风吹凉了耳朵。我一摸脑袋，围巾不见了。我提上鞋子冲刺一样往现场跑，那里人已经散了，只有大槐树黑黝黝的影子。那棵树长在门口的对面，平日没怎么注意到。还没容我闪身，两扇木门开了，背着药箱的正坤哥走了出来。他说，你在这里干什么？我说我的围巾丢了，来找围巾。他说，是那条紫花的吧？肯定是从后面被人抻走了。我突然想，他坐在屋脊上，说不定什么都看见了。这是一件悲伤的事，可我顾不得悲伤。我特别想知道那个姑娘去哪儿了，他和姑娘之间发生了什么。可我还小，问这些事觉得有些害羞。

一瞬间的犹疑，正坤哥已经消失了。他看上去与平时没有什么两样。脚步很重，震得冻土“梆梆”响。这让我有些惶惑，也许是因为黑天的缘故，我什么也没能看清楚。

凤丫把眼睛睁大了。“你说表大妈会骂人还会打人？”

我故意不搭腔。凤丫踹了我一脚。“问你话呢。”

我撇着嘴说：“你可别打算嫁给正坤哥，有你受的。”

凤丫又踹了我一脚：“瞎说什么……赵兰香的假模假式谁受得了。我告诉你，赵兰香心里有人了。”

吓了我一跳。又不是她嫁人，怎么是她心里有人了。

我问那人是谁，凤丫却转移了话题，说起与正坤哥相好的姑娘，是河东小麦河村的人。她和正坤在县里学医的时候谈起了恋爱，正坤迟迟不去她家求亲，是表大妈不让。娘俩甚至闹到你死我活的地步，到底还是正坤哥败下阵来。那姑娘自己找了来，没想到大冷天连门都没进，还挨打受骂。

“你听谁说的？”我问。

不等凤丫回答，我就长长地“哦”了一声。我开窍的感觉就是始于那个晚上，觉得想通了一些事情。

“你是不是很难受？”我有些怜悯凤丫。这里面有很复杂的情感，真担心凤丫听不明白我的话。

凤丫趴在枕头上，别过脸去。不一会儿，又把头扭了过来。她两只脚丫敲打着炕，别提多没心没肺了。“你说正坤在东厢房的屋脊上坐着，他干啥坐在那里？”

“我咋知道。”我突然有些泄气。

小卖店的人也挣工分，但人家这一天的工分挣得多容易，风吹不着，雨打不着。还有，没人的时候会不会偷偷剥块糖或掰块点心放嘴里？打煤油或酱油多打一两也是可能的。我去买橡皮铅笔时，经常会审视那样多的货物，算数再好，要想数清楚也是困难的。我还清楚地看见了半块点心掉在了地上，一直也没人捡。在他们眼里，这都是寻常物吧。我每次去小卖店都会顾虑重重，都会迟迟地移不开脚步。我心里的疑问太多了，那两个人让我充满了不信任。

售货员是一男一女，一老一少。我就爱打量铁秀珍，她两根辫子活像猫尾巴，又细又黄。刀子脸，就是比鞋拔子脸要窄，上面长着许多雀斑。罕村没有比她更难看的姑娘了，她说话的声音还不好听，起高音时，像着急的家雀子一样，吐不清词儿，你不知道她在说什么。

可她偏偏要嫁给正坤哥了。下聘礼那天，他们那条街都高兴，就像家家办喜事一样。不知凤丫怎么想，反正我是很难过。这种难过我甚至想找正坤哥表达一下。吃甜棒时手割了个口子。要在平时，找点细土面或草木灰摁上了事。可这天我跑到了大队部，推开了医疗室的门，正坤哥正给一个人处理伤口，那个人被铡刀切去了半个手指头，几层纱布都湿透了。

在旁边无聊，我逛到了隔壁的小卖店。那个老头不在，铁秀珍在柜台里坐着，抬起头来问了句："买啥？"

"不买啥。我手割了个口子。"我举起食指给她看，流了一些血，可已经风干了。我挤了挤，已经不出血了。这让我一下没了信心，少了些找正坤哥的理由。

铁秀珍对我的手指不感兴趣。她扫了一眼，继续埋下头去。我往里探头看了一下，发现她在织毛衣。我忽然有些高兴，大声说："你是不是给正坤哥织毛衣？"

铁秀珍也高兴了，挑起小眼儿上边的眉毛惊奇地说："你咋知道？"

我们俩突然都笑了起来，很默契。仿佛这是一个特别好笑的事。笑够了，铁秀珍说，你猜得不对。这个毛衣不是给正坤织的，是给正坤他妈——我婆婆织的。她把毛衣举起来，"我婆婆"几个字说得有些显摆，我甚至觉得她都脸红了。只是她面皮黑，不好判断。毛衣已经织到腰身了。那是一种湖蓝色的毛线，用的是棒针竹签，看上去很柔软。她问我："好看吗？"

"的确好看。"我说得很是由衷。

她眯起眼睛朝我睐了下，说回头我也给你织一件。不等我有所表示，她又说，你有毛线吗？

我听不出这话里的其他意味。我对铁秀珍充满了好感。

我和凤丫一下子就成了对立面。她每每说铁秀珍不好，我就替铁秀珍辩护。比如，她说铁秀珍厉害，有名的浑不讲理。跟家里人打架也死去活来。我则说她心地善良，乐于助人。

“她还想给我织毛衣呢。”我举例。

凤丫笑得像抽了羊角风一样，浑身缩成一团。我难受地看着她，心说人怎么会笑成那样，太不正常了。后来她平躺着，身子还笑得颠了起来。她把胳膊横在脸上，我看她笑出了眼泪。然后，她迅速地翻了下身，把后背朝上，肩膀一耸一耸的。

我因为看了几本书的缘故，多少明白些这种情感。我扳了一下她的脸，说你是不是爱上正坤哥了？

她像鱼一样又翻了过来，眼睛都红了，可她还是满不在乎的样子，把脸上的头发往后一胡撸，说怎么可能。就冲正坤这么听他妈的话，将来谁嫁给他也不会幸福。

这话我又不爱听。儿子听妈的话，能有错？

“你看正合、正清的媳妇，哪个不是让婆婆欺负得像小鸡子似的？

她俩都受气我是知道的。一条街挨门挨户数，哪个儿媳妇不受婆婆的气？多年的媳妇熬成婆嘛，不给儿媳妇气受，这婆婆岂不是白熬了？

我就是这样想的。凤丫戳了我一指头，说等你有了婆婆再说吧。

正坤和铁秀珍早早就住在了一起。白天上班都在一个院子，晚上正坤哥借口值班，特别方便。只是那张医疗床太窄了，不知他们是怎么睡的。他们也不太在乎别人说什么，还没结婚，铁秀珍就把“我婆婆”挂嘴边上。她特别爱提“我婆婆”。赵兰香提起铁秀珍就笑得合不拢嘴，她说娶的这几房媳妇，顶属这个满意。

我则想到了小卖部里的那些货物，经常想象铁秀珍会像耗子一样往婆家搬运。

正合和正清都自己谈过恋爱，但赵兰香表大妈都没答应。正合谈的还是个中学老师，教过我物理，长着圆鼓鼓的额头，是个特别聪明的人。赵兰香对那些女人统统不放心，而是从娘家庄上找姑娘，头次见面都要叫她一声姨或姑。媳妇进了门，都跟她处得像妈和闺女。吃饭抢着盛满饭碗，去茅房解手一个在里蹲着，一个在外站着。过些日子就不行了，婆婆在背后说媳妇馋，媳妇在背后骂婆婆懒。老三的媳妇甚至闹到离婚的地步，非要打掉肚子里的孩子。这些都威胁不了赵兰香，她在街上叉着腰说："我又不缺儿子又不缺孙子，去穿红的来挂绿的。反正我儿子马上就要提干了，谁家有闺女赶紧提前打招呼，来晚了就赶不上趟了。"正气媳妇小眼珠瞪得溜圆，也只得偃旗息鼓，再不敢跟婆婆对峙。后来她跟正气去了西藏，从此再不登婆婆家的门槛。

表大妈在罕村声名远播，别人都是鸡蛋，只有她是石头。这是她自己说的。

这个冬天我 13 岁。记忆深刻的事情是终于有了一条自己的内裤。不是穿不起，是大人想不起来。一条街上同龄的女孩子七八个，都没有穿内裤的习惯。内裤是平角的，黑底红花。更深刻的是，这条内裤整个冬天都没有洗过。春天脱下来时，能自己立着。这真是让人害羞的记忆，我经常想，怎么就没人提醒我应该干点什么。或者，你自己就不知道内裤穿那么久不舒服？

转年刚一进腊月，正坤哥结了婚。那时婚礼大多在腊月办，说农闲是好听的，最本质的意义在于剩饭剩菜能留下去，甚至能留到过年，过年就不用买肉了。那时的冬天可真像个冬天，从没有暖冬之类的说法，大气层相当给力。进了腊月天就会下大雪，早上起来草房屋檐下的冰锥能有两尺长。小孩子的棉衣都一把抓不透。大树小树都穿白戴白，像万朵银花竞相开放。当然，我这样说是用了夸张的手法，王凤丫一听就很不耐烦。她心情不好。正坤哥的喜酒也没去吃。我心情很好，表大妈说让童男童女去压炕，问我去不去。还用说？别人家都是小子压炕，好生孙子。表大妈是让男孩子吓着了，她希望家里能有女孩。我早早换上新衣服，洗头发，扎小辫，辫梢系个蝴蝶结，把自己打扮得漂漂亮亮的。正坤哥的洞房是在正房的西屋，一下就能看出待遇来。正合、正清、正气结婚都在对面厢房，他们谁也没捞着住正房。当然，表大妈也想把铁秀珍娶在厢房，但铁秀珍不答应，坚决不答应。她就得住正房。正房与厢房不一样。要高出一个头，小格子窗上是盘叉图案，新糊了毛头纸，上面贴着红喜字。新铺新盖一衬托，这大房子就像宫殿一样，厢房哪有这气韵。四个压炕的孩子属我大，另三个都是秃小子，最小的才六岁，大概刚学会不尿炕。我们在炕上一溜排开，我睡炕头。因为烧了太多的火，身底下热得像是要烤白薯，人像待在夏天一样四抹汗流。六岁的小子刚要打呼噜，我说，我给你们讲个鬼故事吧。我肚子里有很多鬼故事，都是听正坤哥的奶奶说的。他奶奶小小的个子，花白的头发挽个髻，满脑子都是神鬼。我记事的时候她就已经八十多岁了。有一天，给我讲完故事她就死了，是在太阳底下晒死的。

说有一户人家的儿子四岁了，一到夜里就哭。问他哭什么，他说看见了大白人，像房那么高。大白人每晚都来，只有四岁的孩子能看见。后来他们请了捉鬼的，从后河堤一直尾随到和尚坟，原来鬼是从那里来的。他们把坟刨开了，见那白衣服叠得整整齐齐放在一边，鬼在一个角落缩着。捉鬼人扬起铁锹一拍，就把鬼拍扁了。再一铲，扔到了白衣服上。早有人准备了火柴，把那衣服点着了，大家围住那火，不让鬼窜出去。鬼身上没肉，比纸还不经烧，忽燎儿一下，就没影儿了……

我的本意是说，鬼没有什么可怕的。这不是正坤哥的奶奶教我的，是我自己总结出来的。说真的，给这些小人儿讲故事我很乏味，只不过是有些技痒。其实很敷衍，只讲了个大概。就这，还把那个六岁小子吓着了，哭嚎着要找他妈。这样一折腾，半宿也没睡着觉。眼刚一打扎板儿，鞭炮噼里啪啦响了，原来是新媳妇进门了。

娶新亲的是我哥王永利和嫂子张圣文，他们是早一年结的婚。我哥算老高中生，凡事有点儿不信邪。娶亲要赶早，这个道理谁都懂。因为同一天结婚的人多，谁先娶回谁发家，这是老例儿。所以早晨三点、四点就娶亲的大有人在。但铁秀珍要条件，她不单要在罕村抢第一，还要在全国抢第一。这天是腊月初八，阴历阳历都是双日子，全国结婚的不定有多少。为了保证全国第一，她要求时钟敲过十二点娶亲的人就得上门。因为路太近，他们不能走村里，要到村外绕一圈。我哥颇有微词，说这有点像脱了裤子放屁。就这大雪天，村外的路又不好走，新媳妇上了车就不能下来，漆黑摸眼的，谁能保证路上不跌跟头或有个闪失？我哥被一致讨伐，不该说不吉利的话。他哪里拗得过乡风乡俗。虽然不情愿，也得乖乖照办。古时候娶亲要抱小绵羊，预示六畜兴旺。现在改抱个大皮袄，铁秀珍要求这个皮袄是新的，我妈把我姥姥的皮袄借了来，是我爸给她买的羔羊皮。去时我嫂子抱着，回来铁秀珍抱着。铁秀珍嫌羊皮的味道冲鼻子，一路都在抱怨。大家都配合铁秀珍把这个婚礼办了下来，铁秀珍也带来了不菲的嫁妆。大包小包的布料，大梗小梗的条绒布，迪卡、凡尔丁、华达呢、哔叽，每样都有几块。大家一边翻她的包裹一边咂舌，说以后铁秀珍会把日子过天上去，她可会算计呢。

晚上吃子孙饽饽，她说咸了，要重包。赵兰香那样大本事的人也没了脾气。她指挥人重新调馅，捏着一撮盐的手抖着不敢往里放。煮好的子孙饽饽系上红线绳，她亲自端了上去，铁秀珍喂了她一个，她满足得像小猪崽一样哼哼了三天。

4

“打针青霉素吧。”

“你打青霉素了吗？”

有一段时间，我们村的人把这句话挂在嘴边。发烧要打，咳嗽要打，眼睛肿了要打，腿受伤了也要打。仿佛不打就跟不上潮流。正坤哥的手艺越来越有名。王凤丫嫁出去十里地，村上的孩子还有跑过来打针的。因为正坤哥打针不疼，轻轻一刺，就像被蚊子叮了一口。收针时又温柔又果断，正坤哥的食指摁上去，那枚指甲就像充血一样粉红。很多人都爱看正坤哥的手，洁净修长，葱白一样，指甲似乎从没长长过，外缘呈弧形。不管面对什么样的病人，正坤哥从来没有不耐烦过，而且不嫌脏不怕累。半夜三更有人喊，他背起药箱就走。正坤哥的技艺也见长，他又学会了输液。可别小看那枚小小的输液针，捏住，又稳又准地刺进血管都不是容易的事。村里的人得了大病在外住院，经常说那些年轻的护士，手艺还不如我们村的赤脚医生呢。

毋庸说，输液又成了村里的流行语。医疗室里那张床，正坤哥把那床铺得像落了一层雪，一点儿针渣糊燋也没有。感冒发烧去输点液，简直是人生的一大享受。经常听村里人说，找正坤输点儿液吧，一输就好。更有人说，输液比打针好受，那液凉凉地在血管里走，就像伏天吃块井拔凉水冰的西瓜。你不能说罕村人说得没道理，那道理确实是他们的真实体会，尤其是大姑娘、小媳妇，有时候渴望生病像渴望什么似的。这话是铁秀珍的原话。她说你当罕村的大姑娘、小媳妇爱生病？那是因为有刘正坤！她说这话笑呵呵的，一点儿也不带情绪。相反，脸上都是满足和得意，仿佛刘正坤是她手里的一块宝，那块宝能换来大大小小的钞票。

村里人都很庆幸，当初培养了刘正坤这样一个人，是多么正确。比上吊死了的那个丫头不知强多少倍。

要说出过什么事，那也是在所难免，罕村人想得开。比如，一个叫张占刚的人，才四十岁出头。有一晚觉得心脏不好受，输了一瓶液后，就彻底好受了。村里人会这样说，这是寿命，怨不得别人。还有一个七十几岁的老太太得了肾结石，疼得实在受不了，央告正坤哥给输液。输着输着人就死了。大家都说，她终于不疼了，这是哪辈子修来的福分。

对于生死村里人的看法向来豁达，他们不当回事儿。

其实，事情肯定不止这些。常在河边走，那就得湿鞋。罕村人对正坤哥那真是没说的，包容加理解，当然，这是我说的。有一次，村里有个得伤寒的孩子死在了医院，据说是引起了并发症。村里人说，瞧，这要是让刘正坤输液，保准死不了。同样是伤寒，王大方家的二丫头病得那么重，不也输活了？

他们指的就是我。十几年过去了，那一天打四针青霉素还在见证奇迹。

铁秀珍没嫁过来之前，四老歪表大爷家一直很平静。表大妈赵兰香像个老帅一样坐得住镇，儿子、媳妇、孙子、村女都围着她转，她指东别人不敢往西。她打狗别人不敢骂鸡。铁秀珍嫁过来就不行了，她要给刘家改规矩。过去，正合、正清的工资都上交，媳妇们花一分张口跟婆婆要一分。比当下的财务制度还严格，媳妇们要一次钱，哆嗦一回。要五块能给三块就不错了。这还是大媳妇。二媳妇不受待见，要三块顶多给一块五。在他们家其实有许多笑料。媳妇们来月经不使卫生纸，而是用布袋子装草木灰，当卫生用品。这是赵兰香她们那代人年轻时用的招法，没想到借尸还魂了。铁秀珍哪受得了这个，她在娘家就是个天不怕地不怕的，帝修反来了坚决打，还怕你个老太婆不成！铁秀珍要求正坤哥的收入她保管，否则就分家。赵兰香简直气疯了，天下居然有这样做媳妇的，嫁过来还不到一个月，就开始造反。这还了得！娘俩从吵嘴到对骂，谁都不退缩。铁秀珍心想，我这次退一回，这辈子就会让你攥出尿来。赵兰香心想，即便你是皇上的女儿，嫁到刘家就得守刘家的规矩，管不了你我怎么管别人。人一撕破脸，就说话没好嘴，走路没好腿。铁秀珍越骂越痛快，说婆婆如何压榨儿媳妇，倒不是指自己，而是指所有媳妇。因为常年不用卫生纸，裆里像烂泥一样臭烘烘，家里整天一股子糜烂味。“你不把别人当人，就不配别人把你当人。也不撒泡尿照照自己，有你这样做婆婆的吗？你不配穿我织的毛衣，脱了，你给我脱了！”铁秀珍的小刀子脸寒光凛凛，手指点着赵兰香的鼻子，硬生生地让她把毛衣脱了下来。大家都说，赵兰香这回可遇见硬茬儿了，啥婆婆使啥媳妇。

“撒泡尿照照自己”，是赵兰香的口头禅，没想到铁秀珍用起来也轻车熟路。村里河也有井也有，何至于到撒泡尿照镜子的地步。那种极度蔑视、轻贱真是在骨子里，细一琢磨，没有比这更狠的骂人话了。

有一句话格外刺耳，铁秀珍说赵兰香跟大队书记搞破鞋，你当罕村人不知道？呸，纯粹是捂着耳朵偷铃铛。人家不是不知道，是装不知道，护着你那张老脸，否则臊也把你臊死了。铁秀珍用一根食指划拉脸，那是没羞没臊的意思。大家往回一想，可不得了，大队书记不就是铁秀珍的爸吗？在罕村统治若干年，最近才被人拉下马。被拉下马的第二天就找姑爷输青霉素，说喉咙肿得吃不进东西。铁秀珍没文化，但脑子好使，宗宗件件的事都记着。说赵兰香给书记送年糕，就像《夺印》里的烂菜花一样，来了就不走。为了让自己的儿子当赤脚医生，她像狗一样三更半夜钻寨子窟窿。钻进来干啥？你当别人都是傻子？赵兰香一下就给骂晕了。她家墙外边有个碾盘，开始她抚着大腿在那里哭，哭着哭着就没气儿了。

婆媳开战的时候永远看不见正坤的身影。赵兰香一没气儿，他不知从哪儿钻了出来，也不慌，也不忙，掐人中，泼凉水，就像对待其他人一样，总算把老娘救活了。赵兰香不依不饶，非要输几瓶液，她在医疗室的床上躺了好几天，正坤哥每天寸步不离地伺候，直到有一天，赵兰香自己都觉得不好意思了。

铁秀珍经济上闹独立还只是第一步。第二步，她在住房上闹独立。原来，她跟正坤定亲后，就给自己选了房基。那时他爸还在位，把大队院墙外的一处空场批给了她。这件事做得隐秘，连正坤也不知道。所以铁秀珍闹独立有充足条件。自己手里有几个钱，又跟娘家拆兑一些，就把房子盖起来了。大家发现了一个奇怪的现象，铁秀珍跟婆婆骂战也好，盖房也罢，刘正坤都不参与。你永远看不见他有态度。他每天背着药箱走街串巷，像个不食人间烟火的圣人。他脸上永远挂着淡淡的笑，不温不火，几十年如一日。除了做大夫，他啥也不做。包括下地干活之类，都是铁秀珍一个人泥里水里摸爬滚打。他没烦过谁，也没朝谁发过火，跟谁都没产生过一丁点儿摩擦。他就像个腊人，温度几乎恒定。

于是人们开始往回想，他不当赤脚医生之前什么样。他初中毕业参加了几天生产队劳动，不出挑，也是沉默寡言的一个人。歇工时自己坐在远离人群的地方，玩小虫子。有一次，他把蚂蚱用草梗穿起来一串，挂到了树上，收工带回了家。也有人问他干啥使，他笑笑，没说话。

他很少跟人交流什么，见面永远是几句客套话。

铁秀珍的行为，等于给刘家铁板一样的生活撕开了缺口，以后这个缺口再没能愈合。赵兰香只得给儿子们分了家。老大、老二也先后要了宅基，从老宅搬走了。老宅分给了老三和老七。后来，老三正气转业到了北京，在环保部门做督查。他自从做了军官，就再没给家里汇过款。老七正辉大学毕业以后留在了天津，做规划设计。他们经常很长时间不回家，老宅就剩下了表大爷和表大妈两个人以及门口的两个石狮子。那两个石狮子也老了，眉目变得越来越模糊。表大妈经常骑着小三轮赶大集，到集上去吃煎饼馃子。她逢人就说自己有多后悔，当初瞎了眼，找了铁秀珍这么个媳妇，把好端端的一大家子人搅得七零八落。早知这样不如让正坤娶那个赤脚医生了，眼下人家在县里的医院做大夫，已经是主任了。

也有人把这话传给正坤，想看他的反应。正坤只是一笑，一句话都没有。

5

正坤哥的婚姻生活，没人能说出个子午卯酉。他幸福吗？如果央视去问他，估计也问不出所以然。大家都知道，铁秀珍说话做事看他眼神。那眼里有情愫，也有畏惧。铁秀珍蛮横是出了名的，打遍街骂遍巷。在正坤哥面前却乖得像只猫，说话都不放开音量。她每天都往医疗室跑，梳洗头脸，换干净衣服，扶着门框笑着问正坤中午吃啥饭，正坤只回答两个字:随便。铁秀珍再问，吃葱花馅饼行吗？正坤哥头也不抬地说，行。于是铁秀珍心满意足地走了，回家换上家居衣服，烧火做饭。她的刀子脸越来越圆润，雀斑的颜色浅了，走路雀跃着步子，眉眼里盛着欢欣。这是日子过得舒心的标志。他们家买齐了所有的电器，邻居都把肉放进他们家的冰箱。他们生了一对龙凤胎，哥哥叫大水，妹妹叫小水。是正坤哥起的名字。他们是龙年生的，龙行云，有云就有雨。

这寓意不错。

铁秀珍可圈可点的地方真不少，她远不像表大妈说的那样一无是处。大家都说，自打跟正坤哥结婚，她就像变了个人。家里那样多的地，耠犁、锄耪、春种、秋收都是她一个人。要知道，她做姑娘的时候从没付出过辛苦，横草不拿、竖草不捏。孩子小的时候，她用自行车糖葫芦似的带着送到娘家，让姥姥照看，下地回来再把他们接回家。大水装一个筐里，小水装一个筐里，再把两只筐拴在一起，她才去做饭。表大妈心安理得地做闲云野鹤，跟人家斗小牌，输赢因为一块钱大打出手。也有人问她为啥不给儿媳看孩子，表大妈说，我的儿子我婆婆就不给看，我凭啥给她看？

大家都觉得她没说真话。她的理由也不是个理由。

搬进新房以后，正坤哥有时很晚才到老宅来，不徐不疾地迈着脚步。黑暗像一层蛛网，轻易就被他戳透了。我遇见过他两次，黑暗中有脚步声沙沙地传来，我本能地往路边靠，还有几步远，正坤哥说:“是云丫啊，吃了吗？”声音明显持重，像个上了年纪的人。我说吃了。他站下来跟我说话，打听凤丫最近有没有回家。凤丫随军去了山西，后又转业回了坝城，这样一随一转，凤丫变成了公家人，拿为数不少的工资。说起凤丫，大家都说她命好，我自然有几分炫耀，用夸张的语气学说她工作上的事情，黑暗中正坤哥的眼睛熠熠放光，我心里一动。想起凤丫又笑又哭的样子，那是我告诉她铁秀珍要给我织毛衣，她笑得抽搐，像得了羊角风。那时候真是不懂她为什么会那样，还有铁秀珍说的那句话：你有毛线吗？

凤丫自然是什么都明白，因为她是大人了。就因为是大人，她才笑成那样，这其中有多少微妙和不甘哪！她不肯参加正坤哥的婚礼，那一天我们又吃又喝，压炕，讲故事，娶亲，放鞭炮，热闹得不得了。谁也不知道她去了哪里。我暗暗叹了一口气，想凤丫如果和正坤哥走到一起，真是好姻缘哪。我又叹了一口气，他们走不到一起。凤丫清楚地说，正坤哥那么听他妈的话，谁嫁给他也不会幸福。凤丫是明白人，也许是太明白了。

我骂凤丫傻，铁秀珍不是也挺幸福的？

当然，后来我们又探讨这个问题时，凤丫说我傻，那么简单的问题都想不明白。“即便我同意，正坤同意，表大妈也不会同意。咱家有啥？爸就会跟工作组对着干。正坤那么好的条件，她找个大队书记做亲家，已经是最低标准了。”

“他有啥好条件？”

“长得好，职业好。”

“啥叫最低标准？”

“她瞧不起我们家。”

“她说你长得水灵。”我还记得表大妈当年说的话：“两家若不是亲戚，做个亲家多好。”

“你做个试试。”凤丫的嘴角翘了起来。她也是个好看的女子，但说心里话，她没有那个女赤脚医生漂亮。但若要跟铁秀珍比，那简直不在一个档次。凤丫每次要说不屑的话，都会翘起嘴角。“那个赤脚医生你忘了？大冬天来找正坤，她连门都不让人家进，在这之前我都不知道表大妈又会骂人又会打人。”

“肯定是正坤哥不听她的话了。”

“所以她把气撒到了女赤脚医生身上。”

“正坤哥就在东厢房的屋脊上，院子里发生的事他都能看见。他甚至看见了谁抽走了我的围巾。”时过境迁，我说话明显有些不实事求是。

“他不能坚持到底，他其实是个废物。”凤丫的口气突然变得冷冷。“他是个不负责任的男人，遇到事了就会逃避。”

“哦。”我有些泄气。凤丫的这些评价让我酸溜溜的。在我心里，正坤哥是个优秀的人，任何瑕疵也没有。听凤丫这么一说，正坤哥好像一无是处。我怜悯地看着凤丫，觉得她的幽怨里藏着嫉妒。他们中间隔了一条河，谁都不肯往前迈，结果造成了终身误。这是我很多年之前的想法，现在仍然这么看。

相比之下，凤丫无疑更痛苦些。“他还脚踩两只船，跟表大妈一样，不是什么好东西。”凤丫的嘴角又翘了起来，话说得有些露骨。

正坤哥转身走了，背着药箱的姿势都没变。但他明显消瘦了，身形像要飘起来一样。这个时候一般都是赵兰香打电话把他叫来的。“你爸身上又不好了，快给他拿点药来！”赵兰香从来也没有好声气，不像年轻的时候顾忌颜面。“他咋还不死，他不死我都要愁死了！”

四老歪表大爷年轻的时候做过厨子。虽然没有资格证书之类的可以标榜，但虎头丸子、四喜丸子、红焖肘子之类的大菜大家都说好。家常菜当然也做得好，所以表大妈一辈子都吃习惯了。过了六十岁，表大爷的身体明显不行了，那些劣质油烟熏坏了他的肺。腰越来越佝偻，喘气越来越困难，甚至掂不动一只炒勺。过去表大妈打牌回来能吃现成的，现在却要给表大爷做饭，让她不胜其烦。她不止一次说，正坤治得好全村人的病，咋就治不好你爸的？他从来不给他用好药！赵兰香嘴里的好药，就是指青霉素。谁也不知道赵兰香这话从何说起，自从跟儿媳妇交恶，儿子自然也成了对立面。既然治不好，她就频繁地打扰他，不管多晚，她打电话他就得来。他不会不来。谁让他是大夫呢。

“快，给你爸输液，输青霉素！”

他在他头前站了会儿，他侧卧着，脸有些偏朝里，似乎是对外面的一切事不关己高高挂起。喉咙里像刮风一样，有柴火叶子走动的声音。一口痰含在胸腔里，总伺机出来。他把脖子伸长，用力，再用力。脸憋得青紫，却是发出了咏叹调般的绵长音节。“咱……治？”正坤叠着手站着，探着头问。房梁上挂着灯泡，浊黄的光亮上沾满了灰尘，他正好在灯光的暗影里，躺着的人看他如雾里看花。四老歪表大爷已经顾不得响应了，只是沉默地点了下头。赵兰香拿了根黄瓜走了进来，一撅两节，把尾巴那头给正坤，正坤看都没看，用胳膊肘顶了一下，拒绝了。秋黄瓜的香气满屋子飘，正坤吸了吸鼻子。打开药箱，东西都是现成的，甚至连药都勾兑好了。正坤知道父亲应该用什么药。他麻利地搬来一只大衣架，把输液瓶挂了上去。抻出父亲的左臂，用棉球涂了涂静脉注射的位置，然后捏起输液针，熟练地刺进了血管。

赵兰香问：“你输的是青霉素吗？”

正坤答：“输的是青霉素。”

青霉素合着葡萄糖一滴一滴往下走，不一会儿，四老歪就面颊赤红，呼吸急促。

赵兰香说：“青霉素是个好东西。”

正坤应了一声，朝外走去。屋檐下有蝙蝠扑棱棱地飞，有虫子唧唧唧地叫。正坤摸出一支烟来点上，吸一口再吐出来，夜色就更浓了。他平时不吸烟，谁也不知道他会吸烟。他从不让自己身上有烟味。他偏头看了一眼那窗户，盘叉的格子被推拉窗取代了，上面装着玻璃。这是东屋。里面的窗帘拉上了，透出丝丝缕缕的神秘和诡异。屋里有响动。开合柜子的声音。间或还有人语声。赵兰香嘟囔：“甭舍不得走，快去找你妈吧。”“我跟了你一辈子，你都给过我啥？”“屁大本事没有，你就是个窝囊废。”这话更像自言自语，断断续续传出来，给幽暗添了几分清冷。正坤回到了屋里，四老歪已经陷入深度昏迷。那液一滴一滴走得欢畅，已经去了多一半了。他把药箱打开，又合上了。又打开了一次，把棉球、镊子之类的小东西收拾了。他的药箱里永远井井有条。

“你就这么不待见他？”他说得有些羞怯。

“我没有啊！”赵兰香本能地反驳，随即又提高了声音。“这一辈子他给这个家挣啥了？连你都不是他挣的。”

正坤心里“咚”的一声响，像是有什么东西震落了。他想，她指的应该是赤脚医生这个职业，而不是别的。大家都知道，这是赵兰香豁出命去从人家手里抢来的。那个丫头叫高艳红，生的四方大脸，早成了吊死鬼。村里人甚至都不同情她，觉得她矫情。她爸是九队会计，三脚踹不出一个屁。

炕上大包小包的包裹从柜子底下翻了出来。不用问也知道，这是装老的衣服。赵兰香一个一个清点，转过头来说，你爸用不着了，把那液停了吧。正坤也仰头看，那液其实还在走，只是慢了些。拔下针头，用棉球摁住针眼。赵兰香说，还摁着干啥？就着他还有一口气，我们得赶紧把衣服给他穿上。死了再穿妨活人。

衬衫，棉袄，大袄，摆裙。四老歪死了样地任人摆弄。头整个扛到了肩膀上，眼闭成了一个坑，青灰色的单子盖到了胸口，那上面一起一伏。

赵兰香看了眼座钟，快十一点半了。她说他要是拖到下半夜，就得停大三天。他懂。扭头看了眼墙上挂着的日历。七号。再过半个小时，就是八号了。他坐在了炕沿上，折腾半天，他也累了。他无言地看着赵兰香，就听她嘴里说：“废物人也不能让你空口走，啥事都有规矩。”她开茶叶盒子，抓好大一撮茶叶。返身捏四老歪的鼻子，他嘴张开了，她把茶叶塞了进去，顺便又给他抿紧了。

捏鼻子的那只手久久都没有松开。

我爸王大方有心病。他的心病我模模糊糊地能感觉到。那时我还小，有个晚上他让我做了两件事。第一，把赵桂德请来。第二，去大队的墙外边贴个东西。事后我想，这两件事其实应该是一件事。赵桂德与我爸的私交好，冬天的夜晚，他经常在我家一坐就是半宿。那天我爸让我去请他，也是个冬天的夜晚，天上有稀薄的月亮，村道让寒冷冻得硬邦邦的。我大概有十一二岁，边走边想，赵桂德就今晚没来，我爸却让我去请他，看来是要有大事发生了。莫名其妙的，我总觉得生活平淡，渴望有什么大事打破这死水一样的生活。小孩子也不都是头脑简单。

赵桂德来我家后，我就睡了。然后，又迷迷糊糊地被叫醒了。我爸说，你敢一个人出去吗？我“噌”地坐了起来，这世界上就没有我不敢的事。我爸交给我一张纸和一瓶糨糊，让我贴到大队部外边的墙上。注意不要让人看见。还特意告诉我，要贴得高些，如果够不着，脚下蹬几块砖头。

“回来如果遇见人，我就往表大妈他们家那个方向跑。”我自作聪明。

我爸摸了摸我的头顶，又顺带揪了下我的小辫儿，嘱咐我这件事不能告诉任何人，哥哥姐姐也不能说。

我顺利完成了任务。有一点小小的成就感。转天上学从那里过，我特意跑到那面墙上去看。那面墙上贴了各种各样有字的纸，有粉连纸，有仓绿色的纸，更多的当然是白纸，写些又丑又大的字。最上面是一幅画，一个男人趴在桌子上打算盘，一个女人趿拉着鞋子给他扇扇子。男的叫铁成树，女的叫赵兰香。我歪着脖子看了两眼，觉得这幅画一点也不符合实际。眼下正是冬天，离扇扇子的季节还很远。

我不敢判定哪张是我贴的。这里是大队的房山墙，各种纸粘在一起有寸把厚。我也不关心我贴的那张都写了些啥，这些对我都不重要。拐过墙角就是小学校，小学校是大庙改建的，外面有大红的柱子。廊檐地下有两个老师正在说闲话。我弯过去听了一耳朵。一个说，你有没有看见铁书记的大字报？上面画了他跟赵兰香，写的是“一丘之貉”。另一个说，哪里是这么简单啊。赵兰香衣衫不整，鞋子都还没提起来，明摆着是作风问题。我吓了一跳，作风问题我可懂，这是大事。我见过有人游街，手拿一面铴锣，敲一下喊一声：我是破鞋——我又跑回去端详那幅画，“一丘之貉”写在右上角，差一点飞到了外边。我还是搞不清扇扇子与作风问题有什么牵连，难道一个人打算盘，另一个人就不许扇扇子？

自从王永利当兵的事受挫，我爸就想当书记。这个想法坚定不移。他找到工作组，说自己根红苗正，三代都是苦出身，完全可以当书记。工作组是个女的，常年在表大妈家吃派饭。她故作吃惊地说：“老王为啥想当书记？”我爸思谋了一下，说想为人民服务。工作组忍住笑看天，用牙齿咬上嘴唇，好一会儿才回应我爸。“真的吗？”我爸当然说是真的。“谁撒谎谁是小狗。”他不知怎样表达自己才好。工作组这才正色说：“当书记必须得先入党，你是党员吗？”我爸愣了下，才觉得自己吃亏了。过去有人找他写入党申请书，可他不入。他说我保证比党员做得好，咱们走着瞧。他有蛮力气，总是干最脏、最累的活。到地头了人家歇着他不歇，大家都叫他二傻，他这是自己跟自己较劲儿。一直到晚年，他偶尔还会为这件事后悔，如果当年顺顺当当入党，说不定也能当书记。

“那你就先写入党申请书吧。”工作组回答得很爽快。

大人也有天真的时候呢，那时我就这样想。我妈不同意我爸入党，说他入不成。我爸不信邪，在油灯下连着写了三晚上的入党申请书。开始是用我的铅笔头，粗壮的大手捉铅笔头的姿势真费劲。光橡皮就使了差不多一块，墙柜上浮着一层橡皮皴，他鼓起嘴巴一吹，就四散奔逃。后来用钢笔抄，那个钢笔老拉稀，拉坏了不知多少张纸。关键是，我爸精益求精，又信誓旦旦，整整写了三张纸，他大概是想用质量和数量来说明问题，好打动人心。他说自己在旧社会没穿过一件新衣服，户口本上写的是贫农，其实比贫农还穷，是雇农。上无片瓦，下无寸土。我奶奶给大户人家当奶妈，我爷爷给人家常扛活，整天吃了上顿没下顿。他边写边抹眼睛，自己先感动了。他的文化是新中国成立以后上夜校学来的，他肯学，还能攒词儿。不像有的人，半天憋不出两行字，像便秘一样。申请书交上去后，就石沉大海杳无音信，工作组的人看见他绕着走。有人私下告诉我爸，还是因为我姥姥的成分问题，他根本不可能入党。我姥姥是地主婆，整天挨批斗。她的姑爷怎么可能入党？我爸顿时就炸了，我姥姥的事在那儿摆着，工作组的人早知道，还让他写申请书，这不是明摆着要人玩吗！那段时间我爸专找工作组的麻烦，哪家请工作组吃饭，只要让我爸瞄着影儿，他准跑过去给人家掫桌。他有名正言顺的理由，工作组是来工作的，不是来请客吃饭的。那些请吃饭的人家都有大大小小的事情要办，买一吨煤，或买一辆自行车，或在哪里给孩子安排个工作。为了吃成一顿饭，甚至要放警戒哨。罕村人看见我爸就笑，说这个王大方，不光是傻子，还是疯子。我爸就是咽不下那口气，我们家明明比表大妈家成分好，表大妈家的儿子又能做工又能当兵，我家却不行。天下怎么就没有说理的地方！他得罪了多少人，是个未知数，不知有多少人戳他的脊梁骨。王凤丫总觉得没脸见人。有人给她提亲，没几天她就嫁了。那年闹地震，家家房倒屋塌，我爸被派到公社参加救援队，村里人可是松了口气。可从那年开始，政治格局变了，工作组也解散了，那个代号工作组的人倒背着手迈外八字，两根小辫子又细又短，像是挂在耳朵上——再没让人见到身影。后来听说她死于米猪肉，脑袋里爬满了虫子。

又过了两年，地主都摘帽了。我爸又记起了那个茬儿，他还是接着写入党申请书，他还是想当书记。

他后来一直没有当上书记，与他的性子有关。他不服管。人家说一句他说三句，话稍不投机，他就吹胡子瞪眼，让人下不来台。乡里的干部在夏天抢收的季节在树荫下打牌，他过去把牌都撕了，还给人家讲了半天大道理。说群众都在战天斗地，你们这不是作威作福吗！铁成树后来不当书记了，让人告了下来。他点着我爸的脑门说："王大方啊王大方，就你这脾气还想当干部？三天就让人撤下来。你以为干部是那么好当的？得整天装孙子才行。"我爸灰溜溜的。他想，有那空儿给人家装孙子，倒不如自己干点实际的。

要过许多年，赵桂德在大队的房山上画宣传画，小人儿画的齿白唇红，用喷壶浇花。我激灵了一下。我去打酱油，代销点早让个人承包了，大家都说，现在的酱油比铁秀珍那时候的酱油要好，兑的水少。但洗洁灵兑水多，倒碗里都不起沫。那些宣传画都是"五讲四美三热爱"的内容，花红柳绿的煞是好看。我走过去跟赵桂德打招呼。突然想起许多年前那个冬夜，我来张贴的也许就是一幅画，出自赵桂德之手。而身后的主谋，则是我爸王大方。

我心说，老王，不简单哪！

我爸这一辈子，可说是一事无成。他有文化脑子活，可都没派上用场。他自己也觉得运气差些，干啥都不成功。改革开放以后，他做过皮草生意，包过工程，当过水果贩子，赚钱的事对于他来说，简直就是天方夜谭加白日做梦。可我觉得，是他的想法与现实有些脱节，很多事情他想得太过高远。可现实就是眼眉前这点儿事，他总是受到生活的惨痛捉弄和残酷打击。就像他一直没能入党，也一直没能当书记一样。我参加工作以后，他总是怂恿我入党，说只有入党才能从小到大当干部。可我的心气不在那儿，让他很失望。他五十多岁的时候就健忘得厉害，出门回来甚至找不到家。当然，他比表大爷四老歪幸运，活过了七十岁。那年港澳都回归了，我们国家尽是大喜事，可他却连儿女也不认得了，管王永利叫表弟，管王凤丫叫表妹。为了不让他把我认错，我从来不问他我是谁。他说出的话也让人啼笑皆非。比如，他管自己叫王书记，若问他早上干啥了？他十回有八回会说在开会。他乐呵呵地就会说开会，可能觉得当干部只有开会这一项，让他一辈子钦羡。家里人经常逗他，说王书记吃饭了。他就高高兴兴地答应。我妈奚落他说，一天书记没当过，咋落了这毛病。他就闷闷的，用筷子戳饭碗，戳得非常不耐烦。我妈只得说，好了好了，我们先吃饭，吃完饭接着开会。

他用失神的眼睛看我妈，重重地说："赵兰香的儿子为啥当兵？"

6

罕村有些风俗很厉害的，由不得你不信。比如，有句话这样说：不怕猫头鹰叫，就怕猫头鹰笑。猫头鹰在谁家树上笑，谁家准死人。小的时候我们专门印证过这件事，因为还没学过数学，也不知有多大概率。但有一点明明白白，死人都是成双成对的。先死个男的，后边一定会死个女的。先死的如果是个女的，后边一定跟着个男的。这个说法是一辈一辈传下来的。若问有什么根据，那肯定是什么根据也没有。

小时候不知怎么那么多猫头鹰。夜深人静时的叫声和笑声都让人骨头是寒的。因为你要分辨它是在叫还是在笑，它叫和笑的声音差不多。村里有个二哥会打黄鼠狼，一个冬天能卖几十张皮子，三块五一张，一张就能顶一个冬天的工分。有个晚上他家树上落了只猫头鹰，哈哈哈地笑起来没完没了。猫头鹰笑他也笑，笑得比猫头鹰的声音还大。他自恃他和家人都身体强健，没有什么能奈何他们。可转天早晨他迟迟不开门，家人推开门一看，他趴着死在了炕上，把炕席都挠出了麻花。

我们还相信很多东西。后滩有龙脉，如果不被破坏，罕村能出娘娘。和尚滩埋有九缸十八窖的金银，是朱元璋打从这里过，储存以备建国的。我们认真跑去挖过，用抿铲或小镐子，像挖白薯的贼根一样，幻想着面前如果堆一筐金银可以天天吃点心。遇到鼠洞总以为离胜利不远了。当然，最终什么也没挖到。后来又听说，这些金银会在地下行走，跟着朱元璋去了北京城也未可知。

这个朱耗子，领走金银也不知会一声。让罕村人白白守了很多年!

这些类似神话和非神话的故事都是出自正坤哥的奶奶之口，我们叫她二奶奶。二奶奶是大户人家的女儿，嫁给二爷爷时，坐八人大轿。这在罕村都是有传说的，因为县太爷的轿子才四人抬。她常说这样一句话:“地动山摇，花子摞瓢。”花子就是讨饭的。过去讨饭的人都端着瓢，这个东西家家都长，熟透晒干的葫芦剖两半，大的是大瓢，小的是二瓢。当年我就问过她，这句话是什么意思?二奶奶说，指的是好年景，花子都不要饭了。我长大以后觉得不可信，好年景大概意味着风调雨顺，可如果地动山摇把人都震没了，好年景还有个屁用。

她和赵兰香婆媳一辈子相安无事。年轻的时候赵兰香怕婆婆，怕得像耗子见了猫。年纪大了就反过来了。二奶奶瘫痪在西厢房，赵兰香每当从这里过，就会指着二奶奶说句:“你咋还不死，活着就是个祸害。”二奶奶则趴在窗台上，从窗洞里露出一张瘪茄子样的脸，细眯着眼，伸出舌头对赵兰香吐口水。二奶奶说:“早晚你会害了我儿子，我做梦都梦见了!”

老家儿死了要走三年背时运，这简直就是谶语啊。四老歪表大爷安详地睡去了，早晨人们前来吊唁，纷纷夸赞他太会心疼人。没怎么让人伺候就走了，还走在了前半夜，天亮就已经是第二天了。转天早晨一出殡，能省一天的饭钱。他的六个儿子头戴孝帽在两厢跪着，大家总觉得少了谁，还有哪个没来?不是七郎八虎吗?数了又数，才想起老四正义打小就死了。老八正风是一只黄鼬，来无影去无踪。黄鼬的名字还是正坤哥的奶奶起的，年轻时的黄鼬有许多传说。有一次，正风捉井壁上的小家雀，因为年老体弱精力不济，掉下去淹死了。二奶奶给它在菜园子里造了座坟，说它宁可掉井里淹死也不吃家里的鸡。后来，赵兰香又养了只白猫，也叫正风。白猫是个不靠谱的，两只小黄眼球贼溜溜，从来不捉耗子。有次跟只耗子逗着玩，逗够了又把耗子放跑了。赵兰香看见它就气不打一处来，摸到砖头是砖头，摸到笤帚是笤帚，准打它个落花流水。白猫基本不进刘家大门，它在槐树上造了个窝。靠吃百家饭活着。六个儿子跪在两厢，左边跪了三个，正合、正清、正气。正气转业从西藏调来北京，颧骨上带两块高原红。右边跪了三个，正坤、正杰、正辉。最小的正辉去年没考上大学，正在复读，那是一个发誓要走出罕村的孩子，平日脑袋撞个疙瘩也甭想跟谁主动说句话。去远处报丧的人一个一个回来了。姑、姨、舅舅三大家，然后才是“表”字辈。四老歪表大爷家的老亲戚多，报丧人去了十几个。供桌摆在头前，长明灯点着了，瓜果点心摆好了，头道纸烧过了，表大妈一个人在咧咧地哭。她突然想起了什么，抹了把脸，扶在门框上对儿子们说：“你爸死了，你们都好好的，这三年都多加小心，没事别出门，小心让车撞了。”儿媳妇们都在旁边拧鼻子，嫌她这话说得不吉利。守孝这三年过年都不用走亲戚，这账不是只有表大妈一个人会算。

自从这一大家子扯开，赵兰香就像老虎被拔了牙齿，连余威都没了。当然，你不能说她从此怕了儿媳妇，这不科学。赵兰香自己说，上不怕天，下不怕地，中间不怕空气。事实是，儿媳妇们不从她手里要钱花，那种恭敬的感觉就没有了。表大妈非常不习惯，今天跟这个儿媳妇干一仗，明天跟那个儿媳妇干一仗，找的理由五花八门。比如，正合的媳妇养猪，她说不能吃干面，要搽猪食。三句话不投机，她提着猪食桶给人家倒当街去了。把正合媳妇气得，一边拿簸箕收拾一边哭。老二正清的媳妇有些窝囊，早年她横眼竖眼看不上。乡里辞退临时工，正清被退了回来，她就骂媳妇是个妨家娘们儿，自己好不容易给儿子找的工作，就这么被她妨没了。

有一次她去小卖店买东西，正赶上铁秀珍去喊正坤回家吃饭。铁秀珍从医疗室里出来，就当她是空气一样，眼仁朝天。她们平时也不说话，除了公爹四老歪去世，铁秀珍从不去老宅。赵兰香也从不到铁秀珍家里去。这个当年最满意的媳妇，成了结怨最深的人。平日还不觉得什么，可这一“撞见”让她觉得受了辱。她风车一样闯进医疗室，破口大骂刘正坤，说如果你是我儿子你就把她打一顿。你不把她打一顿你就不是我儿子。铁秀珍本来已经走了，听见吵嚷又回来了。铁秀珍挑开门帘说，正坤你要想打就打，咋打我都不还手。铁秀珍是过于自信了。她不相信正坤会真的对她动手，正坤从来没对她动过手。刘正坤正给一个老太太涂抹药膏，那老太太生了蛇盘疮，从后背到前胸，像根带子一样系在了腰上。差一点就在左胸上合围了。乡间有说法，如果合围必死无疑。正坤用民间偏方熬了药膏，里面调了些青霉素，居然对那些小疱疹很有效。把老太太送出门，正坤回手把门关上了。只一拳，就把铁秀珍打倒了。

后来，是赵兰香跑出去喊救命。这件事传出去，听得人身上冷飕飕。都知道赵兰香对铁秀珍积了多深的仇恨，她出去喊救命，这是要把人往死里打的节奏啊。正坤骑在铁秀珍身上，拳头专往要害处捣。铁秀珍想还手的时候已经没了力气，她的门牙飞了，嘴唇翻了起来。鼻孔里蹿出了黑色的血。一只眼球甚至被挤歪了，整个脑袋肿胀了一圈，看上去非常可怕。若不是赵兰香喊来的人把正坤拉开，真要出人命了。赵兰香蔫没声地溜了。她从来不知道正坤这么凶狠，怎么有点像报杀父之仇?

铁秀珍被娘家人送到了医院。她爹铁成树来讨说法。铁成树得了脑血栓，跌成了拐子。他拄根拐杖上门，正坤穿着白大褂正给人清理缝合伤口，一点儿也没有曾经行凶的样子。铁成树哆哆嗦嗦地说:“正坤，好歹一夜夫妻百日恩，她是你儿女的妈，你咋能下那么狠的手?”

正坤头也不抬地说:“要是心疼，就领回去吧。”

半年以后，罕村又死了一个人，只是打破了符咒，没死女的，死的仍是一个男的。其实这个时候，人们对死男死女已经没有构想了。改革开放后，许多观念和想法都更新了，那些旧的风俗、旧习惯都被扔进了历史的垃圾堆。大家都忙，也没工夫编排那些穷讲究闲磨牙。正合下班回来让摩托车撞了。摩托车跑了，只在现场丢了块车瓦。正合拾起来骑车回到家，媳妇在门口喂猪，他说了句“我让摩托车撞了”，扔下车瓦去了屋里，扎到炕上就没起来。媳妇起初没当回事。摩托车撞人还能把人撞坏?撞坏也不可能骑车回来。她家临街，喂完猪又跟过路人说了阵话，进屋才发现正合吐了一炕。正合侧着身子，头枕在一只胳膊上，真像睡着了。媳妇说，晌午又喝酒了?喝酒咋还往炕上吐?媳妇是个好脾气的女人，她拿来笤帚抹布收拾残局，才发现正合舌头在外吐着，却牙关紧咬。她推了他一把，正合“砰”地变成了仰面朝天，人像口袋一样没了筋骨，却也像口袋一样没了弹性。

从没见表大妈这么悲痛过。她被人叫了来，先看了眼儿子，回头就打了媳妇一嘴巴。媳妇说，你打我干啥?表大妈说，正坤呢?快让他输青霉素!正坤背着药箱骑着自行车来了，血管根本不走液。表大妈说，输，你就输。先把血管冲开。结果血管到最后也没冲开，正合的身体一点一点凉了，舌头成了紫黑色，整个脸都塌腔了。

赵兰香哭晕了一次，又哭晕了一次。她十六岁生正合，自己还是个孩子呢。正合生下来像只大耗子，喂养成人不容易。正合年前转了正，如愿以偿吃了商品粮。正合从没跟她生过气，她是想老了不能动了，要指望这个儿子的，没想到正合先走了。

又过了三个月，正清家里修房子，他给房顶上的人递烟，在架子上一错步，从上面摔了下来，把腰椎摔坏了。医院给做了修复手术，让他回家输液静养。正坤背着药箱在晚饭前进了二哥的家门，一瓶液走到深夜，转天早晨，正清的身子凉了，谁也不知道他是什么时候死的。

大家都说，四老歪活着的时候是个厚道人，死了咋就不厚道，连着带走了两个儿子。

儿媳妇们则说，都是赵兰香咒的。

7

谁要说有其父必有其子，王永利第一个反对。他可不想成为我爸王大方那样的人，他不想有我爸那样失败的人生。年轻的时候当兵受挫，我爸想入党，想当书记，是想掌握主动权。晚年甚至想出了毛病。没人知道王永利是咋想的，他有想法不轻易告诉人。我爸杀羊的时候他拽羊腿险些休克的事，王凤丫当笑话说过一次，就不敢再说了。王永利真生气，两眼鼓出来，两腮像气蛤蟆一样炸起来，仿佛下一刻他就要爆炸了。似乎那是个天大的短处。“至于吗？”王凤丫只能自己跟自己嘟囔。

但我们私下也说，王永利真不像我爸的儿子。我爸是个大炮筒子，一放一个响。王永利则是九曲十八弯，就像浏阳河一样。

过了十几年，我才隐隐看出他的成长路径。他跟我爸的目标其实是一致的，只不过方式方法不同，他更隐晦或更隐蔽，有点像曲线救国。一个偶然的机会，他认识了乡教委的主任，他给主任送了300块钱的礼，便去教委做了个临时工。这个主任跟我姥姥是一个村，只不过八竿子打不着。但这也能成为一个关系。姥姥家村上的人都是舅，王永利叫了人家好几年。

临时工跟正式工其实没区别。只要不看工资，负的责任一点儿都不少。王永利也是个能干的人，管农校和成人夜校。那时的农校管农业技术推广，经常去田间地头调研。王永利在岗位上入了党，这要是在村里，根本不可能。只要有一个人卡住你，你永世都翻不了身。一晃他就干了十多年，就是一直没转正。主任跟他关系好，总说让他等机会，说有一个转正指标也给他。

他如意娶到了我嫂子张圣文，这是他在教委的一大收获，是下乡调研时认识的。第一次来家里，我们都没看上她。个子不高，走路一蹿一蹿的，没个稳当劲儿。可王永利笑得很殷实，眼里都是水气，我们就没有话讲了。王凤丫悄悄对我妈说：“这样的媳妇要是遇到我表大妈，保准一百个通不过。”我妈说：

“是王永利跟她过日子，又不是我们跟她过日子，管她干啥。”

后来，王凤丫找婆家我妈也是这态度。只要以后不回娘家哭委屈，就是好姻缘。

王凤丫对我说：“我们家的人咋都显得缺心眼儿，闺女嫁出去，连个条件都没有。”

想了想，我说：“妈说的其实是最大的条件。”

王永利从乡教委辞工回村里，我们谁都不知道。开始还以为像正清一样被公家开除了，后来才搞明白，他是请缨来做书记，是戴帽下来的。铁成树下台后，曾有过一个书记，但没干几年，就被人告了下来。罕村人爱告状也是有传统的，三五成群，想告就告。因为离乡政府近，放个屁的工夫就到了。我爸简直气糊涂了。这若是过去，能戴帽下来当书记，还不得把人高兴死？但现在不同了，都要跨世纪了，眼界和期许与日俱增，与大队书记相比，他更愿意王永利做个公家人，公家人市面广，村书记说到底是个井底蛙。可这是王永利自己的事，人家在前街盖了房子，辞工都没跟老爹说一声，你着急有啥用？

“当书记也好。”我妈开导他。“当年你不是一直想当书记吗？”

“可那时候是啥年月？买肉凭票，当兵都要走后门。现在走前门年轻人都不愿意去，怕吃苦。”我爸摇了摇头，他尤其接受不了世风日下。其实，还有一个最大的理由他没说出来，那时当书记，有集体经济，个人能捞好处。铁秀珍不识字都能当售货员。凭什么？不就凭她爸是书记？她当售货员，旁边专门给她配个会计管算账。反正生产队管记工分，搁谁谁乐意去。

我则想起了深夜贴的那张画。铁成树趴在桌子上打算盘，表大妈赵兰香在一旁趿拉着鞋子给他扇扇子。这幅画肯定有许多种解读，说不定会有出处有典故。最权威的解释当然在我爸这里，但这个事不能问，问了估计他也不会承认。那是个一箭双雕的伎俩，只是一只雕也没射下来。

甭看他是大炮脾气，那得看分啥事儿。否则，凭啥深更半夜让我去张贴那幅画？

现在想来我爸够不负责任的。但那时村里治安状况好，不会一个小女孩走着走着就走丢。可见判断问题不能忽略背景，否则肯定会有出入。

叨咕了一晚上，都是在王永利不在的情况下。屋里烟熏火燎，我爸卷了不知多少支烟。他到老也抽不惯过滤嘴，嫌没劲儿。就像好好的猪肉不吃，非要吃上下水猪大肠一样，大肠还要用碱水亲自打理，否则吃不出那个味儿。我以为他气愤满腔，不由为他担心。他的炮筒子脾气发起来，能把房盖顶了去。可转天王永利上门，我爸的思想转变了，看上去他特别支持王永利。出谋划策了半天，说宅基地不能乱批，村里要有规划。堤上的树不能乱伐，不能坏了风水。欺街占道的违章建筑要拆，罕村就一条主街，都让他们欺负成鸡肠子了！我妈偷偷抿嘴笑，说他这也是间接过过当书记的瘾。我素来对这些事情不上心，家中无战事，我收拾收拾上班了。

我在一家小报当记者，是自己考进来的。这么大的埙城，只有这一家小报，让我一考就考上了。王永利有事情爱跟我说，适当的时候，我也帮忙宣传做个报道，当然，是在不影响版面的情况下。正合大哥死的时候，我正好在家里休假，还特意看了眼正合大哥捡回来的那块车瓦，给它们放到了外窗台上。按照正合嫂子的说法，正合大哥的车祸没有目击者。但如果选择报警，这块车瓦也可以做证据。我把这层意思说给了正合嫂子听，她却不以为意。说凭这么块东西就能找到人，人家不承认咋办？

王永利这次让我回家，说有更重要的事。我下班直接去了他家，嫂子包的饺子正好出锅。我还端着碗，王永利就把我拉到了西屋，告诉我正清死了。“你知道正清死了吗？”饺子是一疙瘩羊肉丸，咬开香气扑鼻。我被烫了一下，笑着说，大概都过“三七”了吧？王永利撅了根笤帚苗剔牙，这一点特别像我爸。他说，今天碰见了正清媳妇，黄脸打卦，说人死得蹊跷。我赶忙问咋回事。王永利说，正清在医院手术做得好好的，身体其他指标也正常，回家输个液就死了，正清媳妇觉得液有问题。我松了一口气。说正坤哥也是老大夫了，行医二十多年，治不好人是可能的，但总不至于把人治坏。王永利嘬了一阵子牙花子，我就知道他有话没都说出来。

“难道药过期了？”我先想到了这个。

王永利摇了摇头。说我不怀疑这个，正坤是个严谨的人。

“当初给你打青霉素，你记得他做过皮试吗？”王永利说出这话自己都显得不自信，自嘲地笑了下。

“那么久的事咋会记得，况且我那时多小，还不到八岁吧……哎呀，你怀疑他不做皮试？青霉素做皮试是常识啊！”

说是常识，过去其实我也不知道。我们都是缺乏常识的人，因为在家里和社会都没人教你这个。最近有个稿件涉及这类问题，我才有些印象。

我又说：“即便正坤哥不知道，药物外包装上都有说明的，正坤哥那么仔细的人，不会注意不到。哥你太杞人忧天了，事情不会这样的。”他就坐在我的身边，我拍了下他的肩膀。

王永利想了想，认同了我的话。“正清那就是又添病了，医院也不是多靠谱，许是没查出来，许是查出来了没说。”哥把笤帚苗撅得一段一段的在手里捻。“也许是我想多了。”

“你都想啥了？”我感兴趣。

王永利坦率地说：“想啥我也不能告诉你。”

我噘嘴说：“不告诉我你大老远把我喊回来，你以为我的时间可以随便浪费啊！”

哥说：“要不你也应该回来了。”

“回来干啥？听你卖关子？”我白了他一眼。

哥嘿嘿一笑，从口袋里摸烟。那烟盒是软包装，已经压扁了。可奇怪的是，哥抽的是大中华。他挣几个钱，怎么会有那么好的烟。看我疑惑，哥解释说，烟是别人给的，他借盒子用用。“医院想给正清带液，正清媳妇嫌贵，说这些药自己家里也有。如果从医院带了药，说不定会是别的结果。”哥继续唠叨。

“你还是怀疑药？”

“我没有怀疑呀。”哥把烟叼到嘴上，打着了火。“大队部还有事，你快去看妈吧。”他往外轰我。

我还是去了正清哥的家。没别的，就是有点儿好奇。正清哥的房子在西街，从王永利家出来，我要走一个刀柄和刀锋。不知为什么，我有点儿战战兢兢，心悬悬意悬悬，头重脚轻，走刀柄和刀锋的感觉，就是我心里生出来的感觉。我从小就是个好奇心强的孩子，什么事都想知道个子午卯酉。王永利欲说还休的样子刺激了我，我想亲耳听听正清嫂子怎么说。我们两家的关系有些特殊，是亲戚，这不消说。大事小情都要走动，称呼带个“表”字，就与街坊邻居显出不同来。但谁跟谁也不紧密。我爸和四老歪，我妈和赵兰香，都是一种水和油的状态，浮在上面，却不交融。见面需要寒暄和客套，脸是热的，心却是冷的。这一点，我打小就知道。比如，有一次吃喜宴，我和表大妈坐一桌。炖公鸡上来，她给这个人、那个人夹好地方的肉，我就坐她旁边，她看了我一眼，把个鸡脑袋扔到了我碗里，还说，你吃凤头。我对着鸡冠子“吭哧”就咬了一口。心说怕啥？哪儿都是肉。大人可能看得更清楚些，表大妈的分别心太明显。就像铁秀珍的小刀子脸，一般人家都不会找她做媳妇，她却肯给长相那么好的正坤哥。我们还跟王永利开过玩笑，如果给你，你要吗？王永利说，慢说她是大队书记的女儿，就是公社书记的女儿也不行。你以为大队书记就像狗皮膏药想贴就能贴一辈子？

我和凤丫都对他竖大拇指，觉得王永利比刘正坤强。

刘家兄弟几个都是大个子，只有二哥正清又瘦又小，一副小骨架，像没发育成熟。脸是倒三角形状，有几分猴相。刚过四十岁，背就有些驼。正清和媳妇在大家庭里不受待见那是一定的。比如，饭出锅了，他们如果先盛，赵兰香就会夹枪带棒没完没了。他们的孩子也不受待见，小时候都一副受饥挨饿的样。所以当初铁秀珍把这个大家庭扯开，内心最欢喜的应该是他们。他们在西街盖了房，十多年过去，小黑瓦的房脊有些下沉，所以他们请了工匠，要修补房子。他家还没从哀伤中解脱出来，院子里堆放着砖瓦石料，泥水遍地，虽已干涸，汇成的杂七杂八的图案还在。如果正清二哥不出意外，这些建筑材料应该已经上房了，待在自己应该待的位置上。院子里早就干净利落了，他们夫妻俩都是勤快人。

二嫂子攥着我的手只是哭，一个劲儿地说后悔、后悔、后悔。是后悔修房，还是后悔出院？我没问。坐在她的面前，就发现把问题问出口不容易。正清二哥无疑是她的天，天塌了她就六神无主了。她哭得我心里也好难受，我安慰了她几句，起身告辞。我在院门外站了会儿，两扇铁门是新装的，鸡血红。我还真没见过那么血红的门，在青灰色的天光中一汪一汪的，像是能够流动。墙根下的石头缝里还有纸灰曲蜷着，我回头想了想，这些天一直都没下雨。一条鲜活的生命就是被这些纸灰送走的。好凉薄啊！

只是……正坤就没个说法？

8

王永利比刘正坤大八岁。他们之间是什么状态，我说不清楚。大概，王永利也不屑于跟谁说清楚。他们过去什么样，我不知道。现在什么样我也不知道，这一点就跟女人不一样。女人要是有这样一个冤家，早嚷得满世界尽知了。

我是听张圣文我嫂子说的。王永利裁玻璃时割破了手，那血流得邪乎，就像碰到了主动脉一样。张圣文用手绢给他系了个死结，让他赶紧去医疗室处理伤口。王永利骑着摩托车走了，张圣文回屋换了件衣服，也骑车追了出去。医疗室里刘正坤正跟人喝茶聊天，他坐在椅子上，一条腿屈着，另一条腿伸着颠哒，很恣意。我嫂子问，你大哥没来？正坤身子都没动，平板地问哪个大哥。张圣文说，你永利大哥裁玻璃割破了手，流了很多血，没来你这里上药？正坤说了两个字：没来。喝了口茶，又继续跟人聊天。

我嫂子说，那一刻，气的人真是不知该怎么好。如果手里有刀，都恨不得捅谁一下。怎么那么让人不舒坦哪！表亲，书记，比你大一轮，哪一样都值得你关心一句。可人家不但不关心，还要表现出漠不关心来，那个劲头拿的，真让人牙根都是痒的。还有比这更奇怪的事吗？张圣文问我。“我可是一直拿他当表弟的，你哥也从没招他惹他呀。”

当时我想，这话你们说了不算。正坤哥说了才算。我知道王永利的臭毛病，他是个牛皮哄哄的人，喜欢摆架子。

既然没来这里，那一定是去镇上了。我嫂子就像刚上岸的螃蟹，在大队院子里的杨树底下吐了半天泡。她心脏不好，需要平复情绪。镇上离罕村八里地，王永利一只手扶车把，另一只手淌着血，这是好玩的？张圣文满脑子都是一路滴血的那根手指，到镇上说不定就把血流完了。

好在手绢结的那个扣系得死，王永利来到镇上，那指头肿胀成了水萝卜，但好歹血还是止住了。他疼得直打哆嗦。

回来我嫂子问他：“你跟正坤闹过矛盾？”

王永利说：“没闹过。”

“从啥时开始不说话？”

“从啥时就开始不说话了。”

“到底从啥时候？”

“你说从啥时候？”

我哥一瞪眼，张圣文就赶紧摆手。说我们王家跟刘家，父一辈子的交情。正坤医术好，哪里就用不着人家。你别当了书记就人五人六找不着北，皇上还有三个草鞋亲戚呢。

我哥冷笑一声。说你这话比喻得不恰当，你以为刘正坤穿草鞋？

张圣文捶了他一下，说领会精神。你别以为天底下就你会说话。我告诉你，你是当哥的，又是书记，在正坤面前一定要低调。

我哥说，在他面前我没调！

张圣文说，你咋这么犟呢！

我哥说，我犟了吗？我没犟啊！

王永利一晃就当了三年书记，还别说，他当得越来越有感觉了，与他在乡政府当办事员不一样，说话的腔调、做事方式，甚至走路的姿势都越来越像个书记。三年他和正坤就在一个院子里，低头不见抬头见。可谁也想不到，他们都当彼此是空气，脑袋撞个疙瘩，都不言语一声。似乎从地老天荒时就这样。

张圣文说："肯定是你的不是，回头我去给正坤道歉。"

我哥说："吃饱了撑的。"

张圣文戳了他一指头，说："为什么呀！都多大年纪了，还像小孩子过家家。"

按照我哥的说法，自从他当书记，正坤就从没主动说过一句话，铁秀珍也不例外，似乎是他们夫妻合计好的。有一天，王永利去医疗室拿两片感冒药，正赶上铁秀珍也在，看见我哥进来，她脸冲墙。我哥开玩笑说，好歹我也是当大伯子的，铁秀珍，我没啥对不起你的吧？正坤突然咆哮了句："去死！"吓了我哥一跳。正坤脖子上的青筋扯起来，脸煞白。眉毛突突地跳，两只眼睛通红。他就那么恶狠狠地看着我哥，像是要吃人。手里拿着一把小镊子，一只拇指窝进去，也是要攥碎什么的感觉。我哥赶紧出来了，当时他以为是人家夫妻正在闹矛盾，让他撞着了。事后想想又觉得不像。

"总之，你们都不要惹他，他对咱们家有仇恨。"

张圣文说："他跟我没仇恨。"

我说："他跟我也没仇恨。跟风丫就更没有仇恨。"

王永利说："那就是他跟大队书记有仇恨。"

"那肯定不是因为嫉妒。"我抢着接了一句。转念一想，点了点头。

张圣文困惑地看着我。王永利说："你说得对。我也怀疑是因为更复杂的原因，比如……伤害。"

张圣文："你怎么伤害他了？"

我扯了嫂子一下。我听懂了王永利的话。不是我哥伤害他，而是书记这个位子曾经伤害到了他。所以他的厌恶和仇恨要复杂得多。

张圣文一头雾水。连声问为什么、为什么。王永利说："就你这种猪脑子想不明白这么深奥的问题。还是闭嘴吧。"

张圣文佯装打了他一下，说："当年是我们把铁秀珍娶回来的，他是不是打那儿就恨上我们了？"

我和王永利一起说："差不多。"

铁秀珍自从挨打，就再不到医疗室来了。家里的地都承包出去了，大水、小水上学，她闲着没事儿，整天在街上坐着。周围是一群老头老太太，大都是东倒西歪，半个身子的人。铁秀珍在这样的人群里也不受欢迎，因为她经常说着三不着两的话。“你不死还等着啥？你儿子不会给你买棺材。”火葬买棺材是奢侈。她在说一个哭诉委屈的老太太，被老太太劈手打了一嘴巴。铁秀珍“嗷”地发出了一声叫，也听不出是悲伤还是兴奋。她跳起来把老太太扑倒了，骑上去两手抡圆了抽打，别人根本拉不开。正巧老太太的儿子从这里过，手里拿着一截钢丝绳。钢丝绳抽到铁秀珍的背上，碎花小袄都绽开了。

别人呼啦啦都走了。铁秀珍在地上躺着。那人只抽了她一下，她就从老太太身上翻滚了下来，那感觉是皮开肉绽了。那里是一个斜坡道，她半边身子在坡上，半边身子在坡下，脸上全是土。她没有哭，虽然后背火辣辣疼，她觉得没有哭的必要。哭是给别人看的，眼下没有看她的人。她睁着眼睛看空泛的天。日头白花花，她都不知道刺眼。耳朵里嘶啦啦的都是蝉的鸣叫声。她不喜欢，可又无可奈何。这里就在大队部的外面，走到门口十米都不到。可却没有人去喊刘正坤。拉架时没人喊，此刻也没人喊。过去她愿意往那里跑，洗净头脸，换上干净的衣服，喊他吃饭就像去相亲一样。那个时候正坤彬彬有礼，对她就像对待别人一样友善。一个偶然的机会正坤变成了凶神恶煞的人，从此这个形象就定格了。她开始恨婆婆，觉得是婆婆让正坤变成了这个样子，后来她恨自己。男怕入错行，女怕嫁错郎，她明明就是嫁错了，嫁了不该嫁的人。他们稀薄的情感不知飘向了何处。他们回不去了，再也回不去了。

是做午饭的时间了，空气里一股子米饭香，烙饼的焦煳味，还有葱花饼的混合气味，特别呛鼻子。铁秀珍也是爱做葱花饼的人，因为正坤爱吃。放五花肉，或者放虾皮，或者什么都不放，面摊开以后刷一层杏核油。这是跟婆婆赵兰香学的。不能卷成筒，要折叠。锅盖敞开着，不能捂，这样葱花是绿的。小火多靠一会儿，靠出里面的油，饼就变得外焦里嫩。铁秀珍喜欢琢磨这些事，喜欢这些事组成的家庭氛围，孩子大人一同吧唧嘴，吃得热火朝天。正坤端着碗，从来不挑眼皮。但偶尔会看小水一眼，嘴角嵌出一抹笑，那是个跟他长得一模一样的丫头，打小爷俩就会对眼神。铁秀珍只敢偷偷看他，被他发现了他会闪躲开身子。无疑，他是好看的。结婚十几年，铁秀珍仍是看不够的感觉。她的肉身像大肉一样让他腻，她从不敢主动挨过去。烦的时候自己也骂，这他妈的也叫夫妻？

大水、小水放学找到这里，把她拉了起来。她闷闷地在前头走，迈外八字的两只脚磕磕绊绊。有几次她都要跌倒。小水喊：“大水，扶着妈！”两个孩子一边一个拽着她的衣袖，走出十几步，被她不耐烦地甩开了。走到家门口，铁秀珍站住了，对两个孩子说，“今天不做饭，你们去买点心吃吧。”大水“嗷”的一声叫，撒腿就跑。他的小刀子脸酷似铁秀珍，正坤从不正眼瞧他。小水扬着小小的头颅看妈妈，那张脸清秀而又俊美。她说：“妈，你吃什么？我光吃点心吃不饱。”她一巴掌打过去，小水的腮帮子立刻出现了几个鲜红的手指印。铁秀珍骂：“找你死爹去！”

在一个有着薄雾和霜雪的清晨，铁秀珍的哭天嚎地惊醒了许多人。大家都习惯了她的歇斯底里，并不把她的嚎啕当回事。她经常就那样嚎几声，像一匹孤独的动物。铁成树在入秋的时候一个跟头跌死了，铁秀珍把他送到了墓地，跳进坟坑里说啥也不上来。大家问正坤怎么办。正坤说，不上来就不上来呗，我有啥办法。说完，转身走了。铁秀珍自己爬了上来，身上、脸上蹭的都是新鲜的泥土。那种往死里哭的感觉，任谁都看得出，她哪里是哭爹，分明是在哭自己。

稀薄的太阳升起来，街上有许多肮脏而杂乱的脚印。有个消息终于发散开。铁秀珍为什么嚎啕？因为小水死了。小水只是普通的感冒、发烧，引发了上呼吸道感染，却导致了肾功能衰竭。铁秀珍破口大骂，说刘正坤害死了小水。“你别以为我不知道，你故意不送孩子去医院，你就是希望她死。你这个杀人犯！”铁秀珍顺着嘴角淌白沫，瞳孔张大了，头发披散着，像炸开的一只刺猬。大家都说，这个女人恐怕是真疯了，过去她总说出格的话，多一半是装的。

正坤铁青着脸，指挥木匠打棺材。家里有上好的松木板材，但正坤不让用。而是把一对金丝楠木的箱子拆开来，重新进行了组装。大家这才知道，正坤家还有这么好的老物件，不知传了几辈人。表面光可鉴人，寸把厚，折页都是包银的，两人搬动一只箱子甚至都很吃力。正坤去城里的绸缎行买来了织锦被褥和衣服，小丫头睡进去，越发花团锦簇。正坤从额上剪了自己的一撮头发放到了小水的枕头旁，合上棺材时，正坤一下瘫软了，哭着说：“丫头，等着我。我过些日子就去陪你。”

那一瞬间，很多人都被感动得稀里哗啦。他们觉得，正坤才是真正舍不得小水的人。

正坤很快离了婚。据铁秀珍说，离婚进行的普通又平常，就像平时过家家一样。因为她已经无所谓了，过够了。“你们知道吗？自打生了孩子，他都没跟我睡过觉，我连个寡妇都不如。”所以正坤提出离婚，她二话都没说，跟正坤办了手续。正坤除了几件衣物，什么也没要。大家都称赞铁秀珍这婚离得值，正坤千不好万不好，离婚这事对得起她。看得出，铁秀珍也很满意。她在街上坐着时，跷着二郎腿，脸上经常有得意之色。那种迷幻的样子，既是胸有成竹，又似有雄兵百万。只是几天以后正坤又结婚，让铁秀珍发了回疯，堵着人家门口骂了半天。骂够了，仍回到原来的地方坐着，呆若木鸡。脸上得意的神色没有了，面孔冷峻起来，越发像个刀子。

正坤娶的女人叫惠玲，其实应该说是嫁，正坤“嫁”给了惠玲。惠玲是三个孩子的母亲，半年前丈夫得肺癌死了。惠玲总闹憋得慌，经常抚着胸口说，我得找大夫瞧瞧。不知什么时候两人走到了一起。惠玲比正坤小九岁，那年正坤43岁，惠玲34岁。有刻薄人说，惠玲家来了个扛活的，因为惠玲最小的孩子才8岁。

惠玲经常到医疗室来，问正坤吃啥饭。正坤说，你等着，我回去做。忙完了手里的活计，两人一起往家里走。惠玲个子不高，有点儿罗圈腿。若不是小上几岁，真是很难说配得上正坤。大家都说正坤是第一美男子，配村里任何一个女人都有富余。当然，村里人也会算一笔账，铁秀珍比正坤大三岁，惠玲比正坤小九岁，这一里一外是12岁的梗，这可是有分别了。差12岁的女人，那头人老珠黄，这头还能称得上青春年少。也就难怪两人总是肩并肩地走，正坤偶尔搂一下她的腰，或揽一下她的肩膀，或把手放到她额上，替她拢一把头发。两人都是油里调蜜的感觉。生活的味道从他们身上漫溢开去，这一条街都是温馨的。

两个月，正好两个月，正坤走完了他43岁的生命旅程。惠玲吓傻了，不知怎样解释她和正坤才好，甚至忘了什么样的话是丢人。“大早晨他就要吃白菜馅饺子，我给他包了一碗。吃完他往炕上一躺，说你摸摸我屁股，凉不凉？我说废话。屁股哪有不凉的。他说，那你就往前摸，再往前摸……烫不烫？我才发现他真是烫，像在蹿火苗子。他说，男人病先从根上病，要过年了，我不能病倒，我得给自己输点液。他把药调好，把针扎上，说你出去吧，我眯会儿。我就去扫当院了。扫半截不放心，进来看他，发现那液比自来水走得还快。他脸上起了一层红豆，憋得就像个葫芦头。”

“他没跟你说点啥？”

“他就跟我说再往前摸，再往前摸……”

“你应该打120。”

“正要打，他就嗝喽一声咽气了。”

事后惠玲说，正坤留下了二十五万块钱，发送他只花了一万多元。正坤还是挺疼人的，这是可怜他们孤儿寡母。结婚时间虽短，但能看出真心来。“平时他说过，死了由我来发送，埋得离小水近些就好，没别的要求。我只当他说着玩，谁想到就应验了呢。”

惠玲还把私密话说了出来。“正坤说，将来铁秀珍死了，哪儿远埋哪儿去，不准与他并骨。”

有人说，谁管得了那么久远的事。你又不是刘家人，你管不了。

惠玲说，我管不了还有我儿子。我儿子管不了还有法律。正坤有遗嘱。

有人想看看遗嘱什么样，到底没能如愿。

赵兰香曾找惠玲要钱。惠玲说，你来不行，得你儿子来。他没让我把钱给别人。

也有人好奇地问赵兰香，正坤没给你钱？

赵兰香气咻咻地说：“给，一个月给100元！”

历史就是一本书，既看不到第一页，也翻不到最后一页。所以，很多事情容不得看清前因后果。

就这样随风而逝了。

9

正杰比我大两岁，我读高一的时候他读高三。正杰是老六，与弟弟正辉就差一岁半。他是在姥姥家上的小学，所以童年没在一起摸爬滚打，感觉就像个陌生人。第一个八月十五在学校过，那种感觉真是又落寞又孤单。我从女生部下来，是想到外面透透气，却见正杰低着头往这边走。我问他干啥去，他把两只手张开了，说在外面的小卖店里买了两块月饼，一块五仁一块豆沙，“正要给你送来，你想吃哪种馅？”

我难以置信：“你是特意来送给我的？”

正杰说：“就是特意买给你吃的啊，今天是八月十五，你初来乍到，我怕你想家。”

我说：“女生楼你上不去。”

正杰说：“我就想在楼下喊，你总会听得见。”

我这人特别容易感动，不由得含情脉脉说：“正杰哥，你真好。”

正杰两只胳膊抱起来蹭了蹭，估计他是起鸡皮疙瘩了。

如果说，我和正杰曾经有过什么，就是吃了他一块五仁月饼，然后在操场上一起看了一回月亮。这是1986年的秋天，在篮球桩下，我们一人倚在一边，说了些大而无当的话。那些话，我现在想起来也脸红，都是注定实现不了的。比如，到世界各地行走之类，我现在也只到周边小国转了转，是所谓的商业旅游，跟行走一点儿不沾边。一点儿也没想到若干年后我会当小报记者，这个小报随时摇摇欲坠。而正杰守着一个烂摊子，一守就是很多年。那天的月亮又小又丑，乌云一层一层在它身上碾过，天空不时黑黝黝一下。我问正杰高考志愿准备报哪里，对于高三学生来说，这已经是很现实的问题了。正杰叹了口气，说我们这样人家的孩子，这样差的学习成绩，哪里有什么好挑拣，有学上，将来能有个饭碗就不错了。

因为刚来学校不久，我对未来有着美好的憧憬和想象。所以那晚正杰哥的话让我备受打击，也让我鼓胀起的热情瞬间瓦解。因为我也成绩平平，还多少有些偏科，未来那艘船驶向哪里，真是由不得人啊。我们就是在这种氛围中，被老师抓了现行，老师把我们分开审，说我们不学好。无论怎样解释都没用。其实，老师也觉得我们没什么，但既然逮到了，就不会轻易放过。转天全校都知道了我们两个人的名字，吃月饼，看月亮，高一女生和高三男生，被人把舌头嚼烂了。那真是生不如死的日子啊，好在都有过去的那一天。毕业十几年了，还有同学说，你没和那谁走到一起？就是你们当初一起看月亮的……

正杰哥在师范学校教历史，那是我们埙城的北大和清华，很多干部的出身都填那里。当然，俱往矣，现在这所学校就只剩下了空壳子，正杰和几个同事在那里守摊，一守就是很多年。说真的，我有些同情他，曾经的好年华，就这样“守”过去了，就为了那个饭碗，这只饭碗得有多金贵！但看不见他就想不起诸如此类的问题，生活实在是太烦琐、太麻烦、太不尽如人意，哪里有时间和心情想不相干的人和事。有一天傍晚，我在鼓楼前边遇到了他。他还没看见我，我赶紧胡噜了一下头发，迎着他走了过去。不知道我在他眼里什么样，反正我是觉得他显得过于陈旧了。骑一辆破自行车，车把上挂着个黑皮包，是皮开肉绽的感觉。夹克和鞋子明显都是地摊货，眼镜腿黏了块橡皮膏……他骗腿儿下了车，我觉得这应该是二十世纪的经典画面，就像背景中的那座明代鼓楼一样，上面明显遮着块浮云。浮云也应该是二十世纪的，显得残破和古朴。正是下班时间，路上人来车往，车喇叭往死里催。我们只来得及交换一下手机号码，就被车流冲散了。

正杰一只手扶把，拧着身子看着我，把手捂在了耳朵上，我明白他的意思，勤联系，打电话。“我有个东西想给你看……”正杰挑起眼眉，几乎是嚷，很认真很当回事的样子。我没当回事，朝他摆了摆手，也用手在耳朵上好歹比画了一下。

我跟凤丫住在一座城市，有事好商量。有天我们谈起母亲，在哪里都待不住，无论在城里还是乡下，总说孤单，没伴儿。又谈起表大妈，她已经住十多年养老院了，好像自打正坤死，她就离开了罕村。据说，在养老院待得非常扎实，过年都不愿意离开。凤丫首先提议，母亲如果也住敬老院，不就有伴儿了、不孤单了吗？两年前她的脑子就开始出现幻觉，记忆力差得惊人。若是脑子好，她是不肯住养老院的。她不愿意把钱给别人，她算得清这笔账。于是我和凤丫从城南跑到城北，又从城东跑到城西，查看了七八家，备选的有一两家。从西外环下来，有个蓝色的大牌子很抢眼，写的是“贾迎春家庭料理”。起初还以为是吃饭的地方，可看括弧里的文字，才发现所谓的家庭料理不过是养老院的别称。我们喜欢带“家庭”这样的字眼，异想天开地觉得，如果母亲也能找到个“家”，是皆大欢喜的事。

那是一座“井”字形的方形建筑，正房是二层楼，又把东、西、南用回廊串了起来，盖了一模一样的房子，院子里就成了个天井。十几个老人正在院子里晒太阳，有个老太太从马扎上站起身，朝我们这边走。“这不是凤丫、云丫吗？”我和凤丫对视了一眼，异口同声说：表大妈！一点儿不错，真的是表大妈。她已经89岁了，腰板不塌，眼睛不花，白白胖胖，称得上精神矍铄。真让人羡慕啊！我们的母亲骨瘦如柴，整天颠三倒四，跟父亲去世前一模一样。我们又几乎同时说：“没想到您住在这儿，挺好的吧？”她不知想哪里去了，虚饰的微笑顿时浮在脸上，说：“我儿子死了我不能死，我得替他们活着。”

我说：“我前几天见到了正杰哥。”

表大妈说：“他当校长，忙着呢。”

“好久没见到正辉了。”

“他更没空。扎到地底下修火车道，城市的地铁都归他管。”

我当然知道，正杰只是个普通的事业编，没有职称，不能晋级，牢骚满腹。饭碗成了烫手的山芋，一门心思盼着退休。正辉则成了新闻人物，他是一家国企老总，因为决策失误造成国有财产流失，成了反面典型。那天我在必胜客请正杰吃饭，正杰很不安，前后左右环顾，说这里应该是年轻人来的地方。可一条商业街都是大排档，哪里有安静的能说话的地方呢？

甫一坐下，正杰就说，正辉是被冤枉的。我们从底层上去的人，上面没人撑腰。

我则想，人到中年，该是自己给自己撑腰的时候了吧？

我以为表大妈会问起罕村的人和事，或者，问问我的母亲。但她什么也没问。那座曾经喧嚣的村庄在她的记忆里明显抹去了。我们在院子里站了一小会儿，就觉出时间的多余来。凤丫跟一个圆脸女人进了一间屋子，想必那就是贾迎春。事后凤丫跟我说，人家都奇怪，说这个老太太不止一个儿子，可谁都不来看她，过年也没人接她，每月的开销从三个地方打过来，就没事了。

正杰告诉我，正坤一死，表大妈的魂就没了。她看中正坤以上的几个儿子，他们的命运都是她安排出来的，在他们面前，她可以为所欲为。正杰和正辉是自己考出来的，从她的眼神就能看出生分来。也许是因为儿子太多了，她有些应顾不暇。

谁知道呢，也许还有别的理由。

“正气呢？”我问。

正气当年从西藏调进北京，据说是偶然认识了卫戍区的某位领导，然后便是年复一年地寄土特产品。我想起当初表大妈取他寄的汇款单，是村里的一景。后来他提干了，把媳妇接走了，几乎没了音信。

我问，你多久看她一次？

正杰说，过去一个月总要去看一两次，可每次她都要问，你有没有当校长？你怎么还没当校长啊。有一次我特别生气，说我不当校长你就嫌恶我，你到底是不是亲妈？

正杰不年轻了，却还有些意气用事，这是我对他的突出印象。也许是这些年的郁郁寡欢改变了心性，总之他不是我希望的样子。

出了胡同就是闹市区，我们的车子停在了槐树底下。凤丫沉默着，我也不想说什么。我猜，她也许跟我一样，想起了正坤哥。她当年不肯参加正坤哥的婚礼。

那个好看而又帅气的赤脚医生啊！

10

这个东西摆在了我和王永利面前的桌子上，那是一个黄丝绒面的本子，乌涂的已不可救药。这是惠玲在正坤的葬礼上转给正杰的，说藏在箱子的一个隐秘角落。“正坤的东西我都好好收拾着，我字眼浅，这个就不留着了。”惠玲说。

“惠玲根本没看，若是看了，罕村早翻天了。”

那天坐在必胜客，正杰把本子给了我。看得出他有些犹豫，直到最后一刻。他强调说：“别让村里人知道，不好……”

说日记其实并不准确，里面没有多少内容。从字迹的颜色却能看出时间的跨度来。从一页到另一页，跨度有三年。“我忘记做皮试了。”第一页看得人手心出汗，是 1974 年 10 月 13 日。“第一次打针啊！”“幸好没事，高烧退了。”每天都有清晰的记录。“今天 39 度 3，不出虚汗了。”“每次都担心针拔不出来，那地方太硬了，真担心那块肉死了。”有些字迹都模糊了，但正杰说，十年前的字迹比这清楚。哦，一晃正坤哥就去世十年了。

那些模糊的字迹居然是关于我的。在后面写有我的名字。我一下就想起了当年，正坤哥第一次打针时的惊慌。针扎在我的身上，我当然记得牢固，原来他是忘了做皮试。

好在我抗过敏。

正杰问我：“你猜正坤是怎么死的？”

我犹疑一下，说：“心脏病？村里人都这么说……他新婚宴尔。”

“他是自杀，”正杰落寞地看着窗外，马路上人车流动，都急惶惶的。“人死了这么久，也没啥可忌讳的了。我就是想告诉你，他是自杀，他心里很苦。他一直处心积虑……”

“处心积虑……自杀？”

正杰微微皱了下眉头，证明我猜得不对。若有若无的音乐在空中飘，顶上有许多葡萄藤，假的。

我问里面都写了些什么。他说你一看就明白了。

“1983 年 4 月 12 日。没想到那么快她就走了。三支青霉素果然有威力。四支呢？”

我多少有些懂了，顿时冷汗淋漓。

“我们家族都是过敏体质，正坤他比谁都清楚。我爸，正清，小水，他自己。”

我喝了口玉米汁，甜得有些过分。

“他是故意的。”我寒噤了一下。“证据呢？”

“有时候，他假装给人家做皮试，其实根本没做。他乐于看见过敏的人，那样他就像猎手遇见了猎物。他的药箱里其实一直储存着肾上腺素，可他一次也没给人用过。难怪正清媳妇怀疑他。”

我越发吃惊。迅速百度了一下，肾上腺素果然专门对付青霉素过敏。

“谁知道呢。”正杰喝了口玉米汁，没喝利落，顺嘴角淌下了些。我看出了他有些激动，手隐隐在抖。“也许就是变态吧，你能解释这种行为吗？”

我解释不了。

如今，这个本子就摆在了我和王永利的面前，王永利现在仍是罕村的支部书记，已经是老书记了。他这些年坐得稳这把椅子有赖于他的兢兢业业。王永利说，他当年对正坤曾有过怀疑，就是正清死的时候。记得我喊你回来吗？只是这件事情没法儿说。怎么说？我说，人命关天啊！王永利说，就因为人命关天，就更没法儿说。他摇了摇头。“就像现在这样。”他翻动一下那本子，一些纸屑飘了起来，是一股呛鼻子的陈旧味。正说着话，我嫂子进来了，王永利顺手拎起一张报纸，把本子盖上了，我嫂子偏头看了一眼，说：“埙城日报……有什么新闻吗？”王永利说，乔书记下乡调研了。我嫂子说：“这算什么新闻。”

我嫂子出去了。我翻到了日记中的某页，指给王永利看。那里面写着表大妈往四老歪嘴里塞满了茶叶，而另一只手捏着四老歪的鼻子，久久都没有撒手。

正坤蹲在外面的台阶上吸烟，他从来不吸烟。我至今都能想起他粉色的指甲盖，摁到皮肤上会充血。

“严格地说，他只是帮凶。但他算在了自己的头上……都有编号的。他自己，正好是第十五个。”我告诉王永利。“他给自己用了八支青霉素。这么多年，罕村就没人察觉？”

“都跟我们一样吧。”王永利说。“有一种无力感，让你说不得，做不得。”

“为什么呢？”我真想他还活着。

电话响了。我拿给王永利看，是正杰打来的。“你在哪儿？那个本子赶紧还给我。”他有些焦急。

“他反悔了。”我对王永利说。“给我的时候他说供我研究用，没说要收回。”

王永利用报纸把本子包了起来。“还给他吧。”

我应了一声。“正杰对我说，他的人他都带走了。”

王永利说：“指的是小水？”

2018 年 8 月 9 日星期四 12 时 12 分 45 秒

失路之人

鬼　金[1]

你在活着的时候应付不了生活，就应该用一只手挡着命运的绝望，同时，用另一只手草草记下你在废墟中看到的一切。

——卡夫卡

一

赵挺弋乘坐的南方航空公司的飞机晚点了，降落在沈阳桃仙机场已经五点半了。

在武汉天河机场候机的时候，他就烦躁，机场广播里一次次重复着飞机晚点，什么时候起飞请等待通知的消息。每听到一次，他的烦躁就开始繁殖。赵挺弋觉得这是一次未知的旅程，一次次广播通知让他的旅程变得漫长，无限漫长，同时也存在取消航班的可能。他因此陷入失落、茫然和孤独之中。这样说，好像他归乡心切似的，其实不是。他随身带了本普利策戏剧集《怀疑》，翻了几页，看不进去。每次都是这样，不带本书在身边又觉得虚度时光，生命里空了一段似的，带了，又几乎不看。贱。他在心里狠狠骂了自己。

---

① **鬼　金**　1974年冬月出生。辽宁本溪人。小说在《花城》《十月》《作家》《上海文学》等杂志发表。出版小说集《用眼泪，作成狮子的纵发》《长在天上的树》《秉烛夜》，长篇小说《我的乌托邦》。获得过《上海文学》奖,《西部》文学奖、《山东文学》奖等。2019年4月从工厂辞职，专心从事小说写作。

早上六点多从出租屋用滴滴叫车，路上堵车，两个多小时才赶到机场。在机场外面连着抽了三支烟，把打火机扔掉，走进航站楼，取票后，闲逛了一会儿，开始过安检。有两个拎着土鸡蛋盒子的男人在同一个地方先后把盒子散落在地上，鸡蛋从里面掉出来。这样的巧合让等待安检的人都笑了。赵挺弋也笑了，他想到地球引力。其中一个男人，鸡蛋干脆不要了，还用脚踢了一下盒子里的鸡蛋，直接跑向安检口。机场清洁人员走过来，把碎鸡蛋从地上捡起，可以看到散开的蛋黄和蛋清搅和在一起，摊在镜子般的地面上，像是要做煎蛋似的。赵挺弋盯着清洁人员把碎鸡蛋壳放到垃圾袋里，蹲在地上开始用抹布擦拭地面上的蛋黄和蛋清。蛋黄和蛋清，还有灰尘混合到一起，变得混浊。等清洁人员从地上站起来，安检也排到赵挺弋了。十几分钟后，过了安检，他找到49号登机口。候机的人还很少，他数了数，五人，加上他，六人。其中，有三个外国人，两男一女。女的脱了鞋，躺在椅子上睡着了。左侧是一台挂起来的电视机，里面播放着一场盛大的会议。透过窗户可以看到外面停泊的飞机。因为时间未到，赵挺弋坐了一会儿，去书店看了看，几乎没有要看的，文学类的好几本小说他都有。再次回到座位，乘机的人开始陆续多起来。赵挺弋听见广播里飞机晚点的消息，怔住，他不能相信自己的耳朵，再听，晚点是真的。他看了看身边的人都没有表情，但他们的嘴里开始嘟囔、埋怨了。很多人坐在电视机前面观看那场盛大的会议。他也关注了一会儿，视线被几个站着的人挡住了，他掏出那本《怀疑》，看了几眼，其中几句话让他停下来思考。整个人都走神了。

……

弗林　是的。人们编故事来阐明理念，这是寓言的传统。

詹姆斯　生活中的真实事件不比虚构的故事更有阐明理念的价值吗？

弗林　不，生活中真实的发生是无法阐释的。真实无法成为感人的布道。它既令人困惑又无清晰的结论。

赵挺弋从走神状态中回来，看到人们已经拿着登机牌排队去登机口领盒饭了。他把那本《怀疑》放回到背包里，掏出手机看了下时间，十二点半啦。他站起来，去排队。一个登机牌一份盒饭，一瓶饮料。排队的时候，他听到前面的母女俩说着东北话，让他感到亲切。差不多十五分钟后，他领到一份盒饭，可是他看到别人拿的冰红茶饮料，他也想要一瓶。工作人员说，没了，只有雪碧和可乐。早上，他没喝咖啡，最后要了罐可乐。拿着盒饭和饮料回到座位，看到那三个外国人不见了。他们的座位上坐了几个学生模样的人。看上去是搞音乐的，其中一个男孩对着大提琴模样的盒子拍照。那个盒子能有一人多高，立在地上，就像一个人偶。赵挺弋坐下来，吃饭。米饭、土豆丝炒青椒、半个咸鸭蛋、一个鸡翅，还有一小撮咸菜。没想到青椒很辣，鼻尖儿上都见汗了。也许因为饿了，他把整个盒饭都消灭掉，把筷子和带着几粒米和青椒丝的盒子扔到垃圾桶里。49 号登机口处弥漫着饭菜的气味，还有人只吃了饭，就着从机场买的周黑鸭吃着。那是一种很辣的食品，他曾经吃过，差点儿把他这个东北人的胃辣穿，胃疼了好几天。他右手拿着可乐，站在垃圾桶旁，边喝边盯着窗外。飞机就停在那里，为什么不起飞呢？航空管制是一个什么东西？赵挺弋很少坐飞机，不知道。他把喝空的可乐罐扔进垃圾桶，懒散地闲逛，看到那装盒饭的大盒子里还有几盒，他没跟工作人员打招呼，顺手拿了一盒，有些胆怯。但是他竟然有了一种做贼的快感，拉仇恨似的，蹲在窗前，盯着那飞机尾翼上的航空公司标志，狼吞虎咽地吃着。尽管蹲着，他仍能感觉到身体的紧张，小腿肌肉颤抖。他目光不时地瞟一眼工作人员。只吃了一半，就扔进垃圾箱里。这一举动竟然没被人发现，他心中窃喜。广播里又在重复飞机晚点的消息……也许因为多吃了个盒饭，飞机晚点的消息让赵挺弋感到心理平衡和安慰。

四十分钟后，开始登机。赵挺弋给在南京出差的余薇发了条信息，我已登机。余薇没回，他想，可能在忙吧。

二

这是赵挺弋从轧钢厂辞职离开家两年多，第一次回望城。他此次回望城是办理离婚的。左晓丽催了几次说，这样下去也不是办法。几次他都因为在外地写剧本没回去，前几天，左晓丽又打电话来，他想，是时候了。也许，左晓丽在这两年里有了别人，不能耽误人家。再说，自己这样让一个女人守活寡，也不好。何况，在这两年里，他遇见了余薇。即使没有遇见余薇，他也想着要给左晓丽一个答复。不爱了，在一起也是折磨。不是一路人，还是分了吧。辞职是因为轧钢厂的效益越来越不好，倒一个月班，连奖金都拿不到，开到手的钱也就一千七八百块。这让在银行工作的左晓丽很是瞧不起。尤其回左晓丽家的时候，他都要低声下气的，哪句话说不对了，都要遭到左晓丽的抢白，在岳父岳母面前尊严尽失，又不好发作，只能忍气吞声。从岳父岳母家回来，他们之间就开始冷战。一个星期不说话都是常事。那个时候，他已经开始写作，在论坛上认识一些朋友。左晓丽又开始对他的写作冷嘲热讽，点灯熬油的，又没钱挣。左晓丽平时怎么抢白他都行，他都可以忍受，谁叫自己没能耐呢？但左晓丽拿他喜欢的写作来讽刺他，他受不了。那是拿刀子在捅他的心，噗噗几下，他疼啊，他的心在流血啊！那天，他终于按捺不住心中的怒火，爆发了，右手颤抖着，不受控制似的，落在左晓丽的脸上，只听啪的一声，在空气中炸开，左晓丽的脸上出现一个手印，血从她的鼻孔和嘴角流出来。左晓丽没哭，竟然上来抓他的脸，说，我跟你拼了。他用手一挡，把左晓丽弄个趔趄，撞到墙上。赵挺弋知道自己下手太狠，有些后悔，但看到左晓丽嘲讽的目光刀子般看着他，他没有道歉。左晓丽用手擦了下嘴角的鲜血，说，能耐啊，还打人啦？一个吊车司机挣不了几个钱，打起老婆倒很有能耐啊。赵挺弋说，我告诉你，左晓丽，你拿什么伤害我都可以，但你不能拿写作这事儿伤害我，你如果再拿写作说事儿，我还……左晓丽问，怎么？你还怎么？除了打人，你还有什么能耐？跟女人较劲儿算什么能耐？有能耐你去外面挣大钱，去跟社会上的人打去啊！赵挺弋知道跟左晓丽说不明白，干脆拉开门躲出去了。自从他打了左晓丽后，他常常下班回来，左晓丽都不在家，家里冷冷清清的。凌晨一两点钟，左晓丽才回来，酒气熏天的。为了应付繁重的夜班，他必须休息好，就一个人搬到客厅里去住，并在客厅里看书写作，像一个寄居者。

飞机上，赵挺弋把《怀疑》放到前面座位的口袋里，他想，也许可以翻翻。飞机起飞了，大气层里白色的云，就像是望城一场大雪后堆得满地都是的雪堆，等着清洁人员把它们装到汽车上。悬浮于半空的感觉有些像他在吊车上，可以俯瞰下面的人和事物。他在轧钢厂俯瞰到的只能是那些坚硬的、成捆的钢铁，还有三两个干活的人。此刻，他看到的是那些雪堆一样的云。在那些云里面，没有人类。没有。那一刻，他突然感觉到一丝轻盈。在轧钢厂的吊车上，他还要注意那些人的生命安全，还要顾及是否违章操作。很多东西无形地束缚着他。囚徒，是的，轧钢厂的囚徒。他这样定义自己，悬于半空的囚徒。他的敏感对于他，是痛苦的根源。他关注着肉身，同时寻找着精神困境的突围。邻座的女人四十多岁，戴着一个帽子，染着红色指甲，手里拿了一本精装的《西藏生死书》。这让赵挺弋刮目相看，他也有这本书，是平装本，但看上去更像是一本盗版书。在飞机上翻看这样一本书，让赵挺弋觉得多少有些诡异。女人安静地坐在那里翻看，很是专注。对于这本书的内容，他忘得一干二净。他是一个无神论者，更是一个唯心主义者。他拉下小窗板，还是留了一个缝隙，光从窗外照射进来，在他双腿上留下一小条光亮地带。他闭上眼睛，从早上折腾到现在，他感到很疲惫，身体是沉的。座椅位置狭窄，让他很不舒服，膝盖顶在前面椅背上，近乎蜷曲。前面的乘客回头厌恶地看了看他，他连忙把膝盖拿下来。此刻，他是飞机上的囚徒，是天空的囚徒。在飞机起飞后，他看到下面的大地，线条和色彩更像是抽象画。他竟然感慨这片山河的伟大，可是一些人恰恰在糟蹋着这伟大的山河。赵挺弋睁开眼睛看见那个女人仍旧专注地阅读，沉浸在生与死的迷宫之中，是否能从书中寻找到属于她的道路，未知。

那本《怀疑》封面从前面椅背的袋子里露出来，是两个修女的照片，那个年轻的修女明显受了委屈，手放在嘴唇上，泪眼蒙蒙的。老修女手里拿着一个篮子，篮子里面放的什么，看不清楚，明显是老修女在质问年轻修女什么。在老修女背后是一座模糊的圣像。

赵挺弋把书往椅背的口袋里掖了掖，他突然厌倦书。这几年来，即使是书也没把他从无力感中拯救出来。没有。但书籍在他的生活中又是无法剔除的一部分，就像一个生病的人，药不能停。书籍是他的药。他闭上眼睛沉在无力感之中。整个人在无力感中摊开，飘散在虚无之中。这种虚无时常侵袭他，让他也成为虚无的一部分。他的脑海里肉身在椅子上散去……但是，这个飞机的空间仍旧囚禁着他……他在意识里又把那散去的部分拽回来，先是拉扯着，然后果断出手，拽回到身体里，他的声音近乎恐吓地说，哪里逃啊？还是待在这个臭皮囊中吧？那散出去的部分乖乖地回到他身体里，像一条小狗，驯顺地蜷缩在身体的角落里。赵挺弋还记得小时候父亲从外面抱回来一条小狗，稀罕了几天，突然，小狗蔫蔫的，没几天就死了。他当时伤心得哭了，哭得心都疼了，眼瞅着父亲把它埋在菜园里的一棵梨树下面，一锹锹土落下去，盖住小狗身体的时候，他转身跑开。某个深夜，他竟然听见小狗在梨树下面吠叫，当他穿上衣服跑出去，在梨树下面转了一圈，却什么都看不见。只有那棵老梨树孤独地长在那里，它的年龄据说比逝去的爷爷的年龄还大很多。很多。他瞪着眼睛看着，发现一只乌鸦站在树枝上。朦胧的天光中，那乌鸦铁铸一般。他从地上摸到一块石头，投过去，乌鸦聒噪地叫着。那叫声让暗夜变得更加深入、坚硬起来。乌鸦飞走了。第二天早上，他听见父亲在菜园子里大骂，而且很恶毒，直至祖宗八代。父亲骂谁呢？他从炕上起来，跑出去才知道，那狗不知道被什么人刨出来，偷走了。老梨树下面只剩下一个土坑，像敞开的墓穴。他问父亲，偷一条死狗能干什么？父亲说，能干什么？还不是吃肉。都馋死啦，吃了也让他们全家死光光。他站在父亲身边想象着几个人吃着狗肉的画面，眼泪瞬间流了出来，咧嘴嚎哭。好像这样，那狗会回到他身边似的，然后，躺进那个梨树下面的土坑里，再次被埋葬。从那以后，他家再没养过狗。几天前，余薇从学校下班回来说，有朋友想送她一条哈士奇小狗，问他要不要。他可以在写作休息的时候，遛遛小狗，当锻炼身体。他拒绝了。后来，余薇再没提这件事。他们租的房子与余薇工作的学校只有一墙之隔，二十一楼。站在楼上，用望远镜可以看到余薇。只要他在出租屋里写作累了，想余薇了，他就会给余薇发个微信，只要余薇不忙，就会从教研室里出来，站到门口，假装工作累了，出来呼吸一下新鲜空气，伸伸腰肢。他从望远镜里就可以看到她，是那么清晰，连粉红色耳垂上的耳钉都可以看到。余薇在遇到赵挺弋后，有一天她躺在他怀里，突然对他说，我要去扎耳洞。赵挺弋问，为什么？余薇说，为你。赵挺弋说，很疼的，何必呢？余薇撒娇说，为你不疼。我不能把处女之身献给你，但我要把这耳垂之血献给你。赵挺弋听着余薇的话，觉得怪怪的。第二天，在赵挺弋的陪同下两人去扎了耳洞，是激光打的，只出了一点点血。余薇有些失望，用纸沾下来，把带耳垂之血的纸折叠保存起来。在经过发炎、化脓之后，两个细小的耳眼透过坠着的两个珍珠耳钉，看上去很美。在两人同房的时候，赵挺弋噙着那珍珠拉扯着，让余薇的身体一次次迎合着他，直到高潮。从那之后，每次在高潮即将来临的时候，余薇都让赵挺弋噙住那珍珠。余薇说，在他的嘴唇咂吸着珍珠，牵动着耳钉带来的那一丝疼痛漾开时，整个人感觉他们的身体在开天辟地了，海水散开，身体出埃及记了。赵挺弋就笑。余薇站在那儿对着他微笑，摆手，偶尔还会噘起嘴唇来一个亲吻的动作，就像在面前似的。最后，他延长的目光会落在余薇的腰上，那细腰的浮力真大，带劲儿，爽歪歪了。

这几年在外面混，每次人们问赵挺弋，哪里人？只要他说是东北望城的，人们就会说，哦，听说东北那旮旯整个经济已经沉陷（模仿赵本山的语气）……电视上说，正处于滚石上山，爬坡过坎阶段……你相信东北会好吗？赵挺弋板着脸，说，不知道。我又不是国家领导人。因为是东北的，很多人竟然小瞧赵挺弋，眼神是鄙视的，好像他来自一个万恶的旧社会似的，让他尊严丧失。赵挺弋慢慢也学乖了，甚至狡猾了。本来他的口音就不像东北人，很像天津人。某些场合他干脆说自己是天津人。但他来自东北这是不争的事实，像隐疾一样，无论是在电视上，还是在其他媒体上看到东北经济荆榛满目这样的字眼，他都会心痛。虽然他逃出来了，可是那毕竟是他出生的地方，是他生活了近三十年的地方。东北会好吗？这不光是他这个逃离的东北人要问的问题，也是很多还生活在东北的人要问的问题。他不知道答案，他相信那些人也不知道答案。人们都处于一种惶恐、失落的等待之中。

赵挺弋起身去了趟卫生间，旁边的女人站起来给他让路，回来的时候，女人再次站起来。他闻到女人身上淡淡的香味。赵挺弋想和女人说说她手里的那本书，最后还是没说。生与死真的可以探讨吗？

孤独的两个多小时终于过去，飞机在沈阳桃仙机场落地。他，赵挺弋又回来了，闻到东北这旮旯清冽的空气了。他下飞机后，先是去看了看回望城的班车。因为飞机晚点，班车已经没了。他就不着急了，出了大厅，到外面借了个火，开始抽烟。下雪了，空气里透着清冽的味道。有顽皮的雪花从他的衣领钻进脖子里，凉丝丝的，但他没管，仍在抽烟。天地间被纷纷的雪花联结着，像一个万花筒，同样也令他看不清晰。除了纷纷扬扬的雪落下来，远处一片白茫茫的。视野内再看不到什么了。他是喜欢雪的。他在垃圾箱旁边抽烟。有来自南方的人尖叫着，下雪啦，下雪啦。一惊一乍的，夸张极了。他看到人们心切地坐车离开机场。他不急。没了班车，他可以在机场宾馆住一宿或者打出租车，回到望城也是要住宾馆的。那个他和左晓丽的家，他不想回去，也不能回去。当初离开的时候，他就把钥匙留下了。赵挺弋掏出手机拍了一张下雪的照片，通过微信发给余薇，说，沈阳桃仙机场。雪。余薇回信说，冷吗？给你准备的羽绒服穿了吗？赵挺弋说，穿了。余薇说，作品研讨了一天，很累，也没研讨出来什么，都是套话、假话、空话，把狗屎一通赞美，都恶心到我了，差点儿当场就吐了，我跑到卫生间抽了支烟，才回去……聚餐我都没去吃，就回宾馆休息了，刚洗了澡，躺在床上。后天，回武汉。赵挺弋回话说，我办完事儿，就回去，无意外，也后天回去。他给余薇发了一个亲吻表情。余薇回了一个同样的表情。余薇是搞当代文学评论的，她认为很多人丧失了批评的本质，甚至人格。

翩翩落雪，犹如灰白的幕布飘摇着悬挂在天地之间，让赵挺弋伤感和惆怅起来，是啊，这雪覆盖了一切可以看见的，而那些看不见的永远看不见。在白雪幕布后面到底上演一场什么样的人间大戏，没人可以预料。他在脑子里虚构着：

狂风暴雪都是戏剧的背景，挣扎的人们鬼魅般从黑暗中爬出来。墓地散发着死亡的味道。人们失去了方向，在迷茫的暴雪中，瑟瑟发抖。路淹没在雪中，人们饥饿地在雪地里寻找老鼠作为食物。没有引领的人，没有。人们呆滞地望着远方的山峦，渐渐矮下去，露出平原的辽阔，但人们已无力走过去。人们在雪地里徘徊着，犹豫着，也许回到墓地，才是归宿，毕竟墓坑可以给他们温暖，而不是墙的冰冷和禁锢。天上仍在落雪，那不是雪，而是他们在天上的梦碎裂后落下来的碎片，那梦随着宫殿的坍塌一同落下来……碎片……墓穴里面的声音在召唤，是的，召唤……归来吧……这里将建造新的宫殿……只对你们这些苦难中的人们开放……一个坐轮椅的男人在前面引领着他们……前行……

他作为一个写作者都无法虚构下去。近年他整个人都陷入一种无力感之中，不能自拔。他坚信呈现这种无力感也是文学的一种。一个时代的人类情绪就是高级的艺术表现方式。因为下雪，机场连出租车的影子都看不见，都是私家车，他偶然看到辽 E 的车牌子，眼睛唰地一亮，跑过去，微笑着问，可以捎我一趟吗？回望城。被人拒绝。冷漠地拒绝。他从地上抓了一把雪，握成一团在手心里，真想像手榴弹一样投掷出去，但他没有，他握着，握着，直到雪在手心里融化，从手指缝里滴出水来。他把剩下的小雪团扔到地上，叭的一声，碎掉。他走回到垃圾箱旁，用手指从雪中抠了几下，从里面抠出来一个打火机，冰凉的，他握在手心里，等打火机有了他的体温，他才按了几下，火苗蹿出来，羸弱得如一颗小心脏在跳动。在火苗蹿出来的瞬间，他走神了，手感到了热，烫了，他连忙把蛇芯儿般的火苗对准叼在嘴上的烟，让它舔着纸烟。失控的火苗差点儿燎到他鼻子。在距离他三米远的地方站着一个五十多岁的男人，张大着嘴，呼吸，每吸一口，好像要把整个世界吞进嘴里似的。每呼出一口，又像把整个世界再吐出来似的。看上去是那么夸张。这个男人突然神经质地背诵起那首：北国冰封，万里雪飘……听到那个男人的背诵，赵挺弋的身子一阵凛然。也许是刚刚手里握着个雪球的原因，赵挺弋有些冷，瑟缩着，抽完烟，转身回到大厅内。看到那些下飞机的人匆匆忙忙走出大厅，归家心切的样子，在落雪中钻进去接他们的车辆中。在机场远处的城市里，有灯火和家等着他们呀。赵挺弋没有，他是孤独的、孤单的。此刻，他那个“家”在武汉，那个女人在南京出差。他忘记在什么上看到过一句很酸的话说，你心爱的女人在哪儿，哪儿就是你的家。

他在心里已经与这片地域有了隔阂。是的，隔阂。有了陌生感。是的，陌生感。疙疙瘩瘩了。那种刚下飞机后的亲切感顿失……无影无踪。白雪无法掩盖的荒凉……侵入骨髓……在身体里面弥散开来，五脏六腑都冷了，骨头也冷了。

在机场的灯光之外，更远的地方是黑，黑黢黢的一片，看不到尽头的黑。在凝固的黑里面，什么都看不见，看不见。他的脑子里蹦出来两个字：空茫。

机场大厅里暖气充足，赵挺弋仍旧感觉到冷。冷。冷。那种归乡的情愫再一次翻涌起来，他突然很想回去，很想。他想起二勇当年因为偷了点儿电线卖钱给母亲买药，被轧钢厂开除。开除后，二勇靠给人开出租车谋生。不知道二勇现在是否还在开出租车？他在手机通信录里找二勇的电话号码，竟然看到一个逝去的人的电话号码——老古。老古是赵挺弋和二勇的师傅。他翻到二勇的电话号码，拨过去，过了一会儿才有人接通，问，谁啊？说话的语气很冲，还是那个茅坑里的石头，又臭又硬的二勇。赵挺弋说，我，赵挺弋。二勇说，谁啊？我不认识姓赵的。赵挺弋说，靠，你不认识姓赵的，那我就姓赵。是你认识得不能再认识的人，差不多跟你穿一条裤子的人。二勇说，别磨叽，你到底谁啊？我他妈的没跟人穿过一条裤子。有事儿说事儿，别没屁搁喽嗓子，我开车呢。赵挺弋说，我是挺子。你认不认识？二勇说，操，挺子啊？工厂里这么多年都叫你挺子，都他妈的忘了你还姓赵。你他妈的还活着啊？你他妈的辞职后就消失了，搞人间蒸发啊，都传你抑郁症跳楼死了……赵挺弋说，哦，谁传的，咒我死啊。二勇问，你在哪儿呢？赵挺弋说，你还开出租吗？二勇说，开啊，不开咋活啊？赵挺弋说，我在沈阳桃仙机场，你能不能来接我回望城？我给你钱。二勇说，跟我提钱是不是？你不是打我脸吗？我俩啥关系，你要跟我提钱，我就不去接你。赵挺弋说，好，不提钱。二勇说，这才是兄弟，你等着，这儿刚下雪，路滑，开得慢，你别急，我给我妈买些晚上吃的，就过去。赵挺弋说，沈阳这儿也下了，到了打我电话。二勇说，欧了。

撂了电话，赵挺弋突然觉得有些饿，上飞机前的盒饭已经被他消化掉了。要不就是因为冷，他需要食物的热量来让身体暖起来。他去了机场大厅内的一家肯德基，要了一个炸鸡腿、两个汉堡、一杯咖啡，坐在那里。喝过咖啡，他的身体暖和了很多，从里面往外面热着。他拉开羽绒服拉链。

这时候，进来一个坐在轮椅上的男人，看上去四十多岁，面容有些显老，头上都谢顶了。他点了餐，瞅了眼周围环境。只有赵挺弋的桌子是一个人，他转动轮椅来到赵挺弋桌前，停住轮椅。在等餐的时候，赵挺弋看到男人从背包里拿出来一本《荒野侦探》，坐在轮椅上翻看。他看上去是那么淡然，好像周围没人似的，就像书里面有一只手，一下子就把他拽进去了，在那个世界里奔向光明似的。赵挺弋对在公共场所看小说的人都有好感。对于写作者赵挺弋来说，那些看书的人都是亲人啊。可是，这样的亲人并不多。对更多人而言手机才是他们的亲人。那人的餐来了，他轻轻地把书放好，小心翼翼的，才开始吃起来。他吃得很文雅，很旁若无人。二勇还没有打电话来，赵挺弋不想出去，去接受那寒冷，去面对那白雪遮掩的荒凉……还有即将来临的夜的黑……那轮椅上的男人吃完了，拿纸巾擦擦嘴，转动轮椅走了。赵挺弋目送着他走出肯德基，消失在大厅的人群之中……想到二勇要来了，接他回望城，他突然心里面有些紧张，甚至怯怕。他也说不好为什么会这样。拿起桌上的咖啡，喝了一口。赵挺弋突然觉得这个坐在轮椅上的男人很像老古，真的很像。难道老古没死？不可能。赵挺弋冲出肯德基，但是已经看不到那轮椅上的身影。他叹息着，又回到肯德基内，坐在那里把杯子里的咖啡喝完。作为他赵挺弋的师傅，老古在他心里是被尊敬的。尽管老古死了，自杀，而且采用那么一种决绝的方式，但这丝毫不影响赵挺弋对老古的好感。或者说，赵挺弋至今还在写作，不仅仅因为生存，还有热爱，还有他在延续老古的梦想。赵挺弋想起师傅老古，整个人都变得悲伤了。他想，回到望城后，他要去老古的坟前看看。他还记得当时老古身上的遗书只写了一句话：把我轧钢厂的公墓卖了，随便换一个地方，我受够了。另：给我立一块碑。多年后，离开轧钢厂的赵挺弋才理解老古说前一句话的意思。（那块碑还是赵挺弋和几个人凑钱给买的，拉到墓地山下，最后还是赵挺弋和二勇轮番着背到坟前的。）是啊，老古受够了轧钢厂的生活。赵挺弋辞职后，第一件事就是把轧钢厂用公墓金买的那块墓地给卖了，作为离开望城的路费。买主是一个六十多岁的老头，是给他自己买的。两人看完墓地，在墓地门口，那人就把钱给赵挺弋了。那人说，你先走，我再在这儿待一会儿。赵挺弋想，这个人是不是有病啊？他拿着钱，坐着轧钢厂公墓到般若岛码头的小火车，离开了。

手机铃声把赵挺弋从老古的回忆中拽了出来。

三

二勇问，你在哪儿呢，挺子？你出来，我在 7 号门口等你。赵挺弋听了二勇的电话，有些激动，连忙说，好。好。马上。赵挺弋拉着行李箱，往7号门走。刚才在肯德基里他有些热了，把衣服敞开。现在，他停下来，把羽绒服的拉链拉上，把帽子也戴上，才敢去面对外面的寒冷。更多是心理作用吧，其实，下雪天，没那么冷，还没到数九寒天呢。他推开机场大厅的门，还是被冷风撞了一下，整个人一趔趄，他迎着冷风走，看到一个站在出租车旁边抽烟的男人，他喊着，二勇。二勇奔过来，没有接他的行李，而是在他的肩膀上捣了一拳头说，妈的，回来啦。赵挺弋说，嗯。他本想回他一拳的，但没。他扔下行李给二勇一个拥抱。那拥抱让他觉得就好像从来没有离开过一样。二勇在肩膀上捣那一拳让他的肩膀有些疼。二勇说，离开几年啦？赵挺弋说，两年多。二勇说，来张照片吧？二勇掏出手机拉着赵挺弋背对着远处的空茫拍了一张照片。二勇说，我要发朋友圈。赵挺弋没说什么。二勇问，还适应这冷吗？赵挺弋说，还好。二勇帮他把行李装到车上，两人进了车内。他坐在副驾驶的位置。二勇坐在那里发了个朋友圈。两个人开车奔向望城。二勇说，雪大，路滑，刚才来的高速上，有三辆车追尾了。赵挺弋说，哦，那我们慢点儿。二勇说，好。这次回来还走吗？赵挺弋说，回来办点儿事，办完就走。二勇说，哦。是啊，能走最好了，这望城经济已经完蛋了，我跑出租车感受最明显了。一到晚上九十点钟，路上就没人啦，像电影里的宵禁似的。一个城市连夜生活都没了，经济注定是完蛋的。赵挺弋在脑子里想象着二勇描述的街上空无一人的场景。赵挺弋说，轧钢厂不还生产吗？二勇说，是啊，可是工人们的奖金从原来的七八百元减到一二百元，谁还敢出来消费呢？够吃饭就不错了。赵挺弋沉默。雨刮器在挡风玻璃上刮来刮去，发出刺耳的声音，雪铺天盖地落下来，好像要把他们的车掩埋在里面似的。前面的两个大灯开着，他们像行驶在一条隧道之中，透着阴森，这隧道好像随时都可能因为不堪重负的黑而坍塌似的，让人的心悬着。尽头——地狱？赵挺弋的脑子里一闪，又迅速掐灭这个联想。他在生活中也常常走神，把现实世界幻化成另一个场景。赵挺弋借着光亮侧目盯着二勇，那脸的轮廓很像他喜欢的演员段奕宏。二勇老了。这两年自己也老了。时间这把杀猪刀真残酷。当年他们技校毕业才二十岁，就投入工厂里……叽叽喳喳的，像一群喜鹊，没想到工作了两年都变成了乌鸦……二勇握着方向盘，目光里带着一股子杀气，透着冷。赵挺弋说，我在机场大厅里看到一个人长得很像老古。二勇开着车，收音机里放着一个直播节目，是关于男女关系的，主持人给打电话的听众解惑、出主意。二勇没听清，把收音机音量关小，问，你说啥？赵挺弋说，我在机场大厅里看到一个人长得像老古。二勇说，哦。二勇的语气里带着歉意似的。二勇说，这两年天天忙着跑车，也没时间去看他。赵挺弋说，我想办完事儿去看看他。二勇说，好。你提起老古，我想起来，有一次几个开出租的晚上没活，喝过酒去一家歌厅。我看到那老板娘就是老古的女人。但她没认出我来。我也没说我是老古的徒弟。女人看上去很老了，满脸褶子，涂了很厚的一层粉，笑起来直往下掉沫子。有两个哥们儿喝多了，和老古的女人打情骂俏，我在一边坐着很难受，后来，有人对她动手动脚，我急眼了，把酒瓶子扔到地上……很多人都傻眼了。我不好说什么，只说喝多了，就离开歌厅回家了。赵挺弋叹了口气。其实，二勇说的这个老古的女人不是老古的妻子，是老古的情人。东北又叫铁子。

赵挺弋的手机响了一下，是余薇的短信，问，睡不着，想你，到望城了吗？赵挺弋说，在路上。师兄弟二勇开出租车过来接我。雪好大，要淹没一切似的。余薇说，让他慢点儿开，注意安全。赵挺弋说，好的。余薇说，翻翻书再睡。赵挺弋问，看什么书呢？余薇说，新买的《论美国的民主》。赵挺弋说，回去我也翻翻。吻。早睡吧，明天你还要应付那操蛋的研讨会。余薇说，嗯。赵挺弋说，就当他们放屁好了，等我小说哪天卖了影视版权，我们就不为了那点儿会务费去给人捧臭脚了。余薇发来一个亲吻的表情。其实，赵挺弋只是安慰一下余薇，写作几年来，他的小说根本无法改编成影视作品。他不是一个会讲故事的人。他的故事从来不是完整的，他只写人，写人物的性格和气质，给人下一场定义。这样坚守着自己的小说理念，让他和余薇的生活有些捉襟见肘，所以余薇才常常出去开一些会，赚些会务费来贴补他们的生活。他知道余薇不喜欢这样四处说假话、说空话的会议，可是他又没有太多挣钱的渠道……好在余薇支持他的写作，并认为他的写作是高级的，尽管不被主流接受……尽管不是那种所谓的光明……抵达人的内心，呈现人类的情绪，这才是高级的文学，也包括其他的艺术门类……

眼睛盯着窗前的落雪，有种让人喘不上气来的窒息感。赵挺弋把窗户摇开了道缝隙，瞬间，冷风就钻进来袭击了他。他哆嗦一下，又把窗户摇上，把冷冬和黑夜阻拦在窗外。

二勇说，挺子，有句话，我不知道该不该说。赵挺弋说，咱俩，有什么不能说的吗？二勇说，左晓丽还是你老婆吗？赵挺弋说，你怎么问这个问题？二勇说，我就问问，是还是不是？赵挺弋说，不瞒你说，这次回来，我就是处理这个事情的，马上就不是了。二勇说，那就好。赵挺弋问，咋啦？二勇说，没啥，就是有天晚上，我开出租车看到她和一个男的钻进我的车内……赵挺弋说，哦。马上她就自由了。二勇说，那就好。你在外面也有人了吧？赵挺弋说，嗯。二勇问，干啥的？赵挺弋说，大学老师。二勇说，有文化好。我记得你上班的时候，就跟老古写诗、写小说什么的，现在还写吗？赵挺弋说，写。二勇说，啥时候出书给我一本，看看你都写了些啥？赵挺弋说，好。二勇说，我给你提供个素材。赵挺弋说，好。二勇说，你还记得陈国柱吗？我们当时都叫他柱子。赵挺弋说，记着啊，在技校的时候，因为他舅舅是电视台的，跟我们装 ×，油头粉面的，勾引在校的女生，被我们揍过的那个人。二勇说，对，就是他。赵挺弋说，咋啦？他。我记得他技校毕业后，好像没到轧钢厂报到，直接调走了。二勇说，是的。他调去电视台扛摄像机，当记者了。到电视台就跟一个女记者结婚了，后来，又看上女记者的妹妹，在跟女记者的争吵中，把女记者掐死了，进监狱了。前不久竟然被放出来了，说是证据不足。谁都明白是咋回事，他舅舅当了管文化系统的副市长了。赵挺弋说，哦。赵挺弋说，当年我们技校吊车班的一个败类。不说他了，像吃了只苍蝇。

车内给着空调，赵挺弋有些困。他再次把窗户摇一道缝隙，冷风刺骨地钻进来，让他清醒很多。点了支烟，递给二勇，自己也点了支。赵挺弋问，你妈还好吗？二勇说，不好，已经看不见了，糖尿病拐带的，眼睛看不见了。赵挺弋说，你呢？这一阵都说别人，没说你呢？二勇说，老样子啊！活着而已。要不是有我妈，我也早逃了，离开这狗日的东北。前不久还有朋友说在深圳给我联系个开长途汽车的活儿，可是，我妈这样，我离不开……熬吧。二勇叹了口气。车灯外围的冬夜，让灯光所及的范围内更加空茫，是的，空茫。这是赵挺弋在脑海里找到的唯一准确的一个词。二勇说，没想到今年的第一场雪就这么大。赵挺弋把窗户再次摇上，窗外的风呼啸着，伴着黑漆漆的夜，风犹如一群飘浮在落雪中的鬼魂，寻找一切可能的机会来袭击人类。路上相撞的三辆轿车还停在那里，几乎被雪覆盖了，看不到有人。二勇开车绕过去。赵挺弋看了看手机上的时间，已经晚上八点半了。目前看，距离望城还有一半的路程，到达望城，也许要十点多钟。赵挺弋说，我问的是你的个人生活。二勇说，哦。小南在幼儿园出事后，林南燕就整天神情恍惚的，班也不能上了，现在在康宁医院（望城精神病院）。没送她去康宁医院之前，我们尝试过了，可是，一进入她的身体里，就像碰到冰似的。尝试几次，我们还是放弃了。她的精神越来越恍惚，我只好送她去住院。那半年来，我几乎不说话了，都要成为哑巴了。我想过自杀，可是……

小南的事儿，赵挺弋没辞职的时候就知道，当时，还是他陪着二勇把小南的尸体包裹起来，黑夜里抱到河边烧掉。赵挺弋曾建议抱到山上去烧，可是二勇坚持在河边，二勇说，山野之上黑黢黢的，小南到时候会害怕的。赵挺弋再没说什么，跟着二勇来到河边，抱着两捆柴火，二勇抱着小南的尸体。之前，二勇在河边已经准备了些木头和汽油，藏在河边的草丛里。林南燕要跟着来，被二勇阻止了，说，你去什么去？在家待着，我会处理好的。林南燕哭着扑出门来，被二勇一脚踢进门里，只见林南燕披头散发地坐在地上。二勇连忙把门锁上，林南燕在门里喊叫着，用拳头、用脚砸门。二勇说，别管她，我们走。赵挺弋跟着二勇顺着巷子走出来的时候，只听到林南燕嚎啕的哭声，从屋子里传出来，在巷子上空回响着。把小南尸体放到河边的沙滩上，支起柴火，在柴火上浇了瓶汽油，在柴火熊熊燃烧起来的时候，把小南的尸体放到火焰中……那一刻赵挺弋不忍心去看，他转过身去抽烟，耳边的河水在缓慢流淌着，发出呜咽的声音。二勇一直站在那里盯着火焰焚烧，直到一切化为灰烬，只听二勇动物般地咧着嘴嚎哭起来。赵挺弋劝说着，二勇，你们还年轻，可以再要一个。这样的劝说是徒劳无用的。二勇蹲在沙滩上哭声震天。赵挺弋也跟着掉下眼泪。二勇哭着哭着一屁股坐在了地上，赵挺弋把他扶起来，两人把滚烫的灰烬投入流淌的河水之中。他陪着二勇在河边又坐了一会儿，下雨了。赵挺弋说，回吧。二勇说，你先回去吧，我再坐一会儿，陪陪小南，我仿佛听见河水里传来小南喊爸爸的声音了。赵挺弋心疼地看着二勇，没再说什么，陪着他一直坐到深夜，雨淋着他们，但他们不觉得，就那样坐着，偶尔点支烟取暖。被雨淋湿的河，更加沉重，缓缓前行。

沉默。

痉挛。

整个宇宙在颤抖。

长久的沉默过后，二勇爆发一声霹雳般的喊叫：小南啊……

喊叫声像一把刀子扎进黑夜的心脏，扎进世界的心脏。世界瞬间变得暗下来……

就这样两人又坐了一会儿，二勇一直仰望着天空。天空犹如黑暗的庙宇，可是漏雨了，二勇什么都看不到。赵挺弋也看不到。巨大的庙宇被黑暗填充着，什么隐藏在后面。不知道。二勇跪在沙滩上，像在跪拜什么似的，还磕了头。

二勇从雨中站起来说，回吧。两人走在巷子里，几只猫发出撕心裂肺的、令人惊悸的叫声。到了二勇家门口，二勇打开门锁，发现林南燕不在家里。她是从窗户爬出去的。窗户的玻璃碎了一地。赵挺弋又跟着二勇转身在巷子里四处喊着林南燕的名字，寻找林南燕……又遇到黑暗中撕心裂肺叫唤的猫，二勇捡了块石头，投到黑暗中，叫声戛然而止。黑灯瞎火的，林南燕掉进一条臭水沟里，在里面扑腾着，他们才找到。把林南燕从臭水沟里拉上来，湿漉漉的林南燕揪着二勇的衣服问，你把小南带到什么地方去了？你还我的小南，你还我的小南……林南燕对着二勇又抓又挠的，直到二勇把她抱在怀里，她才安静下来。赵挺弋说，二勇，林南燕找到了，我也回去了。二勇说，谢谢你陪我。赵挺弋说，说这些干什么？好好的。二勇嗯了一声。赵挺弋看着二勇把林南燕扛在肩膀上，林南燕两腿还在蹬着，喊叫着，我要找到我的小南，我要找到我的小南……二勇喊着，林南燕，别闹啦，小南去了一个好地方，比这个世界好很多的地方……赵挺弋盯着他们离去的背影，心情怅然。他抬眼望了望夜空，星光黯淡。他的眼睛适应了好一会儿。从那之后，林南燕的精神就不好了，疯疯癫癫的，只要在大街上看到小女孩就冲上去喊着，小南……小南……

小南的幼儿园闯进去一个疯子，杀害了三个小孩，其中就有小南——二勇和林南燕的女儿。后来，抓到那个疯子，是轧钢厂小集体分流出去的工人。赵挺弋沉默不语。那几年下岗分流，是从大集体把小集体的工人清理出去……

这时候，二勇的手机响了。是一个女人的声音。二勇说，你先回去吧，今晚不接你了。我给我妈买了吃的，你给她洗洗睡吧。女人说，看你微信上，挺子回来了吗？二勇说，是呀，我现在和他从机场往回赶呢。雪大，走不快。好了，开车呢，回去说。二勇撂了手机对赵挺弋说，你猜是谁？赵挺弋摇摇头说，猜不出。二勇说，你认识的。赵挺弋问，是我们班的吗？二勇说，是呀。赵挺弋说，我们班总共才五个女生，后来剩下四个了，其中一个叫尹秀的被开除了。二勇说，就是被开除的尹秀。赵挺弋说，你们在一起啦？二勇说，搭伙，相互取暖吧！赵挺弋说，咋搭伙呢？二勇说，林南燕在康宁医院，我也不能……我也是男人，有生理需要是不？只有尹秀这样的……她现在离婚，带个孩子，我们经济各自独立……只是在一起取暖，有时候，她帮我照顾一下我妈……才在一起两年多，她在舞厅陪舞，坐我的出租车，我认出她来，从她被技校开除后就没见过……后来，每晚她陪舞从舞厅出来，我都等在舞厅门口，就在一起啦……当年轧钢厂技校的事情，责任完全不在她，而是那个体育老师性侵她，导致她大了肚子，被学校开除……那个体育老师被调离学校，到轧钢厂下面的一个车间工会工作……我和尹秀说，整死那个杂种算了。尹秀拦着我不让我去，说，整死那人，我们也不能活。我们要好好地活着，都是命啊！尹秀说完，眼泪就噼里啪啦地落下来，扑在我的怀里哭了。尹秀说，二勇，你对我好点儿，这个世上再大的苦，也不是苦。我说，嗯。我就那样抱着尹秀，然后，你能想到吧……尹秀说我身体里藏着一把刀子，能杀人……我躺在床上抽着烟，嘿嘿地笑……

赵挺弋沉默。他当然知道陪舞是个什么概念，他还在望城的时候，轧钢厂门口的舞厅里就乱七八糟的，整顿之后，也没好到哪儿去。从原来的从事色情服务到现在的软色情。十块钱，女人陪着跳三支舞曲，其中一支舞曲是在黑灯下进行的，手就是黑灯世界里的眼睛，可以看到女人身上的一切地方，也可以到达一切地方。他听进去过的工人说过，但自己一次没去过。赵挺弋的心里面刺痛着。是啊，一个女人不到万不得已是不会去陪舞的。

二勇问，咋不吭声了呢？赵挺弋说，说累了。哈哈。他笑了。二勇问，你在外面咋样？钱好挣不？赵挺弋说，将够吃饭吧。所有的城市都差不多。二勇叹了口气，点支烟，目光注视着前面雪花纷飞的道路。也许是烟熏的，眼睛眯着，但目光灼灼，要把车外的雪花点燃似的。这鬼天气，出租车的活又不好干了，二勇随口骂着。二勇说，不怕你笑话，有时候活着累的时候真想杀人啊！要不是有我妈，还有林南燕，我可能早就进黑社会了……这也要感谢她们……你还记得刘文定吗？也是开吊车的，上班的时候都带着砍刀，咋咋呼呼的，只要来电话就出去帮老大砍人……后来，那个老大倒台了，现在他还在轧钢厂上班，人也老实了……

四

赵挺弋不吭声，眼前除了车灯所及的光亮，窗外的树木，荒草，岩石，山峦……还有他和二勇谈论的那些人物也在黑暗中影影绰绰的，令人看不清晰。他突然很想余薇，很想的那种，身体不禁发热……

那时候，他在北京海淀区的一个地下室里，那就是一个狗窝一样的地方，每天五十块钱。赵挺弋靠偶尔给人当枪手写写剧本什么的活着。两人在网上聊得很投机，半年后，说见见，余薇就从武汉过来，那时候余薇刚大学毕业，留校。余薇来的那天，赵挺弋发烧，没去机场接她。她拉着行李箱出现在地下室门口的时候，赵挺弋看着她的行李箱，开玩笑说，这是要来过日子啊？余薇说，过日子咋的？她模仿赵挺弋的东北口音说，不欢迎吗？还是我不配。赵挺弋满脸病容，余薇问，咋啦？赵挺弋说，感冒发烧。余薇伸出手在他的额头上试了试，连忙拿开说，烫死啦，吃药了吗？赵挺弋说，挺几天就好了。余薇说，这样会死人的，我可不想给你送终。有药吗？赵挺弋说，没有。余薇说，你把行李箱拿进去，我去买药。过了一会儿，余薇买药回来，让赵挺弋去床上躺着，她开始烧水，给赵挺弋吃药。她还买了个体温计，说，吃过药后量量。赵挺弋躺在零乱的床上，看着余薇像一个保洁员似的，开始收拾屋子，把一些盒饭的空盒和垃圾收拾出去，把一些脏衣服收到一起，问，有洗衣机吗？赵挺弋说，没，放那儿吧，你走后，我拿去洗衣店。余薇把脏衣服和臭袜子放到盆里，出去买了洗衣粉，开始给赵挺弋洗衣服。赵挺弋说，这还真的是要过日子啦？余薇说，便宜你，你还没明媒正娶呢。赵挺弋说，好，会明媒正娶的。只是我没能力养活你，像你这样的姑娘会嫁给我这样的傻子？余薇说，谁让你养活了，到时候，说不定还要我养你呢。赵挺弋沉默，心情沉重。从余薇的话里，他听出来她不是在开玩笑的。赵挺弋说，有件事情一直瞒着你的，我不是单身，家里还有……但那已经名存实亡了……余薇不吭声，坐在马扎上搓洗着衣服。很长时间，余薇都没说话。赵挺弋问，你生气了吗？余薇说，你是我什么人啊？我生你气。我值得跟你生气吗？跟一个骗子生气吗？她故作镇静地噘着嘴唇，吹着手上的洗衣粉泡泡。很多泡泡包裹着她染了黑色指甲油的手，有的破碎了，有的飞了起来，在潮湿阴暗的地下室里飘浮着，随之破碎。洗完衣服，余薇把衣服晾在一条绳子上，擦干手，从随身的背包里拿出来一管护手霜，抹在手上，两手在一起摩挲着。也许是染了黑色指甲油的原因，那手真白啊，真嫩啊！地下室里充满了护手霜的香味。这地下室里有了女人就是不一样，都变得温暖很多。赵挺弋说，从到了，就没歇着，坐下来歇息一会儿吧。余薇站在地上看着他简陋的书架上的近百本书。从里面拿出一本他新买的《七杀简史》翻看。赵挺弋盯着她被牛仔裤包裹得圆润的屁股出神了一下。余薇说，什么时候你也能写出这样一部能当枕头的小说就好了。赵挺弋说，还没看，只是翻了翻，这样的小说在中国根本不能出版。余薇说，出版并不重要，关键是你要写出来。我是说厚度，如《2666》《自由》《到大地尽头》《地下世界》……这些小说。赵挺弋嗯了一声说，我根本没有那么辽阔的内心和视野。余薇说，我相信你。那一刻赵挺弋突然有些感动。余薇拿着那本沉重的《七杀简史》转过身来，说，量量体温。赵挺弋拿着体温计竟然不知道放什么地方。他恍惚记得有人把它放到肛门里，他拿着体温计不知所措。余薇好像看出他的无知，说，夹在腋窝下面。赵挺弋说，哦。他笨拙地把体温计夹在腋下。余薇拿着书在简陋的写字台前坐下，看了眼落满烟灰和咖啡渍的电脑，问，这就是你干活的家伙吗？赵挺弋说，是的。你看看，你看看，都什么样啦？烟灰，咖啡渍，还有这白色的……不会是你打手枪的精液吧？赵挺弋脸红了，没吭声，心虚了。是啊，他确实那样做过，对着电脑里下载的毛片……她放下书，从兜里掏出纸巾，给他擦拭着电脑屏幕和键盘。那几个染了黑色指甲油的指头，像几只眼睛，在键盘上跳动着。等她擦完电脑，转过身来说，看看体温计。赵挺弋从腋下拿出来体温计，看了看，不知道看哪儿。他说看不懂。余薇说，真笨啊。她走过来，拿过体温计，两人的手碰到一起，赵挺弋像被电了一下。余薇看着体温计内的水银柱说，学着点儿，一个人要懂得这些日常的小事，就看这个水银柱对着的刻度。她细长的睫毛下的眼睛盯着体温计，说，没事儿，37度，正常啦。赵挺弋说，你来就好了。你就是大夫啊，你就是药啊。余薇说，切，嘴这么甜，在网上哄过多少妹子啊？赵挺弋紧张地说，没，真没，只和你聊。余薇撇着嘴，一脸不信任的表情。余薇把体温计装起来说，起来吧，陪我吃个饭，总不能我来看你一次，连个饭都不陪我吃吧？再说，我像个保姆似的，你总得表示一下吧？赵挺弋说，怎么表示？亲亲吗？余薇说，亲你个鬼。之前在网上聊的时候，聊着聊着，就亲亲（一个表情包，是两颗红色的樱桃），在聊天结束后，也要亲亲的，甚至还要抱抱的。这来到现实中，反倒变得冷漠了吗？还是……余薇盯着电脑说，我有一个简单的请求，可以吗？赵挺弋问，什么？只要我能办到的，赴汤蹈火，上刀山下火海。余薇说，别贫，很简单的，把你电脑里下载的那些毛片删了。赵挺弋愣住了，怔在那里，心想，她怎么知道的呢？她又没打开我的电脑。余薇问，难吗？赵挺弋说，不难，马上。赵挺弋从床上起来，坐在电脑前把硬盘里下载的东西都删了。他说，都删了。余薇说，都删了吗？他说，都删了，冲天发誓，撒谎我不得好死。余薇说，你个泼猴儿，闭嘴。两人出去吃饭……回来的时候，已经午夜，两人喝了酒，开始亲吻……直到，筋疲力尽地躺在床上睡去。

那之后，余薇又来北京。两次。

二勇来了个急刹车，还是溜出去两米多远。赵挺弋被晃动得很不舒服，连忙问，怎么了？二勇说，前面又有车出事了。看来这雪夜的高速公路真是通向阴间的路。他们没有下车，只见前面两辆车撞到一起，在落雪中悄无声息的，令人恐惧。赵挺弋说，不会，都死了吧？二勇说，不知道。赵挺弋说，下去看看吗？万一能帮上什么忙呢？二勇说，如果真他妈的都死了，我们下去也没用，等着殡仪馆的车来吧。赵挺弋说，万一没……说不定还有救……二勇说，你要当好人，你下去吧，我不去……赵挺弋下车，冷风一下子紧紧抱住他，透骨了都。他低着头，顶着风靠近那两辆被雪覆盖的车。被雪覆盖的车，看上去像白色的灵车。他用手掌刮开车窗上的雪，往里面看，驾驶室内没人。他走到另一辆车窗前，同样刮开玻璃上的雪，也没人。人呢？他自言自语地问了一句。他回到二勇车内，说，没人。看来是人没事，都跑了。二勇没吭声。赵挺弋说，可这荒郊野外的，人能跑哪儿去呢？二勇说，自有他们跑的地方吧？总不会蒸发吧，总不会是鬼吧？赵挺弋说，说得怪吓人的。

赵挺弋感到歉意，要不是自己给二勇打电话让他来接自己也不会这样。

二勇坐在那里恶狠狠地抽烟，像是要把整支烟吃进嘴里似的。

他们两人坐在车内焦躁，惶恐，如果给他们把枪的话，他们会对风雪中的黑夜射击……

尽头——地狱？

赵挺弋的脑海里再一次蹦出来这个意象。

过了一会儿，二勇开始倒车说，倒回去找一个高速口下道，走老道回去。赵挺弋说，好。他知道，这也许是最好的办法。如果在高速上再这样等下去，两个人会崩溃，会疯掉的。车倒着走了一段路，二勇找了个开阔的地方掉头，逆行，还好，没有别的车辆，这样逆行了二十多分钟，找到最近的一个高速口，下了高速。雪小了，看上去。老道上的车辆很少，可以看到隐约的车辙。他们陷入白茫茫山野的寂静之中。二勇摇开车窗说，终于不用那么紧张了，可以喘口气啦。你还有烟吗？我的抽没了。赵挺弋拿出烟给二勇点上。尹秀又来电话问二勇，咋还没回来？二勇说，高速上不敢走了，老有撞车的，再走说不定小命就报销了，我们下高速拐到老道上来了，快了，一个小时应该可以到了。尹秀说，注意安全。二勇说，我妈睡了吗？尹秀说，睡了。二勇撂了手机。赵挺弋说，还挺关心你的啊，挺爱你的啊。二勇傻笑说，都是苦命人，凑到一起取暖呗。

赵挺弋在心里面羡慕着。余薇这个时候睡了吧？他不忍心发信息去打扰。这么想，他同样感到甜蜜。即将到达的望城却让他心里忌惮并厌恶，是啊，这次回来一切都可以了结了。是的，了结。

这么想的时候，左晓丽来电话了，问，回来了吗？赵挺弋闷闷地说，回来了。左晓丽问，回家吗？赵挺弋说，不回去了，明天民政局门口见。左晓丽嗯了一声，问，住哪儿呢？赵挺弋说，路上，快到了。左晓丽说，好，明天见。对了，家里你的那些东西咋办？赵挺弋说，随便。左晓丽说，那我都卖给收废品的啦，还有你的那些书。赵挺弋说，书给我留着，其他的你处理吧。我会尽快给那些书找个地方。左晓丽说，好。赵挺弋大概有几千本藏书，其中有一部分是老古的。老古死后，老古媳妇把老古的那些书卖给了收废品的，又被赵挺弋从废品收购站买回来了。

此刻的赵挺弋竟然有了一种回来奔丧的感觉。

二勇边开边说，我的决策英明吧，看看这老道上多好，不那么让人把心悬到嗓子眼开车。赵挺弋点了点头，没吭声。他想，之前那个天不怕地不怕，杀气腾腾的二勇，心里还是怕，怕什么？赵挺弋说不好。人性是一个复杂的东西，写作这么多年，他仍搞不懂，在某种环境里，人瞬间就会屈服，甚至会软弱。如果自己没有离开的话，会变成什么样子呢？也许会像老古那样，决绝地……他在心里没有责备二勇的意思，甚至羡慕起二勇来。是他想多了。这么多年他都处于一种紧张敏感的状态之中，身上的每一根汗毛都竖立着感受着时代的气息。他憎恨这样的敏感，如果不自我调节好，结局也许就是沉沦或自戕。还好，遇上了余薇，让他看到生存意味之外的可能。但他心里还是觉得与近在咫尺的二勇有了隔阂。

莽莽山野之中，一条白色的雪路横陈，仿佛从天上延伸下来的。他们的车是那么渺小，渺小得犹如一只甲壳虫。

五

雪停了，但风裹挟着雪，肆虐着。赵挺弋看着窗外，偶尔能看到山野人家的灯光，橘黄色，像散开的胆汁。风敲打着车窗玻璃，他恍惚听见有人在喊，挺子，挺子，是你吗？他身体一怔，看着窗外，什么都没有。二勇看上去很高兴，因为快要到家了。二勇问，走了几年，回去想吃点啥？我请客。赵挺弋说，想不起吃啥。二勇说，你回来一趟，我总得请你吃一顿吧？赵挺弋说，你跟我还客气吗？二勇说，要不就让尹秀炒几个菜，她的手艺比饭店的厨师还好。赵挺弋根本没有食欲，他只想找家旅店，冲个澡，睡一觉，第二天早上起来去民政局和左晓丽把手续办了，然后就逃离……二勇说，到底咋的？你说话啊？赵挺弋说，随便。二勇说，随便啥意思啊？靠。我在机场发的微信，你还记得吧？很多技校的同学都想找你聚聚呢。赵挺弋说，还是算啦，我不喜欢热闹。二勇说，你变了。赵挺弋说，没变，之前，在这里的时候，你看过我喜欢聚会吗？二勇说，你独啊！上技校的时候，你知道背后人们叫你什么吗？"独行侠"。你不稀罕跟我们这些人在一起。赵挺弋说，你这么说就没意思了，每个人有每个人的活法。二勇说，不说了，就按我说的办，我给尹秀打电话让她炒几个菜，买瓶酒，就在家里解决了。赵挺弋沉默不语。二勇给尹秀打电话让她准备些酒菜。赵挺弋耳边再次响起那个声音，是你吗？挺子，你回来了吗？他开始怀疑自己的耳朵出了问题。这荒野之外，天寒地冻的，怎么会有人喊他？一定是耳朵出了问题，他想。小手指伸进耳洞里抠了抠，除了耳屎，什么都没有。

这样二勇又开了二十多分钟，行驶仍旧很慢。也许是着凉了，赵挺弋说，我下去撒泡尿。二勇把车停下来，停了几下，才停下来。赵挺弋下车，对着雪地开始撒尿，他眼睛望着茫茫雪野，距离百米远的一个山坡，他转身对着二勇说，那边的那个山坡是不是就是鸽子洞公墓？二勇在车内大声问，你说啥？赵挺弋说，问你前面路边的那个山坡是不是就是鸽子洞公墓，公墓下面就是太子河。我们现在是在滨河路上吗？二勇说，是的。你要干吗？赵挺弋系上裤子说，那里距离城里没几步远吧？二勇说，到了鸽子洞公墓差不多就到城里了，大概走五千米左右就是城里了。怎么了？赵挺弋回到车内，说，到鸽子洞公墓你停一下，我要去看看老古。二勇说，这冰天雪地的，你去干什么啊？你记着老古，老古还不一定记得你呢。赵挺弋说，他记不记得我没关系，我还记得他这个师傅。下次什么时候回来都不知道，我还是想去看看。二勇说，你去吧，我不去，你看马路上有车跑，雪看上去不厚，那山上的雪足可以没过膝盖的。你看我还穿的一双单鞋。赵挺弋说，开车吧，到了鸽子洞公墓，你给我停一下，我下去。你先回去，我下山后，给你打电话。二勇说，你到底要干吗？

赵挺弋说，不干吗？就是去看看，离开几年啦，再说这也顺路，不去看看，这心里面总觉得……二勇说，什么天啊？你不知道吗？就算老古还记得你，这样的天气，你不去看他，他也不会挑你礼的。再说了，都这个点儿了，你不害怕吗？赵挺弋说，有什么怕的，人总是要死的。二勇说，真拿你没办法，既然你回来一趟不容易，你想去，就去吧，随便你。我在这望城待着，清明节、鬼节什么的，我再去，总算没白做师徒一场。赵挺弋说，那辛苦你了。二勇说，挺子，你变了。真他妈的变了。赵挺弋说，变了吗？我没觉得。对了，你还记得那时候老古因为和班长吵架被“流放”到厂房外面的钢材库开龙门吊，我们在二班吃完饭后，看着老古的女人给他送饭，你还淘气弄了个望远镜，看他们都在半空中的驾驶室里干什么？我们看到他们在里面做爱……你看完后，把望远镜给我，让我看，你在旁边开始打手枪……二勇说，那时候，我们多年轻啊，哪受得了老古他们那样刺激啊……赵挺弋说，是啊，我也受不了啊，放下望远镜跟着一起……也是冬天吧？二勇说，嗯，打完手枪，手和那啥都他妈的冰凉……冰凉的……后来，我们还是被老古给发现了，他下夜班的时候，领我们去那女人开的歌厅……给我们叫了两个小姐……你那时候胆小，羞涩，倒是我……赵挺弋说，老古是我们懵懂时期的启蒙人……二勇哈哈笑起来。赵挺弋没笑，他笑不出来。

想到那天刚下过雪，他们下三班洗完澡，从澡堂子出来，站在门口抽烟，有人说，咋没看见老古呢？他咋没回来？有人说，能有啥事？一定是上夜班前，没闲着，干干活，累了，现在在车里睡着了，还没醒。有人说，他那车也该有人接班啦。有人对赵挺弋说，你去看看你师傅，别出啥事。刚洗完澡，身上确实有些疲惫，毕竟干一宿活了……但他还是去了，沿着厂房外面的那条路向钢材库走去。那条路几乎看不见了，都被雪淹没了，赵挺弋就是凭着感觉那是一条路，深一脚浅一脚地走着，直到到达钢材库，看到那台龙门吊。走了十几分钟，远远看见那台龙门吊就像是一个巨大的骨架立在雪地之上。他恍惚看见什么吊在吊车走桥下面，他揉了揉眼睛，开始奔跑起来……当他看到老古悬挂在那里的时候，他整个人都蒙了……只见老古脖子上绑了根电线，另一头绑在吊车走桥的护栏上，悬挂在那里……因为龙门吊是在露天，老古的身体悬挂在那里，好像还摆动着……赵挺弋呼喊着，救命啊……救命啊……他的声音在雪地上炸裂开来……这里距离厂房还有很远的距离，他的呼喊声并没有人听见……他开始往回跑，往澡堂子这边跑，看到人就喊，老古死了……老古死了……人们跟着赵挺弋向钢材库跑去……老古悬挂在半空像一个布偶似的……

雪落在老古身上，但仍能看清楚老古的轮廓……看上去已经吊下来很长时间了……没人敢动，等着领导来。他们都僵在雪地里，仰头看着挂在那里的老古，像看电影似的……背景是天空和雪地，还有被风刮起来的雪，在地上打着旋儿……老古身上穿的蓝色劳动服在雪地的映衬下，蓝莹莹的，都有些他妈的鲜艳了……

二勇开车到鸽子洞公墓道口停下来。赵挺弋拿着背包下车，说，那我去了。二勇说，用不用我在这里等你啊？赵挺弋说，不用，你先回去，省得尹秀担心，我上去待一会儿就走回去。你家还在原来的楚河巷住吧？二勇说，拆迁啦，现在我住在程家小区。赵挺弋说，那我走过去更近了。你开车走吧。二勇叹了口气，摇了摇头说，真拿你没办法。那你去吧，替我给老古带声好，我开车先回去了，在家里等你。赵挺弋说，好。二勇开车走了。赵挺弋把羽绒服的帽子戴在头上，扣紧脖领子上的纽扣，望了眼山上的坟墓，墓碑林立，但已看不见上山的路，都被雪掩盖了。他目测了一下距离，应该不到两千米吧，不是海拔，是行走的距离。他踏着雪，向山上走去。雪真像二勇说的那样，踩下去能有半米多深，没过膝盖了。随着坡度越来越大，他走得艰难起来，两手不时抓着露出雪面的灌木，向上爬着。脚底下踩到一块岩石，整个人又滑下去两米多，爬起来，继续向山上爬去。是冲动吗？还是别的什么？他也不知道。山风吹着雪，落在他的脸上，他用手抹一把，继续。二十多分钟后，他终于爬到了墓群边缘，站在那里喘着气。风吹着灌木发出的声音口哨般尖锐，像是在通报有人来了似的。赵挺弋站在山上看着下面的河流，河面已经封冻，看上去像一条道路，他耳朵里听见冰面裂开的声音。他喘了会儿气，开始寻找着老古的墓碑。他已经忘记当年老古墓碑的位置。在坟墓中穿行着，他悚然起来。他害怕了。他嘴里呼喊着，老古，老古，我来看你了，你徒弟挺子来看你啦。刚才我在车上听到呼喊我的声音，是你吧？除了你还会有谁呼喊我呢？现在，我来看你了。他在心里面这样喃喃着给自己壮胆。那风好像报完信之后，就歇了。墓地变得沉寂下来，那些冰冷的墓碑像一张张面孔，坟包已经被雪掩埋，要不是墓碑，可能真不知道谁是谁。赵挺弋用手机上的手电筒照着墓碑上的名字。范中华之墓，李吉学之墓，姚天海父亲大人之墓，海麦荣母亲大人之墓……这一个个找过去，直到照见古瀚宇之墓。老古的墓地距离墓群有四五米远，看上去茕茕独立在那里。赵挺弋呼出的哈气在羽绒服帽子上结了白霜。他说，终于找到你了，老古。他长长出了口气。他伸手在老古的石碑上拍了拍说，老古，我回来看你啦。你还好吧？他用脚清理着墓碑前的积雪，露出一块冻土来。他感到冷，爬上山来身上都出汗了，内衣湿透了，现在停下来，汗凉了，内衣也跟着凉了，在吸着他的体温。他点了支烟，给老古也点上，放到墓碑上，想想那些墓碑都在眼睁睁地看着，他说，没几支了，我还要暖暖身子呢，下次吧。对不住啦。他把点燃的烟放在老古的墓碑上说，老古，来，抽烟。只见烟刚放到墓碑上，就看到猩红的烟头，哧哧地燃着，像一个贪婪的烟鬼，在咂吸着。他说，老古，慢点儿，别呛着。他看了看烟盒里，悄声说，我这儿还有五支，都留给你。眼看着墓碑上的烟烧完了，赵挺弋又点了一支放上去。他觉得身上越来越冷，四处看了看，目光落在那些灌木上，他折了些灌木树枝，堆放在老古墓前，说，我们生点儿火来暖暖。灌木树枝是湿的，刚开始点不着，他用火机烧了一会儿，沤了很多烟，把他都呛出眼泪了，就这样烘了一会儿，从烟雾里漫漶的树枝间，蹿出来几缕小火苗。竟然点燃了，还有些潮湿的树枝发出噼啪炸响的声音。火苗由小变大，蹿跳起来。他又折了些灌木树枝，投到火焰之中。他摸了一把脸上，被烟雾呛出的眼泪都凉了，他抹了一把。一大团红色的火就像是这公墓的心脏似的，在跳动。火越烧越旺，散发出灼人的热度，旁边的雪都被热度融化了。他手放在火焰旁边烤着火，身体也跟着暖和起来。蹲在那里瞅着老古的墓碑，他突然不知道说什么了，没话了。在老古活着的时候，他们更多的时候是谈论那些他们喜欢的书，还有电影。老古常常向他推荐看过的电影，还有书。现在说什么呢？他不知道。蹲在火堆前，他沉默着。火光跳动照在墓碑上，仿若出现了老古的那张脸。赵挺弋蹲在那里望着山下封冻的冰河，冰面像镜子般泛着光亮，冰裂声不绝于耳。老古当年经鉴定为自杀，至于自杀的原因，没人知道，成了一个谜。在那台吊车的记录本上找到老古写的几句话：把我轧钢厂的公墓卖了，随便换一个地方，我受够了。另：给我立一块碑。

老古的老婆知道信后带着亲属们来厂里又哭又闹的，还在吊车下面烧纸，以为厂里可以赔些钱，但自杀，轧钢厂是不会给一分钱的，最后，也只是给了丧葬费和老古这些年交的养老保险金，加一起几万块钱。老古的弟弟当时在干个体，开了一家服装厂，给他在鸽子洞公墓买了块地方。死结束了老古二十五年的轧钢厂生活，他解脱了，真的解脱了，解脱那年，老古四十五岁。老古死后，那台龙门吊没人愿意去开，赵挺弋主动申请去开。他喜欢那种独处，不干活的时候，自己可以在驾驶室里看看书，也偷着戴上耳机听音乐。偶尔，他也想象老古把电线缠绕在脖子上跳下去的那一幕……心生悲凉。那野外的吊车驾驶室就像是他的巢穴，他在孵化着一个逃离的梦。灌木树枝着得差不多了，他又去折了一些，抱回来，放上去。先沤出一股呛人的浓烟，然后才是火苗，他有些热了。盯着火苗，他不禁想起老古在一个冬天的夜晚喊他和二勇过去。原来，老古抓了条流浪狗在空地上烤了，还带了酒，二勇和老古喝酒吃着狗肉，他没吃，从小时候那条狗死后，他就不吃狗肉了，也厌恶那些吃狗肉的人。他拿了本书独自爬到吊车上，看着下面老古和二勇有说有笑的。

这时候，二勇打来电话问，你还在山上吗？赵挺弋说，再待一会儿，就回去。二勇说，快点儿，尹秀把酒菜都准备好了，就等你过来。赵挺弋说，好。

可以说，赵挺弋并没有什么食欲。他仍蹲在火堆旁，仿佛看到很多只手伸过来烤火……他说，冷就都过来烤烤吧。本来无意说出来的一句话，把他吓了一跳，他还是站起来，只见火堆周围空荡荡的……空荡荡的……那些墓碑仍旧竖立在那些地方。他和老古是惺惺相惜的那种关系，不仅仅是师徒关系。老古也从来没把他当徒弟看，更像是兄弟。老古认为如果有能逃出轧钢厂的机会或者人际关系，说白了就是后门，就尽快逃离，而不是待在这里，像囚徒一样。这是老古第一天就跟他说过的。赵挺弋告诉老古说，没有。老古叹了口气，说，那就学吧，总算是可以谋生的手段。但你要记住，这只是生存而已，一个人如果只是为了生存而没有精神生活的话，那么他就是半个人……不亚于一具行尸走肉……其实，大街上的那些人多是行尸走肉……赵挺弋站在老古的身后，嗯了一声。其实，赵挺弋有时候很不喜欢老古这样看问题的极端方式，但他没说什么。

……这次回来是和左晓丽离婚的，我结婚的时候，你就说过我们过不长的，我还说你是乌鸦嘴，看来你是对的，你不愧是老江湖，老油条。办完离婚手续后，以后什么时候再回来看你都是未知了，你要保重。在那个世界别像活着的时候那样，要合群啊！其实，这样说你，我又何尝不是一个不合群的人呢？在这个人的世界，在这个人的世界里苟活着……被时代裹挟着，奴役着……能怎么样？也许文字才是我可以喘口气的地方吧？这几年，来自精神和肉身的那种无力感让我随时都可能崩溃似的……你曾经说过，如果活着只是活着，你不能忍受……所以你选择了你的道路，而我可能有我的道路，老古。几年来，我从来没有这样跟人说过话，只有现在，跟你说这些话。向死而生真的是一条道路吗？我不知道，但我要用我的方式，活着，是的，活着……像石头下面一颗不死的种子。哎，看我说了这么多严肃的事情，不说这些了。对了，忘了告诉你，我又认识了一个女孩，叫余薇，在大学里教书。也许有机会的话，我们会离开这个国家，移民到国外去……这只是我们的梦想……不要责备我……老古……就是你活的时候不也建议我逃离吗？这次回来，也没带什么礼物给你，要不是高速公路上不好走，风雪阻挡，我们也不会走这条老道，我也不会想起来看看你，既然路过这里不来看你，我也说不过去……你是师傅，同时你也是兄长，只是你离开的方式，如此决绝，是我不能理解和不敢去实践的……我上飞机前随手拿了本书，是戏剧剧本《怀疑》，里面有三个剧本，分别是《怀疑：一则寓言》《安娜在热带》《求证》，是获得普利策奖的戏剧。记得你曾说过，戏剧才是文学里最高的艺术形式。近年来，我也阅读了很多戏剧剧本，也同意你说的话。高级。是的，戏剧高级。我就把这本书烧给你吧，留个念想。我特别喜欢《怀疑：一则寓言》作者的这段话，我念给你听：是怀疑改变着世界。当一个人感到疑虑时，当他踌躇时……正是他成长之时。当你无言灵魂的震撼力冲破了思想的樊篱时，生命出现了。而怀疑恰恰是重新进入现实的一个契机。

说得多好啊！你会赞成吧？老古。

现在我就一页页烧给你。烧给你。忘了告诉你，你之前的那些藏书，被我买回来，在我那儿，你放心好了……

赵挺弋说得想哭，但他控制着，没哭。他开始撕下书页，投入火焰中，盯着书页在火焰的舔舐下变成纸灰，黑色的，飘起来，又落下来。他再投进火焰中一页，就这样，直到把一本书烧完。赵挺弋跪在地上，膝盖的裤子被雪浸湿了，他给老古磕了三个头，站起来说，老古，我下山了，你保重，如果你在天有灵的话，请你保佑我……赵挺弋上前，在墓碑上抱了一下，很结实地抱着，好像要把那墓碑搂进自己的身体里。他松开坚硬的墓碑，最后，点了支烟给老古，看着那支烟很快被吸尽之后，他转身开始下山。整个人都变得充实了很多，那内心的空虚也被丰盈荡开，散尽。他深一脚浅一脚地蹚着雪，回望了一眼老古的墓碑，仿佛看见老古欣慰的笑脸。山下是冰河的碎裂声，在黑暗中炸开，星空为之颤抖……到了山下，他回头看了看那些脚印，早已经被风吹起来的雪淹没了。一个个墓碑，像一个个高窗，高悬于山上……他的眼睛湿了，有眼泪涌出来，他哭出了声音……

在冰河的碎裂声中，他沿着滨河路朝着望城走去。突然，他从栏杆跳过去，来到冰面上，脚落在冰面上，碎裂声更大了，更大了，从冰下面传来，他在冰面上行走，冰面很厚，他整个人随着冰裂声要碎掉似的，他嚎啕大哭起来……冰面不是路，下面的河水也不是路……上帝分开水，呈现的是否就一条路呢？他和这个世界的路在什么地方？世上本没有路，真的，走的人多了就有路吗？那路是他的路吗？

那一刻，赵挺弋想起当年在北京因为一场大火，他被驱赶出地下室，战战兢兢的，在寒风中拿着手机，手指在上面寻找余薇的号码，给余薇打电话……

余薇说，来吧，到我身边来……

余薇说，我正看陀思妥耶夫斯基的《卡拉马佐夫兄弟》，看到一段话很好，我朗诵给你听。

余薇开始朗诵："你们四下里看看上帝的恩赐：晴朗的天，纯洁的空气，柔和的小草，鸟儿，美丽而无邪的大自然，但是我们，唯有我们不敬神，愚蠢，不明白生命就是天堂，因为只要我们愿意明白，天堂会立即美丽地出现在我们面前，我们就将互相拥抱，放声痛哭……"

赵挺弋把手机从耳边拿开，放大了声音，企图让世界上的人们听见……芸芸众生也许会在余薇朗诵的文字中看见一条道路……

……来自天空。

2017 年 11 月 28 日星期二本溪

一水三浪

胡学文[①]

1

举着伞的陶班站在花池边，伞背灰黑，伞柄枯黄，而他的脸骨白如纸，被开得正艳的波斯菊映衬着，像从另一个世界逃亡而来，在淅沥的雨丝中，说不出的凄惶。

步出考场的阮平突然一愣，不知陶班为何立在这里，不明白他为何这副形象。监考老师都是从外校抽的，本校教师不允许进入考点，可陶班不但获准进入，还候在考场外。但阮平并未多想，稍一迟疑，点点头，转身就走。他没答好，心情糟乱。陶班不会是等他的，他学习平平，尤其陶班所教的数学，大考小考没一次及格。陶班喜欢和成绩好的交流，对阮平这样的差生，连目光都吝啬，不愿意多停留。所以，当陶班喊了一声并朝他走过来，阮平惊愕得张大嘴，大脑几乎停滞。陶班走得极快，好像被追赶着，步态急促而慌乱，地面湿滑，他歪倾了一下，差点闪倒。在阮平面前立定，他的脸才露出几丝笑，微微

① **胡学文** 男，1967年9月生。中国作协会员，河北作协副主席。著有长篇小说《私人档案》等四部，中篇小说集《麦子的盖头》《命案高悬》等十三部。曾获《小说选刊》全国优秀小说奖，《小说月报》第十二届、十三届、十四届、十五届、十六届百花奖，《十月》文学奖，《北京文学 中篇小说月报》奖，《中篇小说选刊》奖，《中国作家》首届“鄂尔多斯”奖，青年文学创作奖，孙犁文学奖，鲁迅文学奖，鲁彦周文学奖，《钟山》文学奖等。

气喘着说，我一直在等你。阮平越发困惑，盯住陶班，试图从他眼里读出些答案。从另一个世界逃亡来的陶班，方方正正的脸已经恢复了讲台上的自信和从容，左眼公式，右眼定律，高深难测。有……事？阮平小声问。陶班将手搭在阮平肩头，重重一揽，边走边说。

在阮平的印象里，那一刻的校园亢奋而混乱。虽然老师一再强调不准彼此询问答题情况，当然考完例外，但仍能听到议论和惊呼。一个女生捂着脸蹲在地上嚎哭。学生结伴走向食堂，交头接耳，某个男生绊了一下，饭盒掉在地上。就在这杂混中，陶班挟裹着阮平走向校门口。平时阮平也住校，高考前几日才回家住，往校门口走并没错，只是与陶班贴在一起实在是怪异。

跟你商量个事，陶班说，中午去我家吃饭吧，陶碧这孩子……他叹了口气，她非要把你请过去，别看她表面文静，其实很拗的，帮个忙，好不？陶碧是陶班的女儿，读高二，阮平和她同台领过奖，在学校举办的作文大赛中，他得了二等奖，陶碧是一等奖。那是他除了长跑外唯一说得过去的，不过是喜好，马马虎虎。陶碧作文好，能歌善舞，长相出众，每年的元旦晚会，她都是主角，没有不认识她的。更难能可贵的是，她性格随和，口碑极佳。但也并非谁都可以搭讪她。确如陶班所言，陶碧看上去是文静的。在阮平心目中，陶碧俨然就是公主。她要请他过去？阮平受宠若惊，立刻就应了。明白了原委，却被更大的疑惑罩住。他和她说过的话加起来没超过五句，她为什么要在这么个紧要的时刻约他？且让陶班出面？阮平忍了忍，还是问出来。陶班说去了你就知道了。阮平没再究根剖底，不然显得他太没礼貌了。

陶班将雨伞向阮平这边斜了斜，如此礼遇让阮平更加不安。阮平说陶老师你淋湿了，陶班说你下午还要考试，淋感冒就麻烦了。阮平说这点雨不要紧，我常淋雨的。他试图移离伞盖，陶班却揽得更紧了。

阮平眩晕了一下，那感觉就像天地突然倾翻，若不是陶班揽着，他就摔倒了。紧张过度，阮平就这样，头晕目眩，还伴有耳鸣。清早，他在黄桂仙的逼迫下，硬着头皮吃了三颗鸡蛋，六个红枣，两粒冰糖。那是黄桂仙搞来的偏方，专治晕眩症的。她对偏方情有独钟，肚里装了上百个，从头到脚，没有不能治的。不只阮平，父亲和弟弟都被她治过。她煮了十颗鸡蛋，要求阮平至少吃一半，那样便能确保他在考场上不被眩晕袭扰。但空腹吃甜腻的东西，难以下咽，三颗之后，阮平再也塞不进去了。考场上阮平倒是没晕，但恶心。那比眩晕还难受，眩晕就那么一下，反胃却一阵接一阵，如同海浪。阮平没答好，与此不无关系。现在恶心终于停止，却又晕了。还好，只那么一下。他不单纯是紧张、不安，还伴有难以言说的兴奋。多年后，他仍能记起那种混杂的感觉。从某种程度上说，那就是他人生的符号。

陶班住在学校东侧的家属院，从马路拐下来，是一条小街，小街没有出口，右边是高大的杨树，左边六排平房，红砖红瓦，一户一个小院。陶班住在后排最东头，院墙和房屋的根基处种植了波斯菊，刚刚打了骨朵，似乎与校园是两个季节。

陶班推开门，没有立即进去，他转过身，冲阮平诡秘一笑，做了个请的手势。阮平迟疑着，正要说陶老师您先请，陶班拽了他一把。仿佛担心阮平要逃走，陶班用力甚猛。因此，阮平不像是迈进去的，而是被陶班甩进屋的。看到陶碧和吴老师从桌边站起，笑盈盈地望着他，阮平窘得满面通红，从公路拐下来时想出的问候语突然飞得无影无踪。若不是陶班摁了一把，他不知傻站到什么时候。坐在凳子上，他才说，吴老师好。吴老师是图书管理员，他常借书，和她也算熟识。和别人不同，他借的都是推理小说。就在高考前一个月，他还借过《东方快车谋杀案》。吴老师言语不多，没问过他什么，那天半是意外半是好奇地问他马上要高考了，怎么还看这个？阮平没有回答，抓起书就走了。想起自己的失礼，阮平甚是不安。

更大的不安是因为陶碧。他见过陶碧笑，但那是在台下在远处，如此近距离还是第一次。她与吴老师一样是圆脸，但鼻子比吴老师挺，眼仁乌黑，嘴唇鲜润，耳郭几乎是透明的，屋内光线差了些，又是阴雨天，但她仍然光彩夺目。如果说没有回答吴老师是失礼，那么如此放肆地盯着陶碧就是失态了。他意识到却管不了自己的目光，彻底失控了。但陶碧没有显得懊恼或生气，大大方方地迎视着他，甚至笑得更灿灿了一点儿，仿佛她请他过来就是为了让他欣赏她的微笑。在某一刻，阮平觉得陶班和吴老师不存在了，只有痴呆的他和微笑的她。

要问什么，你赶紧的，下午还有考试。陶班的声音把阮平从荒远的世界拉到餐桌前，他立刻正襟危坐。陶碧作恍悟状，好像刚才她也进入了梦游状态。她问他作文题目，他说了。给出一幅漫画，分两题，先写一段说明性文字，再自拟写一篇议论文。陶碧瞪大眼，不无惊喜，真的吗？阮平不知她缘何惊喜，机械地点点头。我猜对了！我猜对了！陶碧有些亢奋，与之前安静甜笑的她判若两人。如果不是陶班沉下脸提醒，她就手舞足蹈了。陶班告诉阮平，高考前她押了作文题，并与陶班和吴老师打赌。阮平愕然，难道这就是她请他过来的用意？仅仅是让他做见证者？就算这样，那么多学生，为什么偏偏请他？虽然他仰慕她，仰慕她的家庭，但他与她，与她的家庭，并无更亲近的关系。阮平脑袋堵了乱麻，整理不出任何头绪。陶班仿佛猜到阮平在想什么，解释说高三年级里，陶碧对他印象最深。把你直接从考场喊过来，不大像话，还望你不要计较，陶班欠身致歉。阮平疑窦顿消，说没关系的，误不了考试就行。陶班立即道，那当然，吃完你休息一会儿，家里那边你放心，那会儿在校门口碰见你母亲，我和她讲了。

炖鱼，炖豆腐，肉炒葫芦，肉炒芹菜，白米饭。何止丰盛，以阮平的标准，相当奢华。那是二十世纪八十年代初，许多东西有票才可以买。即便是有食材，也得精工细做才行。阮平在家里吃不到这么多样菜，任何菜在黄桂仙那里都是一锅炖。只是面对盛宴，阮平并无食欲。还好吴老师的碗小，一碗米饭他很快就扒拉完了。

饭后，阮平独自在里间休息。陶班让他安心睡，到点儿会叫醒他。睡一会儿有助于思考，阮平当然懂。可人躺在那里，心却在半空悬着。他不是怕误了考试，也不是闻着枕头上陶碧的气息生出非分之想，而是连他自己也说不清的原因。他回想着另一个世界的陶班，回想着陶碧迷人的笑脸，总觉得这个高考日、这个雨天有那么一点吊诡。

午后，雨小了许多，根本用不着打伞，陶班还是撑了那把灰黑的雨伞执意要把阮平送进考场。阮平只好随他。陶班问他睡着没有，阮平说睡着了。然后再没有话了。但陶班仍如先前揽着他的肩，阮平甚是别扭。满大街，只有陶班和他在伞下躲着。

快到校门口时，一股风突袭过来，陶班没抓稳，伞从手中飞脱，滚到街上，又被风掠着连翻数个跟头。趁陶班追伞的工夫，阮平迈开大步。没错，他想甩脱陶班。然后，他便听到那几句对话。声音忽高忽低，在风里摇晃。没有完全听清，但他听明白了。食品公司，杀猪人，死，那几个字在阮平脑里跳弹几下，迅速勾出一个画面。不祥的预感就像刚刚那股狂风，突然、迅疾，几乎将阮平掀翻。他努力站定，试图辨识声音的来源。

陶班追上来，推阮平一把，走啊，愣着干什么？阮平跳开，直视着陶班，是不是我父亲……或许是这句话，或许是阮平的神情吓住了陶班，他没有马上回答，呆愣数秒，急促地说，快到点了！陶班这句话是没错的，但恰恰是没有错误，让阮平的期待瞬间化为粉末。他没有再问，拔腿就跑。陶班呼喊，阮平已经蹿出数十米。

高中三年，阮平两次获得校运动会长跑冠军。他瘦长，像根棍子，跑起来棍子底端就像安了滑轮。而在那个阴雨初歇的下午，他蹬掉了滑轮，几乎和飞差不多了。那时，街上的轿车尚少，但牛马车很多，有的车主自觉，在牲畜屁股后面罩个粪兜，有的车主自己的脸是不是干净都不在乎，对牲畜就更加视而不见，任其拉尿。拉在饭馆门口很快就被铲掉，若拉在别处，就要待上老半天，甚至一两天，直到压扁变干才被清走。步行、骑自行车的没有直行的，既要躲车，又要躲牲畜的屎尿，那是另外的堵，如同丛林。阮平在丛林里疯跑，可能踩到了什么，也可能没踩到，可能碰到了什么，也可能没碰到，他感觉不到。他似乎听到了惊呼，但不确定那是从街两边发出的，还是他心里的声音。那一刻，他是混乱的，唯一清晰的就是他在跑。他要跑到食品公司。食品公司在宽城的南端，与学校隔三条街，有两三公里。但那一天突然伸长了，阮平跑了许久才看见水泥门垛上白底黑字的牌子。

阮平来过多次了，进门直奔南边的生产区。父亲的同事潘美红刚好从厕所出来，她认出阮平，喊了一声。阮平没听到，甚至没有注意到潘美红向他奔来。距屠宰车间有四五米时，奔跑的阮平被潘美红抓住。巨大的惯性几乎将壮实的潘美红带倒，但她反应快，猛向后撤，另一只手抓住了阮平的左臂。阮平嚎叫着让她松开。潘美红抓得更紧了。阮平奋力挣扎，他要冲出她的夹抱。狂怒中，他甚至去咬她。她发现了他的企图，将他的双臂扭在背后，扣成十字。嘴咬不着，手臂动不了，阮平只能双脚踢蹬。但也就那么几下。潘美红一手抓住他的双臂，另一手揽住他的双腿，阮平被悬空拎起。潘美红能夹抱三百多斤的猪，擒一百挂零的阮平实在是小菜一碟。阮平束手就擒，又是头朝下，除了叫骂，再无招数可施。

潘美红径直将阮平拎到办公区走廊，那时已有人围过来。潘美红松开手，他们就把他摁住了。

2

阮九江照例骑着那辆除了铃不响哪儿都叫唤的自行车，昨天刚打了气，轮胎鼓硬，车轻了许多。他本来请了假，想驮阮平到学校。阮平喜欢跑着去，平时也就罢了，可今天高考，阮九江认为阮平应该享受特殊待遇。只比轿车少两个轮，比牛车可舒服多了，他跟阮平幽默了一下。阮平坚持说没几步地儿，他爬着都误不了。阮九江没有勉强，既然阮平用不着他，他就去上班了，请假要扣工资，他可不想在家里耗着。

黎明还在路上，夜黑如漆。宽城只有十字路口有路灯，而且一到午夜便闭了眼。对阮九江这样走惯夜路的人，有没有路灯无所谓，星光就够了。甚至星光也用不着。阴云盖顶他也没骑到沟里去。那一段路来来回回，几乎和他自己的脸一样熟。

铁栅门锁着，阮九江用锁头磕撞数下，看门的老张头走出来，边开边打哈欠，问阮九江怎么来得这么早。阮九江说睡不着。老张头说你还不到睡不着的年龄。阮九江说我大儿子今天高考。老张头说难怪你这么兴奋，早来一个小时呢。阮九江说影响你睡觉了，老张头说你儿子中榜，可要请我喝酒啊。像阮平已经中榜一样，阮九江咧开嘴，那是一定。见阮九江往车间走，老张头问你不等他们了？阮九江说我去那儿等。

阮九江蹲在车间门口卷了支烟，整个食品公司只有他抽烟叶。他对别人说烟卷软，抽烟叶才过瘾。确实如此，但更重要的原因是烟卷贵。养活四口人是极其吃力的，哪敢奢侈地抽烟卷呢？不喝酒也并非他说得那样闻见酒就恶心。黄桂仙爱喝几口，如果他也上瘾，开销必然增加。再说你喝酒，别人就会喊你，你今天喝了别人的，改天就得请别人喝。不喝没什么，若来而不往，那要被人轻看。虽说是个杀猪的，但他不想被轻看。

阮九江卷烟技术极好，若不是纸条外密密麻麻的字，跟机器卷出的没什么差别，尤其插在烟嘴里。没错，他喜欢用烟嘴，那个翡翠烟嘴是他唯一的奢侈品，是他用一副猪肚子换的。也许在别人眼里显得滑稽，但阮九江不在乎。我烦着呢，别惹我，他是笑着说的。或许是杀猪的原因，他的目光有难以形容的冷硬。连黄桂仙都注意到了，说他的眼神儿挺厉害的。而她嫁给他的时候，他像只羊羔，满脸的羞怯。那些玩笑，偶尔的玩笑，渐渐绝迹了。

抽完一支烟，同事还没到。宰杀是两人一组，只有潘美红例外，她独自宰杀。潘美红是食品公司唯一拿刀子的女性，力气却是最大的。没一个老爷们比得过她。所以，她可以一个人，而他们只能两人一组。而且，她杀得也利索，如行云流水。阮九江本来应该等同事到来，可他吹了吹烟嘴，装进兜里，从门口站起，脑里突然闪过一个念头。是的，他骑着咯咯吱吱响的自行车往食品公司走时，并没有这个想法。他来得早，是因他睡不着。但在这空闲里，念想从天而降。

阮九江换上深蓝色的工作服，摸出圈门的钥匙。圈在车间对面，门口的木杆上吊着一盏昏黄的灯。他打开门，腥臭扑面而来。圈里是顶灯，比门口的灯还暗。猪是昨天收来的，只有九头。那些猪像是知道阮九江的到来意味着什么，来回躲窜。一头行动缓慢的猪被阮九江抓住。猪没怎么挣扎，当阮九江抓着猪的双耳将它赶至屠宰车间时，它越发乖顺了。阮九江捆绑，它也配合得极其默契。阮九江甚为惊疑，但更多的是兴奋，他要在同事到来前将猪宰杀掉。阮九江从墙上摘下刀，朝猪走过去。就在那一刻，猪突然挣脱绳索，张开嘴扑向阮九江。阮九江还没明白怎么回事，脖子咔嚓一声断了。

阮平从梦中惊醒，咔嚓声仍在耳边回响。像奔跑了上百里，他大喘着，好一会儿才平静下来。黄桂仙和阮立还在熟睡，阮立从小就有鼻塞病，呼噜声很响。相比之下，黄桂仙的鼾声轻得可以忽略。

父亲被猪咬死后，阮平常做噩梦。白日，那个画面也会跳出来，撞击得他阵阵眩晕。一个大活人，竟然被一头猪咬断脖子，不要说阮平不信，黄桂仙不信，任何一个长脑子的人都不会相信。但确实是事实。那些日子，宽城传言甚多，神秘、诡异。为此县里还专门开了一次辟谣会。

阮平没打算补习，也不单纯因为家庭遭遇变故，就自己的成绩而言，补习也没太大希望，可陶班连着三次上门动员，阮平就去了。只是人坐在教室里，脑子却不在课本上。他不停地想象、还原那个场面，还找过老张头。白日的想象让噩梦更加血腥、更加逼真。而噩梦又像催化剂，助长了他的想象、推测。还有，学校的氛围让他不适。以前除了在跑道上，没人注意他，父亲意外身亡后，他就像被贴了标签，走到哪儿都能被认出来。那些指戳未必有什么恶意，却让他极不舒服。

补了二十八天，阮平终是打了退堂鼓。与其在教室里活受罪，不如早点挣钱。公司同意阮平顶阮九江的缺，明年就说不准了。阮平没有当面和陶班告别，写了封信委托同学转交。黄桂仙没有异议，阮平愿意补习就补习，愿意上班就上班，只是让他想好了，到时别后悔。昨天阮平找了经理，办了相关手续，今天是正式上班的日子。他上了闹铃，第一天上班绝不能迟到，没想到噩梦先把他叫醒了。阮平回忆着梦境里的一切，那天如果他同意父亲送，或者父亲的车突然爆胎……他做过各种各样的假设，除了让他短暂的兴奋之外，没有任何意义。但他上瘾，眨个眼的工夫就失控了，又开始假设。

窗帘宽松，没能完全遮住窗户，上端一拃宽的玻璃在阮平的瞪视中由漆黑转为灰白。闹铃仍没响，阮平怀疑是否忘了设定。他爬起来，从窗台上抓起，没等细瞅，黄桂仙说话了，早着呢，你别一遍遍地瞅。阮平不知她何时醒的，是否被他惊醒。他顿了一下说，我怕吵醒你俩。黄桂仙翻过身，说没人怪你，醒了还可以再睡。指针不带夜光，阮平瞅了半天，愣是没看清。他摸索着将闹钟关了，重新躺下。外屋有一张床，平时阮平睡在那儿。父亲出事后，黄桂仙让他搬进里屋。他什么都没问，黄桂仙的眼神他读得懂。阮立睡在中间，阮平和黄桂仙在两边。他侧耳，想确定黄桂仙是否已入梦。只有阮立的鼾声，黄桂仙那边无声无息。没那么容易入睡，阮平想，除非她不装一点儿心事。不装是不可能的，连尚在读小学的阮立眼里也蒙了阴影。

躺了也就十分钟，阮平还是坐起来。黄桂仙动了动，她果然没睡着。黄桂仙重重地打了个呵欠，摸索着穿衣服。她不上班，不用起这么早。阮平问她，她说，我得给你热饭呢。阮九江不用她热饭，头天她准备好，他自己热。阮平没想到黄桂仙惦记着给他热饭，可他并不领情，她的操心反让他恼火。他满十八岁了，虽不能顶天立地，也是男人了。她没有给他和父亲一样的礼遇，仍把他当孩子看。我自己可以热，他倔倔地说，你不用这么早起。黄桂仙说，算了吧，别人知道以为你没娘呢。阮平说，我不吃！意识到语气强硬了，补充，吃不下！黄桂仙哼了一声，你以为是去坐轿子？吃不下也得吃！阮平想起高考那天清早，她沉着脸让他吞服那些“药丸”，火腾地冒出来。平时他基本是顺着她的，那个黎明，他也说不清怎么回事，突然就不服管了。吃不下就是吃不下，还要灌我啊？阮平或许也意识到这句话对黄桂仙是重击，竭力压着声音，但黄桂仙仍然受了伤，她可不是忍气吞声的女人，没那么好的脾气，顿时就炸了。你个兔羔子，怎么好歹都不懂？反天你也得瞅个时辰！

阮立被吵醒，哎呀了一声，用被子蒙住头。

阮平僵住。他故意点燃了导火索，此时后悔了。那我自己热好了，你没必要早起。他的声音变小了，这是妥协的意思。黄桂仙却没放过他，一毛钱还没挣到，就学会了耍脾气！阮平未言语。黄桂仙已经穿了上衣，此时她将裤子脱下摔在脚底，气哼哼地说，你本事大，随你。阮平推门那刻，她的气终是消了，说饭在锅里，水已经填好了，不吃东西，你顶不住的。阮平说知道了。

阮平出门，天已经放亮。没等走出巷子，他就跑起来。父亲的自行车在杂物间放着，黄桂仙不让他骑。阮平原本就没打算骑。他喜欢跑，只是黄桂仙的警告让他极不痛快。虽然他清楚她是为他着想。于他，或许也是这样。他关了闹钟就是怕吵醒她，末了却和她吵了一架。阮平心情沉重，跑了一程，才舒朗了些。咚咚的脚步声、掠过脸颊的风就是他的药丸。这个“偏方”是他自己的。

到公司门口，阮平放慢脚步。这时，他听到身后嘎的一声，竟然是潘美红。你跑得可真快，我紧骑慢骑，硬是没追上，咋那么能跑？太阳还未升起，天地青白，就在清浅的光线里，阮平仍从潘美红略黑的脸上捕见大团的好奇，如云雾一样翻卷、变幻，这使得她整个人被奇异的光彩笼罩。潘美红二十八九岁了，在宽城未出阁的姑娘里，年龄绝对是超大的。介绍对象的倒是多，黄桂仙还张罗过一次。经理讲了，谁能介绍成，公司奖励一条猪腿，这使黄桂仙大受鼓舞。但都没成。各种说法，各种缘由，但都与她屠宰工的身份有关。

若只是随便说说，阮平没必要回答，笑笑就可。但潘美红的样子是认真的，枝枝杈杈的目光里挂满期待。阮平实在没什么好回答的，想了想，说跑起来就不由自个儿了。那你该去参加比赛，没准能拿个冠军，她说，为什么不呢？潘美红拿过宽城杀猪比赛的冠军，从杀到剔骨，二十分零八秒。那使她在宽城一夜成名。彼时，她二十二岁。这些阮平是知道的。他不清楚那个冠军对她有何意义，那个头衔并未让她更有魅力，恰恰相反，至少传到阮平耳里的议论是这样。他以为她会为之后悔，现在，她问他为什么不，他看出来，她没后悔过，恐怕没任何阴影或创伤。说到冠军，她的双眼突然亮了许多。

没兴趣，阮平说。这不是真话，他爱跑是真的，但速度并没她形容得那么快。追不上，只能说明她过于笨重。她壮实、有劲，但骑自行车未必好使。他瞟瞟她的自行车，比父亲的还要古老，三叉都锈成黑色了，脚蹬不知用坏了几个，新换的。与父亲不同的是，她把自行车装扮了一下，三根大梁都缠了彩条。

别看破，结实着呢，潘美红反应倒是快，欢快地说，一上班就跟我了，舍不得换。阮平问是永久牌的吧？外观已没有任何符号可以辨认。潘美红说，不是，是飞鸽牌的。阮平说保养得挺好，快步走进大门。潘美红没有追，阮平用余光瞥了瞥，松了口气。一大早被她叫住，整出一堆废话，阮平感觉怪怪的。他急欲离开的另一个原因，是想起三个月前被她夹抱的情景。虽然当时他失去了控制，大脑一片混乱，但仍记得她将他头朝下抱进办公区走廊，仍记得她身上的气息。第一次零距离地接触异性身体，竟如猎物般。

食品公司人员分行政和生产两类，而生产人员按工序的不同又分宰杀、褪毛、开膛、剔骨，有的专剔骨，有的什么都熟练，如潘美红，虽干的是宰杀，但哪儿缺人手就会抽调到哪儿。正是收购旺季，公司全员出动收猪。分了三个组，当日就要下乡。阮平暗想千万不要和潘美红分一组，但名单出来，他叫苦不迭。越是怕越是躲不开。头日上班，阮平不敢提出调换。而且，实在没有理由。又想，已经过去许久，别人怕是不记得了，他不必在意，说到底，她是帮了他的。她不由分说夹抱住他，或许是怕他受刺激，该谢她的。这样想着，心里不那么堵了。

另两个组稍做准备便出发了，阮平所在的组未能及时出发。那辆轻卡怎么也发动不着，好不容易出了声，可哼叫几声，冒出一股浓重的黑烟后，又熄火了。到上午十点也未修好。经理骂咧一阵儿，让大家各自回屋等待。

阮平还没被安排具体岗位，没屋。正想去老张头那里坐坐，潘美红返回来，说车间有热水。阮平说不渴。潘美红说明儿你还是带个杯子来。阮平不知她是对所有人都这么热情，还是唯有对他关切。阮平点了点头，朝门房走。走出十多步，眼前突然一黑，他没有摔倒，只是晃了晃。潘美红追上来，问他怎么了。阮平摆摆手，没说话。你是不是没吃饭？潘美红问。阮平依然没答，但明白眩晕的原因了。他原本要热饭的，还揭开锅盖看了看，两个馒头，半碗芹菜。但确实没胃口，所以原封不动地盖住了。我就知道你没吃，去我那儿，我有馒头片，潘美红说着拽他一把。阮平并不想随她去，可她的眼神热情而坚定，他就没抽扯。自然，他也有担心，而且肚子确实在叫。黄桂仙是对的，他顶不住。

阮平与潘美红相跟着朝车间走，潘美红说她每日都要带干粮，有时馒头片，有时炒面，干的是力气活，说饿就饿了，她解释。阮平心不在焉地唔了一声，故意放慢脚步，离潘美红稍稍远些。

3

下乡收猪是次日了。昨日另两个组收了三十余头，潘美红留在了公司。阮平并没有因此而庆幸，进一步接触后，他感觉潘美红挺大方的。她打开自己的衣柜门，摸出蓝花书包，从书包里掏出饭盒，揭开盖子，伸到阮平面前。他夹了一片，她让他多拿几片，你这么大个子，一片哪够？阮平又拿了两片。恰巧一个叫黄阔的进来，大声说，冠军又在发干粮呢？潘美红便将饭盒递过去，黄阔没有任何客气，抓了几片。显然他不是第一次吃了，想来也不止黄阔一个人吃过。更衣室兼做休息室，不分男女。潘美红不是只为他准备的福利，她就是热心肠。倒是他瞻前顾后，显得小肚鸡肠了。后来潘美红让他用她的水杯，他没推让，自如了许多。那是二斤装的梨罐头瓶，标签还没撕掉。他抓一会儿手就累了，实在太重了。她让他吃，她去打水。等她回来，他已经吞进肚里。饿了你朝我要，他们都这样，潘美红说，脸上有种说不出的……陶醉。那不是因为他，而是她所有无偿的给予后，在脸上释放出的能量。那让她瞬间有了光彩。在一天里，阮平已经是第二次捕捉。潘美红相貌说不上俊俏，但还耐看，圆脸，浓眉，只是身材瓷壮，少了女性的婀娜。又是短发，从背后看与男性无异。

嗨，想什么呢？尹先碰碰他。阮平醒过来，啊了一声，说没想什么。他走神儿了，这是父亲去世后第一次想别的。尹先说真他妈的冷，掏出烟卷给阮平，阮平摇摇头。尹先缩回，自己点了，说，你得学，干咱这行的，怎么能不抽烟呢？酒量怎样？阮平说，没喝过。尹先笑了，他脸窄，下巴尖，像一只瘦猴。我忘了，你几天前还在学校呢，今儿就可以喝，收完有酒的。尹先侧头往驾驶室瞥了瞥，说，他们都有酒瘾。驾驶室坐不下那么多人，年纪最轻的尹先和阮平只得坐在车斗里。尹先早阮平一年到食品公司，他父亲为让他顶岗，提前退了。他是冷库的保管，与坐办公室没什么区别，比车间舒服多了。他没显摆，但言谈话语还是有优越感。我就怕收猪，脏死了，现在车斗就咱俩，回来就得跟猪挤一块儿，我要是经理，就买几辆双排座的，公司又不是没钱。车颠簸了一下，后肩撞到栏杆，阮平疼得叫出声。要收几个月？阮平问。尹先说，那没准儿，怎么也得十二月了，不过往后就一个组了，兴许就不用你了，反正我是帮忙，冷库少不了人。他将烟头抛向车外，烟头飘了一下，被风刮进车斗，扑到后车帮上。我眯一会儿，这破天。尹先竖起棉衣领，侧歪了身子。

阮平经验不足，没穿棉大衣，冷得直哆嗦。他以为所有人都可以挤在驾驶室里。如果潘美红来，肯定不用坐车斗里，又想，她也可能让给别人，主动坐车斗。她穿得花花绿绿，却与猪挤在一起，阮平不愿往下想了。他瞅瞅尹先，那么颠簸的路，尹先好像真的睡着了，咧歪的嘴巴有东西滴出来。

阮平搓搓脸，然后将手插进袖筒，像尹先一样蜷缩着，但没有闭眼。一排排枝丫光秃的树朝后倒去，天蓝得几乎透明，没有一绺白云，没有任何杂质，风实在是太猛了，没有什么东西能在空中停留。那些被风从沟底掠起的树叶、羽毛、杂草顺着一个方向飘，飞不起来，只能在距地面数尺或数米高的地方飘，很快又沉坠下去，沿着地面像蛇一样游走。

车又颠晃一下，阮平磕碰得没那么厉害了，他已经掌握了对付颠簸的办法，身体放松，顺着惯性，落下时稍稍用一些力，但不能绷得太紧，这样可以抵冲一些重力，撞击得就没那么疼了。而且，晃动的身体有助于御寒。未来是不可测的，阮平预知不到，也不想如黄桂仙那样动不动就卜卦，那是她偏方之外的另一大嗜好，他只想往前走。既然已经上路，很难回头，不习惯的会习惯，不适应的会适应，就像对付颠簸一样，磕疼了自然就知道怎么做。那不是雄心，打定主意顶父亲岗位那一刻，他就与雄心无缘了，但阮平有的是志向，虽然说不清楚，虽然模糊得像一团影子，但他知道志向的存在，那是通往未来和远方的。车斗寒冷，念想却是滚烫的，这样想着，他脸上竟然有了微笑，在艳阳的照射下，熠熠生光。阮平不知自己脸上挂了笑，直到尹先睁开眼诧异地问他想什么美事，他才意识到。阮平说还真是冷呢，掩饰过去。已经看见乡镇的房舍，尹先竖起身子，说总算到了。

那是在收购了七八日之后了。那天回得早了些，刚把猪卸到圈里，还没来得及喘气，潘美红就闪出来。她穿着与男人一样的蓝工作服，下摆宽大，上身却有些紧，被丰胸衬着，越发地箍了。呀，这么几天就吹黑了，肉皮子说什么也嫩呢，她笑起来，好像他晒黑是多么开心的事。阮平与她相处不再别扭，但还没到什么话都可以说的地步。有事吗？阮平没有温度地问。潘美红左右扫扫，似乎怕人听到，声音却没有变化。她说昨天有人来找他，让他有空去一趟，但她忘了。我这记性跟猪似的，潘美红这样评价自己。阮平以为又是陶班。陶班已经找过他一趟，在他收猪的第三天。陶班仍不死心。没等潘美红往下说，阮平就说我知道了。潘美红诧异道，你知道？我还没说呢。阮平说，是我高中班主任。潘美红大笑起来，她的牙倒是挺白的。哪里是你班主任？人家是公安局的！阮平有些愣，公安局？潘美红说，李闯，他说你见过他。阮平脑子使劲地挖，潘美红问，没印象？阮平摇摇头，问找他有什么事。他有些紧张，无缘无故，公安不会找他的。潘美红说，我哪儿知道？他让你去一趟，你就去呗，也没什么要紧的吧，可能要了解一些情况。潘美红看出他紧张，问要不要她陪他。我反正没事，正好顺路。阮平说不用，别过头就走。他看了看表，离下班还有两个多小时。心里犯着嘀咕，出了公司大门，他便跑起来，边跑边脱掉棉大衣，夹在腋下。

阮平看过五六次公捕大会，其中两次是学校组织的，死刑犯总是最后押上台，那是审判会的高潮。法官宣读罪行后，当场捆绑，在背后插上死刑犯的牌子，并立即押赴东山刑场。据说一名犯人要由两名法警执行，第一个没有击中，或击中部位不当，第二个会立即补一枪。有的人为看枪决犯人，一大早就到东山等候。阮平没去过东山，但听过法警和死刑犯的传说。在阮平心里，公安是与犯人联系在一起的，一个人不偷、不抢、不杀人，永远不会与公安有关系。那距离就像地球与星辰一样遥远。不知道公安局的人找他干什么，每天除了收猪，就是睡觉吃饭，他没干过非法勾当。难道父亲不是被猪咬死的，而是另有原因？就像被重物突然间击中，阮平一阵眩晕。那时刚好跑到公安局门口。

他摇晃几下，努力稳住身子，黑云散去，他看到公安局的牌子与食品公司的一样，也是白底黑字，但给人的气势不同。登记后，传达室的人告诉他刑警队在后院，阮平这才知道李闯是刑警队的。李闯的身份加重了他的揣测，穿过月亮门，走进后院，双脚沉了许多。在阮平隐秘的心思中，倒宁愿阮九江是另一种死法，而不是被猪咬死。但当那有可能变为现实时，他才发现自己是害怕的。

阮平敲门进去，眼神怯怯地扫过宽大的屋子，还没等张嘴，一个男人便从桌后站起。我估摸你下班前会过来。他大步过来，与阮平握了握手。

阮平见过李闯。那天众人七手八脚将他摁住，他呜嚎了一阵，不再闹腾。他们扶他进屋，经理与两个公安从长廊的东头往外走，其中一个就是李闯。经理小声介绍后，李闯拍拍阮平的肩，并稍稍停顿了一下，像是传递什么讯号给阮平，但什么也没说。阮平记住了那一拍一按，还有李闯棱角分明如刀锋般的长脸。

跑着来的？李闯眼里含着笑。阮平又是一惊，想这个人真是厉害。你这习惯好，李闯说，锻炼身体，连自行车钱都省了。阮平不知如何回应，就那么傻站着。李闯看出阮平的拘谨，叫他随便些。直到在长条椅落座，阮平才放松了一些。

李闯问阮平喝不喝水，阮平嘴有些干，但摇了摇头。李闯还是给他倒了半搪瓷杯。我没有好茶，就喝白开水吧。李闯解释。阮平受宠若惊，立即站起。坐吧，别客气，李闯摆摆手，咱俩其实挺有缘的，你没出生，我就认识你了。李闯像开玩笑，但口气一本正经的。十八岁？他问。阮平点头。李闯感叹，一晃你长成大小伙子了。阮平如坠云雾。李闯眼里闪烁着难以描述的顽皮，你妈没提过？那我来告诉你。

那是个雨过天晴的日子，孕妇黄桂仙想去百货商店转转。距临产不足一月，黄桂仙忽然想给将要出世的孩子买个拨浪鼓。下了两天雨，她在家闷了两天，早就想出去透透气。在百货商店门口，她看到红灿灿的冰糖葫芦，嘴巴就馋了，结果在挑选时遭了盗。她发现及时，叫喊着朝尚未跑远的小偷追去。腆着肚子的孕妇狂追小偷，那是罕见的景观。行人瞧愣了，竟忘了去帮她。小偷没把黄桂仙当回事，他偷了不过两块钱，也不相信一个孕妇会置自己的孩子于不顾，为了区区两块钱跟他拼命。起先小偷跑得并不快，或也有点戏弄的意思。待发现黄桂仙越来越近，已经甩不掉了。穿过大桥，小偷拐进巷子，试图摆脱黄桂仙。李闯和同事正好从对面走来，小偷看到公安，稍一犹豫，黄桂仙已经追上来，径直将小偷扑倒。李闯的同事押小偷回公安局，李闯拦了辆马车，将黄桂仙送进医院。

黄桂仙追小偷在宽城有不同的版本，如有说她肚上像扣了锅，却疾步如飞，有说她跑得并不快，一手还捂着腹，但就像她念了咒语，小偷怎么也甩不掉她。结果是没有差别的，她将小偷扑倒了。某一阵，黄桂仙成了宽城的名人，有说她邪的，有说她傻的。阮平知道这些，后来阮九江和黄桂仙都和他说过。不顾孩子的安危而穷追小偷，黄桂仙给出的解释是，她忘了自己怀孕，就是一心要把小偷追住，对自己跑得快与慢，黄桂仙没有任何记忆。阮平上初中时，邻居提起来，黄桂仙笑得弯了腰，说也不知道当时怎么了。

阮平没想到李闯就是送黄桂仙去医院的公安，难怪说阮平没出生就认识了他。阮平有些激动，连着说了两声谢谢。李闯说我也要感谢你母子俩呢。那是他参加工作的第一天，黄桂仙给他送了份大礼。阮平的目光落到李闯半白的头发上，心中犯疑。李闯笑笑，我是少白头，而且，呵呵，头发是变化的，动脑筋白得就多，思考得少黑发就长出来了。竟然还有这样的事，如果不是李闯亲口说，他绝对不会相信。

是不是有缘？李闯笑容可掬。阮平跟着笑笑，觉得与李闯突然亲近了许多。但他清楚，李闯找他来，不是为了向他讲述过往，告诉他，他和他有缘。这不过是序幕。李闯如此，或许就是先让他放松，然后才会进入正题。那是什么呢？阮平紧张而期待。还好，他没眩晕。

李闯又问了问初次上班的感受，说有一些东西要交给阮平。阮九江虽是意外，但公司报了警，李闯和同事就走了一趟。他检查了阮九江的衣兜，完全是习惯使然，他对案子有着超乎寻常的兴趣，有疑点的不放过，没疑点也要找一些出来。他为了寻找疑点，察看检查后，又将阮九江兜里的东西带回队里。没能及时归还，因为次日他就接到命令，抽调到市里破案。原以为半月二十天就能回来，结果拖了三个多月。李闯解释了归还晚的原因，又说原本要交还他母亲的，但又想，还是给阮平合适。然后，他拉开抽屉，拎出一个封口的塑料袋。阮平立即站起。你看一下，在这里签个字。阮平马上要签，李闯说，你还是检查一下。

阮平拉开，翻了翻，东西挺多，烟嘴，压扁的火柴盒，用猴皮筋捆扎的卷烟条，一张折叠的纸，纸上写着阮平高考的科目和时间。另有两个螺丝，均套着螺母，大约是自行车上的。一个扁铁盒，里面是白色的药片。阮平愣愣地瞅着药片，李闯说他检查过了，都是普通的去痛片。阮平眼睛变得潮湿，他不想当着李闯的面流泪，但没控制住。李闯拿毛巾给阮平，阮平没用，直接用袖子抹了一下，然后在李闯的指点下签了自己的名字。

阮平问李闯是否还有别的事，李闯说，还有一句话，你必须记住。顿了顿，然后直视着阮平的眼睛说，那就是个意外，你绝不要听信谣传。你是读过书的，你该懂。阮平点点头，说我懂。李闯说如果有什么事……似乎意识到这句话不合适，略一皱眉，改口道，好好上你的班，如果需要我帮忙，你尽可找我。

那时，两人都没意识到，这近乎宣誓的劝慰意味着什么。

4

阮平萌生杀猪的念头，与李闯有些关系。出了公安局，天色已经暗了，对面的树杈传来老鸦的叫声，他的目光扫过去，却什么也没看到。树枝被夜色笼罩，已经成为夜的一部分，遮挡住月光和星光及路灯惨淡的晕光。挡住老鸦的不是树冠，而是无处不在的黑暗，这个想法突然跳入阮平的脑子。他没有跑，迈着不同以往的慢步，在自行车、牛马车间孑孑独行。风没有白天大了，但寒意更浓了。他没把棉大衣穿在身上，就那么松松垮垮地夹着，右手插在裤兜里，那个封口塑料袋紧紧贴着大腿。走了一段，那个念头便冒出来。并非他突然产生了兴趣，不是的。以前没有吸引过他，现在也没有。他只是试图证明些什么。向谁证明，证明什么，他都不是很清楚，那一切就如他的志向一样笼统而模糊。走到大桥上，从河面吹来的风将他掀了个趔趄。他个头不低，骨架却越长越缩了似的，单薄得就像那个压扁的火柴盒。他终于想起还夹着棉大衣，停住，穿上，右手立刻又伸进裤兜。

十二月初，收猪用不着那么多人了，经理把阮平叫到办公室，问他有什么想法。阮平脱口而出。经理担心阮平提过分的要求，如开票啊保管之类的，每个坑都占着，所以先是讲了一堆难处，然后才问阮平的。阮平的回答让经理意外，目光在阮平脸上停了五六秒，追问，你想杀猪？阮平点点头。经理说，现在的年轻人没有谁主动去杀猪了，你是个例外，要说，学徒先从杀猪开始，杀、褪、刮、剔，哪个环节都要过一遍。杀猪说起来不好听，也是一门学问呢。实话告诉你，我不但杀过猪，还宰过牛羊，宰过驴马呢，退休的老县长也是杀猪出身，可照样当县长，好汉不问来路，英雄不分出处，你有这想法，这很好，只是……经理停顿一下，和你母亲商量了吗？阮平说，不用和她商量。经理说，还是和她打个招呼，不然，她会骂我的。阮平没敢告诉经理，他顶职前，黄桂仙说过，干什么都可以，就是不能宰杀。那是她唯一的要求。和她商量，绝对说不通的。但如果经理同意，黄桂仙拦不住。阮平说，她要骂就骂我好了。这等于招认了。经理笑了笑，她怎么可能只骂你呢？贼见了她腿都哆嗦，我可惹不起。阮平垂下了头，在这里，经理说了算。经理倒了杯水，他的水杯是白瓷的，上面印着红色的字。再次坐下，经理说就算杀猪，也不是马上能上手的，学问大着呢，不是你把刀捅进脖子猪就毙命了，万一你没插中，猪受了惊，跑到大街上，那可就麻烦了。经理被自己的想象逗笑了，真要发生，我这经理就坐不住了。经理让阮平先从褪猪开始，一来褪毛组正缺人手，二来褪猪易学，至于杀猪，他抽空去帮帮忙，那也是学习的过程。让潘美红带你吧，经理说，没人带你上不了手。阮平有些傻眼，经理瞧出端倪，问，不想让她带？阮平忸怩一下说，也不是，就怕不方便。经理说，我原来的师傅也是女的，有什么不方便的？潘美红的冠军不是白来的，从杀到剔，样样精湛，跟着她才能学到真东西，而且，她热情、善性，不会动不动冲你发脾气，换了别人，训得你耳根子都是疼的。阮平对潘美红没有成见，更无敌意，也谈不上阴影，那完全是下意识的反应。经理猛夸一通，阮平再无话说，同意让潘美红带。经理说，听我的，绝没错。又说潘美红受过市长的接见，那是她最风光的时候，披红挂绿，那时任何劳动都是光荣的，杀猪如此，掏大粪也如此。然后他叹息一声，说时过境迁，社会对潘美红的看法变了，但公司是有良心的，对潘美红这样能干多干的职工仍年年嘉奖。经理不轻易发感慨，因为别人不会理解，他之所以和阮平说，是觉得阮平会懂他的意思。其实，阮平也不全懂，但核心意思他是明白的，跟着潘美红，绝无坏处。

这样，阮平就由潘美红带了。潘美红乐呵呵的，像中了奖一样。阮平有了自己的衣橱，他把那个封口塑料袋放在橱室最顶端，并用书盖住。锁是新买的，黄铜色，相对衣橱，相对别的衣橱上的锁，个头实在是大了些，也鲜艳了些。潘美红站在阮平身后，仿佛看阮平上锁也是她的职责。她让阮平最好给她一把钥匙，是商量的语气。但阮平仍然反感，且不说衣橱里藏了父亲的遗物，就是什么也没藏，那也属于他个人隐私。他语气不怎么友好，为什么？潘美红说如果阮平不小心丢了，那就得砸锁，她犯过这样的错误。她让阮平给她一把钥匙，她也打算把自己的钥匙给他一把。她是好意，但阮平不需要这好意。他没给她，也没拿她的钥匙。潘美红没觉得难堪，嘱咐他别丢了。

黄阔拿杯子进来接水，见阮平与潘美红面对面站着，问是不是正拜师呢，他赶上了，正好做个见证。阮平不懂，以为真要像别的行当一样举行什么仪式，询问地望着她。潘美红摆摆手，别听他胡说。黄阔说，哎呀，怎么是胡说呢，我收徒，至少要磕三个头，去馆子撮一顿。潘美红说，你就教不出个好。黄阔拿起暖壶，晃了晃，没水了。他把暖壶伸向阮平，磕头免了，打水去吧。阮平正要接，潘美红抢先接了，我去！她的身影消失在门口，黄阔冲阮平说，你好福气。后来阮平知道休息室的水多半是潘美红打，好像她对打水也上瘾，又似乎怕别人抢了她劳模的桂冠。

次日，阮平比往常起得更早，没想到潘美红已经换了工作服在等他。潘美红问阮平吃了饭没，阮平说吃过了。他学乖了，哪怕泡冷饭也要塞一点儿。潘美红说那就来吧。阮平跟在潘美红身后到了猪圈。只见她四下一瞅，径直走向最大的一头。那头猪发现了她的企图，欲朝另一个方向逃走，但已经晚了。她动作神速，抓住猪的一条腿，猛地一掀，猪便倒下去。阮平跑过去欲帮忙，她说不用。半夹半抱地将猪拎起。阮平整个看傻了。潘美红快到门口，他才回过神儿。可他迈不开步，整个人轻得像一段影子，像从房梁上垂下的绳子，飘荡，摇摆，却不能移动。待他终于飘进屠宰室，那头猪已经没有哼叫的可能。潘美红拎第二头猪时，阮平没有跟着去。她不用帮忙，他何必跟着？他想她过于逞能，所以不用他抬。潘美红将第二头猪夹抱到大板上，同样没叫他帮着摁，连刀都不用他递。她套了劳动布裤，裤的两侧是大大小小的兜子，刀就插在其中一个兜里。她双目没有凶光，只是捅入时眉心略拧了一下，马上松开。她果然厉害，一刀毙命。她抬起头，冲呆愣的他说，要快，就像打针，快了反而不疼。她竟然替猪考虑，这实在有些滑稽，可她的样子是认真的，就像讲台上的陶班。见阮平没有反应，她问，记住了？阮平点点头。

待别的屠宰工上班，潘美红已经完成当日宰杀任务。阮平看看表，十头猪，五十分钟，一个人。那就来吧，她吆喝他，似乎只是为了让他观看表演，看她如何快捷，如何利索。

褪毛时，潘美红终于让阮平帮忙抬了。如果不是带了阮平这么个徒弟，她或许仍独自夹抱。死猪比活猪沉，但对她来说不算什么，她有的是力气，就算独木难支，她也会坚持，这样的她才可以出众。

潘美红给阮平演示燎毛的过程，先燎哪个部位，后燎哪个部位，犄角旮旯怎么处理。她开始还看阮平，确认他是否用心，后来就不再看他，心无旁骜。那样子不像是在弥漫的腥气里褪猪，而是在雕刻一件绝世无双的艺术品。她的眼是亮的，脸是亮的，嘴巴也红润了许多，泛着从未有过的光泽。阮平再次惊呆。她怎么如此享受？若不是亲眼所见，打死他也不会相信。噢？看清了？她终于回到现实世界。阮平说看清了。潘美红说看是一回事，褪是一回事，没那么容易，但天下无难事，只要肯登攀。阮平差点儿笑起来，想她没念几年书，竟活学活用，用到褪猪上了。潘美红感觉到了，说，没什么好笑的，这里面的学问大着呢，全掌握了，就跟科学家差不多了。阮平再也憋不住，笑出声。潘美红没有因阮平的无视而羞恼，但她显然不高兴，神情严肃地问，你觉得我高抬了自己？阮平好半天才控制住，因笑得放肆，他双眼发晕，看潘美红是重影。阮平摆手，说自己没那个意思。潘美红说，你让科学家褪一个试试，不见得就好，各有分工，劳动是光荣的，别管别人怎么看，咱别轻看自己。阮平连声说是。他不屑与她争辩，劳心者治人，劳力者治于人，孟子几千年前就说透了，她怎么能懂？杀猪的就是杀猪的，挣钱糊口的营生，扯别的什么用也没有。

将第二头猪抬到大锅的架子上，潘美红让阮平独立操作。确实没那么容易，阮平动作僵硬、笨拙，毛倒是能褪起，但不像潘美红褪得那么干净。既是巧活，又是力气活，褪了不到一半，出了无数的汗，身子被紧裹着，极不舒服。他也没那么利索，工作服、鞋上淋了水，沾了无数猪毛，脸上头上也是，猪越来越白，他越来越脏。潘美红指点了几次，便又去雕她的艺术品了。一个上午，阮平仅褪了一头，猪皮刮出几道伤。潘美红说伤不影响什么，但不好看。她没训他，也没用他的不屑嘲讽他，仍旧用她的“理论”宽慰、说服他，一口吃不成胖子，只要用心，肯定能干好。

数日后，阮平便利索了许多，虽然速度没那么快，但与潘美红褪的没有太大差别了。熟能生巧，有什么学问？不但没有学问，还让人麻木，甚至变得呆滞。这是阮平的感觉。与收猪不同，虽然寒冷，还可以看看风景。这里呢？浊腥逼人，每日重复着同样的动作，机械单调，脑子不用转动，只要手不停下来，什么都不影响。久而久之，脑袋还不锈住？阮平虽然还没到厌恶的份儿上，但毫无乐趣，更不可能像潘美红那样痴迷。阮平原本想褪猪熟练后，找机会让潘美红教他宰杀。现在那念头淡了下去。能证明什么呢？只能证明他对得起那份工资，在财务处签字理直气壮一些。不歇着就是了，那就是最好的证明。

潘美红没训斥过阮平，有她这么个师傅，确实是他的福分。至于她的理论，可听可不听。她并不是每天都灌，偶尔一句半句的，对他没什么影响。他仍然不屑与她争辩。她对他不错，每次歇息，都是她拎了壶给他倒水，而不是他给她倒。就连开会，还给他占个位置。至于她的干粮，更是经常吃。虽然早上吃了饭，但褪猪消耗大。有时他还会像别人那样主动问她要，若她正忙着，就掏了钥匙塞给他。她的储衣柜对他没有任何秘密，仅此而已。

年根，公司给每个职工发了一袋米、一袋面，另外一个福利是可以内部价购买骨头、猪头、下水什么的。有的职工自己买，也借这个机会给亲友买。黄桂仙爱吃猪蹄，阮九江每年都要买一颗猪头、四个猪蹄。除夕夜，那是家里的必备菜肴。阮平随尹先去澡堂洗了个澡，回来时，仓库只剩下猪肚大肠之类的。猪头、猪蹄是抢手货，他没逮着。阮平有些失落，要了一副猪肚、一副大肠。虽然明日才正式放假，但是好多人都提早走了。阮平也想直接回家，忽又记起给阮立买的扑克牌还在柜子里，便拎着编织袋往车间去。

休息室空荡荡的，只有潘美红在凳子上发呆。阮平稍一愣，问她怎么没走。潘美红有些惊喜，表情生动了许多，等你呢，我瞅了两趟，还以为你直接回家了呢。阮平问她有什么事。他没叫过她师傅，她也不在乎。潘美红瞅瞅他手里的袋子，说，没买上猪头吧？阮平说去晚了。潘美红说，那得提前说，说了就不怕晚了。然后从凳底拽出个黄袋子，剩最后一颗，我给你抢了。阮平怔了怔，你怎么知道我要买猪头？潘美红笑笑，猜的呗。阮平张开袋子瞅瞅问，你不要吗？潘美红摇摇头，回家我可不想再盯着猪头了。阮平问她多少钱，潘美红说内部价，没几个钱，你快拿走吧。阮平坚决要给，潘美红说，我带你一场，不能白带，原本要请你吃顿饭的，大过年的，饭就免了。这是什么逻辑，她带他，反请他吃饭？好像他让她带，是对她的恩赐。她的目光是坦诚的，不然他要怀疑她在讥讽他了。潘美红说，你别多心，我带人，都这样。阮平挺别扭，毕竟这不是馒头片。潘美红拎起塞他手里，爽直地说，拿着！不就是个猪头吗？再说我就烦了。我得走了，还要看干爹呢。

潘美红走了好一会儿，阮平才离开。像拎着多重的东西，他走得极慢。他仍有些不适，出了大门才轻松了些。不管怎样，买了猪头，黄桂仙会高兴的。

转过街角，阮平恍惚瞥见潘美红的背影，正要细瞅，她却不见了。她定是给干爹买什么东西去了。阮平猛然想起陶班，早打算去看看陶班的，却一拖再拖。陶班还是很关心他的，一而再再而三地劝他补习。最后一次，他将阮平请到饭馆，还请了另一个老师当说客。陶班因高考那天没能封锁住阮九江的消息深感内疚，他不停地劝说也与此有关。那不怪陶班，他都把阮平请到家里当座上宾，做得够多了。阮平知道自己几斤几两，没有那个意外他也考不上。那晚离开饭馆，陶班满脸的痛惜。陶班以前不怎么待见他，谁让他成绩那么差呢，可后来，陶班付出的不是几个唾沫星子，是真的为阮平着想。

如果再拖，那就到明年了。必须年前完成这个事。阮平站住，看看左手，再看看右手，终于做出决定。他返回传达室，将猪肚大肠暂放在那里，拎着猪头猪蹄往陶班家去。礼物没多珍贵，但这是阮平能拿出的最好的东西了。他的工资如数上交黄桂仙，每月只有五块零花钱，买不起别的。

从路上拐下去，就看到陶班的院子。仿佛为了迎接阮平，风竟然停了。炊烟袅袅，在黄昏的天空中，犹如诗行。已经放了假，陶碧肯定也在家。像是有不轨的念头且被人窥破，他的脸隐隐地热了。我是来看陶班的，他对自己说，和陶碧什么关系都没有。这时，他已经走到门口，定了定神儿，举起手。

5

转年初夏，黄桂仙带着阮立嫁到了距宽城三百多公里的包头。家里突然空阔了，从里屋走到外屋，再从外屋走到里屋，比平时要多走出好几步似的。阮平不在乎黄桂仙嫁到哪里，至少不是特别在乎，那对他没什么影响，但当他独自生火煮饭，听着空阔房间的回音，才意识到黄桂仙在与不在是不一样的。哪怕黄桂仙与阮立睡觉，他独自热饭，与现在的独处也不一样。还好有那台十四英寸的黑白电视，胡乱看一气，也就半夜了。后来，他又从县图书馆借了几本推理小说。阅读不受限制，有时会读一整夜。没用多久就习惯了一个人的日子。

除了潘美红，阮平与尹先交往最多。从性格上说，阮平偏内向，尹先则活泼得多。或许是两人年龄相仿，共同话题多些，两个不怎么搭的人成了朋友。特别是阮平借给尹先一次钱后，两人的关系更密切了。

尹先常到阮平家里玩，有时一起弄饭。起先只有他自己，后来他带外边的朋友过来。比如请客，他从公司买些下水什么的，来阮平这儿做既省钱又方便。渐渐地，公司里的人也过来，多半与吃有关。各人凑一份钱，买几斤肉买一副排骨，俗称打拼伙。有时几个人打牌，赢了的出钱，买熟食或买了生的来阮平这儿现做。阮平家成了临时饭馆。阮平不只是火头军，他是其中一分子，虽然在他这儿，但该掏的钱一分不少。他只存过两次钱，后来就成了月光族。

他学会了抽烟，学会了喝酒，只是说话不像别人那么高声，也不像别人满口荤话。有时，他们说得过于赤裸，他的脸还是会发烫，好像他们说的是他。他酒量不大，喝半杯就脸红。他遗传了黄桂仙的跑步特长，酒量却没随她。有酒作掩饰，没有谁发现阮平的羞涩，他们以为他和他们没什么区别，不过是没成家而已。但没成家不等于没碰过女人，没碰过不等于不感兴趣，所以他们口无遮拦，从无禁忌。

不是这拨就是那拨，阮平那儿一个月有半个月是喧闹的，某个夜晚，他们离去快十点了，阮平脑袋昏沉，却没有睡意。他拧开电视，看宽城电视台播放的《鹿鼎记》，直到屏幕上闪出雪花。越发清醒了。图书馆的推理小说不多，他把还回的书又借了来。怕他们弄脏，或顺手撕了擦什么东西，借回的书都藏在柜底。他揭开柜，拿出书，躺进被窝翻开。已经没了第一次阅读的吸引力，他打算困了就丢开。但直到闹铃嘶叫，他的眼也没合上。洗脸时，他照照镜子，脸不红了，眼球却趴了数条血丝。吃了几口冷饭，匆匆往食品公司跑去。

又喝酒了？潘美红问，阮平清楚嘴里有酒气，潘美红闻到了。好几天前喝的，阮平敷衍。是的，他学会胡扯了，只是扯得实在不沾边。潘美红刺他，哄谁呢？阮平没理她，走开。她不是组长，不是主任，更不是经理，管不着他。就算她是他师傅，可这是他的私人生活，她无权干涉。阮平没有用心扯谎，就是不在意她的诘问，没把她当回事儿。

下班时，潘美红喊住阮平，要和他谈谈。阮平知道她要谈什么，说今天没空，改日吧。潘美红堵住门口，平视着他。她不说话，无声地撞击着他。阮平心里发毛，没敢硬闯。若潘美红将他夹抱起来，那可就糗大了。阮平皱眉，问她到底有什么事。潘美红目光散开，像泡沫飞扬，你不能破罐子破摔！她的口气比黄桂仙还要过分，阮平很是不快，说我不是破罐子，也没有破摔。潘美红声音突然提高，大清早就满嘴酒气，不是破罐是什么？你整天和那帮人鬼混，别以为我不知道。阮平嘁了一声，毫不掩饰自己的不屑和厌烦，鬼混又怎么了？我乐意！潘美红显然被惊着了，你怎么……你怎么……她清楚他在学坏，却没料到他已经学得这样坏，完全超出了她的想象。阮平也没料到自己一句狠话居然有这样的效果，他放纵一笑，我就这样了，我一没触犯国家法律，二没违反公司纪律，有什么不可？潘美红的脸由红而紫，由紫而青，嘴唇磕碰数下，终于磕出一句话，别这样，求你了！阮平愣了愣，他以为潘美红有什么法宝和暗器，说那些话时心是悬着的，防备着她暴怒，撕扯起来，三个他也不是对手，谁料她如此不堪一击。她看起来像石头，其实不过是沙子。她这个样子哪像拎三百斤的猪不带一点儿喘的人？整个就是肥皂泡，吹吹就破的嘛。阮平心软了，她可没少照顾他呢。阮平犹豫着要不要致歉，潘美红又训起来，你别不在乎，一天一个针眼，一年就是个大窟窿，等你彻底学坏，那就晚了。这句话，还有她的口吻再次令阮平生出厌恶，他直视着她，坏有什么不好？我就等着这一天呢。他想激怒她，他的目的达到了，甚至超出了预期。她粗壮的身子打着摆子，如同飓风来临，若不是她死死抓着门框，几乎被拔根而起。她的脸像被阴云和沙石遮掩，那是暴雨来临的前兆。她的胸如波浪起伏，阮平似乎听到了哗哗的水声。阮平没被她吓住，她的摇晃、摇摆、摇曳反激起他的欲望。他们赤裸的讲述，那些诱人的画面适时跳出来，为这欲望煽风点火。他的呼吸越来越急促，他控制不住了，艰难地呻吟了一下，朝她扑去。

你混蛋！潘美红暴喝。

犹如霹雳，阮平顿时清醒，勒住脚，却没拽住身子，几乎撞到潘美红。潘美红推阮平一把，阮平仰了仰，及时刹住。

你就是个混蛋！潘美红追杀过来，生怕阮平听不明白，进一步说，往坏学你就是混蛋！我还以为你念过高中，是明白人，没想到你安了颗人头，却是猪脑子。坏有哪样好？能让你上天还是能让你入地？

暴雨倾盆，阮平冷静了许多。他没必要激怒她，她总归是好意。现在倒好，他脱不开身了。就是她让他走，他也不能把狂怒的她丢在这儿。她可是公司的宝儿呢。

我就是说说，谁愿意往坏学呀，再说也就是喝喝酒，抽抽烟，如果这就是坏，遍地都是坏人了。阮平没有赔笑，但已是明显的讨好。

当真？潘美红怔怔地盯着阮平，似乎被阮平搞糊涂了。

阮平说，这世上没一个人愿意学坏，我不过开个玩笑，你怎么还当真了？

潘美红僵了一下说，我着实让你吓坏了，也让你气坏了。不过，你现在这样，就是往坏里变呢。

阮平软中带硬，你不能不让我抽烟喝酒呀。

潘美红说，我不是不让你抽烟喝酒，但你得有节制呀。

阮平问，什么是节制？多少算节制？

潘美红说，我不知道什么是节制，但大清早酒气还那么重肯定不行的，就算你不爱惜身体，对工作也是有影响的呀。就说今天，你犯了好几次迷糊，别以为我没看见。

原来是这样，阮平想，她对他的关切和要求是从工作上考虑的。确实，他困得不行，有那么一会儿，眼皮几乎要粘到一起，一个上午用冷水洗了两次脸。

我保证不再犯困了，阮平说，怎样？就这事吧？

潘美红闪开，又叮嘱，记得早睡。阮平擦身而过，恶恶地想，难怪嫁不出去，就这母老虎样儿，谁敢娶？

那个夜晚，没人上门，阮平早早睡了。并不是潘美红的话起了作用，实在是撑不住了。他第一次梦到潘美红，而且是赤裸的潘美红，白白胖胖。她向他招手，可他走过去，正要抱她，却挨了一掌。然后就醒了，不由得想起白日那一幕，是潘美红的爆喝制止了他。他不敢往下想，若他扑上去，那会有怎样的后果。他不知道，但至少不是挨一掌这么简单。没准会像猪一样捅了他。暗夜中，陶碧的面容浮出来，这才是他心仪的女孩。去年他给陶班送猪头，陶碧在里屋写作业，出来和他招呼一声，便又合住门。陶碧的微笑令阮平久久回味。但遗憾的是，陶碧从未在他梦里出现。阮平凝视着陶碧，等她变得更清晰，好让他看得更清楚。她越靠越近，他几乎闻到她唇齿间薄荷般的清香，他正要把嘴巴凑上去，她突然变成了潘美红。阮平又是一惊，他合住眼，立即睁开。仍然是潘美红。她似乎刚刚洗了头发，甩甩头，几个水珠溅到他脸上。阮平不想与她对望，尴尬的是，身子又隐隐地烫了。他耐受不住，掀掉被子，奋力挥舞胳膊，驱赶俯冲而下的潘美红。她迅猛的姿态像极了鹰隼，他担心自己被她叼到空中。终于，潘美红被赶跑了。陶碧也消失得无影无踪。阮平气喘吁吁，大汗淋漓，像刚刚进行了一场殊死搏斗。待身体冷却下来，他试图再与陶碧对视，闹钟如警笛般狂鸣起来。

再见潘美红，阮平的目光里便多了一些东西，他说不清那是什么。以往他目如轻风，一掠而过，不留任何痕迹，现在风里挟了烟雨，虽也是一带而过，却挂在她身上，好一会儿才蒸发、升腾。但没有彻底化为乌有，终是留下了痕迹。阮平心思杂乱，干活倒是没受太大影响。无论喝酒还是看书，他避免通宵达旦，满嘴酒气。倒不是他多乖，而是怕潘美红纠缠，给他上课。对阮平的“变化”，潘美红自然是高兴的，说他脸色可比以前好看多了，还夸他活干得利索。阮平觉得好笑，她太把自己的评价当回事了。

数日后，又有一些人去阮平家打拼伙。两个人因为世间有没有鬼争执起来，一个说有，另一个说没有，并让说有的证明给他看，如果现在鬼跳出来，和他干两杯他就相信，否则就是扯淡。说有的认为另一人胡搅蛮缠，他又不是阎王爷，哪能随便指挥小鬼？越争越激烈，结果动了手。都喝了酒，一个咬破另一个的耳朵，另一个则成了熊猫眼。拉架的基本都带了伤，阮平的脸挨了一拳，还好打偏了，若砸中鼻子，没准鼻梁就断了。盘碗大半粉身碎骨，玻璃也碎了三四块。次日，打架那两人上门致歉，阮平嘴里说不要紧，心里却像塞了猪毛似的堵。盘碗倒是好买，玻璃过了五天才安好。天已转凉，特别是夜晚，风把窗帘吹得哗啦响，阮平睡觉都蒙着头。想起潘美红的劝告，阮平开始感念她的好。或者说，她的某些好。他那么恶恶地对她，实在不应该。阮平没有向潘美红致歉，也没打算就此彻底改变自己的生活方式，但内心里生出那么一点点内疚。所以，当潘美红问他能不能帮她干点活时，他毫不犹豫地答应了。

轮休日，阮平向来关掉闹钟，睡到上午或者中午。那天阮平依旧上了表，虽然潘美红说几点去都行。睡过头，她也未必责怪他，但说起来这是他第一次帮她，怎么也得上点心吧。

照例是跑着去的，与上班的时间相差无几。黎明时分，街上难见人影。已经是秋天，空气薄寒，没有阻隔，阮平跑得更快了些，也就十多分钟便到了城东。按照潘美红的描述，阮平由东向南。东南方向有五六处房子，相距有几十米远。准确地说，这里属于宽城的郊区。房子往南是大片的菜地。潘美红的院子里有三棵杨树，七个喜鹊窝，标记明显，很容易找到。三间房，一处院，房倒没什么特别，三间四角硬，那院足有五个篮球场大。潘美红的父母曾是南村的菜农，先是父亲去世，后是母亲去世，年纪都不大。现在，潘美红一个人住在这里。阮平对潘美红的事多少了解些，对她独自生活也没觉得有什么奇怪，但没想到她住得这么偏僻，而且守着一个空荡荡的大院，夜晚来临，她不孤寂不害怕吗？

阮平正胡思乱想，门吱呀一声开了。

6

那么大个院子，潘美红竟是一点儿也没浪费，除了两米宽的路，其余皆种了菜。一畦芹菜，大部分拔掉了，剩余的十几棵被霜杀过，菜杆歪倒，叶子发黑。另一畦是大豆，刚割了不久，还没来得及把豆荚摘下，沿院墙种了一圈向日葵，均耷拉着褐色的脑袋。大片的地则种了土豆和胡萝卜。难怪叫他帮忙，她独自挖，得两三天吧。

阮平问潘美红怎么种这么多，她说不能让地闲着呀，要合理地利用。阮平说问题是你吃不了。潘美红笑了，吃不了可以送人呀。阮平不解，那你图什么？自己吃苦受累，却为别人考虑。潘美红说，你想着别人，别人才有可能帮你，你不为别人考虑，别人凭什么帮你呀？原来是这样的逻辑，那么，她对他的体贴就是为了让他帮忙挖萝卜吗？还有，潘美红顿了一下，直到把阮平的目光完全吸过来，才说，我乐意这样做。是的，乐意，倒是扎实的理由，就如她不用帮手独自杀猪那样，她乐意！

临近中午，她弄饭，让阮平去炕上展展腰。阮平说回去吃，潘美红沉下脸，你给我干活，就得在我这儿吃，地主还得管长工饭呢。她半真半假，半哄半吓，阮平也就客气一下，大中午的，他才不想生火呢。

走进里屋，阮平便呆住了。整个后墙贴满了奖状，红的、黄的、粉的，有大有小，最早是十年前的，最晚是去年的，排列不那么整齐，但仍透出难以名状的气势，犹如万马奔腾。阮平的目光被狂乱的马蹄踏碎，好半天才拾掇在一起。与堂屋门正对的西墙则挂着上了框的照片，都是她和别人的合影，有两人照，有三人照，她的脸上洋溢着幸福的笑，有五六个长相框，大约是她参加什么会议，密密麻麻的人头，不知她站在哪个位置。

潘美红端了烙饼进来，阮平仍在凝望。没什么好看的，快吃饭吧，潘美红说。阮平抽回酸涩的目光，说你可真了不起。潘美红谦逊地，那都是老皇历了，人还是要朝前看。阮平说，你抱负不小啊。他绝无嘲弄的意思，这一点可以向老天保证，但也没有多么羡慕，只是顺口说说。没料到潘美红的脸瞬间光亮如镜，抱负谈不上，但人活着得有追求，是不是？阮平僵硬地点点头。潘美红说，你别把时间浪费在打牌喝酒上，才参加工作一年，路长着呢。阮平说，也是偶尔，不经常的。潘美红说，就怕你上瘾，上瘾想戒就难了。阮平不语。潘美红哎呀一声，瞧我，忘了你饿着肚子呢，快吃吧。

潘美红的厨艺不怎么样，菜炒咸了，饼虽是发面，却是硬的，火又大，每张都是包公脸。阮平吃了一张便放下筷子，倒不是多难吃，实在是太瓷实了，一张就饱。潘美红问阮平干了半天，怎么像喂雀似的，阮平说自己饭量不大。潘美红让阮平再吃半张，她掰开，硬是塞给他。阮平就接了，一口一口，当干馍嚼呗。潘美红饭量惊人，六张饼，她吃了四张半。吃得也香，仿佛那是绝世的美味。进屋她就脱掉了牛仔外套，一通忙活，她穿着衬衫，还是冒汗了。脸褐里透红，耳侧、脖颈处湿漉漉的，领口的扣子不知是她自己解开的还是崩开的，颈下白白的忽隐忽现。阮平本来只盯着她的嘴巴，好奇她何以吃得这般香甜。他的目光不小心滑下去，稍一停顿，立即抬起。片刻之后，他没管控住，又滑下去，滑落得更深，而且，很快粘住了，他拔拽得极其艰难。

潘美红抬起头，问是不是她的吃相很难看。阮平终于拔离，脸像着了火。没……没呀，他结巴着说。潘美红一笑，我知道的，不过，不许笑话我啊。阮平说真的没有。潘美红说笑话也没关系，我又不是西施。阮平下炕，感觉双腿僵硬，难以站立。他尴尬地扶住墙，潘美红问他怎么了，他说头晕。潘美红责备道，让你多吃你不听，晕得厉害吗？潘美红往前靠了靠，想扶他的。阮平大叫，别过来，没事的！潘美红吓了一跳，眼睛瞪得那叫大。趁她发愣，阮平踉跄着跑出去。冷风吹过，燥热散去，他自然了许多。潘美红出来，阮平已经挖十多锹了。

傍晚，阮平没在潘美红那儿吃，虽然她竭力挽留。他怕出丑。若被潘美红瞧出来，那就惨了。潘美红没强留，但执意要阮平带半袋土豆、半袋萝卜回去。阮平说改日他骑自行车过来驮，潘美红提出她给他送，省得他再跑。阮平一再说不用，但潘美红硬是夹到车后座上，逼着将他送到家。次日，阮平各匀了一些，送给了陶班。陶碧考入了省城的大学，阮平见不到她，但可以从陶班嘴里获知陶碧的有关消息。阮平知道自己和陶碧是不可能的，一个天上一个人间，但他没有掐断念想。因为这念想可以打发漫漫长夜，可以抵御来自潘美红的诱惑，至少，某些时候是可以的。

转眼又到了年根，黄桂仙先是让阮立写了信来，让阮平到包头过年，之后又打电话到食品公司，邀阮平过去。阮平答应了，隔一夜又改了主意。去包头凑什么热闹呢？一个人挺好的。阮平有了经验，早早定了一副猪排。本来可以早些送的，但硬是拖延到除夕夜。他有自己的小算盘。其他日子陶碧未必在家，除夕她一定在的。果然算准了。陶碧不但在，还和陶班夫妇一同留他吃饭。阮平想回去也是一个人，就留下了。比起高考那天，阮平自然了许多。但刚刚在餐桌边落座，陶碧就嗅了嗅鼻子，问什么味儿啊。她本是无意，但阮平有心，突然一哆嗦。他特意洗了澡，可常年在屠宰车间，某些气息或许是洗不掉的。陶班注意到阮平的神色，但假装没看见，冲陶碧说，这是水库里的鱼，味儿重。陶碧似乎也意识到了，朝阮平笑了笑。陶班化解了场面的尴尬，却没能除掉阮平心里的难堪，就此离去肯定是不合适的。阮平硬着头皮，面带微笑，一顿饭吃完，他万分疲惫。没敢久坐，放下筷子便告辞了。

阮平一路走，一路闻，只有风的味道。院门口竖了个黑影，近了发现是潘美红。潘美红埋怨，你怎么才回来？我等了快两小时了。阮平甚感意外，问她有什么事。潘美红说，大过年的，还能有什么事，吃饺子啊。阮平哦了一声，说吃过了。潘美红吃惊道，吃过了？在哪儿？阮平心情不好，恹恹地反问，怎么了？潘美红说，你答应去我家吃饺子，我包了两个人的，左等不来右等不来，这才过来找你。轮到阮平吃惊了，我什么时候答应你吃饺子了？潘美红笃定道，三天前就答应了，你怎么忘了？阮平想起来，她确实邀请过他，他忘了怎么回答的，因为根本没放在心上。阮平说不好意思，我的确忘了。潘美红朗笑，我就知道你忘了，你架子大，非得我上门请。阮平推辞说吃过了。潘美红说吃了也能加一碗吧，再说，夜长着呢。阮平说要看电视，潘美红说我那儿也有，走吧。她抓了他的胳膊，他闻到她脸上的脂粉味儿，似乎第一次闻到。阮平拗不过，只得随她。出了巷口，她让阮平坐到后座上，阮平说他跑着去。潘美红说你刚吃过饭，哪能跑？坐上去！不然我生气了。阮平就坐了。自行车咯咯吱吱，在寒夜里格外响。潘美红似乎猜到阮平担心什么，说，放心吧，我这自行车多焊了一根梁，再驮一个你也压不坏。

那个除夕夜并没有什么特别，阮平象征性地吃了几个饺子。他印象深刻的是自行车的咯吱声，潘美红看春晚的笑声。有两次，她快笑瘫了。她的脸在颤，乳房在颤，整个人都在颤。她的丰胸因摇曳而生动，难免让人想入非非。阮平没敢久留，担心自己出洋相。潘美红大概也没注意阮平几时离去的，她实在是太忘我了。

夏天来临，阮平那儿又热闹起来，但没有以往那么频繁了，尹先谈了恋爱。他们闹得过于厉害，阮平也烦，可他们长时间不上门，又怪冷清的。隔十天八天的聚一场，正对阮平心思，他借机放纵一把。偶尔醉一场，但午夜无论他们是否离去，他都不再喝了。喝了酒的次日，他反复漱口。他不在乎潘美红，但在意她的训斥。她横在门口的架势，那可真够他受的。

某个夜晚，尹先留下了。尹先没有睡意，仍沉浸在兴奋中。那些过来人嘴巴放肆，尹先插不进去，现在终于有了机会，两个人，显得更私密些。尹先问阮平接过吻没，阮平说我没谈过对象，和谁接吻？尹先劝阮平赶紧谈，因为接吻的滋味实在是太美妙了。他形容就像触电，全身都是麻的。阮平没资格谈这个，尹先怎么说他就怎么听。两人不在一个频道，尹先难以尽兴，他问阮平梦见过女人没。阮平犹豫，尹先说你肯定梦见过，不然你就有问题了。尹先问阮平梦到了谁，都干了什么。阮平想起潘美红，脸隐隐地烫了。他说梦里的事哪记得。尹先说那样的梦你不可能忘了。尹先说他好几次梦到他的数学老师。他推了阮平一把，你知道我和她干了什么吧？尹先坦诚、赤裸，连细节都交代了。轮到阮平，他的心咚咚大跳。他不敢说真话，怕尹先笑话。尹先催促了两次，阮平只好硬着头皮说，陶碧。尹先问陶碧是哪个，阮平说了，尹先叫，你小子心不小，居然……老实交代，上了没有？阮平说梦见她就醒了。尹先说阮平不老实，非让阮平招认硬了没有。阮平红着脸认了，尹先料事如神的语气，我就说嘛，没状况还梦个什么意思。阮平怕尹先继续追问，说多了难免露出破绽。这个谎让他紧张又憋屈。还好，尹先转了话题，说结了婚的现在肯定都实战呢，咱两个光棍棒子只能画饼充饥，在梦里过瘾。阮平说，你有盼头了。尹先惆怅地说，结婚怎么也得一两年后了，等不及呀，要是能提前演习一场就好了。阮平说，那得把她哄晕了。尹先说，你小子，贼点子倒不少。阮平说，我是现学现卖，你是师傅。尹先邪笑几声，神秘兮兮地说他一直在进攻，不过是佯攻，水到渠成，就可以发起冲锋，不过到时候需要阮平帮忙。阮平不明白，你口才那么好，我能帮什么忙？尹先说，不是借你的嘴巴，是借你的炕。阮平没料到尹先要把女的带到自己家，愣愣地问，你俩……我住哪里？尹先说，你先去别处躲一躲呀，过几个小时再回来，怎么样兄弟，我亏不了你。阮平说，你俩可别打架。尹先大笑，你瞎操心，好还来不及呢，打什么架？阮平说，随你。尹先在阮平手背上拍了拍。

阮平以为尹先也只是过嘴巴瘾，攻陷女友没那么容易。但七八天后，尹先竟然真的带着女友上门了。那时阮平刚刚吃过晚饭，碗筷还没来得及收拾。尹先大大方方地介绍他的女友王小娜，说她在百货公司上班，阮平想买什么紧缺东西，可以找她。王小娜羞涩地笑笑，说大忙帮不上，小忙可以。阮平琢磨他聊聊再走，还是马上离开，尹先冲他挤眼，问阮平是不是值夜班。阮平立即点头，没错，我正要走呢。他慌慌张张地离开，一只脚没完全伸进鞋，走到院门口，鞋掉了，他弯腰捡拾，赤着脚走出巷口才重新穿上。比逃兵还狼狈。

阮平在大街上游荡，漫无目的。他不知躲几小时，不知尹先和王小娜的演习需要多长时间。尹先叫他值夜班，难道躲一夜吗？公司有下夜的，根本用不着阮平，他只能在大街上晃。那时宽城没有夜生活，过了九点街上就基本没人了，阮平从南走到北，从西走到东。潘美红突然就闪进脑子，没有任何征兆。或许是他到了城东，而潘美红又在东南角住着。他是想去潘美红那儿待几个小时，潘美红热情，没准会给他做一顿夜宵。她的饼瓷实，饺子倒包得不错，皮薄馅大。到了院门口，阮平又迟疑了，若潘美红问起来，该怎么说呢？想她了，这玩笑开不得的。随便转转，太假了。若说真话，那等于出卖尹先，没准她还要借机给他上课。对尹先的演习，她定是嗤之以鼻，甚至唾骂。阮平想了想，还是算了，以免引火烧身。走开几步，忽然被好奇攫住，他想看看潘美红在干什么。没有春晚，她还那么夸张地大笑吗？

院墙不高，一迈就进去了。没有风，四周全是虫鸣。阮平心在狂跳，而双脚无声无息。潘美红的窗帘与阮平的一样松松垮垮，灯光挤出来，将窗棂和屋檐涂抹得影影绰绰。阮平贴近听了听，只有电视的声响。他试图从侧面的缝隙瞅，可太窄了，什么也看不见。略一停顿，他抓住窗档，站到窗台上。

看见潘美红，阮平的头轰地炸了，金花迸溅，差点掉下去。好一会儿金花才消失。阮平猜想得没错，潘美红在看电视。但是，老天！或许是天太热了，她只穿了件花裤衩，上身仅套了件松大的吊带背心，乳房几乎是裸露的。她半仰着，旁边还放了把扇子。阮平口干舌燥，抓窗档的手如寒风中的枯草，瑟瑟地抖着。他控制不住了，身体的某个物件抵住了玻璃。一只蚊子落在潘美红胳膊上，她猛拍一下，阮平没站稳，直直地掉下去。潘美红喝问，谁？阮平跳起来，如猴子一样蹿出院墙，消失在夜幕中。

阮平后半夜才回到家，尹先和王小娜离去了，门虚掩着。阮平恼恨自己的下流，可那一夜，每一个梦，潘美红都是主角。潘美红定是被他吓着了。可第二日，潘美红的神色没有任何异常，仿佛什么事也没发生。阮平忐忑的心安定下来，却是更加不解，她为什么不当回事？她没意识有人偷窥还是对偷窥不在意？如果能问，阮平真想听她有什么高论。但不管怎样，阮平发誓，这勾当到此为止。

数日后，尹先又借阮平的场地演习。尹先说这比抽烟喝酒上瘾，就是大烟也未必比得过。兄弟呀，你帮人帮到底。尹先可怜兮兮的。

阮平没再游荡，躲进小饭馆，要了两瓶啤酒。没一会儿便脸红脑涨。如果可以喝到天亮，醉了也不要紧。但过了九点，老板就关了窗户，插上窗板，并抹桌子扫地。阮平将半瓶啤酒吹了喇叭，结账离开。

阮平想跑一程，刚吃过饭，不敢快跑，而慢了也可以消耗时间。尹先的演习怎么也得半夜了，他没地方去。边跑边想象着演习的场面，想象着尹先所说的滋味。不知是喝了酒，还是狂乱的想象，抑或慢跑的缘故，阮平燥热难耐。鬼使神差的，又跑到了城东，再次来到潘美红家。他骂着自己的无耻，可就是管不住。

阮平战栗地站到窗台，还没等看清屋内的画面，背后一声喝喊。阮平魂飞魄散，掉下来那一刻，被潘美红抱住，准确地说，是夹住。就那么歪倾着，被潘美红拖进屋。

我以为是贼，怎么是你？潘美红诧异地瞪着阮平，你偷偷摸摸的，害得我守了好几个晚上。阮平强作镇静，说想看看潘美红在干什么。潘美红说，一个人还能干什么，看电视呗。她没恼没怒，没再审讯，似乎相信了他的话。问他在哪儿喝的酒，是不是喝醉了。你的眼睛都是红的，潘美红说，你的样子好吓人哎。潘美红穿着衬衫，可阮平的目光太烫了，顷刻间将衬衫焚毁，她彻底裸露。阮平呼吸突然变得急促，他听见来自身体的声响，是骨骼与骨骼的撞击，是血液与血液的融汇。他试图遏制，但没有奏效，反因遏制而爆发，如野马脱缰，跃身而起。潘美红如一堵残破的墙，轰然倒塌。

潘美红似乎挣扎来着，但她的胳膊软绵绵的，就像被他施了魔法，阮平没费什么周折便扯拽开她的衣服。

7

阮平被枪决那天，大雪飘落。高音喇叭震耳欲聋，声音是带了毛边儿的，阮平怎么也听不清，但他明白，那毛边里陈列的每一条罪状都是他的，死后也抹不掉。广场上黑压压的人，尽管雪花阻隔，阮平还是看到许多熟悉的面孔，陶班、吴老师、经理、同事……每一束目光都如杀猪刀那么锋利，狠狠地划割着他。震惊、愤怒、鄙视。还好，没搜寻到陶碧，她还没放假吧。这让他松了口气。等她回到宽城，他已去了另一个世界。潘美红也没来，这让阮平有些意外。她应该来的，她的眼神是最好的痛斥。

宣读完毕，公安猛一勒绳，阮平几乎扑倒，在触到地面那一刻，公安及时抓住他的肩膀。然后，一左一右押着他上了汽车。骚动的人群自愿分开，汽车缓缓前行。驶出广场，汽车加快速度，穿过宽城，直达东山。

那里已经围了二三十号人，阮平知道他们早早地候在这儿，就等着看枪子怎么射穿他的后脑。有的早饭没来得及吃就赶来了，正抽空吃包子呢。包子是韭菜馅的，阮平闻到了。押赴刑场前，他们给他准备了一颗炖猪头，似乎他是去做饿死鬼。阮平没有胃口，瞭瞭就收起目光。此时他突然饿了，死死地盯着那个人的韭菜馅包子，直想咬上一口。公安猛喝一声，他抖了一下，扭转头。那香味却挠着他的鼻孔，他连打几个喷嚏。

阮平跪下，并没按公安的要求闭上眼睛，他悄悄张开一条缝，看着他将要告别的世界。

砰！枪响了，没有击中。

砰！另外一个法警补了一枪，同样没有击中。

呼啸声大作，阮平惊慌四顾，忽然就看见了潘美红。她手握长刀，骑着猪直冲过来。原来枪声是演练，真正执行的是潘美红。转眼工夫潘美红就到了近前，她怒瞪着，举刀就砍……

阮平惊坐起来。竟然睡着了。他望了望天空，太阳已经西斜，现在应该是两点至三点。他仰躺在山坡的洼地，从这里可以窥望山脚下的田野、公路、林带。如果有人上来，第一时间就可以发现。他不敢大意，紧张地瞪视着任何可疑的人。他不时掐着麻木的脸，以防犯困，可还是睡着了。

阮平不知怎么从潘美红家逃出来的，她似乎抓他的裤角来着，被他甩开了。他一路狂奔。夜黑如漆，他意识混乱，不知是怎么找到家的。他哆嗦着摸出钥匙，却摸不到锁。猛撞了几下，发现门从里面插住了。再要拍，忽然想起，尹先在他的炕上演习，大概还没结束。他终于清醒。不该回家的，趁公安还没有到来。必须逃，逃得远远的。他一口气跑到车站，想乘坐第一班长途车。车站还没开门，他在昏黑的台阶上蹿行几步，想起身上不到二十块钱，根本不够坐车的。而且，坐车是愚蠢的，如果半路被警察截住，那就插翅难逃了。还是双腿踏实。跑了一程，有十里，也可能二十里，忽又想，不该向西。西边通向市里，他能想到，警察自然也能想到。应该逆着警察的思维，于是掉头向东。好在奔跑于他是容易的，只是逃亡之跑毫无乐趣，也难以专心。阮平从宽城南绕行时，天已微微亮了。数公里之后，他转向东山，打算在山上躲到天黑，然后再逃。夜色里，被发现的可能终归小些。东山是枪决犯人的地方，是宽城的不毛之地。山上没有洞，只能躲在坑洼里。

阮平一遍遍回想，有些能想起，有些全然是空白。但有一点是清楚的，他强暴了潘美红。潘美红虽是个杀猪的，却非寻常之人，那一面墙的奖状，那一长溜的照片，便是证明。阮平后悔不迭，真不该喝那么多酒，不该去潘美红家。强奸犯，这个罪名足以让他被千刀万剐。

终于挨到天黑。阮平又饥又困，逃亡的欲望却没那么强烈了，恐惧隐隐生出来。那是另一种恐惧。公安肯定在路上设了关卡，即使有夜色掩护，怕也难以成功出逃。就算躲过了围截，也必定是惶惶不可终日。一年两年，三年五年，终有一天会被押回宽城。前路难测，阮平想到了自首。可是，想到那个梦，他又是一寒。也许从此浪迹天涯，直到客死他乡？

这么犹豫着，夜渐渐深了。自首的念头占了上风，阮平拖着疲软的腿回到宽城。没去公安局，实在是太饿了，他想先填填肚子。就是杀头，也得吃顿饱饭。

门虚掩着，没有任何声音，似乎尹先刚刚离去。阮平正要推，门却开了。

看到李闯那张刀锋脸，阮平魂飞魄散，瞬间变色。李闯也是一愣，但他反应快，在阮平瘫下去时，迅疾抓了他的肩，冲屋里喊了一声。潘美红和尹先先后跑出来，帮李闯扶住阮平。阮平战栗不止，看来他们一直在等他，料定他会回来。

把阮平摁在椅子上，李闯哈了一声，他俩硬说你失踪了，这个折腾！然后冲潘美红和尹先说，我说什么来着？太平盛世，不要动不动说人失踪。阮平惊讶的目光飞快地掠过潘美红的脸。潘美红说，你一天没上班，可把人吓坏了。尹先附和，是呀是呀，你怎么连假也不请？李闯说，去年有个女人报警，她丈夫失踪了，硬说被绑架了，后来找见，整个人比面条还软。他赌昏了头，两天两夜只吃了一条麻花。然后盯住阮平，你该不会也染了赌瘾吧？阮平僵僵地摇头。李闯没有追问，说人回来就好，明早开会，他得连夜写案情分析。李闯在阮平肩头按了一下。那重重的按压似乎别有意味，阮平感觉出来了，但不知李闯向他传递什么。

屋里剩下潘美红和尹先，阮平已镇定下来，他说，对不起，这么晚了，让你们……担心了。潘美红说，没事就好，好好睡一会儿，明儿别误了上班。尹先说，说对不起的应该是我，昨夜我听见你拍门了，开门你已经不在了，生气了吧？你这一出，实在吓人呢。阮平咧开嘴，苦涩地笑了笑。

潘美红和尹先离去好久，阮平仍在椅子上发呆。他似乎忘了饥饿。他不相信这是真的，不相信自己稳稳地坐在家里。但千真万确，他们相继离去，没有对他采取任何措施。潘美红竟然没报警，竟然没有丝毫的愠怒。仿佛什么也没发生。这是怎么回事？难道潘美红不在乎，连自己的贞洁也要无私地奉献？还是那一切根本就没发生，是他的想象，是他的梦魇？阮平彻底糊涂了。

第二天，阮平第一次不是跑，而是走到食品公司的。天际刚刚发白，喜鹊已在枝头喳叫。风缓缓地抚摸过脸颊，毛茸茸的。一只猫大摇大摆地从巷口踱出来，跟在阮平身后走了有二三百米，好像他的随从，时刻要保护阮平的样子。阮平喝了几次，猫才转身。门房的老张头只有见了经理才探出头，每个褶子都挂着笑，那天竟然冲阮平招了招手。整个世界都显得那么不真实。阮平才平静的心又敲起小鼓，目睹的一切都那么的匪夷所思。

吃饭了吗？潘美红如往常一样，问着千篇一律的问题，对她似乎多么重要，阮平早就烦了，连头都懒得点，草草地嗯一声，轻得自己都听不清。那天他郑重地说吃过了，他的目光躲闪了一下，又不那么牢靠地落在她脸上。你脸色好看多了，昨天的样子有点吓人，潘美红说。阮平不知如何回应，冲她笑了笑，虚虚的。肚里有了东西，又睡了一觉，他的体力已经恢复，心却没落到肚里。潘美红也冲他笑笑，阮平惊讶地发现，她突然变得迷人起来。潘美红说，别愣着了，干活吧！她出了休息室，阮平才意识到她涂了护肤品，空气中飘荡着淡淡的香味。他使劲嗅了嗅，似乎是茉莉香。

一切就这么过去了。

就这么过去了？阮平又问一遍，没人能回答。或许，那就是他虚妄的想象。他看了太多的推理小说，变得神经质了，混淆了想象和现实。他真是活该。

下班后，潘美红叫住阮平，叫他去她那里。阮平心里咯噔一声，刚刚焊接的缝隙突然裂开。他问她什么事，她说我在门口等你。她没冲他笑，脸是绷着的。阮平磨蹭了半天才出去，潘美红仍在门口。阮平知躲不脱了，硬着头皮走过去。潘美红拍拍车后座，上来吧。阮平说不用，慢跑起来。潘美红本可超过他，但始终咬在他身后。那一切并不是他的想象，而是实实在在发生了，他罪孽深重。他已然明白，不再抱任何幻想。潘美红没报警，没告发他，并非她不在乎，而是要用另外的方式解决，她自己的方式。阮平想象着即将到来的一切，她将他五花大绑，不，根本不用绑，她夹住他，他就没法动弹了。一刀下去，他就没了声儿。她也许会一刀一刀地剐割，在这方面，她也是高手。阮平的腿颤了一下，但没有停。黄昏来临，百鸟归巢，自在安详，而他却像被押着。如果阮平撒腿狂奔，潘美红未必追得上。但阮平不打算跑了，事已经做下，听天由命吧。潘美红自是早已打定主意，她装得若无其事，不过是为了麻痹他，按她自己的方式复仇。真是滑稽，她竟然让他上了一天班。他想起那个心惊肉跳的梦，一切早已预示。

潘美红开启屋门，手有些抖，怎么也插不进锁孔。阮平偷偷瞄她，她的脸似乎也在抖。阮平没有帮她，也没有提醒她可能拿错钥匙了，木然地看着她一捅一捅的。终于开了，她出汗了。揩揩额头，她后退一步，让他先进。阮平听到她关门、插门，听到她粗重的喘息。阮平没有回头，他不想看到她眼里的凶光。来吧，只要能一笔勾销。

等了几分钟，猜想的一切并没有发生，阮平听到的是另外一种极为陌生的声音。他下意识地回过头，呼吸鏖然停滞。潘美红在脱衣服，上身已经赤裸，她正解裤带。阮平惊愕的目光让她停下来，她双手护胸，脸如火焰。不许偷看，你这个坏家伙！她娇责。阮平没动，嘴巴张得像茶杯。潘美红瞪着他，别傻站着了，帮我一把。一个声音提醒阮平，这是个陷阱，千万不要去。但他的身体已经有了反应，如发面般不停地膨胀。他牙关紧咬，努力控制，可效果不大，面团越胀越大，突然间就炸裂了。

疯狂过后，潘美红坐起来一件一件穿衣，她动作很轻，仿佛怕惊着他，又似乎揣着什么心事。阮平仍然瘫着，他晕眩症犯了，忽而被浪头抛起，忽而坠入谷底，不晕才怪。他没看潘美红，直到潘美红推了他一把，他才扭过头。潘美红指了指褥子。褥单是浅灰色的，上面那几朵红格外显眼。潘美红轻声说，你可看清了。阮平突然明白了什么，随之，一个更大的疑团跳入脑海，整个人彻底蒙了。那个晚上是怎么回事？他仓皇逃离，在东山躲了整整一夜又一个白天，难道什么也没发生？只是他的幻想？阮平被自己惊着了。潘美红又推他一下，发什么呆呢？阮平机械地摇摇头，迟疑地问，那天晚上……潘美红不解，哪天晚上？阮平说，就是……潘美红明白过来，扑哧一笑，你像疯了一样把我扑倒，抱了我一下，转身就跑。阮平仍然反应不过来，整个人都是僵的。

8

婚礼规模不大，但规格挺高。主持婚礼的是宽城工会主席，县妇联送了贺礼，一对暖壶，一块毛毯，一副乒乓球拍。已经退休的老县长专门写了贺联，他曾亲手给潘美红戴过红花，是潘美红的贵人。帮忙的人很多，包括经理。阮平基本没操心。他还没到结婚年龄，公司写了请示，县里特批了的。如果是别人，不可能开绿灯。潘美红是例外。她是宽城的瑰宝，又系大龄青年，没有谁对此提出异议。

潘美红那边，出席的是她干爹，阮平这边只有黄桂仙。干爹是酒厂师傅，刚刚退休。他酒瘾大，早晨醒来先喝酒，十个手指有九根半是颤抖的，半斤酒下去，马上稳稳当当，穿针引线都没问题。清早喝了，婚礼开始前，他把持不住，又喝了半瓶，醉了。终于把他扶上台，在椅子上坐了没两分钟，便鼾声如雷，惹得来客直笑。黄桂仙则神情寡淡，她不痛快。她曾热心地给潘美红张罗对象，没想她竟然成了自己的儿媳。坐在那里，她觉得和潘美红的干爹一样出丑，婚礼结束就直奔车站。没人给阮立做饭，她的理由不容置疑。阮平倒不在乎，潘美红更不计较，黄桂仙走出几十米了，她还喊妈慢走。

往家里走时，潘美红推着自行车，阮平在后面扶着，车把上、车架后都是贺礼，像刚刚赶了大集。按潘美红的意思，晚上两人住在东城，中午住在西城，阮平没有反对。潘美红提出另外一个方案，阮平也会同意。无所谓哪边。阮平是划算的，那个晚上虽没真正发生，可他毕竟扑倒了她，她若告他，怕也要坐牢的。可她没告，让他如愿以偿，彻底成了他的人。不要一分彩礼，他捡了个大便宜。她比他是大了一些，但那有什么关系呢？大了懂得疼人，正如经理所言。只是阮平没有新婚的喜悦，无论怎么挤都挤不出来。或许，他拒绝了，她也未必告他。这是有可能的，她不是别人，她是潘美红。阮平没那么做，从某种程度上说，他是被她感召了。

走到半路，李闯追上来。他连连说不好意思，原本打算参加的，可一直在开会，散了就往过跑，还是误了。他摘下挂在车把的被罩，以示心意。潘美红说改天给他补酒宴，李闯笑说，那我就等着了，这喜酒我得喝，然后转向阮平，你小子娶了个好媳妇。压了压阮平的肩，好好疼人家。阮平心一动，觉得李闯又在传递什么。他试图从李闯的眼底挖掘，却没有任何收获。那是两口深井，根本没有底儿。

潘美红继续推车，阮平却没抬脚，他凝望着李闯的背影，一脑子杂乱的念头。出生、出逃、结婚、家庭变故，每个关键点上李闯都会出现，不能不令他惊异。后架上的纸箱与乒乓球拍掉到了地上，潘美红才发现阮平没扶着，仍在原地发愣。阮平惊醒，急跑几步，蹲下去捡拾。纸箱里是香皂毛巾之类的东西，没那么易碎。你怎么了？潘美红问。阮平说，没怎么，走神了。潘美红没责备他，提醒他扶好。阮平问是不是她邀请了李闯，潘美红说，是呀，老早就说了，他可是你的恩人呢。阮平没接茬儿。你不高兴了？潘美红回了回头。阮平说，没有，就是有点儿奇怪，他怎么知道的。潘美红笑了笑，你失踪那天，我快急疯了，幸亏他劝说。阮平脸一热，闭了嘴。潘美红说，他出席，方方面面的人就全了，可惜……人家送了贺礼，也算圆满，提起来咱脸上也有光。阮平想，原来是为了脸面。老县长也是她通知的吧，她为了面子可真是费尽了心思。这不能说没用，但也没有多么重要。按阮平原先的想法，两人领个证就算完事，但她坚持要办，还搞出这么大动静，恨不得全世界都知道。她每一步每一寸都在证明、都在展示，阮平有些不适。

扶牢啊，潘美红说。阮平说，扶着呢。潘美红问，想什么呢？阮平说，没想什么。潘美红问，李警察怎么那么忙？阮平说，谁知道呢。潘美红说，我好几次看见警察在街边吹大牛。阮平说，他是刑警，可能忙一些。潘美红说，与什么警没关系，关键在人，有理想、有志向的人都闲不住。阮平没应声。不是她不配谈，而是她不分场合，让他感到别扭。你觉得呢？潘美红问。阮平说，或许吧。潘美红严肃地说，不是或许，绝对是，所以，我不闲着，都说女人结婚就懒了，我就不信，这和结婚有什么关系？两口子互相鼓励，干劲更足才对。阮平又装哑巴。不许拖我后腿哦，潘美红半是警告半是撒娇，你做到了，我天天奖赏你，你想怎样就怎样。她咻咻笑起来，我保证！想到那一幕，阮平的脸隐隐烫了。潘美红追问，怎么样，能做到吗？她等不及到家，就约法三章了。阮平只好说，听你的。潘美红说，不是听我的，谁对听谁的，我可没那么霸道，家庭也要讲民主。阮平说，好吧。潘美红说，我就喜欢你这点，一说就通。

公司给了七天婚假，但潘美红次日就上班了，与以往起得一样早。她要阮平一同去，阮平说要给陶班送糖，还要去图书馆还书。潘美红没有强求，告诉他饭在锅里，匆匆走了。第二日，阮平借口吃坏了肚子，潘美红什么也没说。阮平不拖她的后腿，但也不想如她那么上进。婚假是合法的，为什么要献出去？第三日，潘美红让阮平上班，她没命令，说看不到他的人影，她不能集中心思。要不去吧？哪怕你在一边看着呢，行不？她目光灼灼，口吻却是央求的。阮平突然生出一丝怜惜，说好吧。潘美红拽拽阮平的耳垂，不会让你白去的。潘美红要驮阮平，阮平没坐，他喜欢跑，不会因结婚而改变。

日子就这么过了，看似与以往不同，但细想想，又没多大的不同。阮平不用设闹铃了，用不着，潘美红脑里自带，一到点儿她就醒了。阮平甚是惊奇，不知她是怎么做到的。有她热饭，他可以多睡一会儿。也只是一小会儿。潘美红从不迟到，也不允许他迟到。一个蹬车，另一个奔跑，相距五六步，像在比赛。阮平不愿意靠得这么近，但他加快，她蹬得越发猛了；他放慢，她也放缓。在宽城的黎明，他们是一对奇怪的身影。

除了工作，潘美红对阮平的要求并不严，别人喊他喝酒，潘美红从不阻拦，只嘱咐他别喝醉。当然，就是喝醉了，她也不斥骂他。有那么一次，阮平泥一样瘫在酒桌上。天已经晚了，一帮人正琢磨怎么往回弄他，潘美红寻了来。她将他放到自行车上，没让任何人帮忙。担心他摔下来，她小心翼翼，回到家已经半夜了。次日，她只是数落他不爱惜身体，差点儿耽误上班，再没说别的。

尹先和王小娜的演习有了结果，初冬，两人步入婚姻殿堂。没了尹先这个召集人，聚会没那么频了，阮平原先的家不再是喝酒的据点。冬日寒冷，阮平和潘美红极少到西城住了，现生火，没等屋子暖起来就到了上班的点儿。隔半月二十天，阮平回去一趟，也只是瞅瞅。

再一个变化，是那一墙奖状。潘美红都装了镜框，有的因为时间久，颜色变淡，更久的，就彻底褪色了。潘美红后悔没早点弄。但这样一来，后墙就挂不下了。阮平怂恿她挂到东屋，东屋只放了些杂物，三面墙皆是空的。打扮起来，还有些展览室的模样。几天后，潘美红说心里空落落的，于是又移过来。阮平买的中国地图与世界地图只得让位。

年根儿，两人第一次发生争执。阮平想看望陶班，潘美红非跟着一起去。阮平说没必要，他一个人去就行了。潘美红说陶班是重情义的人，两人一起去才对。没邀请陶班参加婚礼，陶班得知后专程上门补了贺礼。阮平没想让潘美红认识陶班，更不想陶班看到潘美红，所以结婚没邀请陶班。潘美红又说陶班是你的恩人，这一生都不能忘。还说要好好厚谢人家。见就见了，阮平绝不会带她登陶班的门，哪怕这礼物是她备下的。潘美红说陶班上门不是祝贺阮平一个人，是祝贺她和阮平两个人，所以厚谢她必须去，不然就是失礼。阮平说她想得太复杂，陶班根本不在乎。潘美红说就算人家不在乎，你自己也不能轻慢，两人必须同去。潘美红小题大做，阮平觉得好笑。潘美红问阮平为什么不肯带她，是不是担心她说了不当的话，给他丢人。阮平不敢坦陈真实的原因，说他放下东西就走的，若她跟着去了，不免要坐坐，耽误彼此的时间。结果潘美红更是非去不可了，她说哪有放下东西就走的，那连起码的礼节都没有了。阮平说往年我都这样，陶班也没怪我，潘美红说与往年不同，你现在是成了家的人。阮平火了，说要去你去，我不去了。潘美红僵了一下，却没放弃，让阮平好好想想。阮平没理她。过了两日，到除夕了，潘美红催促，阮平依然不肯去。她催得越紧，阮平越不肯。等阮平去街上绕了一遭回来，潘美红不见了，东西也不见了。阮平心想糟了，立即去追。跑到陶班家门口也没见潘美红身影。阮平想潘美红不会这么快找见陶班家，也许她还在路上。阮平不敢大意，守在拐角。等了两个多小时，天暗下来，阮平正要离开，听见开门的动静。陶班一家在送潘美红！阮平定住，肺都要气爆了。

吵了一顿。阮平不依不饶，潘美红据理力争。一个恼火，另一个委屈，但当天夜里两人就和好了。准确地说，是潘美红和阮平和好了。她虽然不知自己错在哪里，但央求阮平别再生气。这可是咱俩的第一个年，要好好过啊。她抱着他，在他耳根一下一下舔着。阮平终于被融化，只是还板着脸。他和她约法三章，她可以做她的主，做她和他的主，但不能替他做主。

两人的想法不会一致，所以争吵也就不可避免。当然并不凶，更没有大打出手，若真那样，阮平还不跟个小鸡崽似的。每次都是潘美红先道歉。是道歉，不是认错。道歉，是她说话的方式、语气或用词不当，惹阮平生气了。而错误，除非她自己认为是错的，否则，她不会低头。她向阮平低头，因为他是她的丈夫，而不是因为她错了。

9

潘美红没有怀孕的迹象。她不着急，至少看不出来。她不去看医生，也不催促阮平见大夫。阮平更是无所谓，连这个丈夫他都没有心理准备，何况当父亲了。两年后，潘美红说自己怀孕了，阮平吃惊地瞪大眼睛，仿佛不认识她。好一阵儿，他才问，真的？潘美红说，这还能有假呀？你怎么有点儿傻？阮平说，我没想到。潘美红说，连我都没想到，我还以为自己不会生呢。潘美红平平淡淡，倒是阮平眉眼间生出一洼又一洼的惊喜。他原本以为自己不在乎呢。阮平说，那你得注意了，别再干重活了。潘美红不以为然，我没那么娇嫩，再说，公司有什么重活？阮平说，以前你想怎样都行，但现在不同了，你不要逞强。潘美红盯住阮平，问她怎么逞强了。阮平说，都是两人一组，唯独你单干，这不是逞强是什么？潘美红叫，你怎么这么看我？我力气大，一个人干得了，为什么非要拉上别人？阮平冷笑，给你多开工资了？潘美红反问，凭什么给我多开？多干是我自愿的，领导没逼我。阮平问，你为什么要多干？潘美红说，我乐意啊，别人图钱，我图痛快。阮平忍了又忍，终是没忍住，你是图那张奖状吧？这话有点残忍，阮平担心伤了潘美红的自尊，没料到潘美红反而笑了，那有错吗？阮平被噎住，脸色不停地变幻。她的思维和他不在一个轨道上。随你吧，阮平终于喘上气，既然你乐意。潘美红看出阮平不高兴了，又哄又劝，说一定小心，让他放心。但穿上工作服，她什么都忘了。

潘美红摔倒，还被猪踩了几脚。她强忍着爬起来，不顾劝阻还要干活，几分钟后再次倒下。等送到医院，已经晚了。

隔年，潘美红再次怀孕。阮平悄悄找了经理，第二天，潘美红就被调去看仓库了。潘美红虽然不乐意，还是服从了公司的安排。看仓库不用去那么早，但每日“闹钟”一响，她就爬起来，做饭，然后喊阮平起床。依然披着星光上路，阮平不敢快跑，有时她蹬得急了，他马上提醒，叫她慢下来。有了上次的教训，潘美红乖了许多。

年底，潘美红生下一个女婴，发生了一点儿意外，但有惊无险。潘美红的干娘侍候了半个月，黄桂仙虽然不大情愿，还是从包头赶来给潘美红熬了十多天粥。那几天，黄桂仙告了潘美红好几状。比如，她给孙女取名安安，潘美红却叫女儿平红。这让黄桂仙很不痛快，连另立中央的话都说出来，阮平哭笑不得。比如，潘美红不听劝，趁她睡着，竟跑出去买酱油，不知道的还以为是她这个婆婆支派的。落下病算谁的？黄桂仙越说越来火，她故意和我作对，我还伺候个什么劲儿？阮平清楚潘美红不是故意和黄桂仙作对，她有自己的理由。果然，潘美红说婆婆身体不适，她才跑出去的，而且围裹得严严实实，绝对没事的。阮平数落潘美红不该月子里乱跑，又将她的话转告黄桂仙。黄桂仙不领情，说明明是不把我的话放在心上，反倒是心疼我了。离满月还差一天，黄桂仙便迫不及待地离开。她临行前说的那句话，几乎将阮平压趴。

其实，平红出生七八天后，阮平就发现她有点儿不对头。她不怎么哭闹，超乎寻常地乖。她的眼睛总是盯着某处，他晃她，竟扳不回她的目光。终于看他了，眼神却是混沌的，不像别的婴儿清澈如水。阮平犯嘀咕，但没往坏处想，疑虑一旦冒出来，他就狠狠地驱走。潘美红是善良的，就冲这一点，老天也不会捉弄她。阮平后来明白，他不过是逃避，而黄桂仙的话彻底堵死了他的退路。他不得不睁大眼睛，瞪着残酷的现实。

那一夜，潘美红早早地躺下了，而阮平木偶一样坐在椅子上。潘美红喊了几声，他竟然没听见。直到穿着花裤衩的潘美红下地撒尿，拽他的耳垂，他才醒悟，问她干什么。潘美红略有些羞涩，问，你不馋吗？她身上散发着奶味、汗味，还有别的说不出的味道。若是以往，阮平早就控制不住了。可那天，他心情郁闷，没有丝毫兴趣，挥挥手让她先睡。潘美红似乎觉得魅力不够，扭了扭，连背心也脱了。她胖了一些，肚腩高了许多，似乎仍有一个婴儿在那里藏着。两个棒槌似的大奶微微耷拉着，光洁闪亮。她奶水好，平红吃不完，乳头总有汁液溢出。见阮平仍不动心，她轻轻揉捏，奶汁喷泉一样射到阮平脸上。阮平惊跳开，猛喝，你干什么？！潘美红没料到阮平发这么大火，她一脸的委屈。但她马上就道歉了，叫阮平别生她的气，她只想逗逗他。要不，你往我脸上喷，我保证不恼。结果她被自己逗笑了，喷什么呢？你来挤？阮平说，快睡吧，小心感冒。潘美红说，我这么壮，才不怕呢。你是不是遇到什么事了？我能帮你吗？阮平叹口气，不知她是粗心，还是真的憨。他和黄桂仙都看出来了，她难道什么都没发现？

潘美红钻进被窝，目光却荡漾着阮平。阮平心里一动，却忍不住又叹息一声。潘美红问他发什么愁，阮平小心翼翼的，说平红可能有些问题。潘美红猛地坐起来，脱口道，有什么问题？阮平斟酌着，她智力……可能……潘美红打断他，那又怎样？阮平惊问，你是不是……潘美红声音铿锵，就算她是傻子，也是咱的娃，我要把她养大！阮平结巴了，那……那……他想说什么，却突然忘了。潘美红宣誓似的，有我一口饭，就有她一口饭，你放心好了！阮平终于记起，却拽不出嘴巴，那些话在喉咙里、在舌苔上、在牙缝间碰撞、咆哮、撕扯，他的腮帮子像帐篷一样鼓胀起来，越胀越大，终于炸裂，碎片随风飘散。潘美红没听到，她的声音盖过了一切，或许这是对你我的考验，别怕，夫妻同心，其利断金，没有什么战胜不了的！

10

阮平提出离婚是在平红三岁的时候。那是夏日的傍晚，潘美红煮了半锅面片。她喜欢吃馒头、大饼、揪面片。她又胖了一些，自行车咯吱声更响了，承受不住似的。但她仍单独夹抱三百斤的肥猪，虽有些喘，却拒绝任何人帮忙。

饭是潘美红一个人做的，她不让阮平下手，除非她忙不开。面片软了，煮的时间又久了些，成了面糊汤。刚端起碗，平红拉了。潘美红对阮平摆摆手，我来。她撩起护襟擦擦额头的汗，跪在炕上，一手抱起平红，另一手抓着卫生纸。擦完，她将纸团隔着桌子抛到地上。阮平皱皱眉，将头埋得更深了些。喝了半碗，怎么也喝不下去了。潘美红看他，他说我不饿，潘美红便将他的碗拿过去。先喝了他剩的，才喝她那碗。连喝三碗。第四次，她没用碗，用的是搪瓷盆，把锅底清了。吃饱了，还剩这么多！她说着吃饱了，可还是端起搪瓷盆。她饭量惊人，阮平早有领教，并不意外，就算她吃饱，也能加一个馒头。但那天，阮平看到潘美红把头扎进乳白色的搪瓷盆，忽然有种说不出的厌嫌。潘美红没看到，她全身心地对付那一盆面片汤。没错，她不像吃，而是在战斗。她吞咽极响，速度极快，像安了水泵。不知是热还是过于卖力的原因，她原本湿漉漉的额头又冒出数绺新汗，赤裸的膀子也是密密麻麻的汗珠。恰在这时，平红哭了。潘美红顿了一下，加快速度。汤没能完全灌进嘴巴，有一些流到下巴，滴淌得满胸皆是。

就在那一刻，阮平望见了自己的未来。望到头，也就是这个样子了。他将彻底淹没在潘美红的呼噜声与吞咽声中。然后，他的背一日日弓驼，头发一天天变白，牙齿一颗颗掉光，双目一层层混浊。

阮平绝望至极。离婚的念头不是那晚生出的，早就有了，只是他一次次按压下去了。他盼望奇迹发生。那时，一切或将改变。但那个夏日的傍晚，他明白至死也是这个样子时，那个念头弹射而起，他压不住了，也不打算再压。

潘美红将哭闹的平红哄睡着，才揩揩嘴角。她冲阮平嫣然一笑，问他是不是没吃饱，说夜里饿了她再做。阮平没有任何犹豫，说，咱们分开吧。潘美红听懂了，脸色瞬间变白，浑身如筛晃荡，但她似乎不怎么明白，盯住阮平说，分……开？阮平说，离婚。潘美红嘴唇哆嗦问，为什么？阮平说不为什么。潘美红仍执拗地问为什么，她的眼底闪烁着水光。阮平横下心，明天就去。潘美红还要问为什么，但嘴唇怎么也磕碰不到一起。阮平没再和她对望，起身离开。

提出来了，阮平却没有预想的那样轻松。从东城跑到西城，竟歇了两三次。潘美红始终在眼前晃。或许是暗夜的缘故，她的脸越发白。他差点返回去，但回望片刻，还是扭转头。早断早了，他对自己说。

自有了平红，阮平和潘美红没在西城住过。空置了大半年后，阮平将房子租了出去。租户是药材贩子，也就夏秋季住，冬春季是闲着的。潘美红劝他卖掉，一处房就够他和她住了。他问黄桂仙，黄桂仙说房子给你了，你自己处置。阮平本来要卖了，但看到那辆落满灰尘的自行车，改了主意。亏得没卖，他暗自庆幸，不然要露宿街头了。阮平打算和药材贩子挤一夜，从现在，他要变成另一个阮平。但门是锁着的，想必药材贩子出去吃饭了。阮平在巷口等了两个小时，也没等到药材贩子。阮平想到了陶班，想到了尹先，甚至想到了门房的老张头，最终都排除掉了。那要费许多口舌才能说清，甚至费口舌也解释不清。

午夜，大街上难见人影。阮平已没了奔跑的欲望和动力，拽着沉重的腿回到东城。离了婚，和潘美红也不可能不见面、不相往来。就这么一个夜晚，没必要躲。阮平没地儿去了。但他并不是没地儿去才回来的，在他硬如石头的心底，总是有那么一点点不踏实。

潘美红仍然是阮平离开时的姿势，一动不动，凝固了一样。下巴流溢的面片汤已经干了，痕迹越发明显，她的膀子仍然裸着，没了汗珠，一只苍蝇不知疲倦地起起落落，仿佛那里有什么美味。桌上的盘、碗、筷、盆好像自己挪动了，散乱不堪。潘美红的脸在白色之外，又多了一层青。潘美红仍然凝固，就连她的目光也牢牢地焊接在那里。阮平吓了一跳，先是轻唤一声，她没应，他急了又推她。岿然不动，但她的眼球转了。只是像生了锈，转得不那么利索，好一会儿才与阮平对视在一起。

我不离！她说，声轻如羽。

死也不离！！她说，有了铁屑的味道。

我哪里做错了？铁屑里带了悲怆和迷惘，你为什么……

阮平干咽了一下口水，说，你没错，是我……

不，一定是我哪里做得不好，你指出来，我改！

阮平摇头，你做得……很好。

潘美红眼睛里的红色一层层地厚了，好为什么要离？我哪里对不起你？

阮平无言。

潘美红问，你不肯说？你有别人了？

阮平摇头。

潘美红说，有别人也没关系，只要你晚上回来，早上走出家门，我假装不知道。

阮平说，没那回事。

潘美红说，那就别离！

阮平又哑了。

潘美红说，我可以死，我不怕，离婚……绝不！除非你杀了我。你要杀我吗？来吧。

阮平抖了一下，说，你别胡说。

那就不要……行吗？潘美红又改成乞求。

阮平说，你何必……

行，还是不行？温软的语气里夹了骨头。

阮平说，先睡吧，明天再说。

潘美红凄然一笑，如果你还要离，就没有明天了。

阮平不知潘美红会干什么，他预料不到。他想收拾桌子，被她摁住。凝固的她动作极快。

行……吗？她问。

好……吧。阮平说不清是被她镇住了，还是她柔弱的目光触动了他。

自此，潘美红对阮平更好了。阮平有三分之一的活被潘美红抢了去，为了能多替阮平干点儿，她上厕所都是快步来回，休息室根本见不着她的人影，偶尔进来一趟，也是为阮平倒水。下了班，她不再让阮平去邻居家接平红，自然更不让他生火做饭，这一切她全包了。诸如此类，可以列出一大堆。似乎阮平是一件瓷器，潘美红小心翼翼地端着，生怕他摔成碎片。

可是潘美红的好并未拴住阮平的心，反让他更加地厌嫌。一个月后，阮平再次摊牌。吸取了上次的教训，阮平拐了个小弯儿。时间也是精心选择的，刚刚熄灯，这样她至少不会像木橛子一样戳着了。阮平交代了自己做过的坏事，有一些是编的。总之，他一无是处，罪恶累累，不配和她在一起。潘美红起先还问真的吗，他说当然是真的，后来她不再问，他以为她彻底相信了。水到渠成，他正要将离婚拎出来，她猛地抱住了他，说你就是个残废，我也不嫌弃，人非圣贤，谁不犯错。阮平说，可是……她打断他，没什么可是，你我已经绑在一起，天塌了，共同顶着，不求同生，但求同死。他还想说点什么，但她紧紧搂住他，他连喘息都困难，还哪里顾得上说话？离婚计划胎死腹中，比第一次还惨。

潘美红不是死就是不给他说话的机会，如若再提，不知道会遭遇什么。他能看到自己的后半生，却看不透每日睡在身边的潘美红。惹毛了她，她没准儿会剐了他。那些推理小说堆在脑里，血淋淋的画面一抓一大把。

阮平离婚无望，生出逃离的念头。逃离是他一个人的事，没那么大风险。过个两三年、三五年，她自然想通了，也许他不用出面都可以。

一切如旧，阮平不动声色地准备着。星期天，阮平从自己和潘美红共同的折子上取了些钱，大半的钱还是留给了潘美红和平红。然后跑到商场买了双运动鞋，给潘美红和女儿各买了一身衣服。离开时，看到旁侧的货架上有儿童玩具，又选了一个洋娃娃。

阮平的礼物令潘美红受宠若惊，那一晚用她的方式狠狠地回报了阮平。次日中午，阮平说和朋友吃饭，让潘美红自己回家。潘美红没有任何怀疑，她说如果顾得上，买几个搪瓷盘子。家里的盘碗快被平红摔完了。阮平点头，说尽量。潘美红蹬车远去，阮平撒腿就跑。他没有奔向车站，而是一路向西。跑出十几公里后，拦住驶向市里的中巴。到了市里，直奔火车站。他没有明确的目的地，只想逃得远远的。离开宽城，哪里都行。

11

距年底不到一个月，阮平辗转到了深圳。二十世纪九十年代初，深圳的扮相尚显怪异，在平房矮楼间竖着一座座摩天大厦。每天有大量的南下务工人员被灰暗的火车站吐出来，每个人的目光都亮闪闪的，像嵌了银镜。每双银镜后面都有一个梦，如同汪洋大海。在梦的世界，没想法是不可思议的。阮平淹没其中。刚进入食品公司时，阮平还有志向，有梦幻，后来凋谢了，什么时候归于尘土的都不知道，现在又生根发芽了。他萌生了写推理小说的念头。在这片掘金的热土，阮平的想法显得幼稚可笑，甚至傻气。但深圳就有这样的好，你再疯，没人说你疯，你再傻，也没人当你是傻子。只要你敢，只要你愿意。

阮平在自行车厂找了份工作。半年后，改去玩具厂，然后是家具厂。不管在哪儿，逢休息日他就往书店跑，夜晚在被窝里打着手电筒写下一行行文字。那不成篇，但令他兴奋。自然，他没放弃跑步。听不到潘美红的声音了，但她的闹钟却没失灵。“铃”声响起，他就爬起来，沿着深圳的大街跑十余公里，待他返回，同宿舍的人才刚刚起床。时间允许，他就跑得更久。

某天，家具厂老板找阮平谈话，分配给他一项新工作。阮平不用再到车间工作，只需跑步，上下午各三个小时。当然得穿上印制着家具厂名称的衣服和帽子。阮平欣喜若狂，简直不敢相信自己的耳朵。签约时，阮平手直抖，生怕老板反悔。

一跑就是三年。阮平挣了些钱，不多，相比宽城，这个数字还是挺了不起的。他打算寄一些给黄桂仙，寄一些给潘美红。这三年，他没写过一封信，没打过一个电话，彻底割断了与宽城的联系。他以为早已将潘美红和平红遗忘，当他算着存折上的数字时，潘美红突然闪出来，他才明白还记着她。不是牵挂和惦念，而是某种责任，还有隐隐约约的愧疚。同宿舍的一个姓钟的一直在炒股，怂恿阮平也炒股。阮平禁不住劝说，那诱人的数字让他动了心。阮平没想过暴富，只想让钱多生一些钱，那样就可以多给潘美红寄一些。弥补越多，愧疚越轻。但阮平没那么好的运气，两个月不到，腰斩，再腰斩。阮平几乎要哭了。他没敢撑，怕撑下去会被彻底吞噬掉。

一觉醒来，阮平突然想回家了。他跑遍了深圳的大街小巷，自觉对这个城市熟悉得不能再熟悉，怎么瞅都感觉亲切，当深圳完全陌生的一面呈现出来，他看到了这个地方的冷酷无情。梦是不经摔的。阮平梦碎了，终于想起宽城。

同样是秋天，只不过这次是一路向北。阮平仍然选择火车，不舍得买卧铺，没座，他宁可站着。若连站票也买不到，就在火车站随便凑合一夜。那点儿可怜的钱他分成两半，一半装在衣兜，另一半装在裤兜。某天凌晨，裤兜的钱不翼而飞。亏他想得周全——更像是讽刺，不然只能跑着回去了。回到宽城时，身上的钱还没有逃离时多。他不慌张，自然也不坦然。他心情复杂，难以言说。

傍晚时分，阮平到了东城的家门外。亮着灯，炒菜的香味飘出来，阮平已经饥肠辘辘，不由得吸吸鼻子。是猪肉炒芹菜！不同于南方，这是过日子的味道。这样的味道令疲惫的阮平感到温暖，当然，还有一丝忐忑。这味道是属于潘美红的，不属于他。他没有马上进去，生怕那气味将他轰出来。他感到了自己的贱。他抛弃了她，不辞而别。现在又觍着脸回来了，跟个乞丐似的。一路上他没惧过，此时心却一再往上提。或许，炕上躺着陌生的男人。和什么样的男人在一起，潘美红也会让其坐享。这一点，阮平毫不怀疑。阮平等着陌生的声音响起。那样，他就不必进去了。

突然呲啦一声，那是冷水扑进热锅爆出来的。阮平被召唤似的，往前弹了两步，疲弱的身子飘过门槛。

潘美红刚刚端起盘子，触见阮平，目光顿时炸裂，她啊了一声，盘子从手中滑脱。阮平从天而降，把她吓着了，她的嘴巴好半天才收拢住。你？她瞪住阮平，一动不动，仿佛眨下眼睛，阮平就会消失。她踩着瓷片、芹菜慢慢走近，小心翼翼地伸出手，先摸摸阮平突起的肩骨，又摸摸阮平的脸，确信自己没有眼花，她看到的不是鬼影。她突然嗷了一声，猛将阮平抱住。不，是箍住。阮平设想过种种可能，她抽他、踹他，痛斥他的无情，哭诉她的艰难，至少，她要甩一个冷脸给他。没料，迎接他的竟然是厚实的拥抱。阮平没法形容自己的心情，越箍越紧，他几乎喘不上气了。松……松一点儿，阮平张大着嘴哀求。潘美红没听见，像他是什么宝贝，她被失而复得的喜悦冲昏了头。她并不知阮平被箍拥得呼吸都困难了，她身不由己，那完全是下意识的。直到阮平叫起来，她才松开，问他怎么了。阮平脸色惨白，上气不接下气地说，没什么，我饿了。潘美红哎呀一声，瞅着狼藉的地面说，你洗把脸，我这就炒，对了，她忽然想起似的，扯着阮平走进里屋。

平红在炕上玩塑料拼图。阮平虽然有所准备，心还是直往下坠。平红已经六岁，身坯发育倒还正常，只是她的脸像浮肿似的，与身高不大相称。而她的目光与三年前一样，像是拼接成的，粗涩、僵硬。潘美红说若不是她天天教，平红就将他忘了，可是她指着阮平叫平红喊爸时，平红却不张嘴，只是吃力地看着阮平。潘美红急道，叫啊，昨儿你还叫来着！由于紧张，平红的目光散乱开。阮平低声说，别为难她，一会儿我教她。潘美红说，叫我惯坏了。

其实，阮平也挺紧张的。只剩下他和平红，阮平冲她讨好地笑笑。平红没回应，她缩回目光，低下头。阮平坐到她面前，说，我来教你，如何？他本来想说爸的，但到嘴边又改了。不是不愿意，而是底儿虚。平红既不反对也不点头。阮平说，这个要和那个接在一起，然后是这个。阮平拼了一遍，让平红按他的演示操作。平红拿起一块，拿第二块时有些迟疑，她看阮平，阮平鼓励她，对，就这样。每拿一块，她都要看阮平，等他指示。终于完成，阮平竖了竖大拇指，平红要笑的，可似乎不知该不该，虚胖的脸咧了咧，便停住，等阮平指示。阮平微笑着点点头，她才咧大了些。她“笑”了，阮平却感到疼痛。他摸摸她的头，小声说，叫个爸好吗？平红开始发抖。阮平安慰，不要怕，来，让爸抱抱。他没想到这么快进入角色，可疼痛感像催化剂，他控制不住了。平红没有靠近的意思。她被阮平拉进怀里。阮平迫不及待。他没敢用力，只是环着她。平红抖得越发厉害。阮平说，没事的，别怕。然后，他感到了湿热。平红吓尿了。庄严的仪式就这样被一泡尿破坏，阮平立马松开如树叶般颤抖的平红。他什么都没说，可恐惧的平红还是噙了泪。没掉下来，仿佛等待他许可。

这时，潘美红端菜进屋。尿你身上了？她问。阮平忙说，不要紧。潘美红说，她一紧张就这样，怎么也治不好。潘美红揭开柜，将三条崭新的裤子丢给阮平，让阮平选择，然后才给平红更换。平红的泪珠终于滚落下来，潘美红柔声说，别怕，他可是你爸。

那个夜晚没有初进门的激奋和热烈。似乎那一刻燃烧过度，火焰熄灭后，只剩了遍地灰烬。黑暗中，阮平和潘美红听着平红的鼾声，谁也不吭声，仿佛不知说什么。但阮平清楚，沉默并不是无话可说，而是意味着风暴。她再大度，也不会装哑。他等着她问，等着她审问，等着她审判。这一关早晚要过，不如趁早。有黑暗的掩饰，她看不到他的窘迫和狼狈。

潘美红终于开口，困吗？

阮平说，不困。

潘美红说，他们，所有人，都说你扔下我和孩子跑了，但我不信。

阮平说，他们——

潘美红打断他，我不信他们，我只信自己。

阮平说，可是——

潘美红再次打断他，没什么可是，你不是这样的人。

我他妈就是这样的人！阮平差点就吼出来，只是喉咙突然被塞住，他喘不上气。

潘美红说，我是对的，他们都错了。

阮平终于畅通了一些，抢着说，我没你想的那么好。

潘美红说，你是我男人，好不好我知道。

阮平不知她真这么想，还是故意这么说。但不管怎样，她赦免了他，没有任何条件。

你就不想问问？阮平问。

潘美红说，问什么？你自有道理！

阮平叹口气，你该问的。

潘美红说，你不回来，我倒想问，你都回来了，我还问什么？

阮平颤声说，美红！

潘美红将腿伸过来，我就知道你想我了。

阮平瞬间就点燃了。

12

日子又回到了从前，当然不完全一样了。再不能一个蹬车另一个奔跑着去食品公司了。潘美红下岗了，就在阮平逃离的第二年。本来没有她，轮到谁也轮不到她的，但她主动提出为公司分忧解难。她是第一个也是最后一个个人申请脱离单位的。潘美红就这样揣着顾全大局的奖状出了公司，干了个体。阮平被公司直接除名，比潘美红还简单。

潘美红干的还是本行，开了家肉铺。每日黎明，她将尚在昏睡的平红抱在平板车上，为防止平红掉下去，要绑好几遭。先去进了肉，然后回到在东城租下的店铺，开始一天的营生。起先没捆平红，自从她擅自穿越马路差点被撞后，潘美红就拴了她的手腕或脚腕。平红不像别的孩子，极少哭闹，所以并不影响潘美红卖肉。除了生肉，潘美红也卖熟食，猪头、猪蹄、下水之类，都是她自己煮的。潘美红要价低，又不缺斤少两，在那条街是生意最好的一个。没有部门给潘美红发奖状了，但别人夸她人好或熟食好，潘美红的脸就像会长出花来。靠这些花喂养着，潘美红独自拖着孩子，日子并不悲戚。当然，更重要的原因，她告诉过阮平，她相信他会回来，她在等他。

若有人问她，一个人够累吧，潘美红说，不累，平红他爸快回来了。平红偶尔哭闹，潘美红也会抬出阮平，把鼻涕擦干，嫩唧唧的，你爸看见就不喜欢你了。平红就安静下来。潘美红一直都在念叨阮平，这些潘美红没说，是李闯告诉阮平的。

那是在阮平回来一周后的傍晚，阮平和李闯坐在肉铺对面的酒馆。李闯脸上的刀片似乎更多了，白发却少了。坐一坐，是李闯提出来的，阮平受宠若惊，心里直敲小鼓。李闯不会无缘无故请他，准是要问什么。想来潘美红找过他，毕竟他失踪的时间太久了。阮平不敢直视李闯的眼睛，李闯就算笑着，深井般的眼睛里仍含着锋利的东西。直到喝了些酒，鼓声渐息，阮平的目光才略略安定，不怎么摇摆了。

去年，一个小偷假装买肉，从肉铺的钱匣里偷了二百块钱，被潘美红抓住。小偷掏刀威胁，潘美红没松手，反和小偷扭打起来。结果小偷被潘美红压倒，断了两根肋骨。李闯笑着，先前是你妈，现在是你老婆，都让我碰上了，你说巧不巧？连我搭档都说邪门。阮平也觉得不可思议。是不是不信？李闯指指对面，你老婆可以做证。阮平忙说，我信，太谢谢你了。李闯摆手，没必要谢，别的警察碰到，也不会旁观的。你说，咱俩是不是有缘？阮平说，你是大恩人。李闯又摆摆手，别用这么重的词，我也没别的事，就是找你聊聊天。

你失踪过两次，第一次一天，第二次三年，李闯帮阮平算账。我至今仍记得你老婆，那会儿你还没娶她，我能这么称呼吧？第一次来找我的情景，急得快疯了，若不是我打包票，她没准要揪我找你呢，她是能做得出来的，对不对？可你第二次失踪，哦，你不介意我这么说吧，作为你的妻子，她从未找过我。你知道为什么吗？阮平摇头，又补充，她相信我会回来。李闯说，不单单这些吧，你该清楚的，当然，你不必告诉我，我想说的是，我主动找过她，因为当时私下有说法或者说猜测，你被你老婆大卸八块了，连局长都听说了。我不相信，潘美红是什么人？怎么可能干出这种事？但我还是问了她一些问题，不是传唤，我登门问的。至今，她恐怕都不知道她被怀疑过。那也不是坏事，我证明了她的清白。那次问话，她张口闭口我家阮平，没有丝毫埋怨。说实话，我挺吃惊的。你是不是对得住她，自己心里有数，但我敢说，她对得住你。

阮平低下头，羞愧万分。

阮平明白了李闯请他的用意，等于是给他开了特别的“审判”会。他让阮平看到并正视自己的“罪过”。李闯起身离开，又按按阮平的肩，安心过日子吧。

那个夜晚，阮平极为卖力地与潘美红鏖战了一番。然后他将潘美红搂在怀里，嘴上没讲，心里说了上百个对不起。李闯的“审判”是有效的，阮平发誓，就此踏踏实实和潘美红过下去。他绝不拿潘美红和陶碧比，就算陶碧是仙女也不属于他，属于他的只有潘美红。潘美红那么多优点，他竟然看不到。现在，他要将眼睛睁大，睁到最大。

确实，阮平收回了心，日子说不上多么有味道，可安稳，扎实。每日凌晨，潘美红去进肉，他留在家里照看平红，顺便干些家务。平红睡醒，他领着她去肉铺。傍晚闭店，阮平和平红坐在平板车上，潘美红拉着父女俩往回走。阮平试图让潘美红坐在车上，他来蹬。潘美红不肯，说自己有使不完的劲儿，阮平只得作罢。回到家，潘美红做饭，通常情况下，阮平等着吃就行。因为要卤肉，潘美红常常干到半夜。阮平睡醒一觉，她才钻进被窝。但“闹钟”一响，她就爬起来。

几个月后，阮平就厌倦了日复一日的单调生活。他觉得自己就是潘美红养的一条寄生虫，除了照顾平红，除了夜晚作为丈夫的职责，再无其他用处。他曾提出干点儿什么，肉铺潘美红一个人就可以。尹先弄了个肉联厂，正需要帮手。潘美红没反对，但也不是很赞成。她说如果是为了挣钱，大可不必，她生意不错，那些钱足够他们花了，用不着去尹先那儿受累。阮平说不只是为挣钱，就是太闲了，不自在。潘美红说阮平不在身边，她就发慌。她以为阮平怕人说闲话，说她乐意让阮平闲着。阮平说自己不乐意，潘美红不明白，她承揽了几乎所有的家务，他还有什么不乐意的？但她还是同意阮平跟着尹先干，只是又得拴捆着平红了。她这样说，阮平只好把想法搁置。

13

某天夜晚，阮平刚迷糊着，潘美红钻进被窝。她满身肉味，头发、面孔上都是。他从她的动作知道她有想法了。还没完全醒来，他就爬到她身上。潘美红卤肉时不停地尝，每晚几口，都长在了她的身上，她宽了许多，这使阮平觉得他是和一堆肉在作战。

潘美红终于睡去，她的呼噜也带着卤肉味，阮平却难以入眠。他又一次望见了人生的尽头。衰草遍地，杂羽乱飞。他像一块风干的卤肉，皱巴，坚硬，蚂蚁都不会碰他一下。他渐渐被尘土覆盖，日出日落，月圆月缺，再和他没有任何关系。难道就不能替自己考虑吗？这次，他不打算偷偷摸摸离开，必须彻底了结。宽城离婚的夫妻多的是，别人能，他为什么不可以？

次日吃过晚饭，潘美红正准备制作卤肉，阮平让她歇一歇，他有话说。潘美红边系围裙边说，你说你的，我干我的，两不耽误。阮平说，你最好是先听我说。潘美红觉察出阮平语气中的严肃，但手上的动作并未停下，只是慢了。她看着他，透着紧张。或许她意识到了。阮平的心颤了颤，但没有迟疑，咱们还是分开吧，他说。他扭开头，很快，又转过来。她的脸白了，分……开？阮平说，离婚。他的注解像一把榔头，潘美红摇了摇，为什么？阮平说，咱们不合适，分开对我们都好。潘美红仍然陷在惊惧中，脸色不停地变幻。我等了你好几年，她说。这就是她的致命武器，用她的坚韧攻击他的良心。阮平说，你是好人，我不配。潘美红摇摇头，凄楚而失神地，这不是真的。阮平说，你这么好，你会有好报的。这句并非虚伪的话激怒了潘美红，她的声音突然提高，什么好报？离婚吗？我做错了什么，你这样对我？我不离！坚决不离！就算刀架在脖子上我也不离！她转身，从板上抓起剔骨的长刀，往阮平手里塞，看我不顺眼，你捅了我吧。捅死我，你想怎么痛快都行。阮平往后退，潘美红立马靠过来，大嚷，捅我呀！阮平说，你这是何苦？潘美红被怒气挟裹，整个人胀大一圈。她叫着嚷着，将阮平逼到墙角。阮平甚是恐惧，那刀足以把单薄的他穿透。美红！他的声音打着战。潘美红叫，你不敢是吧？我替你捅！刀尖瞬间就抵住她的胸口，阮平及时抓住她的手腕，哀求，美红，千万别！他的阻止反让她更加暴怒，她的脸呈现出紫黑色，松开！别假惺惺的！

平红在看电视，先前可能以为阮平和潘美红在玩什么游戏，费力地猜测使她的眼睛瞪大了许多。她终于明白那不是游戏，大哭起来。

潘美红立时就软了，阮平趁机夺过刀。彼时，他的衣领已经湿透了。阮平没敢再提。他不想闹出人命。他痛恨自己的软弱，痛恨自己的不堪一击。

那夜躺下不久，潘美红把阮平拽过去，搂在她肥厚的怀里。她已经没了怒气，像个慈爱的母亲。就像他是她叛逆的孩子，她会呵斥会修正，此时她又因自己的粗暴而后悔，觉得应该抚慰他。她半是安慰半是哀求，我吓着你了吧？别和我计较，我改，坚决改！你不要再提离婚的事好吗？我不会离的，死也不离。阮平沉默。只能沉默。在某个时刻，她确实感化了他。她这么好，他有什么不知足的呢？潘美红没再说什么，只是紧紧搂着他，似乎她稍稍松开，他就会逃离。阮平呼吸有些困难，潘美红感觉到了，松开一些，似乎马上后悔了，再次揽住他。你甭想逃，她说。已经有了警告的意味。

日子再次风平浪静。但厌倦如潜伏在阮平身体里的病毒，时不时地兴风作浪。发作起来，阮平的心情就陷入无底的黑暗。

离开潘美红，这个念头再次蠢蠢欲动。其实从未间断，只是暂时被压制。离婚行不通，只能如上次一样逃跑。这次，他发誓再不回来，彻底告别。

但没上次那么容易了。在那个夜晚之后，潘美红加强了对他的监控。日子表面平静，其实暗流涌动。她不放心他。每天他与她一起进肉，一道开肉铺的门，收摊后与她一道回家。他必须在她的视线范围。她没有这样说，但其实就是这么做的。和别人吃饭，在肉铺对面的饭馆她才放心。有一次，尹先喊他帮忙，潘美红竟然锁了肉铺随他一起去了。这等于拴了链子，她松开了平红，却又拴住了他。他钟爱的跑步，不得不放弃。

同时，她对他也愈加宠爱，那确实是宠。除了必要的忙，她什么都不要他做。他完全坐享其成，如同婴儿。精诚所至，金石为开。苍天不负有心人。这是潘美红的信念，也是她的旗帜。

自然，她也有所困惑，不是对旗帜有疑，而是对他。有一天，她问他，你当初是喜欢我的吧？他轻轻嗯了一声。她说，我就知道，逮见你扒窗户那会儿我就知道。阮平没说缘何有那荒唐的举动。说不清楚。潘美红说，不喜欢你不会娶我的，后来咋就……阮平说，不早了，睡吧。潘美红没再追问，再次重申，有什么做得不好的，要他指出来，她改。谁生来也不是圣人，我会改掉所有的毛病。她说。

他沉默。因为无语。

她终于睡着了。

躺了一会儿，他突然想，这是个机会。他先摸索到裤子，然后是上衣。他无声无息地穿好，溜下炕。却怎么也找不到鞋。难道潘美红把他的鞋藏起来了？这太过分了，他又急又气，休想拦住我，光脚也能逃的。在他推开门那一刻，潘美红绊了他一下。

阮平从睡梦中惊醒。原来是做梦。潘美红的一条腿压过来，沉甸甸的。阮平没动，任她压着。他悲哀地想，她看守得这么紧，他也只能在梦里逃离了。

那个梦在脑里生了根，隔阵子就跳出来滋扰，阮平被折磨得疲惫不堪。

一年时间，就这样在链子的拉扯中过去了。

初冬的一天，阮平突然腹泻。睡前喝了两粒肠炎宁，但半夜腹部又开始抽痛。他拉着灯，刚摸到裤子，潘美红突然惊坐起来，问他怎么了。阮平说肚子痛。与此同时，他双腿伸进裤子，跳下地，趿了鞋就往外走。他躬着腰，生怕出了洋相。他没去外面，直奔园子的一角。还算及时，他大大松了口气。因为惶急，除了自己制造的声音，他没听见任何动静。当他拎了裤子立起，猛地看到前面的黑影，突然魂飞魄散，叫出了声。黑影说，是我呀，怎么了？阮平这才意识到是潘美红，早该想到的。你站在这儿干什么？他说不出的恼怒，潘美红显然没料到阮平发这么大火，说我怕你跌倒啊。你是怕我跑了吧？他差点就嚷出来，冷风塞住了他的嘴巴。他丢下她，大步回屋。

阮平爬到炕上，钻进被窝，潘美红仍在地上竖着。阮平扭了扭头，这才发现她只有上身穿了棉衣，扣子还没来得及扣，肚皮及半截乳房裸露在灯光下，像被扯了皮的树木。而她的双腿则是光着的，鞋倒是穿着，但明显穿反了，这使她的身姿严重倾斜，形象极为滑稽。他能想象她追逐他的急切和仓皇。

怜悯混杂着愤怒，从不同的方向聚拢。你不睡了？他没说难听的话，声音和眼神足以表达。你怎么不脱衣服？潘美红问。原来她担心的是这个。阮平没好气，我怕再起夜，你替我穿呀？！随后他突然想，那是潘美红求之不得的。潘美红说，就在家里解决吧，我倒就是了。这比阮平预料得更加糟糕。阮平大叫，我又没瘫！潘美红委屈地说，我是怕你冻感冒。阮平扭过头不再搭理她。值得发这么大火吗？随你的便吧，潘美红说。

潘美红脱掉棉衣，重重扔到脚底，拉灭灯，屋子重归黑暗与寂静。

潘美红已经是惊弓之鸟，照这么下去，两个人总有一个要疯掉。如果说以前积聚在阮平心里的是隐约的无奈和歉疚，那么这个夜晚，愠怒和不满彻底吞噬了他。阮平并没打算在那个夜晚逃离，跌入黑暗的那一刻，那个念头再次疯狂。不能再等了，今夜必须离开！

不久，阮平发出了轻微的鼾声。那是为麻痹潘美红装出来的。佯装睡觉比阮平想象得要艰难，手心和脚心都出汗了。过了很长时间，阮平终于听见潘美红的呼噜。那是她深睡的标志。阮平轻轻揭开被子，慢慢坐起，一点儿一点儿往炕沿移。移移，停停。摸索着周围，避免弄出动静。

蹲伏到地上，摸见鞋，套到脚上，他又侧耳听了听。潘美红的呼噜在继续。刚结婚那会儿，她鼾声重一些，并不打呼噜。说不清什么时候开始的。阮平没有立起，想就这么爬出屋。地上放着痰盂，他贴着炕角，避免碰到。他感觉到自己的肌肉僵硬，那是兴奋与紧张所致。而他的大脑则乱糟糟的。各种可能，各种假设，必须有应对方案。因为是临时起意，那方案也摇摇摆摆，如风中的衰草。也许潘美红在装睡，阮平被这个突然的推测吓了一跳。他可以装睡，潘美红为什么不能假装打呼噜呢？她严防死守，完全有可能的。她没有喝止，并非放任他离开，而是等待时机，待他出门的瞬间，她打开灯，把他的丑态暴露在灯光下。他的狼狈必定令她非常开心。退回去，还是继续向前？他犹豫了。他听了听，潘美红的呼噜更响了。她还在制造假象迷惑他，这个可怕的女人！怒火再次点燃，与其让她喝止、指责，不如……潘美红突然发出暴喝，如同惊雷。阮平直跳起来，将正要坐起的潘美红扑倒。她边挣扎边叫喊。阮平本想捂她的嘴，不让她叫出声，深更半夜，实在太恐怖了，没想到掐住了她的脖子。那就脖子，他下意识地想，并用了些力。她声音渐弱，终于平息。待她双臂垂落，脑袋歪偏，阮平正想松口气，脑袋轰隆一声，慌忙松开。他试了试她的鼻息，打了个冷战，迅急缩回手。

阮平不记得是怎么离开，怎么跑出院子的，关没关门，甚至不记得是怎么跑出县城的，他的大脑如暴雨后的麦田，混沌、泥泞、混乱。他只记得一个闪念，跑！只是一年多没跑步，双腿双脚都生了锈，倒是肚子没再捣乱。

沿公路跑了多久，阮平不清楚，他完全丧失了时间概念。只知道必须跑，不能停下。潘美红垂落的双臂，鼓凸的双目在脑里来回晃荡。他掐死了她。他成了杀人犯。阮平听不见自己的脚步，耳朵里被“杀人犯”三个字灌满。

东方发白，阮平慢下来。实在跑不动了。衣服尽湿，呼吸反而是细弱的。他知道自己的样子狼狈极了。不能就这么逃走，逃不掉的，自首才对。这么想着，却没有往回返，只是更慢了。他有些犹豫，拿不准向前还是向后。出于本能，双脚机械地动着。

一辆中巴在阮平身后发出鸣笛，太阳已经升起，不是红的，就像被踩死的蚂蚱，灰绿的尸体渗着黑色的黏液。那是通向市里的车。阮平举了举手，仍然是犹豫的。若中巴闪过去，他就往回返。中巴及时停住，车门正对着他。

14

阮平这次选择逃往东莞。在深圳时就听说东莞是小香港。阮平只在深圳停留一晚，他对李闯说过，凭李闯的本事，躲在深圳的哪个角落，都会轻易找到他。阮平认定抓他的一定是李闯。

找工作比他想象得容易。当天阮平就吃了一顿免费的午餐，大米饭，白萝卜炖肉。虽然没几片肉，但对惊恐的阮平而言已是美味。次日他就成了玩具厂的员工。

直到此时，他才喘了口气。他以为半路就会被抓回，在车站，在火车上，打个盹儿都常常惊醒，一声咳嗽、一个喷嚏、突然响起的广播、手机的铃声，甚至情侣的打情骂俏都会在他心底掀起巨浪。他努力搜寻声音的来源，确信与他无关后，仍警惕地扫视着周围，不放过任何可疑之处。他不敢喝太多的水，减少走动，尽量不引起他人的注意。有一次，在车站的长椅上，一个中年汉子瞄了他一眼，他直发毛。有那么一些人，似乎有读心术。他没有立即离开，假装看墙上的字，两条腿紧紧夹着，喉咙像插了把烙铁。后来，中年汉子的目光被一个红头发的女人吸引过去，他迅急离开。

不管怎么说，终是成功逃脱了。阮平睡了逃亡以来第一个踏实觉。中途也被惊醒过。那实在好笑，不知谁放了个屁。他惊坐起来，愣怔了好半天。后来他就梦见了满身是血的潘美红。他有些纳闷，她是被他掐死的，哪来的血？没等他问，潘美红叫喊着扑过来。他睁开眼，晨光已经滤掉宿舍的黑暗和朦胧。

人是安稳了，心仍然是惶惶的，好似悬在万里高空，不知何时坠落，不知坠入何处。不用再东躲西藏，不过是换了形式的禁锢。他给自己画了一座监牢。每天的路线是固定的，宿舍、车间、厕所、食堂。他从不上街，厂内有个小超市，他半个月或一个月去一趟，采购生活必需品，牙膏、牙刷、纸和笔之类。如果超市没有，而又非买不可，就托睡在下铺的安徽兄弟。他的鞋磨出了洞，都能看见脚趾了。他没换，没得换。直到安徽兄弟上街，给他捎带买了一双。

阮平不再长跑，所有的跑都在梦里。有时从车间到厕所的路上，他会跑。但几十米的距离，很快就到。就这，因主管的表扬，他也放弃了。他不想被注视，只想躲在角落。如果可以，他会戴上面具。虽然买了纸和笔，但阮平没写过几个字，每次提起笔，那失去理智的场景就会闪出来，砍刀一样乱剁，直剁得他骨骼断裂，写一个字如攀登珠穆朗玛峰一样困难。结果写作也放弃了。他没有任何爱好，吃饭、睡觉、干活，和那些玩具没有什么区别。如果说想象也可以算，那是他唯一没有舍弃的兴趣，且愈演愈烈，几近疯狂。

和潘美红的生活令阮平厌倦，她对他的拴捆也令他懊恼，但他并不恨她。她是个好女人。向老天保证，他只想逃离，绝对没有想过要害她。那一切是怎么发生的，他能记起，却说不清楚。那一刻完全昏了头，只能这么说。怎么就昏了头？另一个问题随之而来，阮平竭力回想，有些图像是清晰的，更多图像是模糊的。然后，从头再想。不是非想不可，而是根本不能控制。在想象中，努力地修改那个过程，他完全可以像上次一样寻找合适的机会逃离潘美红，逃离宽城。那么，就不用像现在这样提心吊胆了。他可以跑步，可以在被窝里写作。他掐死了潘美红，也掐断了自己的路，掐灭了自己的未来。

从头再来。他想起那句歌词。唱唱可以，从头再来只是一句空话，只能存在于想象中。若说想象的意义，那就是让他熬过了一个又一个长夜。有时他会想到平红。潘美红不在，平红是活不下去的，确定无疑。阮平迅速被疼痛包围，就像周身插满了钢针。平红不会有事的，李闯很可能将她送到福利院，也许潘美红干爹会收留她，还有陶班，没准儿也会领养她。关于平红的想象就这样繁殖，疼痛因此而减缓。不完全是为了逃避，想象几乎成为他的生活方式。

阮平也曾有过自首的念头。虽有想象排遣，依然提心吊胆。可想到他将被押回宽城，想到要面对那些鄙视、愤怒的目光，那念头便如狂风中的花朵，很快凋零了。

半牢狱的生活持续到次年春天，阮平破例上了趟街。没想到这么一趟就发生了意外。

与赵霞有关。她也是安徽人，和阮平在同一个车间。进厂一个月，阮平就注意到她投来的目光，在食堂，他常常与她相遇。那目光的意味他当然懂，也知那相遇并非凑巧。她个子不高，身形较瘦，肤色偏黄，脸形与陶碧有几分相似。阮平注意她，也是因为她的脸形。但也就是注意，她毕竟不是陶碧，而他作为逃犯，绝对不敢有别的想法。因此，他一面留意她，一面忽视她，假装什么都不知道。她和他说话，他只是礼貌性地回应。他严令自己和她交往。但阮平越是冷淡，赵霞越是热情，有一次竟然问他能不能陪她看电影。她的进攻让阮平慌张，阮平说不能。赵霞没料到他回答得如此痛快，如此决绝。她惊愕的目光渗出了晶状物。阮平掉头离开。必须让自己冷硬，别无选择。连着几日，赵霞不理阮平，食堂不再偶遇。一周后，赵霞又如先前一样了。阮平尽量躲着她，实在躲不开便冷着脸。两人的关系没有任何进展。但阮平心里还是发生了变化。倒不是他对她产生了好感，产生了渴望，而是对她有了些许关切。她撞掉了别人的饭盒，她连声致歉，并弯腰拾捡。那个男孩依然气愤愤的。她的脸涨红了。阮平与她不远，他突然想去帮她。但最终，他没有动。

那个休息日的下午，室友都外出了，洗澡，逛街，看电影，只有阮平在铺上躺着。他无聊地翻看着室友带回的通俗杂志，上周读过一遍，这是第二遍。这时赵霞在宿舍外喊他，声音急切。赵霞跑到宿舍喊他还是第一次。她大约是有什么事，这样想着，阮平利落地翻下铺。

赵霞准是以为阮平不在，她已经扭转身，听到动静，立刻回头，既惊喜又慌张。她的室友也是她的同乡突然腹痛，她是来请阮平帮忙的。阮平随她跑进女工宿舍。那女孩缩在床上，脸色都变了。阮平背起女孩，赵霞抓着女孩的鞋追在身后。本来该打120的，赵霞没提，阮平也因紧张忽略了。

跑出工厂，拦了一辆出租车，直奔医院。医生简单询问过，开了几张检查单。女孩直不起腰，上楼下楼要么是阮平背着，要么是阮平和赵霞搀着。检查完，女孩的腹痛已经有所缓解。最后诊断为肠胃痉挛，开了两瓶颠茄合剂，一盒奥美拉唑。女孩服用后又在长椅上休息了一会儿。从医院出来，她的脸色已经恢复正常，走路慢一点，但已经无碍。

那时，已近黄昏。等了一会儿，没打上车，赵霞提议走走，反正回去也没事。她问女孩行不行，女孩说可以的，走走也好。赵霞看阮平，阮平没反对。既然已经在街上，走走也无妨，数月没出厂，他都快发霉了，看见公交、行人、摊贩，什么都感觉新鲜。

菜市场门口，一个妇女和一个粗壮的汉子正在扭打。汉子大约是喝了酒，面目泛红，骂咧着听不懂的方言。妇女披头散发，看不清她的脸，样子很像《射雕英雄传》里的梅超风。当然她没梅超风的本事，很快就被汉子撂倒了。汉子没有停，仍在她身上乱踢。

宽城也不乏打架斗殴的，黄昏的菜市场，晚间的小酒馆，未必有什么深仇大恨，不外乎缺斤少两，言语不和。他想快点离开。赵霞和女孩却停下来，两人互相抓着胳膊，显然被吓着了。若是潘美红在，她绝对不会袖手旁观。突然想起潘美红，就像胸间悬挂的钟遭到意外的撞击，年代久远，已然生锈，他以为都不会响了，沉闷、持续的声音令他惊惧。就在这时，他和赵霞的目光撞在一起。她什么都没说。钟声仍在隆隆回响。阮平没有再迟疑，径直上前，抓住汉子刺着蜈蚣的胳膊，说，别打了，会出人命的。汉子斜着眼睛看他，让他滚开，别找打。污浊的酒气扑过来，阮平一阵反胃，却没松手。汉子欲挣脱，但他用力太猛，又带着醉意，甩开阮平的同时，他扑倒了，血从鼻孔涌出。阮平想去扶他，汉子翻跳起来，扑向阮平。阮平转身就跑。

如果阮平沿大街跑，汉子肯定追不上他。或许是长时间没跑，他对自己没有信心，也可能是因为紧张，他跑进了菜市场。汉子叫骂着追在身后。市场两边是摊位，中间只有一条通道，也就两米宽，除了卖菜的，还有三轮车，自行车，阮平闪躲着，避免碰撞。阮平想从前面拐出去，没料到踩到香蕉皮一类的东西，他滑倒了。待爬起来，汉子已经到了近前，手上多了一把刀，大概是从哪个摊位拿的。刀刺过来那一刻，阮平整个人是蒙的。他听见周围的尖叫，就是迈不开腿。不知谁拽了阮平一把，阮平身子后移，汉子没刺中阮平的胸腹，只划伤了他的胳膊。骤然的疼痛令阮平从懵懂中惊醒，并激起他的怒火。他跳了几步，操起肉摊上的尖刀。他不再惧怕，他是逃犯，有什么好怕的？醉汉再次扑过来，阮平躲闪的同时，刀也朝醉汉甩出去。

15

醉汉被抬进救护车，阮平也被警察带走。他没有逃，甚至没离开菜市场。

他低着头，周围一片嘈杂，什么都听不清。有一阵似乎听到赵霞在唤他，他扫了一圈，并未看见她。

警察审讯前，说刚刚问过他的两个女伴，而且证人不止他们两个，让他如实陈述。阮平这才知道赵霞和女孩也被带到派出所了。

询问时间不长，也不复杂，几句话就说清了。也许是阮平的供述与证人一致，警察绷着的脸渐渐松弛，甚至有那么一点点和蔼。当警察问及他的家人，阮平突然哑口。那个夜晚闪出来，他从地上跳起，掐住潘美红的脖子。就像不是去年的事，而是正在发生，坐在凳子上的他看着另一个他。他不再镇定，悔恨让他的脸扭曲变形。

阮平的反应引起警察的警觉，他问了一句，阮平知道再也不可能瞒天过海。此时，他看清了自己的内心。躲逃生涯中，他其实一直在等待这样的机会，他没主动投案，因为他怯懦，举棋不定。现在，公安就坐在对面，他忽然生出强烈的渴望。

警察的脸再次变得严肃，目光却透着兴奋。本是街头斗殴，没料到牵出一桩命案，与中奖无异。你给李闯打电话吧，他是宽城刑警队的，阮平说。他知自己要被带回宽城的，他怕见李闯，但又希望李闯带他回去。

四天后的中午，阮平被带进另一个房间。他猜可能李闯来了。四天，他足可以赶到东莞。

看见李闯那颗芦苇般的白头时，阮平的目光是平静的。突然间，阮平被飓风袭击，剧烈地摇晃。潘美红跟在李闯身后！阮平以为是幻觉，他努力地瞪大眼睛，直到潘美红急切的声音传过来，他才相信是真的。潘美红不仅活着，还活得好好的。他试图在她脖子上找寻痕迹，可除了皱褶，什么都没有。如强暴事件一样，那不过是他的狂幻？就这一点讲，他和潘美红一样，偏执、虚妄。他们本是一路人！

阮平明白过来，仍傻子一样呆立着。天已经热了，空气变得潮湿，若有若无的花香，近在咫尺却又远在天涯的声音在水汽中蒸腾，面前的人渐渐虚幻、模糊。

一意孤行

张学东[1]

黑夜就是欲焰的上扬，就是黑暗，就是不见月光的罪。

——帕斯捷尔纳克

一

横七竖八的一排小黄车，乍看，仿佛散落在滩涂上的某类色泽艳亮的大块头猛禽，它们几乎阻塞了通往向葵学堂逼仄的水泥小道。

所谓学堂，其实就是最常见的可以短时托付学生的小饭桌，眼下在国内只要有中小学存在的区域，你总能见到形形色色专供学生就餐和午休的简易场所，通常开设在学校附近，或是校区临街的那些显眼位置，每当散学后，三五成群的学生就从校门涌向此处，而低年级的小学生，往往是由小饭桌派专人负责统一接送的。这些孩子们的家长，午间是绝无闲暇照料子女的，而学生所在的学校，也未能提供午休或就餐的条件，即便有也因为设施太差、学生太多而

① **张学东** 1972年生。中国作协会员。宁夏文坛“新三棵树”之一。国家一级作家。个人先后入选“国家百千万人才工程”“四个一批人才工程”、塞上文化名家、宁夏文化艺术领军人才等，宁夏政府特殊津贴享受者。作品入选中国年度优秀小说选刊选本百余种，曾获《中国作家》《上海文学》《小说选刊》等刊优秀小说奖，四度荣登国内权威性小说排行榜。小说被译介到俄罗斯、美国、加拿大、日本及中国台湾地区。已出版中短篇小说集10部、长篇小说6部。现为宁夏作家协会副主席、《朔方》杂志副主编。

不得不放弃，毕竟留给孩子吃饭和午睡的时间少得可怜，不能把有限的时间都白白葬送在排长龙这种事情上。基于此，家长只能咬咬牙，掏更多的票子去另辟蹊径，在学校周边就近挑选学生托管机构，每月费用一般在五百元到七百元不等。

向葵学堂名称独特，它并没取名某某饭桌，饭桌听起来总有些粗鄙简陋，格局太小，且没有一丝书卷气，这也多少能看出业主的眼光和品位。此外，它还有一个优势，楼前有片巴掌大的小广场，那还是新千年初为这片生活区配套修建的，平时学堂里的孩子可以在这里自由活动。小区的老年人早晚来此遛狗舞剑，或慢悠悠地练习太极拳；妇女们一到傍晚，就迫不及待拖着那种带轮子的简易音箱，来跳佳木斯健身操，音乐的调子又总是曲里拐弯的，好像那些唱歌的明星刚刚挨过揍，正扁着个嘴巴痛苦地呻吟。

吸烟的男人四十岁开外，脸上裹着厚厚一层沧桑和忧郁，脑门子锃亮，头发稀疏，倒是很符合一名中年厨师的基本模样，他正散漫地跷起二郎腿，脚尖不停点晃着，坐在学堂门前最高一级水泥台阶上。这阵子，学堂里的学生早已吃过晚饭了，正在柳苗苗老师的辅导下，焦头烂额地赶今晚的家庭作业。这群孩子午间都固定在此吃饭休息，晚上通常还有一半的学生，放学后再赶过来待上个把钟头，直到把当天的作业统统完成才能离开。如今，家长们最头疼的不是管吃、管喝、管穿、管玩，而是给孩子批改家庭作业和辅导功课，一想到自己白天累死累活亡命职场，晚上回到家还得管小崽子写作业到深夜，这样的生活简直就像人间地狱……而向葵学堂之类的小饭桌，如雨后春笋般出现在街角巷尾，在某种程度上，倒也缓解了家长们的焦虑，解除了他们的后顾之忧。

男人身后是一幢半新不旧的单元楼，早年间粉刷过的一层竹绿色乳胶漆，现已斑驳脱落了，有些地方便露出狰狞的灰白色楼体，像是被刀子划破的装得很鼓的绿皮口袋。向葵学堂租用的就是这幢旧楼西把头底层的一套住房，精明的业主在前阳台上另装了扇防盗门，这样做的好处是不必再绕道进入人家的生活区内，孩子们直接穿过前面的小广场便可直达。在那扇崭新的防盗门的正上方，居中堂皇地挂着这家学堂的招牌，金灿灿的镀了铜的板壁上，红色凹陷的四个电脑大字，看上去倒更像是某个权威部门颁发的荣誉匾额。

白丝丝的一股股烟雾，正从男人黢黑的齿缝间悠然溢出，又径直钻进大而空洞的鼻孔里去了，好像那些年被残酷剥夺的宝贵光阴，一丝一缕都值得他珍惜和反复咂摸——逝去的总是最好的，这就是人生。男人眯觑着双眼，目光也像是缭绕的烟气，被拉得老长，最终又无聊地散落在那堆黄兮兮的自行车上。男人的左眼明显有些残疾，眼眶像被一股不可抗拒的内力挤扁了似的，促使那眼球严重外凸，但又恰到好处被变了形的眼眶卡住，不至于惊厥时突然溜走。左眼角紧挨太阳穴的位置，曾被同号子的一个莽汉用拳头打烂且缝过数针——对方也因此被关了半个月禁闭，出来以后再也不找寻他的麻烦了——而那疤痕就如丑陋的蜈蚣，邪恶而永久地爬在眼角处，这算是过去的牢狱之灾送给他不可磨灭的印记，好比古代被官府刺配的囚徒。想想看，一个人在那里头待了那么久，身上总得留下点儿什么纪念吧。

又有那么几辆小黄车，前仰后合倒伏在地上，黑胶轮子则像流浪汉的臭鞋底翘起老高，又似被人摔得不轻，一副痛不欲生再也爬不起来的样子。准是来学堂做作业的学生干的，其实他们的学校离这里并不算远，可那些孩子总喜欢赶时髦，反正拿手机轻轻一刷，一块钱的事，车子就能痛快地骑走了，到了目的地，他们可不管三七二十一，随手往路边或空地上一丢了事。这帮坏蛋……男人吸完最后一口烟，嘴里鼓含着烟气，闷闷地嘟哝着。他先将烟头在水泥台阶上用力碾熄了，然后直起并不强壮的腰身，左右拍拍屁股上或许并不存在的灰尘，就去扶那些躺倒的自行车了。

按理说，这些乱七八糟的小黄车，并不关他甚事，眼下在城市的犄角旮旯，小黄车们有时简直像一大片一大片的蝗虫，撂得哪儿哪儿都是。而他这样一个负责给学堂采购蔬菜，兼做两顿饭食的伙计，并不需要搭理那些学生和他们骑来的车子，可他就是瞧不顺眼。或许，在他骨子深处，存在着某种类似强迫症的东西，可以说由来已久且根深蒂固。他必须得让他眼前的东西都摆放得像那么回事，就好比过去的许多年里头，在那个令人痛心疾首的鬼地方，他总是把自己的被子啦、床褥啦叠得方方正正，让它们都跟砖头块一样标准有形，甚至到现在还是，一个人的习惯是很难被改变的，况且还有个性气质等因素。

今晚他一共从地上扶起来六辆小黄车。这种车子倒也轻巧，完全不是过去那种笨头笨脑的二六式老飞鸽，眼下的共享单车，更像是专门为大孩子设计的彩色玩具，有一种款式甚至连最起码的车链条也没有，他只需一只手就可以轻松地把车子拎起来。就在他要去扶最后一辆的时候，身后的防盗门吱嘎响了，有人快步朝他这边跑来。同时，他听见柳苗苗老师抬高声调唤道，还是等你家长来了再走吧？都这么晚了……柳老师话音未落，一个穿着蓝白相间的普通学生运动装的女生，已经神秘地出现在他眼前了。

最先看见的是对方齐眉的刘海儿，一双乌黑的杏眼在瀑布一样的额发后面闪闪烁烁，那双眉头蹙得正紧——借着水泥道旁路灯斜射而来的迷蒙光线，他发现女生的脸颊上似乎有点点泪影。不知怎的，这个印象非常深刻，到后来几乎深深嵌入他脑海中难以消弭。女生不无心慌地从裤兜里掏出手机，手指快速滑动屏幕，那种刺目的荧光突然照得那双泪眼更加忧伤凄迷，也许她正在跟同学怄气，再不就是刚才因为作业让老师尅了一顿？看来，她是想刷开一辆小黄车立刻骑走，而屠师傅正好把刚从地上扶起的那辆车子拎向了她，那感觉很像一个忠实的男仆，将一匹驯服的马驹牵到小主人面前。女生稍愣了一愣，像是刻意躲避什么，眼光旋即无声低垂，半天不再瞧他，倒也领情地抓住了车把，然后用右侧的身体靠稳车子，再弯下腰去刷车锁处的条形码。于是，他听见嘀嘀几声清脆的鸣响，小黄车就在女生的手机照射下复活了，竟有些跃跃欲试的样子。于是，女生把后背上的大口袋似的黑帆布书包，用力往肩头提了提，顺势跨骑到车座上，接着，她嘴里像是咕哝了一声什么。他想，应该是冲他道谢吧，可声音忒小，蚊子哼似的，他确实没听清。

这时候，防盗门又刺耳地吱嘎了一声。喂，屠师傅！柳苗苗老师再次从里面走出来叫住他说，我看得麻烦你一趟，去送送那个学生吧，反正这阵子也没啥事了。柳老师的声音虽然柔和清爽，但他能听出那种不容置疑的口气，兼具了托付和叮嘱的意思。主观上他一点儿也不想去，诸如接送学生、辅导功课，那可都是柳老师的差事，他今天的活计在刚才坐下吸烟之前已经完成了。他下意识地朝女学生渐行渐远的路径眺了一下，眼前倏地又闪出那潮湿的泪光和莫名的忧伤来，心里多少生出些说不分明的悬挂，便迟疑着嗯了声，就摸索着从兜里拿出手机，横折横画了个Z字（这是他以前女朋友姓氏的首字母，恐怕下辈子也忘不掉），屏幕解锁了，然后他用指尖去触ofo单车软件图标。这个应用软件还是柳苗苗老师帮他下载安装的，来学堂打工前，他从没接触过这些新鲜玩意儿。当时柳老师半开玩笑地对他说，你也太out了，进城随俗嘛，以后也要学会共享生活。

屠师傅骑上共享单车出发时，能感觉到柳苗苗老师就站在他刚才坐过的水泥台阶上，正透过那副斯文的细金丝边近视镜，朝他张望呢，这目光让他觉得非常柔和妥帖，尤其是在夜晚。

二

穿过学堂所在的那片稠密的生活区，小黄车便顺道驶入民主北街。这条街自南向北延伸而去，纵贯这座城市老城区的中部，就像一条永不停歇的大动脉时刻躁动和流淌着。屠师傅用力蹬了一会儿车子，共享单车并没有想象中好使，它更像是为健身运动设计的特殊器械。当他快赶上前面那个女学生时，明显感觉腿部的肌肉绷得紧紧的，仿佛刻意跟谁打赌比赛，必须全力以赴，这种情况好多年没有过了。他明显觉得自己老了，甚至有点儿力不从心，或许，骑车本身已经不能给他带来任何乐趣了。

夜色中的喧嚣度丝毫未减。公交车在路边排起长龙，罢工似的吭吭哧哧走走停停；狡猾的出租车最善于见缝插针，突然就像鹞鹰似的挤进公交站点，肆意停车载人或下客；私家车则铆足了劲儿互不相让，鼓噪的喇叭声代表了车主负面的情绪和对城市交通拥堵的种种不满。此刻，黑色的马路上像爬满了大大小小甲壳虫样的玩意儿，也爬满了市民一天的疲惫昏沉与无可奈何。一旦自己也汇入少数骑车人的行列，屠师傅才意识到这些小黄车们的尴尬处境，在这个交通极其混乱的三四线城市里，留给行人和自行车的道路，几乎窄得像条无关紧要的阑尾，如他这样的骑手不得不前冲后突、左躲右闪。更多时候，人被夹杂在汽车的缝隙里，像搁浅的鱼儿似的动弹不得，只能鼓着腮帮子喘息，发动机的轰鸣和排放的尾气将肉身完全裹挟，耳朵里什么也听不见，鼻孔里臭气不断呛涩难忍，眼睛几乎不敢睁开，机动车轮旋起的霾尘蚊蛾般到处扑撞，他觉得自己几乎就要窒息了，骑车简直是在活受罪。这让他一时间心生感慨，二十多年前的那次决绝的骑车经历，如电影蒙太奇般，猛地闯入他迷茫的视线中……

那是他一生最最黑暗的一个冬夜。那年更早些时候他高考败北，沦为“家里蹲大学”的一名新生，父亲一直耿耿于怀，他固执地认为罪魁祸首是因为儿子搞了早恋，母亲总是哭哭啼啼说这都是命啊，而他的认识注定没那么深刻，年轻人总是自负而倔强的，他天真地以为自己输得起一场考试，不上大学也没什么了不起的，社会上没念过大学的人多了去了，他们不还照样活着？那阵子，街面当然还没有出现什么小黄车、小蓝车的，你想骑自行车就得自己花钱弄一辆，而那时候可不是谁都能拥有一辆车子的，至少他还没有。所以，如果想上街溜达溜达，就得偷偷摸摸骑上父亲的那辆老古董，前提是出门时没有被大人察觉。

那晚记得比较清楚的，还有家里的炉盖，那个生铁玩意儿被烧得像猴屁股一样通红，坐在火炉一角坑坑洼洼发黑的铝制茶壶，正呲溜溜往外喷着热气，那气息跟一群险恶的白蛇似的四处慌窜。屋子里有了这些缭绕的白色水汽，人就变得朦朦胧胧像在梦中。电视机的声音很吵，春晚几乎把一家人的目光都紧紧地吸住了。唯独母亲进进出出忙碌，一会儿和面、拌馅，一会儿又预备盖帘，着手揉面剂子，好像包饺子是天大的事，一丝也马虎不得。

“你就像那冬天里的一把火，熊熊火光温暖了我的心窝，每次当你悄悄走近我身边，火光照亮了我……”电视里唱歌的那个高鼻梁小伙，有双蓝洼洼的大眼睛，大爆炸头倒是炭黑蓬松着，说他是个外国佬吧，细细端详又不像，说他是二转子，假洋鬼子吧，可满嘴都是中国话，那舞扭得叫人吃惊咋舌，好像从壶嘴里窜出的小白蛇，都钻进演员的身子骨肉里去了，所以才扭得金蛇般欢腾——后来新闻里报道，说东北大兴安岭发了一场森林大火，人们猜疑准是这小子的《冬天里的一把火》给烧的。

一直斜身依靠被垛看电视的人，正是他那古板的父亲。呸，扭屁虫子，瞎闹哄，丑得不能看……父亲终于不满地一挪一挪下了床，趿拉着黑棉布鞋出门去了。平常儿子若穿上那条水墨蓝的牛仔裤，父亲总鼻子不是鼻子眼不是眼的，这种流里流气的电视节目，父亲自然要坚决抵制的。母亲低头干活时，顺嘴挖苦了一句，你爸真是老封建了，啥都看不顺眼呢，人家那是给年轻人演的嘛。

母亲豁达地说到这里，忽然扭过脸一眨不眨地盯着他，好像儿子是那台外表灰突突的17寸电视机。表面上看，儿子也跟家人们坐在一起，津津有味看晚会节目，可知子莫若母，母亲那么一瞅，肯定不是随随便便的，她知道儿子心里有事，但今晚是大年夜，母亲素来守规矩，就算天塌下来，那也要等过完年再提。他被母亲那么盯着看，心里的别扭劲儿又上来了。母亲说，都去洗洗手，好帮妈包饺子。其他姐妹很听话，纷纷行动起来。他始终戳在那里无动于衷。母亲又说，每个人都要包够三十个饺子，要不初一早上就饿肚子吧。他知道，母亲是说给他听的，可他就是不想动窝，动一下觉得自己会立刻死掉，或者就要发疯。

很快，父亲解过手回屋，边走路边用双手提弄着老棉裤，好像出去撒泡尿的工夫，裤腰变窄了或腰身变粗了，怎么也提不上来，那条皱巴巴的老棉裤裤腿上竟挂了几坨湿痕，实在叫人厌恶。母亲见父亲直接站在案板跟前撸袖口，就埋怨道，越老越没出息，进门也不知道净个手。父亲一声不吭，又板着脸转身就去脸盆架前撩水打香皂。香皂快用完了，湿了水更是如泥鳅样打滑，父亲总拿捏不住，连着吧嗒吧嗒落入盆中。他便听父亲又开始嘟囔，怨母亲抠门不及时换块新的。接下来，大伙都团围在饭桌边，母亲霍霍地擀面皮，父亲带着妹妹们包起了饺子，一个个手上沾满了细面粉，看上去都跟戴了白线手套似的。

母亲真是麻利，她一个人擀面皮足够大伙包的了，父亲似乎觉得这很没面子，很多时候，他总是不想当着孩子面输给母亲，他一生好强，把面子看得比什么都重要，就连包饺子也不例外。便又虎着脸斥责他，怎么，等着喂你吃啊！看来，今天他若不搭一把手，父亲手下就缺了个生力军，战绩将大打折扣。可他哪有心思包饺子？他已情迷意乱，不，心里头简直就跟眼前的炉盖子一样，被烤得通红通红的。

父亲一再地叫他过来，可他死拗着，半天愣是连饺子皮也没摸一下。饺子饺子，你们只知道饺子！好像世上再也没有比饺子更要紧的事，谁又知道他的心里头在着火？当父亲最后一次乜斜着眼扫视他并呵斥道，把电视关掉，坐在那里像个木头！他知道以父亲的性格，今晚非得让他包这顿饺子不可，否则绝不善罢甘休。他犹豫了几秒钟，慢吞吞地从椅子上起身，可他既没有去碰电视，更没有去拿饺子皮，而是抬腿踹了一脚趴在他眼前的大狗，整个晚上那条老狗都懒洋洋地趴在屋里，什么活都不用干，傻乎乎地翕着鼻孔睡大觉。

那畜生竟矫情地吱呜吱呜着，委屈得像窦娥似的。父亲终于火冒三丈了，给老子滚出去，养你有啥用，连狗都不如！这大概是那年除夕，父亲对他的最高评价，后来的一切证明，他非但没用，简直就是家里的一颗灾星。再过几个月他将满十八周岁了，可以选择自己的生活了。但在父亲眼里，他远不及一条狗重要，他没考上大学，给家人丢了脸，还恬不知耻地领个女朋友回家，母亲对人家倒也装得和颜悦色，可父亲见了面甚至连眼皮也没撩一下。那回女朋友走后，母亲代表父亲表明了立场，说让他趁早死了那个心。

母亲也许觉得父亲骂儿子骂得太重，很不利于欢乐祥和的节日气氛，忙来打圆场说，你还是把它弄出去吧，这屋里一股狗味。母亲不是很喜欢狗，可父亲总惯着那畜生，只要一家人吃饭的时候，大狗就垂涎欲滴地蹲在桌子底下，随时能捡到一块骨头或什么吃食。他之所以踢狗，很大程度上是冲父亲去的。可打狗得看主人，这狗很小一点儿时，还是父亲从路边捡回家来养的。因此，父亲难免要夹枪带棍地借机奚落他。

哼，就知道在家里跟你妈横，怎么养了你这没出息的宰货！

在他们老家，“宰货”的意思是一切该挨刀子的货色，如猪啦、羊啦、鸡啦。换句话说，他在父亲眼里，也不过是个小畜生。他倒希望自己就是畜生，六亲不认，自己的事完全由自己做主，想跟谁好就跟谁好，谁也别来干涉他。心里有火，五脏六腑似要爆裂，仿佛刚才电视里唱的《冬天里的一把火》也烧着了他。他的喉咙跟柴火似的嘎巴响了一下，太阳穴被看不见的针刺痛了。随即，他听见心里有个声音很执拗地冒出来：还傻愣在这儿干啥，去找你心爱的姑娘吧！于是，他大步流星冲出屋子，在屋檐下顺手推起父亲那辆半新不旧的自行车，那是当时家里唯一的代步工具。

外面寒风砭骨，每年腊月总得飘几场雪，匍匐在路边的厚雪在夜色中蓝洼洼发亮，雪这玩意儿有时很阴险，最爱在深更半夜假扮清高，远远望去白得离谱，好像这个世界已经很完美了，没有一丝污点。自行车顶风前行，他用力蹬着脚蹬，路面嘎吱嘎吱响动，双轮歪歪扭扭往前滚去，突然极不情愿地咯唧一声，该死的车链条竟也跟人作起对来！他气呼呼地跳下车子，发了疯般连踹了好几脚车轮，车子一声不吭，死尸般躺翻在雪路上，他却抱着一只痛脚原地嗷嗷跳蹿，模样十分滑稽。

父亲跟他过不去，车子也跟他作对，那晚几乎所有东西，包括饺子和大狗都让他痛恨。不知谁在附近放起了双响炮，天上一声，地上一下，乒乓炸响，空气中就有了浓浓的火药味，这气味倒是很符合他当时的心态。后来他总算是捣鼓好了该死的链条，等他重新踩下脚蹬，后轮又恢复自由旋转了，十根手指早冻得僵硬，不过内心倒是越发火热难耐，任凭什么也不能阻拦，一想到马上就能见着自己朝思暮想的人儿，所有委屈似乎都是值得的……

——屠师傅胡乱走神的工夫，那个女学生已没了踪影。

他忙用双腿叉住车子左顾右盼，没道理啊，刚才分明还在他前面骑行，怎么一眨眼就没影了？那些小黄车、电动车和摩托车，都如杂技高手从屠师傅身边鱼贯而过，然后又蝙蝠似的消失在夜色中，或者让黑夜的海洋悄然淹没。他不得不扯开嗓子，叫那学生的名字，柳老师刚才说过她的名字。夜晚真是个神奇的存在，就算男人的嗓门再高，可话一喊出口，就变成一片轻飘飘的羽毛，落在水面上似的，他甚至怀疑自己，可能弄错了对方的姓名，是郑奇梅，还是程希微？反正他把自己能想到的几个相似发音统统叫了几遍，可这样在马路上大呼小叫简直像个傻瓜，不时有路人侧目以视，表情充满厌嫌。

忽然便有些愤愤然，许是那个女学生故意要甩掉他的吧？想想看他跟人家既不沾亲也不带故，只是柳苗苗老师临时吩咐的一个活儿，她爱上哪儿就上哪儿，他干吗那么上心呢？他可是从早到晚忙了一整天，买菜、洗菜、淘米、做饭，还要收拾锅碗盆碟，这一天够他受的了，先前柳苗苗使唤他的时候，他本该一口回绝。再说，那女学生一看就不是盏省油的灯，小小年纪尽学林黛玉的泪人相，大人花钱供她念书容易吗？不好好学习闹什么情绪！他确实留意过对方的表情，冷冷的，倦怠的，眼皮都懒得抬起，不无孤傲的，一副全世界都得罪过她的样子，甚至在他好心好意把自行车递过去，她连个起码的表示都没有，真不像话！

这样瞎合计着，屠师傅已调转小黄车往回返了。不过，他倒是注意到街边有个岔路口，那是可以由民主北街拐入白塔湿地公园的一段捷径便道。这个湿地公园他刚来的时候逛过一两次，少说有十多个足球场那么大。北面有一座砖木结构的古塔，据说明清年间就有了，围着古塔的是一处红墙青瓦的佛教小禅院，规模虽不甚大，可每逢农历年节香火好像还挺旺的；西面是一片湿地湖泊，水面十分宽阔，天热的时候游人可以下水游泳或划船玩。逢春夏时节，园内杨树、柳树、槐树、泡桐树枝繁叶茂地生长着，各种鸟雀在枝叶间叽叽喳喳叫嚣喧嚷，树荫下的草坪也修剪得妥帖平整，花坛里还栽种了月季花、地雷花、太阳花、小黄菊等，花期可以从初夏一直维持到深秋。园子中心广场中，还有一段水泥结构的、曲曲折折的紫藤花架，天气炎热的时候，它总是披头散发地静默着，活脱脱一个落寞而风韵犹存的绿妇人，仅用一双冷眼观瞧着熙熙攘攘的游客，对这个世界漠不关心。这么偌大一个园子，如果一个人诚心钻进去，你再想找出来，那恐怕得费些工夫了。

此时，屠师傅若有所思地扭头望去，园里黑灯瞎火，树影幢幢，打旁边经过，就能感受到一股潮湿袭人而来。或许，正是这股凉丝丝的草木苦涩气息，拖住了他和那辆小黄车。

三

傍晚六点一刻，陈琪薇才走进了向葵学堂，这比她平时晚了近二十分钟。那时，该来的学生早各就各位了，他们像往常一样疯闹戏耍个不停，调皮的男生因为用手机偷拍了女生的视频，便被那个恼了的女生穷追着，在桌椅间跑来跑去骂骂咧咧；趴在桌上赶作业的同学，则时不时皱起厌恶的小眉头，只有陈琪薇一言不发，她进来后就安静地坐在靠窗的那个固定位置上。穿过透亮的玻璃窗，前面的小广场一目了然，妇女们已经占据了有利地形，开始欢实地扭动肢体了。她显然没心看这些，只把书包从肩上摘下来，像卸下包袱似的搁在桌面上，然后整个人颓然地趴下去。

临近饭口，柳苗苗老师才走到她跟前。这位同学，你不舒服吗？老师关切地问道，陈琪薇却懒得动一下，或根本没听见老师的声音。柳苗苗老师又连着问了两次，最后，多少有些愠怒地伸出右手，扯了一下女生的胳膊，才迫使陈琪薇扭过脸，她的声音同样软塌塌的，或者心事重重。柳苗苗老师当时的印象是，这个女生像是刚刚从梦中被唤醒的，脸上有种与现实隔得很开的迷雾和错觉。你是不是哪里不舒服？不然来了怎么光知道趴着，今晚你不用写家庭作业吗？柳老师很直接地质询道。陈琪薇模棱两可地摇了摇头，方才有些不情愿地，慢吞吞地打开自己的书包，应付差事似的取出书本和有初音未来图案的彩色文具袋。柳苗苗老师其实还注意到一个更小的细节，就是在女生的上衣左胳膊肘那里，有很明显的污痕，像是在什么脏物上用力地蹭过，而且还有些磨破的迹象，依稀可见里面的白色内衬。继而，她又发现那女学生的后背上，同样有更大更脏的一片污渍，边沿微微发黄，像是沾染了便液。其实，疑问都滑到了嘴边，柳老师又思忖，也许只是体育课上弄脏的，不必大惊小怪。于是，她便没再去细究什么。事情总是这样，人们对司空见惯的事物不想多置一词。

晚饭依旧是两菜一汤：西芹百合烧肉片，干煸绿豆角，外加紫菜蛋花汤。每次都是屠师傅把饭菜用不锈钢餐盒盛好了端过来，孩子们一人领取一份，汤是用一个大瓷盆盛来的，里面有把长柄汤勺，同时还带来一摞子干净的不锈钢小碗，孩子们可以按需盛取。不过，这件事基本上都是柳苗苗老师亲手代劳，她这人天生爱整洁，学生们吃饭总是顾头不顾尾的，不是把勺把丢进汤盆里，就是漏斗似的到处滴答汤汁，弄得教室里总有异味。所以，她会趁大伙吃饭时，给每位同学盛好一碗摆在小条桌上。柳老师也跟这些学生一起吃，屠师傅从不，他会躲在后面的厨房里一个人解决。等学生们吃得差不离了，他才过来收走那些狼藉的餐具，然后扔进厨房的大洗菜池里，加上白猫洗涤剂稀里哗啦一通冲洗。应该说，他干活算麻利的，平日话又不多，这是多年的囚禁生活练成的，此外他最大的嗜好就是死爱抽烟，只要空闲下来，嘴里马上得叼那么一根，不然他心里便没着没落得厉害。

柳苗苗老师有一次去后面送碗碟，一进厨房满世界的烟气，呛得她肺叶都要咳出来，感觉跟着了场大火似的，她忍不住尖厉地叫起来，还很不客气地批评了屠师傅两句：喂，这里是做饭的地方，你怎么能在这抽烟，还抽那么多！屠师傅就像做了大错事，慌忙把手里的烟头丢在地上，又不死心地拿脚一下下去碾。柳苗苗老师又瞪着眼珠叫唤起来，我的天哪！这里是厨房，你怎能随地乱丢烟头，要是让学生家长看到，人家还敢把孩子送来不？屠师傅彻底被这女人的大惊小怪给弄蒙了，他忽然变得像个无所适从的小学徒，简直有点怕了她了。这个整天教孩子做题的知性女人，对一切事物都那么警惕和较真，真是像极了牢里的一个不苟言笑的女狱警，眼里揉不得沙子，没有她不管的事。

不过，打那以后，他对柳老师倒是服服帖帖、唯命是从了。他觉得她批评得都在理，他是人家雇来做饭的伙计，不能太那个了，确实得注意个人卫生和安全问题，他可不想因小失大或惹是生非，能有个像样的地方安生待着，他已经很知足了，他觉得自己早过了那种打拼的年纪，在哪儿干活不过是混口饭吃罢了。所以，他通常会在忙乎完厨房的活计之后，去外面找个清静地方美美吸上一阵子烟，把瘾过足，免得自讨没趣。柳苗苗老师后来显然瞧在眼里，有一天她点着头地对他说了句，我看你这人还行。话说得没头没尾，不过他还是听懂了，继而脸也红了起来，能得到这样一个比自己年轻的女老师的称赞，那感觉还是挺美的，虽然柳苗苗在旁人眼里，也许根本算不上是正规的人民教师。

晚饭摆上桌，学生们跟饿疯了的鸡群似的，叽叽咕咕扒拉起来，嘴巴却始终不闲着。有不喜欢吃豆角的，皱着小眉头直嚷，哦，My god！又是干煸豆角——我恨你；也有不爱吃西芹的，说什么西芹是转基因蔬菜，吃多了肠子会打结，屙不出屎。柳苗苗老师就拿睿智的白眼儿狠狠瞪他们：热饭烫不住嘴，尽瞎说，西芹富含大量的粗纤维，最利于我们人体消化，我看谁再敢胡说八道！学生们并没有因此彻底静声，那种嘻嘻窃窃的诡秘笑声不绝于耳，毕竟这里只是临时性托管机构，老师也不像在学校那么有权威。对此柳老师心知肚明，只要他们凑合着把饭吃了，把当天的作业完成，她也懒得去跟孩子们纠缠什么。

柳老师自己也有孩子，不过她的孩子尚在幼儿园里做游戏呢，她忙的时候都由老人帮着接送一下。她早先在城边一个郊区学校当过一阵子老师，后来准备要孩子的时候总不太顺畅，流了两次产，家里人都非常担心，劝她还是请个长假安心保胎吧，中国人的观念总是把不孝和无后扯在一起，她也不例外。后来胎总算是保住了，等产假休完再想去上班，人家学校却婉拒说，她不在的时候临时聘了人，而且，那个男老师干得很不错，所以她还是继续回家照顾小孩子吧。为了生孩子，她丢了工作，反正小家伙总是离不开妈妈的，丈夫又常年在外地跑业务，个把月能回来探一次亲就不赖了，好在丈夫的销售公司待遇方面还算优厚，她即便几年不出去上班，经济方面倒也不那么拮据。再后来，孩子总算进了幼儿园，她才经一个要好的朋友介绍，来向葵学堂做了临时辅导老师。每天中午、晚上各三个钟头，对她来说倒也宽松自在，况且人家给她的酬劳跟在学校差不多，时代再如何发展、社会再怎么进步，毕竟女人还是以家庭和孩子为重，她没什么好抱怨的。

陈琪薇几乎没有动筷子，她的嘴里老像含着一块难吃的糖果，目光要躲避谁似的，执拗地偏向窗户那边。在某一瞬间，柳苗苗老师依稀瞥见，那女学生的眼眶微微泛红，眼瞳里始终有股湿漉漉的东西在扑闪。柳老师巧妙地敲敲桌子提醒学生：必须好好吃饭啊，最好不要剩下，那样浪费不说，你们正长身体呢，营养跟不上，学习成绩自然就下来了。陈琪薇意识到老师可能在说她，连忙低下头，眼角果然垂下两颗泪珠来，不过，她马上用袖口挡了一下眼睛，筷子很机械地在餐盒的米粒里划拉，可半天什么也没往嘴里送。

柳苗苗老师给大家分好了汤，一碗一碗送到每人桌上，轮到陈琪薇的时候，她小声问：你咋吃那么少，怎么，不合胃口？陈琪薇依旧木讷地摇了摇头。柳老师总觉得这孩子哪儿不对劲，便又说，身体不舒服的话，可以举手告诉老师，日常用的小药，我们这里也备了一些。陈琪薇再次木然地晃晃脑袋，也许她是不想给老师添麻烦，并让对方相信她身体没有大碍，便双手端起汤碗，很努力地喝了几口，喝得太猛竟又咳起来。柳老师这时正好看得非常清楚，女学生靠近窗边的那半边脸蛋，特别是颧骨处明显有点儿瘀肿泛青的迹象。呀，怎么把脸摔着了？老师再次凑近对方，且压低了声音询问。噢……没……没事的……体育课我不小心，跌倒了……陈琪薇怯怯缩缩地支吾道。其实，柳老师一开始看到她外套的时候，已经猜出八九分，这时也就不再追问什么了，但她脑子里还是画了个问号。

事实证明，没好好吃晚饭的陈琪薇，后来同样也没怎么好好做作业，她就那么满腹心事地一味懈怠着，有时还会坐立不安。这中间她的手机突然唱起了《甩葱歌》，几个吭哧吭哧做题困难户竟突然来了精神，有个最爱闹的胖男生竟搞笑地跳到椅凳上，随着手机音乐胡乱扭起了肥肥圆圆的大屁股，看上去十分滑稽，逗得其他学生都咯咯直笑。陈琪薇脸颊羞得通红，她慌慌张张逃离了座位，径直钻进卫生间里。柳老师很严厉地批评了那个胖男生，你瞎兴奋什么，不就是手机来电吗，我就不明白你有什么好闹的？快抓紧时间做你的作业吧！

过了一会儿，陈琪薇从卫生间出来，她望着老师的脸，轻声说出四个字（感觉一晚上她都在酝酿这个重大决定）：我得走了。柳苗苗狐疑地盯着那双忧伤的眼睛，显然刚在卫生间用自来水洗过，不过眼圈更红了。陈琪薇，你真的没啥事吧，不用等你家长来接吗？对方使劲摇头，又解释说她可以骑车自己回去，家里人是知道的。然后，她就迅速去收拾桌上的课本和文具了。当肥大沉重的黑帆布书包挎在女学生后背上时，柳苗苗真切地感到，那两根背带简直像法西斯残酷的绳索，勒得那女孩快要向后仰面倒去了。

——那件事情发生以后，柳苗苗总是被不断地想起当晚的情形，她记得最清楚的其实只有两点：一是陈琪薇跟她说她得走了，而不是说她要回家去，或许她真的没打算回家，只是有人打电话把她叫出去的；二是书包的背带那么野蛮无情地，紧紧勒住了陈琪薇正在发育的少女身体，让人多少感觉有些不安。

当然，柳苗苗后来也不止一次想过那天午间的事。中午学堂里将近有三十个学生需要吃饭和睡觉，这也是一天里她最忙碌的时刻，三十张嘴巴吵吵嚷嚷的，简直能把屋顶掀起来，每次她只给学生半个小时就餐时间，然后再用一刻钟让他们漱口和上卫生间，午间一点钟，所有孩子都得准时上床，这样才能保证他们有四十分钟的休息时间，不然下午返校后他们准会打蔫儿，或在课堂上打瞌睡。但凡当过教师的人都很清楚，下午头一节课最难上，原因就在这里。

那天中午陈琪薇似乎并没有什么异常，饭应该是吃了的，不过她好像没喝汤，因为她桌上有半瓶矿泉水，柳苗苗盛汤给她的时候，她礼貌地冲她摆了摆手，又指了一下桌上的水瓶。奇怪的是，那时候柳老师并没有留意过这个女学生的脸是否肿了，或者上衣有无污渍，注意力是个奇怪的东西，有时它会轻易地忽略掉很多细节，就像筛子漏下最细的沙砾或金子。也许只是午间秩序过于混乱，柳老师确实没有留意到更多的细枝末节。因为整个午间，柳老师只强调一条：大家抓紧时间吃饭，然后认真漱口，都给我乖乖上床睡觉。这似乎是小饭桌老师最重要的使命，家长们花钱图的就是这个。其实，每次学生睡下之后，她还要挨个查床，因为这些孩子基本上都有手机，尤其那些男生最爱钻进被窝里偷偷玩手游，街头争霸之类，有个别家长特意交代过，让柳老师平时多督促检查他们的孩子。所以，后来对于陈琪薇午间休息的情况，柳老师脑子里也是一片空白，她甚至记不太清，这个女生到底有没有上床睡觉，以及她后来是怎么离开学堂的。

但有一点可以肯定，那就是当晚八点四十分左右，陈琪薇确实骑小黄车离开了柳苗苗老师的视线。如果这个女学生一路沿着民主北街骑行，应该会在一刻钟内平安到家的，那样的话，屠师傅那个小小的谎言便不会被揭穿，柳苗苗也不会受到任何指责，向葵学堂更不会被媒体和社会舆论推向风口浪尖。

四

白塔湿地公园确是晨练的好去处，在它的西面沿着曲折的湖畔路，还铺设了三里长的塑胶跑道，每天清晨和黄昏，都有众多健身者大汗淋漓地在此一路奔跑或疾走，而且绝大多数人都会揣着智能手机，因为那个可感知人体行动的聪明软件，能准确记录你具体行走了多少步，以便在稍后的微信群里晾晒获赞赢得尊重，这在眼下的城里几乎是一种风尚，人们心甘情愿地被这样或那样的手机软件捆绑并乐此不疲。

据那条咖色泰迪犬的主人讲，狗狗每天早晨沿着湖边走走停停，会执着地在那些矗立于浅水处的黑色石头的边边角角留下自己特殊的记号。可今儿一早，泰迪走着走着，突然死活不走了，怎么拖它的绳子也拖不动，后来狗干脆直接跳进水里，绕过一块大青石去探寻什么。于是，主人骂狗，拽绳子，甚至威胁，都无济于事。后来，狗主人只好颤颤巍巍地爬到那块石头上朝下瞧，这才发现自家的狗正在石头后面的水里闻闻嗅嗅，模样异常警觉，而紧挨石头的浅水处，有个人正头朝下平趴在水里，蓝白两色的运动衣鼓胀起来，黑湿凌乱的头发浮在水上，如一团杂乱的水草。

遛狗者顿时心惊肉跳地喊叫起来，尽管声音有些颤抖和沙哑，但还是唤来众多晨练者驻足围观、唏嘘和拍照，人们第一时间在各自的朋友圈里，推送了这一起噩耗的微信。那种千篇一律的蓝白两色学生运动装，随同它的主人长时间浸泡在湖水里，也许已经持续了一宿或更久，直到随后110接警赶赴现场，很专业地蹲在大石块上，噼噼啪啪拍过照后，浮在水里的人才被七手八脚地捞上了岸。

经过民警现场初步勘查和分析，死者因不慎失足落水的可能性很大，当然，也不能完全排除自杀的情况，通常像这种十三四岁的中学生，正处在青春发育期，日常课业负担大，心理又比较脆弱，难免会有些情绪波动，往往受不得委屈，又爱钻牛角尖。接下来，民警便围绕着死者的身份、家庭和学校等情况展开调查，因为校服上衣印有某某中学字样，这倒是帮了警察一个大忙，因此在早晨上班后，他们不费吹灰之力便驱车来到溺亡者所在的那所中学。

五

柳苗苗老师简直做梦也想不到，一个那么鲜活的生命，一个昨晚分明还在他们小饭桌待过一两个钟头的学生，竟说没就没了！这无比巨大的现实黑洞，让人无论如何都接受不了。民警上门调查，按部就班地向她出示了死者在水中，以及后来被捞上岸的几张彩色打印图片，然后向她详细盘问了昨晚辅导班上的情况，如有没有发现陈琪薇有什么异样？死者有没有跟学堂里的学生发生过激烈的口角？或者，在此之前有没有类似的情形出现，让她务必协助调查好好回忆一番。

作为陈琪薇校外的辅导老师，柳苗苗确实不应该有所隐瞒，但这件事毕竟直接关系到向葵学堂的声誉及以后的生源问题，况且就在民警找上门之前，学堂的老板娘已经跟她通过电话，让她头脑要保持清醒，还要一口咬定，陈琪薇同学是不顾老师劝阻，也不等她家长来接，非要自己骑车回家去的（当然这也是事实）。柳苗苗明白老板娘的意思，如果非要感情用事，扯上她临时派屠师傅去护送，无疑又会节外生枝，事情也会弄得更加复杂，而且对学堂也更为不利，人们肯定会质问，既然都派人去送了，那为什么还会出现这种可怕的结局？

基于此，柳苗苗老师当然不能头脑发热，更不可意气用事，直说自己昨天的的确确注意到那孩子不对劲，她不光偷偷掉过眼泪不说，脸上好像带着伤，衣服也脏兮兮的，像是跟谁打过一架的样子。她只能顾左右而言他，敷衍了一通警方的提问：我们这里人手少，孩子又多，学堂里闹得很，自己得不时地维持纪律，实在没太留意那个女学生的情况。不过，她觉得这样说也太过于违心了，明明自己当时确实有所觉察，她从小受到的教育是要实事求是，老实做人，即便不能去帮别人，至少也不能害人。所以在调查末了，柳苗苗老师又补充道，陈琪薇昨晚胃口好像不太好，饭菜基本上都剩下了，只喝了几口紫菜蛋花汤，整个人显得没精打采的。她甚至在谈话结束时，巧妙地加上一句自己很主观的揣测：兴许，这可怜的小姑娘，白天在学校里遇到了什么？在她看来，这样的怀疑至少不是空穴来风，警察完全可以顺藤摸瓜，去那所中学好好地调查调查，而不是把时间都浪费在向葵学堂上。

警车离开后，柳苗苗想都没想就直奔后厨。

那阵子，屠师傅简直忙得像只被不停抽打的陀螺，已经蒸熟的大米饭在湿热的空气中米香四溢，爆炒中的蘑菇油菜在大黑锅里发出刺刺啦啦的声音，尽管油烟机始终在轰鸣，但抽吸的效果似乎并不理想，浓稠的油烟味儿还是呛得人睁不开眼。她一进去就闻到了，屠师傅又在里面吸烟了，而且肯定吸了不少呢。不过，她现在的注意力可不在这上面，人命关天，她至少得弄清楚，屠师傅昨晚是怎么去送那个女学生的。

喂，到底怎么搞的？你有没有去送那个孩子？她开门见山，嗓音比平时高出八度。我就奇了怪了，你说你是眼见着她骑进了一个小区，可她……她怎么会掉进湖里呢？！

屠师傅低着头没有吭声，只是将一把大号菜铲在锅里飞快地翻动着，火焰贴着锅沿喷蹿而上，某一瞬间竟疯狂地点燃了整锅菜，火舌狂飙着吞噬那些新鲜的食材，发出类似要爆炸的吱吱啵啵声。屠师傅脸上几乎没有什么表情，只是一味地油腻，一味地被火光照得忽明忽暗，那只过去缝过几针的眼角不时抽搐一下，仿佛被滚烫的油点溅到了灼伤了，但他也只是一味地忍受——应该说忍受是这个男人身上最重要的品质，要知道他忍受的年头的确够久了——唯独他嘴里不时地发出蛇样的咝咝声。

厨房里太吵了。柳苗苗不得不站到厨师身旁，再次发问，语气愈加强硬，愈加急迫，也愈加火怒。

说话呀，难道你哑巴啦！我看你根本是在搪塞我，你压根儿就没去送她！

片刻的静默后，屠师傅终于爆发了，咣啷一声，他奋力丢开手里的炒菜铲，那感觉就像一只原本咝咝鸣叫的高压锅突然炸开了，连滚烫的锅盖都崩到了天花板上。

——我怎么知道？我明明跟在她后面，可她一转眼就没影儿了，这小丫头片子八成是想甩掉我，我能有啥法子？！

——那你昨晚为啥不实话实说呢？你这个骗子，这回你害死大家了……唉，这也都怪我，怪我一时疏忽大意，我要是早知道这样子，应该想办法把她留住……

柳苗苗的语气突然衰弱下去，就像是一团刚才还炽烈燃烧的柴火，被一阵突如其来的暴雨浇透了，霎时熄灭。她无奈地摘下金丝边眼镜，用一只手捂着眼睛，任由泪水慢慢地从指缝间溢出。泪光中，又倏忽闪出民警拿给她看的事发现场的图片，尤其是那个浸泡在水中的女学生背影，那感觉像是舒舒服服展开双臂沉睡不醒的样子……

她讨厌自己竟有如此荒唐的感觉。死亡怎么可能舒舒服服的？她这样想一定是有罪的，是对亡人最大的不敬。死亡注定是冰冷的、无情的、决绝的，况且，又是死在那种脏兮兮的泛着绿沫子的湖水中。

屠师傅也跟着柳苗苗老师静默了一会儿，直到鼻孔里钻进一股难闻的焦煳味，他才终于醒过神，手慌脚乱地关掉了灶头，再捡起滴油的菜铲子，锁着眉头去对付那锅里已然发黑的菜叶。他忽然觉得，眼前这团黑不黑、绿不绿的玩意儿，像极了昨晚他在公园中看到的东西。

六

夜色中，那些黑黢黢的草木散发出比白天更强烈的味道，乍一闻很像是放久了的猫狗尸体散发出的，潮湿凉爽的空气中，流淌着公园特有的那种苦涩、凝重、腐朽的气息。大大小小的昆虫，早已躲进绿篱和花草深处，偶尔，从浓密黑深的树木高端，传来一阵悠长而突兀的鸟鸣。

那个时候，屠师傅一边骑车，一边朝四周观望，鼻孔时不时翕动两下，在休闲长椅上，总能看到成双成对卿卿我我的幽暗身影，这些忘情的男女让夜色变得更加暧昧和混沌。对于年轻人的勾当，屠师傅一直保持着某种近乎敏感的警觉，倒不是说过惯了那种形单影只的单身生活的他对此讳莫如深，而是命运与岁月的无情作弄让他不得不避而远之。

当屠师傅寻寻觅觅地骑着小黄车，在黑沉沉的迷宫般的密林与荫道中绕来绕去时，猛然间从身后涌来一阵乱糟糟的喧闹叫嚷……小子是不是找死啊……你们他妈的再敢挤我……都欠扁是吧……等我追上你们非弄死……有种你他妈的过来呀……随着一阵突兀的骂骂咧咧声越来越近，一伙将车子蹬得飞快、屁股撅得老高、脏话连篇、嘻嘻哈哈的少年单车手，已飞快地驶向屠师傅这边，那几辆单车多是性能优良、价值不菲的山地越野车，车轮子粗壮，把手上有灵活自如的无极变速器，加之少年人旺盛的精力和运动热情，当它们以那种锐利、蛮横甚至是势不可当的劲头，横冲直撞而来时，还在路上东张西望的屠师傅毫无防备，或者，他头脑里大路朝天各走一边的思想根深蒂固，所以，丝毫没有躲闪的意思，他只是稳住小黄车的车把缓缓滑行。意外就这样发生了，由于那群少年几乎是并排冲刺的，他们你追我赶互不相让，冷不丁地，就跟前方路上的障碍物发生了点儿摩擦和碰撞，咣当一声，其中一辆山地车严重倾斜并失控地朝道旁冲去。

一声娘娘腔十足的、不无夸张的叫喊之后，肮脏的辱骂声便此起彼伏，谁干的，哪个该死的王八蛋？诚心撞死老子，是哪个瞎狗挡我的道啊……看到自己的同伴被撞翻在地，另一个人赶忙扔下车子，转身去路那边搀扶，还有两个人早已气势汹汹地拦住了屠师傅，好像生怕他会趁机逃走。揍他揍他！往死里揍！这家伙一看就是故意找碴儿，撞坏了别人，瞧他还无动于衷的，纯粹是来找死吧！你眼睛塞进裤裆里了……一伙人不干不净地谩骂着，眼睛盯死了屠师傅，同时摩拳擦掌，跃跃欲试。

那个被撞倒的家伙终于在别人的帮扶下，哼哼唧唧、一瘸一扭地挪到屠师傅跟前。他鼻梁陡高，鼻尖却鹰钩得很厉害，年纪不大看着却有些凶巴巴的，瘦高瘦高的面条个儿，有些水蛇腰，他正朝地上连着吐了几口唾沫，也许他嘴里流了血，只是想把血水吐出来，因为此刻很黑，谁也看不太清楚。与此同时，鹰钩鼻像是要给同伴们证实，自己没那么脆弱，至少还没有被撞断骨头，他龇牙咧嘴地左右扭动了几下脖颈，突然撇撇嘴，下颌往上一翘，几乎毫无预兆地抬起腿来，照准屠师傅胸口就是一脚。能看出来，这家伙肯定经常打架，可以说是又狠又准弹无虚发。

屠师傅显然低估了对方的杀伤力，他本来是双腿叉着车子站着的，这一脚来得太猛，他几乎连人带车被踢得弹了起来，然后整个人趔趄着重重倒地，未等他直起腰，其余的几个少年又是一声怪吼，顷刻间，拳脚便冰雹般砸落下来。屠师傅被揍得惨叫连连，他只能弯腰弓背，在包围圈里胡乱翻滚，他尽可能用双手紧紧护住头脸，即便这样，后脑勺还是立刻鼓起个包，鼻孔流出一道乌血。他们几乎把他打得奄奄一息，不再胡乱滚动时，才算丧失了斗志和兴趣。后来在撤离之前，这伙少年也许觉得还不够解恨，于是，他们又肆意蹂躏了一通屠师傅骑来的那辆小黄车，几只大脚又踢又跺又踹。顶数那个鹰钩鼻下手狠，他竟然将可怜的小黄车用双手举过头顶，然后重重地砸向路边的一只不锈钢垃圾桶上，黑暗中再度爆发出稀里哗啦的杂响……

头顶密密麻麻的枝叶，遮蔽了仅有的一丝惨淡月光，某一刻，那些栖息在树上的鸟雀叽叽喳喳一阵聒噪，那是被人为地惊扰后的惊慌失措。很快，一切又归复平静，如同一场古老的梦境，黝黑的草木依旧深不可测，滴落在砖铺路上的血迹悄无声息。遭遇痛打后的屠师傅，好半天才从路上艰难地爬起来，在站立的一瞬间，他重心不稳，身体摇晃了几下。他不是不会打架，而是过去的经验告诉他，多一事不如少一事，能忍则忍，小不忍定乱大谋，他吃过类似的苦头。比如，跟同狱的某个犯人厮打，结果总是各挨五十大板，所以，关键时刻，他会条件反射，会本能地控制情绪，不再做无谓的挣扎或牺牲。当他慢慢站起身，哼哧着拍掉衣裤上的尘土时，他才觉得自己的确很窝囊，窝囊得连几个乳臭未干的小子都对付不了。不！他想，不是他打不过他们，也不是他不善打架，而是他已经被彻彻底底改造过了，就像一枚被反复打磨得再精准不过的标准件，大小、轻重、薄厚刚刚合乎设计需要，符合这个社会的安全需求，从今往后他只能做螺丝不能做扳手，他的人生注定是被动的。最重要的是，他今晚骑着一辆小黄车出来，不是为了到处闲逛的，更不是为了跟谁去打一架。

他可是受人委托，去送一个女学生回家的。而那个小丫头片子不知躲到哪里去了，像是故意在跟他捉迷藏呢，害得他在这该死的黑漆漆的公园里，没头苍蝇似的瞎转了老半天，还莫名其妙撞倒了别人挨了顿揍。想到这里，他简直气愤得不行，真想找个什么东西好好发泄一下。可他哼哧了半天什么也没干，最后仅仅是本能地去把那个被撞翻的不锈钢垃圾桶弄起来，立好，再去扶躺在地上的小黄车。这是这天晚上，他从地上扶起的第七辆车子。他记得非常清楚，他的记忆力一直不错，因为过去有近二十年光景，他都在反复练习记忆，如今天是几月几号，星期几，还有多少天过年，他是哪一年进来的，至少还要再熬多少年才能出去……一个人被关在那种高墙上围满了环形钢丝网的某个小笼子里，首先就得学会这个，不然连一天也待不住。

小黄车原比想象中要结实可靠，只是车把被那帮坏小子摔得严重歪斜了。屠师傅用两腿夹住前轮，双手再用力反向一拧车把，矫正问题便迎刃而解了，当他重新踩下脚蹬，准备继续骑行时，那种似曾相识的感觉突如其来……同样是黑乎乎的夜，同样是一个人独自骑车，同样是为了一个女的，只不过当年的那个姑娘可是他的初恋对象。——那天晚上，他从家里赌气跑出来，偷骑着父亲的自行车在冷风中前行，半途中车链子掉了，他不得不停下来，气急败坏地摸黑捣鼓车子……如果那晚他没有跟家人，特别是跟父亲置气，如果该死的车链子没有半路脱轨，如果没有那场约会……也许，他的人生就不会跌入万劫不复的深渊中。

二十多年前那个漆黑的寒夜，截住他的也是一伙无业青年，他们的年龄比刚才那些家伙大不了多少，正在除夕夜的惨淡街头像鬼魂一样游荡，他们游手好闲地将点燃的一根根双响炮抛至半空，然后一伙人跟着那乒乓炸开的炮声，夜猫子似的一阵怪吼怪笑。那是一个粗鄙的时代，一切都很贫乏，即便大年除夕也不例外。当他蹲在地上心急火燎地捣鼓车子的时候，那几个小混混就瞄上了他。等他准备重新骑车上路时，一团阴森的乌云遮住了他，那些流里流气的家伙问他兜里有没有钱，想跟他借俩钱花花，说是借，其实就是明抢。他确实没啥钱，那年头谁的兜里也不富裕，他们自然不信，非要搜身，他紧张得要命，因为在贴身的衬衣口袋里，确实还塞有三五块零钱，那是母亲趁父亲不在时悄悄塞给他的，母亲总是更疼儿子的，尤其知道他正在处女朋友，不能显得太寒酸了。今晚他和女朋友约好了要见一面，两个人想找个地方待一会儿，他想到时候可以给她买一串糖葫芦吃，如果运气好的话，他俩还能在县工人文化馆里看一场电影，尽管那里放的片子都是老掉牙的，就连每一句台词都让他记得滚瓜烂熟了。

那几只脏爪子跟无耻的老鼠一样，吱吱叫着，开始在他外衣和裤兜里爬来爬去，他不得不姑息隐忍。一来他们确实人多，好汉难敌四手，万一动起手来自己肯定要吃亏；二来他可不想打架，大过年的不说，他可是马上就能见到心上人了，尽管父亲压根儿不能接受那个姑娘，可这又有什么关系呢？只要他俩心心相印就行。好在，脏爪子们什么也没搜到，他也故作轻松地说，孙子骗你们，我穷得叮当响……随即他就推起车子径直往前走去。就在一刹那，那个领头的家伙突然反应过来，大嚷道，忘了搜毛衣里面的衬衣了，小子给我站住！这一嚷不要紧，他的心一下子蹦到了嗓子眼儿，就像做贼心虚，他忘了自己是怎么使出吃奶的劲儿，推起车子狂奔起来，然后又歪斜着纵身跳上车座，拼了老命蹬车而逃……那时他只听到风声在耳边鬼哭狼嚎，那群恼羞成怒的家伙发了疯般的在后面穷追不舍……后来脏爪子们终于被甩掉了。

等赶到县文化馆时，心上人果然跺着脚站在昏黄的路灯下，整个人都快冻僵了，他跳下车子慌忙跑过去解释，父亲盯得忒紧，好不容易从家里溜出来，自行车又掉了链子，不过他始终没有提那群脏爪子，他觉得那会影响两人约会的好心情。因为是除夕夜，县文化馆已停止放映，根本没有电影可看，甚至连平时有的交谊舞会也取消了，街道上冷冷清清，他俩几乎没有什么地方可去。唯一运气不错的是，他为她买到了一个烫手的红薯，他让她捧着红薯取暖，他嘶嘶叫着为她剥开红薯皮。女朋友说她不能在外面待太久，家里人会着急的。他争分夺秒地搂着她，说他如何想念她，说他几乎夜夜都会梦到她，他还赌咒发誓说，不管家里如何反对，他这辈子都铁了心跟她好……天气真是太冷了，连誓言都被冻得硬邦邦的。他一只手推着自行车，另一只手揽着她的腰，小县城变得空空荡荡，似乎这偌大世界只剩下他们两个人了，恋爱的滋味像手心里的烤红薯，既热又甜，两颗悸动的心在甜蜜中慢慢融化。她非要喂红薯给他吃，他说除非你用嘴叼着才行，她忸怩了一会儿，经不住他再三央告，终是照办了，他也趁机吻了她，吻得像外国电影里那样深情，两人都快要窒息了，哈气模糊了他们的视线。

可相聚总是短暂的，到了该分手的时候，他便不依不舍骑车送她。离开街道后，车子驶入一条弯弯曲曲的煤渣小路，这里可以通向县城后面的厂区家属院，由于是大年夜，路上鲜有人影儿，仅有的那几盏路灯，早让坏孩子的弹弓和石块解决掉了。女朋友安静地坐在后车架上，右手从后面绕过来搂住他的腰，他从车把上腾出一只手，用力摁在她的手背上，那种贴合感让他头一回感受到什么是幸福，还有刚才那个很长很深的吻，都让他真真切切地感到爱情的火热和甜蜜，他嘴里不由得学刚才电视里那样唱着:你就像那冬天里的一把火，熊熊火焰温暖了我的心窝，每次当你悄悄走近我身边……

女朋友悄然从后座上跳下来，他至少又骑出十几步远才刹住车，显然这里离她家还有一小段距离，路旁边是一个灰头土脸的公厕。她已靠路边站稳，黑暗中眨着明亮的眸子说，你不能再送了，万一让我家人看到不好。他自然是舍不得丢下她掉头就走，又禁不住将她紧紧地搂抱缠磨着。她说，你疯了，会让我们厂的熟人看见的。他说，我才不怕，谁愿看就看去。可最终，他还是很听话地跨上车座。临了，他问了句，咱俩啥时间能再见面？这是分手前他问她的最后一句话，后来命中注定成了最后一句。她当时神秘地摇摇头，说，偏不告诉你。于是，他看见她不无俏皮地原地蹦跳了两下，就那么轻快地往前去了……他还想继续跟过去相送，她却心领神会地意识到了，忽然扭头故作严厉地说，你再不走，人家该生气了。至此，他才恋恋不舍地调转车头原路返回——这辈子到死他都不会相信，这一去竟成为诀别。

青春年少时的懵懂恋情，往往伴随着某种危险甚至是残酷，当两个年轻人完全盲目地沉溺其中，竟忽略了来自黑暗中的某个鬼鬼祟祟的尾随者，早在他跟女朋友在街头碰面缠绵时，那人可能就死死盯上了他，这应该是个不达目的绝不罢休的惯犯，况且，对方一下子就瞄上了他身边漂亮温柔的姑娘。悲剧是在他骑车离开不久发生的。在通往那片厂区家属院的路边，建有那类在二十世纪八十年代再普通不过的简易公厕，不过是用砖头块垒起一人来高的墙壁，顶上搭几根柳木棍，再苫一层沥青毡，男女厕之间仅仅隔着一道薄墙，也根本没有门栅之类的保护装置，可以说比乡下的牛羊圈的安全系数还低。当时，女朋友大概往前走了几步，忽然意识到，该上一趟厕所才对，因为回家后再出门会很麻烦，夜晚通常都是用那种痰盂桶解决问题的，而父母近来对她的出行总是疑神疑鬼，颇有微词，她理应谨慎些。幸福这种东西，总是会令人忘乎所以，至少当时那可怜的姑娘对四周和这个世界毫无觉察，她像往常一样摸黑走进女厕，也许就在她刚解开裤带蹲下身去，那个一直隐藏在黑暗中的恶魔便扑向了她……

对于女朋友当晚的悲惨遭遇，他起初一概不知。公安局的侧三轮摩托车，是在大年初一的中午十二点前，丧门神般呜呜哇哇地嚎叫着，突然风驰电掣般驶到他家门口的，把整条街巷都给震动了。当时，母亲刚把热气腾腾的饺子端到饭桌上，一家人团团围坐，还未将第一个饺子塞进嘴里，民警们便径直闯进屋来，将他捉鸡仔似的从凳子上提溜起来，全家老少诚惶诚恐，完全蒙了，原本欢乐的团圆饭突然陷入死一般的寂静，而他记忆中的最后一个春节也就此戛然而止，或许，还有自头天晚上蔓延而来的那种甜蜜。

审讯注定是粗暴而无情的，尤其是对于这种大年三十晚上发生的恶性强奸杀人案，民警们打从骨子里深恶痛绝，为民除害是他们再正当不过的理由。街上有多个目击者，就连长期守在文化馆门口卖烤红薯的河南夫妇也录了口供；一个打女朋友家属区小路上经过的路人，说是亲眼看见他在公厕附近，跟一个女的搂搂抱抱、拉拉扯扯，很不成体统，对方还详细描述了他父亲的那辆自行车就停在路边；甚至连他自己的父母也老老实实承认，他们是坚决反对儿子跟那姑娘来往的，为此父子之间已发生过多次不愉快，他们都劝儿子尽快跟女方断绝来往，因为他们认为那姑娘已经断送了儿子的大好前程……种种迹象表明，他似乎确实有足够的作案动机。再者，他的右手背和一根手指上有非常明显的伤痕，警方认定这些都是在作案现场被害人激烈反抗时给他留下的，尽管他一再辩解那是自己安装自行车链条时不小心蹭破的，可是没有任何一个人相信他的话；他们甚至还取走了他的内裤进行鉴定，那上面果然有些许精斑，其实那是当晚睡下后有些想入非非，他梦遗了……

总而言之，在一次美好而纯洁的约会结束后，他仅仅在家里睡了一个囫囵觉，天明之后，这个世界就变得异常狰狞可怖，用“翻天覆地”都难以形容，他成了十恶不赦的恶棍、流氓、强奸犯、杀人凶手，司法有时就是这么残酷，它一点儿也不在乎你是否正处在最甜蜜幸福的爱恋中，就像基督山伯爵年轻时，正是在婚礼当天被人诬告而受到拘捕，从此开始了漫长而黑暗的牢狱之灾。

七

柳苗苗老师是在自己的微信群里，看到那则被转疯了的《本市一女中学生夜间贪玩，不慎坠湖溺亡》的图文链接的，它的点击量迅速突破了十万人次，跟帖评论者踊跃而激愤。消息称，年仅十三岁的陈某某，当晚八点四十分擅自离开校外托辅班，在没有任何家长和老师的陪伴下一人骑车回家，途中因贪玩独自进入白塔湿地公园，最终因不慎坠湖溺亡。警方提请广大市民，夏秋两季正是溺水事件的高发期，大家一定要加强对未成年人的教育和管理，切不可放任他们在湖边嬉戏玩耍或游泳，尤其要注意那些在校的中小学生。此外，有关部门也提醒学校和各类课外托辅班，要切实履行自己的职责，加大日常监管力度，杜绝此类悲剧再度发生。

冥冥中，柳苗苗老师总觉得哪里不对劲儿，对于官方给出的这一结论，她打从内心里是不太认可的。她反复思量，事实也许复杂得多，至少那天自己也负有一定的责任，她一次又一次回想着自己的那些过失，就像鲁迅笔下的那个祥林嫂，“我单知道雪天野兽在深山里没有食吃，才会到村里来的，我不知道春天也会有”……这个悲苦而啰唆的句式，反反复复地在她脑海里浮现，在她唇边一遍一遍痛苦地游走，让她再也无法安心做任何事情。只要闭上眼，死者湿漉漉的模样就在眼前晃动，或者，永远脸颊朝下漂浮在无边无际的水面上，她实在难以安心入眠了。尽管她知道人已经殁了，而调查只是调查，家长需要一个交代，学校需要一个交代，社会更加需要，这样整个事件才能得以平息，生活还得继续，就连她所在的向葵学堂也急需盖棺定论，否则，一切都会乱套的。

睡不着觉的时候，柳苗苗老师坐在黑暗中，又像瘾君子那样执着地翻弄手机，她发现在照片夹里，存有之前给学堂里的学生拍下的许多照片，都是孩子们吃饭、学习和午休时的种种画面，其中竟然有好几张上都有陈琪薇。一张是她在女生宿舍拍下的，她还清楚地记得那天午间自己去查房，陈琪薇戴着耳机跪坐在床铺上忘我地听歌，脑袋随着节奏在轻盈晃动，阳光穿过窗玻璃打在她的身上，感觉那孩子像是在尽情地享受一场难得的日光浴。她便随手拍了这张照片。之后，她才走到陈琪薇床边，摸了下她的肩头，示意对方该取下耳机赶紧躺下睡觉。当时的陈琪薇，完全被手机里的歌曲所吸引，柳苗苗老师只好亲自动手摘掉了她的耳机，于是那段歌声进入她的耳中，细听是几个男孩子唱的，腔调带着青春和稚嫩，有些哼哼唧唧，什么爱呀、喜欢呀、迷茫呀……陈琪薇很不满地扭过头，眼光淡淡地望着对方，像是在说，真是狗拿耗子——多管闲事。柳苗苗老师同样回敬了一个不容置疑的眼神，然后又用手指了指床上的枕头。陈琪薇撇了撇嘴，然后直挺挺倒在床上，眼睛盯着天花板，嘴唇俏皮地往外呼呼吹气，她那额头的刘海儿就被吹得一起一伏的。只要学生能听话安静地躺下来，柳苗苗是不会那么较真的。

另外一张照片上，学堂里的孩子都在埋头做作业，唯有陈琪薇双手托着腮，一副若有所思的样子。柳苗苗当时就想，这小姑娘说不定在学校谈恋爱了，最近总是那么魂不守舍的，学习一点儿都不专心，但作为辅导班的老师，那不是她的职责范围，说多了人家会厌烦……还有几张，陈琪薇或以侧脸或以背影无关紧要地出现，有时那个巨大的书包会被拍得特别夸张，一副将要压倒骆驼的样子。柳苗苗记起来，那一阵子陈琪薇一来这里就趴在桌子上，好像晚上没有睡好困累得要命，从学校赶来就是为了好好补一觉似的，这同事发当晚非常相似，正好也被她拍过照。对于学生的这些表现，柳苗苗老师除了轻描淡写地数落两句，其实心里更多的还是给予同情的，她知道这些孩子很不容易，每天总有做不完的作业，有形形色色的小状元啦、典中点啦、会考攻略啦、高分作文题集啦，等着他们去消化，而孩子们的精力和体力却是有限的。

在黎明到来之前，柳苗苗终于很庄严地在微信群里编发了九宫格，这是她在陈琪薇死后首次推送个人微信。九幅画面最中间是个大特写，就是陈琪薇跪坐在床上听音乐的那张，只是被她临时编辑成黑白照了。这张具有怀旧意味的黑白相片，给人一种很强烈的视觉冲击，而那一道道从窗户斜射进来的银白色光线，似乎又变成了一簇簇可怕的暗箭，它们像是要同一时间刺穿那个微闭双眼的女中学生。照片之外，她还编写下这样一句话：对于一个花季女孩的不幸陨落，也许我们每个人都负有不可推卸的责任（紧跟着的是九个双手合十的表情符号）。发完微信，她觉得心里稍稍好受了一些，她侧身给睡在身旁的儿子掖了掖小被子，以前她总是盼着自己的孩子能快快长大，可现在她一点儿也不那么想，非但不想，她突然希望儿子永远不要长大才好。

八

在柳苗苗老师孤枕难眠的深夜，屠师傅同样也陷入了可怕的无底深渊。

那是一个由一连串稀奇古怪的梦境组成的梦。在梦里他一会儿被坏人满世界追赶，一会儿他自己成了最最阴险的嫌犯，刚刚撬开一辆脏兮兮的自行车，正气喘吁吁地在夜色中瞎窜，猛不丁撞上路中间的一块黑石，他便连人带车冲进了旁边的一片汪洋中。一瞬间，他觉得自己的呼吸和心跳全都停止了，世界发出像无线电搜索频道时一连串吱吱啦啦的忙音，他的眼睛张得奇大，在冰冷的深水中，一切都变得那么清晰可辨，他看到一个黑影正缓缓地向自己飘来，那双白得刺眼的手臂在水中一开一合，犹如圣洁的莲花瓣。他眼看就要窒息了，那双白手臂却远远伸了过来，恰到好处地揽住了他正在下沉的身体，他不能动，说不出话，也睁不开眼，世界突然一片漆黑，唯独能感觉到的，是那种被搭救后艰难上升的过程……在梦结束的前一秒，他终于死灰复燃般有了意识，他依稀看到，那将他艰难地拖出水面的竟是一个年轻姑娘，她的背影简直像极了早年遇害的女朋友。

屠师傅再也不能安静地躺着了，他失魂落魄地下了床，在黑暗中摸索着穿好衣裤，便匆匆离开了阴暗的小房间。外面没有星星，也没有月光，世界呈现出一派灰蒙蒙和死沉沉的景象，好像天地最初的混沌模样，好像盘古还没有开天辟地之时，这种时候连鸟雀都不鸣一声。他需要好好透透气，他必须离开狭小的出租房，这里永远弥漫着一股腐朽的酸臭，一如他曾经待过多年的那间阴暗的牢房。

这时的湿地公园静得有点儿瘆人，所有的乔灌木都在屏息酣睡，小虫子也不再呢喃一下。屠师傅觉得自己很像那种夜晚不休的灰蝙蝠，在空荡荡的白塔公园里漫无目的地四处打旋儿。这里距离他的出租房很近，步行十多分钟就到了，但这个时间到此还是头一回，也不知在小路上瞎晃悠了多久，一包烟都让他抽完了，身心终于变得像秋夜一样冰凉，唯独夹过烟的手指缝间，还有种隐隐约约的灼热感。这时，他终于可以在道旁的条凳上安静地坐下来，然后他开始拨弄手机，很快就看到了柳苗苗老师发出的九宫格。

那个居中的黑白照片，让他既想看又怕看，相片上微闭双目的女学生有种摄人心魄的幽深力量，或许她已是亡人的缘故，又或许只是黑白照本身的原因，他说不好，反正它所带来的视觉冲击力，让他猝不及防，让他一下子想起这世上最沉重的灾难和痛苦。微信这玩意儿也是柳苗苗老师给他下载的，甚至是手把手教会他使用的，其实他的朋友圈只有为数不多的几个人，包括城北批发市场卖菜和卖调味品的两个小商贩，还有几个所谓的老乡。也许像他这样的人，根本不该奢望什么朋友圈，他经历过人世间最可怕的众叛亲离，多年以前那些亲戚、朋友、同学，几乎一夜之间就跟他断交了。他倒是更喜欢现在这种虚拟的社交圈子，因为大家彼此并不必照面，省得见了面又得祖宗八代刨根问底。无疑，柳苗苗老师是他朋友圈里最有文化品位的一个人，也是唯一的女性，他一直很奇怪，她的微信名为何叫“林间喵”？这个时代有太多他不懂的东西，与他所生活过的短暂的二十世纪八十年代相比，简直可以说是光怪陆离、不可思议，什么共享、微信、支付宝……他几乎落伍得跟生活格格不入，成了一个十足的傻瓜。他知道只有猫才能发出喵喵的叫声，所以从字面上看，林子里面的一只喵喵叫的猫，还是只母猫，或者，仅仅是她个人的喜好吧。此刻，“林间喵”的图文，真像是猫科动物在这万籁俱寂中发出的一记清脆悠长的叫声，把他从无尽的黑暗和迷惑中惊醒了，也让他对那场灾难有了更深切的认识。“我们每个人都负有不可推卸的责任” 他反复叨念着这句意味深长的微语，几乎每念一次，心就仿佛被僵硬的皮绳抽紧过一次。

二十多年前，他自己就是那么莫名其妙地锒铛入狱的，在一次又一次的突击审讯和威逼利诱下，他最终违心地承认了，或者说是屈服了，他不得不认命，就像母亲平常总挂在嘴边的那句“人的命啊”。他实在不想再听那些戴大檐帽的人一遍又一遍讯问他事发当晚的经过，因为每提及一次，就意味着又把他内心的伤口再扒开一次，撒上盐粒，最后血流干了，连疼痛的感觉都没了，剩下的只有麻木和恶心。况且，那里还有类似长时间不让人睡觉、让你的膀胱痛苦地憋尿，不停往喉咙里灌自来水的阴损的招数，他注定是熬不过去的，也实在不想受熬煎了，他的膀胱像气球一样快要撑爆了……那时候，他突然明白了一个道理，就是对于女朋友遇害这件事，无论如何，自己都有着不可推卸的责任，如果那天他没有跟她约会，或者那晚他坚持一直护送她回到家就好了，那样灾难就不会发生。所以，很多时候他更恨他自己，比恨那个隐藏在黑暗中的恶魔更甚。所以他才想通了，他必须要为女朋友的惨死负责，正是自己间接地害了她，如果他那么喜欢她爱她，可最终的结局老天早已决定，那么他的生命也应该由所谓的老天收回，他理应受到世上最严厉的惩罚。当然最重要的是，那群酒囊饭袋根本找不到真凶，他们眼珠子都通红了，个个像可怕的野兽，咆哮着想要吃人，他们非得找一个可怜虫来当替罪羊不可。事已至此，索性认命了吧，免得再受各种折磨，尤其是想到心爱的人儿已经永远离开了这个残酷的世界，他一个人苟活着还有什么乐趣？所谓哀莫大于心死，他只想心甘情愿地随她一同去了……

不知不觉天色已微亮，东面的树梢上浮动着一层薄薄的金光，林间渐次响起了叽喳之声，起初是几记应付性的短啼，继而有了助兴的和声，最后竟此起彼伏吵成了交响乐。初被群鸟唤醒，屠师傅人还有些恍惚，他几乎忘了自己是躺在公园长椅上迷糊着的，一串不争气的老泪，正斜挂在靠着椅面那侧的脸上，他翻身坐起时，随手抹了一把，凉凉的，他有点讨厌自己的样子，总爱不停地回忆过去，还动不动就流眼泪。当你的全部生活都注定毫无意义的时候，眼泪这玩意儿还有什么用呢？他站起身来展开双臂打着哈欠，这时他的目光就自然而然越过那半人高的水蜡绿篱和一排又一排的丁香树丛，丁香花儿早已开尽，眼下枝头葱郁，他在不经意间发现，就在这片丁香园的深处，在密密麻麻的枝丫间，露出一摊焦黄的颜色，他揉揉眼睛，以为是丁香丛中开出了什么别样的花束，细看却不是，那颜色非常醒目，可以说黄得耀眼呢。

他疑惑着，抬腿跨过眼前的水蜡绿篱，弯着腰钻进那片幽暗的丁香树丛里。丁香的枝枝蔓蔓来回刮拉着他的手臂，一群蚊子见缝插针地扑来围攻他的脸颊，他晃动手臂亦步亦趋朝目标物靠近……是一辆趴伏在地的小黄车，它孤孤单单地深陷在杂草丛里，像是死去多日的一只黄色大鸟。显然，这辆车准是被游手好闲的家伙故意丢弃在里面的。现在的人真无聊，好端端的车子干吗扔在这里？八成是心理变态吧！他愤愤地想着，便又像往常那样伸手去扶小黄车了。

某一瞬间，一个悬挂在车把上的物件引起了他的注意。那是一条蓝色的细尼龙绳圈，就是通常开会挂在脖颈上的那种，绳圈下方的金属搭扣上坠着一只塑封过的胸卡。他狐疑地从车把上取下了蓝色的尼龙绳圈，又将胸卡凑到眼前细瞧：印刷体的姓名和一张一寸免冠照片赫然闯入他的视线——他几乎无法扼制地尖叫了起来。他简直不敢相信自己的眼睛！他恐惧地来回环视，除了一棵棵无动于衷的丁香树和脚下的这辆无辜的小黄车，四周再无任何可疑的事物。他的十根手指无助地颤抖起来。他本能地将那卡片丢在地上。

那感觉很像一不小心，冒冒失失闯入了某个可怕的犯罪现场，同时，又稀里糊涂触碰到了属于死者的遗物，一时间他手足无措进退两难——要知道这是他一生中的第二次！他记得书上有句名言好像是这么说的，一个人一生不可能两次进入完全相同的一条河流，而他似乎违反了这一定论。

九

死者家属像是抓住了最后一张王牌，死死缠住了柳苗苗老师。

经过前几日派出所的摸查，学校方面似乎已经排除了各种可能。比如，老师体罚学生。再如，同学之间的欺辱等。既然这些事情都没有发生过，那么，好端端的一个女孩子，怎么就会想不开投了湖呢？那个中年妇女，怀里还抱着个刚满周岁的婴儿，神情悲愤地堵住了向葵学堂的门口，她就是陈琪薇的妈妈，当初就是这个女人把女儿送到向葵学堂来的，柳苗苗老师还加过她的微信，说便于日后跟家长沟通，有事彼此好联系。这个刚生过二胎不久的妇女，体形尚未得到恢复，臀部以上至少有三四圈赘肉，活像箍着几道臃肿的救生圈在到处扑腾。她抱着孩子，很容易就造成门口堵塞，几个学生闹腾着围在后面想进去，她却丝毫也不肯让道，嘴里始终在重复一句话：我可是把女儿托付到这里的，如今出了事，你们学堂必须负责到底！柳苗苗老师脸涨得通红，该说的道理她都说过不下一百遍了，可对方根本不听那一套，只管摆出一副冤有头债有主的强横攻势。

柳苗苗老师开始后悔自己昨夜的心血来潮，她真不该惹火上身，发了那条该死的微信。难怪一大早，老板娘就急火火地打电话数落她，说你赶紧把那条破微信删掉，你发哪门子神经，你这纯粹是没事找事！她当时还不以为然，没想到才临近中午，就被这个红肿着双眼的女家长堵在学堂门口了。柳苗苗老师见外面已经陆续堵住七八个学生了，午间时间本来就很短，学生们需要抓紧时间吃饭和午休，不能不让他们进教室啊。

琪薇妈妈，你的心情我完全理解，孩子的事我同样也很难过，有话咱们坐下来好好说嘛，请你先把教室门让开，好不好？柳苗苗老师的口气近乎哀求。

可那女家长依旧是一副誓与阵地共存亡的架势，嘴里不住地哭哭咧咧，今天我哪儿都不去，除非你能给我一个说法！我女儿不能就这样白白没了，你们得赔我……这样一来，已经待在教室里的学生和被堵在门外的孩子，就都搞清了这女人的来历，他们叽叽喳喳吵闹起来，像是要声援一下自己的辅导老师。

有人嚷嚷，她就是那个谁的家长；有人唏嘘，她女儿死得好惨啊；也有人说，又不是柳老师的错，怪她自己黑灯瞎火往湖边乱跑的，干吗来这里闹……

那个平素调皮惯了的胖男生，突然黑眼珠子一转，就用他的肉脑壳顶着那女人的后腰嘟囔起来，让开让开，好狗不挡道噢……我快憋不住，要尿裤子了！由于胖男生是从背后故意使坏往里硬顶的，那妇女完全没有防备，咣当一下，整个人被撞进室内来，又正好跟柳苗苗老师碰个满怀，好在被老师的身体挡了一下，不然大人和怀里的小孩准会跌倒。其他学生也便趁机滋溜滋溜钻进教室里。陈琪薇妈妈气得嗷嗷怪叫，脸色越发青铁铁得难看，她龇着虎牙瞪起一双哭得肿泡泡的母狗眼睛，对柳苗苗老师施威发狠道，这就是你管的学生，看看，跟群土匪一样，我女儿在你这里不出事才怪……说着说着，她忽地又鸣笛般扯开嗓门哀号不止了。那些在教室里喧闹的学生一时全被怔住，个个面面相觑，不知道接下来还会发生什么。

柳苗苗老师实在没了别的招数，看来苦苦央求毫无用处，她只好扭过头去，靠着一只墙角给老板娘拨电话，连续拨了三四遍，苦等了老半天，总算接通了，她刚报告了家长堵在学堂门口的事，电话那头早把她一通狠刺：活该！现在知道了吧，刁民难缠，你到底发哪门子微信，吃饱了撑的！……哼，你说得轻松，你能负起这个责任吗？她要是再闹得凶的话就报警，这可是严重影响教学秩序！然后，电话就愤怒地挂断了，老板娘又把困难原封不动地推给了她。柳苗苗老师彻底傻眼了，恐惧和委屈一股脑袭来，最要命的是，陈琪薇妈妈那撒泼式的哭闹纠缠，她觉得眼下的局面太险恶了，她真想找个地缝钻进去。

这时，屠师傅两只手左右开弓，跟耍杂技似的端着一摞盛好的份饭，脚步飞快地走进教室，他见那个抱孩子的女家长靠在门边哭得响亮，便不由得止住脚步。这是他第一次看见陈琪薇的妈妈，怎么说呢，那种令人心痛至极的哭音，一下子就把他给镇住了，时光仿佛一霎间倒转回去，这女人的哀恸同样让他回忆起了自己的母亲。

那时，他母亲还算年轻，头发还油黑黑的，腰身也直挺着，脸上常挂着淡淡的微笑。可自从厄运突降，母亲几乎一夜间白了鬓发，驼了腰背，从此脸上再没有一丝笑，有的仅仅是无尽的愁苦和未干的泪痕。案子判了，鉴于案发时他还未满十八周岁，法院算是网开一面没判死刑，而是送给他长达二十年的铁窗生涯。头次探视时，母亲哭得死去活来，他听见父亲红着眼安慰，毕竟咱儿子保住了一条命啊。那以后亲人见面的机会少了，母亲的身体越来越垮，父亲越来越消沉，一生好强的他羞得抬不起头来。直到他被放出来的头一年，母亲也悄然离开了这个糟心的世界，临了只留下一句话，说她怕是等不到儿子回来了。这句话还是妹妹们转告他的。自打他进去后，这个家完全败落了，亲戚朋友们都老死不再往来，两个妹妹也背负了恶名，老早就辍学回家，即便后来嫁人，也是让人家烂杏子一样挑三拣四颇费周折，谁让她俩摊上那么一个哥哥呢？因为年龄的关系，最初他先在少管所待了一阵子，后来才被正式送入监狱服刑，也许是因为他面相有些文弱，手脚还算勤快，后来有幸被安排到监狱伙房打杂，跟着老师傅学了点儿饭菜手艺。像他这种情况，出来想找份工作并非易事，即便找上了也干不长久，所以有好几年，他都窝在家里无所事事，直到后来经由这边的一个老乡介绍，才离开家乡出来打工，算是正式融入社会这个大家庭中。

屠师傅愣了一会儿神，才想起来把那些份饭挨个放在学生的桌上，几个男生像饿死鬼转世，抓起筷子就稀里哗啦扒拉起来。他又急忙回厨房取另一拨，等他给所有学生都发放齐了，见柳苗苗老师红着眼圈，还在低声苦劝着抱孩子的妇女。他忙又转身跑进厨房，锅里还有一些饭菜，也就刚够他跟柳苗苗老师的，他没多想，就用餐盘盛好了一份，端出来递给柳苗苗，同时用下颌指指那可怜的女人。

柳苗苗会意，赶紧接过餐盘，客气地对陈琪薇妈妈说，都这个点儿了，你也凑合着吃一口吧。她的声音轻轻的，但屠师傅能听出其中夹杂着的泣音，他又想起昨天深夜她发的那条微信，这个世界上也许只有他能感觉到，柳苗苗心里有多么煎熬。

哪知，那女人再次借机发起飙来，她猛地用胳膊肘撞了一下柳苗苗老师，餐盘里的饭菜就稀里哗啦泼洒下来，柳苗苗的前襟和裤腿上，顿时被油污弄脏了两大片。吃什么吃！我女儿都没了，还有心思吃啊，你们到底还有没有人味儿？我们花钱把孩子送到这里，你们凭什么不把她看住啊，你们必须赔我女儿的命……女家长的腔调渐次萎靡下去，最后诉说的成分代替了先前的蛮横无理。……你们谁知道我的难处，这个小的已经够叫人烦心了，最近他老生病，夜夜不好好睡觉，那晚也是怪了，这小东西天刚一擦黑就睡了，我真的是太累了，也就跟着他迷糊着了，谁知道这一觉睡过了头，连薇薇回没回家都忘了……

屠师傅再也听不下去，天底下的母亲都是一样的。他使劲咬了咬下嘴唇，闷头闷脑走过来想劝劝对方，可最终只是无可奈何地蹲下身子，用双手去捡地上的餐盘和饭菜，愤怒让食物的气息凝固在教室里，在学生们的咀嚼声中，始终带着某种提心吊胆和窃窃私语。柳苗苗老师转身逃进卫生间里，女家长怀里的孩子突然哭得撕心裂肺，好像这小小生命终于明白了事情的前因后果，知道世上从此没了最亲爱的姐姐。

有那么一刻，话头已奔到了嘴唇边，屠师傅直想冲那女人嚷，有啥就冲我来吧，都怪我那晚没把你女儿盯紧，这事跟人家柳老师半点关系也没有。他甚至真想把揣在兜里的那个胸卡拿出来，他要亲口告诉这个失去理智的女人：我怀疑你女儿是被什么人害了，不然她骑过的车子，怎么会无缘无故丢进树林里头，你应该去找公安局的人……

可是，直到默默地拾掇干净地板上的东西，屠师傅终究一个字也没说出口，不是胆怯，不是懦弱，更不是缺乏同情心，而是他太了解这个世界有多残酷了。有时好人就要倒大霉，而坏人却可以逍遥法外。而他，早就以不堪回首的经历充分证实了这一点。

十

柳苗苗老师不得不辞职走人。

当然，这既是学堂老板娘的意思，也实在是形势所迫，她待在这里一点儿好处也没有，只能给人家当无谓的靶子使。作为整个事件的当事人之一，柳苗苗老师深知自己这样做很不仗义，可经历过家属几次三番的纠缠围堵之后，她的心才慢慢硬了起来。

有一天，当陈琪薇妈妈又领着七大姑八大姨，悍然闯入学堂闹事，在对方吵得不可开交，唾沫飞溅之际，柳苗苗老师终于愤慨地提出了自己的质疑：你女儿整晚没回去，你当母亲的为什么不及时打电话询问或报案，要是你能早点发现情况，又怎么可能酿成后来的悲剧？可见，你们做家长的本身就负有不可推卸的责任！你们总是以为把孩子交给老师就万事大吉了，可老师也是人不是神啊！还有，陈琪薇同学像这样单独回家，这学期也不是一次两次了，她自己手机里有共享单车软件，随时都能刷开一辆小黄车走人，难道我们能绑住她的手脚？何况我们的小饭桌只是一个供孩子就餐和休息的地方，他们一旦离开了这里，安全问题谁又能管得了呢？

柳苗苗老师之所以抛出这番话，也是经过深思熟虑的，这些天她的压力越来越大，晚上死活合不拢眼，每次梳头的时候都大把大把掉头发。围绕着课外班和辅导老师的不作为和渎职，网络上的口诛笔伐从未间断，似乎谁都可以对她指指点点、评头论足，好像她真的十恶不赦了似的。可她压根儿也没想到，这些闹事者竟像群野兽一样完全丧失了理智，丝毫也听不进她的辩解，他们甚至变本加厉，竟当着众多学生的面，猛地甩给她两记响亮的耳光，死命地揪掉了她一缕头发，还把她的近视眼镜胡乱拨拉到地板上，一只镜片也被踩得稀碎……

挨了打的柳苗苗老师一声不吭，鲜血从鼻孔和嘴角往下滴淌，她用手背使劲抹了一下，那道血流就被抹开了，弄得下颌和腮帮子上一片猩红，看上去很有点触目惊心的味道。她摸摸索索蹲在地上找寻自己的眼镜，半天也没摸到，她像一个十足的盲人，因为道路崎岖不平，不慎跌了一跤，就再也找不到自己的拐杖了，盲目让这个世界突然变得异常恐怖。后来还是屠师傅帮她捡起了眼镜，又默默递到她手上，他还想把她搀起来，她却近乎冷漠而决绝地甩开了他的手，她从地上站起身时，身体剧烈摇晃着，整个人有种恍恍惚惚的感觉，仿佛对这个世界产生了巨大的怀疑，她也许不会再相信任何人了。她把破碎了的眼镜牢牢攥在手里，一步一晃近乎凄凉地走出那间闹哄哄的、充满了谩骂和仇恨的教室。

这个过程屠师傅全都看在眼里，他无比内疚地转过脸去，阴郁地盯着那群歇斯底里的闹事者，从那几张愤恨扭曲、面红耳赤的脸孔上，他似乎又看到了当年某个同样残酷的画面——那是他遇害的女朋友的亲属，他们在庭审现场好几次情绪突然失控，大嚷大叫，恨不能扑上来将他撕得粉碎，或者生吞活剥了才能解恨。现在他完全能够理解了，换了谁都一样，一个水灵灵的姑娘辛辛苦苦养了那么大容易吗？突然间就没了，这世上还有没有王法？眼下，屠师傅的内心再次受到震动，就像大地震之后发生的一系列余震，让已经很可怜的幸存者更加胆战心寒。

灵感就来自这一瞬间。

屠师傅一想起柳苗苗鲜血淋淋凄凄惨惨的样子，就觉得自己太对不住人家了，太辜负她的嘱托了，就因为自己一时疏忽，造成了这么大的恶果，他必须要为此做些什么，否则他迟早也要崩溃的。当然，他也不是没想过去报案，可一旦认识到自己毕竟是有过“前科”的人，那些头上挂警徽的会信他的话吗？还有，一切都只是怀疑，没有任何真凭实据，就凭一辆丢弃在树林里的小黄车和一张薄薄的胸卡，又能说明什么问题呢？不用猜，那些铁面无私的大檐帽肯定会吹毛求疵的，他们会白着眼球不以为然地推断说，自行车有可能是死者随意丢在那里的，至于胸卡也许是她无意中挂在车把上的，这根本不能成为什么谋杀证据。所以，根据以往的经验，他觉得自己很有必要先调查一下再做决定。正当屠师傅有此想法时，学堂老板娘也通知他最近不用来上班了。说是为了应付市教育系统开展的专项清理和检查工作，学堂暂时需要停业整顿，具体什么时间能恢复营业，老板娘没有说。屠师傅暗忖，这兴许只是老板娘采取的缓兵之计，最近家属实在闹得太凶了，学堂实在没法开下去，干脆关门等风头过去。

接下来的几天，屠师傅确实闲着没事，每天一到陈琪薇就读的中学放学时间，他便准时蹬辆小黄车赶过来，然后看似悠闲地坐在车座上，单脚点地，身体前倾趴在车把上，像只训练有素的猎狗，静静地守望在学校门口。早在这学期刚刚开学，柳苗苗老师曾带他来这里发放过两次宣传单，就是向葵学堂开业时印好的那种招生小广告，他还记得上面有句话这样写着：请放心地把您的孩子送来，吃喝作业休息，我们全包了，你们只管做甩手掌柜！这种小传单自然是见人就塞，多多益善，就为扩大影响。他有时会想，陈琪薇的妈妈当初就是看了这种忽悠人的小广告，才决定把闺女送过来的吧……而这种想法一旦入脑，无形中又加剧了他内心的那种罪责感，他觉得自己好像就是帮凶之一，这也坚定了他进行秘密调查的决心。学校这种地方，只有上下学时最为热闹，老人孩子拥挤不堪，即便是中学生，家长接送的情况还是比较普遍的，私家车几乎将校前的整条马路都堵塞了，喇叭声此起彼伏，可是谁也不愿意让着谁，因为每位家长都觉得自己的孩子是最重要的。特别是在陈琪薇溺亡事件发酵之后，前来接送的家长更是比往常多了数倍，一朝被蛇咬，十年怕井绳，人们就这副德行。

屠师傅嘴里叼根烟，目光自始至终扫视着那些从大门蜂拥而出的学生。这些穿着统一校服的孩子，有的喜欢勾肩搭背两两同行，有的则像独行侠习惯独来独往，还有三五成群结伴而走的，特别是那些人高马大的男孩子，他们每人骑一辆很酷的山地车，一伙人你追我赶地顺着马路飞驰。这样蹲守了两三天时间，屠师傅便盯上了其中一伙人，大约有四五个男生和一两个女生，这群学生离开学校不久，往往会在路边某个店铺附近集结一下，几个人很老练地拿出香烟点上，优哉游哉地躲在树荫下吸起来，感觉课堂就是他们的监狱，在里面憋得太久了，一旦出来准得好好放放风。

之所以最终选择盯住这伙人，有一个非常重要的原因，就是在这些男女生当中，屠师傅认出了那晚在白塔公园动手打他、还狠命摔过小黄车的少年，这家伙留给他的印象颇深，天生一只鹰钩鼻子，模样看上去很有些桀骜不驯，用行话说准是个刺头，而且，此人显然是这伙学生的小头头。他们聚在路边抽烟闲聊，多半时候，都会有人主动给鹰钩鼻少年递烟点火，众星捧月般将对方围在中间。其实，这种情况在狱里最为普遍，牢头或狱霸都这样，下面总得有些不三不四的人，成天乖戾地跟在屁股后面唯命是从。待目标锁定后，屠师傅就开始悄悄跟踪他们了。

如此没过两天，他又发现了一个重要规律：鹰钩鼻这伙少年每日下午放学，几乎都要绕道钻进学校附近的白塔湿地公园里玩闹一阵子，他们在园子里无所事事四处游荡，有时沿着湖畔路的塑胶跑道比赛骑车，有时找一处楼阁下面的多级水泥台阶，骑着山地车跟玩杂技似的爬上爬下不停折腾……也有时候天都黑尽了，他们还是流连在园中不肯离去，这时其中的一个女生，就跟鹰钩鼻少年搂抱啊、接吻啊，这种腻味的画面让屠师傅心里多少有些发慌，要知道他也曾年轻过，青春年少喜欢冲动，身体和大脑很容易被过度分泌的荷尔蒙点燃。

这天晚上，那两个年轻人又哼哼唧唧腻在一处。鹰钩鼻少年明显有点儿懒洋洋的，总提不起兴趣的样子，他跷着二郎腿，歪斜地坐在一条长椅上，一条腿不受控制似的抖颤不停，显得非常轻浮；那个尖下颌女生，则把头枕在他的一条腿上，同时伸出细长的手臂，紧紧勾住对方的脖子，形同绑架似的，她就那样没完没了忘我地去亲吻对方。屠师傅一路跟踪过来，现在就躲在他们身后的灌木丛中屏气静听。秋天的草丛中蚊虫成灾，它们像最蹩脚的二胡初学者，在人耳边吱吱呜呜锯着可恶的琴弓。屠师傅只能蹲在里面一动也不敢动，任由这些阴鸷的小虫在脸、耳朵和脖颈上作威作福，它们无休止地喧闹骚扰他，并伺机给他来上致命的一口，然后留下它们的毒液，肿包在黑暗中迅速鼓起来，那种难以忍受的奇痒简直要让人发疯。屠师傅当然不能像平常那样，噼啪作响地肆意拍打蚊子，而是专等它们恰好把毒针插进皮肤准备过瘾的时候，才轻轻地将手掌摁上去，并沉稳地用力一碾，这样敌人就完蛋了，复仇后的快感油然而生。所谓斩草除根，对于恶毒的家伙来说，这或许是最有效的法子。

一定是男生的心不在焉和敷衍了事，激起了女生内心的不满。她哼着鼻子道，你是不是不喜欢人家了？男生并没有在意这句话，相反有些愠怒地说，把你的手拿开好不好，我的脖子都快被你弄断了！女生立刻恼了，赌气说，偏不！而男生肯定在暗中用力，发狠地想掰开对方的手。于是，女生吱地一下叫唤起来，混蛋，你弄疼人家了！于是，两个年轻人都气呼呼地从椅子上跳起来，半天谁也不再理谁。男生自顾从兜里摸出烟，点火，吸烟，火光瞬间照亮了那张玩世不恭的脸，鹰钩鼻子越发鲜明突出；女生则用双手一捋一抚地整理着刚才压乱了的头发。香烟的味道在黑暗中弥漫开来，屠师傅始终蜷缩在草丛中，烟味儿让他的鼻孔像大狗那样翕动着，他真想也来一根，可他知道那样会因小失大。

透过黑黢黢的枝叶罅隙，屠师傅模模糊糊观察到，那两个年轻人还在彼此怄着气呢，他们太嫩了，自以为对男女之事了如指掌，其实他们还一无所知。男生抽着烟装腔作势地踱了会儿步，又重新在长椅上坐定，继续神经质地抖动腿。女生则百无聊赖地围着椅子转圈儿，大概又有一根烟的工夫，女生才又开始嘟囔，真没劲，我要回家了。男生依旧坐着，忽然将烟蒂弹至空中，火红的烟头划出一道光线，转瞬即逝。你敢走一个试试！这次男生好像真的有些动怒了。女生却不以为然，一甩长发转身就走。男生沉默了片刻，突然从后面快步追上来，一把扯住女生的胳膊，死命地往怀里一揽，那感觉像抱着一只活蹦乱跳的兔子。

这时候，女生挣扎着发出似痛非痛的叫声。接着，屠师傅听见她又喃喃地说，事情都已经过去了，你别成天疑神疑鬼的好不好，弄得人家也没心情玩了。男生本来是想跟她再温存一下的，听她这样说，一时又无力地松开了双手，妈的，还不都是为了你！我老爸天天冲我吹胡子瞪眼的……说着，他愤愤地举起拳头，冲着空气使劲挥舞了两下，好像黑暗中有一个难缠的对手跟着他。这么说，你后悔了？女生的口气不像刚才那样刁蛮了，倒是添了几分温柔。要么你就是怕了……不等女生把话说完，男生的浮躁情绪再度爆发，放你的狗屁！老子什么时候怕过？女生突然发出一串意义模糊的笑声，像是在鼓励对方，同时又不无怀疑的味道。你再敢笑一个？信不信我弄死你！男生简直要火冒三丈了，他根本受不了被一个女生这样冷嘲热讽和奚落。哼，人家可不敢惹你，你多强势呀，谁不知道你心狠手……这次，她真的意识到自己捅到了马蜂窝，所以赶忙拿手把嘴捂住了。对方显然敏感过度，妈的臭婊子，让你再胡说八道，事情迟早坏在你这张臭嘴上！男生一面咒骂，一面猛地上前一步，一伸手便卡住了对方的脖子，女生顿时尖叫了一声，接着就痛苦地干咳起来……

十一

喂喂……你们是白塔派出所吗……前些天，这里不是有个女学生，淹死在湖里了吗……对对，我想向你们反映个重要情况……就是那个女学生，她不是自杀的，也不是自己跑到湖边不小心掉下去的……我怀疑，她是让几个坏学生给谋害的……里面有个鹰钩鼻男学生，这家伙心狠手辣，什么坏事都敢干，他跟死者都是同一个学校的，听说他是为自己的女朋友下的黑手……你们最好派人去那个学校了解一下情况……我是谁并不重要，人命关天啊，你们可一定要好好调查调查，那姑娘死得不明不白！

屠师傅是躲在街边一个很僻静的磁卡电话亭里，匿了名报的案。这个重大决定确实是他再三考虑后才做出的，他完全相信自己的直觉，陈琪薇的死一定跟鹰钩鼻少年有瓜葛，至于他们是如何实施犯罪的，这都有待于警方去进一步调查取证，他已经做了自己应该做的事了。要知道有很长很长时间，这世上他最不相信的其实就是戴大檐帽的人，可这一次他竟破天荒地说服自己，并且强迫自己再信他们一次，除此之外，他想不到更好的法子。

隔了几天，他又神不知鬼不觉地去那所中学门口蹲守，他只是想证实一下，看那个鹰钩鼻是不是已经给逮起来了。可是，几乎在同样的时间和同样的地点，那伙男女生又嘻嘻哈哈纠集在一起，好像什么事也没有发生过，他们照样在街边肆无忌惮地吸烟打情骂俏，继续绕道去白塔公园里游魂样厮混，直到夜色降临也迟迟不肯离去。

屠师傅简直气得七窍冒烟。看来，自己提供的所谓重要线索，没有起到任何效用，那帮家伙显然是把他的话当成了耳旁风，或者是精神病人的一通疯言诳语。转念他又思忖，兴许是派出所人手不够，需要调查的案子又太多，一时半会儿积压着，还没来得及深入侦查。他应该给人家足够的时间，心急可吃不了热豆腐。他应该相信警察的判断力和执行力。就这样一转眼，又挨过了一个多礼拜，有一天天将擦黑，他实在是憋不住了，再次摸到街边亭拨通了派出所的值班电话。

喂，警察同志，我想打听个事，还是为上次湖里淹死的女学生，她真的是被人害死的……哪知他的话才刚开了个小头，对方就以泰山压顶之势给了他一顿火力强攻：告诉你，那只是一起普通的溺亡事故，我看你是外国侦探剧看多了吧，以为自己是福尔摩斯吗，满脑子都在想什么呢，以后不准乱打报警电话，听清楚了没有？不然，我们可要追究你的刑事责任！！屠师傅惊得手指乱抖丢开了话筒，几乎是惬惬惶惶逃离了那间昏暗的公用电话亭，好像生怕人家会顺着电话线一路搜索到他本人，然后再将他扭铐进局子里受审。

一想到这些，他简直腿肚子都抽筋了，得立刻吸根烟来缓解焦虑，可他把手插进兜里摸索，只摸到了那张揣了好久的学生胸卡。昏黄的路灯底下，陈琪薇的面容还在闪闪发光，齐整黝黑的刘海儿，明亮清澈的眸子，微微翘着的嘴角上，分明挂着两弯自信的笑，这一切在他眼中突然产生了一股非常强大的力量，简直有点儿摄人心魄，他几乎不敢再盯着她多看一眼。因为，透过这小小的照片，他的情思不由自主地又折返到二十多年前，他忘不了那晚约会时，他告诉女朋友自己每天都很想见到她，女朋友当时就抓着他的手，温柔地说，春节期间她一家人会去照相馆照全家福，到时候她可以照一张单人照送给他，这样他再想她的时候，可以拿出来看上一眼……没想到她到死也没能给过他一张相片，哪怕是像这学生胸卡上的一寸小照呢，那以后的二十年光阴里，他的心从没停止过痛，那种痛彻心扉的感觉让他生不如死。这些凄迷而痛苦的追忆，来得有些猝不及防，若不是因为陈琪薇，若不是她遗落的胸卡，也许他这辈子都不愿再想起那些陈年往事了。往事怎么会如烟？如烟的话早已轻飘飘地随风散了，不留一丝痕迹；往事如刀，铁硬而决绝，此刻它又一刀一刀地割裂着他那颗早已失血的孤心。

他实在是压抑得要死，痛苦得发疯，他真想找个人把心里的苦水全都倒出来。这种时候，他不由得想到了柳苗苗老师。这个女人在他眼里是善良淳朴的，她身上有种传统知识女性的隐忍和开诚布公，而造成她现在的困顿局面的罪魁祸首却是他。如果没有那个女学生之死，他和她一定能和睦相处下去，甚至产生那种所谓的工作友谊，他内心太需要这份情感了，被人信任，可以托付，平等对待，不带任何偏见，甚至可以以同事或朋友相称，彼此都能感受到那种愉快宽松的气氛，可现在这一切都被毁掉了，而那个毁灭者好像就是他自己。他赶紧掏出手机，急需给她拨个电话聊聊，或者仅仅想听一听她的声音，电话那头却告诉他，他所拨叫的号码是空号，再拨，依然。他忙去微信朋友圈里搜寻，可“林间喵”的头像已经被拉黑，就像此时没有一丝光亮的龌龊的街角，黑得不见天日，暗得不可思议，陌生得让人想哭，这个无辜的女人彻底从他的生活中消失了，他休想再寻到她。

这是他始料不及的，他确实给她带来了天大的麻烦。她一定非常厌恶他，甚至恨他，这辈子一定再也不想见到他了。他注定是一个毫无用处的劳改释放犯。他连去护送一个女学生回家都做不好。他对这个社会已毫无益处。他早就被判了死刑。他不过是具行尸走肉罢了。他再也不相信那些管教说过的鬼话，他们总是老生常谈头头是道，说什么好好改造，争取宽大，重新做人。他越琢磨这些就越失魂落魄。做人真难啊，也许做个鬼倒更容易些。路过一家小杂货店的时候，他下意识地进去买烟，没有烟的陪伴他简直无法排遣孤寂。不过除了烟，他还破例买了两瓶小二锅头揣在裤兜里。他已经很久很久没有独自一个人喝过酒了，这种价格便宜的烈性白酒，很快就把他灌得有些晕晕乎乎，人有时候需要麻醉一下自己，他一口一口辣兮兮地喝着酒，不知不觉就走到了那个岔路口，白塔公园已沉浸在茫茫夜色中，他像只孤独的蝙蝠摇摇晃晃钻了进去。

他刚踅进那条幽静的踏步小道，就跟迎面跑来的一群少年狭路相逢了。他们大概是在公园里疯够了觉得无聊，正想打这条捷径出园上路各自回家。由于刚喝完了一瓶小二锅头，屠师傅多少有些犯迷糊，又被这群家伙撞了个人仰马翻，他死狗样地倒在草丛里，含混不清地哼哟着。那些年轻人嘴里不干不净吵吵闹闹，完全不在乎被撞倒的人是死是活，这是他们一贯的风格。当然，他们也许认为对方只是个又肮脏又丑陋的酒鬼而已，根本就不屑一顾。而就是这一刻，屠师傅倒是清楚地听见，其中有个女孩在嘟囔，今晚可真没劲，他说好了能赶过来玩的，可害得咱们等到现在，也没见他人影。很快，一个男生接过话头，你没听说吗？他那个局长老爸最近火冒三丈，狠狠尅过他两次，让他每天六点半前必须回家，否则有他好果子吃。女孩子似带讥讽地冷笑道，这么说呀，从今往后，他要当好孩子学乖喽！一伙人都跟着她嬉笑起来。

屠师傅猛地从地上爬起，这个声音他相当熟悉了，就在前些天，就在这园子里，他亲耳听她跟鹰钩鼻谈话呢。一旦意识到是这个尖下颌女孩，屠师傅便像猎狗般机警地悄悄跟上去。那伙少年上了马路后便作鸟兽散了，男生们几乎都骑车而行，唯独刚才说话的女生没有，或许正如她自己所言，因为鹰钩鼻不在身边，此刻她心情很不爽，只想一个人走走。屠师傅跟在她后面留心观察，女生大概是想走到前面的公交站点去乘车，她走得不紧不慢，书包在后背上哗哗拍打着。远处的公交站台晃动着几只瘦长的人影，这会儿早已过了晚高峰时间，老半天也没见开过来一辆车。

屠师傅始终紧随其后，不停地四处张望，先前灌进肚子里的烈酒恰到好处，让他既不至于醉得一塌糊涂，又有些莫名的兴奋。酒是魔幻之水，它有时能最大限度地激荡人的中枢神经，让大脑产生某种不切实际的虚幻和憧憬，甚至还有那种超越现实的狂妄不羁，如此时对于谨小慎微的屠师傅来说，他的表情略略有些张狂，内心河流般动荡不安，忽然就有一股无法按捺的小火苗样的物质，开始在周身上下蔓延蹿跳，以至于他不由得加快脚步，三步并作一步半，整个人孤注一掷而又忘乎所以。因为他终于意识到，这真是一个千载难逢的机会，他只需从后面猛地扑将上去，卡住对方的身体，再捂住她的嘴巴，然后神不知鬼不觉地，顺势将她拖入人行道旁幽暗的灌木丛里，一旦到那个时候，相信她会乖乖地跟他说实话的。恶念也好，善念也罢，其实都是一瞬间的事，一瞬间太短了，短得叫人来不及思考，何况是一个刚刚被警察在电话里劈头盖脸训过，一个一心只想让真相大白的有过“前科”的男人。

十二

距离目标越来越近，越来越近。

冷不防地，那女生的手机在衣兜里连震带响闹腾起来，紧锣密鼓的西洋金属音乐，加上高亮度的屏光，一刹那便复活了女生的尖下颌，以及刚才还闷闷不乐的瓜子小脸，此刻这张蓝莹莹的女孩脸，笑得有些恣睢和诡异，又仿佛中了百万头彩，她突然蹦起脚，来了个180度向后转。屠师傅差点被她惊得瘫倒在地，好在三三两两的行人擦肩而过，他赶忙夹杂其中低头佯作路人。那个幽暗得像火苗一样的计划刚一搁浅，或者，屠师傅还在犹豫之际，只见那女生一面煲着电话粥，一面扭身脚步轻快地朝黑寂寂的白塔公园去了。或许，她今晚的约会才刚刚开始。

屠师傅总是无法摆脱胡思乱想，有句话怎么说的？步履不停，思考不止。人就是这样，你越是想在暗中克制什么，那些思绪就越是活跃纷繁，它们带着往事特有的苦涩气息，像极了那些腐败的槐树和柳树的叶子，在这密不透风的黑色林带或灌木丛中肆意穿行。

眼下，被他紧紧跟踪着的这对小情侣，激情似火又傻里傻气，有时真让他觉得好笑，尤其是女生终于在园中见到心上人时，她几乎娇嗔着飞扑进对方怀里，极尽小鸟依人状，真是一时不见就如隔三秋。透过枝枝蔓蔓的罅隙，屠师傅还是能看得见的，那俩人正处在青春期的癫狂迷乱中，形式大于内容的拥抱和抚摸，故作老练地缠绵和热吻……不过，他还是发现了某些端倪，就是鹰钩鼻并不如女生那般投入，尽管他也不停动作着，可那满腹心事的样子还是流露出来，有时他会做贼心虚地环顾四周，有时又若有所思地发起呆来。唯独那女生太过痴迷和忘情，对此毫无察觉。他们彼此将身体揉压在胶木条椅上，随心所欲地瞎胡折腾了一气儿，鹰钩鼻喘息着率先停了下来，一副力不从心的样子。女生不无抱怨地从椅子上抬起上半身，校服已经被剥落至腰间，露出白雪团似的胸脯，但并不显得丰满，不过是处在朦胧的发育阶段，唯独头发凌乱如野草疯长，勾勒出女孩的几分妖娆。

喂，我说你到底怎么啦？女生极不满地往上拖了拖校服衣领，又使劲甩了甩长头发，感觉像大明星在做洗发水的广告，她们有着同样尖削的下巴。约个会也没精打采的！她不满地嘟哝了一句。喂，你别瞎猜了，我没……没什么，要不，咱俩去划会儿船吧。鹰钩鼻话头一转，很郑重地提议，好像这个主意他想了很久似的，早有些迫不及待了。我想带你去划船！现在？你没病吧？也不看都啥时候了，哪有大晚上去玩那个的？女生嘟囔着再次站起身，将双手伸到背后，动作熟练地系着胸罩的挂钩。鹰钩鼻趁机上前一步揽住她，几乎将嘴巴贴在对方的耳根上，快跟我走吧，晚上划船那才够刺激，整个湖上就咱俩，多浪漫啊！女生也许真被说动心了，也许只是不想再拗着他，于是，仅顺口说了句真有你的，就顺从地伸过手臂，半侧身搂住男生的腰，两人跟连了体似的往湖的方向走去。女孩的书包孤零零地趴在条椅上，看上去像只狗窝。

晚间的湖水静得仿佛不存在了，只是黑油油地晃动着一点儿不起眼的粼光。简陋的游船码头已不见什么人影，唯有远处那座被精心亮化过的年代久远的古塔，正斜映在水面上，塔身的轮廓蓝绿相间，给人一种冷飕飕、阴森森的感觉。

屠师傅远远望着那对小年轻，他们已经勾肩搭背地走到湖边，湖水偶尔拍打着石砌岸堤，发出千篇一律的啪啦啪啦声，听起来单调而又突兀。很快，那两个黑影就登上了码头，那些塑料脚踏船都用绳子牢牢系在铁栏杆上，他们居然没有去管理室找工作人员商量，便擅自解开了绳索，两只黑影一前一后，鬼鬼祟祟爬到了船上，船身上方有块彩色条纹遮阳布，正好掩盖了他俩的身影。他们左右并排而坐，这时女生终于压抑不住地发出一串咯咯声，男生立刻伸手去捂住她的嘴，别闹，被人发现就不好玩了！随即，他们的脚踏船喝醉了似的晃晃悠悠出发了，水波一圈一圈向远方排开，仿佛那小船钻进了早就精心布置好的巨大的迷宫里。

屠师傅一直躲在岸边老垂柳下面观望，说心里话，他完全不能理解他们的行为，就像多年以前父母不能理解他一度痴狂的初恋一样。也许是湖水太冷，毕竟已是秋天了，他浑身瑟缩着，尽量把双手环抱在胸前，忽然起风了，湖水拍打岸堤的声音越发响亮，仿佛有许多怪兽在湖底翻腾不休。那只载着一对小年轻的船，已变成了湖心的一团黑影，竟跟那里生长着的几丛芦苇连在一起了。屠师傅多少有些神思恍惚，眼圈倏忽一湿，他竟活生生地把船里的小年轻看成他和他的女朋友了。他们也曾在某个酷热难耐的暑假，双双背着家长去县城的小公园里划过一次船，那时的船必须用木桨划，两人得分工配合，用力不均小船往往只会在水中打旋，光转圈儿不挪窝，急得人满头大汗。当时，女朋友紧张得只冲他嚷，哎呀，怎么办啊，咱俩怕是回不去了……女朋友蹙起眉头着急的样子真美，他永世也忘不掉，而“回不去了”却一语成谶，是他们今生的宿命。

突然，屠师傅听到扑通一声，似是重物落水时的声响，还有那种呜呜哝哝的喊叫，却又被水呛住喉管发不全音了。他急忙抬眼去水面上搜寻那只小船，它还在湖中，只是距离他这边更远了，船身起起伏伏晃动着，晃动着，有时小船还严重地朝一侧倾斜，像是随时将要倾覆，连带着整个湖面都跟着倾斜了。

屠师傅还依稀听到了救命救命的呼唤声，尖细却又苍白无力，应该是那个女生。不好，怎么搞的，不会是那丫头掉进湖里了吧？屠师傅高度紧张，满腹疑惑，随后他又听到了男生的声音，救命啊，快来救救她啊，有人掉水里了……显然，男生叫得有些压抑，听不出十万火急的味道，倒是很有些爱莫能助和息事宁人，即便是这样的叫喊也很快消失了，一切都好像没有发生过，湖面又恢复了原有的平静。

不久，小船就哗啦哗啦往岸边驶来，屠师傅在黑暗中一眨不眨死盯着它，那一圈一圈的水波正由湖心不断地推至码头。

十三

蚊子在黑暗中吸足了血，被屠师傅的手掌猛地一碾，脸上立马就晕开一片黏稠和湿凉。蚊子死了，毒汁也就跟着消失了。不知怎的，屠师傅脑海里浮出这句话来，那还是老早以前，一个脾气暴躁、监管过他的狱警的口头禅，那个五短身材目光阴郁的家伙，天生一条毒舌头，对所有犯人从来都不给什么好脸色，在他眼中，做过坏事的人统统该拉出去枪毙，而政府把他们圈在监狱里，是一种极大的浪费，那家伙后来因为无端地折磨和虐待犯人被开除了。

现在，船上依旧是两个人，双脚用力蹬船的却只有屠师傅自己，他尽量让小船平稳地再次驶向湖心，离游船码头越远越好。他不时地眺望水面，不过他很快就明白了一个道理，一个人栽进这偌大的湖里，又是在大晚上的，根本没有任何痕迹。所以，他便不再期望能在湖面发现什么了，他只顾用力去蹬那双转动并不灵活的吱吱作响的脚镫子，同时用一只手把握好那个玩具似的小方向盘，这样，他们的船很快就又抵达那几丛芦苇荡中间了，这里的确非常隐秘，四周又黑灯瞎火的，即便岸上有人也很难发现这里的动静。

船舱里那个让他用船上的绳子捆住手脚的家伙，很是疯狂玩命地挣扎过一阵子，因为嘴里也给塞了团东西，便一味地像哑子一样咕哝个不停，却又徒劳无益。当小船停稳在芦苇丛中间后，屠师傅才弯下腰去，伸手从对方嘴里拔出那团脏抹布，估计这硬邦邦的玩意儿，是船主用来给游客擦抹座椅用的。鹰钩鼻的嘴一旦获释，立刻想大声呼救，屠师傅随手又把那团东西塞进去，这样反复了好几次，对方终于学乖一点了。当然，主要是屠师傅讲了这样一句狠话：再嚷嚷一声试试，我把你丢进湖里喂王八去！少年浑身筛糠般栗抖，腿脚在舱底一蹭一蹬，裤裆和屁股上明显地湿了一大坨，目光已由最初的桀骜、愤怒，转而为惊惶和恐惧了，他终于如面条样软了下来，或者，他只是不想死得那么快。

小子，我先给你讲个故事吧，想不想听？屠师傅见对方折腾得没那么欢了，才慢悠悠点了根烟，他满满地吸饱一大口，又一股脑地喷在对方的小脸上，那张叛逆不羁的脸现在皱巴巴的，活像个丧气的小老头儿。……从前有个小伙子，比你现在大不了几岁，也是个早恋的家伙，他发疯地喜欢上自己的女同学，小伙子家里极力反对他俩来往，可小伙子是铁了心跟她好。有天晚上，他从家里溜出来去跟她约会，他以为这是人生最幸福的时候，可万万没想到，那天晚上是他俩噩梦的开始，两人分手后，女同学半路上被坏人弄死了。他到家糊里糊涂睡了一觉，天一亮就变成个杀人犯了，因为那帮警察找不到真正的杀人凶手，也可能是他们根本不打算好好去找，事情总是这样，如你干了坏事，就能一直逍遥法外……讲到这里，屠师傅的喉咙戛然堵塞了，他实在讲不下去，那段伤心史比刀子还要锋利十倍，刺得他遍体鳞伤。

现在，轮到你给我讲讲了，这样才够公平嘛。屠师傅最后一次从鹰钩鼻嘴里拔出抹布团。说说吧，刚才你到底对那个女学生干了什么？

你让我说……说什么啊……我……啥……也没干……她是自己不小心掉进去的，不关我的事……真的。

屠师傅沉默了几秒，突然强力地揪起鹰钩鼻的后脖子，然后像拖一条死狗，狠命地顺着船沿摁下去，直至对方的鼻尖被湖水淹没，灌满了水的嘴里发出狗一样的嗷呜声，整个船身也跟着对方的死命挣扎左摇右晃起来。

小子，我最后再问你一遍，是你把她推进了湖里，对不对？说！

求求你……别别淹死我……我……我说我说……是我干的，我老担心她会把那件事说出去。

湖面静悄悄的。唯独周遭那五六只谷仓似的、高耸的芦苇丛，在夜风中突然抖颤起来，好像被少年的罪恶给惊了魂魄难以自已。

我再给你看样东西，你小子该不会觉得陌生吧。说话间，屠师傅从自己裤兜里掏出那张学生胸卡，将上面绕着的几圈尼龙绳缓缓解开，然后用两根手指高高地提溜起来，正好让那胸卡跟少年的目光相对；他同时又摸出自己的手机，再用屏幕的荧光去照亮那张小小的相片，女生的脸庞显得格外恬静安详。

她就是几个礼拜前，这湖里淹死的女学生，你小子总不会都忘了吧？

啊……这这事……我咋知道呢……真的……小狗才骗你！

我清楚得很，这事就是你干的，只能是你干的！你骗学校、骗家长、骗小姑娘还行，可你骗不了我，我蹲过近二十年牢，我受过的罪比你这辈子享的福还多，你小子最好别跟我玩那套虚的！

救命啊——

没等少年喊出第二声，他整个脑袋和脖子已经被结结实实投进湖水中了，留在舱里的下半身和手脚栗抖得像触到了高压电门。这样僵持了大约二十秒，屠师傅才猛地把他拎出来。少年几乎晕死过去了，冰凉的湖水堵塞了他的耳朵、眼睛、鼻孔和口腔，看上去他已奄奄一息，像条水淋淋的刚被捞上岸的死鱼，无力地趴在舱底的一汪污水里。

小子，我盯你也不是一天两天了，你最好给老子识相点，你知道他们警察有句话怎么说的？坦白从宽，抗拒从严，老实伏法，回头是岸。不然我马上送你下去，你好去湖里会你的小恋人啊，人家那么喜欢你，肯定也舍不得你，她一定还没走多远呢……等到天一亮，你们的尸体被人发现了，那些愚蠢的警察准会认为，你俩这是标准的为情所困，殉情自杀，到时候你们的爹妈哭都来不及了。

这种时候，少年完全瘫软如泥，船舱里弥漫着一股很冲的臭气，屠师傅抽了抽鼻孔，不用猜这小子准是屙了。于是，屠师傅从裤兜里摸出刚才没来得及打开的另外一瓶小二锅头，用烟熏黄的门牙起开铁盖子，自己咕咚咕咚猛灌了几口，感觉身上暖和多了，然后才伏身下去，像搀扶重症患者那样，把那小子的脖颈和上半身支棱起来，再将剩下的小半瓶二锅头对准他的嘴直灌了进去。

少年发出一阵剧烈的咳嗽声，酒的烈辣之气一定让他清醒了不少，也镇定了好多，他流泪的样子像个十足的傻瓜。现在，他终于学会俯首帖耳了，尽管这似乎不太符合他心狠手辣的个性。

十四

连续好几宿，屠师傅都接连梦到了年轻时的那个初恋姑娘。

梦中，他俩又情意绵绵地约会了，时间，场景，天气……包括那辆老古董自行车和油腻腻的总爱脱落的链条，一切都好像没有发生过任何改变，还是二十多年前的老样子。只是，每次约会结束即将分手前，女朋友幽幽地一转身，那张脸就倏忽变了模样，一会儿变成那张胸卡上的陈琪薇，一会儿又变成尖下颌女生，她们的表情几乎都是惊愕和恐惧至极的。屠师傅从来没有像现在这样害怕做梦，他终于意识到，自己一生的噩梦，也许到死也不能终结。

那晚他到底还是心慈手软替对方解开了绳索，那小子已经服服帖帖全都招了。尖下颌女生跟陈琪薇本是同班同学，她俩原先关系一直不错，上下学经常一起结伴而行，可打秋天这学期开始，尖下颌女生疯狂地迷上了邻班的鹰钩鼻少年，两个人很快就谈情说爱了，陈琪薇大概是不想夹在中间当灯泡，便有意或无意地疏远尖下颌女生。有一次，几个人绕道去白塔公园玩，尖下颌女生非要拉上陈琪薇做伴，也就在那天晚上，陈琪薇不小心撞上了那俩在树林里没完没了地亲热，陈琪薇当时掉头一路跑开了。不知怎的，这事没过两天，班里便传得沸沸扬扬，尖下颌女生便认定，是陈琪薇暗中搞的鬼，因为老早以前，她俩偶然闲聊起各自心仪的男生，当时陈琪薇好像提到过邻班的鹰钩鼻长得挺帅的，还说他长得好像明星金城武。直到那天上午，第四节是体育课，课上了一半，老师临时有事就让大家自由活动了，大多数同学赶回教室做作业，尖下颌女生却约好了鹰钩鼻少年，他俩把陈琪薇堵在厕所里，尖下颌非要让她当面解释，陈琪薇坚持说自己什么也没说过，两人后来发生口角，尖下颌狠狠扇了陈琪薇两个耳光，陈琪薇当然也还了手。鹰钩鼻大概想在女友面前表现一下自己的豪狠，冷不防来了个扫堂腿，就把陈琪薇整个人撂翻在厕所脏兮兮的地板上了，陈琪薇当时咬着牙说了一句话，好，你俩有种，给我等着瞧。也许，正是这一时的气话，激化了他们之间的矛盾……再后来，也就是屠师傅骑车送陈琪薇回家那晚，鹰钩鼻在公园岔路口截住了陈琪薇，他们使劲朝她吐唾沫，扇耳光，揪头发，还摁着她跪地道歉。后来尖下颌女生又强行扒掉了陈琪薇的校服和胸罩，当着男生的面羞辱她，而且还用手机拍了一段视频，扬言说要是她敢胡说八道就公之于众，鹰钩鼻临走前，又把陈琪薇骑来的那辆小黄车扔进了密林中。至于陈琪薇后来为什么会死在湖里，鹰钩鼻猜测说，也许是她觉得太丢人，以后没脸再见同学了……

听完这些龌龊的事，屠师傅的确感到痛苦之极，这感觉一点儿也不亚于自己曾饱受过的种种苦难。他唯一弄不明白的是，如今的孩子为什么都这么不自爱又这么狠毒无情，浑身上下充满了戾气，有时简直连禽兽都不如，一个个乳臭未干，却都该下地狱。在他们眼中，一个人的生命就跟一辆小黄车一样，可以肆意践踏损毁。当少年在船上供认了这一切后，屠师傅还是觉得这不可思议，他怀疑这一定不是真的，不过是在他的严厉逼问下，这小子由着嘴胡说八道，只是为了求生才胡编滥造出来的故事。可是，接下来，那家伙的嘴里竟开始跑火车了，突然冒出这么一句：你还不知道吧，我老爸是公安分局的头头，就算我做了再坏的事，也没人敢查我！屠师傅一时完全蒙了，他不知道对方为啥会这么说，为什么说得如此轻松随便，简直像是在信口开河，他原本只想给他点儿教训，吓唬吓唬也就够了，却压根儿没料到，这小混蛋竟如此张狂，如此不可理喻。宰货！他的齿缝间冷冷地钻出这两个久违了的字。

短短一瞬间，屠师傅内心的底线彻底崩溃了，理智和良善完全逃离了他的大脑，唯独留下原始的血液开始在他体内沸腾并横冲直撞，直到血灌瞳孔，直到世界一片漆黑。又像是，二十多年前那个黑夜所有的阴寒，又源源不断地渗进了现实和他的骨髓中，让他终于领悟到，掌握在手中的这条年轻的生命根本不值得珍惜，他不能再放纵他，把他留在世界上继续胡作非为，那将是对一切无辜生命极大的犯罪；他甚至还不无懊恼地想到，如果自己再早一点儿下手的话，至少那个尖下颌女生或许能躲过一劫，尽管他觉得她也同样不可饶恕。当然最最重要的是，此刻他的耳边再度传来了那句话：只有蚊子死了，它的毒液才会彻底消除。仿佛冲锋的将士听到了最后的号角，他的手指竟跟那些帕金森患者一样颤抖起来，心像是被铁爪揪住了，又被掏空了，与此同时，他猛然攒尽周身的气力，将那罪恶的灵魂抓举起来，然后毫不犹豫地扔下船去。

令他感到不可思议的是，他甚至没有听到应该响起的咕咚声，好像什么声音都没有，好像扔进水里的，仅仅是一团轻飘飘的破棉烂絮无足轻重。水面出奇平静，平静得像一面巨大的镜子，唯独那只被彩灯亮化过的古塔的倒影，很像是一道诡谲的闪电，突然照亮了他一生的不幸，对于死者来说时间彻底终止了，于他而言似乎也有着相同的意义。眼前这黑夜，这湖面，还有这场宿命般的悲剧，全让他一个人目睹了。他的脸平静得出奇，他的心似乎变成了深不见底的湖水，那些逝去的东西早已深深沉入湖底，注定像淤泥一样悄无声息。他一直出神地盯着湖面，湖水神秘幽寂的样子，活像一个温柔女子在天地间沉睡不醒，他又依稀见到女朋友在大年夜里那张楚楚动人的脸了，他甚至听到了那晚她在耳边的只言片语，这让他那只有疤痕的眼角急剧抽搐起来，一串儿湿乎乎的东西倏然迸出眼眶，此刻洗劫他的伤痛比以往任何时候，都要来得更加复杂也更加纯粹。

四周无端地旋起一阵风吼，呜呜咽咽，惨惨切切，似谁躲在暗角落里捶胸顿足掩面而泣。猛然间水面激荡起来，犹如一头怪兽从最深处一跃而起，霎时就掀起一股巨大的水浪，冷冰冰地直扑向船身和他的脸上。垂死者露出黑乎乎的一颗小脑袋，惨白无助的手臂上上下下胡乱扑腾，求生的本能死死撅住了鹰钩鼻少年。与此同时，船上的人强烈地打了个激灵，如噩梦初醒，他忽然觉得一个人作恶远比受人冤枉更叫人糟心，想到这里他不由得自怜自语道，你这辈子恐怕做不成一个凶犯喽……

湖面上的呼救声已几近鬼哭，凌乱扑溅的水花变得有气无力。他终于神情凝重地将船上绳索的一头抛下水去，另一头则牢牢攥在自己的手心里。这也许是他这辈子干过最蠢的一件事，可他就是拿自己没有一点儿法子。

约莫又过了两根烟的工夫，脚踏船才开始稳妥地推动黑油油的波纹，波纹一圈一圈漾向岸边，古塔的影子恰似一条叵测的水蛇，在明镜般的湖面上快速游弋。吸烟的男人一味地紧盯着船舱，那个家伙彻底蜷窝成黑湿的一坨，嘴里不时弄出哇哇的吐水声。不远处的林荫道上，一辆警车正呜啊呜啊嚣鸣而至，车顶频闪着红蓝色灯光，乍看起来颇有几分魅惑。

风 烈

杜 斌[1]

一

倒霉了半年的刘国瑾站在山顶上，迎着秋风，双手叉腰，兴致盎然地观赏风景。这是喜爱爬山的他，今年第一次从事自己喜爱的运动。正满眼风光，运动裤口袋里的手机响了。他掏出手机一看，是学校副校长王木德打来的。

他最怕接这种突如其来的电话。

校长，在山上？王木德问。

嗯。有事吗？

有事。王木德的口气有点犹豫。

啥事？

不知该不该……

那头没音了，刘国瑾喊了半天也没反应，看手机黑屏，按开关键也没反

① **杜 斌** 1956年生，山西永济人，中国作协会员。1973年开始文学写作，作品散见于《小说选刊》《长篇小说选刊》《小说月报》《大家》《黄河》《山西文学》等刊物。作品有中篇小说《天眼》《风烈》、长篇小说《天边一片火烧云》《天上有太阳》等。中篇小说《天眼》曾获“赵树理文学奖”；长篇小说《天上有太阳》曾获“第三届长篇小说年度金榜（2018）特别推荐奖”；中篇小说《风烈》曾获第十届“茅台杯”《小说选刊》年度大奖，并荣登中国小说学会2019年度中篇小说排行榜。

应。他手机没电了，摸摸另一个口袋，充电宝也忘记带了。

他感觉又出事了！

他浑身发冷，起了一层鸡皮疙瘩。一秒钟前还在背部像蚯蚓一样蜿蜒冒着丝丝热意的汗水，顿时成了冰挂。头顶的腾腾热气结了霜。秋高气爽的万里蓝天不见了，连绵百里直达天际的群山消失了，红得艳丽虽干枯却不凋谢的千日红无影了，黄灿灿一蓬一蓬似野菊花的旋复花藏形了，天地一片空白。

今年，这是他第三次在山上接到王木德的这种电话了。前两次都给他带来难以摆脱的噩梦。

他的小腿肚子在七分裤腿里瑟瑟发抖。

这次又会有啥灾祸砸到头上？

他不知道。

他不敢猜，也不愿猜。

上次接到王木德的电话发生大事是在两个月前的农历十五。天气燥热，日光如毒，万物发蔫。他来到隐云寺，怀着一腔虔诚，和一群居士亦步亦趋地跟着和尚做法事。中间，一泡尿憋不住，出来上厕所。站在小便池前，半天撒不出一滴尿来。他怀疑前列腺是不是有了非常严重的炎症。他摒弃一切杂念，集中精力于大腿间，嘴上嘘嘘地吹口哨做引子。好不容易尿了出来，却像没有压力的自来水龙头，滴滴答答，尿了十分钟没尿完，裤口袋里的手机就震动了。他一边继续滴滴答答，一边掏出手机，是王木德的电话。王木德说反垄断调查局打来电话，说学校涉嫌行业垄断，下个星期要过来调查核实。刘国瑾感到好笑，说搞错了吧，我有本事搞行业垄断，我还办啥狗屁民办培训学校？王木德说，没错，办公室王主任给我拿过来反垄断调查局发来的三页传真，说是证据确凿，还提出52个问题，要学校认真准备材料。刘国瑾打了个冷战，滴滴答答中断了，嘘嘘的口哨卡在嗓子眼儿，没来得及撒出来的尿倒流回膀胱。针对反垄断局的52个问题，学校3名财务人员加上从办公室教务处临时抽调的7名员工，白天黑夜连轴转，准备了6天零9个半小时，打印复印了4377页材料，焦灼中煎熬了半个月，盼来了五名调查人员。刘国瑾每天都要被叫过去问话。财务处人员、办公室人员、教务处人员、后勤处人员都被约谈。后来，又开始挨个儿抽查学员，询问学员是不是有人强行安排他们来培训。叫了不到一天，学员吓跑了一多半儿。刘国瑾又气又急，望天长叹。经过五天调查，得出了结论：垄断一事确实存在，但与学校无关。下一步他们要移交有关单位继续调查核实。变成苦瓜脸的刘国瑾给鉴定站副站长陈登科打电话，陈登科为他叫屈。刘国瑾又专门跑到鉴定站给老站长吴兴瑞诉苦，老站长为他打抱不平，但又无可奈何。经过这次折腾，学校一个半月没招到一名学员。外面谣言四起，说得有鼻子有眼，蛇城职业技能培训学校涉嫌行业垄断，被查封了。

第一次接到王木德的电话发生大事是在半年前。王木德说他接到一个陌生电话，对方说他是税务稽查大队的，说是有人举报你们学校偷税漏税。第二天，稽查大队的人马直扑过来，首先封了所有的账目，接着勒令学校停止经营，配合稽查。一查就是半个月，所有的账目一一核对，一年内培训的学员挨个儿打了电话，所有人都知道蛇城技能培训学校出了大事。经过三天的严格稽查，查出学校不合规发票三张，涉及金额3000元，按规定应该罚款15000元，最后经过稽查人员反复研究，为了响应国家的号召，支持培训学校这一新生事物，支持民营企业合法经营，给予1000元的处罚。这次税务稽查，再加上几位居心叵测的同行趁风扬沙，使蛇城学校名声大损，元气大伤，两个多月才招收到十一名学员。事后，经过全校教职员工多方努力，如今学校总算是又慢慢步入正轨。

刚笑了没几天，今天又一次接到王木德这种电话，刘国瑾连叫倒霉，他不知道又要出什么事。脑子一片空白还难受，一猜测，一乱想，就轰的一声长满蒺藜。

肚子里面一阵痉挛，疼痛，下面马上就有了便意。

他急忙钻进树丛，脱下裤子，还没蹲下一股稀屎就喷薄而出，扫倒一片杂草。

他的脸发烧。

拉完屎，提起裤子，站起身，小腿肚又麻又抖，他感到空气稀薄得喘不上气来。他看看天，看看学校的方向，努力拔起焊在杂草上的两条腿，吃力地往山下跑。

从山上下来的小路经过隐云寺，刘国瑾下意识扫了一眼，就有了进去拜拜的冲动。他放慢脚步走进去，从裤口袋里掏出一把钱，也没数，就塞进功德箱里，然后点了三炷香，磕了三个头。又匆匆往学校跑，一路上嘴里自言自语：菩萨保佑、菩萨保佑。

看见副校长王木德背着手，在学校门口转圈，刘国瑾的心跳到了舌尖。

王副校长似乎闻到了他的味道，风干了的土豆脸转向他。

王木德直直地目视校长：你这是咋啦，脸都绿了。

刘国瑾声音震颤着问：你在这儿干啥？

给你打电话，没说两句就断了，再打给你已关机，我在这儿等你。

又有事了？

没啥大事，鉴定站开会，小高打电话，问你有没有时间，有的话，就去参加一下。

就这屁事！刘国瑾狠狠剜了王木德一眼，长舒一口气，末了，用右手食指点着对方：你呀，他妈的……王木德！你吓死我了。

刘国瑾两腿一软，一屁股坐在路边老柳树的半截树墩上。他抚抚胸口，平息着内心的不安和焦虑。他说：我接到你的电话，还以为又出大事了！

王木德说：哎呀，我的校长，你胆子咋越来越小了。

刘国瑾看着王副校长，突然间他想哭。

二

学校办公区在顶楼，是私自加盖的，属违章建筑，被有关部门处罚过三次。不打不相识，最后大家成了朋友，也就睁一只眼闭一只眼。再有四年，楼房的租期就到了。他在三年前就筹划着征60亩地，漂漂亮亮盖一座职业技能培训学校。他十分看好职业技能培训的前景。上周一开例会时，他还和王副校长几人就职业技能培训问题进行过一番激烈的争论。对于我国是世界上劳动力资源最丰富的国家，劳动力素质普遍偏低这一点，大家没有分歧。刘国瑾认为，职业技能培训应该成为我们的国策之一，全面推进素质教育，造就数以千万计的专业人才，不仅是缓解就业压力的需要，也是拉动经济繁荣的重要一环。没有高精尖的创新工匠，我们引以为豪的制造业就难以为继。为此，他决心把自己的后半生投入职业技能培训领域，但征地建校的难度超出了他的想象。一年的奔走，毫无成效。第二年，全球经济最低迷时，他在《蛇城都市报》文教栏目上看到一则新闻，说省里在蛇城五十公里外兴建了一个教学园区，已有三家教育机构入驻。他心知机会来了，当下就开车跑过去。教学园区已经设立四年，当地政府正为招商引资愁得白发三千丈。在招商人员的带领下，他转了两大圈，相中了一块地。他的投资虽然不大，但也算是一个项目，在政府招商引资的表格上又增添了一行，很快就签订了有关协议，缴纳了500万元的保证金。如今两年过去了，当初引资人的白发长到了他的头上。由于经济形势的逐步好转，当地政府把主要精力转移到更能拉动GDP的项目上，职业技能教育成了叫好不叫座的鸡肋。

电梯神经质地抖了一下，停在五楼。刘国瑾在前，王木德随后，出了电梯，走到五楼的最东面，沿楼外增加的简易消防梯上到六楼。正对楼梯的是教务处，后面依次是招生处、就业处、后勤处、财务处、校办公室、会议室、副校长办公室，最后一间是校长办公室，270 度采光。

后勤处长梁三友又在精心浇花，看见校长，他放下手中的水壶，屁颠儿屁颠儿地跟在校长后头。

办公室主任王前进把一份表格放到校长面前，是《民营非营利机构自查工作报表》。王主任说：这个表催得急，要十二点前必须送过去。

刘国瑾斜瞟着王主任：上个星期不是已经报过了吗？

王木德说：上星期是报给人社部门的，这次是民政部门要的。

还有哪个部门要？

可能所有的政府部门和相关的民间组织都要，暂时搞不清楚。

王副校长瞪了王主任一眼，说：咱们天生婆婆多，是个部门都会手发痒，伸过来挠两下。你干脆搞它几十份，谁要给谁报，不要老是找校长签字。

王主任说：好的，我马上办。

刘国瑾的号码还没拨出去，正充电的手机响了。

王木德探头一看，报告校长，是陈副站长的电话。

刘国瑾的手伸到空中，王木德把手机和充电宝放到空中的掌心里。

里面的声音比平时高了八度，音调像唱歌：哈哈哈哈，我的刘兄啊，别人的电话都快把我的手机打爆啦。我盼星星盼月亮就等你的电话呢！我咋就看不见你一个电话？你啥时候变得这么牛呀？

刘国瑾笑着回答：我的陈站长呀，我正给您拨号呢，咱俩有感应，真是心有灵犀一点通啊。

说得比唱得好听，可事实是一个小时前我专门让办公室的小高通知你们学校，叫你来鉴定站开会，你牛得就是不露面。

我在山上，手机没电了。这不，一下来，一边充电一边给您打电话呢。

潇洒啊！

潇洒个狗屁！你快当站长吧，你再不当站长，我就要断气啦。

那你是希望我当站长喽。

天天盼，夜夜盼啊！

真心话？

我啥时候骗过您陈站长呀？借给我十个胆子也不敢，不是不敢，是不会。

以后就不用盼了！

啊呀，听口气，有喜事？

就你不关心我。

关心，每天关心，时时刻刻关心。哪敢不关心？我天天烧高香，祈祷您赶紧上台，执掌大印。

瞎扯淡！你这么关心我，这么大的事你都不知道，还说关心我？

我在这山沟沟里，孤陋寡闻。

告诉你吧，我的老兄，我的刘校长！特大喜讯：刚刚开会宣布老站长退休，从今天，不，从现在开始，我，全面主持鉴定站的工作！他妈的，千年老二，终于修成老大。

天啊！

还不恭喜我？

你不是哄我开心吧？

这谎我能撒？

我的妈呀！我的老天爷啊！恭喜呀恭喜！

马上过来！

好的好的。

安排饭局！

必须的！

庆贺庆贺！

应该的！粤海世界饭店还是蛇城饭庄？

随你的便，你办事我放心！

挂了电话，刘国瑾觉得身上热血沸腾，他双手拍着桌子，对王木德说，咱们学校的好日子启航啦！

王前进把三十份《民营非营利机构自查工作报表》放到校长面前，刘国瑾接过办公室主任递过来的签字笔，在王前进的指挥下，挨个儿在法人代表一栏里签上龙飞凤舞的签名。笔还没放下，他为自己在山上的紧张感到好笑。

隐云寺的梵音《六字大明咒》透过窗户飘过来，听起来怦然心动。再细听，妙善的特质，让人心静。

刘国瑾不由自主地想，今天的结果，不会是刚才进隐云寺给佛烧了香，菩萨保佑的原因吧？

他又想起了那尊菩萨。他想过两天再去拜拜，如果学校能再上一层楼，他还要给菩萨重塑金身呢。

反正今天是好事，没有坏事，好好，真好！

三

刘国瑾是蛇城职业技能培训学校的校长。他和陈登科都当过兵，虽不是一个部队，但都扛过枪，也能称为战友。多了这层关系，加上年龄差不多，相较老站长吴兴瑞，两人情同手足。刘国瑾也曾试图和老站长套关系，无奈老站长和方州培训学校的任继军血肉相连，还有风言风语，说老站长吴兴瑞和任继军的母亲关系非同一般，逢年过节，老站长宁可不陪自己的老婆孩子，也要陪任继军母子俩。更有传言说得有鼻子有眼，任继军是老站长的私生子。刘国瑾细细对比过，两个人的侧面还真有点儿像。巴结不上老站长吴兴瑞，退而求其次，刘国瑾对陈登科自然就精心了许多。培训学校没有鉴定站做后台支撑，就像没娘的孤儿。逢年过节，刘国瑾对陈登科自然就孝敬多多，平时也隔三岔五的红包酬谢。陈登科也投桃送李，凡是蛇城职业技能培训学校的鉴定考试事宜，一路绿灯闪亮。每年四次国家理论考试，按规定，30人一个考场，为了节省租用场地费用，蛇城学校有时会50人甚至80多人一个考场，陈登科都选择睁一只眼闭一只眼。每次技能鉴定，陈登科也是尺度尽量宽松，让刘国瑾获益颇多。刘国瑾早盼望老站长能早日退休，陈副站长转正。到那时候，有陈站长做靠山，蛇城培训学校就有希望坐上全省特有工种培训的老大地位。陈登科跟了老站长多年，了解老站长的口味，知道老站长为什么喜欢他。一般领导都喜欢乖巧的、老实的，而老站长为人大气，精明强干，对有个性的人情有独钟。于是陈登科就把二者糅到一起，常常在一些无关紧要的“大事”上，表现得张牙舞爪，极具血性。无论何时何地，在老站长面前，他都是前倾45度。

陈登科人长得黑，脸又长，人们背后给他起了个外号，叫驴脸。他爱喝啤酒，据说当年他老婆菲妮和闺密冯爽抓住他在外面酒后乱性，便给他立了个规矩，不准在外喝酒。那时候，菲妮的官做得比他大，菲妮爸的官也比他爸的官做得大。官大一级压死人，夫妻也不例外。菲妮有了禁令，本来在家就低人一等的陈登科，自然只能在家喝酒。驴脸能吃，一顿两大碗刀削面，但不长膘，自己都嫌自己没有男人的风度，便顺势在家大喝啤酒，期望能喝出个啤酒肚来。那个年代，啤酒肚被称作将军肚，是官员的专利，官越大肚子就越大。驴脸两杯啤酒下肚，啥话都敢说，有次还把老婆的嘴巴打得像脱肛似的往外翻。厅级老丈人闻讯赶过来，二话不说，挥手就把驴脸抽成了陀螺。

饭局最终选在滨河东路一个很有特色的私家菜馆，新上任的代理站长陈登科夸奖刘校长考虑周全，有政治头脑，还说当下形势低调一点完全正确。

这个私家菜馆，刘国瑾是第二次来。第一次是两个月前反垄断调查结束的当晚，为了感谢苟处长，以便日后不再有麻烦，他执意要请人家吃个便饭。熟门熟路，刘国瑾没走前门，拐过花坛，直接绕到后门。后门陈旧得生满铁锈，打开向前走三步，又是一道门，牛皮包的，推开就是另外一个天地，装修的豪华程度不亚于前两年门庭若市的王府饭店。三祥培训学校校长马三祥、千秋培训学校校长傅正焕、方州培训学校校长任继军、大清培训学校校长刘青山，都在包间门口恭迎刚刚荣升的陈站长。

陈登科把嘴笑得有脸盆大，有点驼的背也挺得像门板。进门的一刹那间，刘国瑾兴奋又惊讶地发现，陈登科不但官升了，人也高了半尺，看他时居然需要仰视了。

昂首挺胸满脸春风的陈登科突然收住脚步，眼一瞪，环视一周，又笑了：你们谁知道今天是啥日子？

刘国瑾笑得把头顶的中式龙灯都逗乐了，说：陈站长您荣升的好日子呀！普天同庆的大喜日子！

陈登科嘴里哈哈哈地滚出一长串大笑，说：今天是我的生日。这么多年了，也不说给我过个生日。

任继军惊叫：哎呀，你是鬼节生的？

陈登科边走边在主位上坐下，环视一周说：正是。咋啦，吃惊？奇怪？呵呵呵呵，别看你们这些校长们一个个猴精猴精，上识天文，下懂地理，其实真正的国粹，你们狗屁不通。鬼节出生的人，在中华五千年的文化里，叫作天胎，文件记载：五星者，是日月之灵根，天胎之五藏，天地赖以综气，日月系之而明。

任继军凑近刘国瑾的耳朵小声说：我们老家把鬼节出生的孩子叫小鬼，说是游荡的小鬼变成的，阴气重。命理学上也认为，此日生人，夫妻相克，子孙刑克，争强好斗。以后我们要和鬼打交道了。

刘国瑾听后一脸坏笑。

按照陈登科的口味，刘国瑾安排好了菜品，“佛跳墙”必点，当然也少不了小葱拌豆腐、家常豆腐、香菇炖豆腐、麻辣豆腐、回锅豆腐。陈登科爱吃豆腐出了名。他常说，小时候家里穷，吃肉是一件极奢侈的事，只有逢年过节才调剂调剂。在漫漫的饥饿成长史中，老母亲无法让他从肉食中获得优质蛋白质，只能从大豆中获取。他对豆腐有特殊的感情，他常念叨：豆腐有妈妈的味道。

第一杯酒，新上任的陈站长说了几句感谢的话，还说以后鉴定站还得仰仗在座的各位鼎力相助。大家积极响应，由衷大笑。刘国瑾的声音比大家高八度，以使整个场面更加自然、真挚、快乐。

第二杯时，刘国瑾端起酒杯，起身说：每个行业都有祖师爷，理发的祖师爷是吕洞宾，毛笔的祖师爷是蒙恬，瓦匠的祖师爷是鲁班，豆腐行业的祖师爷是刘安。咱们省特有行业培训的祖师爷过去是老站长，从今天开始我们就要供拜陈站长了。来，大家举杯，为咱们新的祖师爷陈站长干杯！

喝第三杯时刘青山忍不住站起，引领大家一起高呼“起三”，谐音起山。

刘青山在碰杯时由于用力过大，把玻璃杯碰烂了，渣子飞到陈登科怀里，弄得场面有点尴尬。

陈登科笑着打圆场：碎碎平安！

自由打关时，任继军有事告辞，临走前，他拉着陈站长的手，说了一些祝贺之类的奉承话。

刘青山看着包间门重新关上，把嘴贴近陈站长的耳朵说：这小子肯定是去老站长那儿了。

陈站长说：有话就大声说嘛。

刘青山的嘴只好离开陈登科的耳朵，大声把话重复了一遍。

马三祥说：这是啥机密？天下谁不知道任继军是老站长的心头肉啊。

刘国瑾说：老站长对任继军那叫没说的，比亲儿子还亲。

刘青山说：本来就是亲儿子嘛。

傅正焕故作惊讶：任继军真的是老站长的私生子？

刘国瑾说：听说任继军的父亲当年是为救老站长牺牲的。

闫壮飞说：日哄谁呀，咱们不是三岁小孩。

刘青山说：明摆着是给不正当关系打掩护的。

马三祥说：此地无银三百两。

刘青山说：不是特殊关系，老站长怎能逢年过节宁愿抛下老婆，也要和任继军母子一起去过。

刘国瑾说：你说得不对。老站长春节在自家过，我可以做证。

傅正焕说：说明你过年给老站长拜过年啊。

刘国瑾说：这有什么好隐瞒的，在座的有谁没给老站长拜过年？

陈站长抬起手，做了个下压的动作。他拉长脸，郑重其事地说：今天到此为止，以后大家谁也不能乱讲。老站长是我们大家的老站长，对我们有恩、有情、有义，不能人走茶凉。我在位一天，就不允许你们随便议论。你们都给我注意喽，今天的胡说八道，就此打住，就此打住……

从私家菜馆出来，马三祥请陈站长和大家一起去歌厅吼两嗓子，放松放松，加深加深感情。

陈登科不给他机会，笑呵呵地说：不行啊，今天是中元节，我要祭祀先人。

他转向刘国瑾，郑重地说：祖宗重要。

刘国瑾赶紧点头：祖宗重要，祖宗重要。

为了显示隆重，陈登科先理发、染发。看着镜子里被烟熏黑的牙，又果断地走进红十字口腔医院洗牙。出来意犹未尽，又到美容厅转了一圈。再出来时，刘国瑾都呆了，陈站长眼角的鱼尾纹像是用电熨斗熨过一般。

陈登科坐着刘国瑾的车，先到永安寺公墓，请出父亲的骨灰盒，点三炷高香，三跪九叩，汇报说：爸，您老努力了一辈子，最终才是个副处级，儿子今天超过你啦。我现在是正处了，可以和菲妮平起平坐，可以不看黄脸婆的脸色行事了。

从永安寺公墓出来，陈登科大声指挥刘国瑾狠踩油门，从唐明东街上高速公路，一路向南，直奔浑水河。陈登科给村里的本家兄弟打电话，高声指挥全村姓陈的全部集中到祖坟前，还命令他们按照老家的风俗，到镇上买祭祀用品，花多少钱无所谓，费用他全出。下了高速路，陈登科直奔陈氏祖坟，领着本家兄弟给祖先点高香，烧纸灯，献花馍……

祭完祖，回到省城已是后半夜。中元节到了尾声，街道上已经没有行人，月亮像黄黄的玉米面饼子贴在夜的铁锅上。地砖铺就的人行道上画满了白圈圈，那是用于给祖宗烧纸的，密密麻麻。

刘国瑾听过不少鬼节的传说，后半夜阴气重，他想早点回家。

陈登科却心潮澎湃得平静不下来，他指挥刘国瑾敲开一家小酒店的门，要了几个下酒菜：小葱拌豆腐、醋泡花生米、猪皮冻、过油肉，外加一箱啤酒。

陈登科抽着烟，喝着酒，先是把陈氏祖先称颂一番，又夸自己鲜花正盛开，接着开始称赞前任老站长是他的救命恩人，是他全家的救命恩人。说是有年冬天，老妈在老家中了煤气，当时没经验，医院抢救过来后，就要回老家。

半路上，老站长来电话，及时告诫他，中煤气的人必须要进行高压氧治疗，多亏了老站长的建议，他妈才没有落下后遗症，不然，哪能活到今天。陈登科说着说着，话头就像断了线的风筝，突然转向，又开始大骂老站长，说他只顾自己，不管手下人死活。还说，当了十一年的副站长，老站长就像压在头上的五指山，现在五指山终于倒了，他可以大展手脚了，千年老二可以扬眉吐气了。又说，在这个社会上，谁不想由着性子打出自己的一片天下？可他不行，他没有好老子，老子当了一辈子官，死到临头才捞了个副县长。有个好老丈人，却没有好老婆。他妈的，个中滋味，谁人体会？日子过得真恓惶，眼看着别人高楼大厦、奔驰宝马、美女黄金，他的心在流血、在颤抖，走路鬼打墙，睡觉腿抽筋。现在老天开眼，云开雾散见晴天，头上没了五指山！他要努力工作，把权力用好，实现人生价值最大化！

说着说着，陈登科突然打住，歪着头，眯起眼，端详着手中的烟，脸唰地绿了。他把手中的半截烟和桌子上刚开包的芙蓉王一起扔到刘国瑾怀里，怒斥道：老子都当站长了，还让老子抽这号烂烟？命令刘国瑾给他买两条中华烟去。

那天，他们一直喝到天亮。刘国瑾叫停，陈登科要了一箱啤酒还要喝，一边喝一边抽着中华烟，中间还给刘国瑾讲了小时候的事，说，六岁那年，他爸妈离了婚，当公社书记的爸回老家过年，大年初一，在巷口碰见他，偷偷给他塞了五毛钱的压岁钱。他用二分钱买了一串山楂糖葫芦，剩下四毛八分钱，怕妈发现，开始藏在被窝里，又藏到褥子底下，最终还是被妈发现了。他不敢告诉妈是爸给他的压岁钱，妈天天警告他，说人穷不能穷了骨气，饿死也不能花那个没良心人的一分钱。他回答不上来妈的问话，妈就像三娘教子一样，从炕头儿捡起木尺，把他的手心打成了五花肉。第二年，他上小学一年级了，大年初一，爸又专门在巷口等他，给了一块钱压岁钱。这次他没敢在家里藏，他藏在鞋底，结果鞋帮烂了他不知道，还是让妈发现了。妈用鞋底打得他屁股火辣了半个月，晚上只能趴着睡觉。后来，高中毕业，爸调到外地一个县当劳动局局长，把他的户口从农村转到了城市。第二年，爸送他当了兵。复员那年，爸又把他安排到省城，不幸的是，他还没来得及尽孝，他老人家就得了肝癌。临死前，爸给了他一笔钱，他藏在结婚照的镜框后面。第二年，腊月二十三过小年打扫卫生，老婆菲妮发现了镜框后面的秘密，一声不吭全没收了。

陈登科说到这里住了口，打开一瓶啤酒，一仰脖子全下了肚。把空酒瓶往桌子上一蹾，吼道：他妈的，恓惶哩！老子受了一辈子，穷了一辈子！窝囊死了！

他拉住刘国瑾的手，摇着，拍着：你是校长，是富人，你知道穷人最大的悲哀是什么吗？没钱！穷人所有的困苦，都和钱有关系，脸面、生存、温饱、吃喝拉撒睡。那年我结婚，多年的积蓄全用来置办家当，婚后我口袋里干净得像刚搓完澡的屁股蛋。实话告诉你，不怕丢脸，不怕你笑话，那时候我每天把办公室烟灰缸里剩的烟头都收集起来，躲到没人处，用报纸卷成喇叭筒，偷偷地过烟瘾。

陈登科眼眶里泛起泪光，接着两串泪珠挂在脸颊上。

片刻，他挥手抹了一把泪，腾地站起来，手舞足蹈，口吐白沫：今天，老子可以扬眉吐气了，老子现在是处级干部了！哈哈哈，爽啊！

刘国瑾脑子断片儿，张着嘴想了半天，才想起应该到洗手间冲冲冷水。返回酒桌，他一把一把地抹着脸上的水，噼里啪啦摔到地上。他拦住对着七八张饭桌大发宏论的陈站长，大声表态，从今天起，蛇城职业技能培训学校聘请陈站长担任顾问，月薪若干。

陈登科一手叉腰，另一手挥舞着啤酒瓶，大赞革命战友情深义厚，不拿下威虎山誓不罢休。

有了顾问的身份，陈登科就往学校跑得勤快起来，主动给学校教务处开会，提合理化建议，帮学校调整技能培训课程，按照国家的考题安排课程，捋顺考培关系。

刘国瑾感激之情如潮涌。他明白，有了陈登科这个天胎的关照，学校考试的合格率就能增加几个百分点，招生就好招，有了生源，学校就有了财源，有了财源学校就能生存。刘国瑾要把陈登科完全变成自己人，把学校的事变成陈登科自己的事，一切可能的问题也就都不成问题！

四

当深冬的西北风从隐云寺扑下来时，突然有一天，刘国瑾发现陈登科脸上笑容的源泉似乎枯竭了。一连三次实操考试，他都像个省级领导干部，背着手，昂着头，板着脸，威风凛凛，莫名其妙地把学校的老师骂得狗血喷头。

转眼，柳树舒展着嫩叶，枝条在春风中翩翩起舞。这天，副校长王木德陪着校长在学校巡视了一遍，来到大门口，商量着要按照风水先生的建议，把校门两边的石狮换成貔貅，把教学楼前的单根旗杆两边各增加一根，变成三根。三根旗杆代表三炷高香，不仅解决了风水问题，还符合中国人的审美观。

王木德看着校长，吸吸气，缓缓神，努力张开嘴：你觉得陈站长这个人靠得住吗？

你有什么新看法？

你没注意到陈站长最近的变化？

……没发现。

王木德说：那是你和他太熟悉了。不知咋的，以前见了陈站长还能嘻嘻哈哈开个玩笑什么的，现在远远看着，就不由得不肃然起敬，像老鼠见了猫，第一反应就是夺路而逃，有时候还莫名其妙地浑身起鸡皮疙瘩。

刘国瑾眉头皱了皱，嘴唇动了动，最终没吭声。

又过了不长时间，王木德突然提出想换个工作，不想管教务。

刘国瑾说，你戴着有色眼镜看陈站长。

王木德苦笑着说，看见他，我的感觉就是阎王爷身边的牛头马面勾着我，要把我带进地狱。

刘国瑾说：你是老猫照镜子把自己当成了老鼠。

王木德说：陈站长是猫照镜子照出了老虎的模样。

刘国瑾沉吟了一会儿，扭头问：谁接？

王木德张张嘴没回音。他早把学校管理人员琢磨个遍，他曾对人事处处长说，能不能抓紧招个管教务的副校长？人事处处长知道这个职务的人不好找，正儿八经有副校长经历又有能力且精通职业技能培训的人凤毛麟角，这些人大都心高气傲，要么潇洒后半生，要么自己办个培训学校当老板；有空头衔没两把刷子的人倒是不少，猴急猴急的，恨不得立马就上任，这种人学校又看不上，不想要。人事处处长在合适的时间合适的场合把这话传给刘校长，刘校长冷冷地说别理他。

刘校长瞪着王副校长说：等你培养出接班人了再说。

王木德说：我实在是不想看驴脸，挨驴踢。

刘校长安慰他：你就让他过过官瘾吧，权当看戏。

在刘国瑾的心里，陈登科已经成了一团雾。当他放下忧惧，想看清楚些时，走近一步，雾向后漂出十步，越发朦胧。

在刘国瑾面前，陈登科还是老面孔，笑口大开，嗓门调高八度，毫不吝啬地送过来一顶一顶的高帽子：刘兄啊，你是我认识的校长中最有水平的，你是大把式，你就是我心目中的偶像，做人的榜样。我谁都不服就服你，眼里只有你刘兄！

刘国瑾清楚，这是钱在发酵。

方州培训学校校长任继军和老站长吴兴瑞在海世界请人吃饭，王木德恰好碰上，就一起热闹了一会儿。回校后，他对校长说，怪不得前段时间驴脸老是贬低咱们学校，说咱们学校硬件不如方州，软件不如方州，恨不得把咱们打翻在地，再踩上几脚。今天我才知道，搞了半天，驴脸也兼任了方州培训学校的顾问，任继军给他的顾问费比咱们高出不少。还说任继军告诉他，老站长现在连陈登科的名字都不想提了，说陈登科就是一只掉进饭碗里的苍蝇，吞下去毒不死人，却能把人恶心死。

王副校长还告诉校长一个消息，老站长和任继军也在筹办建一座新的培训学校，有意思的是他们放着省里的教学园区不进，却莫名其妙地将地点选在离蛇城二百多公里的大青山革命老区，那里是当年贺龙东渡后的根据地。还说，当地政府答应免费提供土地。目前老站长正在筹钱，据说，连家底儿都拿出来了。

刘国瑾说：老站长真是拼了老命啊。他为啥对任继军这么好？

王木德说：我听说任继军去世的父亲过去是老站长的班长，是不是因为这层关系？

刘国瑾说：战友情，深似海，关心帮助都是应该的。但是，老站长这么帮任继军就有点儿做得过了。

他疑惑地看着王木德，自言自语道：难道任继军真的是老站长的私生子？

慢慢地，刘国瑾感到陈登科和他说话时脸上的笑容急剧衰减，话语的温度也由三夏转入深秋，再后就直接走进隆冬。通电话时，陈登科再也不问刘国瑾说话方便不方便，一张口就像洽洽河绝了口。

为了学校，刘国瑾克制自己，努力表现得像个孙子，和陈登科说话时，脸上保持着职业笑容。

渐渐地，刘国瑾又发现，陈登科和他说话时，只管自己说，不用回答了。

陈登科抽烟的派头也变了，过去抽烟时先找烟灰缸，现在烟灰随地弹。这时候，刘国瑾就不得不找个纸杯，倒点矿泉水，端着跟在后面，当行走的烟灰缸。

有天，陈登科来学校督导实操考试，突然说，刘老兄啊，在培训方面，没有我们鉴定站，你们学校狗屁都不是。我说得对不对？

刘国瑾没经过大脑就回答：不对。没了我们培训学校，你们鉴定站给谁鉴定去？去哪儿赚钱？恰当地说，学校和鉴定站是孪生兄弟，彼此相依。

陈登科脖子一梗：此言荒谬！在职业技能培训方面，我们比你们出的力大得多。你们赚大钱，我们只能领点死工资。这不公平，太不公平了。我虽然贵为站长，在你们这些校长面前，就是个辛勤的穷苦人。接着拍着刘国瑾的肩膀，阴阳怪气地说，刘兄啊，我能让你们学校办好，也能让你们学校生不如死，你相信不相信？

刘国瑾愣得像头看见好莱坞蝙蝠侠的西山黑土猪。

五

当年入伍时，父亲送给陈登科一句话：一招鲜，吃遍天。结束新兵训练下到连队，经过两个月的分析判断，陈登科把自己一招鲜的主攻目标定在射击上。他从外文书店买来"爱尔纳·突击"国际比武射击课程的录像，反复揣摩模仿，根据自身条件，在班长和排长的帮助下，制订了一套切实可行的方案。从那时起，战友们午睡，弯月挂在天边，星期天，节假日，他都泡在训练场上，带着枪跑、爬、出枪，跑、爬、出枪……夏练三伏，冬练三九。功夫不负有心人，在服役第二年，部队组织军事训练成果汇报表演，陈登科的步枪速射表演，33 秒命中百米外的 40 个目标，弹无虚发，受到前来检阅的上级领导的高度赞扬，并立功受奖。就凭这一点，在同一批入伍的新兵中，他是第一个如愿以偿地入党，继而提干的。转业到地方多年了，他射击的嗜好一点儿也没消减。老丈人有个老部下在公安局，借老丈人的光，每年他都能和菲妮一起过一两次打靶瘾。当上站长，他觉得自己有能力安排自己的事情了。他打电话给刘国瑾，让刘老兄刘大校长给安排安排。刘国瑾费尽了九牛二虎之力，无奈关系不到位，且厚度不够，三个月过去了，打靶的地方还没有着落。陈登科便取笑他除了玩女人，毬也干不成。这时，千秋培训学校傅正焕校长出手了，他把陈站长领到他小舅子当领导的武装部靶场。打完靶，傅校长还给陈站长汽车后备厢里塞满当地的时令水果，说都是有机的。回到蛇城，陈登科拿出两箱时令水果给妈送过去。自从荣升鉴定站"一把手"后，那些曾经自命不凡的校长们便像夏天的苍蝇，嗡嗡嗡地围绕他转，隔三岔五地把各种名特土产品源源不断地送来。

他给妈重新租了一套房子，和他家住的香格里拉小区隔一条杏花园路，很方便。他对妈很孝顺，每星期都给妈钱，当副站长时，是一百二百，当了代理站长头一年，是五百一千，现在成了三千五千。

妈说：你用钱地方多，别老给我。你每次给我买的东西都够我吃好多天，有钱也没地儿花。

他说：我不能让妈手头不宽裕。

妈说：菲妮会不高兴的。

他说：这些都是我的私房钱。

妈问：你又存私房钱了？

他说：我应该有点儿。

妈问：菲妮知道吗？

他回答：我能让她知道？

说着，陈登科下意识地用手按按文件包，里面有今天收的两笔礼金。

他妈看着他下意识的动作，说，男人还是有女人管着好，孙悟空没有头上的紧箍咒，就成不了行者，永远是猴子。

陈登科不和妈顶嘴，任妈唠叨，耐心地听。

穿过马路，回到香格里拉小区，在一楼陈师傅的便利店要了三箱啤酒，让店老板给他送回家去。陈师傅高兴得像中了体育彩票，他店里三分之一的啤酒都让陈登科喝了。

陈登科打开家门，菲妮正在客厅沙发上看电视，一袋绿皮洽洽南瓜子陪着她。听见门响，她扭头看过来。

陈登科故意不和她搭茬儿，从口袋里掏出打靶剩下的一发手枪子弹，往空中一扔伸手一接，又往空中一扔伸手一接，如此三次到了书房门口。

菲妮悻悻地剜了他一眼，继续看《人民的名义》。这是一部热播的电视剧，剧中的陆亦可质问高小琴，在她发家致富的过程中，是不是存在强取豪夺，有没有民众的血泪。高小琴理直气壮地表示，这是一个爱拼才会赢的时代，不让别人流血泪，别人就会让她流血泪。陆亦可指责她，难道就真的没有为那些失地的农民和下岗职工考虑过。高小琴不屑地称他们跟自己一点儿关系也没有……

陈登科没出轨前，菲妮是家里的慈禧太后，在她的主导下，夫妻二人有两大习性。菲妮说，拥抱不是恋爱的专利，应该贯穿一生，它能让夫妻的感情每天都有一种如沐春风般的感觉。于是，陈登科就把拥抱当作仪式，与菲妮见面就抱。菲妮说，夫妻之间经常打情骂俏是爱情的保鲜剂和润滑剂，于是陈登科就把它作为夫妻和谐相处的一个技巧，充分发挥利用起来。陈登科出轨后，身为副处级干部的菲妮，果断地对副科级的陈登科采取了隔离措施，夫妻两大习惯全部封杀。菲妮还经常揭老公家的老底，说陈登科的父亲当年就是因为风流成性，到处拈花惹草，才导致挨处分就像吃家常便饭，二十多岁就是公社书记，五十多岁了还在原地踏步，死到临头才看面子给了个排行老幺的副县长。自从当了代理站长，陈登科在家里的地位扶摇直上，特别是半年前菲妮的厅级老爸退休后，陈登科在家里就有了北斗之尊，菲妮成了空气。

陈登科没有立即开书房门，停了几秒，又扭回身，笑吟吟地走到沙发前，把手中的子弹在老婆面前的茶几上立起来。

菲妮讪讪地笑着说：自己有能力找打靶场了。

他装作听不见，走向书房。

她知道他在向她示威，把目光又移到电视屏幕上。

陈登科右手食指放到指纹门锁识别处，一道蓝光，外部指令与内置密码吻合，灵敏的电磁阀接到驱动指令，咔咔咔，一串连贯利索的规定动作，“哗——”，门锁就畅快地打开了，自从换成指纹锁后，菲妮就与书房 byebye 了。有两次菲妮硬要往里闯，被陈登科毫不客气地用双手请出去，为此俩人冷战了三个月。

他严重警告，现在咱们是平级。

这天，陈登科进了书房，关上门，径直来到书架前，上上下下扫了一遍，相亲一样，开始评估哪本书的厚度配得上他文件包里的人民币。他很享受这个过程，故意拉长节奏。十多分钟后，他缓缓地从第三层抽出一函《史记》，小心打开版口，轻轻掀起护叶，《史记》里面没内容，是个空壳子。他把文件包里的礼金，小心平放进去，《史记》有点儿厚，装不满。他直骂送礼的人真是山西老抠，声明不待见这号人，下次要给他们点颜色看看。为了把《史记》装满，他不得不从文件包里掏出钱包。钱包里大约有一万五千元，他全部拿出来，数好数目，放进盒里，基本放满。他满意地把护叶放好，合上版口，把《史记》又放回原处。回到书桌前，刚坐下，又倏地站起来，不放心地又抽出《史记》，把里面的钱拿出来，重数了一遍，用一张长方形书签，写明钱数，放在里面，又放好护叶，合上版口，把《史记》放回原处。

坐回椅子上，他弯下身，探长胳膊，从桌子底下拿出一瓶啤酒，用牙咬开瓶盖，美美地喝了一口，并不急着下咽，让酒香在口腔里慢慢挥发，双眼眯着，目光舒服地在书架上巡游。书架上的书，之前都是业务书籍。部队入党提干的经历告诉他，父亲的“一招鲜，吃遍天”是至理名言。转业后的十多年里，他买来这些专业书籍，是指望能给他在职业技能鉴定的工作岗位上带来一招鲜，让他的仕途顺畅。顺畅的仕途能让他过上上等人的生活。业务书籍没有带来更多他需要的，反而是装修公司设计的精装书，让他尝到了幸福的甜蜜。

陈登科爱读书，是受他爸的影响。他看的第一本书《把一切献给党》就是他爸送给他的。那时他爸当公社书记，他爸对他并不好，但他还是以爸为荣，埋怨他妈不该和爸离婚。他妈说他爸是个花心萝卜。他说这是国情，自古如此，哪个男人不是三妻四妾？他妈说，他爸和那个姓赵的女人生了女娃，不娶人家，后来又和别的女人好上了。他劝他妈想开些，首先要保证自己的生活过得好些。他妈说：穷点，苦些，她能忍受，男人花心在外头搞女人，丢八辈子的脸，她受不了。

书架上的书如今已经更换了大约十分之一。当初收下礼金后，他不敢存银行。他从中央台新闻联播节目中知道，好多贪官都是从银行抓的线索。

有一天，任继军请他吃饭，老站长作陪。他开始有点受宠若惊，但屁股坐下不到三分钟，就觉得理所应当了。

饭前，在休闲区喝茶聊天，老站长对豪华包间里的大书柜赞不绝口，说那上面摆着的全是装饰精美的大部头书。问陈登科：你家藏书的档次和这里相比如何？

陈登科自嘲地一笑：没法比，没法比。老站长快别拿我开涮了。

小高听后悄悄走到他身后，弯腰凑近，小声说：陈站长，这些书哪能和你家的藏书比，没有一本真货。

陈登科怔了一下，慢慢品着手中的普洱茶。饭局中，他借故上洗手间，回来时，踱到大书柜前，若无其事地伸手抽出一本，打开，里面是空的。

吃完饭，出来到停车场，陈登科突然摸摸口袋说，手机忘拿了。

任继军说，我去取。

陈登科说不用了，自己匆匆返回包间。他问服务员大书柜里的书是从哪儿买的？服务员说那不是书，是装饰品。他说，我问你它们是从哪儿买的？服务员说，我不知道。他问酒店老板，老板说是从装修公司买的。他问哪个装修公司。老板说我自己的装修公司。

于是他把书房当作他的银行，用从酒店老板的装修公司买来的精装书当钱柜。菲妮绝对想不到，别人更想不到，他为自己的聪明才智点赞。为了确保安全，他把门锁换成了指纹锁。只有他进出自由……

六

冬季的早上，七点十五分，东山头的曙光才透过浓浓的大雾漫到西山。天气预报空气质量指数151，属轻度污染，比去年同期365的重度污染有了天大的进步。

隐云寺见缝插针安放的演唱机已经把《六字大明咒》《般若波罗蜜多心经》《观世音菩萨发愿偈大悲咒》《普门颂》给群山轮番播放了一夜，现在还在播放着。

梵音中，刘国瑾绕着隐云寺完成了一万步的疾走，停在大理石观音菩萨身后的文化广场，开始一呼一吸地打太极拳。他手中仿佛抱着一只无形的大圆球，嘴角微微扬起，脚在地面画着清逸出尘的弧线。腾挪闪展，四方戏水，八面守法，身若蛟龙。

打完一组太极拳，手机响了。他抬起手腕看佩戴的华为手环，显示是陈登科的电话。前面还有一个，他打太极时太投入了，没听见。他拿下蓝牙耳机，挂在耳朵上，里面立即爆发出臭骂：他妈的，你小子的狗胆越来越肥了，我的电话也敢不接？

他赶紧解释：不好意思，我在打太极拳，没听见。

马上过来，陈登科说，出大事了！

刘国瑾把蓝牙耳机放回手环，往花岗岩地面吐了一口唾沫，随嘴来了一句国骂。他走到栏杆前，拿起衣服，慢慢穿上，手叉腰，看着东山的红日冉冉升起，又俯瞰山下的蛇城渐渐苏醒。让心情恢复平静。突然间，他又脱下外套，放到栏杆上，返回原地，继续打完第二套太极拳，才又重新拿起衣服，慢慢穿上，缓步下山。回到学校，脱下运动服，洗脸、刮胡子、梳头，换上正装，开上奥迪车。

陈登科站在香格里拉小区大门口。刘国瑾闻到了浓浓的羊肉、黄酒、黄芪的混合香味，知道陈登科早上喝了头脑。头脑是蛇城特有的冬天经典饮食，传说是明末清初著名文人傅山发明的。蛇城有头有脸懂得保养的人冬天都喜好这一口，越吃越香，还有益气调元、滋补虚损、活血健胃、强壮身体、延年益寿的作用。

他故意问：站长，又喝头脑啦？

陈登科看着远处说：你刘校长不孝敬，不代表所有学校的校长都看不起在下。

刘国瑾说：你这不是打我的脸吗？

陈登科说：就你们学校没给我买头脑月票。

刘国瑾的脸一下子红了：真该死，真该死，你看看，我居然给忘了，我现在去头，马上去买。

隔两条马路有家回民饭店就卖头脑。不一会儿，刘国瑾小跑着回来，递给陈登科一大沓头脑票，说我给你买了半年的。

陈登科斜着眼看马路上背着书包的学生急匆匆上学。刘国瑾只好把头脑票塞进站长的裤口袋。

陈登科这才把目光收回，放到刘国瑾脸上：刘兄啊，我呀，天生的苦命，为你们学校的考试心急如焚，夜不能寐。挣着王莽的钱，操着刘秀的心。

陈登科说着，从裤口袋掏烟。

刘国瑾急忙掏出自己的烟递上，另一只手掏出打火机给点着。

陈登科深深地吸一口，把烟圈吐向天空，身子习惯性地凑近刘国瑾，继续说：昨天晚上，我在家连夜加班，为你们学校的鉴定考试做准备。不巧，电脑坏了；电脑坏了，问题很严重，你知道不？电脑坏了，数据就生不成；数据生不成就不能上报学员名单；学员名单不上报就拿不到准考证；拿不到准考证，你们学校的学员怎么考？你知道吗？你操过这个心吗？你们一天到晚就知道赚钱，赚钱，赚钱，眼里只有钱，钱，钱。你知道我们鉴定站有多难吗？为了你们学校，为了你们学校的鉴定考试的正常进行，我一个搞职业技能鉴定的专家，却趴在地上修电脑，修了一夜啊。

说着双手一摊：这不，急得我这一大早的，就给你老兄打电话，把你叫过来，看看咋个办。他妈的，谁让咱们是兄弟，我天生就是为你老兄服务的，要是放在别人头上，老子才懒得管他呢。

刘国瑾明白了陈登科的用意，说：我这就安排人去电脑城给你买一台新电脑。

陈登科往后撤一步，像不认识刘国瑾似的：瞧瞧你说的，这不是给我买，我要电脑干啥？我是为你们学校着急，想赶紧把你们学校学员的数据生成，报上去，拿准考证。

刘国瑾连忙说：我知道，当然知道，你是为我们学校操劳的，电脑是为我们学校买的。可我不懂电脑，不知道哪个牌子好。你看……

陈登科说：我也不懂，你去找个懂行的问问。只要能满足鉴定考试的数据生成就行。

刘国瑾说：我的水平你清楚，在你面前就是个阿斗，连阿斗也不如。你先跟我说，你习惯用哪个牌子的。

陈登科说：我喜欢用苹果的，SONY、IBM、戴尔，华为性能也算稳定，反正 CPU、显卡、主板、内存、硬盘、显示器齐全，能满足数据生成就行。

刘国瑾一笑：那就买个最高配置的吧。

七

刘国瑾请陈登科吃饭喝啤酒，打电话已经请不到了，他必须亲自到鉴定站去请。

他一般是早上一上班就去，知道这个时候肯定能找到他。

陈登科时间观念很强，这是他在部队养成的习惯。八点钟上班，他七点五十就拎着茶水杯进了办公室。他不吃早饭，一大早就是浓浓一杯茶水，说这有利于把肠道里的毒素排出去。这是他的养生经，常向别人推荐。

其实陈登科结婚前是吃早饭的。菲妮早餐爱吃牛奶面包，她父母二十世纪五十年代留学苏联，养成了吃西餐的习惯。陈登科出生农村，天生一副穷下水，早上就喜欢稀饭馍馍咸菜。

结婚第二天，菲妮就早早下厨房。陈登科起床洗漱完，还未坐到餐桌前，菲妮已将两份早餐端上了桌。陈登科穿着西装，笔挺地在饭桌前坐下，看看牛奶面包，一把推到一边，又一把将刀叉扒拉到另一边，然后瞪了菲妮一眼，起身到厨房拿过来一双筷子，又坐回餐桌，看着新婚宴尔的老婆，良久，问：我的小米稀饭馍馍咸菜呢？

菲妮笑着说：对不起，没有。

陈登科说：我不是告诉过你我早饭爱喝小米稀饭，爱吃馍馍咸菜小葱拌豆腐吗？

菲妮说：那是农民的早餐，我们家的早餐必须是牛奶面包。

陈登科说：你吃你的牛奶面包，我喝我的小米稀饭。

菲妮站起来，走到他身后，两条胳膊绕过前面，抱住他，撒娇地说：不好意思，没做。

陈登科说：现在做。

菲妮笑着说：又不好意思了，本宫不会。

陈登科便用筷子敲敲盘子：你是我老婆。

菲妮推了他一把：我又不是保姆。

陈登科愣了一下，杵在那里，好一会儿才缓过神来，把筷子往桌子上一扔，说：不吃了！

菲妮在饭桌对面坐下，抬起上眼皮，剜了他一眼说：爱吃不吃。

即使如此，菲妮还没忘把他送到门口，还来了个亲密的拥抱，但她明显感到，他是应付差事。

此后多年，家里餐桌上的早餐，便只有牛奶面包了。在牛奶面包的影响下，生下陈馨也是如此。陈登科的早饭改成了自己泡的一杯浓浓的茶水。时间一长，一大早就喝茶水成了他的养生经。

在老丈人的关照下，加上老站长的协助和菲妮、冯爽策划的《蛇城都市报》两篇及时雨似的新闻报道，陈登科终于升为副站长。早上进了鉴定站，他先进自己办公室，把茶杯放到办公桌上，摊开一份报纸，摆好办公的架势，然后就去老站长办公室。他用向老站长要的钥匙打开门，亲自动手把老站长办公室收拾得一尘不染，井井有条。再烧一壶开水，给老站长泡好龙井茶。陈登科对老站长永远是毕恭毕敬的。不管在什么地方遇到老站长，他第一反应就是收住脚，后撤一步，眯着笑眼行注目礼，让老站长先过。

当上代理站长后的第一时间，他迫不及待地搬进老站长的办公室。代理站长要有代理站长的新气象，他上班由提前十分钟进步到提前十五分钟，他要求办公室的小高像他伺候老站长一样伺候他。看着小高矮胖的身材，他命令他改掉吃早饭的恶习，像他一样，一大早就是浓浓一杯茶水，把肚子里的脂肪刮干净。八点钟，他爱叼着中华烟，到各个办公室巡视，碰到没按时上班的，一通严厉的训斥，或用手指蹭蹭办公桌椅，发现没擦干净的，就让所有办公室人员重新擦一遍，直到能照见人影。

代理站长陈登科的嗓门也在一天天增大，说话的时间也越来越长，王木德说他这是在刷存在感。

这天，刘国瑾从进门那一刻起，陈登科就没有平静过，声音震颤，身子激动，双手挥舞，起来坐下，大口喝茶，大口抽烟，烟烧到手指头，疼得一抖，烟头掉到地上，严令刘国瑾捡起来。他不顾办公室高雅安静的环境，只管大声说话：一个人的需求是有层次的，满足了一个需求之后还有另一个需求在等着。最基础的需求是生存的需求，吃饭、喝水、睡懒觉；然后是安全的需求，五险一金，买房子、养老；再往上是尊重的需求，自我实现的需求，就像王石登珠穆朗玛峰，人家有钱啊，是亿万富翁，获得了财务上的自由。马斯洛说，只有满足了低层需要才会考虑高层需要。像我这样，肯定不会想去攀登什么珠穆朗玛峰。严酷的现实告诉我们，钱是人生价值的具体体现方式。社会是一个无处不需要钱的地方，找熟人办事都要送礼给回扣。穷则独善其身，达则兼济天下，没钱自己尚且寸步难行，还谈什么远大前程，宏伟理想！

刘国瑾硬着头皮，端着耐心，看着陈登科唾沫四溅。他忽然惊叹，我们中国人的形象思维能力真的是太绝太优秀了，越看陈登科越觉得他看到的真是一张驴脸。难怪大家背后叫他驴脸，还真的就是驴脸。刘国瑾下决心从眼下这一刻开始，他也要把陈登科叫驴脸。

驴脸端起茶杯，喝一口继续说：老兄，我完全可以像别人那样，工作时间能干多少是多少，完不成就完不成，狗屁国考不国考，搞得好了，国家又不多发给我一毛钱。再说，我也不需要国家职业资格证书，可我这个人天生贱骨头，每每到关键时候就心软。毕竟我是经过部队的大熔炉冶炼，又受党教育多年的国家干部，我们的宗旨是全心全意为人民服务。我不会像有些干部那样庸政、懒政、怠政，我没有少整事、别出事、别惹事的心理。我知道我肩上担子的分量，我们身后是上千名学员啊，我们的工作关系到他们的饭碗哪！

好在中间傅正焕校长进来找驴脸预订第二天去他小舅子那里打靶的时间，刘国瑾才赶紧约好午饭，得以脱身。

中午在鉴定站对面的华府酒店，喝着啤酒，吃着念念不忘的豆腐，驴脸又开始滔滔不绝：你们学校整体上比其他学校要好些，但也有致命短板。一个学校搞得好不好，关键就看教务处。火车跑得快，全靠车头带。你们学校的短板就是你们的教务处。用好以上率下这把“金钥匙”吧，一个好的教务处处长，就能带出一支能打硬仗打胜仗的好队伍。

说到这里，驴脸放下酒杯问：你们那个教务处长叫什么来着？我还真没记住。我这有电脑一样记忆力的人都记不住名字的人，他能优秀了？我要是你，早把他炒了。上次把好几个数据都搞错了，你知道不，错一个数据，我这里就要在成千上万个数据里面一个一个地查找，一找就是三四天，甚至一两个星期。还有，身为教务处长，连最起码的地理常识都没有，咱省有多大，区区108县，扳着手指头都能数过来。你的教务处长多日能，硬生生地把文水县孝义镇的学员给我放到孝义市去。这是啥人啊，你刘老兄就用这号人当教务处长？

刘国瑾赶紧敬一杯，说：我一定严肃处理这件事。

驴脸把酒杯往桌子上狠狠一蹾，啤酒剧烈荡漾，鼻子里哼了两声，说：得得得，等你去处理，黄花菜都凉啦！你们这号人，眼里只有钱，钻进钱眼里不出来，光知道赚钱，哪管周围帮你的人的死活！

驴脸吐一口烟，端起酒杯，喝下一口慢慢咽下，又说：老兄啊，你是校长，这事还要我说吗？这么简单的事都处理不了？

驴脸用手背擦着嘴角的泡沫，继续说：高山流水韵依依，人生难得一知己。谁让咱俩是兄弟？这样吧，我给你推荐个教务处长，此人大名武大威。别看长得像一块从西山煤矿挖出来的黑炭，却超能干，跟我好多年，是我看着长大的。你用上他，根本就不用操心，保证你们学校学员考试通过率能超过95%，也许还能达到100%。

刘国瑾想也没想就答应了。

从华府酒店出来，驴脸觉得腰有点儿不舒服，便驱车到李子的按摩保健中心。

说起李子，驴脸还得感谢刘国瑾。李子原是蛇城培训学校招的学员，三十多岁，很有几分姿色。王木德给他介绍的目的，是让他帮她考试过关。那天午饭，王木德特意给他们安排在小包间，菜很丰盛。也许是喝多了酒，饭桌上，他面对李子的苹果红的瓜子脸、一闪一闪的长睫毛、性感的厚嘴唇，下身就有了膨胀感，手便鬼使神差地伸向李子。开始，李子拒绝，后来就听之任之了。那天，他和她开了房，云雨一番后，他觉得腰部不舒服，顺嘴一说。李子用手一摸，说你腰间盘突出。李子曾当过按摩女，懂得按摩术，马上上手，果然奏效。

陈登科和李子聊天。李子含泪对他说，她是个多余人，她从小就没见过亲生父亲。

李子忽然问：蛇城姓陈的多不多？

陈登科说：怎么你要说你亲生父亲也姓陈？

李子急忙摇头。

他用手抬起李子的下巴，说：你长得看着有点面熟。不过，这些年电影电视里的美女都这样。

李子点点头：我妈年轻时是当地有名的美女。可惜红颜多薄命，我妈未婚先孕，只好草草嫁人，结婚三个月就生下了我。我继父想要个男娃，一看生下我这么个丫头片子，就一块破布裹了，扔到村北盐车壕。是我姥姥循着哭声把我抱回来的。姥姥用面糊糊把我养大，我随姥姥的姓。

驴脸给李子租了一套房子，说你的按摩手艺不错，别找工作了，开个按摩保健中心吧，一边挣钱，一边还能给我治疗腰间盘突出。

李子很是感激，说我丈夫死了，我和我儿子相依为命，我正发愁如何挣钱供儿子上学呢。

李子提到她儿子，陈登科想到了他爸。老人家死不瞑目，气若游丝地叮嘱他，陈家不能在你这里断了后，要想方设法传宗接代。菲妮头胎生了个陈馨，身为国家干部，不敢生二胎。现在政策放开了，菲妮却成了一块贫瘠地，任凭他有多好的种子，浇多少水，施多棒的肥料，多么辛勤地劳作，这块地里是永远也长不出苗苗了。

八

武大威一上任，就显露出过人的才华和优势，见面熟，亲和力强，与老师、学员零距离。教学上也有一套，理论、实操样样精通，拿得起放得下。最关键的是实现了学校和鉴定站的无缝对接，鉴定考试成绩坐火箭似的突飞猛进。

王木德也乐得逍遥省事，校长问他对新上任教务处长的看法，他说好的不行了。

两个月后，王木德的眉头却渐渐皱了起来，三个月后，掌握了多个确凿证据的他向校长作了汇报。

校长拧紧了眉头。

王木德说：校长啊，是不是武大威这些日子拍马屁把你拍得很舒服，不知道自己是校长？忘了这个培训学校是你的？

刘国瑾连连摇头：咱俩共事这么多年，你还不了解我？

王木德说：人会变的。

刘国瑾说：唯一的臭脾气不会变。在学校有人刻意选择一些机会表现表现自己，刷刷存在感，是可以理解的。我认为，工作上，和我保持正向沟通是必需的。就说武大威，他一见我，总是笑眯眯的，点头问好。我觉得这是礼貌，不能叫拍马屁。他是找我汇报工作多了些，但也就是个工作关系吧，我和他从不脱离工作说另外的事。他向我说他做什么，学校现在存在的问题是什么，什么问题亟须解决，怎么解决，他有啥好办法。我对他的印象就是比较能干。

刘国瑾还说：第一，把事情做好；第二，嘴巴甜一些，保持良好的上下级关系也是必要的嘛。

有天晚上十点钟，他悄悄驱车到学校突击巡查，看到教务处长武大威在学员宿舍进进出出。他故意在楼道里和武大威遇见。他没开口，武大威主动汇报说，为了保证考试的合格率，这些日子，他每天晚上都不回家，利用业余时间给学员补习，不这样给学员开小灶，提不高学员的成绩。刘国瑾在例会上特别对武大威进行了表扬。

梁三友对校长汇报说武大威有可能是驴脸的白手套。

王木德直接说，武大威就是驴脸的白手套。

王木德还说，他向学员要软中华，因为驴脸只抽软中华。

刘国瑾说，大不了就是两三百元或是一两条烟，只要学员考试成绩好，就睁一只眼闭一只眼吧。

王木德说：校长啊，千丈之堤以蝼蚁之穴溃，百尺之室以突隙之烟焚啊。

刘国瑾仰头看看天，说：这两天的天气真不错，没有雾霾。

朋友孩子结婚，饭桌上一位老战友骂刘国瑾，说你们学校快成了国民党党部，还骂刘国瑾是又当婊子又立牌坊。他用手指指着刘国瑾的鼻子说，我就是因为穷，没本事，没能力，才混成今天这个样子，才给你打电话，求你免了我儿子的培训费。你倒好，很大方，二话不说，不但免了培训费，连住宿费都免了，我很感激你。刘国瑾啊，你不知道，当时听了你的话，实话对你说，我心头一热，泪水都流出来了。可是你刘国瑾不该人前一套，人后一套，这边给我儿子免费用，背后又让人收取他妈的什么鉴定考试过关费。

刘国瑾连说不可能。

刘大校长啊，不用否认了，我儿子把两千块钱过关费都交了。

给了谁？

你们学校啊。

有没有手续，比方说收据？

哪个偷牛的还在现场留下自己的名号，你以为人人都是武松？

刘国瑾说：你喝多了。

老战友说，我统共喝了不到一斤酒，咋就说我喝多了？

老战友又说：我问你，你们学校是不是有一个长相黑黑的叫武大威的教务处长？

刘国瑾点点头。

老战友说这就对了，就是他跑到我儿子的房间先是讲考试要点，接着吹我儿子前途无量，再接着讲国家职业资格证的重要性。末了儿，说他能帮我儿子考试过关，再往后就是要钱。

刘国瑾心头浮起乌云，但脸上笑容如常，大叫着劝战友喝酒。

刘国瑾压力山大。王木德又提供新证据，他滑开手机屏，点开录音机，是一段电话录音。对方是个女的，说她到学校报到的第二天晚上，武老师就到她住的房间找她，很热情地给她做辅导，还说上课时一眼就喜欢上她了，暗示他能帮她考试过关。她问要花多少钱，他说他不要钱，就是想帮她，主要是鉴定站的人要钱，一个人过关，大概得两千元左右。为了不白来培训，拿到国家职业资格证，她央求他帮帮忙。她给了他两千元，考试的头天晚上，她去找他，说心里跳得慌，问考试的事情安排好了没有。他说，钱已经给了鉴定站那边的人了。又说，鉴定站那边安排好了，学校这边还没安排，学校这边安排不好，一样不能考好。她问咋办？他提出和她上床。她一口拒绝，最后她考试的结果是差 0.1 分不合格。

刘国瑾满脸铁青，他抬眼望天，市区方向蓝瓦瓦的，像透明的镜子，高深莫测；隐云寺上空乌云一堆一堆的，堆得比山还高，随时都会倾倒的样子，但倾倒下来的是雨还是冰雹只有天知道。

他找武大威谈话，武大威觍着黑脸，发誓赌咒，死不认账。刘国瑾知道对方的嘴巴早就练成了钢牙，就直接说明女学员的事。武大威说全是污蔑，还说他来学校后，把学校的教学水平提高了，有人眼红，有人嫉妒，因为他动了别人的奶酪。刘国瑾看武大威说话时，声音平和，脸蛋展展的像刚打过玻尿酸。

刘国瑾拿着王木德提供的录音去找驴脸。驴脸火冒三丈，脸红脖子粗地骂了个天昏地暗，最后声明，他以前根本就不认识武大威，他的朋友圈里不可能有这号人渣。

研究辞退武大威时，王木德问校长：你真的相信他们以前不认识？

刘国瑾说：鬼才相信。

王木德长叹一口气又说：咱这么做，是不是断人家驴脸的财路？

刘国瑾说：我不断他的财路，我们学校就走投无路。

辞退武大威的第二天，王木德去鉴定站办事，在鉴定站大门口就听见驴脸在楼里咆哮，地板不停地震动。他进了小高办公室，小高说武大威今天是出门踩狗屎，放屁砸脚后跟。坐在小高办公室，听着隔壁驴脸骂人。骂到高潮处，两人出去透过门缝往里看，正好驴脸抄起桌上的茶水杯，摔在地上，飞溅的玻璃碴儿从地板上反弹起来，把天花板上的日光灯都击烂了。

九

驴脸两个多月没在学校露面儿，学员考试成绩呈断崖式下跌。社会上已有谣言，据说是大青学校的刘青山校长放出来的风，说是蛇城培训学校鉴定考试及格率全省最低。刘校长忘了去年最后一次国考，陈登科为了惩罚他，给他们大青搞过 95% 的不合格率。

已有学员提出退学，要到别的培训学校学习。刘青山第一个放出风来，说是只要蛇城学校转到大青的学员，大青包过。

刘国瑾恨得咬牙切齿。

王木德慌了：我的校长啊，你别在这里骂天骂地啦，白费口舌，浪费唾沫。赶紧带上子弹，去鉴定站吧。

刘国瑾说：我把驴脸推荐的人辞了，回头去求他，不是诚心上门找驴踢吗？

王木德说：挨驴踢总比坐在这里等死强。

刘国瑾只好厚着脸皮去求驴脸。

驴脸头也不抬，说：没工夫和你闲扯。

刘国瑾不停地承认错误，求陈站长大人不记小人过，说着把一个一万元的红包塞进抽屉。

陈登科拿起红包捏了捏，愤怒地砸回刘国瑾的怀里，吼道：你这是腐蚀拉拢党员干部！是犯罪！

刘国瑾散步到隐云寺，凝望着金刚万佛宝塔，听着清澈远闻的梵音，想像唐僧到西天取真经一样取到对付驴脸的真经。

刘国瑾拜完菩萨，想和义净法师聊一会儿。茶过三巡，王琼来电，说是保安刚刚打来电话，别墅又让小偷给偷了。他只好匆匆下山，赶往东山别墅。当初他不赞成买别墅的。王琼非要买，说住别墅是她一生的奋斗目标，他只好随她。他也知道别墅的好处，独立的院落，良好的采光，田园的风景。但让人闹心的是，别墅区这个富人的天下，竟是小偷的目标首选。他不知道除了小偷，是否还有别的什么人惦记着这里？

刘国瑾试探老婆是不是把别墅卖了，说三年了，咱俩和孩子去住的时间加起来不到一个月。

王琼说：别磨磨叽叽的，我是在做长线投资，再过五年十年，别墅的价格肯定翻好几倍。

带着派出所的干警看完一楼，刚上二楼，王木德的电话就来了。电话里的王木德牢骚冲天，说鉴定站不给学校发学员鉴定申请表，没有鉴定申请表，就无法上报学员信息，学员就没办法参加技能鉴定考试。这是要命啊！

为了保住“性命”，刘国瑾咬咬牙，准备好三万元的红包，再去求驴脸。

十

离国考还有二十天，和往年一样，刘国瑾如履薄冰。尽管学校早已形成一整套相当完善的国考鉴定工作制度、预案、防范措施和安全体系，但他仍不敢掉以轻心。他早早就召开校长办公会议进行考前安排，郑重地组建国考领导组，下设五个小组。自己亲任组长，总体负责。常务副校长王木德任副组长，负责组织、安排、督导。教务处长任协调人，在副校长的领导下负责具体工作的实施。办公室主任王前进负责协调。后勤处长梁三友、财务处长梁萍负责学员的吃喝拉撒睡。各班班主任分别任小组长、副组长。

王副校长再次要求各小组组长必须在考试当天七点半前到达各考点，他会随时检查抽查。

安排完国考事项，刘国瑾看看学校没有什么大事了，便带领招生处处长又马不停蹄地跑出去，忙招生问题。生源是学校生存的关键。

两天后的中午，刘国瑾接到王木德的电话，心被子弹风暴打成了筛子。王木德在电话中说，刚刚驴脸来过学校，一个招呼也不打，直奔一楼实操室，给大门贴上了封条。还说没有他的命令，谁也不准进实操室一步，要不然，就要取消学校参加新一期国考的资格。现在驴脸对咱们学校就像夺妻杀子的仇人似的。

刘国瑾他一手叉腰，一手指天，转着圈骂娘。

他竭力稳住自己。

他给驴脸打电话，驴脸不接。

他只好中断招生，赶回学校。

斜阳里密密麻麻飞舞着不知名的小虫子，王木德急得在办公室转圈圈。

王木德说：你看看这个驴脸，明知道马上就要国考，却封了实操室，这是明摆着骑在咱们脖子上拉屎撒尿。

又督促校长：你赶紧和驴脸沟通吧。时间上还来得及。有啥事过了国考再说嘛，就是天塌下来，也不能拿国考开玩笑。

刘国瑾苦笑着说：他就是借国考整咱们。

王木德说：蠢驴！现在是啥形势，还敢这么明目张胆地兴风作浪，他就不怕中纪委收拾他？

又说：马上就是国考，学员们进不了实操室，技能鉴定考试肯定难过关，如果大面积不及格，对于我们学校是灭顶之灾。

刘国瑾努力地平息自己内心的波澜，他不能像王木德那样慌神。

王木德自言自语地说，看他的架势，这回是要置咱们学校于死地。也怪咱们毬眉悻眼的，不细细琢磨，就辞退了人家的白手套，断了人家的财路。

王木德说：不管他怎么敲诈，咱们都不要硬扛，我的意见，你还是亲自去找驴脸谈谈吧。他就是有天大的要求，咱们先应承下来，过了国考再说。真把咱们惹火了，咱们就和任继军联合起来闹他！

刘国瑾跑到鉴定站，看着驴脸，就像看到一坨屎上的绿头大苍蝇，恶心和憎恶让他透不过气。为了学校，为了生存，他不得不硬撑着要变形的脸，让嘴角和眼珠子挤出笑意。

他哀求驴脸：中午一起吃个饭吧？

话像撞到了城墙上：没时间。

那晚上？

不行。

明天中午呢？

也有安排。

后天？

下星期咋样？

到时再联系。

再联系就到了国考！

我不傻！

刘国瑾头晕眼花，脑袋像被打夯机打了三百下。

十一

夜过半。知了也累了，有气无力。不知谁家的宠物狗在楼内乱吠。几声蛙鸣划破夜空。电梯运行沉闷的隆隆声时隐时现。忽然间，银杏树叶有节奏的弹奏中荡起密密的啪啪声。看窗外，有丝丝小雨飘落。温度陡然下降，凉爽舒服了很多，但刘国瑾还在床上翻烙饼。

睡了一觉的王琼，起来上厕所，从厕所回来眯着眼，问：咋啦？还没睡！

刘国瑾翻身给她个脊背。

王琼推了推他的肩膀。

他又转过身来，看着老婆，把事情简单说了一下。

王琼半躺着说：他这就是故意的。

刘国瑾点点头：我清楚。

他想干啥？王琼问。

明知故问。刘国瑾回答。

王琼说：我早就说过，你太窝囊。你是个大男人，你不能退让。闹死他！

刘国瑾承认，自己这方面没他老婆有胆识和强悍。作为一名医生，王琼的医术是精湛的，要不然，也不会三十岁就成为副主任医师。但她棱角硌人的个性，让她在副主任医师的位置一待就是二十年。她嘴巴刁钻刻薄，但心地善良。不管什么时候什么情况下，都会全力治好每一位患者，做好每一台手术。她也像其他医生一样，经常被一些患者和家属指着鼻子骂缺德，甚至还遭遇过暴力。她的处理办法是挨骂就还口，挨打就还手。她说：我们不能怕事儿。有活儿来了干活儿。打架来了，闹他！打得过就打，打不过就跑。她被派出所警察定性过和患者互殴，被领导批评过态度不好。有一天晚上，她值班，碰到一位小个子男家属，因扎针问题辱骂护士，她看不下去了，就和对方舌战起来。对方还伸手要打她，她脱下白大褂，就把对方掀翻在地，暴揍一顿。她常说，作为医生，时刻准备着为需要的患者服务，流血，流汗，这是她的职责。但是，她也不允许任何人对医生有暴力行为。对恶的退让和纵容，不是善良，是懦弱。真正的善良，是带着锐利和锋芒。

王琼说：老公，我的意思，这次你绝对不能心软，必须怒怼回去。你越是迁就，他就越以为你弱。你软弱，他不欺负你欺负谁？若把老娘惹火了，我把他的办公室砸了！

十二

累吧？

累！

放手。

能放手?

不能。

上山，不是想放弃就能放弃的，你放弃一下试试。

是啊，有时候，放弃比坚持还要难。

刘国瑾一拳砸在桌子上，吼道：离国考只剩下四天了，我就不信他驴脸能跑出地球！

王木德说：他这是和咱们比耐力，咱们拖不起。

刘国瑾来到鉴定站，看到驴脸的车停在大楼前，他边往楼上走，边给驴脸打电话。

在办公室吗？我想看看领导。

你在哪儿?

外面。

我在去省委的路上，省领导有要事相商。

他挂断电话，直扑驴脸办公室，一扭门把手，门没锁，推门进去，驴脸在埋头玩手机游戏。

刘国瑾在努力控制住自己情绪的同时，突然厌恶自己。以前他在驴脸面前就像是一条狗，可怜巴巴地摇尾乞怜，此刻却幻想变成一枚东风 DF-41 导弹，准确地击中驴脸，把他炸成雾霾。

驴脸注意到刘国瑾进门后的脸色变化。他忽然开怀大笑，感到十分快乐。

刘国瑾被笑得浑身起鸡皮疙瘩，恐怖地看着他。

驴脸知道胜利又站在了他这一边。他故意拉长脸，眼睛眯成一条缝，逼视着对手，忽然间，他像发神经似的腾地从椅子上站起来，哈哈大笑，末了儿，大手空中一扬，大喊：今天真的没时间。

您啥时候方便?

明天见！

还在这里?

不，等我微信。

电梯下行，声音隆隆的。刘国瑾浑身无力像只瘟鸡躲在 ·角。电梯狭小的空间让他感到憋闷。他仰脸看嗡嗡旋转的电风扇，像要把本来就稀薄的空气抽干。电梯刚到一楼，他就冲到大门外，站在阳光下，大口大口呼吸，手不断地抹脸，好像要把落在他脸上的屈辱清除掉。

他茫然地看着蔚蓝的天空、火红的太阳、积木一样的楼房、洪水似的汽车、熙来攘往的人群、枝繁叶茂的树木，还有成群结队的麻雀。突然间，他想笑，想微微一笑，调整一下心态。笑终于出来了，那样短促，那样恐惧，那样凄然，那样苦涩，那样无可奈何，那样空无一物。阳光把他的脸颊照得苍白，黑黑的眼睫毛上挂着点点泪光。

驴脸给了个十分偏僻的地点，在蛇城的西北角。

刘国瑾打开百度地图导航，耗费四十多分钟，在半山腰的一棵柳树下停住。一股从东南方向扑过来的风把柳树刮得趴在山崖上，挟带的小沙粒把脸打得生疼。

他眺望着山风掠过身后高高的山头，左边的几个山头被开山取石炸得面目全非，几台粉碎机正粉尘弥漫地轰隆着把石头变成人民币。第三个山头上新修了一座塔，看样子是要重新修复被破坏的植被。右边，从山深处流过来的洽洽河伸个懒腰，慢慢拐了弯，由东往南流去。

他心急火燎的，不明白驴脸把他弄到这么个鬼地方是什么意思？有什么话城里不能说？难不成要谋害他？他认为驴脸没这个胆量，也没有这个动力。

等了一会儿，还不见驴脸的影子，他给驴脸打电话。

他说：我早到了，正看我们的刘校长呢。

你在哪儿？

我看见你的车停在柳树下。

你在哪儿？

现在你正在看山。

他转了个 360 度。

别转啦，我能看见你，你看不见我，说明你眼里没我。

他又转了一圈，还是没看见他，骂道：少你妈的装神弄鬼！

驴脸大笑，说：你面朝西，向南 25 度，仰角 30 度。

驴脸右手拿手机，左手叉住腰，居高临下地看着刘国瑾。刘国瑾不屑地耸耸肩膀，然后手脚并用费力地爬上山崖，站到驴脸身旁，看着崖下，开玩笑地说：你不怕我把你从这里推下去？

驴脸回敬道：我不会傻得等你动手的。

说着，当着刘国瑾的面关了手机，对刘国瑾说，我关了机，你也关机。

刘国瑾迟疑了一下：怕录音？

驴脸说：这年头儿，时时刻刻都得防着小人。

原来在你眼里，我是个小人？

反正难以列入君子之列。

嘁！

陈登科看着脚下的山崖说：咱们长话短说。今年以来，你们学校参加鉴定的学员是3351名。你们学校的鉴定，属于特有工种技能鉴定，在外省鉴定一名学员，收费400元，我们鉴定站才收费200元。你们学校一共少交鉴定费670200元。我呕心沥血搞鉴定，你们赚大钱，也得让我喝点汤吧？还有，每次你们学校一考试就是好几百人，你们一考就完事，我还得给你们判卷子，一搞几个月。还要生成数据，报上面，还要制证，还要跑人社部门求人签字、盖章，把我都累得腰间盘突出了，三天两头儿跑医院做理疗。你们谁管了？我的劳动付出和收入不成正比，我人生的价值在你们眼里狗屁不如！我再也不能这样傻下去啦。现在是经济社会，我前些日子在你们的例会上说过，我付出就要获得相应的回报。我算了一下，3351名学员每人补交200元，就是670200元。咱们去掉尾数说大数，你拿出60万元，我给你启动实操室。

刘国瑾觉得驴脸的声音像是从西山煤矿的坑道里发出来的。他不禁大叫道：60万元，开什么国际玩笑，我到银行给你偷去呀！

陈登科说：你傻还是我傻？你们学校一个学员收3000多元，3351名学员就是1000多万元，区区60万元用得着你去偷？

学员吃不要钱？住不要钱？这个费那个费的，到处都是张口要钱的，到了我们手里，就剩下个零头儿。

你哄鬼吧！有几个有钱人叫唤自己有钱？

我们是真的没有。你的话就像是用微分的概念分析圆周，每一无穷小段都是直线。

废话少说，省省唾沫养养神。给了60万元，你们启用实操室。以后，你们学校每到我这里鉴定一名学员，给我200元，一分不能少。

流氓！

你才知道我是流氓？

没见过这样的流氓。

今天不就见了吗？

少点儿不行？

没得商量。

我没勇气再和你说话了，我怕我说多了管不住嘴，下地狱。

地狱就是让人下的，你们学校在人间还是在地狱，我说了算！

陈登科露出狞笑，把手上的烟往地上一扔：你不是处女，你是婊子。别以为挂个校长的牌子，就可以当嫖客！说完似乎觉得自己的话说得太重，有意缓和一下，接着说：60万元一分都不能少！你比我懂，比我会算账。啪啪啪，那算盘打的，计算机都比不上，阿尔法狗都自叹不如。

刘国瑾突然问：你咋那么喜欢钱？

驴脸很惊讶，张大嘴，歪着脖子，看了他半天，问：你不喜欢钱？又端正脖子：没钱你就是孙子，不如一条狗，连碗小米稀饭都没人给你喝。

刘国瑾说：我没这样想过。

驴脸说：你别看你是个大老板，你不会生活，你白在这个世上来过。说着脸色骤然变冷：最后问你一句，60万元答应不答应？

刘国瑾说没法答应。

驴脸便从腰间掏出一把五四手枪对准他。

刘国瑾大惊失色，他没想到驴脸会有枪。

驴脸嘿嘿笑道：非常抱歉，你的顽固和不配合，使得我不得不采取非常手段来解决我们之间的问题。我想，你现在应该明白事理了吧？

驴脸命令刘国瑾：转过去！

刘国瑾转过身子后，驴脸又叫他趴下。

刘国瑾顺从地四肢着地。

驴脸命令：把手放到头上！

刘国瑾赶紧双手抱头。

驴脸把脚踩到刘国瑾的腰上，用枪顶住他的后脑勺儿，再次问：60万元你到底给不给？

给给给，刘国瑾急忙答应。他觉得下身热乎乎的，随即鼻子里钻进一股尿骚味。

说话算数？

要是不算数，下次你真崩了我。

驴脸把枪移开刘国瑾后脑勺儿，说：明天天黑前你必须给我送过来。说罢，哈哈大笑，往山下走去。

刘国瑾像根被遗弃在山上的半拉子工程的水泥桩，驴脸走后十多分钟，他才翻身坐起。他闭着眼睛，竭力让自己从恐惧中解脱出来。

他听到风飞行时扇动翅膀的声音。

他随着风飞行了一个多钟头，驱车来到洽洽河滩。洽洽河水闪着银光哗哗地向前流。车厢里的尿骚味越聚越浓，让他透不过气来。他摇下车窗，通了一会儿风，效果也不大。看看还湿湿的裤裆，他懵懵懂懂地下了车，车门也没锁，就向河边走去。河水湿了脚，他觉得透心凉。他继续往前走，河水漫过了小腿，接着又漫过大腿，最后漫到了腰间，大腿间的尿骚味荡然无存。两条腿顺着河水向前漂，他想变成一朵浪花，一丝涟漪，跟着河水流向远方。他抬头看看蓝天上的白云，又环视四周的群山，那样陌生、遥远、虚无。有好多条鲤鱼撞击他的大腿，他不由自主地向后一倒，躺在水面上，还没来得及细想，整个人就沉入水中。他连喝了几口水，舌头马上涨大几十倍，堵死了他的喉咙。他喘不上气来，肺就要爆炸。他后悔了。这样死太不值了，太便宜驴脸了，就是死也要拉驴脸垫背。他还有老婆王琼，还有儿子刘阳，还有他的学校，学校里跟着他干了多年的王木德、王前进、梁三友、梁萍……他拼命挣扎起来。两只手拍打着水面，两只脚在下面扑腾着，寻找坚实的大地。一股水流过来，把他推进一丛水草，他急忙抓住水草，挣扎着上岸。他疲惫得没有一丝力气，在一棵柳树前一屁股坐下。

他想哭，转头看看四周没人，便放开嗓门嚎啕起来。也不知哭了多长时间，等他清醒过来时，河水已经变成红色。太阳像一个大火球在河里浮荡，金色的蜻蜓在草丛上飞舞。身上的衣服也干了。他抽抽鼻子，提起裤裆，使劲闻闻，没有了尿骚味。

刘国瑾开着车冲出河滩，上了通向市区的路，路灯把他的脸照得忽明忽暗。他没有回市区，也没有回学校，开着车，像只无头苍蝇，没有方向地到处乱窜。天黑时分，轿车在东山别墅前停下，他掏出钥匙打开门。院落里的花花草草，因缺少侍弄已长成杂草。这一晚，他没睡好，给蚊子饱餐了一顿。凌晨三点多，他实在忍受不住蚊子的光顾，又回到学校。

王木德办公室的灯竟然还亮着，他还在为校长担心发愁。看见校长进来，他腾地站起，问谈好了？

准备下地狱吧。刘国瑾摇摇沉重的头，简单地叙述了一遍。

王木德说：这种被吊打的滋味难受啊。

正副两位校长大眼瞪小眼。

王木德叹口气：60万元！还得凑，只给一天时间，这去哪儿倒腾啊？

刘国瑾心里已经有了主意，他说：就把东山的别墅便宜处理了。眼下，只有它能立马套现。

嫂子知道了，非剥你一层皮不可。

瞒着她。

躺在床上，校长迟迟进入不了梦乡，翻了几个烙饼，无奈地打开手机看头条新闻。一条都市110视频吸引了他。说当天在东山万亩生态园的山道上公安人员拦截了一辆可疑的商务车，发现一个人被五花大绑塞在里面。刘国瑾赶紧将图像放大，他希望被绑架的人是驴脸，最好是被一把斧头砍得分不清脑袋还是屁股！可惜图像经过处理，只能看到一片马赛克。

迷迷糊糊中他也不知是啥时候睡着了，睁开眼，早晨正从天空透过窗户缓缓走进来。他打开电视，换到中央音乐台。重播节目，维也纳金色音乐厅，钢琴家 Ben Morton 正在演奏贝多芬的《命运交响曲》，开始的4个音符，刚劲沉重，仿佛命运敲门之声……

十三

陈登科一脸满意地打开家门。

菲妮问：又去打靶了？

陈登科说：这两天忙得像孙子，哪有闲心打靶。

菲妮说：我看见你包里有把手枪。

陈登科从包里拿出来，扔给菲妮：你打小儿就跟着你爸玩手枪，你看看，这是手枪？

菲妮接过来看了看，认定是仿真的，便打开弹夹，从茶几抽屉里拿出一颗子弹，压进去，顶上膛，瞄准陈登科。

陈登科吓得跳起来：别开玩笑。

菲妮笑着说：枪是仿真的。

陈登科说：子弹是真的。

菲妮说：我记着呢，子弹是你送给我的。我很珍惜，会好好替你保存的。她退出子弹，攥在手心，把枪扔给他。

刘国瑾向陈登科要银行账号。

驴脸竖起大拇指：呵呵，真聪明，想留证据？不好意思，我喜欢现金。

驴脸还说，以后每个考生交200元的辛苦费，我见钱就考试。君子一诺，驷马难追。

拿到60万元现金的驴脸笑了。他抚摸着万向轮磨砂面商务旅行箱，能感觉到人民币那超高的能熔化南非钻石的温度，他很享受这种幸福的感觉。

第二天，鉴定站小高开着车来到蛇城学校，撕下实操室的封条，发了学员鉴定申请表。

王木德给小高塞了个大红包，表达感激之情。

办完事小高要走，王木德说：鉴定站来人了，对我们学校来说是头等大事。我今天啥事也不干，就是中午陪你喝酒。

驴脸办公室。驴脸靠着老板椅背，对刘国瑾说：刘兄啊，你是大把式，我年轻时心目中的偶像，做人的榜样。职业技能培训行业里，我谁都不服，就服你一个人。以后你们学校的困难，就是我的困难，我保证蛇城学校一路绿灯。

你别再拿枪对准我就行。

这要看你的表现。普京有句名言：好话说一千次一万次，不如战略轰炸机的翅膀扇动一次。

刘国瑾右手端着茶杯，看着驴脸，恨得牙根发痒，幻想着一杯热茶泼到驴脸上。他轻轻把茶杯放回茶几，伸手狠狠揪下办公桌上那盆福绿桐盆景的一片羽叶。

驴脸跳了起来：盆景惹你了！

刘国瑾仰头把天花板溜了一圈，长出一口气，终于让嘴角浮出一圈微笑。他收回目光时，看见一只苍蝇飞到驴脸头发上，想落下来没站住，又嗡嗡嗡地向光明飞去，撞在窗玻璃上。出不去不死心，继续嗡嗡地撞着，想撞出一条出路来。窗户右上角有蜘蛛网，巴掌大，走投无路的苍蝇会不会被缠住？

刘国瑾的心一阵狂跳，急忙收回目光，伸手拎起文件包，匆匆离开驴脸办公室。

十四

驴脸打开书房的指纹门锁。书架上的专业书籍已经换下二分之一，那些换下来的专业书籍被他装进啤酒箱子里，捐赠给几个培训学校，其中两个学校还隆重地举行了捐赠仪式，把陈站长助学的事迹通过报纸电视进行宣传报道。前两天，驴脸又从装修公司买回一批高贵豪华的空心书籍，有《诺贝尔文学奖获得者全集》《鲁迅全集》《理想国》《人类理解研究》《二十四史》《资治通鉴》

《论人类不平等的起源和基础》《莎士比亚全集》《大卫·科波菲尔》《悲惨世界》《赵树理全集》等，都装饰精美，富丽堂皇。

他小心翼翼地从书架上拿下《诺贝尔文学奖获得者全集》，把从刘国瑾那里索要的60万元现金装进去，又一一放回书架。他双手叉腰，满足地久久欣赏着。

咚——叭！外面一声二踢脚炮响，把驴脸从梦中惊醒。他揉揉眼，腕上的手表已是夜里12点整。

咚——叭！咚——叭！又是两声二踢脚炮响，一共三响。蛇城传统习俗，结婚当天0时整，男女双方都要放三个二踢脚，说是冲喜，寓意家中的好日子过得红红火火。

他把目光移向窗外幽蓝幽蓝的天空。

他心中也产生想放几个二踢脚炮的冲动。

以前在农村，家里再穷，过年时，妈都要给他买一挂鞭炮，几个二踢脚，让他像别人家的娃一样开心地放。

他想妈了。这段时间比较忙，又没顾上看她老人家，明天就是天塌下来，也要跨过马路去看看妈。妈又会揉着老花眼，哆嗦着嘴，结结巴巴地不知说啥好。妈又会嫌他给的钱太多，硬要把钱塞回他口袋里，说钱在她手里根本没地方花。妈又会忙前忙后，只怕他在外面饿了肚子，把早就在厨房做好的他最爱吃的豆腐端过来，看着他吃得满头大汗打饱嗝。妈还会胆怯地唠唠叨叨，要他对菲妮好些，人家是大户人家的闺女，没吃过苦，要学会心疼老婆，她是要和你过一辈子的人。

十五

老站长吴兴瑞请刘国瑾在粤海世界饭店吃饭。

刘国瑾受宠若惊，又有点惶恐不安，闻到一股子黄鼠狼给鸡拜年的味道，但他又不好意思推辞，只能硬着头皮赴宴。

赴宴后，老站长先是用关怀的口吻询问刘国瑾在教学园区建校征地的进展情况，耐心地听，不时点头。听完老站长说，你可能也听说了，我和任校长在大青山革命老区也准备建一座职业技能培训学校。老区还很贫困，有的地方让人怀疑走进了新中国成立前。西八县富余劳动力多达数十万人，他们居住在贫瘠的深山，最偏远的山村离县城有上百里的路。他们没有钱，有的刚解决温饱问题，有的还在贫困线以下晃悠。他们脱贫最佳的途径就是提高素质，掌握一门实用技能。而我们的培训学校大都开在省城或是市里，农村的劳动力就是想参加培训也只能“望校兴叹”，所以经过几年谋划，他想在乡下办一座培训学校，让老区的人足不离村就能得到培训，像家政保姆、果木修剪、中式烹调、电工操作、服装加工、礼仪接待、家禽饲养、消防操作、灭火救援、电脑知识等，这些都是他们容易掌握的职业技能。老站长说，地的问题县里很支持，免费提供，现在的问题就是建校资金，我想筹点钱尽早开工。老站长希望刘国瑾能出点血，目光飘荡着几丝哀求，十分殷切。

刘国瑾差点哭出来，他把前几天在西山发生的事详细地向老站长叙述了一遍。

老站长无言，目光发呆，直到饭局快结束，也没说几句话，只是一个劲儿地劝刘国瑾吃菜，喝酒。

最后一道菜上来，老站长吃了口，放下筷子，语重心长地对刘国瑾说：你和陈站长的矛盾，现在还是人民内部矛盾。要把握好尺寸，掌握好度。有机会我去找陈站长聊聊，提醒提醒他。毕竟大家一起共事多年，他还是我培养起来的，我也没想到他会变成这样。

最后，老站长说：我的意思，你懂的。

刘国瑾要去买单，老站长按住他，任继军站起来，把信用卡递给服务员。

这时任继军接到一个电话，听出是他母亲的。

老站长问：有事？

任继军点点头。

老站长说：那你赶紧去吧。

任继军说：不急，送了你我再去。

老站长摇头：不用不用。

又问刘国瑾：你忙不？

刘国瑾说：任校长你忙去吧，我送老站长。

任继军对刘国瑾说：那就麻烦你了。

刘国瑾说：老站长又不是你一个人的，也是我的。

大家都笑了。

任继军拎上包，小跑着走了。

老站长招呼服务员打包。嘴上还念念有词：要节约，不浪费。

老站长家住在唐明大街，却让刘国瑾开车去杏花园路。

老站长让车在香格里拉小区门口靠边停住。

刘国瑾说：陈站长就住在这里。

老站长没吭声，摇下车窗玻璃，喊坐在收烂货的三轮车上看书的老头儿，把打包的饭菜递给他。

刘国瑾拨左转向灯，挂 D 挡，准备离开时，看见菲妮出现在小区门口，他装作没看见。

菲妮向车这边瞟了一眼，扭头走向收烂货老头儿，两人聊着什么。

十六

刘国瑾成了疯子，在学校见人骂人，见物砸物，学校教职员工人人自危。

刘国瑾也为自己的言行懊恼。他品着茶，哀叹道：我就是一条悲壮的沙丁鱼。水下有海豚、鲸鱼、鲨鱼威胁，水上有鲣鸟、燕鸥、鸬鹚袭击，腹背受敌啊。

义净法师说：压力是伴随着人生，伴随着时代而来的，无法回避。我们首先要有一个正面的思想，来解读这个压力。

又说：放弃抱怨，放弃负能量，多一分努力，多一分思考，你就能杀出重围。

刘国瑾言听计从，但想做做不到。

这天，他又没能控制住自己，没有任何人惹他，他自己把自己搞火了。眼看就要发作，他赶紧跑回办公室换上运动装，跑出去爬山。梁三友帮他拎了八瓶矿泉水。他连爬了七个山头，将矿泉水喝得一瓶不剩。中间只对准一棵老榆树撒了一泡尿，其余的全化成了汗水。

这天晚上，累得腿都要断掉的刘国瑾又要王木德陪他喝酒。

八两酒量的"缸房"，愣是喝光了一瓶，直喝得屁滚尿流，醉得一塌糊涂。王木德摇摇晃晃地把他送回家，擂鼓一样敲门，敲开门，一张嘴，浓浓的酒气把王琼熏得晕头转向。

他伸着捋不直的舌头，对着王琼乱说了一通：嫂子，我的好嫂子。今天校长他没喝多。不不，喝……多了，全怪我。校长心里苦啊，太苦了，我比谁都清楚……太苦了。他想醉酒……就让他醉好了。他想醉，我也想醉。……今天就让我俩睡个好觉吧……好困啊。说着，就扑通一声，和校长一起倒在地上。

王琼哭笑不得，先是把王木德翻过身，拖进客房，脱了鞋，滚上床，盖上被子。又回到客厅把老公搬到卧室，脱了衣服，安顿好。她坐在床头，侧向老公，心疼地看着老公，轻轻地抚摸着老公，双肩微微地颤动。

也不知什么时候她睡着了，和衣窝在老公头前。

王琼被一阵喊声吵醒。她忽地坐起来，听出是隔壁王木德在说梦话，东一榔头西一棒子，断断续续的。听了一会儿，她听出了一点门道，便霍地从床上跃起，揪住老公的耳朵审问东山别墅是咋回事。

刘国瑾却像个活死人，怎么也搞不醒。

王琼冲进客房，打开顶灯，把王木德从梦中拖出来。开头儿王木德的嘴还硬，后来知道自己的梦话把校长出卖了，后悔不迭。

王木德拉住王琼，苦苦哀求，叫她别再折腾校长了。他一边喝着王琼递过来的浓茶，一边红着脸简明扼要地给她讲事情的来龙去脉。

王琼叫道：你咋不早说？

又叫道：你们咋不去纪委告他？黑糙烂污的王八蛋，闹死他！

王木德说：你别急。这种人，必遭天谴。

王琼说：你们不闹我闹！

王木德说：好嫂子，你就别添乱了。我们学校不像你们医院，你们是官办的，我们是民办的，没爹没妈，面临的关系复杂得很。我和校长事先都商量好了，这笔钱，让他好吃难消化。你万万不能搅进来。蒸馍馍要掌握火候，火候不到，过早掀锅盖，馍馍就夹生了。

十七

2015年4月3日，天津检察机关依法对周永康涉嫌受贿、滥用职权、故意泄露国家秘密案提起公诉的时候，相距六百公里的蛇城的一间出租屋内，李子手中的打火机在轻轻地响了两声后，冒出跳跃的火苗，点燃了驴脸手中的中华烟。

他悠闲地抽着，吐着烟圈。

李子把打火机放到床头柜上，让他仰面躺好，叉开大腿，给他做前列腺保健按摩。按摩很到位，舒服得他直哼哼。做完前列腺，驴脸又翻过身来趴着，李子给他按摩腰，按一下，痛一下，疼痛过后是舒坦。

下周日又要技能鉴定考试了，刘国瑾的钱还没送来。前天，他就提醒过这个得了健忘症的猪头。他没直接找刘国瑾，而是把电话打给王木德。王木德会积极地一刻也不耽误地把话传给猪头的：王副校长啊，你过得好舒心哪，我刚才又被省考试中心的领导叫过去，挨了一通臭骂。领导骂我包庇你们学校，还说我和刘国瑾还有你，是一丘之貉，狼狈为奸，问我收了你们多少好处，那么积极主动舍身忘死地罩着你们学校。

驴脸说：你说我冤不冤哪！我打听过了，省考试中心前些天派人下去转了一圈，实地考察了几个培训学校，其中就有你们学校。你们学校的实操设备实在是差劲儿，老旧不说，有一部分还不能联动。你们这是在开国际玩笑，叫我咋个包庇你们？

昨天，刘国瑾没回音，他又给王木德打电话，说是一大早又让厅长骂了一通，还是你们学校的问题。他故意把声音提高，让王副校长马上、立即、迅速把事件摆平，不然的话，下周的技能鉴定考试不能顺利进行，别怪我陈站长没提醒你们。

王木德故意问：你让我摆平省里哪个部门？

驴脸说：自己拉的屎自己不清楚？

王木德说我真不清楚。

驴脸说你比谁都清楚。

今天，刘国瑾还没露面。他想了想，决定采取行动。搞鉴定工作十多年，别的本事没有，整治培训学校的手段却多得是。

他拿起手机，直接给刘国瑾打过去：刘校长，刘兄啊，在哪里潇洒啊？

我哭得眼泪流成河。这不，下期培训的学员还没落实下来，在下面忙活着呢。

我就说嘛，刘校长这么大的人物咋就泥牛入海了？

陈大人，有什么指示，请吩咐。

我哪敢指示。我是给你打工的。

言重，言重，承受不起。

言归正传。是这样，刚才省领导把我叫过去，说他派有关部门下去私访，回来的人汇报说你们学校的实操设备存在严重问题，和我探讨下周的实操技能鉴定考试是不是挪到南面或是北面随便哪个设备比较健全的技校去考？我说，你们学校这批学员 200 多号人，实操考试至少要四五天时间，南面离你们学校最近的技校也有 230 多公里，一来一去就是 460 多公里，那要多花多少钱，不是坑人吗？我对领导说，这样做不利于职业技能培训事业的发展。我还对领导说，不管蛇城学校是去南边还是北边考试，两边的路况都很差劲儿，加上车又多，特别是拉煤的大车，万一出个什么交通事故，群死群伤，后果不堪设想。我这都是为你们学校着想的，是想方设法在为你们学校争取啊。可咱是谁？一个小小的鉴定站站长，人微言轻，谁也看不起，上面的领导更不会听我的。他们坚持要你们去别的培训学校考试。你说，我该咋办？

刘国瑾说：我在山沟里再有两天就忙完了，一回去我马上找你。我记着呢，忘不了，你放心。

陈登科说：牛头不对马嘴，乱弹琴。我和你说的是两码事。你现在不赶回来，抓紧把事情处理好，等你招完生，早就两腿一蹬，归西啦。别忘了，你们学员鉴定申请表还没领呢。考试地点确定不下来，我这里无法发鉴定申请表，我发不出鉴定申请表，你们就填不了鉴定申请表，没有你们填写的鉴定申请表，我们鉴定站咋给你们出准考证？

刘国瑾明白，驴脸这是逼他送钱。以前全是现金交易，这次刘国瑾想借口在下面忙生源，不在省城，好抓住把柄在手里。他说陈大人，我在这里确实走不开，要不这样吧，你给我发个卡号，我把那个东西给你打过去？

呵呵呵，给我耍心眼儿？

我是那样的人吗？我确实是走不开。

高速公路四通八达，你开车回来不就几个小时嘛，离开几个小时，天会塌下来？要不就这样吧，我还要去省政府开会呢。

陈登科不耐烦地挂了电话。

李子说：你的点子真多。

他说：这就是我的价值，我要实现我的价值。我的手稍稍往上一抬，再垃圾的学校，考试合格率也会增加好几成，利润就哗哗来了。他们不能光顾自己赚钱，忘了恩人是谁。

她说：我儿子明年就要上初中，农村中学教学质量差，上了也是瞎混。我想让我儿子上县城的中学。上县城中学，就要在县城买房子，可我没钱买房子。

陈登科说：只要你能为我生个儿子，你儿子的事就是我的事。

现在养个孩子贵得吓人。

我是站长，负责多个培训学校的鉴定考试，只要大权在握，这些学校就是我的自留地。

驴脸拿起手机，打开日历，点击明天，又点击新建活动，在标题里写道：买书。

又要进钱了。再买多少书？五十本还是一百本？

十八

又是国考，培训学校最紧张要命的日子，每个人都像弦上的箭。

230 位学员，30 位一个考场。学员按照准考证上的编号和教室外面公示牌的提示，带着身份证和准考证，鱼贯进入八个考场。考评员、监考老师，胸前挂着工牌，各就各位。离开考还剩十五分钟，负责督导的驴脸还没露面。

王木德急得直跳脚。

刘国瑾给驴脸打电话。

驴脸说：车坏到了唐明大街上，正在等 4S 店派人过来维修。

刘国瑾说：修车来不及了，离开考只剩下不到十五分钟了。

驴脸说：我比你还急，这是国考！可车坏了，我走不了。我不能把车扔在路上，这是私家车。

刘国瑾说：你在哪个位置，我派人去接。

驴脸说：就在西环上，离学校也就六七分钟的路。

刘国瑾说：好啦，我去接你。

考试进行得还算顺利，只是整个过程中驴脸拉着本来就长的脸，背着手，看着鼻尖，一声不吭。考完试，饭也不吃，招呼也不打，上车就走了。

不知所措心情郁闷的刘国瑾没招儿了，叫梁三友陪他去爬山。

王木德给梁三友使了个眼色，梁三友便紧跑两步，跟着校长出了校门。

刘国瑾背着手，一言不发，低头看路，吭哧吭哧只管往前走。梁三友紧跟在右后侧，以防万一。

爬到第二座山的半山腰，碰到个比膝盖稍低点的小坎儿，校长右腿上去了，左腿跟不上，身子侧空着，在那里摇晃。梁三友连忙伸出两手，在空中虚扶着。晃了三晃，校长左腿跟上去了。梁三友吐了吐舌头，跟在后面跳了上去。

越往山里走，路边的植物越丰富。爬在地上的有灰灰菜、马齿苋、蒺藜、车前草、马泡，稍高点的有柴胡、细辛、艾蒿、益母草、小飞蓬，高的有曼陀罗、苘麻、野燕麦、野鸡冠花。又到了第四个山头半山腰的拐弯处，刘国瑾的眼睛不由自主地又瞟向那几座坟，心里直硌硬。

十天后，驴脸叫刘国瑾到华府喝酒，喝到差不多时，他清了清嗓子说：老兄啊，上次国考真他妈危险。要不是你开车来接我，肯定耽误大事了。我不能每次国考都让你来接，你也不可能每次都来接。为了给你们学校服务好，我想了想，一咬牙，买了辆新车。说着从口袋掏出行车证，扔到刘国瑾面前。花了三十多万元，家里钱不够，只够首付，银行贷了二十万元，这钱你们学校得出。

刘国瑾愣了一下，一个劲儿地劝酒。

席间，驴脸去洗手间。刘国瑾起身翻开驴脸挂在椅子靠背上的包，摸见装在里面的五四手枪，迅速掏出来放进自己的包里。他重新坐回椅子，看着窗外哗哗哗翻飞的银杏树叶，双手紧紧按住胸口，好像怕心脏蹦出来似的。

驴脸放松完回来。刘国瑾慌忙站起端杯敬酒。偷了驴脸的手枪，他的胆子一下子壮了不少，对驴脸说：把一个两头尖的金属物放到电场中，当电场增加到一定程度，就会放电，介质就会被击穿。

驴脸说：留下你的高深知识给你们学校的学员讲去吧。

刘国瑾不甘心，继续和驴脸谈判，这回他不怕驴脸拿着枪逼他签城下之盟了。

中间，驴脸曾拿起包，寻找什么，但没找着，眼神疑惑地盯着刘国瑾看了好一阵子。

经过长时间的口舌，最后敲定十万元。他说，学校钱实在紧张，分期付款行不行？

驴脸说：去年你卖别墅的钱呢？

你还惦记着哪？

顺嘴一说。

除了给你的，剩下的被我老婆控制了。我老婆你又不是不知道，典型的女汉子。

就咱哥俩的关系，我也不为难你，三个月付清。

三个月我怕够呛，一年行不行？

不要给脸不要脸。驴脸用筷子猛敲菜盘。

刘国瑾呼吸困难。虽然手枪在他包里，但面对驴脸，他还是底气不足。

他俩你望着我，我看着你，目不转睛，对望了三分钟。最终，刘国瑾的目光先软下来，从驴脸移到酒杯上。

白色啤酒泡沫还在往杯外溢。

驴脸两眼笑容满满，散发着朝霞燃烧的光辉。他知道自己又赢了，他还要乘胜追击，达到理想的彼岸。他耸耸肩，说鉴定站有事，不能多陪。话音没落地，人就站起来离开酒桌。他并没回鉴定站而是回了家。他还没尽兴，这轮薅羊毛行动才刚刚开始。他喊已经在他面前败下阵的菲妮来一盘小葱拌豆腐，再整一盘花生米，要在家里喝个痛快。他一筷子小葱拌豆腐一口啤酒，一粒花生米一口啤酒，边吃边喝边打电话。

第一个电话打给方州培训学校任继军：老弟啊，为了不再出现上次那样的耽误国考的事件，好好给你们学校服务，我想了想，下了个狠心，买了一辆新车，花了三十多万元。家里钱不够，银行按揭了二十万元，这车钱你们学校得出，你不出的话，下次误了考试可别怪我。

那边的任继军哼哼唧唧：这些天学校银根紧张，你也知道，老站长要在大青山革命老区建培训学校，前期大部分费用都是我这里出的。

老站长的事你就有钱，我的事你口袋就瘪了？

不不不，我不是这个意思。

谁不知道你和老站长好得穿一条裤子。

驴脸不知道，任继军在那边已按下了手机上的录音键。

驴脸继续说：蛇城学校的刘校长人家要大包大揽全部出钱，我想不能啊，我负责鉴定考试的学校不止他一家，买车的费用怎么能让人家刘校长一家承担？这不公平，说啥我也不答应。我说，刘校长啊，你的好心我领啦，但车钱最多我只答应让你承担五万元。任校长啊，论私人关系，咱俩要比刘国瑾近多了。况且咱们的靠山都是老站长，谁里谁外我是分得清的。路遥知马力，日久见人心。关键时刻，我知道，肯定是你帮我，你出力。我姓陈的是个知恩图报的人，你帮了我，我绝对会报答你，我别的本事没有，给你学校锦上添花的本事还是有一点的。

任继军顿了一下，最后答应承担十万元，说立马从手机银行转过去。

驴脸不让转账，他要现金。

驴脸又给另外八个学校打电话，胡萝卜加大棒，每个学校都敲出来三万五万八万不等的所谓购车费用。

菲妮坐在厨房，听着陈登科打电话，眉头越拧越紧。听到最后，她就像坐在神舟飞船上，心都飞出了嗓子眼儿。

那天晚上，菲妮整夜未眠，她替他担惊受怕。现在反腐形势这么严峻，抓铁有痕，踏石有印，他竟顶风作案，真是要钱不要命的架势。放在以前，她的官比他大，在家里一言九鼎，会严肃地同他谈话，命令他不能贪腐，警告他不要以身试法。现在不行了，他和她同一级别，他看她时都居高临下。

怎么办呢？菲妮的心像烤煳的面包片，思绪像一望无际的沼泽地。上个月，她的直接上级领导双规前从厅里的顶楼跳下自杀了，她很为他惋惜。他不光人长得帅，也很有才，理论水平出类拔萃，工作能力比同级别的领导高出两三个档次，是副省长的有力竞争者。但是他贪腐了，走上了一条不归路。她理解他自杀的心理。换作她也可能会选择自杀。被双规，意味着政治生涯的终结，一个习惯了掌权的人，会视权力如生命，突然从高高在上指点江山的政府官员沦为阶下囚，并注定再无出头之日，那种失落，那种无颜面对江东父老的羞愧，选择自杀是正常的。一双规就自杀，是典型的耍无赖。菲妮知道，在现如今这个网络信息发达的年代，贪官即使自杀也有可能逃不脱追责。还有，自杀后对家人带来恶劣后果也是不可想象的。菲妮也曾想过对老公进行一番思想教育工作，让他主动去纪委承认错误，接受惩处，重新做人。她清楚，她的这个愿望在已经膨胀到连脸皮都不要的他身上不可能实现。

前两天和冯爽一起在蓝天喝咖啡时，菲妮曾向她道出自己的苦恼。冯爽沉吟了一会儿，咬牙切齿地说你家老陈现在最好得癌症，今天就死，马上就死。菲妮承认，在老公的问题还没有暴露还没有被双规前就消失，是最好的结局，政治上没有污点，也不会给家庭带来像抄家那样难以想象的灾难性后果。

最后她的思维固定在他把钱放在了哪里。她清楚，他弄了那么多现金，家里是放不下的，可那要多少个保险柜啊？唯一能放下的地方，只有银行。存银行就要有存折，存折又放在哪里呢？办公室？家里？书房？外面租的房子？肯定在书房里，他把书房的门锁换成指纹锁就是明证。想到这里，她从床上爬起来，明知书房的指纹锁打不开，心存侥幸，想要试试，结果可想而知。回到床上，她继续寻思着进入书房的办法，一定要想方设法找到存折，把索贿受贿得来的不义之财交给纪委，最好是悄悄捐给公益事业，不显山不露水。

买了一辆车，赚了六十多万元。多天以后，驴脸在和李子聊天时，自豪地说，这是羊毛出在狗身上，最后由猪来埋单，这就是我的方法论。

十九

拿了钱的驴脸和没拿钱的驴脸判若两人，刘国瑾更喜欢拿了钱的驴脸，双目有神，笑声爽朗。没拿钱的驴脸，一脸灰暗，阴阳怪气，疯狗一样，见谁咬谁，贪得无厌的欲望，就像撒尿没完没了。

这天，刘国瑾受了驴脸一肚子气，从鉴定站出来，怕恶劣的情绪影响驾驶，想想没什么急事，看看手表，已是下午五点十分，便打消了回学校的念头，溜达到洽洽河公园。在河边散心时，碰见了老站长。他向他诉苦：陈站长当了代理站长以后，把屁崩到我脸上，还要问我味道如何。

老站长意味深长地呵呵几声，仰头看天。

两人边走边聊，走到唐明大桥时，夕阳就蹲在西山头上。河边的人渐渐多起来，三个一群，五个一伙儿，手捧着用木板和五色纸做成的彩灯，彩灯里点着蜡烛。有人拿着冥币、水果、蛋糕，还有五花八门的祭祀用品。

刘国瑾想起来了，今天是中元节，也就是鬼节，陈登科的生日。他想起刚才在鉴定站时，脑子里还泛起过是不是叫上几个人给驴脸过生日的想法，但一看驴脸那副嘴脸，就把念头给掐断了。去他妈的吧，他脸上冲着驴脸泛起微笑，心里却在咒骂。

任继军来找老站长，左手提着一袋子冥币，右手是一筐烟酒祭祀用品。

刘国瑾又想起那年任继军凑近他耳朵说的话，便苦笑了。

老站长替任继军解释说：那是任校长给他父亲准备的，是个孝子啊。

刘国瑾好奇地发问：老站长你也……

老站长说：每年我都和任校长一起给他父亲烧纸，他们老家的风俗和省城不一样，要把先人的牌位请出来，放到专门做祭拜用的供桌上，供上茶饭，燃上香，烧上纸。

刘国瑾心想，老站长这是在为自己的不道德行为寻求心理安慰吧？他不想沿着这个话题说下去，害怕带来不必要的尴尬。他扭头问任继军，你还记不记得今天也是陈站长的生日？

任继军回答：我只知道今天是鬼节，是祭祖的大节。

刘国瑾笑着说：我记得那年你跟我说的话，我刚才一看见你就想起了。

我说的话多了，哪句？

你们老家把鬼节出生的孩子叫小鬼，说是游荡的小鬼变成的。

是呀，错了吗？有毛病吗？

千真万确，没毛病。

咋啦？

我叫小鬼缠身了。

驴脸本来就是一只小鬼。

老站长说：不怕，哪里有小鬼哪里就有钟馗。

说着拍拍刘国瑾的肩膀，你早点回家吧。今夜也是有讲究的，少说话，不熬夜，早早入睡。握手告别时，老站长又特别叮嘱，保持好积极的心态，别让负面情绪影响了自己，把培训学校办好才是正事。

刘国瑾返回鉴定站开车，在大门口，碰上驴脸从楼上下来，驴脸叫道：刘老兄啊。

刘国瑾不得不端着笑脸迎上去。驴脸用力握住刘国瑾的手，上下摇晃：哎呀，还是老战友好，还是你刘兄好，我还以为你忘记了今天是我的生日，连个电话也不打一个，谁想到你在大门口等我。想不到，想不到，这就是路遥知马力啊。

事已如此，刘国瑾只能假戏真唱了。他说：我打了好几个电话，找不到一个安全的饭店，要不咱们还是去滨河饭店？

驴脸说：我有个隐蔽的地方，在八一路上，两个包间。

这么晚定，怕是没包间了吧？

我昨天就预订了，知道你会和我一起过生日的。

刘国瑾让驴脸把后院的位置用微信发过来，他一边开车往后院走，一边临时打电话拼凑人马。拿出各种手段，总算是把马三祥、傅正焕、刘青山三人搞定，又让学校的王木德领着梁三友和王前进带上一箱二十年老白汾，立即赶过来凑数。

饭桌上，不知是有意还是无意，刘青山又提到老站长和任继军的关系，在座的各位都清楚，刘青山和老站长有矛盾，多年解不开。

刘国瑾说：今天是陈站长的生日，刘校长你这是哪壶不开提哪壶啊。

傅正焕说：这个话题好，多好的荤菜啊，多加点，有气氛。

刘国瑾把脸转向驴脸。

驴脸笑着加柴拱火：我赞成傅校长的观点。酒桌上嘛，就是个让大家高兴放肆的场合，想说啥就说啥吧。

刘青山问：陈站长，你说任继军是不是吴兴瑞的私生子？

驴脸看马三祥，马三祥夹口菜，放进嘴里，又端起酒杯，喝了一口，说：这是咱们行内公开的秘密，几十年了，你看他俩的长相，越来越像是一对复制品。

傅正焕说：我给马校长点赞。

刘青山盯住陈站长不放。

陈站长说：现如今，有几个情妇，多几个私生子，正常的事嘛，有啥大惊小怪的？

刘青山说：这么说，陈站长你也有喽？

陈登科说：全省谁不知道我是有名的“妻管严”，我要是有老站长的胆量和气魄，肯定一个都不少。

刘国瑾心情有点郁闷，不在状态，没喝多少就醉了。王木德把他送回了家。

二十

和李子做爱的过程中，驴脸灵光一闪，又飞出一只幺蛾子。第二天，和傅正焕校长去武装部靶场打靶回来的路上，他已胸有成竹。

王木德把车停在杏花园路边看着鉴定站的大楼，倒腾着欢快的两只脚，跳舞似的过去，嘴里哼着民歌小调：阳婆婆出宫满面面红，小妹妹白脸脸爱死个人……

进了办公室，他向小高打招呼。

小高放下茶杯，坏笑着看王木德。他一张口，王木德愉悦的心情就被扔进了马桶。

王木德手举得高高的，原地转了一圈，也没找到能撒气的对象，只好劈了一把空气，来句国骂。

小高笑着耐心地劝王木德还是回学校，老老实实写个申请书，盖上公章，再过来找陈站长签字，有了陈站长的批示才能领表。

王木德说，这么多年了，咱们鉴定哪次不是按我们传过来的学员信息给我们发表？

小高说，你命不好，晚来了一步，今天一大早，七点五十五，陈站长就变更了领取程序。用陈站长的话说是优化程序，为了今后更加有序地管理。

王木德说：这哪儿是优化，这是脱裤子放屁。又问：是不是以后领表都要先写申请，再找驴脸签字？

回答：是。

小高劝王木德还是回去按陈站长的新程序办理吧，胳膊拧不过大腿。陈站长的指示在鉴定站就是圣旨。王木德苦笑着摇摇头，只好回校打印一份申请书，盖上学校的章，又返回鉴定站，找陈站长签字。

陈站长办公室的门锁着。

小高说五分钟前还和我说话哩。

王木德打电话，陈站长说在外面忙，让他明天早上七点五十八分来鉴定站，强调自己每天都忙得焦头烂额，过时不候。

第二天，西中环路和唐明街都堵车，王木德打了二十多分钟的提前量，还是晚到了三分钟。驴脸的脸拉得很长，骂王木德：你这是图财害命，懂不懂？

王木德一脸茫然。

驴脸说：这是鲁迅说的。

王木德想解释。

驴脸把手一抬，我懒得听。又说：我不能给你们惯出毛病来，今天你不遵守时间，就要付出代价。明天我有事，你不要来了，后天下午三点钟准时来。

王木德苦苦哀求，驴脸便喊小高过来，把他领出办公室。

第三天下午，王木德提前半小时来到鉴定站，他在三楼楼道里碰到正慌慌张张要离开的马三祥，问驴脸在不在办公室？

马三祥不耐烦地回答：他又不是我孙子，我看着他干啥？

王木德又问：你没见他？

马三祥嘴一撇：老天爷，我就像老鼠躲猫一样躲他还躲不急哩，谁见到他谁倒霉，一辈子都不想见他。

王木德也不愿见驴脸，可不见拿不到学员鉴定申请表，他不得不见。他硬着头皮敲驴脸办公室的门，半天没有回应，隔一会儿又敲，还是没反应，就只好干等着。

刘青山也来找驴脸，小眼睛上下看看王木德，下巴指向办公室的门。

王木德摇摇头。

去哪儿了？

王木德又摇摇头。

那你在这儿等啥？

王木德摊摊手。

刘青山对准门吐了一口唾沫，扭头就走。

王木德轻蔑地看着刘青山远去，快到楼道拐弯处时，他还是忍不住朝刘青山吐了一口口水。他瞧不起刘青山，对有职有权的阿谀奉承奴颜婢膝，对平头百姓颐指气使。如果刚才驴脸在面前，刘青山的脸上会瞬间开出牡丹来。

三点半了，驴脸还没露面，打电话，也不接。他问小高，小高说，陈站长刚才来电话，说他要去省里开会，让你明天早上再来。

好不容易拿着驴脸的批示去领表，小高又说，陈站长又有新指示，从今天起，学员鉴定表要校长亲自来领。这是为了严肃考纪，对党和国家负责，对人民负责。

王木德说，陈站长真有水平，一下子就把自己提高到党和国家领导人的级别了。

小高说，陈站长还说，这是为了避免发生不必要的意外，耽误学员考试鉴定，这是国家的百年大计。

王木德给校长汇报的早晨，刘国瑾正在隐云寺文化广场的牡丹花园看花。牡丹花开得五彩缤纷，同为红花，有的如丹，有的像火，有的似红玛瑙；同为白花，有的似冰，有的若银，有的宛如白玉。

刘国瑾气得踢了空气一脚：他妈的，还让不让人活？

王木德说：还好，他还只是个代理站长。

他要是真成了站长，咱们才真的没有活路。

人在做，天在看，举头三尺有神明。

刘国瑾只好亲自到鉴定站领表。

老站长也在，刘国瑾先和老站长打招呼，老站长脸上的笑容还没绽开就萎缩了，只是嘴角挤出两声勉强的笑。接着和驴脸打招呼，驴脸眼睛盯着墙上的挂钟没动。老站长叹口气，站起身，对看挂钟的驴脸说：事情就是这样，你掂量，能帮就帮，帮不了我也不为难你。说着笑着和刘国瑾、王木德握握手，出去了。

驴脸还在继续研究挂钟。

刘国瑾和王木德送老站长下楼，刘国瑾问老站长找陈站长有啥事？

老站长说：还是在老区办职业技能培训学校的事，想请他资助点。结果和你一样，一点面子都不给。

刘国瑾神经一紧：老站长，我可和他不一样，我确实是……

老站长微微一笑：没事没事，不要当真，我就是和你开个玩笑。到了我这个阶段，我会摆正心态的。

出大楼时，刘国瑾问老站长，中午有没有安排，能不能一起吃个饭？

谢谢你，刘校长。老站长握着刘国瑾的手，呵呵笑着说，中午几个大学同学在滨河一号聚会。其中还有我那个省纪委的同学，好久没见了，正好有事找他。

刘国瑾说：咱们就改天吧，看您的方便。

老站长说：我们这些拉蔓干部，时间一大把。不过每天下午，我还是要和我的麻友们活动活动。

刘国瑾附和着说：打麻将是个有益大脑的好运动。

刘国瑾重新来到驴脸办公室门口，王木德摇摇头说我不进去了。

驴脸手指敲着桌面上的一堆文件，眼睛盯着刘国瑾说：拉蔓干部，日薄西山，老树昏鸦，能接待接待，就是天大的面子，还以为是昨天？

刘国瑾呵呵两声应付过去，在驴脸对面坐下。驴脸把面前的文件往一边一扔，腾地站起来，说：刚刚省领导来电话，叫我去商量一下工作，你去小高办公室等我。

刘国瑾看着驴脸，心里直骂娘。尽管身体里有一百万个不高兴的细胞上蹿下跳，也只能紧紧封存着。把驴脸送到楼梯口，他转身来到小高办公室，小高正和王木德聊天。王木德看着校长的样子，叹口气站起来倒了杯水，说他就是那个毬势，讨吃鬼！

王木德接到教务处的电话，先一步回校。刘国瑾留下等驴脸，等了两个小时才回来。

经过李子一个多小时的按摩，驴脸身体内的每一根神经都像雨后洽洽河的支流，充满欢快的活力。

刘国瑾把装着三条中华烟的黑色塑料袋扔到驴脸怀里。驴脸的嘴角上翘，挂出两丝笑容：老兄就是老兄，知道我的喜好。说着，拉开抽屉，顺手把烟丢进去，然后轻轻关上，用食指敲着桌面，一本正经地说：拿了你的手不软，吃了你的嘴不短，钢铁就是这样炼成的。

刘国瑾在驴脸办公桌对面的椅子上坐下，靠着椅背看驴脸。驴脸的手机又响了，接完电话说：老兄，你不找我，我没事，你一找我，事情就接二连三。这不，省领导又叫我过去，又有急事要我去处理。这样吧，老兄，你如果有事，你就先忙去吧，如果没事，麻烦你再到小高办公室等一会儿。

那天，刘国瑾坐在小高办公室里把微信看完，头条新闻刷了三次，才接收到楼道里驴脸的脚步传导出来的信息。回到办公室的驴脸，似乎没有注意到刘国瑾的存在，他点燃一支烟，抽着，背靠椅子，把脚搁在办公桌上，双手捧着手机。

驴脸在和李子用微信聊天。

刘国瑾按捺不住了，探身一看，发现驴脸竟在微信聊天。他用手揉揉太阳穴，咬咬牙根，声调悲凉地说：陈站长，鉴定申请表……

驴脸眼睛离开微信，又抽一口烟，缓缓吐着，继续聊微信。一边聊微信一边说：不是我让你来领，是你的责任让你亲自来领。

噢，天哪，责任如此重大？我以前咋就不知道。

那是你觉得我这里衙门小，不在你的视野里。

看在都当过兵的分儿上，不要为难我，好不好？

这是规定，规定就要严格执行，天王老子来了也一样。

刘国瑾看着驴脸，心脏突然痛了一下。

两个人目光对峙，仿佛都想把对方置于死地。随后，刘国瑾把目光从驴脸上转移到驴脸的大茶杯上，他拿起杯子，也不管凉热一阵牛饮，一大杯茶水见了底。

驴脸的眼瞪得像牛蛋，对面的人喝的是他刚倒的一杯热茶水，他只喝了一口，烫得吸吸溜溜的。

放下茶水杯的刘国瑾再抬起头时，目光变得柔和了许多，接着柔和又变成了无奈，再接着又向哀求转换。他下巴动了几下，想说什么却没说出来，脸颊憋得通红，然后垂到了胸前。

驴脸一脸得意：我的老兄啊，波浪卷发，精致五官，小立领亚麻衬衣，哦哟哟，手腕上还戴着一串佛珠，108颗的吧？洒脱，帅气，养眼，超能美男啊！啧啧啧，我有时候很纳闷，世上就有这么一些人，老是得意忘形。比如我的老兄，超能美男校长，有一句话说得很好：不成熟男人的标志是可以为了一口气壮烈牺牲，成熟男人的标志是可以为了一口气卑贱地活着。你可以选择做一个成熟的男人或不成熟的男人，但你要记住你是在我的一亩三分地上混饭吃的，混不好就没饭吃。

刘国瑾灰头土脸抱着一堆学员鉴定申请表从鉴定站出来，有凉风吹到脸上，他急需呼吸新鲜空气。

二十一

刘国瑾在办公室闷了大半天，情绪坏到了极点。王木德进来请示工作，刘国瑾说，陪我散散步去。

他们出了学校没走多远，就开始上坡，之字形穿过绕城高速公路高架桥，登上139个台阶，绕过身披袈裟、眉如小月、眼似双星、朱唇一点红的观音菩萨雕像，来到隐云寺。

佛教文化广场修得越来越像个公园。冬青刚打理过，有模有样。由冬青围成的一片片草坪，绿茸茸的，蓝色的桔梗花、紫色的蒲公英、白色的野菊、黄色的苦菜花、红色的牵牛花，这儿一朵那儿一片的，点缀其间。柳树、松树、柏树、榆树、山楂树、枣树、桃树、楸树，一排排一行行，在人行道两边或草坪上组成各种图案。半米高的青石路灯里安装的播放器轻声吟唱，六七条野狗在草坪上打闹，麻雀在树林中叽叽喳喳，一群鸽子在天空飞翔。

游人不多也不少，有携手散步的，有谈情说爱的，有带着小孩玩耍的，当然也少不了遛狗的。

背着手，走在曲径通幽的林荫小道上，王木德看着人字形彩砖路面说：对驴脸这样的浑不懔，我有点束手无策了，他是想压服咱们。

刘国瑾说：这就是他的德行，一味使用蛮力。跟他硬斗，咱们斗不过他，跟他讲理，但他现在根本听不进去。我们要么屈服，要么硬挺到底，想办法把他扳倒。

拐进牡丹园，王木德说：任继军又请我吃饭。

刘国瑾透过树叶看蓝天白云：看来，任继军决心要扳倒这个家伙了。

老站长也插手了。

多给他们提供点证据。

听说，那边的证据不少了，任继军还雇专人跟踪驴脸。

刘国瑾的目光离开蓝天白云，扫了王木德一眼：有分量能做成铁案的证据多不多？

王木德说：最少有七八个。对了，驴脸有个情妇，两人隔三岔五约会，经常一起过夜。

女方是干啥的？

说来这天下也真是太小了，我也没想到，这个女的还曾是咱们学校的学员。

胡毬侃，有这么巧？

这时候了，我骗你干啥？那是大前年的事了。我还记得那个女的，三十多岁，瓜子脸，白皮肤，长睫毛，嘴唇很性感，身材很苗条，是那种男人见了容易想入非非的小妖精。她姓李，叫李子。她对我说过，她的培训学费是朋友给垫的，她想考个国家职业资格证书，便于以后找工作。她怕考试过不了关，培训费打水漂儿，找我帮忙。那天，我正被这个小妖精缠得快要乱怀，陈站长来学校了，我就把她介绍给了陈站长。午饭时，陈站长没有走，我就给他在小包间准备了一桌饭，他把李子叫了进去。

刘国瑾对王木德说：嘿嘿，现在情妇是一些官员的标配，有啥稀罕的？我还以为是啥大把柄呢。

王木德笑了：如果就这么点事，也就到此为止啦。可有意思的是，任继军告诉我那个女人一些往事，校长你绝对想不到，就像韩剧一样，狗血得很。

哦，是吗？

陈站长的父亲三十多年前在浑水河公社当过几年书记。

我不知道。

陈站长的父亲在浑水河当公社书记时，到生产队检查三夏麦收，看上一个姓赵的小女娃娃，把她安排到公社当电话员。后来，他把那个女娃娃的肚子搞大了，李子就是那个女娃娃生的，她是陈站长父亲的亲生女儿，陈站长的同父异母妹妹。

啊？驴脸知道不？

肯定不知道。陈站长的父亲离开浑水河后，就再没回去过，也不和那个女子来往了。

这玩笑开大啦。

好戏在后头呢。你也知道，陈站长只有个女儿，计划生育，不能生二胎，可他总想再有个儿子，好传宗接代。老婆生不出来，他就把希望寄托在李子身上。

这麻烦大了，李子要是真的怀上驴脸的种，那岂不是……

校长，咱们就当睁眼瞎得了。

两个人站在金刚万佛宝塔前俯瞰蛇城，夕阳把他们的身影拉得很长，从山顶一直铺到学校楼顶。

与此同时，在三公里外的一间出租屋里，驴脸和李子刚做完爱。他仰躺在床上，看着屋顶的LED吸顶灯，又在大发感慨：惭愧啊惭愧，我活了五十多年，才明白我的一技之长竟然是这个。我穷尽前半生去追求幸福，倾尽所有去研究各种技能，在你这儿，我才找出幸福的数据和论证。对吧，李子，我的傻宝贝！

李子没有接话茬儿，递给驴脸一支中华烟，用打火机为他点燃，自己也叼了一支。

出租屋里立刻就布满了烟雾。驴脸一手抚摸着李子的肚皮问：春天过了，种子该扎根发芽了吧？

猴急！

我想你明天就给我生个大胖小子。

二十二

驴脸指挥着刘国瑾来到蛇城大街，在一片工地上穿梭，最后停在新装修刚启用的一栋三层楼前。楼前高大的广告牌上的字，像炸弹扔进刘国瑾心里：滨河湾售楼中心。

刘国瑾牙发痒想咬人，他恨恨地用力关上车门，斜眼盯着驴脸的后脑勺儿，极不情愿地跟在后面。上售楼中心台阶时，他大声叫唤一声：头疼。

驴脸问：咋啦？

他虚弱十足地说：头疼，都半个月了，搞不清咋回事。

驴脸把手中的烟摔在地上，用脚尖狠狠碾烂：你妈的！真会病！

驴脸急着要买房子，李子已经怀上他的种，而且通过熟人做了B超。那天，他拿着医院的性别检验报告一脸热泪，买了一箱青岛啤酒，第一时间赶到永安寺公墓，郑重地向父亲汇报，他家后继有人了。

他要趁着还在位，早早给未来的儿子准备好安乐窝及一辈子的生活费用。

这天晚上，滨河湾售楼中心前发生的事，让驴脸在暗夜里久久地睁着大眼睛无法入睡，心里巨大的不平衡和对刘国瑾的恼怒，像一架水泥搅拌机搅得他心烦意乱。凌晨两点，忍无可忍的他，从床上爬起来，瞄一眼熟睡的菲妮，蹑手蹑脚溜出卧室，在书房的书架最底层翻出早就准备好的一身女人行头，大衣、围巾、能遮住脸的布塔真丝遮阳帽，对着黑暗稍做穿戴打扮。开车出门，出杏花园路，进唐明大街，过铁路桥，直奔蛇城培训学校。他把大众车停在一个早就选择好的监控探头的死角，然后锁好车，看看黑漆漆的夜空，长长地喘口气镇定自己，便钻进路边景观树丛，潜行600多米，跳入蛇城职业技能培训学校实操室。浓浓夜色中，他像蝙蝠，悄无声息地在实操设备之间，快乐地飞来飞去，实操室里能听见温柔的山风优雅地回旋。

三十多年前，他也这样飞过。只是那次耳畔回旋的是浑水河凉飕飕的河风，身上穿的是老爸的中山装，下摆长过膝盖，戴的是老爸的绿色军帽，盖住了大半个脸。那次也是后半夜，他悄悄从床上爬起，溜进公社食堂，抄起案板上的一把菜刀，跑到姓赵的女电话员住处。他要杀了她，为母亲出气报仇。她住处的门虚掩着，一刀砍下去，床上没人。失望的他抡起菜刀，把被子、枕头、褥子砍得棉花飞满屋，直到筋疲力尽。他躺在地上大口喘着气，等到天快麻麻亮，也没等到她回来，只好无奈地从屋子里爬起来，把菜刀放回食堂，又溜回他妈的身边，把他爸的中山装和绿军帽挂回墙上。他本想再找机会下手，他妈却没给他机会。那天中午，眼神痛苦嘴角坚毅的妈，连午饭也不吃，果断地拉着他的小手，永远离开了浑水河。

实施完对实操室设备的破坏，驴脸跳上窗台，他舍不得马上就走，他优雅地回头欣赏一会儿黑暗中的杰作。想象着几个小时后，刘国瑾看着破败的实操室如丧考妣的苦瓜脸，他的心一阵狂跳，沐浴在胜利的喜悦之中。

第二天上午，蛇城学校的实操课没法上了，实操老师把事件汇报给教务处长，教务处长又汇报给王木德，王木德只好把实操课调整为理论课，同时打电话给刘国瑾作了汇报。

刘国瑾在王木德和教务处长的陪同下来到实操室，站在实操室门口，眼前的一片狼藉让他们不敢相信。他们什么话也没说，一致认定破坏者就是驴脸，可他们没有证据。在警察现场勘查过后，他们花了十多万元，日夜修复，终于赶在鉴定考试前一天，让实操室恢复正常。但实操课没上，实操鉴定时，学员一个个大眼瞪小眼，成绩惨不忍睹。学员们心有不甘，组织起来绝食，大闹教务处，要求退还培训费。

学校乱成了一锅粥，刘国瑾嘴上起了一圈燎泡，连吃四颗同仁堂产的牛黄清心丸也不顶用，直骂自己要死就快点。

王木德像热锅上的蚂蚁，也不顾保存了半辈子的老好人形象，张口他妈的，闭口挨毬了。

这天晚上，刚从学员包围圈中逃出来的王木德给任继军打了个电话，问举报材料最近有了什么新内容，准备何时打响第一枪。

驴脸也没闲着，他把目光瞄准二百公里外的千秋培训学校，亲自伪造了一封举报千秋培训学校在考试中集体作弊的匿名信。傅正焕校长见到举报信后，急忙领着驴脸去打靶，顺便塞了个大红包。

刘国瑾找驴脸，驴脸不见，打电话也不接。

他按着套路赶紧跑到鉴定站请驴脸喝啤酒。

第一天，驴脸对刘国瑾视而不见，刘国瑾无聊地坐了一上午。

第二天，驴脸眼皮抬也不抬地对屁股刚要挨住沙发的刘国瑾说，一会儿省领导要和我通话，事关重大，你在不方便，把刘国瑾赶出了办公室。

第三天，驴脸眯着眼，看看手表说，没时间听你的高见，我去滨河湾售楼中心有事要办。

刘国瑾终于憋不住了，腾地站起，双手拄在驴脸的办公桌上，看着驴脸。

驴脸背靠椅背，双手紧扣，放在肚子上，一声不吭。

刘国瑾压低声音说：你怎么能这么做？

驴脸说：你说啥？

刘国瑾说：你这是强取豪夺。

驴脸一拍桌子，霍地站起：我没时间和你磨嘴皮子。

刘国瑾问：我咋办？

驴脸用手指敲着桌面：谁耽误我一阵子，我让他后悔一辈子。

刘国瑾一夜未眠，起来偏头痛，向来办公室请示工作的王木德要止痛药。王木德经常头痛，办公室抽屉里有各种各样的止痛药。

王木德看着校长，关切地问：你咋也头痛了？

还不是让驴脸气的。

王木德双手一摊：让驴脸缠上你就是患上了淋巴癌。

王木德专门给校长准备了一支最新开发出来的录音笔，小巧玲珑，携带方便。他说：咱们这是为某一天法院给狗日的量刑时准备尺寸的。

刘国瑾带着录音笔和十万元去见驴脸，驴脸却强硬地把他推出门外，说：我的门只为朋友开。

刘国瑾在门外说：我就是你的忠心朋友，你最喜欢的东西在我身上带着呢，十个。

门里态度一百八十度大转弯：好，那赶紧进来。

刘国瑾恭恭敬敬地递上包在黑塑料袋里的十万元现金。

驴脸撑开塑料袋，伸长脖子看看，又过过数，然后出乎刘国瑾意料地大声说：我借你十万元用一个月，我现在就给你打十万元的借条，保证一个月还你。

刘国瑾听得眼珠子快蹦出来了，像下围棋时手上高高举起的一枚炮，不知如何落子。

驴脸硬把借条塞进刘国瑾包里。

刘国瑾在驴脸对面的椅子上坐下。驴脸说：我要上省里办点事，改天好好喝两杯。

刘国瑾只好又站起来，抢先一步帮驴脸拉开办公室门。

驴脸锁好门，刘国瑾跟在身后下楼，快出鉴定站大门，碰上老站长。

驴脸停住脚步，看着老站长。老站长也停下脚步，笑着和驴脸打了个招呼，又向刘国瑾点点头。

驴脸站着不动，跟在驴脸身后的刘国瑾下意识地给老站长让路。

老站长问驴脸：去医院看老岳父？

驴脸说：没工夫。

老站长又问：又有省领导召见？

驴脸鼻子里哼了一声。

驴脸眯着眼看门外，似乎在等什么。老站长突然咧嘴无声地一笑，向旁边移了两步，说那你快去吧，别误了你的国家大事。

驴脸背着手，目视前方，迈着标准的八字步，一步一响地走向楼外的灿烂阳光。

二十三

三十天后的下午，驴脸打来电话说是要还钱，叫刘大校长马上到鉴定站。

刘国瑾说，你这人真逗，咱们是谁和谁呀？

驴脸说，好借好还，再借不难。

刘国瑾来到鉴定站，在驴脸办公室门口先停了停，深吸一口气，把笑容堆到脸上，这才敲门。驴脸笑着一句话不说，示意他坐到办公桌前的椅子上，然后把一张写有今收到陈登科还款十万元的还款条放到他眼前，又拿了一张A4纸，让刘国瑾照抄一遍，并签上大名，按上手印。

刘国瑾看着驴脸小心翼翼地把还款条子折好锁进抽屉，然后又看着驴脸笑吟吟地抬起脸，两手一摊：你借给我十万元，我还了你十万元，咱俩河归河路归路，两清了。

第二天，鉴定站给学校打来电话，连连道歉，说是由于鉴定站工作人员在工作中出现不可原谅的失误，把蛇城培训学校学员上次考试成绩统计错了，考试的合格率不是30%，是95%。

刘国瑾咧咧嘴，没笑出来，放眼看学校上空的淡淡夕阳。

王木德感叹：还是钱有能耐！

人社部门搞了一个国家特有工种职业技能鉴定考评员资格培训，地点在安徽黄山。驴脸看到通知，立即安排小高给李子报了名，费用由鉴定站出。他想，李子有了考评员资格证书，以后就可以名正言顺地去各培训学校做技能鉴定考评工作，每天可以赚三四百元的考评费，可以收一两千元左右的好处费，还可以直接收取想拿国家职业资格证的人的培训费。他手中有这个权力，可以不经过学校就可以直接将学员的信息数据录入。准考证是鉴定站出，考卷是鉴定站发，考试是鉴定站考，考卷是鉴定站判，资格证虽然发放权在北京，但最后也得由鉴定站往下发放，他完全可以一条龙一手操作。有他陈登科当站长，李子一个人就是一座学校。

驴脸心潮澎湃起来。他这是给未来儿子栽了一棵摇钱树，每天都可以摇一摇，有了这棵摇钱树，未来的儿子和李子的生活就多了一层保障。

王木德和任继军互通消息，两个人约好见面的时间和地点。经过一番密谋，他们达成了一致的行动计划。

王木德没憋住，当晚就打电话给刘国瑾。刘国瑾说，上次他敲诈咱们60万元时用过的手枪我保存着，这也是一条罪状。

王木德接过校长从保险柜里拿出的手枪看了看，嘴一撇，还给了校长：切！小孩玩具，仿真手枪。

刘国瑾的脸腾地烧得火红。

王木德说：他又不是气功大师王林，他那点社会关系背景，哪能搞来真枪？不过，我见网上也说，有的仿真手枪还真的能当真枪用。

刘国瑾愣在那里，王木德的话他没听见，他觉得驴脸的套路太深了。

王木德说：对付流氓，就要比流氓更流氓，咱们没这个水平。

这天晚上，刘国瑾上了三趟厕所，脸一直烧到第二天。吃早餐时，老婆大惊失色地叫道：老公，你发烧啦？赶紧用手背试老公的额头，不烫手。

老婆一脸疑惑，瞪大眼睛看老公。

刘国瑾心头落泪，丢人哪！

他把仿真枪扔进了垃圾桶。

二十四

驴脸和李子是坐傍晚的飞机直飞黄山的，受雇任继军的年轻人全程录了像。任继军看过录像，给老站长打了电话。

电话那头，老站长笑得很开心，说：小军呀，我今天的手气不错，赢了两万多元，一吃三啊。

晚上九点多，任继军抱着一摞豪华精装书，按响了驴脸家的门铃。

菲妮在家看电视，播放的是栏目回放中的《人民的名义》，这部电视剧她看了三遍，这是她看的第四遍了。

任继军把豪华精装书放在客厅沙发旁，说是陈站长托他买的。菲妮把手中的瓜子放回袋里，伸手要拿本书看看。

任继军帮忙打开书，说和新华书店卖的书没区别，只是装饰豪华一些。他还给陈站长说过，买书是为了看的，买这么豪华的书，价格贵了好多倍，根本没啥用，还不如一般版本的书实用，可陈站长就是喜欢买豪华书。

喝茶聊天过程中，任继军无意间说傍晚到机场接人，看到陈站长和陈馨在飞机出发厅办理登机手续。

菲妮说：不可能，晚饭我和女儿女婿一块儿吃的。

任继军皱起眉毛：不对吧，难道我看错了？说着，就打开手机录像，让菲妮看。

菲妮说：这哪儿是陈馨？

任继军故作吃惊：不可能吧？看着他们那么亲热，很像是父女俩。

菲妮让任继军把录像用微信发给她。

任继军一出门，菲妮立马给老公打电话，关机。又给冯爽打电话，没信号，不在服务区。她气得把手机摔在沙发上。

她站起来，要上洗手间，却被书绊倒，额头磕在茶几角上，疼得龇牙咧嘴，眼冒金星。用手摸摸额头，还好，没出血。她的火气全转到了书上头，爬起来抬脚就踢，书没踢飞，脚尖却痛得撕心裂肺。

她想起了书房里更多的书，越想越气。她腾地站起来，冲进厨房，拿起菜刀，对着书房门一通乱砍。三十刀下去，坚固的书房门就成了烂筛子。她冲进书房，早就觉得书房里一定有个很大的保险柜，可转了四五圈也没找到。她又把头探到书桌下面，也没有。拉开书桌抽屉，打开所有书柜的门，也没找到她想要找到的银行存折或大量现金。她沮丧地站了一会儿，又跪在地上，双手着地，在地板砖上摸索、敲击，她希望能发现某块地板砖有移动过的痕迹，或是有空洞的回音。陈登科心思缜密，也有可能把银行存折或现金藏在地板砖下面。

她在地上搜索了七八遍，终于发现一块地板砖敲击的回音与众不同。她飞快地跑到阳台上，打开工具箱翻出一把铁锤，回到书房。双腿跪在地上，高高举起铁锤，对准那块发出空洞声音的地板砖，狠狠砸下去，一声闷响，铁锤反弹，差点从手中飞出去。虎口震得麻木，地板砖却没有开裂一丝缝隙，只是中间爆出一元钱钢镚大小的白点点。她顾不得手疼，狠命地砸着，两下、三下、四下、五下，地板砖开裂了，再砸便碎了。她扒拉开碎砖块，水泥地上出现一个不规则的小洞。她伸手下去，只能进去三个手指头，指头在里面探索了一会儿，好像触到个包装用的塑料袋。她热血沸腾，一把甩掉上衣，又抡起铁锤，沿着不规则小洞的边沿一点点敲击，当小洞扩大到能容一只手进入时，便迫不及待地扔掉铁锤，挽起袖子就下手。用力过猛，手背被水泥碴儿划开三道口子，她顾不上疼痛。好在小洞不深。中指首先触摸到那块塑料的东西，发出悦耳的哗哗响声。她心头一亮，小心翼翼地将塑料袋从小洞里拉出来，先是轻轻抖落上面的水泥、灰尘，再轻轻地把它放到地板砖上。面对塑料包装的东西，她心跳加速。她颤抖着苍白细长的手指，慢慢打开塑料袋，瞪大眼睛一看，火冒三丈，一脚把塑料袋及里面包的东西踢上了房顶。

原来是一包建筑垃圾。

菲妮在书房没找到半毛钱和存折，一肚子怒气最终全发泄到书柜上。随着她手中铁锤的起落，书柜的玻璃门哗啦啦碎了一地。砸着砸着，两本书从柜子里掉出来，和玻璃一起摔到地上，精装的版口打开，护叶掀起，一沓沓鲜红耀眼的人民币散落在眼前。

菲妮愣住了，高高举起的铁锤停在半空中……

这天，她在沙发上窝了一夜。

第二天上午，菲妮请冯爽喝咖啡，两个人一会儿激动万分，一会儿沉默异常，叽叽咕咕到十二点多才分手。回到家，菲妮沉思了半天，终于拨出了老站长的电话，不久，那个一直守在香格里拉小区门口坐在三轮车上看书的收烂货老头儿便轻轻地敲响了陈站长家门。菲妮帮助老头儿把书架上的书一本不剩地全部打包拉走。临了儿，收烂货老头儿要帮菲妮收拾地上的一堆烂玻璃，她摇头谢绝。

二十五

中元节的前一天，参加完培训，又玩了一个星期的驴脸和李子回到蛇城。

驴脸没回家，他们直奔粤海世界饭店吃夜宵。饭毕，又预订了一个包间，明天中午，他要和李子一起给自己过生日。之后，他俩打的回到李子的住处。

任继军及时向菲妮通报了消息。

菲妮叫上陈馨和女婿闫福，拿着棍棒气势汹汹杀了过去，噼里啪啦，把李子打得皮开肉绽。

陈登科站在一旁不知所措。

陈馨揪了一把陈登科的胳膊：爸，你还不赶紧回家？

一进家门，陈登科就想躲进书房，一看，书房门千疮百孔成了烂筛子，脸立刻变得惨白。扑进门，书架上空空荡荡，他急了眼，大叫我的书呢？

菲妮得意地说，收烂货的老头儿正在认真地阅读它们呢。

陈登科眼中顿时冒出熊熊烈火，惨叫着，张牙舞爪地扑向菲妮，揪住菲妮的头发，一个旱地拔葱，整个人在空中画了一个圆圆的弧，重重地摔在地上，然后骑上去，擂绛州大鼓一样揍起来。

陈馨和闫福急忙拉架。

陈登科完全疯了，暴风骤雨般的拳头打得菲妮鬼哭狼嚎。

陈馨和闫福好不容易才把陈登科从菲妮身上拉下来，陈登科又跑进厨房拿了把菜刀出来，挥舞着菜刀要杀菲妮。

闫福冲上去一把夺下菜刀。

陈登科一屁股坐在地上，如丧考妣，抢天呼地，哇哇大哭。

哭了半天，陈登科才吐出一句话来：这是要了我的命啊！

陈馨和闫福如坠云雾之中。

菲妮艰难地从地上站起，走到沙发前，拉开抽屉，伸手在里面一摸，又关上抽屉。她趁着女儿和女婿在一旁安抚的空隙，伸手拉过他的包，从里面摸出那把仿真手枪，把那颗子弹压进去。

她抱着脑袋喊头疼，要去陈馨家，要在那里多住些日子。

躲在洽洽河公园假山里伤心得天昏地暗的陈登科拖着疲惫的身躯准备回家时，西山顶上的夕阳余晖已经被黑夜侵蚀。

街上，过中元节的人渐渐多起来，人们纷纷从家里出来，三个一群，五个一伙儿。手提纸灯的，拿着冥币的，拎着水果的，捧着蛋糕的，各种祭祀用品，五花八门，丰富多彩。

驴脸这两年只记得自己的生日，中元节回老家祭祖，还是当年被任命为代理站长那天心血来潮隆重地来过一次。

家里乱成一团，像刚刚发生过地震。他径直进了卧室，像一把鼻涕擤在床上。

不知过了多长时间，恍恍惚惚手机响了，屏幕上来电显示的是冯爽的电话。她向陈登科透露，中纪委已经盯上他了，马上就要采取措施。

冷风阵阵，子弹一样，密集地从四面八方射进他的肉体。上下牙打架，他努力控制自己。

他试图爬起来，头却撞到了衣柜上，满眼冒金星。他蜷缩身子，躺在了地上。大脑一片空白。不知过了多长时间，恢复了一点知觉，脑子里也出现了图像，第一个图像竟然是自杀。

他从地上爬起来，扶着墙走进厨房，拉开橱柜，取出菜刀，冰冷的刀刃让他浑身一激灵，手一软，咣当，菜刀掉在了地上。

他扶着墙从厨房出来，在家里转圈圈，一根塑料绳进入视线，拿起来望着门梁，接着长叹一口气，绳子软面条一样掉在地上。

他挪到楼顶，看地面蚂蚁似的人群，一阵头晕目眩，赶紧后退。

最后他选择逃跑。刚出家门，想起没拿包，返身从书房里拿上包，拉开拉链，仿真手枪还在包里。他没多想，就从楼梯下来溜出小区，在马路边的树丛里蛇一样之字形向前。在一个拐弯处，他撞倒了一个买菜回家的老妇人，手忙脚乱地将老人搀起，看着她苍白的头发，他想起了年迈的母亲。他内心一阵痉挛，躲在阴暗的角落里，浑身发抖。

天黑后，他从阴暗的角落里钻出来，低着头，裹紧上衣，犹犹豫豫地穿过杏花园路，出现在母亲租住的楼下。他抬起头，母亲的厨房里亮着灯，那个熟悉的身影正忙碌着。她一定在做他喜欢吃的饭，天天都这样，等他回家吃饭。那个熟悉的身影不时会额头贴着阳台玻璃，朝小区大门口张望。

他不敢上楼去，怕和母亲告别。他跪在楼房的阴影里，看着厨房里的剪影，伏在冰冷的水泥地上，嘴唇哆哆嗦嗦，泪如雨下。十多分钟后，他对着阳台上那个熟悉的身影，深深地磕了三个响头。

他逃到李子的住处，李子不在家。

受伤的李子从医院包扎完回到出租屋，躺在床上刚眯了一会儿，就被任继军叫去吃饭。他俩是初中同学，李子上培训学校就是任继军安排的，学费也是任继军出的。

他们选了一张靠近窗户的卡座，任继军叫了两个李子最爱吃的菜和两碗打卤面。

他还得耐心地把眼前的事情完成。

清炒莲藕和过油肉两个菜先上来，他们没吃两口，刀削面就跟着端了上来，木耳、黄花、黄瓜、台蘑、菠菜、西红柿、鸡蛋花做的卤，色彩缤纷，香气扑鼻。任继军鼻子凑到碗里闻了闻，又往面里浇了些醋，撒了点辣椒，这才拿起筷子。他一边吸溜刀削面，一边慢慢告诉李子他所了解到的她和驴脸的真实关系。

李子筷子擎在半空中，嘴角有半截刀削面没来得及吸进去，进到嘴里的刀削面也忘了咀嚼下咽。她瞪着看任继军，目光渐渐变得虚虚的，恍惚起来。

任继军说：我真没想到你竟会和他走到一起，更没想到你们有这么一层关系。

随着掉在嘴外面的半截面条的摇晃，她缓缓站起，懵懵懂懂地出了刀削面店。任继军跟出来，痛苦地目送她进了出租屋所在的小区，才开车来到老站长打麻将的老年活动中心。老站长正坐庄，手气很兴。他的对家，任继军认识，是宏鑫工程公司的薄老板。右手边的下家，是在陈登科住的小区门口经常见到的收烂货的老头儿。左手边的上家是任继军前不久认识的省希望工程基金会的负责人。

老站长抬头扫了任继军一眼。

任继军点点头。

老站长微微一笑，低头专心打麻将。

任继军手插在裤口袋里，静静地站在老站长身后。

老站长快听牌了，起了一张牌，大拇指一摸，是九万。看看牌池，是张危险的放炮牌，便插进牌中，抽出六万来。嘴上念念有词：看住下家，盯着对家，防着上家。六万，他果断地打出去。

他对任继军说：找把椅子坐下吧。

任继军回答：我站着就好。

二十六

月亮像块新疆和田玉，挂在蛇城夜空。给祖宗烧纸钱的孝子们，把本来就不宽的人行道塞得满满的。他们用石灰或粉笔或白漆画个圈儿，西北角留上缺口，以方便阴间的亲人进来。他们表情严肃地点亮彩灯或蜡烛，摆好五花八门的祭品，跪在地上，先点燃几张纸钱扔在圈外，打点过路的野鬼不要过来捣乱。然后一边烧纸，一边念叨亲人的名字，给他们送去金钱、水果、蛋糕、日用品，让他们在地下也能享受人间的荣华富贵。

李子在袅袅青烟中穿梭着，趺趺撞撞地跑回住处。

沙发上瘫着陈登科。

驴脸慌忙坐起来，看着她，嘴唇颤抖着，好像要说什么。

李子猛地打开衣柜，从里面拎出一个小旅行袋，拉开拉锁，翻出一张她妈的遗像和一封信，砸在驴脸脸上。

捡起照片和信，扫了两眼，驴脸的头断了似的垂下。

你死去吧！李子吼道。

陈登科哀求道：我不想死，我凭啥死？咱们一起逃吧，到个无人知晓的地方，趁他们还没有反应过来，咱们现在就逃吧。

你叫我往哪儿逃啊？

跟着我就是了，我不会让你受罪的。

李子摇摇头，颓然坐下。

陈登科突然从沙发上拉过包，从里面掏出一把手枪，对准自己的太阳穴：你不跟我走，我就死给你看。

李子斜了他一眼：吓唬谁啊？那不过是一把仿真手枪，你告诉过我的。

陈登科说：它也可以是真枪，你不答应，我就死给你看。

李子说：你要是真敢自杀，我佩服你算个男人。

陈登科说：我真的死给你看。

陈登科把手枪往太阳穴上顶了顶。

李子喊：你开枪啊，开枪啊！开枪啊！

陈登科轻轻扣动扳机。

砰！仿真手枪响了……

三天后，《蛇城都市报》登载了一篇独家报道，详述一陈姓渣男婚内出轨与女友玩仿真枪意外死亡的整个过程，令人错愕。

二十七

一个多月后的国庆节。

刘国瑾接到老站长的邀请，驱车来到大青山革命老区，参加“国兴职业技能培训学校”的奠基仪式。一身暖绿色的西装，白色衬衣，玫瑰色星空点领带，朝气十足。王木德一身宽松休闲服打扮出来，让他臭骂一通，再出现时换成了西装革履，一下子文雅庄重了不少。

他笑着对副校长说：咱们头上没有大山了，就应该昂首挺胸活成个人样。别人看不起咱们，咱们自己不能埋汰自己。

看到穿了一身红衣的菲妮，身边站着一身黑衣的陈馨，老区的阳光照着她们略显激动的脸。菲妮比两个月前瘦了一圈，老站长吴兴瑞对她们很热情，超出了刘国瑾的想象。

学校是以任继军父亲的名字命名的，王木德说：老站长真叫扶持到家了。

刘国瑾说，我以前就听老站长说过任继军的生身父亲是他的老班长，为救他牺牲了。

没这么简单吧，这种事给大家讲明白不是就不会有风言风语了。

老站长说他讲了十多年，周围的年轻人都不相信，他们不相信人间还有这么纯洁的战友情谊。讲得多了，就有人说身正不怕影子斜，内心无愧，无须解释。也有人说此地无银三百两，越描越黑。再后来，老站长就懒得解释了，干脆由他去。

如果是我，我会写一篇纪念文章，发表在报纸上，白纸黑字。

我也这么做过，老站长一脸无奈，可现在谁还看报纸啊。

奠基现场布置得十分简朴。一条大红标语上写着“国兴职业技能培训学校奠基仪式”，周围插了数十面彩旗。参加的人有十多个，一位省希望工程负责人，一位省人社厅退休的领导，五位老站长的战友，七位当地的农民，再就是刘国瑾、王木德、菲妮、陈馨、任继军。仪式很简短，不到十分钟就结束了。

老站长向来宾简单介绍了菲妮和陈馨，并鞠躬表达谢意。陈馨自始至终挎着母亲的胳膊，两人目光很平静。

送走其他来宾，老站长领着菲妮、陈馨、任继军、刘国瑾继续往山里走。在一处高高的悬崖前，停了车。任继军要搀扶老站长，老站长摆摆手，笑着说再等三十年。

天空又高又蓝，山峰层峦叠嶂，沟壑纵横深邃，溪水清澈迤逦，山风低沉呼啸。金黄的槐树、银杏树，葱绿的云杉、落叶松，火红的枫树、柿子树，五颜六色的灌木丛，把连绵群山打扮得如诗如画。一对头顶黑短羽的褐马鸡，从悬崖上滑翔飞下。

任继军在灌草丛中采了一把野生白菊花，扎好，递给老站长。

悬崖下，整整齐齐地种着一片松柏树。这些松柏树排列有序，组成一个大五角星，可见种植者是颇费了一番心思的。

任继军对刘国瑾说，老站长每年都带他来这里种松柏树，已经种了四十年了。

老站长献上白菊花，点燃三炷香，敬上三杯酒，深情地说：老班长，新兵吴兴瑞来看你了。今天以你的名义，给你战斗过的老区兴建的职业技能培训学校奠基了。用不了几年，我相信，这里的生活水平一定会提高一大步。

山峦升起一线薄雾，浮在悬崖上，像哈达。

老站长热泪盈眶，然后对菲妮、陈馨、刘国瑾、王木德说：老班长是我们部队学雷锋的先进标兵，值得我学习一辈子啊。

四十多年前那场惊心动魄又令人心碎的战斗让老站长终生难忘：山林大火熊熊燃烧，浓烟遮天蔽日，一场扑救山林火灾的战斗正在进行着。突然风势转向，入伍半年的吴兴瑞右腿卡在石缝里拔不出来，无法转移阵地，烈火把他包围起来，和战友们失去了联系。头盔不知啥时候被热浪卷走，头发眉毛被火舌舔得像吹起来的猪尿脬。他害怕了，哭泣着，惨叫着，泪水滂沱。就在这时，耳边传过来熟悉的呼喊，他看见老班长任国兴顶着一件湿漉漉的战斗服，从烈火中冲过来，边跑边高喊他的名字。他用尽全身力气搬起卡住吴兴瑞右腿的石头，拎起他，退到悬崖边，从腰间卸下缓降绳，扣挂住他腰间的安全带，然后将绳的另一头缠绕在一棵树根上，缓缓地把他从悬崖上放下。吴兴瑞回到了人间，老班长却永远地留在了悬崖顶上。老班长身后留下个五个月大的遗腹子，又过了两个月，这个遗腹子早产了，是个男娃娃。他妈给他取名继军，有接过父亲的枪之意。

二十八

凌晨三点，万物梦酣。刘国瑾醒来上了趟洗手间，再也无法入睡。他懒懒地靠在床头，目光在屋子里转悠。一只苍蝇不知从哪里飞来，落在书柜上，他顺手从床头柜上拿起一本书，对准苍蝇就打。苍蝇很狡猾，书本飞过来时的呼啸声给了它预警，当书声响起时，它已飞到他的头顶，看着他转动脑袋寻找它的踪影，它故意振翅在他眼前兜了两个圈，然后嗡嗡嗡地唱着歌，引逗他满屋子追。天花板、窗帘、床头、屋顶灯、床头柜、洗手间、喝水杯、饮水机、地板，把他折腾得精疲力竭。它满足地在屋子里急飞了几圈后，又以迅雷不及掩耳之势冲向射灯，贴着射灯的底座静静蛰伏下来。

他再也找不到它了。

他又坐回床上，靠着床头，愣愣地看着天花板。

他拿起手机，看看时间，三点四十，准备重新眯上双眼。猛然他想起了什么，呼地从床上跃起来，进了洗手间，里面传出淋浴的哗哗水响。

洗漱完毕，穿着整齐，刘国瑾踏着晨光，走出校门，奔向隐云寺。

这天是普佛吉日，居士们破例入见行堂随僧众上课、礼佛。他们身披海青，在香烟缭绕的大殿中，随寺中六十多名身着黄色法衣的僧人分立两旁，虔诚膜拜上位释迦牟尼佛金身。礼佛后，僧俗二众依序齐诵楞严咒、大悲咒、十小咒，声线浑厚低沉，佛音响彻山谷。

刘国瑾站在观音像前，远远地看着。

他犹豫了一会儿，没有进佛堂。

他爬到最高的山头上，扶着新砌的栏杆，看东方冉冉升起的太阳，看无边无际的朝霞，看着沐浴在一片金色下的蛇城。

天空中冥冥传来一声感叹：今天是个好天气！

我们的师傅

凡一平[①]

我

我的师傅死了。

他死去的消息是大哥告诉我的。大哥来南宁看望住院的大嫂，只待了半天就要回去。他说韦建邦死了，明天出殡。韦建邦虽然不是我们的什么亲戚，虽然他的一生很坏，但总归是本村人，如今他走了，送一送是应该的。

大哥的话是在为他的匆忙返回说明理由，但在我听来却是一种提醒，或是一种规劝。韦建邦曾经是我师傅，教我偷窃，大哥是知道的。为此大哥恨死了他，也恨死了我。直到后来我洗心革面，并成为一名作家光宗耀祖，大哥才原谅了我，也似乎原谅了韦建邦。

我该不该回去为我的师傅送葬？

大哥没有明示，就走了。他去汽车站乘车。我呆呆地在医院坐了好大一会儿，又在我的奔驰车里冥思苦想了许久。

---

① **凡一平** 本名樊一平，壮族。1964 年生，广西都安人。现任广西民族大学硕士研究生导师，八桂学者文学创作岗成员，第十二届、十三届全国人大代表，广西作家协会副主席。出版有长篇小说《跪下》《顺口溜》等八部、小说集《撒谎的村庄》等九部。获过文学奖有：铜鼓奖、独秀奖、百花文学奖、小说选刊双年奖等。根据小说改编的影视作品有：《寻枪》《理发师》《跪下》《最后的子弹》《宝贵的秘密》《姐姐快跑》，等等。

然后，我给大哥打电话：等等我。

我开车回上岭。大哥坐在车上，喜滋滋的，像是捞虾的时候捕得一条大鱼回家，眉飞色舞跷腿坐在太师椅上，像个功臣。他现在就跷着腿，朝着车窗外扬眉吐气，不时看我两眼，像是满意我回去奔丧、送韦建邦上路的行为。大哥是个好虚荣和要面子的人，有我这么一个有头有脸的弟弟，去为村里一个诟病一生的逝者送别，这是慈悲为怀并且家教极好的表现。我也看了看极有成就感的大哥，说你可以在车里抽烟。大哥的一只手本来就在兜里，直接抽出来，连带着一盒烟，是我抽不惯送给他的硬中华。他把一支烟叼到嘴上，正要点火，却放弃了。他说算了，还是不抽了。

车子到了乡里，准备经过圩场，我停了下来。大哥和我都下了车，一同抽烟。我边抽烟边向圩场走去。圩场人流稀疏，或许天色已晚的缘故，也或许不逢圩日。我站在空旷的圩场中央，像站在一个恐怖的山谷。关于我童年在圩场所做或发生的一切，像溶洞中受惊吓的蝙蝠，呼啦啦地飞出，向我扑来。

我的第一次行窃，便是在这个圩场。

那年，1972 年，我八岁。

在实地实际行窃之前，师傅韦建邦对我的教导和训练，已经有一段时间了。我们从来不在师傅的家里受训，而是在山上的岩洞、悬崖，以及河边的乱石滩、沙滩，还有河中等。这些艰险的地方是我们的训练场，我们在这里或那里摸爬滚打、攀登和奔跑，令行禁止，像一群特种兵。事实上，师傅韦建邦就是把我们当作特殊的战士来培养和教练的。为此，他专门带我们去公社看过三部电影，一部是《奇袭》，另一部是《铁道卫士》，还有一部是《渡江侦察记》。这三部反美、反特和反蒋的电影里，其中的英雄人物或正面形象，是我们学习的榜样。师傅要我们学习他们的机智和勇敢，如何达到目的或完成任务，又保全自己、再接再厉。同时，师傅强调了解反面人物的重要性，他先搬出一句“知己知彼，百战不殆”，那时我们还听不懂古文，然后他给我们解释这句话的意思，是说如果对敌我双方的情况或底牌摸得一清二楚，打起仗来一百战都不会有危险。师傅的学问和教学方法让我们佩服。后来我们知道，师傅是在宜山上的高中，那是一所著名的中学。若干年后我考取的河池师专，学校所在地便是宜山，与师傅的母校一河之隔。

我说的我们，指的是与我同一批受训的学徒，或者同学。他们是蓝上杰、韦燎、覃红色和韦卫鸾。但是我们在一起的时候，是不允许互相称名道姓的，只叫外号。师傅给我们起的外号分别是：我——老鼠，蓝上杰——黄狗，韦燎——野兔，覃红色——老猫，韦卫鸾——花卷。

在这些外号里面，花卷算是比较好听的，可能是韦卫鸾长得好看的原因吧，她也是我们这批学徒中唯一的女性。

经过一段时间的刻苦训练，并且通过严格的考核，我们终于要实战了。师傅给我们的任务是：偷收购站韦有权的钱。

那天是圩日。那时的市场是七天一圩，也就是逢星期天便是圩日。星期天圩日，对还在念书的我们来说，是行窃的好日子。

那天的圩场像往常的圩日一样，热闹和有序。如果说有什么特别或不一样，就是圩场上出现了五个八岁到十岁的身怀绝技的儿童，这是一个训练有素的偷窃团伙，今天是他们第一次出任务，也是一次大考。而且他们是独立独行，师傅没有出马。师傅为什么没有出马？我后来想，不是因为师傅信任我们，而是为了保护我们，也为了保护他自己。师傅是个贼，他的声名十里八乡都知道的。他如果出现在圩场上，就会引起人们的惶恐，就像黄鼠狼出现在鸡群里鸡一定会紧张和警惕一样。

我们在圩场的出现，果然没有引起人们的注意，像几只小黄鳝钻进了鱼塘一样。

收购站在街的西侧，在邮电所和食品站的中间。那是人流密集的区域，也是现金收支最多的地方，我如今用金融中心来形容它。我们到达收购站的时间是上午九时许，韦有权柜台上的座钟有指示。我们选择在这个时间到达，是因为这个时段人开始多，而韦有权掌握的钱还有大部分没有支付出去。这是我们的可乘之机。

在这之前一个小时，我跟踪韦有权去信用社取款。他住在公社的宿舍里，这是师傅告诉我的。公社就是后来的乡府。我认得韦有权，我拿松鼠皮卖给过他。一张松鼠皮收购标价是一角钱，但他通常给我五分钱，最多八分钱。他克扣的原因是品相不好，就是看不顺眼，总之是他说了算。我听很多人说他们卖给收购站的货物，都被韦有权克扣，没有得过全价。收购站就韦有权一个人，他大权独揽，为所欲为，被人们背地称为南霸天。

更早的时候，我就在公社宿舍守候了。而我出门的时间还要早，鸡叫就出门了。我悄悄离开家，来到河边。师傅已经在竹排上等我们。我、黄狗、野兔、老猫和花卷到齐了，他便把我们渡过河去。我们六个人站在四根竹子连接的排筏上，光着脚。因为超重，竹排没在了水里，河水也漫过我们的脚踝。我感觉到刺骨的冷，因为这是岁末冬天。我相信其他人的感觉也和我一样。但我们都站得很稳，像已经抽穗的水稻一样。竹排渡达河对岸，师傅先上岸，然后一个一个地接我们上岸。他一句话都不说，似乎嘱咐都含在牵着我们的手里了。然后我们穿鞋。等我们穿好鞋，发现师傅已经不见了。他和竹排消失在清晨的河雾中。

岸边是公路，沿着公路往西走五公里，便是菁盛的圩场。我、黄狗、野兔、老猫和花卷离圩场还有一公里的时候，便分开了，各行其是。

盯梢是我的工作。

公社宿舍有两排平房，韦有权住在后面一排右数过来第二间。这也是师傅事先告诉我的。他虽然没来，却什么情况都懂。我爬到两排房子靠右侧的一棵树上，开始俯瞰。

韦有权的房门开了。他先出来刷牙，披着一件棉衣。然后他再进去，过了一会儿出来，还穿着那件棉衣，却比先前光鲜齐整多了。他的头发油油亮亮，全往后翻，像一边倒的草丛。他关门而不锁门，说明屋里还有人。一个带绳的包拎在他手上，随意地轻飘晃荡，说明包里现在没钱。他一边走一边吹着口哨，说明他昨晚上睡得或过得很舒服。过后我知道他有一个比他年轻二十岁的妻子。

等他走了一段距离，我从树上下来，随在他身后，保持不被他发现的距离。

他走到位于街中心的信用社，进去，一定是取钱。出来的时候，他原来拎的包变成挂着了，而且还搭上了一只手，像加了一把锁。

他往收购站去。收购站已经有卖货的人在那里排队了。其中就有我们的人，他是老猫。老猫的手里拎着一个麻袋。我知道麻袋里是一条蛇。我虽然没有看见黄狗、花卷和野兔，但我知道他们就在附近，在适当的时机才会出现。

韦有权一到收购站，所有人整排地让开，给他通过。他拔出别在裤腰带的钥匙开门。开门后他一点儿也不着急收购，而是先检查收购站里尚未运走的动物，看看有没有死的。果然有一只死的，那是一只果子狸。他不慌不忙、不痛不痒把果子狸从笼里拿出来，放进一个桶里。然后他给活着的动物食物和水。罢了，他搓搓手，像是把气味搓掉一样。他终于坐到了柜台边，打开抽屉，把算盘拿出来摆上，把笔和笔记本摆上，还给钟上链。做完这些事情，他才把挂包从身上拿下来，放进抽屉里，目光也跟随进了抽屉，手在抽屉里还有动作，像是拉开拉链和区分大钱和零钱。

第一个收购是卖蛇的。是一条眼镜蛇，是一个五十岁左右的男人。排队的时候他就一直拿着，双手拿捏得十分老到，像是个专业捕蛇者。韦有权也像跟他很熟，看了蛇一眼，就示意他自己将蛇拿到一边的蛇笼去放。等他回来，韦有权给了他四元钱。他满意地走了。我看了看墙上眼镜蛇的收购价格，是一斤一元。那条蛇目测也有四足斤。说明韦有权也不是每个人都克扣的。

第二个收购是卖金银花的。是个老婆婆。老婆婆的金银花装在一个背篓里，满满当当的，已经晒干，我估摸有五斤左右。韦有权将金银花过秤，扣除背篓的重量，果然是五斤。但是韦有权以金银花未干为由，扣掉了一斤的水分，只付了四斤的钱。老婆婆不服，央求韦有权再给三毛钱。她举着手里的一只空瓶子，说再给我三毛钱买煤油吧。但韦有权就是不给。老婆婆只能就走了。

接着轮到老猫了。老猫摸索麻袋将蛇头摁住，然后一只手伸进袋子里，捏住蛇头，将蛇拖出来。这也是一条眼镜蛇，有两斤重，半米长。老猫一手抓蛇头，一手握蛇尾，像捧着一把剑，战战兢兢正要交给韦有权的时候，蛇忽然滑出老猫的手，掉落在地。

一声尖厉的喊叫，在这个时候及时发出：毒蛇咬人了！

喊叫者是花卷，我知道是她。制造混乱策应老猫是她的任务。

收购站果然乱作一团，顿时像炸开的锅。人们四散躲逃，我推你，你推他，像电影里遇到轰炸的平民。

地上的蛇爬到墙根儿，走投无路。它昂起头，面向人，吐着蛇信子，威吓着观望它的人。

韦有权坐不住了。他站起来，离开柜台。他操起一把摄叉子，独自并且从容不迫地向蛇走去，像个孤胆英雄。他手里的摄叉子一下夹住了蛇的七寸，将蛇控制。他回身看见了当事人老猫，看着足有两斤的蛇，恶狠狠地说：一斤半。老猫没有异议。韦有权直接将蛇放进蛇笼，然后返回柜台。

他拉开抽屉，准备掏钱付给老猫。发现包不在了。

但我在，花卷在，加上老猫，我们都还留在现场，像三个诚实、勇敢的孩子。

公社公安很快就来了，就一个。我们认得他，叫谭公安。谭公安原本不认得我们，但现在认得了。他问了我们的姓名，还问了我们之间是什么关系。老猫说我们是同一个村的人，那条蛇是我们三人共同捕获的，一起拿来卖，然后一起分钱。谭公安让我们把身上的东西都掏出来。我们掏出身上所有的东西，就是没有钱。韦有权又一一搜我们的身，见不到一分钱。谭公安相信我们，把我们放了。我们开始还不走，因为韦有权还没有把钱给我们。韦有权骂咧咧说他妈的，你们没看见我的钱都被偷光了吗？要钱没有，要不你们把蛇拿回去！

我们选择了把蛇拿回去。在回去的半路，老猫把蛇放生了。这条蛇没有牙齿，是师傅事先亲自拔掉的，他不想因为谋财而闹出人命。而我们选择把蛇拿回，是不想让韦有权和公安过后发现蛇的秘密或真相。

我、老猫和花卷见到师傅，黄狗和野兔已经在师傅身边了。看到黄狗和野兔，我知道韦有权的钱，已经变成了我们的钱。按照计划，我负责侦察，老猫负责演戏，花卷负责助演，黄狗负责技术，野兔负责接应。所谓的技术和接应，就是黄狗趁乱偷走钱，再交给在外面的野兔转移。

师傅当场给我们五个人每人一元钱。

那趟偷的钱我至今也不知道具体的数额，但至少上百元。我问黄狗和野兔，黄狗说我看都没看就交给了野兔。野兔说师傅教育我们不该问的不要问，你问了不该问的问题。

有一段时间我对师傅耿耿于怀，觉得他是在剥削我们，压榨我们，像资本家和地主老财。我甚至还诅咒过他死。直到若干年后我考上大学，从第一学期第一个月起，我每个月都收到十元的汇款，汇款人没有留名，但我知道是师傅寄的。在大学时期，他没有中断过汇款。我相信他给我寄，同样也会给老猫寄，给黄狗寄，给野兔寄。花卷虽然没读大学，但师傅肯定没少资助她。她是女孩，是师傅最疼的人。

“小弟，我们走吧。”大哥在说话。

大哥看见我在圩场上站得太久，又什么东西都没买，知道我只是在回忆。

我第一次行窃那天，回到家，大哥问我一天都去了哪里。我说我去赶街了。大哥从我身上搜出了一元钱，问钱是从哪来的？是不是偷的？我当然说不是。我说我和蓝上杰、韦燎他们抓了一条蛇，拿到收购站去卖，分得的。大哥当时信了。但是很快，收购站的钱被偷的事情传到大哥那里，我被大哥狠狠揍了一顿，要我承认钱是我偷的，是韦建邦教唆的。我当时想打死都不能说。大哥见我被痛打都不认，才觉得冤枉了我。他大概也认为，假如收购站的钱是我偷的，我的身上不可能只有一元钱。在这一点上，师傅的确是保护了我，也保护了他自己，因为那天，师傅一天都在村里晃悠，他有足够多的收购站失窃事件不在场的人证。

陈年往事，大哥是不可能追究了，甚至都不记得了。此刻站在他身边的弟弟，已然是人五人六、社会名流，纵使有可耻的过去，那都是可以忽略和谅解的。就像韦建邦，他如今人已死，一生和一身的罪业，都可以宽恕，并将归于尘土。

我继续开车，去送别我师傅。

师傅的家在上岭村的东头，我家在西头。也就是说，红水河从上岭村流过，师傅家在下游，我家在上游。在不通桥梁之前，行人要从码头过，进出村庄，是从上游过。如今有了桥梁，建在东边，车辆进出村庄，则变成从下游走了。

临近村庄，大哥说，我们坐船过去吧，把车留在河这边。

我说为什么？

大哥说避讳。你的车是新车好车，不宜经停丧家。另外，你现在的身份，也不便过于张扬。

我接受了大哥的建议。

我坐船渡河。天色已黑，所有的景物都只是一种颜色，家乡的山峦和河流两岸的竹林，像是一幅涂上焦墨的图画。河面上是有一些波光，但不足以映照那庞大的山水。

摆渡的艄公是我小学同学，叫潘得康。他的家离我家也就是十米远。小时他去学校上学，要路过我家，而我从码头外出和回家，则必须经过他家门前。他在我们班上，最守规矩，是个老实人，却只读到小学毕业就辍学了。他要接他爸爸的班。他家祖孙三代都是艄公。摆渡是他们家的专属，甚至码头也是。码头现在叫得康码头，但原先不是，而是以得康的爷爷命名的，得康的爷爷死后，就以得康的父亲命名，现在以得康的名字命名码头，意味着得康的父亲也死了。他的父亲在他十二岁的时候就死了。他十二岁开始接班，意味着他已经当了四十三年的艄公，因为他与我同龄。得康码头原来陡峭和窄小，有一百年以上的历史了，它是由先人踏出来的，而非开凿而成。它在十年前得到修建，我是做了贡献的，或者说跟我师傅有关。

十几年前，师傅与得康忽然到南宁找到我。他们的到访就是与码头有关，具体地说就是来找钱修建码头的。得康开宗明义，说码头虽然是以我家的人命名的，但所有权属于集体，属于上岭村，也就是说属于国家。他言外之意，是国家能给钱修建码头就好了。而我是领国家工资的人，帮助找到国家的钱来修建上岭村的码头是我的责任。

关于码头的事，师傅一言不发。但他的到来和在得康身边、我身边的存在，却胜似千言万语。我从前的、偷窃的师傅，已经断了联系二十年、回村也不再见面的师傅，突然出现在我的眼前，让我十分激动和害怕。他或许是自愿来的，或许被得康“绑架”来的。得康为码头的事，为什么要带上韦建邦？说明他知道我和韦建邦曾经的师徒关系，不可能不知道。他要挟韦建邦，再用韦建邦来要挟我？

师傅已经是老人了。他那年应该已近七十岁。头发已经基本掉光，剩下没几十根，发白和细软，像荒漠中的残存的草，也维持不了多久。我招待他们吃饭的时候，发现他的牙倒是结实和齐整，咬得动我夹给他的鸡胸脯，应该是装了假牙。

我满口答应：你们放心，修建码头的钱，包在我的身上。

我找到修建码头的二十万元钱，已经是两年后。两年来，码头成为我的一块心病，为了找钱治病，我不遗余力，多方求告。终于，自治区财政厅专项拨款二十万元，层层下放到市里、县里、乡里，由乡里实施修建。码头修建好了，我药到病除。

船只向对岸的码头驶去，我的同学潘得康驾轻就熟。因为我的归来，他兴奋得说个不停。他肯定知道我这次为什么回来，为谁而来。他说，你坐船过河是对的。我早已经在这里等你了。我晓得你一定会回来。我说，现在有桥了，还有人坐船渡河吗？这个我以为老实的同学幽默地说，你就是。

船只靠上码头。我和大哥上岸。大哥问我要不要先回家，休息到天亮再去。

我说，我自己去就好，你休息。

师傅的家灯火通明，人声鼎沸。周边的人家也被灯火照亮，被不眠的人激活，仿佛一个夜市。

我像一名不速之客，进入灯火和人群中。我本想在房屋外边先找个角落，默默观望和缅怀我的师傅，但我肥胖的身躯和独有的光头特征，很快引起了人们的注意。一个司仪过来，引领我去上香。

我走进师傅的家。在灵堂前，我首先看见师傅的遗像，像一个粗藤盘结的树根，在等候我。我瞻仰师傅，他沧桑、黑黄、浮肿，脸上满是皱褶和斑点。这应该是他晚年的照片。师傅年轻的时候可不是这样。他英俊潇洒，红光满面，像电影里的好人。从某种意义上说，我拜他为师，是被他的相貌所吸引。他的长相和气质的确和村里人不同，他一点儿都不猥琐，也不粗鄙，尽管他是个贼。他为什么是个贼？或者说他为什么成为贼？他的经历让我好奇，为此我接近他。我走近他之后，发现他有满肚子的故事和满身的本事。他字写得好，画画更好。总之，他令我着迷，也令蓝上杰、韦燎、覃红色和韦卫鸾着迷。严格来说，我们拜他为师，是为了成为有本领的人，而不是为了做贼。后来我们果然都不再做贼，或者说我们除了贼的本领不再使用，师傅教给我们的其他本领，我们各有专长，都用到了极致。

我接过司仪递来的香，跪拜我曾经敬爱也曾经怨恨和疏离的师傅。我一边跪拜一边默念：师傅，请走好。谢谢您，师傅。师傅，对不起。

师傅的众亲属在给我鞠躬回礼。他们守在棺材的两旁，披麻戴孝。我知道师傅没有子女，所谓的亲属，应该只是叔侄、堂、表、外甥的关系。师傅的房子，在几年前进行了重建，十八米宽三十米深、四层的楼房，在村里算是上好。师傅在人生接近终点的时候，为什么还要起新房？我想无非为了给他埋怨一生的亲属们有个交代或回报吧。毫无疑问，师傅如今死了，他的丧事无比隆重，因为天明出殡之后，这幢房子就不再是师傅的了。他的亲属将继承或分掉他的房子。

法事已经在进行。在屋外新搭起的帐篷，菁盛乡最著名的道公和风水师樊光良，正率领他的团队，敲锣打鼓念唱经文。他们专心投入、精神抖擞，像一支不辞辛苦、敬业为民的文艺轻骑兵。

发现我来了，樊光良离开他的团队，走过来和我打招呼。招呼过后，他仍没有归队，继续和我说话，则变成聊天了。樊光良是我高中同学，他的学历也止于高中，但他的道行神通，非我作家兼大学教授所能比。

老同学，你来了，就是对师傅最好的超度。樊光良说。

你凭什么认为他是我的师傅？我说。我对樊光良的指认感到吃惊，因为我上高中时已经不做贼了。

我晓得，他是你师傅。我也有师傅，这没什么。樊光良说，他摸着他的胡须，像抓着什么把柄一样。

人非圣贤孰能无过，逝者为大，这你应该懂吧？我说。我的意思是让樊光良不要纠缠我和韦建邦的师徒关系。

对的，我对你讲的就是这个意思呀。

我说，你是大师。

樊光良说，可是你比我有出息。

那可能是因为我们的师傅不一样。

你凭什么认为我们不是同一个师傅呢？樊光良说。

我吃惊，是吗？

我比你晚些年拜他为师，只是你不晓得而已。樊光良说，他点烟抽，也递给我一支。我不是你那批学徒和那个团队的。

那为什么我不知道你，你却知道我？

所以我成了道公，你成了作家和教授呀。

我心里骂了句狗日的，嘴上却说你才是人类灵魂的工程师，因为你天天和灵魂打交道。

没错，他边说边笑，我们的师傅，该为我们骄傲。

就像你那帮正在坐念唱打的徒弟们一样，他们也应该为你这个师傅感到骄傲。

我和樊光良表面轻松和谐其实针锋相对地聊着，反正我打算在这里一直待着，直到出殡。有樊光良在，正好可以解闷和解乏。他陪我聊个把小时，再过去念一会儿经，又过来和我聊，像是两边开会或应酬的领导。我说你这么不用心，不专心，不怕师傅收拾你吗？樊光良说我与师傅通灵了，照顾好你，正是他的意思呀。

我竟然莫名地感动。

半夜三更，吊唁的人大多已经散去，或已经睡着，忽然来了一个人。

她穿着黑色皮衣，挂白围巾，沉重而急速地向房屋走来，径直朝灵堂进去。我在屋外看见她朝逝者跪拜，上香、斟酒。虽然她背对我，身影也不熟悉，但我心里仍跳出一个永不能忘的名字：花卷。

等她出来，我迎上前去。她也看见了我，认出了我。

她叫我的学名：樊一平！

我说你怎么知道是我？

她说你太好认了，电视上也见过你。

我这个样子的确是不能犯罪了，因为不好逃。

那我是谁？认出来了吗？

我说花卷。

她不生气，说真名呢？

韦卫鸾。

韦卫鸾

韦卫鸾是村里韦庆雷和农妹花的大女儿。她八岁的时候，下面就有四个妹妹和一个弟弟。可想而知，她家的境况会有多惨，她的日子会有多难。

我和她是小学到初中的同学。

拜韦建邦为师傅，是我拉她加入的，或者说是我引见她接触了韦建邦，拜师是她的自愿。

小学一年级暑假放假那天，我追上在赶回家的韦卫鸾，说我带你去见一个人。韦卫鸾说不去，我要回家干活。我说那个人很好玩的，他可以教我们玩。韦卫鸾说是谁呀？我说韦建邦。她一听，吓了一跳，说不不，韦建邦是坏人，我爸晓得我跟他玩，会打死我。我说我跟他玩都有半个学期了，我大哥到现在都不晓得。她不答应，继续走。她垂在背后的辫子一甩一甩的，像抽人的鞭子。我以为愿望落空了，没想到她在离我十五步的地方停下，忽然回头，说你讲的都是真的？

我领衣不蔽体的韦卫鸾去见韦建邦。我们在韦建邦家门外的时候，听见他在拉二胡。那旋律相当特别，和我们平时听到和唱的歌曲不一样。后来我知道他那天拉的是《二泉映月》。

我和韦卫鸾顿时被音乐吸引，但为了不打扰他，我们就在门外站着听，直到音乐停止。我们进去。

韦燎、覃红色和蓝上杰已经在房屋里了。原来刚才的曲子，是韦建邦拉给他们听的。

韦卫鸾的到来，让韦燎、覃红色和蓝上杰很惊讶，也很兴奋。他们围着韦卫鸾团团转，像是一群黑猫围着一只白猫。我很得意，因为他们想做而做不到的事情，我做到了。

韦建邦却不高兴，他训斥我：你带她来干什么？

我脑子飞转，找到一个理由，说她会唱歌。

韦建邦看着瘦不拉几的韦卫鸾，说唱一个我听听。

韦卫鸾也不怯场，唱了起来。她唱的是《红灯记》的选段《我家的表叔数不清》——我家的表叔数不清，没有大事不登门，虽说是虽说是亲眷又不相认，可他比亲眷还要亲，爹爹和奶奶齐声唤亲人，这里的奥妙我也能猜出几分，他们和爹爹都一样，都有一颗红亮的心。

韦卫鸾的嗓门把我们镇住了，我们目瞪口呆，像一群面对鲜草嘴巴却套上了笼子的羊。

韦建邦微微点了点头，说：但是需要调教。

这句话一下子把韦卫鸾控制住了。她像迷途中遇到了一个领路的人，决心跟这个人走。她眼巴巴看着韦建邦，生怕他不教她。

一个星期后，我们正式拜韦建邦为师傅。我们的初衷，是要学他身上所有的本事。

师傅说首先，我要教会你们活下去的本领和方法。

这个本领就是偷窃。

我们起初都很惶恐，是不愿意的。韦卫鸾最不愿意，她央求师傅：我可以不学这个吗？

师傅说：我不养不能自食其力的人，你走吧。

韦卫鸾没有走，那时师傅刚教她学会了简谱，五线谱正开始学。她舍不得孜孜以求的音乐本领，最终留了下来。

在师傅的教导下，经过一段时间刻苦的体能和技能训练，我们学会了偷窃的本领。在实际行窃的前一天，师傅制定一条行窃的准则。

师傅说：你们要牢记一条，穷人和亲戚的东西不能偷。

师傅没有解释为什么穷人和亲戚的东西不能偷，但我们大致能懂。穷人本来就穷，东西再被偷走的话，就更难活了。亲戚的东西为什么不能偷，因为那是亲戚。

所以第一次行窃的对象，我们选择了既不是穷人也不是我们大家亲戚的收购站的韦有权。

行窃之前，一对一的时候，我问韦卫鸾，你害怕吗？

韦卫鸾上下牙齿打架，哆嗦得说不出话来。

我说到时你要喊的，你现在就开始喊。喊出来就不害怕了。

她说朝什么地方喊？朝谁喊？

我说朝着高山喊，朝着河喊，朝着我喊。

喊什么？

就按师傅吩咐的。

于是，韦卫鸾朝着高山，朝着河，朝着我，连喊了三句：毒蛇咬人了——毒蛇咬人了——毒、蛇、咬、人、了！

喊完她就哭了。

等她哭完，我说还害怕吗？

她说：万一我被抓了，你会不会救我？

我说：我拼了小命都会救你。

她笑了。

首次行窃成功之后，韦卫鸾换上了一套新衣裳。我知道一定是师傅给她买的，至少是悄悄多给了她一套做衣服的钱。那时候买布还需要布票，她家有的是剩余的布票。穿上新衣裳的韦卫鸾越发好看，真正的像一朵花。她那套印花的衣裳，随着身体和岁数的发育增长，像击鼓传花一样。我后来看见她二妹穿，她三妹穿，她四妹穿。她们四姐妹，像山岗上的四棵树，所有的风都为她们吹，所有的日子都为她们破碎。后面四句，是我多年后读到的海子的诗，用来形容多年前的韦卫鸾四姐妹。我觉得海子的这几句诗，就是为她们写的。

师傅认真地教韦卫鸾音乐。到小学五年级的时候，他忽然说：我教不了你了。

韦卫鸾以为师傅不喜欢她了，伤心难过地说师傅，我什么地方做错了，我一定改。

师傅说：你想继续进步，就需要更好的老师。

韦卫鸾说谁呀？

师傅写出来：克里斯蒂娜·迪乌特科姆、维多利亚·德·洛斯·安赫莱斯、安娜·莫芙、泽弗里德、琼·萨瑟兰。

看着一串长条的名字，我们都蒙了。

师傅说：这是世界五位最著名的女高音歌唱家，她们可以做卫鸾的老师。

师傅改口不叫韦卫鸾花卷，而叫真名。

韦卫鸾说我上哪里找她们呀？就算找到她们也不肯教我呀。

师傅说：我知道在哪里能找到她们。只要找到她们，她们肯定教你。

我们用怀疑的眼光看着师傅。

师傅说：她们在菁盛中学黄盖云老师的房间里。他那藏有这几位歌唱家的唱片。你们去把唱片偷来。唱机就不用偷了，我有。

我们兴高采烈自告奋勇地进行分工。花卷韦卫鸾唱主角，老猫覃红色演配角，黄狗蓝上杰负责技术开锁，野兔韦燎负责接应，我老鼠还是负责侦察。

但是花卷说：我要老鼠配合我，有他在身边，我不害怕。

于是我和老猫换了工作。

那天是星期三，老猫侦察到黄盖云老师一天都有课。我们决定那天行动。

但是那天我们也有课呀，怎么办？头一天晚上，野兔给第二天的科任老师韦先老师下了泻药，第二天一早我们便得到了放假的通知。韦先老师是野兔的叔叔，是我们上岭小学两个教师之一。另一位老师是苏满洲老师，他上个月腿断在家休养，所有的课都由韦先老师来上。

我们潜入菁盛中学。这也将是我们下学期即将就读的学校，我们等于先来看看，熟悉环境。假如遇到有人发问，我们计划就这么搪塞。还是师傅明示，又经过老猫事先踩过点，黄盖云老师的房间很快就找到了。黄狗不到十秒钟就把房锁打开。我和花卷溜进去。

房间很小。一张床，一张桌子，一箩筐书，房间基本上就满了。桌子上有一台唱机，唱机和唱机边有唱片，唱片都是当时革命样板戏的歌曲。我们也知道我们想要的唱片不可能在这里摆放着。那么在哪里呢？

床底。只能在床底。

我钻进床底。在床底最里边，我搜出一只箱子，并把它拖出来，像老鼠拖出油瓶一样。

这是只皮箱。皮箱灰尘不是很多，说明上次打开的时间不是很长。皮箱的按锁已经坏了，一摁就开。

箱子里果然有唱片，还有书。花卷按师傅提供的名单，迫不及待找她想要的唱片，找着四张，维多利亚·德·洛斯·安赫莱斯的没有。花卷说可以了，示意我把箱子原封放回去。我没动。我被箱子里的书吸引着。《安娜·卡列尼娜》《复活》《巴黎圣母院》《包法利夫人》等，它们像花生吸引老鼠一样，让我不舍。我看了看花卷，花卷说你想看就拿呗。我就拿了那四本书。

我们回到村里，进师傅家。师傅的唱机已经搬出来擦拭干净和弄好了。师傅放上唱片。歌声响起。我们听完克里斯蒂娜·迪乌特科姆唱，听安娜·莫芙唱，然后听泽弗里德唱，听琼·萨瑟兰唱。她们的歌词我们听不懂，但她们的唱腔圆润高亢，好听。花卷自然是听得比我们投入和着迷，过后她肯定还要反复地听。

师傅发现了我多余偷来的书，他没有怪我。他看了看封面，说：托尔斯泰，雨果，福楼拜，以后就是你老师，如果你想将来当一名作家的话。然后他还点了书里好多人物的名字和细节。说明这些书，师傅都看过。

就在那年，1975 年，我们小学读完后升初中。在菁盛中学，我和韦卫鸾分在同一个班，初 19 班。班主任兼语文老师、音乐老师都是黄盖云。当他自我介绍报出自己大名和任课任职情况的时候，我和邻桌的韦卫鸾面面相觑，只见她目瞪口呆，我则是暗自庆幸。我觉得能做黄盖云老师的学生，真是缘分呀。韦卫鸾可能跟我想的不一样，她可能想的是做黄盖云老师的学生，却偷了他的东西，心里有愧。黄盖云老师那年三十出头，不是本地人，却来菁盛中学七年了。未婚。他的普通话字正腔圆，真是好呀，让我们这些讲普通话夹壮的壮族孩子听了，如果他不是老师，我们会以为是他讲得不标准。后来韦卫鸾说得一口流利的普通话，跟北京人似的。我也马马虎虎，让别人猜不出我是壮族人。这都是黄盖云老师的功劳。当然他的功劳不止这些。

语文期末考试的时候，作文题目是《我的家》。交完卷的当天晚上，黄盖云老师突然通知我去他的房间。我去到他房间里的时候，发现韦卫鸾已经在那里了。她畏畏葸葸站在墙边，黄盖云也指示我站墙边，与韦卫鸾一起并列。他表情严肃，我觉得大事不妙。

他先拿出我的试卷，问我：你的作文《我的家》，第一句话，幸福的家庭都是相似的，不幸的家庭各有各的不幸。我问你，这句话是怎么得到的？怎么来的？

我一愣，知道坏了。写作的时候光顾显摆，却忘了保护自己。这句话的出处就来自《安娜·卡列尼娜》。这本书是我从黄盖云老师这里偷来的。我当时还下意识地看了看床底，而且黄盖云老师也注意到我看床底了，这简直是不打自招。

我说不记得了，但肯定不是我的话，是引用的。

引用谁的？

托尔斯泰《安娜·卡列尼娜》里面。

好了。他说。他转而拿出另一份试卷，看着韦卫鸾。

韦卫鸾，你在《我的家》作文里，写到你的母亲。你这样写：我的母亲喜欢唱山歌，她的歌声虽然没有克里斯蒂娜·迪乌特科姆嘹亮，也没有琼·萨瑟兰多情，她不懂舒伯特，也不懂施特劳斯，但是她的歌声纯朴、清甜，像我家后面的山泉。好啦，我的问题是，你是怎么知道克里斯蒂娜·迪乌特科姆？还有舒伯特？施特劳斯？

韦卫鸾已经慌乱得不行，几乎就要瘫下了。她模仿我，也看了看床底。我想这下彻底完了。

没想到黄盖云老师说好啦，我知道了。你们回去吧。

那天晚上，我辗转反侧，彻夜难眠。我想到了被示众和开除的结局。

第二天，黄盖云老师评卷和宣布分数。

我和韦卫鸾的作文是满分，并被当作范文，由各自来宣读。

我念我的作文《我的家》。当我一念“幸福的家庭都是相似的，不幸的家庭各有各的不幸”这句剽窃而来的话时，情不自禁地看着黄盖云老师，他像一座沉默、挺拔的青山，让我仰止。

轮到韦卫鸾念时。韦卫鸾看着黄盖云老师，说我不念。我想唱作文里写到的琼·萨瑟兰唱的歌，行吗？

黄盖云老师说行。

韦卫鸾说琼·萨瑟兰是澳大利亚女歌唱家，我唱的是她唱的歌剧《拉美莫尔的露契亚》选段。

然后她开始唱。她的唱词我们同学全听不懂，但是她唱得好不好，我们还是听得出来的。她很出色。那是她第一次在四十人以上的观众面前演唱。她的歌声征服了全班，并不胫而走，传遍全校。整个菁盛中学很快知道，初19班有一位了不起的歌唱达人，她叫韦卫鸾，上岭村人。

过后，我们把事情告诉师傅韦建邦。师傅缄默了半天，然后说：我不做你们师傅了。从今年往后，我们断绝一切来往。

我们如晴天霹雳，问为什么？

师傅说：为了你们的将来。本来，我就有这个打算，等你们初中毕业，我们就脱离师徒关系。现在，黄盖云的行为，把我的计划提前了。

我们又问为什么？

师傅说：你们以后会懂的。我只能告诉你们的是，好日子就快来了。只要和我这个师傅断绝关系，你们的好日子就来了。

好日子最先降落在韦卫鸾的生命中。

1977年，十三岁的韦卫鸾初中毕业，被县文工团特招，成为演员。这是黄盖云老师推荐的结果。

也在那一年，黄盖云老师调去县中学。他的才华和韦卫鸾的天赋一样，最终没有被埋没在寂静寥落的乡村。

临别的时候，黄盖云老师把我单独叫到房间。他打开那只皮箱，说：这里面剩下的书，都送给你。好好读吧。

我说：老师，我错了。

他摇摇头，说：你师傅是不是韦建邦？

我说：他已经不是我师傅了。

但是将来，你们有成就的时候，希望不要忘记他。

我说：我会永远记得你，老师。

与黄盖云老师一别，我再也没有见过他。我在菁盛乡中学念高中，并在那儿考上大学。大学毕业，我分回菁盛乡中学当教师。一年后我调到县文化馆，当创作员。

黄盖云老师在县中学，照理，我们是可以见面或来往的。但是，我们就是没有。

这和韦卫鸾有关。

我考上大学以后，第一封信是写给韦卫鸾的。我在信里向她示爱。

但是，韦卫鸾没有回信。

一封不回，再写一封。在大学头两年里，我坚持写了十八封信。

韦卫鸾一封也没有回。

我听老猫覃红色说，她爱上了老师黄盖云。

这便是原因。

我调到县文化馆以后，与还在县文工团的韦卫鸾也只见过一面。那次见面我只说一句话，你是不是爱上了黄盖云老师？她的回答也是一句，是的。

然后我们就再也不见面了。

我和韦卫鸾的再次见面，居然是三十多年后了，在师傅韦建邦葬礼的前夕。

此时此刻，这个雍容华贵的半老徐娘，正落落大方地和我这名光头老汉闲聊，在我们相继为师傅寄托哀思之后。我们同坐在一长条椅上，靠得很近，让村里人以为我们是天生的一对，或曾经的鸳鸯。

在醒着的村人的目光中，我问韦卫鸾：你最后为什么没有嫁给黄盖云老师？

韦卫鸾说：他不要我。

为什么？

不该问的不要问，她搬出师傅曾对我们的告诫对我说，更何况现在才问这个问题，有意义吗？有意思吗？

我说有意义，但没意思。

我后来嫁到了柳州，她说，嫁给一个当官的。他的官越当越大，后来就不要我了，离了。但给了我一大笔钱，现在都还给，因为我们有一个女儿。女儿在意大利，也是学声乐的，美声。

这就有意思了。我说。你未竟的事业，后继有人了。

黄老师结婚了吗？后来。

我说这个问题怎么是你问我？应该是我问你。

韦卫鸾说，黄老师不要我，不娶我，他说那不是爱，是感恩。

我认为也是。

好吧，你说是就是。无所谓了。她仰脸看着有星星的苍穹，给我一支烟。

我给她一支烟，并为她点燃。

你怎么样？老婆退休没有？女儿像她妈漂亮，还是像你？她边吞云吐雾边对我说。

我生男生女你也清楚？

都一个村里的人嘛，她说，我回家的时候，村里人没少说你，自然知道一些啦。

我困了。我说，还打着哈欠。

我真困了。

我靠在椅子上睡。樊光良他们在对面的铜锣声也阻挡不了我进入梦乡。在梦乡里，年轻貌美的韦卫鸾，她站在一朵云上，向我飘来，并为我歌唱。

我忽然醒了。睁眼一看，一拨人呼啦啦向马路那边拥去，像是来了什么大人物。天已经放亮，马路上停着一辆加长版的劳斯莱斯幻影。从车上下来四个男人。四个男人都派头十足，尤其走在前面的两个。这走在前面的两个，烧成灰我也能记得，他们是黄狗蓝上杰和野兔韦燎。

蓝上杰　韦燎

蓝上杰和韦燎，曾是我的生死兄弟，这毫无疑问、不可否认。加上老猫覃红色，我们四兄弟，智勇果敢、默契配合，像《加里森敢死队》里那伙恶贯满盈、身怀绝技、上阵杀敌以功抵罪的囚徒。

在我们这个团伙里，黄狗蓝上杰最专业，他干的都是技术活儿。从别人的口袋里掏钱包、开门锁，那都不在话下，轻而易举。他的绝活儿是开保险柜。

我们小学四年级寒假的时候，去了一趟县城。那是我们第一次出远门，也是第一次做大生意。菁盛乡太小了，有钱人不多。隔壁金钗乡稍大一点，但一来二去，已满足不了我们的胃口。县城必然成为我们的目标，像经常考九十分的人一百分必然是他的目标一样。

都安县城无疑是我们见过的第一个城市。有好多条街，不像菁盛和金钗，只有一条街。每条街上，人头攒动、熙熙攘攘，像蜂窝一样密集和喧闹。我们像几只小蜜蜂钻进蜂窝里，却要干惊天动地的事情。

我们先在县城侦察、踩点儿，并因地制宜计划了两天，决定对食品公司屏北店下手。

临近春节，买肉的人自然多了起来。那天我们盯上的店面卖了足有四头猪的肉，并且卖得很晚。店面工作人员有两个人，一人割肉称肉，另一人收钱。到下午五点钟的时候，收钱的说不卖了，割肉的也说不卖了。收钱的要赶在银行停止营业之前存钱，割肉的确确实实太累了。老猫和花卷这时出现了，他们手里都有肉票和钱。肉票当然是偷来的，好多。两人一前一后，磨磨蹭蹭、啰啰唆唆，开口说要五花肉，完了又改口说不要了，要拿来包粽子的猪颈肉，总之磨蹭到银行停止营业的时间为止。收钱的看时间过了，只好把钱放在了店铺的保险柜里。

店铺锁上了。两把巨大的锁，像两个老虎头挂在绷紧的锁链上，收钱的和割肉的各拿一把锁的钥匙。这都没问题。问题是进去后保险柜能开吗？黄狗是询问过师傅保险柜的知识和开保险柜的诀窍，师傅也辅导过他，但都是在口头上或纸上。真正的保险柜，黄狗是没见过呀，今天第一次见。他能行吗？当然我们也做好了撬保险柜的准备，甚至是端走整个保险柜的准备，但这都是迫不得已的事情，是下策。

夜深人静，黄狗和我进入店铺。花卷、野兔和老猫在外面放哨，分一哨、二哨和三哨，像电影里重要战事的警备一样。面对像水缸一样、大花岗岩一样坚硬沉重的保险柜，我是头皮发麻，束手无策或袖手旁观。黄狗也琢磨或盯了半天不动。他像是努力地回忆和遵循师傅的教导，也像是思考如何灵活运用科学技术破解锁码。就在我觉得黄狗不行的时候，只见他触碰了保险柜。他屏息静气，左耳朵贴在柜面，像医生听孕妇的胎音。右手拇指和食指捏着柜面的旋钮，轻轻地来回扭动。只听一小声“嗒”响，他一扯柜门，开了。

剩下的事，就我来做了。我把柜里的钱都拿出来，装进口袋里。然后关上柜门，用布擦掉指纹和脚印。

然后我们溜之大吉，逃之夭夭。

这趟行动收获不小，足有四百六十元之多。

黄狗在这次行动中功高至伟，也令师傅刮目相看。他摸了摸黄狗的脑袋，又抚摸他的手，说你这家伙，脑瓜子活泛，耳聪目明，心灵手巧，了不得。

师傅难得表扬人，我们对黄狗羡慕得不得了。

但是师傅又说：将来，你的智慧如果用在正道上，一定非富即贵，并且福运长久。你将来赚了钱，一定要多做善事，积累功德，抵消现在的罪业。

师傅看着我们其他人，接着说：包括你们，将来都要走正道。跟着我走不远也走不久的，因为你们现在跟我走的是歪门邪道。你们是不会饿死了，但是完全有可能被打死呀。所以读书才是根本，是正道和王道。

黄狗蓝上杰领会师傅的教导最积极，也最到位。他读书用功，成绩优异。高中毕业他成为菁盛中学的高考状元，被上海财经学院录取，学的是金融专业。大学毕业他先留在上海一家大型国企，当会计师。然后，他辞职南下，去深圳创业。但发达是近几年的事情。如今的身家已过百亿。他发达后果然不忘初心和师傅教诲，行善积德。光上岭村这座桥，耗资八千万元，他捐了五千万元。师傅家翻建的这幢楼，想必也是蓝上杰捐助的，他有这个心，也有这个能力。他和野兔韦燎本来就是臭味相投，现在又走到一起。

野兔韦燎是我们这个团伙里反应最快的人，什么都快：学得快，跑得快，想得更快、更远。总之什么事情或任务到他那里，不可能完成的都能完成。他是我们团伙的智多星或参谋长。

去县城干大生意便是他的主意，或者说他是策划或导演。

开始我、老猫和花卷都以为不可能，简直是异想天开。黄狗不置可否，他保持中立，像是野兔与他商量过了。

我、老猫和花卷认为，一帮连县城都没去过的人，竟要到县城去大显身手，就像小学没毕业的人要跳级升高中一样，成功的把握或概率微乎其微。

况且师傅并不知道这件事情。

野兔说：第一，成功之前，绝对不能让师傅晓得我们的行动和计划，否则失败无疑。因为师傅历来把安全和保险放在第一位，他绝不会允许和同意这么危险的行动计划。第二，万一行动失败，所有的罪过，我一个人扛。

有了野兔的分析和保证，我们的态度松和些了。其实，我们都很想去县城，见大世面。黄狗的中立态度有了倾向，鲜明地站在了野兔一边。

野兔又说：你们一定要一切行动听指挥，严格按照计划的步骤走，做好每个人该做的事情，就能成功。

野兔的意思，按现在影视行业的说法，就是听导演的，按剧本演，演好自己扮演的角色，影片就能成功大卖。

在那次行动中，我们都听野兔的指挥和按他的计划行事，果然成功了。

那次先斩后奏的行动，师傅表面上是对野兔进行了严厉的惩罚，罚他在一里长的河滩来回跑半天。这对长跑健将的野兔来说算得了什么呢？不过像是给一个敏捷好学的学生加几道练习题罢了。

现如今的野兔韦燎，是一名电影导演。这我肯定知道。多年前他看上我的一部小说，想拍成电影，但没钱买版权。他在北京，是通过电话跟我联络的。我说电影是你导的话，我版权送给你。然后我们还签了版权赠送的合同，是通过邮寄签的文件。后来电影拍成上映了，导演却不是他，编剧是他。我打电话给他，说你是不是把我的小说版权转卖了？他说没有，哪有。我说韦燎，别骗我，影视这行业，我虽然涉得不深，但也是略懂的。于是他在电话里跟我诉苦，说兄弟，我在北京混得不好，我想当导演，但影视界的水太深了，我没资历，更没资本，只能通过编好本子，先赚点钱，换取人气、人脉，导演我是肯定要当的，请相信我。看在之前我们是同门、同学和同行的分儿上，这件事情，请不要声张。

我没有声张，因为我不敢。韦燎一句“同门、同学和同行”，像紧箍咒，震慑了我。同门是什么？是名贼韦建邦的门徒，同学也是，是他的学生。同行是什么？就是我们都是贼，或曾经是贼。我们这几个贼，为什么那么多年没有来往，没有见面，不就是为了回避和隐瞒“同门、同学和同行”这一可耻和可怕的事实吗？

况且我们还有约定。

大学录取通知书下来了。黄狗蓝上杰考上上海财经学院，老猫覃红色考上广西民族学院，野兔韦燎考上广西艺术学院（他一毕业便北漂），我考上河池师专。我们这个团伙中的四名男生，全部金榜题名，成为天之骄子。

只剩下我们五个人（没有考大学的花卷也特地来了）的庆贺聚会上，野兔说:我有个建议，或者说我们来个约定吧。第一，从今往后，我们互相之间，不能叫外号了。因为我们都不再是贼，师傅也早已和我们断绝关系，我们不再有师傅了。第二，从今往后，我们不要有过多的来往，最好是不再有来往。因为，我们都已是天之骄子，前途光明。但我们却有不光彩的过去。并且我们都清楚你我他，过去是什么货色。我们自己清楚就罢了，但如果我们经常聚首的话，别人就会晓得我们是一个团伙，我们的过去，就会像埋在地下的尸骨被翻出来，臭不可闻，遗臭万年。

韦燎的建议得到我们其他人的认同，成为约定。花卷后来不理会我的示爱，我认为除了她爱上黄盖云老师是一个原因，另一个原因，便是与约定有关。

我们足足将近四十年，遵守约定，没有来往，没有见面。

但如今我们破坏了约定，因为师傅韦建邦的死。我们不约而同地来到师傅身边，祭祀逝去的师傅，像一坛尘封几十年的酒，被我们故意或不顾一切端出来，昭告世人和天下。曾经叱咤十里八乡的盗窃团伙，只剩下老猫覃红色暂时没来。

蓝上杰和韦燎看见我和韦卫鸾了。但是他俩顾不上与我和韦卫鸾打招呼，而是径直去拜祭师傅。他们捧着香，朝着师傅的遗像和棺材，跪下去，一叩首、二叩首、三叩首。然后他们起立，把香插在香炉里，再半跪着，分别在师傅前方的三个酒杯，斟了三道酒。这一切他们都做得中规中矩、不减不增，像是十分守道和守德的人。那两个跟随来的人，也和他俩一起，一样拜祭，看上去一个是蓝上杰的保镖，另一个是韦燎的助理。

蓝上杰和韦燎终于来到我和韦卫鸾跟前，大家互相招呼和寒暄。我原以为大家会叙旧。但是没有。谁万一或不经意提到小时候的事情，就会有另一个人打断或岔开，提及的是近来并且是光彩的事。

比如，蓝上杰近些年风生水起的事业——金融投资。深圳赫赫有名的上杰金融投资集团，便是蓝上杰的王国。他当董事长就是当王。房地产、人工智能、物流、影视业等，什么都干。他 003××3 的股票，在 2008 年我就买了，后来越跌越买，越买越跌。2015 年，在股价从 96 元跌到 7 元的时候，被我斩仓。我投入的写作挣来的血汗钱，几乎喂了股海里不知哪条鳄鱼。但这个剧痛和剧痛，我没有跟蓝上杰说，此刻我也不打算说。此刻蓝上杰就在炫耀他的股票，已经飙升到 110 元了，昨天还拉了个涨停，而且封板了，今天应该还要板一个。他的目光朝师傅的灵堂那边转移，补充说：这是师傅在保佑我，善有善报。

看着蓝上杰眉飞色舞、志得意满的样子，我把已涌到嘴边的咒骂和血水，又咽回去，像把打落的牙齿吞进肚子里。

韦燎的事业也是水涨船高。他终于当上了电影导演，刚拍完一部暂名叫《幸运的酒徒》的电影，投资全部来自蓝上杰的集团，两个亿，请的全是明星。这也就解释了韦燎为什么跟蓝上杰一道来，为师傅送别。因为如今他俩是同盟，又成为一条战壕里的战友，或一根绳子上的两只蚂蚱。

这两只自以为是英雄豪杰的蚂蚱，此刻不忘调侃我和奚落我——

蓝上杰：老鼠，你现在混得还不错嘛，虽然是大学专科文凭，也当作家，又当教授了。

我说：约好不叫外号了的。你叫我老鼠，那我是不是叫你黄狗呢？

蓝上杰马上说：不叫，不叫了。樊作家樊教授，您现在写一千字多少稿费呀？上一节课领多少钱？

我说：在你眼里肯定是不多，但已足够让我过上有尊严的生活。

蓝上杰说：你还有几年退休？应该快了吧？

我说：您是组织部的人，我就告诉你。

我的意思是，等你退休了，可以聘请你到我集团公司去干，专门负责集团公司的文化建设。年薪三十万元，或者你大胆和有远光的话，我送你百分之零点零一股份，年薪三十万元应该不止。

我说谢谢，就怕到时候你又改主意或变卦。所有的预定都是捉摸不定的，尤其是提前好几年预定，就像预定的婚姻或接班人，越提前越不牢靠。现在的私营企业，要么越发达，要么越没落。还是等我退休后视你集团公司的具体情况再定吧。

蓝上杰说：我的企业只会越来越好。我预定的接班人是我大儿子，是我和前妻生的，他是留美的金融管理学博士，比我强。

言外之意，你还有二儿子，甚至三儿子？

没错，和现在的妻子生的。一个五岁，一个三岁，都比较小，因为妻子年纪小嘛。

韦燎一旁补充：蓝总夫人比蓝总小二十八岁。

我说：这我就放心了。

蓝上杰把手搭在我肩上，像用一把戒尺或一颗试金石来衡量我的品德一样，他语重心长地说：一平，我家族的事情，让你操心了。

韦燎延续蓝上杰的火力，接着调侃和奚落我：大作家一平，你现在的小说版权，如果我还看上的话，是不会再亏待你了。有钱！

我说：我的小说，你肯定是不会再看上了。

为什么？

我看着早晨戴着墨镜的韦燎，说：因为你看不见，发现不了呀。

他把墨镜摘下来，我看见他两眼通红，是连续通宵达旦的结果，但此时此刻，却像悲伤所致。我还是火眼金睛的，他说，小说的优劣，就像人的好坏，我仍然是看得出来。

我说：这样就对了。你不把眼镜摘下来，我还以为你瞎了。

韦燎和蓝上杰见从我这里得不到太多奚落和调侃人的快感，把目标转向了韦卫鸾。

卫鸾，亲爱的韦卫鸾同学，韦燎说，他张开双臂，我多想拥抱你呀，你曾经那么美，从你现在依然保持的肤色和气质，还可以想象你当年有多美！他突然把双臂收回来，让打算投怀送抱的韦卫鸾扑了个空。可惜现在不是拥抱的时候，也不是拥抱的地方。

韦卫鸾似乎感觉到了被耍弄，但是她不生气，依然笑眯眯，低三下四地说：韦燎，你当电影导演了，可惜我老了，主角我是不敢想了，你就让我演个三号、四号，我也就心满意足了。

韦燎摆手，说不，哪能委屈你呢？你要演我就给你演主角。

真的？

当然是真的，韦燎说，你演一个老女人，坐在轮椅上，在回忆她年轻时候苦难而甜蜜的生活和爱情。

可是我年轻回不去了呀，我这么老了，怎么化妆也不像我年轻的时候。韦卫鸾信以为真，忧伤地说，年轻的我怎么演？

用替身呀，韦燎说。

那……我老年的戏多，还是替身的戏多？

替身的戏多，韦燎说。

多多少？

很多。老年的你只有两场戏，开头和结尾，占时一分钟。

有台词没？

没有。

那还是主角呀？

这个问题要辩证地看，替身戏再多，演的还是你呀，对不对？我也想让你演年轻时候的自己呀，可是你演得了吗？演不了了吧？谁让你老了呢？

谁让你老了呢？这句话才是韦燎最终要表达的意图。他在嘲弄、蔑视韦卫鸾年轻时候对爱情和生活的好高骛远，以及对身边伙伴们爱意的忽视。年轻貌美，心高气傲，把潜力股当垃圾，这是短视和势利。人老珠黄，无爱寡欢，悔不当初，这是因果和报应。韦燎的这句话虽言简意赅，却像一颗凶恶的子弹，射向可怜的韦卫鸾。

但韦卫鸾居然承受得了，她像沙丘或一块海绵，把冲击力吸收了。那替身能不能让我女儿来演呀？她跟我年轻的时候一模一样。她说。

这个可以有！蓝上杰抢着表态说，母亲做不到的事情，可以用女儿来弥补。

我看不下去也忍不下去了，说蓝上杰、韦燎，你们是回来吊唁师傅的，而不是回来摆阔和挑选演员的。良善之心，天地可鉴，何况师傅在听着，也在看着呢。

这句话把蓝上杰和韦燎慑住了，像笼子罩住了两条轻佻的蛇。我了解蓝上杰和韦燎的性情，他们信天地，更信师傅。

他们忙不迭地给韦卫鸾赔不是，也给我赔不是，然后面朝师傅灵寝的方向，抱拳说师傅，对不起。

太阳东升，初冬的上岭村变得明亮和暖和。留在村庄家里的村民，打算送韦建邦出殡的，正陆续过来。睡了一个晚上的我大哥，也来了。他换上了一件灰色的羽绒服，这是他衣服中最素的。他先把礼金交给司仪，再过去给韦建邦上香，才过来见我。

大哥见到了我身边的蓝上杰、韦燎和韦卫鸾，这些他弟弟小时候的伙伴或团伙成员，衣着光鲜、道貌岸然地站在他跟前，像是披了人皮的畜生。他曾经认为是这些畜生把他弟弟带坏或拖上贼船的，也变成了畜生。如今他应该不这么看待了，因为在村庄的人们眼里和议论中，他们都比他弟弟强。稍差一点的韦卫鸾，虽然当大官的丈夫变成了前夫，但是有花不完的钱呀。最坏的人如今变成了最强最好的人，看见了吧？

大哥显然发现少了一个人，他东张西望，然后问道：覃红色呢？怎么没看见？

我们中有人回答说：他还没有来到。

大哥通过手机看时间，说：还有十分钟，就要出殡了。

我们四人神情乱了起来，像是一个实体发生了动摇。

韦卫鸾说：他可能是不知道师傅去世的消息，没人通知他。

韦燎说：不会，我刚才还看见他弟弟了。

蓝上杰说：他明显是比我都忙。

我说：看来，覃红色是我们这五个人里，唯一遵守约定的人。

韦卫鸾、韦燎和蓝上杰愣怔，然后释然，像恍然觉悟或明白什么事理的样子。

我们清楚地明白，官至副厅级领导的覃红色，这个时候不来，是不会来了。

这个时候，择定的吉时已近。樊光良和他团队的法事，已达到了高潮。他们移师到了灵柩边，指挥和引导亲属们向即将出殡的亲人告别。

我、蓝上杰、韦燎、韦卫鸾，主动加入了亲属的行列里，没人拦得了我们，也没人拦我们。我们绕着灵柩走，一圈一圈又一圈。在樊光良团队凄楚吟唱的煽动下，有的人抽泣了，有的人哭了。所有的人根据与韦建邦的关系，来称呼他并祝他走好。叔叔，走好。伯父，走好。舅舅，走好。韦建邦，走好哦。

而我的称呼是：师傅。

师　傅

师傅韦建邦从一个名校的高才生变成贼的过程，对很多人来说是个谜。在我作为他徒弟期间，我其实很想了解，但始终无从了解或没有真实地了解，尽管他沦为贼的原因众说纷纭。有的人说韦建邦在校的时候赌博输了一屁股债，因此走上了偷窃的道路。有的人说韦建邦的学业成绩都是靠偷题取得的，继而扩大到偷钱财。还有的人说韦建邦的祖上就是贼，做贼是隔代传。这几种说法或版本，我知道只是猜测或传说，是不真实的。

师傅一开始就教育我们不要相信运气，如果说有运气的话，那也是建立在扎实的技术和能力的基础上。师傅博古通今，他的才学方圆几十里无人能及，偷题或作弊成就不了他浑身的本领。他常挂在嘴边的一句话是：王侯将相宁有种乎？意思是说没有人天生就是帝王、元帅、丞相。他用这句话来激励我们，并延伸道：省长、县长也是没有种的，同样，科学家、文学家、艺术家、金融家也是没有种的。人不要在乎自己的出身和环境，只要付出努力，并善于把握时机，一定能在自己志向的行业或事业有大作为。根据师傅的这些言论，那几种说法或版本，肯定不是他做贼的原因或理由。

那是因为什么呢？

师傅不主动说，我们当然也是不敢问的。

我去宜山读大学，是了解师傅的机会。因为我就读的河池师专，与师傅的母校宜山高中，都是同城，且一河之隔。

那条河对岸的中学，却直到二十年后，我才走进去。

我去宜山高中讲课并参加宜山高中八十年校庆。这所古老的中学在我一踏入时便让我震撼。它古木参天，湖光山色，小桥流水，曲径通幽，更像是一个公园。这么优雅的环境怎么把韦建邦变成贼了呢？而我为什么用了二十年的时间才进入这个学校？

究其原因，是我对师傅不感兴趣，或者说我正试图忘了他。

我已经以师傅韦建邦为耻。

就这么简单。

多少次，我在我的学校这边河散步，望着河那边岸上的学校，我的目光的确是软弱和羞耻的，因为那所学校出了个韦建邦。他是个贼，是我的贼师傅。我虽然不是贼了，但是贼的历史却难以磨灭，就像人身上深刻的伤疤。那个从那所学校出来的人，伤害或带坏了我。我之所以没有被毁掉，我的命运之所以逆转，是因为那个人良知未泯也是我努力抗争的结果。我一定要忘掉过去，忘掉韦建邦，必须忘掉。两所学校之间的这条河，就像两个国家的界河，这边的国民和那边的国民曾经相濡以沫、情深意长，但如今已断绝往来、势不两立。因此，没有必要再过界，除非我疯了。

我之所以接受宜山高中的邀请，是因为校长廖梦宜是我大学同班同宿舍的同学，他报出的讲课费是我在别的学校讲课费的三倍。况且过了二十年，我功成名就，身上有了很多的光环。我不担心也不再惧怕可耻的伤疤被揭露，就像博物馆里一辆战果辉煌的老坦克，我不担心和害怕它漏油。

我跟校长同学说我跟你打听一个人，是二十世纪五十年代末或六十年代初你校的学生。你帮我查一查，他在学校的经历和表现。他叫韦建邦。

校长同学问我，韦建邦是你什么人？

我说：他是我师傅。

什么师傅？

偷窃的师傅。

校长同学一愣，然后笑笑，像一棵铁树开花，开心地说：我一定帮你查个水落石出。

三个月后，校长同学来南宁开会。吃喝之前，他给我一份用信封装的材料，说你师傅韦建邦的奇闻逸事，或者说兴衰荣辱史，都在里面。我取出材料看起来，发现既模糊又凌乱，是一些旧档案的复印件和知情人的回忆片段。校长同学就说还是我来概括和讲述吧，都在我脑子里。

于是，校长同学讲述我师傅——

韦建邦是国立宜山高中41班的学生。这个班级序号是从1950年宜山解放后重新排序的。如果从解放前建校之初算起，肯定不止这个序数。他是1957年9月至1958年12月，在宜山高中就读。1939年生人，被学校开除时19岁。

韦建邦是怎样被学校开除的？的确是因为偷窃。

但他偷的不是钱财，偷的是人心。

具体地说，他偷了一个女人的心。

这个女人叫覃天玉。是宜山高中的老师，大韦建邦六岁。

覃天玉教韦建邦这个班的语文。她上课的时候，全部的男生或部分女生几乎都无法专心听课，因为她太漂亮了。光漂亮也就算了，她还有一种特别的气质，优雅、温柔和高贵，像一朵开在高山顶上的花，让人感觉遥不可及。

总之，欣赏她的美貌和气质，以及聆听她温润、纯正的声音，是最高级的享受。至于她讲课的内容，那就无所谓了。

反正，韦建邦是彻底地迷上了她。这个来自都安县上岭村的十八岁的壮族小伙子，是对她一见钟情、不能自拔。他全然不顾自己浑身土里土气，普通话还说不好，老夹带壮音，但是他有勇气呀，还有智慧。他一开始在课堂上画她，后来背地里也能把她画出来，而且越画越好。他还给她写信，先是把信夹在作业里，后来也通过邮局寄。他的字迹隽永飘逸，文笔优美洗练，散发着王羲之、黄庭坚的韵味，以及弥漫着托尔斯泰、普希金的气息。

覃天玉对韦建邦接近疯狂的爱慕和表白，一开始是置之不理的。这位绝代佳人、名门闺秀，见过和接触的爱慕者实在是太多了，而且不乏佼佼者。韦建邦算什么呢？一个土包子，而且年纪比她小，还是她的学生。为这样的人冲动、心动，这怎么可能？一万个不可能。

但是后来，渐渐地，她发现或感觉到了他的可爱和优秀。他的画其实很不一般，他画她不仅仅是相貌逼真，而且通过神态画出了她的内心：孤独和忧郁。他的书信其实也不是模仿名家，他有自己独特的表达和思想。他的语文成绩进步迅猛，上了第一后再没有落后。他的普通话也不夹壮了。

她回信了。有了第一封，便有第二封。

然后她和他有了约会。在龙江边和北山，夜深人静和假日。

自然而然，他们的非常关系或不正常的关系，被发现了。不可能不被发现。

于是学校找他们谈话，他们认了。学校接着搜出了他们往来的信件。

严重的问题出现在信件上。

在韦建邦写给覃天玉的信中，存在着右倾思想。那是1958年，反右斗争如火如荼的时候。

韦建邦理所当然被开除，遣送回乡。

覃天玉被撤销教师资格，到图书馆当管理员。

韦建邦在宜山高中的经历和表现，大致就是这样。

我听了校长同学的讲述，难过了半天。覃天玉后来呢？我说。

四十岁的时候嫁给了一个丧偶的军人。

现在还在吗？

在。退休了。

意思是她在韦建邦被开除十五年后才出嫁。我推断说。

这十五年里，他们肯定是有联系。有人曾见过他们在一起。

我明白了。

明白什么？

韦建邦为什么会做贼，我说。他被遣送回了上岭，心还在覃天玉身上。他不停地给她写信，一封信是八分钱，超重的话再加八分，挂号的话还要更多。如果跑去宜山和覃天玉相会，负担更重。这都需要钱。可是后来他连买一张邮票都困难，甚至一分钱都没有了。那年月的上岭村，劳动是工分制，缺地短粮，又没有集体经济，是不可能有现金分配的。怎么办？只好偷。韦建邦是什么时候开始做贼的？不知道。但他因为做贼被抓，村里人说，是1966年，是在宜山被抓的，然后被公安遣送回来。以后他再也没有被抓过，或许他金盆洗手了，也或许他成贼精或贼王了。

上述的后面一段，是我的推测和判断。我没有对校长同学说。

校长同学看着肥头大耳、红光满面的我，说：你居然也做过贼？而且贼师傅是我校培养的高才生。

都说名师出高徒，我说，但是论及智商和情商，我远远不及我师傅。

如今师傅死了，眼看就要出殡。黄土一埋，我从此便看不见师傅了。

我要求抬师傅的棺材，得到师傅亲属的同意。蓝上杰、韦燎也参与进来，站在了棺材的一头。韦卫鸾说，那我为师傅打伞吧。我们上岭的殡葬风俗，是女儿为父亲的遗像打伞。师傅没有女儿，韦卫鸾在最后一刻，做了他的女儿。

随着一声起柩的号令，棺材被抬了起来，架在了抬棺人的肩上。我在棺材中间的一边，人也不够高，其实不怎么被棺材压着，但我却感觉到师傅和我贴得最近。他无声无息与我亲近，像阳光温暖土地、肥营养禾苗。我睿智、痴情、淡泊和苦难的师傅，在他走完八十岁人生的时候，此时此刻，我才感觉感深至骨、恩重如山。

我们将师傅抬到大路。我们走在大路上。然后我们上山，把师傅埋在山上。

我们回到已经没有师傅的师傅的家。一个师傅的亲属把一幅画交给我们。

画面上是我、蓝上杰、韦燎、覃红色和韦卫鸾的群像。肯定不新，但也不是太旧，是三十来年的画作。画面上是师傅强烈地与我们断绝关系后分别时的情景——

我们都回头望。

那个脸圆圆、红扑扑的矮个子少年，是我；

挥手的少年是韦燎；

戴帽的少年是覃红色；

最高个的少年是蓝上杰；

唯一的、哭鼻子的少女，是韦卫鸾。

画面上没有师傅。他隐身，在相当长的岁月里，天天看我们，想念我们。

2019 年 4 月 26 日　于南宁当然堂